Das Buch

Die Familie Bonner ist nach Paradise heimgekehrt, Elizabeth hat ihren Schulunterricht wieder aufgenommen. Hannah, Tochter von Nathaniel und Elisabeth Bonner, ist zu einer schönen jungen Frau herangewachsen. Ihre Medizinstudien hat sie weit vorangetrieben. Sie hat ihren eigenen Kopf und gerät bald in Konflikt mit der reichen Eulalia Cobb, die eine Sklavin fast zu Tode prügeln läßt. Hannah nimmt die schwer verletzte Frau auf und behandelt sie. Daraufhin wird sie mit ihrer schwarzen Gehilfin Curiosity festgenommen. Eine gefährliche Situation für Curiosity, die heimlich entlaufenen Sklaven den Weg ins freie Kanada ermöglicht. Und plötzlich ist die gesamte Familie Bonner in die Unruhen um die Sklaverei verwickelt.

Als eine Pockenepidemie ausbricht, spitzt sich die Situation dramatisch zu: Hannahs medizinische Hilfe wird gebraucht, doch als eine Patientin stirbt, nutzt Eulalia Cobb die Gelegenheit, um gegen die liberalen Bonners zu intrigieren.

Zudem fühlt sich Hannah hin- und hergerissen zwischen den Aufmerksamkeiten des attraktiven Liam Kirby, Kopfjäger für entlaufene Sklaven, und ihren Gefühlen für Strong-Words, einen Seneca-Krieger, der an ihre indianische Herkunft apelliert. Als es zum Konflikt kommt, muss sie eine Entscheidung treffen.

Die Autorin

Sara Donati lebt mit ihrem Mann und ihrer Tochter im Nordwesten der USA und unterrichtet dort an einer Universität Kreatives Schreiben und Linguistik. Für ihren ersten Roman *Homestead* erhielt sie 1998 den Pen/Hemingway Award und mit *Im Herzen der Wildnis* wurde sie auch in Deutschland bekannt.

Sara Donati im Heyne-Taschenbuch:
Im Herzen der Wildnis (01/13156)
An einer fernen Küste (01/13198)

SARA DONATI

Jenseits der tiefen Wälder

Roman

Aus dem Amerikanischen
von Margarethe van Pee

WILHELM HEYNE VERLAG
MÜNCHEN

HEYNE ALLGEMEINE REIHE
Nr. 01/13432

Titel der Originalausgabe
LAKE IN THE CLOUDS

Umwelthinweis:
Das Buch wurde auf
chlor- und säurefreiem Papier gedruckt.

Deutsche Erstausgabe 02/2003
Copyright © 2002 by Sara Donati
Copyright © der deutschsprachigen Ausgabe 2003 by
Ullstein Heyne List GmbH & Co. KG, München
Der Wilhelm Heyne Verlag ist ein Verlag der
Ullstein Heyne List GmbH & Co. KG, München
Printed in Germany 2003
Umschlaggestaltung: Nele Schütz Design, München
Gesetzt aus der Baskerville
Satz: Pinkuin Satz und Datentechnik, Berlin
Druck und Bindung: Bercker, Kevelaer

ISBN 3-453-19934-0

http:/www.heyne.de

Widmung

Am Morgen des 11. September 2001 befand ich mich in einer wahren Schreibhypnose, entschlossen, dieses Manuskript bis zum Ende des Monats meinem Lektor zu geben. Und dann stand natürlich alles still. Ich sah mit dem Rest des Landes und der ganzen Welt zu, wie das Herz von Manhattan auseinander gerissen wurde. Weder Worte noch Zahlen können vermitteln, wie groß die Verluste waren.

Jetzt, fast einen Monat später, sehe ich dies alles noch immer vor mir, während mein Drucker am letzten Kapitel arbeitet. Ich sehe die Überlebenden trauern, aber vor allem sehe ich sie mit vereinten Kräften sich und ihre Stadt Stück für Stück wieder zusammensetzen.

So entsetzt ich war und immer noch bin – ich bin auch stolz. Was für eine Stadt. Was für Menschen. Möge die Göttin jeden Einzelnen von ihnen segnen und behüten.

Hauptpersonen

Elizabeth Middleton Bonner (auch bekannt als Knochen-in-ihrem-Rücken), eine Lehrerin.

Nathaniel Bonner (auch genannt Wolf-der-schnell-rennt oder Zwischen-zwei-Leben), ein Jäger und Trapper, Elizabeths Mann.

Dan'l Bonner (auch Falkenauge genannt), Nathaniels Vater.

Luke oder Luc (Nathaniels ältester Sohn aus einer früheren Verbindung), lebt in Schottland.

Hannah (auch bekannt als Geht-Voran), Nathaniels Tochter von seiner ersten Frau.

Mathilde (oder Lily, von den Kahnyen'kehàka Zwei-Spatzen genannt) und *Daniel* (von den Kahnyen'kehàka Kleiner-Fuchs genannt), die Zwillinge von Elizabeth und Nathaniel.

Selah Voyager, eine entlaufene Sklavin.

Viele-Tauben, eine Mohawk-Frau, die in Lake in the Clouds wohnt. Sie ist Nathaniels Schwägerin aus seiner ersten Ehe.

Läuft-vor-Bären-davon, aus dem Schildkrötenclan der Kahnyen'-kehàka, der Mann von Viele-Tauben.

Blue-Jay, ihr ältester Sohn; Kateri, ihre Tochter; Sawatis, ihr jüngster Sohn.

Starke-Worte, einst bekannt als Otter, Bruder von Viele-Tauben, lebt im Westen, wo er in ein Seneca-Langhaus eingeheiratet hat.

Berührt-den-Himmel, Freund von Starke-Worte.

Curiosity Freeman, eine befreite Sklavin, Richard Todds Haushälterin.

Galileo Freeman, ein befreiter Sklave, der Verwalter von Todds Besitzungen und Ehemann von Curiosity.

Polly, ihre Tochter, und ihr zweiter Mann Markus Jefferson. Sie leben mit ihren beiden Kindern, Jonathan und Robert, in Albany.

Daisy, ihre Tochter, und ihr Mann Joshua Hench, Schmied, leben in Paradise. Ihre vier Kinder sind Sarah, Solange, Lucy und Emmanuel.

Almanzo, ihr Sohn, lebt in New York City, arbeitet an der Freien Afrikanischen Schule.

Richard Todd, Arzt und Landbesitzer.

Katherine (Kitty) Witherspoon Middleton Todd, seine Frau

Ethan Middleton, Kitty Todds Sohn aus erster Ehe.

Die Witwe Kuick, geborene Lucy Simple, stammt aus Boston. Besitzerin der Mühle und des umliegenden Landes, das an Hidden Wolf grenzt.

Isaiah Kuick, ihr unverheirateter Sohn und Erbe.

Ambrose Dye, ihr Aufseher.

Die Sklaven in der Mühle: Ezekiel, Levi, Shadrach, Malachi, Moses, Reuben und Cookie.

Jemima Southern, zusammen mit Becca Kaes und Dolly Smythe Dienstmädchen bei der Witwe Kuick.

Mister George Gathercole, Pfarrer; Rose, seine Frau; Mary, ihre Tochter.

Anna Hauptmann McGarrity, Eigentümerin der Poststation.

Axel Hauptmann, ihr Vater und Besitzer der Schenke.

Jed McGarrity, Jäger, Trapper und Dorfpolizist.

Liam Kirby, ein Sklavenjäger aus New York City, ursprünglich aus Paradise.

Cornelius Bump, Assistent von Dr. Todd.

Gabriel Oak, früherer Stadtangestellter.

Grevious Mudge, Kapitän eines Schoners auf dem Lake Champlain.

Sary Emory, seine verwitwete Schwester, die ihm den Haushalt führt.

Baldwin O'Brien, Amtsrichter, früher Steuereintreiber.

In New York City

Elizabeths Kusine Amanda Spencer und ihr Mann, William Spencer, Viscount Durbeyfield; ihr Sohn Peter.
Mrs. Douglas, ihre Haushälterin.
Harold Bly, Gastwirt im Bull's Head und seine Frau Virginia Bly.
Merriwether Lewis, Sekretär von Präsident Thomas Jefferson.
DeWitt Clinton, Senator.
Dr. Valentine Simon, Gründer des Kuhpocken-Instituts, und seine Kollegen und Assistenten Dr. Paul Savard und Dr. Karl Scofield.

In Red Rock

Halbmond, Tochter von Aus-Knochen-gemacht aus dem Wolf Langhaus der Kahnyen'kehàka in Guter Weidegrund.
Elijah, im Juli 1794 aus der Sklaverei entflohen.
Renhahserotha (Neues Licht), ihr Sohn.
Die entlaufenen Sklaven in Red Rock.

New York Daily Advertiser, 6. April 1802

Zum zweiten Mal entwichen ist ein schmächtiger, dunkelhäutiger Neger namens **Demetrius** aus dem Besitz des Ehrenwerten Henry Cook, Esquire. Ein sehr einnehmender junger Bursche, ungefähr 20 Jahre alt, hat einen bemerkenswerten Hüftschwung und die überraschende Gabe, jeden in seinen Bann zu ziehen, der seinen bezaubernden, irreführenden Worten lauscht, sagt allerdings selten die Wahrheit. Auf Grund seiner Begabung kann er fast jeden Beruf ausüben; einige Jahre lang war er als Pflasterer, Steinmetz und Müller beschäftigt. In einem dieser Berufe wird er sich auch als freier Mann betätigen wollen. Wer besagten wertvollen Neger seinem rechtmäßigen Besitzer übergibt, soll zusätzlich zu evtl. entstandenen anderen Kosten eine Belohnung erhalten.

Der Sklavenjäger Micah Cobb hat viele entlaufene Neger, darunter Virginias gewalttätigen und wilden Captain der Sümpfe und seine Bande von Dieben und Mördern gejagt, gefangen und der Gerechtigkeit übergeben. Er bringt auch euren entlaufenen oder gestohlenen Besitz wieder. »Willst du aber Sklaven und Sklavinnen haben, so sollst du sie kaufen von den Völkern, die um euch her sind, und auch von den Beisassen, die als Fremdlinge unter euch wohnen, und von ihren Nachkommen, die sie bei euch in eurem Lande zeugen. Die mögt ihr zu eigen haben und sollt sie vererben euren Kindern zum Eigentum für immer, die sollt ihr Sklaven sein lassen.« 3. Mose, 25. Anfragen bitte an den Bull's Head in der Bowery.

Dem Unterzeichner entlaufen. William Braun, ein vertraglich verpflichteter Lehrling, ungewöhnlich groß und hellhäutig, spricht gebrochen Englisch. Allen Personen, vor allem Kapitänen von Schiffen, die Häfen anlaufen, in denen Deutsch gesprochen wird, ist bei Strafe verboten, besagten William aufzunehmen. Wer den Entlaufenen dem Unterzeichner zurück bringt, bekommt fünf Dollar Belohnung. James Burroway, Drucker, Beaver Street.

Zu verkaufen. Eine Negerin, in jeder Hinsicht geeignet für einen Farmer – sie ist 23 Jahre alt und wird mit oder ohne ein vierjähriges Mädchen und einen zweijährigen Jungen verkauft. Jas. Minthorn, Park Ave.

Entlaufen, eine mittelgroße, gelbe Negerin namens **Conny**. Sie ist ungefähr 35 Jahre alt, hat Narben auf dem Rücken und einen impertinenten Gesichtsausdruck. Sie mag gerne Alkohol und singt dann unanständige Seemannslieder. Mit ihr auf der Flucht befindet sich ein **Mulatte** namens **Moses,** ungefähr 40 Jahre alt, einsachtzig groß, hat einen Eckzahn verloren, ein oder zwei Narben im Gesicht und spielt Violine. Da ich ihn zwei Mal wegen schlechten Betragens ausgepeitscht habe, müssten auch Narben auf seinem Körper zu sehen sein. Möglicherweise versucht er als Böttcher zu arbeiten, da er dieses Handwerk auf meiner Farm erlernt hat. Belohnung. Albert VanderPoole, Long Island.

Entlaufen, ist dem Kaufmann Hubert Vaark aus der Pearl Street eine Haussklavin namens **Ruth,** eine dunkelhäutige Dirne von loser Moral, mit Kind. Künstlerisch begabt, verschwiegen und gerissen. Sie hat ein silbernes Salzfass und ein Schnitzmesser mit Elfenbeingriff mitgenommen. Möglicherweise versucht sie nach Kanada zu gelangen, wo sie und ihr Kind als Freie leben könnten. Wer besagte Negerin ergreift und sie ihrem Besitzer zurückgibt, erhält reiche Belohnung. Wenn jedoch jemand ihr Unterschlupf gewährt, so wird er von den Gesetzen Gottes und der Menschen verfolgt werden. »Du sollst nicht begehren deines Nächsten Weib. Du sollst nicht begehren deines Nächsten Haus, Acker, Knecht, Magd, Rind, Esel noch alles, was sein ist.« 5. Mos. 5/21

Hiermit wird bekannt gegeben, dass Meg Mather, rechtmäßige Ehefrau des Unterzeichneten, ihrem Mann in der Gesellschaft eines Franzosen namens André Seville entlaufen ist. Sie hat den kleinen Sohn des Unterzeichneten, eine französische Negersklavin namens Marie und eine Kaminuhr mitgenommen. Für die Rückgabe des Jungen, der Sklavin und der Uhr wird eine Belohnung gezahlt, für die schamlose Frau jedoch wird weder eine Belohnung gezahlt, noch möchte der Ehemann sie wieder in seinem Haus haben, da er froh ist, von einer so sündigen Frau befreit zu sein. Er warnt alle Personen davor, ihrem Bericht Glauben zu schenken und wird Kosten, die

durch sie entstehen, nicht bezahlen. Jonah
Mather, Metzger. Boston Post Road.

Ergriffene Neger. Im Bezirksgefängnis sind zwei
entlaufene afrikanische Neger eingeliefert
worden. Sie haben so viele unterschiedliche
Geschichten darüber erzählt, in welchem Teil
des Landes ihre Besitzer leben und sprechen
die Sprache so gebrochen, dass unmöglich festzustellen ist, wohin sie gehören. Einer von
ihnen sagt, sein Name sei **James,** er ist
ungefähr 40 Jahre alt, einssechzig groß, gut
gebaut, Löcher in den Ohrläppchen. Ihm fehlt
ein Vorderzahn. Der andere heißt **Peter,**
ungefähr 30, einssiebzig. Beide haben bemerkenswert kleine Füße. Die besagten Neger wurden um den 1. März herum aufgegriffen und
werden jetzt angeboten, wie das Gesetz es verlangt. James Lewis, Sheriff.

Eine Warnung an alle freien und freigelassenen
Neger. Captain Matthew Tinker ankert mit seinem Schiff Maria wieder am North River. Captain Tinker ist bereits drei Mal verurteilt
worden, weil er freie Schwarze von den Straßen der Stadt entführt hat. Er bringt sie aus
diesem Staat in den Süden, wo sie in die Sklaverei verkauft und nie wieder gesehen werden.
Captain Tinker verstößt in bösartiger und wis-
sentlicher Weise gegen den Freilassungsakt
von 1799. **Achtung.** Libertas.

Entlaufen von Nathan Pierson auf Long-Island,
ein Neger namens **Tite,** ungefähr einsfünfundfünfzig groß, stämmig, ungefähr zwanzig Jahre

alt, sehr einnehmendes Wesen. Er trug bei seiner Flucht eine hellfarbige handgewebte Jacke, getupfte Baumwollhosen, große, flache Schnallen an den Schuhen. Er spielt die Querflöte. Wer besagten Neger ergreift und dem Gefängnis in New-London übergibt, erhält zehn Dollar Belohnung und die Bezahlung aller Kosten. **Nezer Sloo,** Gefängniswärter.

Zu verkaufen. Zwei in Diensten stehende Mädchen, eine **Mulattin,** eine **Irin,** stark, die jede Art von Haus- oder Feldarbeit machen können und in unten genannter Familie aufgewachsen sind. Anfragen bei Isaac Whetstone, Park Street.

Hiermit wird bekannt gegeben, dass das Armenhaus von New York City zur Zeit mehr Waisen beherbergt, als angemessen versorgt werden können. Aufrichtige und gottesfürchtige Ehepaare mit Platz für ein Pflegekind können sich an **Mr. Thomas Eddy** wenden. Die vom Stadtrat festgelegte Entschädigung beträgt fünfzig Cents pro Monat und pro Kleinkind unter zwei Jahren.

Stadt New York im Staat New York

Marguerite Mathusine Solange Huron du Rocher
Hiermit wird bekannt gegeben, dass Ihr aufgefordert werdet, vor dem Ehrenwerten Gericht des Obersten Gerichtshofes in dieser Stadt zu der Sitzung im Tweed Street Court House am ersten Montag des nächsten Julis zu erscheinen, um der Klageschrift Eures Gatten, Tiberius Maximus Huron du Rocher, zu entsprechen,

der Scheidung aus den Banden der Ehe verlangt. James Lewis, Sheriff.

Entlaufen vom Unterzeichner. Annie Fletcher, eine unter Vertrag stehende Magd. Sie ist ungefähr einsfünfundfünfzig groß, hat dunkles Haar, ungewöhnlich helle Augen, an der linken Hand fehlt ihr der zweite Finger. Es ist jedem, vor allem Kapitänen von Schiffen, unter Strafe untersagt, Annie aufzunehmen. Wer das schlampige und undankbare Luder dem Unterzeichner zurückbringt, erhält einen Cent Belohnung. Elisha Hunt, Segelmacher.

Zwei Dollar Belohnung. Vermisst wird ein junger weiblicher Hund aus der Rasse der Neufundländer. Gelb und weiß mit lockigem Fell. Wer besagten Hund dem Unterzeichner zurückbringt, erhält die oben genannte Belohnung. Francis Loud, Orange Street.

Zehn Dollar Belohnung. In der Nacht zum 3. ist vom Sammelplatz von Fort Gandervoort Charles Hook desertiert, Infanteriesoldat der Vereinigten Staaten. Er ist 27 Jahre alt, einssiebzig groß, hat blaue Augen, schwarze Haare und einen dunklen Teint. Er trägt eine schlichte grüne Jacke, blaue, mit rot abgesetzte Nanking-Hosen und eine runde Mütze, in der eine blau gefärbte Taubenfeder steckt. Wer besagten Deserteur ergreift und zu diesem Sammelplatz oder einem anderen militärischen Posten in den Vereinigten Staaten zurückbringt, erhält die oben genannte Belohnung und Kostenerstattung. A.L. Hayes, Lieutenant.

Das New Yorker Krankenhaus gibt hiermit bekannt, dass öffentliche Schenkungen es möglich gemacht haben, den Armen der Stadt kostenlos Kuhpocken-Impfungen gegen die gefürchteten Schwarzen Pocken anzubieten. Eine **sichere** und **schmerzlose** Prozedur, die vor allem bei Kindern anzuraten ist. Anfragen an Dr. Valentine **Simon** im Krankenhaus oder Armenhaus.

Erster Teil

Frühling 1802

1 Im Frühling, als Elizabeth Middleton Bonner achtunddreißig geworden war und glaubte, vor allen Abenteuern sicher zu sein, kam Selah Voyager nach Paradise.

Der Schrei des Fischadlers ließ Elizabeth und ihre Stieftochter Hannah innehalten. Die beiden Frauen spazierten an einem Sonntagmorgen kurz nach Tagesanbruch durch die Wiesen am Half Moon Lake, als die Vögel aufflogen und so viel Lärm machten, dass die beiden stehen blieben und ihnen nachsahen. Da Elizabeth sich erschöpft fühlte, war sie froh über den Vorwand, sich ausruhen zu können.

Am Rand der endlosen Wälder New Yorks wich der Winter nur zögernd wärmerem Wetter, aber jetzt, da der Fischadler wieder zum See kam, wurde es zur Gewissheit, dass das letzte Eis bald schmelzen würde. Und es gab auch noch andere Anzeichen um sie herum: eine rotgeflügelte Amsel; Baumfrösche im Gebüsch, deren Quaken über das Wasser schallte; Gräser mit frischen grünen Spitzen. Elizabeth blickte über den See und freute sich an der Schönheit des Tages, als Hannah einen Fleck mit kleinen weißen Blumen entdeckte. Blutwurz ergab ein tiefes Scharlachrot beim Färben und war sehr begehrt und teuer.

»Kann das nicht warten?«, sagte Elizabeth. Aber es war ihr schon klar, dass Hannah nicht an so nützlichen Pflanzen vorbeigehen konnte. Dass sie die ganze Nacht nicht geschlafen hatten, spielte dabei keine Rolle: Hannah wäre in der Lage gewesen, den Berg hinauf und hinunter zu klettern, ohne sich auch nur einmal auszuruhen.

Mit einem entschuldigenden Blick zog Hannah einen kleinen Spaten aus ihrem Korb und kniete sich hin, um die Pflanze auszugraben. Plötzlich erstarrte sie, wie ein Reh, das an einem unerwarteten Ort auf den Jäger stößt.

Fast direkt vor ihr standen auf einem niedrigen Eichenstumpf ein Paar Schuhe in der Morgensonne, als seien sie dort nach einem Gang durch den Busch zum Trocknen hingestellt worden. Sie waren geflickt und zerschlissen, mit zerkratzten blauen Schnallen. Elizabeth hatte solche Schuhe noch nie an jemandem in Paradise gesehen.

Es war also ein Fremder auf dem Berg, und er konnte nicht weit weg sein.

Das Beste wäre, sie würden einfach weiter gehen. Es war dumm, einem Fremden – einem Unbefugten, rief Elizabeth sich ins Gedächtnis – auf dem Berg gegenüber treten zu wollen, ganz egal, was für merkwürdige Schuhe er trug. Schließlich war ihr heute früh eine ernste Aufgabe übertragen worden, und außerdem war sie völlig erschöpft. Die Männer würden sich schon darum kümmern. Der Fischadler kreiste immer noch schreiend über dem See, und Elizabeth starrte auf die Schuhe und rang mit sich, als Hannah die Dinge entschlossen in die Hand nahm und die Büsche beiseite schob.

In einer kleinen Grube unter einem Felsüberhang kauerte eine Frau. Ihre Haut war dunkler als die Erde, auf der sie geschlafen hatte; ihr Bauch unter der gewebten Jacke war rund und straff: schon wieder machte sich ein Kind bereit, zur Welt zu kommen. Die leise Neugier, die Elizabeth beim Anblick der blauen Schnallen empfunden hatte, wich Entsetzen, als die Frau sich mit angstverzerrtem Gesicht vor ihnen zu verstecken suchte.

Es war mehr als acht Jahre her, seit Elizabeth zum letzten Mal einem entlaufenen Sklaven begegnet war, aber ihr war augenblicklich klar, dass diese junge Frau jemandem davon gelaufen war, der sie als sein Eigentum betrachtete.

Sie sagte: »Ihr braucht keine Angst vor uns zu haben. Habt Ihr Euch verirrt?«

Einen Moment lang bewegte sich die Frau nicht, dann setzte sie sich hin und blickte von Elizabeth zu Hannah. Unter ihrer hohen Stirn glänzten ihre Augen fiebrig und in ihrer Halsgrube pochte eine Ader.

»Ich bin Elizabeth Bonner. Das ist meine Stieftochter Hannah.«

Das Gesicht der Frau entspannte sich ein wenig. Ihre Lippen bewegten sich lautlos, als sei die Sprache ein Bündel, das sie auf dem Weg zurückgelassen hätte. Als sie schließlich ihre Stimme wiederfand, war sie ungewöhnlich tief und rau.

»Der Schullehrer. Nathaniel Bonners Frau.« Sie unterdrückte ein Husten hinter der vorgehaltenen Hand.

»Ja«, sagte Elizabeth. »Kennt Ihr meinen Mann?«

»Ich habe von ihm gehört, ja, Ma'am.«

Hannah sagte: »Ihr seid krank.«

Sie nickte und dabei verrutschte der Turban, den sie sich um den Kopf geschlungen hatte; vor nicht allzu langer Zeit hatte man ihr die Haare bis auf die Kopfhaut abgeschoren. Mit zitternden Fingern rückte sie ihn wieder zurecht. »Ich habe auf dem nassen Boden geschlafen.«

»Habt Ihr jemanden im Ort gesucht?« Mehr wagte Elizabeth nicht zu fragen, aber Hannah kam ihr mit der Antwort zuvor.

»Sie wollte zu Curiosity«, sagte sie, wobei sie den Namen von Elizabeths bester Freundin aussprach, einer Frau, die sie liebte und der sie vertraute wie jedem aus ihrer Familie. Curiosity Freemans Namen in Verbindung mit einer entlaufenen Sklavin in Paradise zu hören, ergab Sinn – aber es war auch äußerst erschreckend. Und welche Rolle spielte Hannah dabei? Elizabeth wollte sie gerade fragen, aber ihre Stieftochter hatte ihre Aufmerksamkeit bereits wieder der Fremden zugewandt und sprach sie direkt an.

»Curiosity war nicht da, wo sie sein sollte, nicht wahr? Sie musste zu einer Geburt, aber das konntet Ihr nicht wissen. Also seid Ihr wieder gegangen.«

Die Furcht war jetzt völlig aus dem Gesicht der jungen Frau verschwunden und Elizabeth sah, dass mehr als nur Fieber in ihr brannte. In ihren dunklen Augen lag Entschlossenheit und scharfe Intelligenz.

Sie griff in die Tasche, die an einer Schnur um ihre Taille gebunden war und hielt ihnen ihre Hand hin. Auf der schwieligen Handfläche lag eine dünne runde Holzscheibe mit einem geometrischen Muster am Rand und einem weißen Stein in der Mitte. Elizabeth sah auf.

»Woher habt Ihr das?«

Sie hustete wieder und ihre Finger schlossen sich über dem Schmuckstück, eine Geste so elegant wie ein Flügelschlag. »Almanzo Freeman hat es mir gegeben und er hat mir den Weg erklärt.«

»Almanzo? Aber er wohnt ...«

»In New York City, ja, Ma'am. Ich bin jetzt schon länger als zwei Wochen unterwegs. Die letzte Rast habe ich kurz vor Johnstown gemacht.«

Als Elizabeth das letzte Mal von New York City nach Johnstown gereist war, hatte sie dazu volle sieben Tage mit dem Schiff und der Postkutsche gebraucht. Von Johnstown zu Fuß bis hierher zu gelangen würde noch einmal mindestens zwei zusätzliche Tage erfordern, wenn nicht mehr, bei den schlechten Wetterbedingungen im April. Es war kaum vorstellbar, was diese junge Frau in einer fremden Gegend ganz alleine bewältigt hatte.

»Tochter«, sagte Elizabeth in der Sprache der Mohawks, dem Volk von Hannahs Mutter, »was weißt du darüber?«

»Ich weiß genug«, erwiderte Hannah ruhig in der gleichen Sprache. »Aber jetzt ist keine Zeit für Erklärungen. Sie ist krank und wir können sie nicht am Tag in den Ort bringen.«

Es war eine Frage und doch wieder keine. In ihrer tüchtigen Art hatte Hannah bereits beschlossen, was getan werden musste und wartete jetzt geduldig, dass Elizabeth zum gleichen Schluss kam.

Aber wie sollte sie einen klaren Gedanken fassen bei dem Geschrei des Fischadlers und angesichts der beiden Frauen, die sie anstarrten? Die eine von ihnen war noch so jung, dass sie auf ihre Sicherheit keinen Gedanken verschwendete; die andere musste

24

mit gutem Grund um ihr Leben fürchten. Eine junge Frau, die ihre Hilfe brauchte, geschickt von Curiositys Sohn Almanzo, einem freien Farbigen, der in der Stadt lebte. Es gab Leute in Paradise, die diese Frau mit Freuden der Strafe, die auf sie wartete, zuführen würden. Vielleicht würden sie ihr auch ihr Kind nehmen.

Das kleine Bündel, das Elizabeth in ihren Armen trug, wog auf einmal schwer wie Blei. Sie sagte: »Wir nehmen Euch mit nach Hause, Miss ... Wie ist Euer Name?«

Die junge Frau straffte die Schultern und holte tief Luft. »Selah Voyager.« Und dann: »Ich danke Euch für Eure Güte, Ma'am, aber ich warte lieber hier, bis es dunkel wird.«

»Unsinn«, erwiderte Elizabeth, barscher als sie beabsichtigt hatte. »Ihr seid hungrig und habt Fieber, und so abgelegen, wie Ihr denkt, ist dieser Ort nicht, dazu liegt er zu nahe am See. In Lake in The Clouds seid Ihr viel sicherer, genau wie wir.«

Noch bevor sie die Hütten sahen, drang das Kreischen und Lachen von Kinderstimmen zu ihnen. Selah Voyager blieb abrupt stehen und drehte sich zu Elizabeth um.

Hannah sagte: »Ihr braucht keine Angst zu haben. Morgens springen die Kinder immer ins Wasser und dann kreischen sie, weil es so kalt ist.«

Aber Selah war nicht wegen des Kinderlachens stehen geblieben, sie blickte auf einen Punkt hinter ihnen. Ohne sich umzudrehen wusste Elizabeth, dass dort jemand stand. Diese junge Frau musste scharfe Ohren haben, denn Elizabeth hatte nichts gehört.

Nathaniel sagte: »Ich war unten, um nach euch beiden zu sehen, und jetzt seid ihr fast gleichzeitig mit mir angekommen. Offensichtlich in Begleitung.«

Die Stimme ihres Mannes hatte solche Macht über Elizabeth, dass ihre tiefe Besorgnis auf der Stelle Erleichterung und Freude wich. Er legte ihr die Hand auf die Schulter und sie umschloss sie mit ihrer, als sie sich zu ihm umdrehte.

»Das ist Miss Voyager«, sagte Elizabeth. »Sie ist eine Freundin von Curiosity.«

Die junge Frau knickste und unterdrückte ein Husten.

»Ich freue mich, Eure Bekanntschaft zu machen.« Nathaniels Tonfall war unbeschwert, aber seine Miene zeigte Sorge und Interesse zugleich.

Hannah sagte: »Sie hat einen weiten Weg hinter sich und ist völlig durchgefroren. Ich möchte gern mit ihr ins Haus gehen.«

»Dann tu das.« Er blickte Hannah eindringlich an, und ihre Haltung und ihr Gesichtsausdruck machten ihm sofort klar, was sie nicht ausgesprochen hatte. »Wir kommen gleich nach.«

Selah Voyager richtete sich zu voller Höhe auf. »Mr. Bonner, Sir, ich danke Euch für Eure Hilfe.«

Nathaniel lächelte. »Ich wüsste nicht, wie ich Euch geholfen hätte, aber Ihr seid in Hidden Wolf willkommen.«

Hannah streckte ihre Arme aus und wies mit dem Kinn auf Elizabeths Bündel. Als sie es entgegengenommen hatte und mit Selah weggegangen war, zog Nathaniel seine Frau an sich und musterte sie forschend.

»Schon wieder eine Totgeburt?«

Sie nickte und schmiegte sich an ihn.

»Das habe ich befürchtet, als du so lange weg bliebst. Ist Kitty außer Gefahr?«

»Curiosity denkt, sie wird überleben, aber das Kind war zu klein. Wir haben gesagt, wir würden es neben den anderen begraben, und dann auf dem Heimweg ...« Ihre Stimme wurde rau.

Nathaniel ergriff sie am Arm. »Du bist so müde, dass du kaum noch stehen kannst. Was du mir zu berichten hast, kannst du mir genauso gut im Sitzen erzählen.«

Das Hochtal war eine Merkwürdigkeit, ein scharfkantiges Dreieck, eingeschnitten in den Berg. Am äußersten Ende rauschte ein Wasserfall in eine schmale Schlucht. An der breitesten Stelle standen zwei L-förmige Hütten zwischen Blaufichten und Birken. Drei Generationen von Bonners lebten in der östlichen Hütte, die dem Wasserfall am nächsten stand, und in der anderen, ein wenig west-

lich davon, wohnten Mohawks, die mit Nathaniel Bonner durch
seine erste Ehe verwandt waren.

Nathaniel und Elizabeth traten aus dem Wald in das Maisfeld
am äußeren Rand des Tals. Ein starker Geruch nach Erde lag in
der Luft und die Stoppeln des Feldes knackten unter ihren Füßen.
Am Rand stand eine einzelne Fichte, die sich ihren Weg nach
oben zwischen den Felsbrocken gesucht hatte. Dort setzte sich
Nathaniel hin und zog Elizabeth zwischen seine Beine, sodass ihr
Kopf an seiner Brust ruhte. Ihre Haare rochen nach Lavendel,
Kreide und Tinte und nach den Talgkerzen, die die ganze Nacht
im Geburtszimmer gebrannt hatten. Das war eine Geschichte, die
sie ihm nicht zu erzählen brauchte; er hatte schon viel zu oft ähn-
liche gehört.

Das Rauschen des Wasserfalls und die Stimmen der Kinder
hallten von den Felsen wider: Lily und Kateri schimpften und die
Jungen lachten darüber. Elizabeth ließ ihn zuerst reden und er
erzählte ihr, was sich zugetragen hatte, während sie im Ort war,
von Falkenauge und Läuft-vor-Bären-davon, die Fallen aufgestellt
hatten, und von dem Fuchs, den Blue-Jay mit seiner Steinschleuder erlegt hatte, als er sich über die Hühner hermachen wollte.
Matilda Kaes hatte fünf Yards Leinen vorbeigebracht, an Stelle
des Schulgeldes für ihren Enkel, und Daniel und Blue-Jay hatten
sich Ärger eingehandelt, weil sie einen ganzen Topf voller Maisbrei mit Ahornsirup gestohlen und gegessen hatten. Nathaniel
fragte sich, warum sie nicht ihre Schwestern eingeweiht hatten,
dann wären diese auch nicht sofort zu Viele-Tauben gelaufen, um
von dem Diebstahl zu berichten.

Elizabeth lachte leise.

Nathaniel sagte: »Man muss sich mächtig anstrengen, um dich
zum Lächeln zu bringen, Stiefelchen.«

Sie wandte ihm ihr Gesicht zu, damit er sehen konnte, dass sie
zumindest versuchte zu lächeln. Sie hatten im letzten Jahr vieles
verloren, das nicht ersetzt werden konnte, und dazu gehörte auch
Elizabeths bereitwilliges Lächeln. Ihr Kummer war deutlich sichtbar in ihren klaren grauen Augen.

Im August hatte es auf einmal Diphterie im Ort gegeben. Richard Todd und Curiosity hatten die Erkrankung sofort erkannt, aber es dauerte Wochen, bis auch den anderen klar war, worum es ging. Nathaniel hatte es selbst dann nicht begriffen, als Hannah ihm eine Passage darüber aus einem ihrer Bücher vorlas, und erst als er den entzündeten Hals seines Sohnes sah, wusste er, wovon die Rede war.

Hannah forderte ihn auf, es sich anzuschauen, und bis zum heutigen Tag wünschte er sich, er hätte sich geweigert. Nie mehr würde er den Anblick vergessen, genauso wenig wie er den Jungen vergessen konnte, der an der eitrigen Mandelentzündung erstickt war. Für Nathaniel war die Krankheit etwas Lebendiges, etwas Fremdes, das zu ihnen gekommen war, um sie grausam und unaufhaltsam zu bestehlen.

Als es vorüber war, war keine Familie verschont geblieben. In Lake in the Clouds hatten sie Hannahs Großmutter Schwindender Tag und Robbie Bonner, erst zwei Jahre alt, beerdigt. Wenn Nathaniel zur Haustür herein kam, erwartete er immer noch, die Stimme des Jungen zu hören.

Elizabeth sagte: »Kittys kleines Mädchen hat überhaupt nicht gelebt, Nathaniel. Wir hatten Robbie zumindest für kurze Zeit.«

»Zu kurz«, erwiderte er zornig. Er war wütend auf sich selber, weil er zugelassen hatte, dass sein Sohn starb. Sie konnten sich beide nicht darüber hinwegtrösten.

Unten im Ort begann die Kirchenglocke zu läuten. Elizabeth zuckte zusammen und richtete sich auf.

»Von allen Dingen, die Lucy Kuick nach Paradise gebracht hat, als sie die Mühle von John Glove gekauft hat, ist diese verdammte Glocke bei weitem das Schlimmste«, knurrte Nathaniel.

»Mr. Gathercole hat die Glocke mitgebracht«, erinnerte Elizabeth ihn gähnend.

»Und wer hat Gathercole hierher geholt?«

»Mrs. Kuick, ja. Ich verstehe dich, aber es war an der Zeit, Nathaniel. Mr. Witherspoon ist vor über zwei Jahren nach Boston gezogen und die Leute sind froh, dass sie wieder einen Pfarrer haben.«

»Ich nicht. Jedenfalls keinen mit einer Glocke.«

Zumindest das entlockte ihr ein Lächeln. Sie fuhr ihm mit der Hand über die Wange. »Willst du dich jetzt für den Rest deines Lebens jeden Sonntag darüber beklagen?«

»Wenn ich keine anderen Sorgen als diese Glocke habe, kann ich mich glücklich schätzen, Stiefelchen. Willst du mir jetzt von dieser jungen Frau erzählen, oder nicht?«

Sie zog scharf die Luft ein und stieß sie resigniert wieder aus. »Sie ist eine entlaufene Sklavin, glaube ich.«

»Das habe ich mir schon gedacht«, erwiderte Nathaniel. »Was weißt du sonst noch?«

So ruhig wie möglich erzählte Elizabeth ihm die Geschichte, und nur ihre Hände, die unablässig den Saum ihres Kleides kneteten, verrieten ihre Sorge.

»Sie hat ein Amulett.«

»Ein Amulett?«

Sie nickte. »Einen afrikanischen Fetisch wie der, den Joe bei sich trug, als wir ihn im Busch gefunden haben.«

»Aber nicht den gleichen?«

»Nein, aber er sieht ähnlich aus. Sie hat ihn uns gezeigt, als ob sie glaubte, wir würden ihn wiedererkennen. Wahrscheinlich benutzt Almanzo ihn als eine Art Passwort, damit Curiosity weiß, dass er die Person geschickt hat.«

Nathaniel rieb sich mit der Hand übers Gesicht und versuchte, Ordnung in seine Gedanken zu bringen. »Du glaubst, dass sie entlaufene Sklaven hier für eine Weile verstecken, aber das macht keinen Sinn, Stiefelchen. Du weißt genauso gut wie ich, dass man in Paradise keinen Fremden verstecken kann, zumindest keinen mit schwarzer Haut. Glaubst du, Curiosity bringt sie zum alten Haus?«

»Das halte ich für unwahrscheinlich«, räumte sie ein. Seit dem Tod ihres Vaters stand sein Haus leer, aber es war keineswegs verlassen. »Dort kommen so oft Leute vorbei, dass es wohl kaum ein sicherer Unterschlupf sein könnte.«

»Auf jeden Fall geht irgendetwas vor. Ich hoffe nur, dass Galileo und Curiosity nicht mit entlaufenen Sklaven in Verbindung gebracht werden.«

»Nathaniel ...«, sagte sie, aber er drückte ihre Schulter, damit sie nicht weiter redete.

»Du brauchst mir keinen Vortrag über Sklaverei zu halten. Ich halte auch nicht mehr davon als du, und das weißt du auch. Aber wir könnten dadurch eine Menge Probleme bekommen. Was glaubst du denn, was Curiosity mit dem Mädchen vorhat?«

»Ich weiß nicht«, erwiderte Elizabeth. »Aber Hannah scheint es zu wissen.«

»Bei Gott, ich hoffe, du irrst dich«, sagte Nathaniel und zog sie fester an sich. »Aber wir sollten es besser herausfinden.«

Eingewickelt in ein Musselintuch, war Kitty Todds tot geborene Tochter so klein, dass sie beinahe in Hannahs Handfläche passte. Sie fühlte die Form des Kopfes, die Krümmung des Rückgrats, die Beinchen, die gegen die Brust gezogen waren, wenig breiter als der Daumen eines Mannes.

Kitty hatte bis zum Morgengrauen gekämpft, um die Kleine, mit den Füßen zuerst, zu gebären. Das Kind, das viel zu früh auf die Welt gekommen und selbst dafür noch zu klein war, hatte keinen einzigen Atemzug getan: es war schon tot, bevor seine Mutter es im Arm halten oder die Farbe seiner Augen sehen konnte.

Kitty war noch nicht kräftig genug, um an der Beerdigung auf dem Berg teilzunehmen, aber andere würden vielleicht kommen. Wenn Richard Todd rechtzeitig nach Hause kam – das heißt falls er sich nicht aus Wut und Trauer besinnungslos betrank –, würde er sicher Ethan mitbringen, damit auch er zuschauen konnte, wie seine Halbschwester zur Ruhe gebettet wurde zwischen Hannahs Großmüttern: Cora Bonner, die aus Schottland gekommen war, um sich an der Grenze zu New York ein neues Leben aufzubauen, und Schwindender Tag, die einst Clanmutter des Wolf-Langhauses in Bäume-die-im-Wasser-stehen gewesen war. Wahrscheinlich würde jemand am Grab etwas aus der Bibel vorlesen, aber im Augenblick lag alles noch in Hannahs Verantwortung.

Sie legte das Kind in einen Korb und deckte es mit einer Decke zu, wobei sie leise ein Kahnyen'kehàka-Totenlied sang. Ein Teil von ihr, der Teil, der alles über O'seronni Wissenschaft und Medizin in Erfahrung bringen wollte, fragte, warum sie sich die Zeit nahm, für ein totes Kind zu singen, wo doch eine kranke Frau auf sie wartete. Der andere, weitaus geduldigere Teil empfand Trost bei dem Gedanken, das kleine Mädchen mit dieser einfachen Melodie in die nächste Welt zu geleiten.

Als sie sich wieder Selah Voyager zuwandte, stellte sie fest, dass deren lange Reise ihren Tribut gefordert hatte. Bei jedem Atemzug rasselten ihre Lungen. Sie schwieg, während Hannah sie untersuchte, aus Angst, Erschöpfung oder Erleichterung oder auch aus allen drei Gründen. Vielleicht hatte sie ja auch einfach keine Fragen oder sie zog es vor, nichts über Paradise zu erfahren, da sie sich nur kurz hier aufhalten wollte, weil sie zu einem sichereren Ort strebte, der nicht mehr weit entfernt war. Hannah hätte ihr das sagen können, aber sie zögerte, ein Wissen mitzuteilen, das der anderen vielleicht nicht zustand.

Andererseits war Hannah neugierig. Sie hätte die Fremde gerne nach der Stadt gefragt, wie sie Manny Freeman kennen gelernt hatte, was für ein Leben sie geführt hatte, ob sie die ganze Zeit zu Fuß gegangen war und was sie über den Ort wusste, wo sie hin wollte. Aber sie konnte warten; zuerst einmal würde sie sich um die Bedürfnisse ihrer Patientin kümmern. Geduld fiel ihr am schwersten, aber ihre Großmütter waren gute Lehrmeisterinnen gewesen.

Hannah stammte auf beiden Seiten von Heilern ab. Dazu war sie geboren, es war das Einzige, was sie wirklich interessierte. Die Frauen um sie herum hatten sie gut ausgebildet. Eine weiße Großmutter, eine Indianerin und Curiosity Freeman. Medizin der O'seronni und der Kahnyen'kehàka, jede mit ihren Stärken und Schwächen. Dann kam Elizabeth nach Paradise und brachte Cowpers ›Die Anatomie des menschlichen Körpers mit Zeichnungen nach dem Leben‹ und Thachers ›Neues amerikanisches Medizinbuch‹ mit, Bücher, die mehr Fragen aufwarfen, als sie beantworteten. Schließlich hatte sie noch ein paar Monate bei Hakim Ibrahim gelernt, einem Schiffsarzt, der ihr neue Wahrheiten durch die kleine, ovale Linse des Mikroskops gezeigt und ihr weitere Bücher gegeben hatte, dieses Mal alte, mit blumigen musikalischen Titeln: Ibn Sinas ›Al-Quanun fi'l-Tibb‹.

Alle ihre Lehrer waren nun um sie herum, während Hannah Selah untersuchte, ihren Atem und den Geruch ihres Schweißes prüfte, ihre Zunge und das Weiße ihrer Augen betrachtete. Lange legte sie ihr Ohr an den glatten braunen Rücken, und was sie hörte, gefiel ihr nicht. Trotz der Flüssigkeit in ihren Lungen – oder vielleicht gerade deswegen –, brauchte sie dringend Wasser, weil das Fieber sie sonst auszehren und umbringen würde.

Selah ergab sich widerspruchslos in Hannahs Behandlung. Sie bedankte sich murmelnd für die Schüssel mit heißem Wasser und Seife und nahm die trockenen Kleider und eine Decke leise lächelnd entgegen. Gehorsam trank sie die Brühe, die sie ihr hinhielt und schluckte Hannahs Fiebertee; er war schrecklich bitter, aber sie beklagte sich nicht.

Über der Blechtasse huschten ihre Augen durch das Gemeinschaftszimmer, von den Schatten in der hintersten Ecke bis zu dem Arbeitstisch neben der Tür, auf dem Kugelgießformen lagen, ein auseinander genommenes Gewehr und Fallen, die repariert werden mussten. Unter dem offenen Fenster schimmerte das Tintenfass auf Elizabeths Schreibtisch tiefblau in der Sonne. Ordentlich aufgeschichtete Stapel Papier waren mit Steinen beschwert, und neben ihrem Stuhl standen ein überquellendes Regal und ein Butterfass. Von den Dachbalken hingen neben Kräuter- und Wurzelbündeln, die einen Teil von Hannahs Apotheke darstellten, Zwiebelzöpfe, Maiskolben und Gurkenkürbisse.

Die Pelze jedoch schienen Selah Voyagers Interesse am meisten zu wecken. Manche Felle hingen noch in Spannleisten an der Wand, die meisten jedoch waren zu Bündeln aufgerollt auf dem Boden gestapelt, weit vom Ofen entfernt. Die Arbeit des ganzen Winters – Biber, Fuchs, Marder, Otter und Bisamratte – wartete darauf, in Kanus verladen und nach Albany gebracht zu werden.

Für diese junge Frau, die in dem Glauben aufgewachsen war, niemals etwas als ihr Eigentum beanspruchen zu dürfen – weder die Kleider auf ihrem Leib noch das Kind, das sie trug –, mussten sie wie ein unermesslicher Schatz aussehen.

Hannah ergriff ein Otterfell und legte es ihr in den Schoß.

»Das gibt ein gutes Kopfkissen«, sagte sie. »Kommt, ich zeige Euch, wo Ihr schlafen könnt.«

Selah strich mit langen, dünnen Fingern über den tiefbraunen Pelz. Ihre Lippen bewegten sich, aber es kam kein Ton heraus.

»Wir haben später noch Zeit zum Reden«, meinte Hannah. »Wenn Ihr Euch ausgeruht habt.«

»Werdet Ihr Mrs. Freeman holen?«

»Sie wird hier sein, wenn Ihr aufwacht.« Hannah betete, dass sie das Versprechen einhalten können würde, sowohl für sich als auch für Selah Voyager.

2 Jemima Southern, eine allein stehende Frau von neunzehn Jahren, so ehrgeizig wie arm, begann ihre Woche immer auf die gleiche Art und Weise: in der Kirche, wo sie sich jedoch nicht um ihre eigene Seele kümmerte, sondern um die Sünden ihrer Nachbarn. Nach Mr. Gathercoles Predigt lungerte sie herum, nicht um mit ihren Freundinnen zu schwatzen, sondern um Neuigkeiten, noch nestwarm wie Eier, aufzuschnappen und sie zur Witwe Kuick in die Mühle zu bringen.

Es war schon spät, als Jemima endlich merkte, dass die Frauen keine nützlichen Informationen mehr für sie hatten. Sie schlenderte nach Hause, den Rücken gerade und die Augen niedergeschlagen. Wäre sie mit erhobenem Kopf gegangen, hätte sie ihre Herrin am Wohnzimmerfenster sitzen sehen können.

Als Lucy Kuick die Mühle von John Glove gekauft hatte, erklärte sie das Haus, in dem er mit seiner Familie gewohnt hatte, als ungeeignet für sich. Ein größeres und prächtigeres Gebäude wurde, weg vom Lärm der Mühlräder, auf dem Hügel errichtet, von wo sie ihren Besitz sowie den See, den Fluss, die Brücke, die ihn überspannte, und den Ort überblicken konnte. Von diesem vorteilhaften Platz aus entging nichts ihrer Aufmerksamkeit, weder die Männer, die vor der Postkutschenstation standen und Tabaksaft in die Büsche spuckten, noch die Tatsache, dass Mr. Gathercole sich auf der Kirchentreppe immer noch mit Anna Hauptmann und Jed McGarrity unterhielt. Sie mochten ja vergessen, wer sie vom Haus auf dem Hügel aus beobachtete, aber Jemima gelang das nicht.

Wenn die Witwe Kuick nicht gewesen wäre, dann hätte Jemima Kühe melken oder Ale servieren müssen, als sie ihre Mutter und ihre Brüder bei der Diphterieepidemie verlor. Stattdessen hatte sie jetzt eine Herrin, die beim Gottesdienst in der ersten Reihe saß und sich zu Hause mit Stickarbeiten beschäftigte, wie es eine Dame tat. Jemima schätzte sich glücklich, bei einer so vermögenden Herrin in Dienst zu stehen, zumal die Witwe zwei Leidenschaften hatte, die Jemima teilte: ihren unverheirateten Sohn und Klatsch.

Da Jemima in Paradise geboren und aufgewachsen war, gab es nur wenig, was sie nicht wusste oder herausfinden konnte. Die Witwe Kuick belohnte sie reichlich dafür, dass sie nichts vor ihr zurückhielt. Von den drei Mägden – sie hatte am gleichen Tag wie Dolly Smythe und Becca Kaes ihren Dienst in der Mühle angetreten – hatte nur Jemima ein winziges Zimmer für sich allein.

Jetzt trat sie in die dämmerige, warme Küche und hängte ihren Umhang über ein Gestell neben der Tür. Sie zog ihre Holzschuhe aus und ließ sie einfach dort stehen, damit Reuben den Schlamm abkratzen konnte. Eine Dienerin in einem Haushalt mit Sklaven genoss gewisse Vorteile. Ein paar Vorteile und viele Nachteile, von denen die meisten mit der Frau zu tun hatten, die vor dem Ofen hockte und Bier über einen Schinken goss.

Cookie, klein, schmal und skeptisch, war die einzige der sieben Sklaven, die nachts im Haus auf einer Strohmatte neben dem Küchenherd schlafen durfte. Reuben, ihr Mann, schlief in der Mühle und kam im Morgengrauen zurück. Die anderen Männer – darunter auch ihre älteren Söhne Levi und Zeke – waren den Winter über nach Johnstown geschickt und als Arbeiter vermietet worden, weil es im Winter in der Mühle nichts zu tun gab.

Ohne aufzublicken sagte Cookie: »Du hast dir Zeit gelassen.«

Jemima trat an den Herd und inspizierte die Töpfe mit Maisbrei und Yamswurzeln. In einem weiteren tiefen Kessel köchelten Bohnen in einer Sauce, die vor Schweinefett glänzte. Cookie machte sie zwar wütend, aber an ihren Kochkünsten war nichts auszusetzen. Ihr Magen knurrte laut.

»Du gehst jetzt besser nach oben, sonst bekommst du nichts zu essen, ganz gleich, was dein Magen dazu sagt.«

»Kümmre du dich um deine Arbeit, ich kümmere mich schon um meine.« Jemima schlenderte aus der Küche, um Cookie klar zu machen, dass sie einer freien weißen Frau nichts vorzuschreiben hatte, auch wenn sie bloß Dienstmädchen war.

Als sie jedoch den Salon erreichte, war es mit ihrer vorgetäuschten Ruhe vorbei. Sie blieb stehen, um ihre Baumwollhaube zurechtzurücken und ihren Rock glattzustreichen. Zu spät sah sie die Schlammspritzer auf dem Saum. Das würde ihrer Herrin bestimmt auffallen, aber im Augenblick wäre es die größere Sünde gewesen, sie warten zu lassen.

Lucy Kuick blickte kurz von ihrer Nadelarbeit auf, als Jemima knickste, und verzog die Mundwinkel. Die Witwe hatte eine leise, leicht knarzende Stimme, so als bisse sie bei jedem Wort einen Faden ab. »Du hast lange gebraucht, Missy. Was für Neuigkeiten gibt es?«

Jemima hielt die Augen fest auf die Trauerbrosche der Witwe gerichtet: graues Haar, zu einem Knoten geschlungen, unter Kristall. Die Brosche mit ihren schwarz und weiß emaillierten Lilien lenkte sie von Isaiah Kuick ab, der hinter ihr in der Ecke saß. Die Witwe liebte es, sich von ihrem Sohn laut aus der Bibel vorlesen zu lassen, während sie stickte. Jemima spürte Isaiahs Blicke im Rücken so intensiv wie eine Hand; den Blick fest auf die Brosche gerichtet, begann sie zu erzählen.

Sie war eine gute Erzählerin, mit einem Sinn dafür, ihr Publikum in den Bann zu schlagen. Zuerst berichtete sie von den kleineren Dingen: Anna Hauptmann wollte am nächsten Sonntagnachmittag den Witwer McGarrity heiraten; McGarrity, der nach Richter Middletons Tod zum Wachtmeister gewählt worden war, hatte Claude Dubonnet verhaftet, weil er in der Schonzeit einen Rehbock erlegt hatte, eine unbestreitbare Tatsache, da Dubonnet das Fleisch vor aller Augen zum Abhängen auf einen Haken gespießt hatte; Goody Cunningham war in einem alten Kleid in die Kirche gekommen, das eher zur Feldarbeit als zum sonntäglichen Kirchenbesuch geeignet war; Jock Hindle hatte sich mit Axel Metzlers Schnaps betrunken und die Nacht schlafend auf dem Fußboden der Schenke verbracht, wo er immer noch lag. Das waren eine ganze Menge Neuigkeiten für so einen kleinen Ort, aber die Witwe hatte noch nicht genug gehört. Ungeduldig klapperte sie mit den Nadeln.

»Und Kitty Todd?«

Jemima holte tief Luft und zählte die Details auf: wie lange die Wehen gedauert hatten, die Namen der Frauen, die ihr beigestanden hatten, wann genau der Doktor geholt worden war ...

»Vermutlich haben sie diesen Bump geschickt.«

Jemima bestätigte ihr, dass der Laborassistent des Doktors ausgeschickt worden war. Die Witwe war von Cornelius Bumps körperlichen Gebrechen sowohl erschreckt als auch fasziniert, aber für heute schnitt sie dieses Thema nicht an, und Jemima fuhr fort:

... ein Kind mit normalen Gliedmaßen, aber zu klein, um zu leben, eine aufgewühlte Mutter und Spekulationen darüber, wie ihr Ehemann die neuerliche Totgeburt aufnehmen würde. Es gab keine besonderen Enthüllungen, also schmückte Jemima ihren Bericht selber ein wenig aus.

»Kitty wird nicht mehr lange leben, sagen sie«, flüsterte sie, merkte aber sofort, dass sie zu weit gegangen war. Der Kopf der Witwe schnellte hoch.

»Willst du damit sagen, dass du den Willen des Herrn kennst?«

In seiner Ecke seufzte Isaiah aus Sorge um ihre unsterbliche Seele, während Jemima seiner Mutter hastig versicherte, dass das nicht in ihrer Absicht läge.

Nachdenklich blickte die Witwe aus dem Fenster. Jemima sah, wie sie plötzlich hochfuhr und das kleine Gesicht mit der spitzen Nase auf einen Punkt in der Ferne richtete. Wie ein Jagdhund, dachte Jemima, verdrängte aber den Gedanken sofort wieder, damit die Witwe ihn ihr nicht ansah.

»Was ist mit dem Fremden dort?«, sagte die Witwe und zeigte mit leicht zitterndem Finger auf den Punkt.

Isaiah stand abrupt auf und trat ans Fenster. Dabei ging er so dicht an Jemima vorbei, dass sie seinen Geruch wahrnahm: trocken und leicht staubig, als stünde er neben den Porzellanfigurinen seiner Mutter auf dem Regal. Sie zwang sich, ebenfalls aus dem Fenster zu blicken.

Auf der Brücke stand ein Mann und blickte in Richtung von Hidden Wolf. Groß und gut gebaut, dunkelrote Haare, die zu einem Zopf zusammengefasst waren, gekleidet wie ein Jäger: hirschlederne Hose und Jacke und Mokassins. Quer über seinem Rücken hing ein Gewehr und in einem breiten Ledergürtel steckte ein Tomahawk. Auf den ersten Blick sah er aus wie jeder andere Trapper. Um diese Jahreszeit kamen sie häufig nach Paradise, um etwas Warmes zu essen zu bekommen. Sie blieben selten länger als eine Nacht und ließen kaum mehr als ein paar Münzen zurück, die sie für Bier oder Axels Schnaps ausgaben. Jemima wollte gerade diese Vermutung äußern, als der Mann sich umdrehte.

»Mein Gott!«

Die Witwe beugte sich vor. »Kennst du den Mann?«

Ein einziges Mal kümmerte Jemima sich weniger um Lucy Kuicks Neugier als um ihre eigene. Sie musterte den Fremden so genau, wie die Entfernung es erlaubte, und ihr Herz schlug so schnell, dass sie die Hand darauf drückte, um es zu beruhigen. Als

37

er seinen Hunden gepfiffen und in den Ort hinein gegangen war, holte sie tief Luft und stieß sie langsam wieder aus.

Die Witwe kniff Jemima so fest in den Unterarm, dass sie zusammenzuckte. »Ich habe dich etwas gefragt.«

»Das ist Liam Kirby«, erwiderte sie. »Ich habe ihn zuerst kaum erkannt.«

»Liam Kirby?« Auf den eingefallenen Wangen der Witwe brannten rote Flecken. »Ich kenne keinen Liam Kirby. Ist er mit Billy verwandt?«

»Ja, er ist sein jüngerer Bruder. Vor ein paar Jahren ist er aus Paradise fortgegangen. Ich dachte ... jeder muss geglaubt haben, er sei tot.«

»Offensichtlich ist er das nicht.« Die Witwe nahm ihren Stickrahmen wieder auf. »Geh ins Dorf und finde heraus, warum er hier ist.«

»Wahrscheinlich ein alter Verehrer, der Jemima einen Antrag machen will«, warf Isaiah mit spöttisch hochgezogenen Augenbrauen ein.

Jemima blinzelte. »Ich war zehn, als er wegging. Wenn Liam Kirby wieder nach Paradise zurück kommt, dann muss das etwas mit den Bonners zu tun haben. Mit Hannah Bonner.«

Die Witwe und Isaiah wandten ihr sofort wieder ihre Aufmerksamkeit zu. Aber was sollte Jemima einer Frau erzählen, die von Anfang an eine Abneigung gegen Hannah gehabt hatte, oder auch ihrem einzigen Sohn, bei dem genau das Gegenteil der Fall war? Jemima wusste sehr wohl von Isaiahs Interesse an Hannah, und es tat ihr weh.

Hastig suchte sie nach etwas, was die Neugier der beiden befriedigen würde, ohne zu viel zu enthüllen. Das alles wollte sie sich erst selbst in Ruhe überlegen.

Die Witwe musterte Jemima eindringlich, als ob sie in ihrem Gesicht lesen könne. »Sprich, Mädchen.«

Jemima räusperte sich. »Die Bonners nahmen Liam auf, als Billy starb.«

Die Witwe warf den Kopf zurück. »Billy Kirby, der ihr Schulhaus niedergebrannt hat? Nathaniel Bonner nahm Billy Kirbys Bruder auf?«

Jemima nickte. Wenn sie sich auf eins verlassen konnte, so war es die Tatsache, dass die Witwe niemals eine Geschichte vergaß. Die Geschichte der Schule von Paradise – vor allem Elizabeth Bonners Rolle darin – hatte sie von Anfang an interessiert. Sie hatte die Vorstellung nicht ertragen können, dass in dieser Schule Mädchen und Jungen im gleichen Raum saßen, und sie hatte mehr als einmal versucht, sie schließen zu lassen.

»Wahrscheinlich haben sie ihn wieder hinausgeworfen.«

»Nein«, erwiderte Jemima. »Das war es nicht. Als sie in jenem Jahr so plötzlich nach Schottland fuhren ...«

Die Witwe kniff die Lippen zusammen und Jemima schwankte einen Moment lang. Normalerweise beging sie nicht den Fehler, Falkenauges Familie in Schottland zu erwähnen; nichts machte ihre Herrin wütender als die unwiderlegbare Tatsache, dass ein Waldläufer und Jäger höher gestellte Verbindungen hatte als sie. Die Überraschung, Liam zu sehen, hatte sie durcheinander gebracht, aber jetzt konnte sie nur noch fortfahren und hoffen, dass sie die Gedanken der Witwe von den schottischen Grafschaften ablenken konnte.

»Und damals ist er einfach verschwunden. Ohne ein Wort ist er eines Tages gegangen und seitdem war er nicht wieder hier. Ich habe mich immer gefragt ...« Sie brach ab.

Jemima hatte sagen wollen, sie habe sich immer gefragt, ob er wohl eines Tages wegen Hannah wieder zurückkommen würde. Aber das würde die Witwe und ihren Sohn unnötig provozieren, und außerdem wollte sie selbst auch nicht darüber nachdenken. Also äußerte sie eine andere Theorie, die ihr ein wenig besser gefiel.

»Manche glauben, Liam habe das Tory-Gold gefunden, es gestohlen und sei deshalb weggelaufen.«

Die Witwe verzog ungläubig das Gesicht. »Noch mehr absurde Geschichten über die Bonners, so wahrscheinlich wie Schnee im Juli. Dass dieser Liam ihnen weggelaufen ist, zeigt zumindest, dass er gesunden Menschenverstand hat. Und jetzt ist er also zurück-gekommen. Warum nur?«

Isaiah verzog sich wieder in seine Ecke. »Du wirst es bestimmt herausfinden, Mutter.«

»Ich habe nicht vor, so lange zu warten.« Nachdenklich befingerte die Witwe ihre Trauerbrosche. Dann blickte sie Jemima scharf an.

»Sie werden heute Nachmittag wahrscheinlich das Kind beerdigen. Da ist es nur Recht, wenn ich dich hinschicke, um meinen Respekt zu erweisen. Sprich ein christliches Gebet für Todds Tochter. Wenn sich der gute Doktor mit Heiden und Papisten umgibt, dann ist das doch das Beste, was ihm passieren kann.«

Jemima schluckte. Ihr war heute zum ersten Mal seit drei Monaten ein freier Nachmittag versprochen worden, aber wenn sie die Witwe jetzt daran erinnern würde, könnte es Ärger geben. Seufzend nickte Jemima.

Die Witwe beugte sich wieder über ihre Stickerei. Sie sah äußerst zufrieden aus.

Am Nachmittag gingen Nathaniel und Falkenauge in den Ort, um Curiosity abzuholen. Hannah hatte alle aus der Hütte verscheucht, solange Selah Voyager schlief, also machte sich Nathaniel auf den Weg, ohne ihr die Fragen zu stellen, die sie zwangsläufig erwarten musste.

Falkenauge sah die geheimnisvolle junge Frau gar nicht und wusste von ihr nur, was Nathaniel berichten konnte.

Nathaniel war froh, dass er Gelegenheit hatte, mit seinem Vater über alles zu sprechen. Das Alter machte viele Menschen ungeduldig, aber Falkenauge war mit seinen fünfundsiebzig Jahren so beständig wie der Himmel über ihnen. Nie gab er ein vorschnelles Urteil ab und war nur schwer aus der Ruhe zu bringen.

Auch jetzt lauschte er seinem Sohn, ohne Fragen zu stellen. Als Nathaniel jedoch mit seinem Bericht zu Ende war, kam er ohne Umschweife zum Thema.

»Du hast vermutlich Recht. Wenn du Fragen stellen willst, musst du bei Curiosity anfangen«, sagte er. »Aber ich bin mir nicht sicher, ob du das überhaupt solltest. Denk lieber zweimal darüber nach, Sohn.«

Nathaniel warf ein: »Ich kann Probleme nicht vermeiden, wenn ich nicht weiß, aus welcher Richtung sie kommen.«

Falkenauge neigte den Kopf. »Du kannst dir aber trotzdem Probleme einhandeln. Wie ich es sehe, werden Curiosity und Galileo dem Mädchen weiterhelfen, sobald es ihr wieder gut genug geht. Wenn sie ihr helfen möchten, geht uns das nichts an. Ich wäre gar nicht überrascht, wenn auch Joshua etwas damit zu tun hätte. Wer könnte dem Mädchen schließlich besser helfen als Menschen, die selber einmal Sklaven waren?«

Genau das hätte Elizabeth heute früh auch gesagt, wenn er sie hätte ausreden lassen. Joshua Hench war frei, weil die Bonners sich um sein Wohlergehen kümmerten, und wenn er in der Lage war, anderen zu helfen, so war daran nichts auszusetzen. Nathaniel musste sich eingestehen, dass ihm das nicht eingefallen war, als Elizabeth ihm von Selah Voyager erzählt hatte; das würde er ihr heute Abend auch unbedingt sagen müssen.

»Vielleicht, ja«, meinte er schließlich. »Aber ich habe ein schlechtes Gefühl dabei.« Als sein Vater schwieg, fuhr er fort: »Ich möchte nicht, dass Curiosity und Galileo Schwierigkeiten bekommen.«

Eine Zeit lang gingen sie schweigend nebeneinander her. Sommer lag in der Luft und mit ihm die Gefahr einer neuen Seuche. Nathaniel dachte so angestrengt darüber nach, dass er zuerst nicht hörte, was sein Vater sagte, sodass Falkenauge es wiederholen musste.

»Weißt du eigentlich, wie Curiosity und Galileo sich kennen gelernt haben?«

Nathaniel nickte. »Das war, bevor Elizabeths Großvater Clarke sie freigekauft hat, und dann haben sie für den Richter gearbeitet. Das ist alles, was ich weiß.«

»Sie haben sich auf dem Auktionspodest kennen gelernt«, sagte

Falkenauge. »Beide wurden als Jugendliche an denselben Farmer in der Nähe von Philadelphia verkauft.«

»Warum kenne ich die Geschichte nicht?«, fragte Nathaniel.

Sein Vater zuckte mit den Schultern. »Sie reden nicht viel von früher. Es ist sechzig Jahre her, aber Galileo kann von jenem Morgen, an dem sie ihn seiner Mutter weggenommen haben, erzählen, als sei es gestern gewesen. Vermutlich muss er diesem Mädchen, aber auch jedem anderen, der seine Hilfe sucht, einfach beistehen. Du oder ich würden nicht anders handeln.«

»Das gebe ich gerne zu«, erwiderte Nathaniel. »Aber da ist ja auch noch Eichhörnchens Rolle in dem Ganzen. Ich möchte nicht, dass sie sich in Gefahr bringt, ganz gleich, wie gut die Sache auch gemeint sein mag.«

Falkenauge blieb stehen. Sein Gesicht zeigte einen Ausdruck, den Nathaniel nur zu gut kannte: eine Art von Mitgefühl, gemischt mit Unruhe. Offenbar hatte er vor, ihm harte Worte zu sagen.

»Ich bin nicht sicher, dass sie wirklich etwas damit zu tun hat. Und selbst wenn, sie wird diesen Sommer achtzehn und du nennst sie immer noch bei ihrem Kindernamen. Du hast Glück, dass sie noch nicht fortgegangen ist, Sohn. Sie ist alt genug, um ihre eigenen Entscheidungen zu treffen.«

»Nicht, wenn diese Entscheidungen die übrige Familie in Gefahr bringen.«

»Du weißt sehr wohl«, erwiderte Falkenauge stirnrunzelnd, »dass dies nicht in ihrer Natur liegt.«

»Ich behaupte ja auch nicht, dass sie es absichtlich tut.« Nathaniel rieb sich mit der Hand übers Gesicht. »Aber sie ist eigensinnig und sie ist jung.«

»Sie ist älter als du warst, als du weggegangen bist«, sagte Falkenauge. »Deine Mutter und ich haben uns zu Tode geängstigt, da wir genau wussten, in was für Schwierigkeiten du dich bringen konntest. Aber wir haben dich gehen lassen, und es ist an der Zeit, dass du dir Gedanken über den Tag machst, an dem du sie nicht mehr zurückhalten kannst. Sie wird dich nicht enttäuschen, Sohn. Enttäusch du sie auch nicht. Vertrau ihr.«

Nathaniel zuckte ein wenig zusammen, aber er schluckte den Widerspruch, der ihm auf der Zunge lag, hinunter, als ihnen Jemima Southern entgegen kam.

Sie blieben stehen und warteten, bis sie bei ihnen war. Ihr Gesicht war gerötet vom Aufstieg und die Farbe stand ihr gut. Sie war kein schönes Mädchen, aber nett anzusehen und solide. Wenn sie nicht so zänkisch wäre, hätte sie mittlerweile sicher einen Ehemann gefunden. Im Stillen musste Nathaniel zugeben: wenn Jemima Southern sich alleine in der Welt zurechtfand, dann galt das Gleiche sicher auch für seine Tochter.

»Ich grüße dich, Mima«, sagte Falkenauge, als sie vor ihnen stand. »Willst du unsere Hannah besuchen?«

Sie zog ihren Umhang fester um sich. »Die Witwe schickt mich, damit ich an der Beerdigung teilnehme.« Während sie mit ihnen redete, blickte sie nach oben in die Baumwipfel, eine Angewohnheit, die Nathaniel an ihren Vater erinnerte, einen Mann, der ungeheuer misstrauisch gewesen war und ein aufbrausendes Temperament gehabt hatte.

Falkenauge betrachtete sie mit viel mehr Sympathie, als Nathaniel jemals aufbringen konnte. Er sagte: »Wie umsichtig von dir, aber wir haben das kleine Mädchen schon vor einer Stunde beerdigt. Elizabeth hat einen Bibelvers vorgelesen, falls die Witwe sich deswegen Gedanken gemacht hat.«

Jemima verkniff sich ein Lächeln. Sie erwiderte: »Dann gehe ich gleich wieder zur Mühle zurück.« Trotzdem blieb sie auf dem Pfad stehen, biss sich auf die Lippe und blickte in die Bäume.

»Möchtest du etwas sagen?«, fragte Nathaniel.

Mit blitzenden Augen schaute sie auf. »Habt Ihr von Liam Kirby gehört?«

Der Name überraschte Nathaniel, aber Falkenauge war nicht aus der Ruhe zu bringen.

»Nicht dass ich wüsste. Gibt es denn Neuigkeiten von dem Jungen?«

Jemima warf ihm einen Blick von der Seite zu. »Ich habe ihn

heute Morgen im Ort gesehen. Ich dachte, er sei vielleicht bei Euch vorbeigekommen, schließlich ist er ein alter Freund.«

Nathaniel sagte: »Wenn er tatsächlich hier ist, dann wird er das bestimmt noch tun. Wir würden uns freuen, ihn zu sehen, vor allem Hannah.«

Das Mädchen errötete, und Nathaniel bedauerte, dass er sich dazu hatte hinreißen lassen, etwas so Gemeines zu sagen. Jeder wusste, dass Jemima nie aufgehört hatte, an Liam zu denken, das stand ihr im Gesicht geschrieben. Und natürlich hatte sie auch die Gerüchte über das gestohlene Gold gehört. Wahrscheinlich war sie in der Hoffnung auf eine Auseinandersetzung zwischen Kirby und den Bonners gekommen, um der Witwe Kuick sofort davon erzählen zu können. Nur konnten sie jetzt in Lake at the Clouds keine Fremden gebrauchen, solange Selah Voyager nicht weitergezogen war.

Falkenauge dachte offensichtlich das Gleiche. »Vielleicht kommst du uns besser ein anderes Mal besuchen«, sagte er, »wenn Elizabeth und Hannah sich ausgeschlafen haben.«

Aber Jemima war noch nicht fertig. Sie stand auf dem Pfad, als gehöre er ihr.

»Als ich ging, kam gerade Dr. Todd von Johnstown angeritten.« Sie lächelte freundlich. »Haltet Euch lieber fern von ihm, er ist sternhagelvoll.«

Ob sie nun wollten oder nicht, sie mussten Richard Todd und sein Haus auf jeden Fall aufsuchen. Er saß mit einer Brandyflasche, die zu zwei Dritteln leer war, in seinem Arbeitszimmer. Er war ein großer Mann, der bereits ein bisschen schwammig um die Hüften wurde. Seine Haare lichteten sich und in seinem rötlich-goldenen Bart waren die ersten Silberfäden zu sehen. Richard lauschte, als Falkenauge ihm berichtete, was sie für sein Kind hatten tun können.

»Wir haben sie genau zwischen deine und meine Mutter gelegt«, fügte Nathaniel hinzu. Er hoffte, es würde Todd trösten zu wissen, dass seine Tochter zwischen zwei Frauen lag, die er geliebt und

44

respektiert hatte. Der Mann verdiente Mitgefühl, auch wenn zwischen ihnen viel und hauptsächlich Schlimmes vorgefallen war.

»Wie geht es Kitty?«, fragte Falkenauge.

»Schlecht, aber sie wird sich schon wieder erholen. Das tut sie immer.« Er sagte das zwar nicht so, als bedauerte er diese Tatsache, aber seine Stimme klang erschöpft, wütend und traurig. Nathaniel wollte schon Mitleid mit ihm empfinden, als Richard aufblickte und fortfuhr: »Kannst du dich noch an den Tag erinnern, als ich Elizabeth mitgeteilt habe, du könntest kein Kind zeugen? Den Ausdruck auf ihrem Gesicht vergesse ich nicht. Aber du hast bewiesen, dass ich Unrecht hatte, also bin ich wahrscheinlich der Hanswurst.«

Falkenauge warf ein: »Das ist ein merkwürdiges Thema für einen Tag wie heute, Todd.«

Er schüttelte den Kopf. »Ich gestehe etwas, Falkenauge. Das kommt nicht allzu oft vor, also solltet ihr mir gut zuhören. Nathaniel hat mittlerweile wie viele Kinder ... vier? Und drei liegen unter der Erde, die auch von ihm stammen. In dieser Hinsicht haben wir zumindest gleichgezogen. Das war ein Wettbewerb, den ich nicht gewinnen wollte.«

Nathaniel wollte aufbrausen, aber sein Vater legte ihm begütigend die Hand auf die Schulter. »Wenn du Streit suchst«, sagte er, »wirst du ihn bei uns nicht finden. Wir wollten nur rasch mit Curiosity sprechen und dann wieder nach Hause gehen. Ethan nehmen wir ein paar Tage mit nach Lake in the Clouds, wenn du ihn entbehren kannst.«

Richard grunzte: »Tut, was euch beliebt.« Dann warf er Nathaniel einen Blick zu. »Wenn ihr mit diesem kleinen Kondolenzbesuch fertig seid, könnt ihr mich in Frieden lassen.«

Curiosity wartete in der Diele auf sie. Gedankenverloren stand sie mit verschränkten Armen da. Wenn sie so müde war wie jetzt, erinnerte sie Nathaniel immer an seine Mutter, auch eine Frau, die mit den Jahren immer lederhäutiger geworden war.

Als sie aufblickte, sah Nathaniel an ihrem Gesichtsausdruck sofort, dass sie zumindest einen Teil des Gesprächs mitbekommen hatte.

»Ich habe Ethan schon hinaufgeschickt«, sagte sie. »Es tut dem Jungen nicht gut, wenn er seine Ma jammern hört.«

Falkenauge sagte: »Blue-Jay und Daniel kümmern sich um ihn. Wir hoffen, dass auch du einmal vorbeikommst, Curiosity. Das heißt, wenn du Kitty eine Weile allein lassen kannst und genügend Zeit hast.«

Sie musterte sie eindringlich. Nathaniel kannte diese Frau schon sein ganzes Leben, und doch überraschte es ihn immer wieder, wie sie in den Gesichtern der Menschen zu lesen vermochte.

»Probleme?«

Falkenauge hob eine Schulter. »Vielleicht. Wir sind uns noch nicht ganz sicher.«

Sie nahm einen Umhang vom Gestell und schlang ihn um die Schultern. »Hoffentlich kann das noch ein paar Stunden warten. Es sieht so aus, als ob Lucy Greber ihr sechstes Kind zur Welt bringen möchte.«

»Wir gehen noch mit dir zum Stall«, sagte Nathaniel.

»Das hatte ich gehofft.«

Als sie aus dem Haus waren, seufzte Curiosity. »Ich würde Richard gern ändern. Ich weiß auch nicht, warum manche Menschen wütend werden, wenn sie verletzt sind.«

»Das liegt am Brandy«, meinte Falkenauge.

»Natürlich, umso schlimmer für ihn.«

Richard Todd war ihr Arbeitgeber, aber er war auch das erste Kind gewesen, das Curiosity jemals entbunden hatte. Sein Geld, seine Stellung in der Gesellschaft oder sein aufbrausendes Wesen schüchterten sie nicht ein. Vor nicht allzu langer Zeit hätte Nathaniel nicht geglaubt, dass Curiosity jemals so gut mit Richard auskäme, dass sie ihm sogar den Haushalt führen würde, aber dann starb der alte Richter und Kitty hatte zum ersten Mal in ihrem Leben Entschlossenheit gezeigt und erklärt, sie würde nicht ohne Curiosity und Galileo in Paradise bleiben. Um Kittys und um des lieben Friedens willen hatte Richard sich schließlich mit Curiosity geeinigt, aber so waren sie jetzt von seinen Launen abhängig.

Richard war so beschäftigt damit, sich auszurechnen, was er alles nicht hatte, dass er kaum das Nächstliegende sah: Kitty war eine gute Frau, nicht mehr so verspielt wie früher und eifrig darauf bedacht, es ihm recht zu machen. Sie hatte ihm aus ihrer ersten Ehe mit Elizabeths Bruder Julian einen Sohn mitgebracht, und dieser Sohn hatte mehr als die Hälfte der Besitztümer des Richters geerbt. Also war Richard eigentlich fast alles zugefallen, was er haben wollte.

Galileo sattelte gerade Curiositys Pferd, als sie in den Stall traten. Er blickte auf und lächelte.

»Na, das ist aber schön, euch zu sehen«, sagte er. »Ich kann mich schon gar nicht mehr erinnern, wann ihr das letzte Mal zusammen bei uns wart.«

Nathaniel kam gerne hierher. Der Stall war genauso aufgeräumt wie Curiositys Küche und man merkte sofort, dass ein Mann darin herrschte, der etwas von Tieren verstand. Hier drin war es so still und ruhig wie in einem Versammlungshaus der Quäker, und alles befand sich an seinem Platz.

Galileo war ein bisschen jünger als Falkenauge, aber das Leben hatte ihm übel mitgespielt. Sein Rücken wurde jedes Jahr gebeugter und mittlerweile waren Curiosity und er gleich groß, obwohl sich Nathaniel noch gut an eine Zeit erinnern konnte, als das nicht der Fall gewesen war. Ein paar Minuten lang redeten sie übers tägliche Leben: Schneeschmelze und Saat, Felle, Fohlen und Frühlingslämmer. Galileo blickte sie unverwandt an, und Nathaniel fiel auf, wie schlecht seine Augen während des Winters geworden waren. Über den dunklen Pupillen lag ein milchiger Schleier. Eichhörnchen machte sich Sorgen um ihn und erst kürzlich hatte sie erwähnt, dass sie mit Richard Todd seinetwegen sprechen wollte.

»Ich denke, ihr habt die Neuigkeiten über Liam Kirby schon gehört«, sagte Galileo zu den Männern. Curiosity hob ruckartig den Kopf.

»Liam Kirby?«

»Er ist im Dorf«, sagte Nathaniel. »Jemima Southern hat es uns erzählt, aber wir haben ihn noch nicht getroffen.«

47

Sie machte einen Schritt auf ihren Mann zu. »Warum hast du mir nichts davon erzählt?«

»Weil du mir keine Gelegenheit dazu gegeben hast«, antwortete Galileo. »Vor ungefähr einer halben Stunde ist Joshua mit der Nachricht zu mir gekommen.«

Curiosity fuhr erregt fort: »Wenn Lucy nicht unbedingt heute ihr Kind auf die Welt bringen müsste, würde ich mich auf die Suche nach Liam machen und ihm ein paar Fragen stellen. Was soll das, nach so langer Zeit einfach wieder aufzutauchen? Wir haben uns doch Sorgen gemacht.«

Galileo warf ihr einen Seitenblick zu. »Joshua meint, der junge Liam sei jetzt Sklavenjäger geworden.«

Bei dieser Bemerkung zuckte selbst Falkenauge zusammen. Nathaniel dachte an Selah Voyager oben in Lake in the Clouds, und ihm schnürte es die Kehle zu.

»Das glaube ich nicht«, erwiderte Curiosity knapp. »Liam war immer ein guter Junge. Wie kommt Joshua auf eine solche Idee?«

Galileo zuckte mit den Schultern. »Er hat gehört, wie Liam Jed McGarrity gefragt hat, ob er irgendwelche fremden Afrikaner hier in der Gegend gesehen hat.«

Curiosity schloss die Augen und öffnete sie dann wieder. »Ich glaube es trotzdem nicht. Das passt nicht zu dem Jungen, den ich kenne.«

»Das ist acht Jahre her«, sagte Nathaniel. »Du weißt nicht, was acht Jahre bei einem jungen Mann anrichten können, wenn er in die falsche Gesellschaft gerät. Und vielleicht ist es gar kein Zufall, dass er ausgerechnet heute hier auftaucht und nach entlaufenen Sklaven sucht. Eichhörnchen und Elizabeth fanden heute früh auf dem Heimweg eine junge Frau. Sie ist den ganzen Fluss entlang gewandert, bis hierher.«

Bei seinen Worten wurde Curiositys Gesicht ausdruckslos, und auch Galileo blieb still.

»Hat sie euch ihren Namen gesagt?«, fragte Galileo.

»Sie heißt Selah und sie fragt nach euch. Sie trägt ein Amulett.«

48

Nathaniel hatte Sorge und Aufregung erwartet, aber statt dessen zeichnete sich auf Curiositys Gesicht Erleichterung ab.

Sie sagte: »Dem Herrn sei Dank, dass er sie sicher hierher gebracht hat.«

Galileo grunzte. »Noch ist sie nicht in Sicherheit. Zumindest wissen wir jetzt, warum Liam wieder nach Paradise gekommen ist.« Zu Nathaniel und Falkenauge gewandt erklärte er: »Wir wollten euch nicht mit hineinziehen.«

Curiosity runzelte die Stirn. »Sie werden nicht mit hinein gezogen. Joshua bringt das Mädchen heute Abend auf den Weg und in Hidden Wolf wird niemand je wieder etwas von ihr hören oder sehen.«

Falkenauge räusperte sich. »Ich dachte mir, dass du so etwas sagst, aber du kennst nicht die ganze Geschichte. Hannah sagt, sie hat das Lungenfieber.«

Curisoity und Galileo wechselten einen Blick, und dann straffte Curiosity ihre Schultern und stieg behände wie eine Zwanzigjährige auf ihr Pferd.

»Die Leute werden reden, wenn ich direkt in die Berge reite, und das können wir im Moment wirklich nicht brauchen. Wir wollen hoffen, dass Liam ihre Spur nicht bis zu Lake in the Clouds verfolgt hat. Sobald Lucy ihr Kind hat und ich noch einmal nach Kitty gesehen habe, komme ich zu euch.«

Galileo reichte ihr die Zügel und tätschelte ihr nachdenklich das Knie. »Du hast seit zwei Tagen keine Nacht mehr geschlafen, Frau.«

Sie lächelte ihn an. »Sobald ich kann, komme ich zu euch. In der Zwischenzeit habt ein Auge auf Liam Kirby, bis ich Gelegenheit hatte, mit dem Jungen zu sprechen und ihm den Kopf zu waschen.«

Hannah Bonners Tagebuch

12. April 1802. Abends.

Warm und klar. Die ersten Bienen summen im Gras.
Gestern Abend wurden Elizabeth und ich zu Kitty Todd gerufen, die in
den Wehen lag, und heute früh um vier Uhr wurde sie von einer tot gebore-
nen Tochter entbunden. Die Nachgeburt kam ohne Schwierigkeiten. Cu-
riositys gute Salbe und ein Bad aus Gänsefingerkraut, Kamille und Ysop
verschafften der armen Mutter ein wenig Erleichterung.
Gestern Nacht hat meine Tante Viele Tauben von Beeren in den Erdbeer-
feldern geträumt.
Miss Selah Voyager ist zu uns gekommen und hat ein Fieber mitgebracht.
Ihr Puls ist beschleunigt und in beiden Lungenflügeln rasselt es. Sie hus-
tet, hat aber keinen Auswurf. Ihr Urin ist trübe. Ich habe ihr einen Tee
aus Weidenrinde und Mädesüß gegen das Fieber und einen Zwiebel- und
Kampferumschlag gegen den Husten gegeben. Eine Wunde an ihrem
Bein habe ich mit Ulmenrinde verbunden. Ihr Kind bewegt sich kräftig,
scheint aber noch nicht bereit zu sein, zur Welt zu kommen. Ich glaube,
sie wird wieder gesund, wenn sie nur lange genug still liegen bleibt, und
wenn wir die Sklavenjäger, vor denen sie Angst hat, in Schach halten
können.

3 Lily Bonners Vater und Großvater gingen ohne
sie in den Ort, und deshalb entwickelte sie einen Plan: Heute Nachmittag, wenn die Frauen beschäftigt waren
und die Jungen versuchten, ihren Vetter Ethan von seinem Kummer abzulenken, wollte sie zum See laufen und abends so viele
Fische nach Hause mitbringen, dass alle sich satt essen konnten.
Stint in Maismehl gebacken würde ihrer Mutter gefallen, ihren
Vater beeindrucken und vor allem ihren Bruder ärgern.

Rasch fand sie ein Fischnetz in der richtigen Größe, aber um den Segeltucheimer von seinem Haken an der Schuppenwand zu holen, musste sie auf ein Fass klettern. Sie war zart gebaut und klein für ihr Alter – sogar kleiner als ihre Kusine Kateri, die ein Jahr jünger war. Aber sie war flink und es gelang ihr ohne Probleme.

Jetzt wäre Lily eigentlich davongehuscht, aber auf der Veranda saß Hannah mit ihrem Tagebuch im Schoß.

Ihre Schwester hatte einen Gesichtsausdruck, den sie immer zur Schau trug, wenn jemand kränker war als er sein sollte, so als sei das eine persönliche Beleidigung für sie. Sie machte oft so ein Gesicht, auch wenn sie eigentlich Anlass gehabt hätte zu lächeln.

»Kleine Schwester, willst du etwa diesen Eimer ganz alleine schleppen, wenn er voll ist?«

Lily zuckte zusammen, als sie die Stimme ihrer Schwester hörte. Dass jemand ihre Gedanken lesen konnte, jagte ihr einen Schauer über den Rücken. Manchmal hatte sie das Gefühl, ihre Stirn sei aus Glas und man könne die Gedanken dahinter sehen wie auf den Seiten eines Buches.

Sie stellte den Eimer auf die Stufen zur Veranda. »Ich bin stark wie ein Junge.«

»Stärker«, erwiderte Hannah.

Lily schniefte. »Im See gibt's viele Stinte, und außer mir hat es niemand gemerkt.«

»Wo sind die Jungen?«

»Sie sind mit Ethan zum Fort gegangen.«

»Hmm.« Hannah fächelte sich mit ihrem Heft Luft zu. »Vielleicht geht ja Großvater mit dir zum See, wenn er aus dem Ort zurück kommt.« Wieder las sie ihre Gedanken, aber dieses Mal machte es Lily nichts aus.

Sie beugte sich zu ihr, damit sie in das Tagebuch sehen konnte, das auf den Knien ihrer Schwester lag. Hannah malte oft Bilder zu ihren Eintragungen, aber diese Seite war nur mit ihrer sauberen Handschrift gefüllt. Lily betrachtete das Blatt einen Augenblick lang.

»Ist das ihr Name, Selah Voyager?«

Hannah nickte. »Es ist der Name, den sie gesagt hat.«

»Selah. Den Namen habe ich noch nie gehört. Ist das afrikanisch?«

»Ich weiß nicht. Du kannst sie ja fragen, wenn es ihr ein bisschen besser geht.«

»Wird sie sterben?«

»Eines Tages«, erwiderte Hannah. »Aber nicht heute oder morgen. Warum gehst du nicht zu Viele Tauben und siehst einmal nach, ob sie noch etwas zu essen für mich hat? Ich habe seit heute früh nichts mehr gegessen.«

Lily stand schon vor der Tür ihrer Tante, als sie bemerkte, wie sanft Hannah sie von ihren eigentlichen Plänen abgebracht hatte. Fast wäre sie zurückgelaufen und hätte ihr das gesagt, aber da rief Kateri nach ihr und Lily ließ sich bereitwillig in den Halbkreis der Frauen ziehen, die um den Ofen saßen. Das hier war verführerischer als Fischen: Ihre Mutter saß da und ihr Schoß war leer, für eine Weile hatte sie ihr Strickzeug beiseite gelegt. Lily schob sich an Kateri vorbei, um zu ihr zu gelangen. Dabei hielt sie kurz inne, um das Gesicht des jüngsten Sohnes von Viele Tauben zu betrachten, der in einer Trage auf ihrem Rücken schlief. Auch Tannen-Rascheln war da und nähte neue Hosen für Läuft-vor-Bärendavon, während sie gleichzeitig Kateri im Auge behielt, die ihren Mais für heute noch nicht gemahlen hatte.

Tannen-Rascheln war eine Kusine von Viele Tauben; sie war vor drei Jahren zu Besuch gekommen, und erst kürzlich war Lily klar geworden, dass sie nicht mehr die Absicht hatte, wieder wegzugehen. Ihr gefiel das gut: Tannen-Rascheln wusste viele Geschichten über die Kahnyen'kehàka in Guter Weidegrund, und sie hatte Lily auch ein Paar Mokassins mit wunderschöner Perlenstickerei gemacht. Bewundernd blickte sie auf die Schuhe, während sie sich zwischen die Beine ihrer Mutter hockte.

»Ich habe mich gerade gefragt, wo du bist«, sagte Elizabeth. Sie sprach Kahnyen'kehàka, allerdings mit einem fremden Rhythmus und verdrehten Sätzen, genauso wie Tannen-Rascheln Englisch sprach. Nur die Kinder waren wirklich in beiden Sprachen zu Hause. In dieser Hütte jedoch wurde nur Mohawk gesprochen. Viele Tauben und Läuft-vor-Bären-davon hatten sich dafür entschieden, ihre Familie außerhalb der Kahnyen'kehàka Langhäuser aufwachsen zu lassen. Viele Tauben sorgte aber dafür, dass die O'seronni Welt so gegenwärtig war, wie sie es für nötig hielt.

Lily rieb ihr Gesicht an der Schulter ihrer Mutter und kuschelte sich zurecht. »Schwester schickt mich, sie hat Hunger auf Suppe.«

Viele Tauben lächelte, ohne von ihrer Näharbeit aufzublicken. »Wenn Geht-Voran Zeit hat, an ihren eigenen Magen zu denken, dann ist der Gast wohl außer Gefahr.«

Elizabeth steckte eine lose Haarsträhne in den Zopf ihrer Tochter zurück. »Es ist sehr gut von dir, dass du dich um deine Schwester kümmerst.«

Lily wand sich wie ein Welpe. Ihr gefiel die Vorstellung, dass sie Sorge für Hannah trug. Sie war immer ein ernstes Kind gewesen, in sich gekehrt und ernsthaft selbst im Spiel, aber seit Robbies Tod hatte sie sich noch mehr zurückgezogen. Oft fühlte sie sich mit den anderen Kindern nicht wohl, stritt sich mit ihrem Zwillingsbruder und ihren Vettern und Kusinen und spielte lieber mit sich alleine. Daniel trauerte auch um Robbie, aber er stand jeden Morgen auf und fieberte dem neuen Tag entgegen. Seit der Jüngste gestorben war, fühlte Lily sich nur noch hier auf dem Berg sicher, umgeben von ihrer Familie.

Sie ist mir viel zu ähnlich, dachte Elizabeth, stellte ihre Tochter auf die Füße und stand ebenfalls auf. »Dann wollen wir deiner Schwester mal Suppe bringen.«

Als sie vor der Hütte waren, fragte Lily auf Englisch: »Was ist eigentlich ein Kopfgeldjäger?«

Elizabeth blieb stehen. »Wo hast du denn dieses Wort gehört?«

»Hannah hat es in ihrem Tagebuch geschrieben. Diese Selah Voyager hat Angst vor Kopfgeldjägern.«

Einem ersten Impuls folgend wollte Elizabeth Lily ausschimpfen, weil sie das Tagebuch ihrer Schwester gelesen hatte, aber das war ein alter Kampf und sie würde ihn letztendlich verlieren. Lily saß nicht gerne still im Klassenzimmer, aber sie las alles, was ihr in die Hände fiel.

»Ein Kopfgeldjäger ist ein Mann, der Verbrecher, entflohene Sträflinge oder Sklaven jagt und sie gegen Belohnung zurückbringt.«

Lily schürzte nachdenklich die Lippen. »War auch ein Kopfgeldjäger hinter Curiosity und Galileo oder Joshua Hench und Daisy her?«

»Nein«, erwiderte Elizabeth. »Curiosity, Galileo und Joshua sind ihren Besitzern nicht weggelaufen. Sie sind aus der Sklaverei freigekauft worden und Daisy ist in Freiheit geboren. Sie haben Freilassungspapiere, weißt du, ein rechtliches Dokument, in dem steht, dass die betreffende Person frei ist.«

Lily blickte sie nachdenklich an. »Habe ich auch Freilassungspapiere?«

Sie sagte das ganz ruhig, aber Elizabeth sah die Angst und Besorgnis in den Augen ihrer Tochter. Sie setzte sich auf die Treppe und zog Lily an sich.

»Du brauchst keine Freilassungspapiere. Niemand würde deine Freiheit anzweifeln, Lily. Du brauchst keine Angst vor Kopfgeldjägern zu haben.«

»Auch nicht vor Entführern, oder?«, drängte Lily.

»Auch nicht vor Entführern«, wiederholte Elizabeth geduldig. Wieder einmal wünschte sie sich, dass ihre Kinder nicht so begierig darauf wären, die Geschichten darüber zu hören, was ihnen passiert war, als sie gerade erst ein paar Monate alt waren.

»Alle wissen, dass ich frei bin, weil ich eine Weiße bin«, überlegte Lily laut. »Warum können wir dann nicht einfach so ein Papier für Selah schreiben?«

Überrascht stand Elizabeth auf. »Das wäre eine Fälschung, so als ob wir unser eigenes Geld drucken und behaupten würden, es käme vom Staat. Wir sind nicht befugt, Freilassungspapiere für Selah oder irgendjemand anderen auszustellen. Nach dem Gesetz wäre das Diebstahl.«

»Aber wenn doch eine Person nicht einer anderen gehören kann, wieso wäre das dann Diebstahl? Du kannst doch nicht etwas stehlen, was niemandem gehört.«

Es kam immer häufiger vor, das Elizabeth von der Klarheit der Logik der Achtjährigen entzückt und erschreckt zugleich war. Auch jetzt brauchte sie einen Moment, um eine vernünftige Antwort zu formulieren, aber Lily wartete geduldig.

»Das Problem ist, dass jemand behauptet, Selah Voyager gehöre ihm«, sagte sie schließlich. »Und das Gesetz unterstützt diese Behauptung.«

»Großvater sagt, Gesetze seien immer nur so gut wie die Männer, die sie schreiben«, sagte Lily. Plötzlich jedoch sprang sie, viel mehr ihrem Alter entsprechend, von der Veranda herunter und fing an zu lachen.

»Oh, sieh mal, Onkel hat Truthähne geschossen!«

Läuft-vor-Bären-davon trat aus dem Wald. Über seiner einen Schulter hingen zwei Vögel und über der anderen ein paar Kaninchen. Mit einer nachlässigen Handbewegung schleuderte er die Kaninchen Hector und Blue zu, die sich ihre Beute schnappten und zum Feuerbaum rannten, um sie dort zu fressen. Lily raffte ihre Röcke und lief auf ihren Onkel zu.

Furchtlos warf sie sich ihm entgegen und griff nach seinem Unterarm. Er zog sie damit hoch, sodass sie einen Augenblick lang wie ein Vogel in der Luft schwebte, dann packte er sie und nahm sie auf den Arm. Elizabeth hatte dieses Kunststück schon unzählige Male gesehen, aber ihr blieb jedes Mal immer noch das Herz stehen: ihre winzige Tochter auf dem Arm eines Kahnyen'kehàka-Kriegers. Einem Fremden wäre zuerst seine Größe aufgefallen, die Waffen, die er trug, sowie das Gesicht voller Kampfspuren und Pockennarben mit der Bärenklauentätowierung; Elizabeth jedoch sah einen Mann, der ihr beigebracht hatte, wie man ein Kaninchen fängt und häutet, wie man sich in den endlosen Wäldern geräuschlos bewegt, wie man eine ältere Person auf Mohawk begrüßt, ohne sie zu beleidigen, und zahllose andere Dinge. Läuft-vor-Bären-davon hatte ihr über die schwierigste Zeit ihres Lebens hinweggeholfen, und wenn sie ihn ansah, sah sie einen Freund, ebenso wie ihre Tochter.

Lily redete so schnell und so ernsthaft auf ihn ein, dass Läuft-vor-Bären-davon bereits alle Neuigkeiten des Tages wusste, als Elizabeth auf ihn zutrat.

»Willst du Selah Voyager kennen lernen, Onkel?«

»Ja, natürlich«, erwiderte Läuft-vor-Bären-davon, »wenn es ihr wieder besser geht.«

»Lauf jetzt und bring deiner Schwester die Suppe, sie wartet auf dich«, sagte Elizabeth zu Lily.

Lily sprang vom Arm wie vom Ast eines Baumes. Während sie von ihrer Mutter die Schüssel entgegennahm, griff Läuft-vor-Bären-davon in sein Jagdhemd und zog einen Brief hervor.

»Bring dies auch zu Geht-Voran.«

Elizabeth sah ihn überrascht an, aber der Blick, den er ihr zuwarf, sagte ihr, dass sie ihn erst danach fragen durfte, wenn Lily fort war. Lily bemerkte nichts davon.

»Ein Brief! Wer hat ihr denn einen Brief geschrieben?«

»Ein alter Freund«, erwiderte Läuft-vor-Bären-davon. »Sie wird sich darüber freuen; aber gib ihr zuerst die Suppe, sonst vergisst sie noch zu essen.«

Elizabeth kannte kaum jemanden, der weniger übertrieb als Läuft-vor-Bären-davon, aber sie fand die Geschichte, die er ihr erzählte, trotzdem fast unglaublich. Auf dem Heimweg hatte er Liam Kirby getroffen. Der Junge hatte an der Grenze zum Besitz der Bonners am Nordufer des Sees auf ihn gewartet, und er hatte Läuft-vor-Bären-davon gebeten, einen Brief für Hannah mitzunehmen.

In den Jahren, seit sie ihm das letzte Mal begegnet war, hatte Elizabeth stets voller Bedauern an Liam gedacht. Er war von Hidden Wolf in der irrigen Annahme fortgegangen, man hätte ihn für immer allein gelassen. Aber trotzdem verstand sie nicht, warum er dann nicht zurückgekommen war, als sie wieder zu Hause waren. Auch jetzt stellte sie diese Fragen, und Läuft-vor-Bären-davon erzählte ihr alles, was er wusste. Liam lebte, war ein erwachsener, ansehnlicher junger Mann geworden, trug ein teures Gewehr und hatte drei gute Hunde bei sich.

»Einen von ihnen wirst du noch kennen«, sagte Läuft-vor-Bären-davon.

»Warum sollte ich seinen Hund kennen?« Elizabeth legte den Kopf schräg.

Läuft-vor-Bären-davon blinzelte sie verschmitzt an. Offensichtlich wollte er zu diesem Thema nicht mehr sagen. Aber es gab schließlich auch drängendere Fragen, deshalb beschäftigte Elizabeth sich nicht weiter mit Liams Hunden.

»Wo ist er so lang gewesen? Und warum hat er nie von sich hören lassen?« Das war eigentlich nicht die Frage, die sie stellen wollte, aber sie brachte es nicht über sich, laut auszusprechen, was alle fürchteten: dass Liam deshalb ohne ein Wort verschwunden war, weil er etwas genommen hatte, was ihm nicht gehörte. Hannah weigerte sich, auch nur zu denken, er könne so etwas getan haben, aber es sprach einiges gegen ihn. Als sie im Herbst 1794 aus Schottland zurückkamen, war Liam weg gewesen und mit ihm all ihr Silber und die 800 Goldguineen, die aus Falkenauges Erbe noch übrig gewesen waren. Liam war außer der Familie der Einzige gewesen, der gewusst hatte, wo das Geld versteckt lag.

»Warum ist er denn nicht direkt hierher gekommen?«

»Er weiß nicht, ob er willkommen ist.«

»Nicht willkommen in Lake at the Clouds?« Elizabeths Verwirrung verwandelte sich in Ärger. Aber dann fiel ihr der Brief ein, den Liam Hannah geschickt hatte, und sie wandte sich bereits halb in Richtung der Hütte.

»Geht-Voran hat ihn zu uns zurückgebracht«, sagte Läuft-vor-Bären-davon, der ihre Gedanken erriet.

Elizabeth erwiderte: »Als er ging, waren sie doch beide noch Kinder.«

Liam war mit dreizehn aus Hidden Wolf weggelaufen, zwar noch kein Mann, aber auch kein Kind mehr. Alle wussten, wie sehr er und Hannah aneinander hingen, und deshalb war es um so unverständlicher, dass er verschwunden blieb. Elizabeth hätte

57

Läuft-dem-Bären-davon am liebsten erwidert, er irre sich: Hannah liebte Liam wie einen Bruder und nicht mehr. Aber dann sagte sie es doch nicht. Sie wollte erst einmal mit Hannah sprechen.

»Ich gehe jetzt zu ihr«, sagte sie zu Läuft-vor-Bären-davon.

»*Tkayeri*«, erwiderte er. »Es ist richtig so.«

Die beiden Familien in Lake at the Clouds nahmen das Abendessen grundsätzlich getrennt ein. Trotz ihrer aufrichtigen Bindung an Viele Tauben und ihre Familie freute sich Elizabeth immer auf diese Tageszeit: die Kinder waren müde und hungrig und stritten sich nicht mehr, während Nathaniel und Falkenauge nach ihrem Arbeitstag gesprächig waren und keine Eile zeigten, vom Abendbrottisch aufzustehen.

Heute jedoch war der normale Rhythmus gestört. Dass Selah Voyager und Liam Kirby am gleichen Tag aufgetaucht waren, hatte die Kinder neugierig gemacht und sie stellten so viele Fragen, dass Falkenauge schließlich auf den Tisch klopfte.

»Ihr drei macht einen Lärm wie ein ganzes Nest voller Amseln. Muss ich euch noch einmal daran erinnern, dass im Nebenzimmer eine kranke Frau liegt?« Er blickte sie streng an, und Lily, Daniel und Ethan schlugen die Augen nieder.

»Und lasst es mich ein für alle Mal noch einmal sagen: Ihr habt immer wieder alle Geschichten über Liam Kirby gehört. Wir wissen erst wieder etwas Neues, wenn eure Schwester mit ihm geredet hat. Und was diese junge Frau angeht, so kommt gleich Curiosity, um alles aufzuklären, aber ich möchte, dass ihr mir jetzt noch einmal ganz genau zuhört.«

Er beugte sich vor und sagte mit leiser Stimme: »Sie ist unser Gast und wir sind für ihre Sicherheit verantwortlich. Wenn ihr mit irgendjemandem über sie redet, wenn ihr nur ihren Namen erwähnt, so bringt ihr das Leben dieser Frau in Gefahr. Versteht ihr mich?«

Lily und Ethan nickten, aber Daniel presste die Lippen zusammen, als wenn er nur widerwillig gehorchte.

Nathaniel entging das nicht. »Sprich es aus, Sohn. Was immer du auch denkst.«

Daniel blickte zu Hannah und rasch wieder weg. »Liam Kirby ist die Gefahr«, sagte er bedeutungsvoll. »Er ist weggelaufen mit ...« Hannah machte ein Geräusch tief in ihrer Kehle, und Daniel schwieg. »Und jetzt ist er wieder hier und hat Selah Voyager auf den Berg verfolgt. Ich meine ...« Seine Stimme überschlug sich und er wurde rot. »Warum schickst du ihn nicht einfach wieder fort, Dad? Wir brauchen ihn hier nicht.«

Hannah entgegnete: »Wir müssen ihm Gelegenheit geben, alles zu erklären, kleiner Bruder.«

»Und wenn es stimmt?«, fragte Daniel. »Wenn er sie wirklich mit zurück in die Stadt nehmen und die Belohnung dafür kassieren will?«

»Er weiß ja gar nicht mit Sicherheit, dass sie hier ist«, warf Lily ein. »Vielleicht ist er gar nicht deshalb gekommen.« Sie warf ihrer Mutter einen fragenden Blick zu, und Elizabeth nickte bestätigend.

»Deshalb möchte Hannah auch mit ihm reden«, sagte sie. »Um herauszufinden, was genau er will und ob er von Miss Voyager weiß.«

»Natürlich weiß er es«, murrte Daniel. »Onkel hat ihn keine fünfhundert Meter von dem Pfad entfernt gefunden, auf dem sie gegangen ist, und er hat gute Spürhunde.«

»Wenn das der Fall ist, schicken wir ihn wieder fort«, sagte Hannah leise.

»Vielleicht geht er aber gar nicht«, warf Ethan ein.

Ethan war immer besonders ruhig, heute jedoch noch mehr als sonst. Die Sorge um seine Mutter war ihm deutlich anzusehen.

Hannah verstand sehr gut, wie verletzlich Ethan heute war. Wenn seine Bemerkung sie wütend machte, so zeigte sie es nicht, allerdings tat sie das sowieso selten, eine Haltung, die Lily an ihrer großen Schwester bewunderte, die sie sich aber noch nicht hatte aneignen können.

Jetzt sagte Hannah: »Wenn ich ihn wegschicke, dann geht er auch.«

Die Halsmuskeln des Jungen zogen sich zusammen, als ob er am liebsten heruntergeschluckt hätte, was er nun erwiderte: »Vom Berg vielleicht. Aber aus Paradise kannst auch du ihn nicht gegen seinen Willen wegschicken.«

Die drei Kinder blickten Nathaniel und Falkenauge an, um deren Meinung zu hören. Nathaniel holte tief Luft. »Tochter, lies uns den Brief noch einmal vor.«

Hannah trat an den Schreibtisch. Sie stand im Dämmerlicht am Fenster, ihre Zöpfe hingen glänzend und blauschwarz auf ihren Rücken herunter. Sie betrachtete den Brief einen Augenblick lang, dann las sie ihn mit klarer Stimme vor:

»Morgen warte ich im ersten Licht am niedergebrannten Schulhaus. Nur wenn du mit mir gehst, komme ich auf den Berg hinauf. Bitte rede mit mir. Die Dinge sind nicht immer so, wie sie scheinen. Dein aufrichtiger Freund, Liam Kirby.«

Falkenauge grunzte. »Das könnte alles bedeuten«, sagte er. »Ich bin zumindest neugierig.«

Nathaniel wandte sich direkt an seinen Sohn. »Ich glaube nicht, dass es gefährlich für sie ist, mit ihm zu sprechen. Wenn wir das dächten, ließen wir sie nicht gehen. Das weißt du doch, Daniel, oder nicht?«

Der Junge blickte langsam von seinem Teller auf und nickte.

Plötzlich klopfte es fest an der Tür. Elizabeth zuckte zusammen. Sie stand so rasch von ihrem Stuhl auf, dass er beinahe umgekippt wäre, wenn Nathaniel ihn nicht festgehalten hätte.

»Das ist nur Curiosity«, sagte Hannah, die aus dem Fenster geschaut hatte. »Galileo und Joshua sind bei ihr. Gott sei Dank.«

Curiosity nahm sich kaum Zeit, Elizabeth zu begrüßen, so eilig hatte sie es, zu dem Krankenbett zu gelangen, das die Männer in der langgezogenen Werkstatt im hinteren Teil des Hauses aufgestellt hatten. Hannah ging mit ihr und Elizabeth begann, den Tisch abzuräumen. Die Männer setzten sich, nur Joshua lief unablässig hin und her und kaute auf seiner Pfeife. Elizabeth mochte Joshua, er hatte einen trockenen Humor und war überraschend schlagfertig, obwohl er die meiste Zeit über nichts sagte. Jetzt versuchte sie, ihn zu beruhigen, indem sie ihn nach Daisy und den Kindern fragte, aber er beantwortete ihre Fragen so knapp wie möglich. Er würde sich weder ablenken lassen noch würde er sich mit ihr unterhalten, also brachte Elizabeth die Kinder ins Bett.

Schließlich stand sie wieder im Gemeinschaftsraum und blickte auf das Buch, das aufgeschlagen auf ihrem Schreibtisch lag. Morgen musste sie unterrichten und sie musste den Unterricht noch vorbereiten. Aber bevor die Angelegenheit mit Selah Voyager nicht geklärt war, würde sie sich wohl kaum darauf konzentrieren können, deshalb nahm sie ihr Strickzeug zur Hand.

»Schwer bei der Arbeit, wie ich sehe«, sagte Galileo mit seinem scheuen Lächeln zu ihr.

Elizabeth hielt ihren halb fertigen Strumpf hoch, damit er ihn betrachten konnte. Es war sicher kein Meisterwerk, aber sie war trotzdem stolz darauf. Stricken zu lernen war eine der schwierigsten Aufgaben in ihrem Leben gewesen, aber mittlerweile tröstete sie das Gleichmaß der Tätigkeit.

In ihrer Kindheit galt es als unschicklich für junge Damen, Spinnen, Weben oder Stricken zu lernen. Tante Merriweather hatte sogar etwas gegen feine Stickerei, aus Angst, das würde dazu führen, dass sie eine Brille bräuchte, was nach Meinung der Tante zwangsläufig eine schädliche Auswirkung auf das Interesse heiratswilliger junger Männer gehabt hätte. In Oakmere wurden Seide aus Mantua, indischer Musselin, bestickte Schals und Seidenbrokat nach Ballen bestellt und den Schneiderinnen übergeben.

Aber jetzt lebte Elizabeth zwischen zwei Welten, die beide ganz anders waren als Oakmere und die sich auch untereinander unterschieden: die anderen Frauen in Lake at the Clouds bearbeiteten Reh- und Hirschleder und nähten daraus Jacken, Jagdhemden, Lendenschurze und Hosen; unten im Ort wurde Flachs angebaut, geerntet, gesponnen und in einem mühsamen Prozess, der nie zu enden schien, zu Leinen gewebt. In der Welt von Viele Tauben hing der Ruf eines Mädchens zum Teil von der Qualität ihres Leders und der Perlenstickerei auf ihren Mokassins ab; in Paradise war eine junge Frau angesehen, die mit dem Weberschiffchen gut umgehen konnte. Elizabeth dagegen stand mit leeren Händen zwischen den beiden Welten.

Die Ehe war ganz plötzlich gekommen, als sie sich eigentlich schon damit abgefunden hatte, eine alte Jungfer zu bleiben. Ihre Kusinen waren mit Truhen voller Leinen, Silber und Porzellan in die Ehe entlassen worden; Elizabeth hatte nur ihre guten Kenntnisse in Latein, Französisch, Deutsch und alter und neuer Philosophie, ihre Vertrautheit mit Literatur von Euripides bis Pope, sowie ein solides mathematisches Wissen mitgebracht, jedoch keinen einzigen eigenen Löffel und auch keine praktischen Fähigkeiten. In gewissem Maß wurde dieser Mangel aufgehoben durch das Geld, das sie besaß – die Zinsen aus dem kleinen Erbe von ihrer Mutter und ihr Anteil am Besitz des Vaters, der nicht den Gläubigern in die Hände gefallen war. Mit dem Geld konnte sie Stoff und Garn, Knöpfe und Bänder kaufen. Aber in Paradise gab es keine Schneiderinnen.

Einmal im Jahr fuhr sie nach Johnstown, um zu kaufen, was es im Ort nicht gab, und im Gegenzug dafür, dass sie ihre Kinder unterrichtete, verwandelten die Frauen die Stoffe in Kleider und Bettwäsche. Und doch fühlte Elizabeth sich nicht wohl mit diesem Arrangement, bis sie schließlich stricken lernte. Einen vollen Monat lang nahm sie Unterricht bei Anna Hauptmann in der Poststation, und dann schließlich hatte sie ihr erstes Paar Socken fertig gestrickt.

Das zweite Paar hatte sie an ihre Tante Merriweather geschickt, nicht um die alte Dame zu schockieren, sondern als Beweis: aus einer New Yorker Frau war eine andere Frau geworden, die mit ihren eigenen Händen zumindest einen Teil dessen herstellen konnte, was ihre Familie benötigte.

»Du bist in Gedanken sehr weit weg, Stiefelchen.«

Nathaniels Stimme riss sie aus ihren Tagträumen. Galileo summte leise vor sich hin, während er Knöpfe aus einem Eichenstock schnitzte, Falkenauge und Nathaniel säuberten Gewehre, und sogar Joshua hatte sich hingesetzt, um eine Falle zu untersuchen, die repariert werden musste.

»Ja, das war ich in der Tat«, sagte Elizabeth, »aber jetzt bin ich wieder hier. Ich frage mich, was Curiosity und Hannah so lange machen.«

»Es muss vieles besprochen werden«, erwiderte Galileo. »Wir müssen die Umstände wissen, bevor wir das Mädchen weiter schicken können.«

Nathaniel und Elizabeth wechselten einen Blick, aber Joshua sagte: »Wir hatten niemals vor, euch darin zu verwickeln. Wir wollten euch nicht in Schwierigkeiten bringen.«

»Ihr habt uns nicht in Schwierigkeiten gebracht«, sagte Elizabeth. »Und Miss Voyager auch nicht. Wir hätten bei jedem anderen genauso gehandelt.«

Curiosity tauchte in der Tür zum Gemeinschaftsraum auf und wischte sich die Hände an einem Handtuch ab. »Und ihr habt es gut gemacht. Das Mädchen hat eine schwere Lungenentzündung. Aber sie wird nicht sterben, dafür hat Hannah gesorgt.«

»Wie lange dauert es, bis sie sich wieder auf den Weg machen kann?«, fragte Galileo.

Curiosity spreizte eine Hand und schloss sie wieder. »Eine Woche, würde ich sagen.«

»Es sei denn, das Kind kommt vorher«, fügte Hannah hinzu. »Vielleicht sollte sie sowieso so lange bleiben. Mir gefällt der Gedanke nicht, dass sie sich alleine im Busch aufhält.«

»Sie wird nicht alleine sein«, sagte Joshua. »Darüber brauchst du dir ganz gewiss keine Sorgen zu machen.«

Falkenauge warf ein: »Wir brauchen nicht zu wissen, wohin sie geht.«

»Vielleicht nicht«, erwiderte Curiosity. »Aber es gibt Dinge, die ihr wissen müsst, und jetzt ist es an der Zeit, die Geschichte zu erzählen. Am besten fängst du an, Mann, schließlich hat sie mit dir begonnen.«

4 »Das kann man vermutlich so sehen«, erwiderte Galileo, »da ich als Einziger zu Hause war, als die beiden ersten Reisenden nach Paradise kamen. Sie waren dem alten Squire VanHusen davongelaufen – ihr kennt die Farm.«

Falkenauge nickte. »Deutsche.«

»Große Familie«, fügte Nathaniel hinzu.

»Das stimmt«, erwiderte Galileo. »Wie viele Kinder hatte der Mann noch mal, Joshua?«

»Achtzehn eigene Kinder und genauso viele Sklaven.«

»Du kennst VanHusen?« fragte Falkenauge Joshua überrascht.

»Ich wurde auf dieser Farm geboren«, entgegnete Joshua. »Meine Mama liegt dort begraben.«

Auf seine übliche knappe Art erzählte Joshua seinen Teil der Geschichte: Sein Vater war ein Sklave von Sir William Johnson gewesen, während seine Mutter Squire VanHusen gehörte; die beiden Farmen lagen ungefähr eine Meile voneinander entfernt am Mohawk. Entweder wollte Johnson den Vater Joshuas nicht an den Squire verkaufen, oder aber VanHusen brauchte ihn nicht, auf jeden Fall hatte die Familie immer getrennt gelebt.

»Wir sahen Daddy jedoch die meisten Sonntage, bis Sir Johnson starb.«

»Daran erinnere ich mich noch«, warf Elizabeth ein. »Dein Vater hat uns die Geschichte erzählt, wie Mrs. Johnson ihn an einen Farmer in Pumpkin Hollow verkaufte.«

Ein Muskel zuckte in Joshuas Wange, als er nickte. »Danach habe ich ihn nicht mehr häufig gesehen. Im Jahr darauf verkaufte VanHusen mich an den Schmied in Johnstown und dort war ich fast fünfzehn Jahre lang, bis Mr. Hench mich kaufte, um mich freizulassen.«

»Meine Brüder haben mir erzählt, dass Mama davon erfuhr, dass ich meine Freilassungspapiere bekam, und sie ermutigte die beiden, davonzulaufen. Sie schickte sie zu mir, da sie glaubte, ich könne ihnen nach Kanada weiterhelfen. Sagte, das Sterben würde ihr leichter fallen, wenn sie wüsste, dass ihre drei Söhne frei seien. Und fast hat sich dieser Wunsch auch erfüllt. Elijah lebt und ist wohlauf, aber Coffee war immer schon ein wenig schwach auf der Lunge, und er hat sich im Busch ein Fieber geholt. Kurz nachdem sie hier angekommen waren, ist er gestorben. Und so fing alles an.«

Nathaniel warf ein: »Berichtige mich, wenn ich mich irre, aber meines Wissens ist VanHusen seit mehr als fünf Jahren tot. Wann genau ist das denn alles geschehen?«

»Im Juli '94«, erwiderte Curiosity. »Als wir von Schottland nach Hause gekommen sind.«

Überrascht ließ Elizabeth ihr Strickzeug sinken. »Das ist acht Jahre her.«

»Ja, genau«, sagte Galileo. »Acht Jahre, und einundzwanzig Sklaven sind in die Freiheit geflohen. Coffee war der einzige, den wir jemals verloren haben.«

»Einundzwanzig«, wiederholte Elizabeth. »Wie denn?«

Falkenauge gab einen leisen, missbilligenden Laut von sich.

»Lass sie, Dan'l«, sagte Galileo. »Es ist eine berechtigte Frage. In der ersten Zeit hatten wir gar keine Pläne und auch keine Vorstellung, wo wir Elijah in Sicherheit bringen sollten. Wir wussten nur, dass er aus Paradise weg musste. Liam Kirby ist nicht der erste Kopfgeldjäger, der hier auftaucht, wisst ihr. Also ging ich mit ihm in den Busch. Ich habe mich all die Jahre gefragt, ob ihr nichts gemerkt habt, aber jetzt sehe ich, dass wir wohl sehr unauffällig waren. Deshalb möchte ich auch nichts weiter über das Wo und das Wie sagen, es sei denn, ihr wollt es unbedingt wissen.«

»Ich glaube nicht, oder?« Nathaniel warf Elizabeth und seinem Vater einen Blick zu. Zu Hannah sagte er: »Bei dir habe ich allerdings das Gefühl, du weißt mehr darüber als wir.«

»Nicht viel mehr«, erwiderte Hannah leise. »Der Ort, wo Miss Voyager hingeht, heißt Red Rock.«

Curiosity blinzelte sie überrascht an. »Irgendwann einmal musst du mir erzählen, wo du diesen Namen aufgeschnappt hast, Kind.«

»Irgendwann einmal«, sagte Hannah. Sie wich dem Blick ihres Vaters aus. »Aber Galileo soll jetzt seine Geschichte zu Ende erzählen.«

65

Der alte Mann hob eine Schulter. »Ich weiß zwar nicht, wie ich eine Geschichte zu Ende erzählen soll, die noch nicht vorbei ist, aber ich kann es ja mal versuchen. Nach der Sache mit Elijah und Coffee dachte ich, wir bräuchten keine Sklaven mehr zu verstecken. Aber unsere Kinder hatten andere Vorstellungen, vor allem Almanzo. Ihr erinnert euch vielleicht, dass er in jenem Sommer das Lungenfieber hatte. Vermutlich ist er auf den Gedanken gekommen, weil er so lange im Bett liegen musste, denn als es ihm wieder besser ging, machte sich unser Sohn daran, die Welt zu befreien. Und als Curiosity in der letzten Augustwoche wieder nach Hause kam, setzten wir uns zusammen und besprachen die Angelegenheit.

Natürlich bin ich so stolz auf meine Kinder wie jeder, aber ich kann nicht leugnen, dass sie alle drei so eigensinnig wie Maulesel sind ...«

»Das haben sie von dir«, warf Curiosity ein, aber Galileo lächelte nur.

»... und es spielte keine Rolle, was für Einwände wir hatten, sie beharrten auf ihren Plänen. Almanzo ging nach New York, und Polly und ihr Mann zogen nach Albany. Es dauerte fast ein Jahr, bis sie alles organisiert hatten – im Sommer '95 kam dann der nächste Reisende zu uns. Wie ihr euch denken könnt, waren wir vorsichtig. Almanzo übereilt nichts und er bringt niemand auf den Weg, der die Reise nicht durchstehen würde.«

Elizabeth warf ein: »Ich zweifle nicht daran, dass er vorsichtig ist, Galileo. Aber eine junge Frau in Miss Voyagers Verfassung ...«

Curiosity strich sich nachdenklich über den Rock. »Das ist ein besonderer Fall«, sagte sie. »Sie hatte keine andere Wahl.« Als sie aufblickte, sah Elizabeth, dass ihr Gesichtsausdruck so niedergeschlagen und erschöpft wie selten war. Curiosity war eine Frau, die ihre Probleme für sich behielt, aber bei Selah Voyager war das offensichtlich nicht möglich.

Nathaniel dachte in eine andere Richtung. »Wusstet ihr überhaupt, dass sie kommt?«

»Vor drei Monaten haben wir eine Nachricht von Almanzo bekommen«, erwiderte Galileo. »Sie kam über Albany, über unsere Polly. Darin kündigte er uns an, dass er, sobald die Schneeschmelze einsetzt, jemanden losschicken würde. Aber dann gab's Komplikationen.« Er zog an seiner Pfeife.

»Kittys Wehen setzten in der ersten Vollmondnacht ein, und in der gleichen Nacht verletzte sich Zeke in der Mühle, so dass Daisy ihm die Wunde nähen musste. Deshalb konnte keiner von beiden im ehemaligen Haus des Richters sein, wie wir es vorgehabt hatten. Almanzo hatte Selah gesagt, sie solle dort auf eine schwarze Frau warten. Und wenn sie in dieser Nacht nicht käme, dann sollte sie sich verstecken und es in der nächsten Nacht noch einmal versuchen. Das wäre heute Nacht gewesen, aber in der Zwischenzeit haben Miz Elizabeth und Miz Hannah sie ja gefunden.«

»Und dem Herrn sei Dank dafür«, sagte Curiosity. »Sonst hätten wir sie wahrscheinlich verloren. Falkenauge, sprich ruhig aus, was dir auf der Zunge liegt. Ich sehe doch, dass du etwas sagen möchtest.«

Falkenauge hatte dem Gespräch aufmerksam gelauscht und jetzt richtete er sich auf, um Curiosity zu antworten. »Du hast Recht, es gibt etwas, das ich nicht verstehe. Mir ist klar, wie sie nach Albany kommen konnte – den Männern, die mit ihren Schiffen dorthin segeln, steckt das Schmuggeln schließlich im Blut. Aber ich verstehe nicht, wie sie von dort den Weg nach Paradise gefunden hat. Entweder ist diese junge Frau die geborene Pfadfinderin, oder sie hatte einen Führer.«

»Sie hatte einen Führer«, erwiderte Curiosity. »Eine Art Führer.«

Hannah holte einen zusammengefalteten Stoff aus dem Korb neben ihrem Stuhl und hielt ihn hoch, damit alle ihn sehen konnten: es handelte sich um ein gequiltetes Hemd, das aus lauter kleinen Fetzen mühevoll zusammengesetzt war. Es sah aus wie die Unterwäsche einer armen Frau, die sich Musselin nicht leisten konnte.

»Eine Landkarte«, sagte Nathaniel. »Sie hat sich eine Landkarte genäht.«

Und dann erkannte Elizabeth es auch. Ein schmaler blauer Streifen stieg vom Saum auf und mündete in ein Y. Wenn man genau hinsah, wurde einem klar, dass dort der Mohawk in den Hudson floss und dass der kleine braune Fleck Albany sein musste. Mit blauem Faden war der Sacandaga vom Hudson bis nach Paradise gekennzeichnet. Er verlief durch ein schlammbraunes Stoffstück, das wahrscheinlich den Sumpf bei Barktown darstellte. Entlang den Flüssen waren gerade Stiche in Zweiergruppen angebracht.

»Ist es denn überhaupt maßstabsgetreu?«, fragte Elizabeth.

»Es ist wie eine Karte der Kahnyen'kehàka«, sagte Hannah. »Sie zeigt nicht die Entfernung in Meilen an, sondern nur wie lange man für den Marsch braucht. Siehst du hier, zwei Stiche für einen halben Tag. Oder dort – da ist die Fähre angezeigt.«

»Kein weißer Mann würde das als Landkarte erkennen«, meinte Falkenauge zustimmend. »Aber ich muss sagen, es kommt mir nicht ausreichend vor.«

»Sie hat den Weg auswendig gelernt«, erwiderte Curiosity. »Baum für Baum sozusagen.«

Galileo nickte. »Das kann sie euch bestätigen, wenn es ihr wieder besser geht. Mit Hilfe der Karte und ihrem guten Gedächtnis ist sie hierher gekommen.«

Hannah blickte zu Galileo und Curisosity. »Ihr habt gesagt, dass sich Leute um sie kümmern werden – dort, wo sie hingeht?«

»Sie werden gut für sie sorgen, sonst würde ich sie nicht gehen lassen«, erwiderte Curiosity.

Galileo legte seiner Frau die Hand auf den Arm. »Dafür zu sorgen, dass sie dort gut ankommt – das ist das Problem.« Er sah Hannah direkt an. »Wir haben noch nicht über Liam geredet.«

»Vielleicht sucht Liam ja gar nicht nach ihr«, sagte sie leichthin, aber die Sorge war ihr anzumerken.

»Das würde ich auch gern glauben. Nur zu gerne«, erwiderte Curiosity liebevoll. »Aber es kommt mir seltsam vor, dass er gerade heute hier auftaucht. Deshalb muss ich noch etwas sagen, etwas, das ich wahrscheinlich für mich behalten würde, wenn nicht gerade Liam Kirby dort draußen herumlaufen würde.«

Sie legte ihre Hände in den Schoß und betrachtete sie einen Moment lang. »An dem Tag, an dem Galileo und ich unsere Freilassungspapiere bekamen, verließen wir die Paxton-Farm mit blutigen Rücken. Der Aufseher bezeichnete das Auspeitschen als ›Abschiedsgeschenk‹, und er hat es uns kräftig besorgt. Das Letzte, was meine Mutter von mir sah, war, wie ich in der Kutsche von Elizabeths Granddaddy saß und lachte und weinte zugleich. Und an diesem Tag schworen Galileo und ich uns, dass keines unserer Kinder oder Enkelkinder jemals erfahren sollte, in was für ein Leben wir hineingeboren worden waren. Ist das nicht so, Mann?«

»Ja«, erwiderte Galileo.

»Ihr wisst, dass unsere beiden Mädchen freie Männer geheiratet haben. Pollys und Daisys Kinder sind so frei geboren, wie der Herr sie geschaffen hat. Was ihr jedoch nicht wissen könnt, ist dies: Dieses Mädchen, das krank im Nebenzimmer liegt, hat bereits ein Kind, das verkauft wurde. Eine Tochter. Das Kind jedoch, das sie trägt, ist Almanzos Kind. Unser siebtes Enkelkind. Ich erzähle euch das nicht, um euch weiter zu verpflichten oder um euch um mehr zu bitten, als ihr bereits getan habt. Auch das können wir euch kaum vergelten – nein, unterbrich mich jetzt nicht, Elizabeth.«

»Doch, das muss ich tun. Warum bist du denn nicht gleich zu uns gekommen, Curiosity? Vielleicht hätten wir ihr ja Papiere kaufen können ...«

Galileo schüttelte langsam den Kopf. »Das haben wir selber schon versucht. Wir hatten genug Geld gespart.«

Elizabeth wurde rot vor Zorn und sie sah, dass auch Nathaniel die Röte ins Gesicht stieg.

»Dann ist auch Almanzo bereits in die Sache verwickelt, wenn er angeboten hat, sie freizukaufen und sie verschwunden ist, nachdem man es ihm abgelehnt hat«, sagte Nathaniel.

»Du hättest recht«, erwiderte Galileo, »aber nicht unser Almanzo hat das Angebot gemacht. Es gibt jemanden ...«

Curiosity schnitt ihm das Wort ab. »Du brauchst jetzt keine Namen zu nennen. Es spielt sowieso keine Rolle, weil der Mann, der Ansprüche auf Selah erhebt, sie sowieso nicht verkaufen würde, und es gibt kein Gesetz, das besagt, dass er sie verkaufen muss, wenn er sie unbedingt behalten will. Also versteht ihr jetzt vielleicht, warum uns keine andere Wahl blieb, zumal nicht, seitdem sie ein Kind erwartet.«

Elizabeth warf verlegen ein: »Ich würde nie davon ausgehen, dass ihr ...«

»Schweig jetzt«, unterbrach Curiosity sie sanft. »Du brauchst dich nicht zu entschuldigen. Du sollst nur eins wissen, Elizabeth. Wenn ich geglaubt hätte, es ändert irgendetwas, dann hätten wir euch um Hilfe gebeten. Und genau das werden wir jetzt tun.«

Sie atmete tief durch. »Für mich sieht es so aus. Ihr habt Liam aufgenommen, als er halb tot war und habt ihn wie einen Sohn behandelt. Jetzt steht der Junge wieder vor eurer Tür und will wissen, ob er willkommen ist oder nicht. Es ist keine Frage, dass ihr ihm gebt, worum er bittet, aber wenn irgendjemand – ob es nun Liam Kirby oder Präsident Thomas Jefferson selbst ist – dieser jungen Frau etwas antun will, dann werden wir ihn daran hindern.«

Schweigen senkte sich über die Gruppe um den Ofen. Das Feuer knisterte, und irgendwo begann ein Rudel Wölfe, die dem Berg seinen Namen gegeben hatten, zu heulen. Dann sprach Falkenauge für sie alle.

»Curiosity, Galileo«, sagte er leise, »wir sind seit mehr als vierzig Jahren Freunde und Nachbarn. Curiosity war bei jeder Geburt und an jedem Totenbett in Lake in the Clouds zugegen, seit ich Cora als Braut hierher gebracht habe. Galileo half mir, ihr Grab zu schaufeln, und auch das von Sarah. Wie auch immer wir euch und den Euren helfen können, wir werden es tun, das müsstet ihr doch eigentlich wissen.« Er sagte das völlig ruhig und das übertrug sich auf die anderen. Wieder herrschte Schweigen, dann lächelte Curiosity.

»Natürlich wissen wir das, Falkenauge.«

Galileo stand langsam auf. »Das war es wohl. Heute Abend gibt es nichts mehr zu besprechen, also lassen wir euch jetzt schlafen.«

Eichhörnchen versuchte davonzuhuschen, als die Gäste gegangen waren, aber Nathaniel hielt sie auf.

»Bilde ich mir das ein, Tochter, oder meidest du mich?«

Sie drehte sich zu ihm um, aber zuerst warf sie Elizabeth einen Blick zu. »Natürlich meide ich dich nicht. Aber Miss Voyager ...«

Er hob die Hand, um sie zum Schweigen zu bringen. »Wenn sie noch zehn Minuten auf dich warten muss, so wird das nichts ausmachen, oder?«

Einen Moment lang zögerte sie, dann setzte sie sich wieder vor den Herd.

Elizabeth blieb unschlüssig stehen, aber Falkenauge ergriff sie am Ellbogen und zog sie zum Schlafzimmer. »Das sollen die beiden ohne deine Hilfe miteinander ausmachen«, sagte er fest. »Du gehst jetzt schlafen.«

Widerwillig folgte sie ihm, warf aber Nathaniel noch einen Blick über die Schulter zu. »Wir brauchen alle unseren Schlaf.«

»Ich komme sofort«, versprach er.

Falkenauge griff nach seinem Gewehr. »Ich gehe noch ein wenig spazieren, wenn ihr mich nicht braucht.«

»Sieht nach Regen aus«, sagte Nathaniel zu niemand Bestimmtem, und Falkenauge lächelte ihm zu. Nathaniel wusste, dass er wie Elizabeth klang, wenn sie versuchte, einem der Kinder eine Unternehmung auszureden, die ihr Unbehagen bereitete, aber schließlich hatte er allen Grund, sich Sorgen zu machen.

Falkenauge war schon oft abends noch einmal in die Berge gegangen, aber in den letzten Jahren war er immer weiter vorgedrungen und immer länger fortgeblieben. Manchmal kam er erst wieder im Morgengrauen zurück, und ab und zu hatte Nathaniel das Gefühl, seinen Vater zöge es einfach ziellos nach Westen.

Als er weg war, blickte Eichhörnchen von dem Korb mit den getrockneten Kräutern auf, die sie aussortierte. »Er kann drinnen nicht mehr gut schlafen«, sagte sie. »Du brauchst dir keine Sorgen um ihn zu machen.«

Nathaniel verbiss sich ein Lächeln. Seine älteste Tochter war

71

nie ein schwieriges Kind gewesen, aber in der letzten Zeit fand er ihr gegenüber nicht mehr die richtigen Worte, vor allem wenn sie meinte, ihm etwas nahebringen zu müssen, von dem sie glaubte, er wisse es nicht. Jetzt warf sie ihm einen schuldbewussten, ungeduldigen Blick zu.

Er sagte: »So schwierig ist es nicht, falls du dir jetzt Sorgen machst. Ich wollte nur ein paar Dinge zwischen uns beiden geraderücken.«

Die getrocknete Kamille erfüllte die Luft mit einem scharfen, fast bitteren Geruch. In ruhigerem Tonfall erwiderte Eichhörnchen: »Ich weiß nicht mehr über Liam als du, Dad. Was gibt es also zu reden?«

Nathaniel lächelte. »Du bist nicht dumm, Eichhörnchen. Spiel mir also nichts vor, es steht dir nicht.«

Ihre Mundwinkel zuckten verärgert, aber sie schwieg.

»Du weißt, dass ich nicht über Liam mit dir reden will. Halbmond hat dir von den entlaufenen Sklaven im Busch erzählt, nicht wahr?«

Ein leises Seufzen entschlüpfte ihr.

»Wie hast du es herausgefunden?«

»Da gab es nicht viel herauszufinden. Über zwanzig Haussklaven und Farmarbeiter, die acht Winter im Busch überleben und von niemandem gefunden werden! Das hätten sie unmöglich allein schaffen können, jedenfalls nicht von Anfang an. Sie mussten also Hilfe haben, und ich kenne keinen weißen Mann, der sich dieser Mühe unterziehen und dann auch noch darüber schweigen würde. Da ist mir Halbmond eingefallen. Es liegt in ihrer Natur, allen verletzten Geschöpfen zu helfen, die ihr über den Weg laufen. Hat sie dir von Red Rock erzählt?«

Zögernd stellte Eichhörnchen den Korb ab und rieb sich die Hände. Sie richtete ihren Blick auf das Fenster über dem Schreibtisch, als könne sie dort etwas sehen. »Als sie im Herbst zum Handeln hierher kam, hatte sie einen kleinen Jungen bei sich. Er hatte das Gesicht eines Kahnyen'kehàka« – sie fasste sich an die Wangenknochen –, »aber seine Haare waren kraus und er war so dunkel wie Galileo. Er nannte sich selbst Joshua, aber sie sagte Renhahserotha zu ihm.«

»Dann hat dir also der Junge von Red Rock erzählt?«

»Ja«, erwiderte Eichhörnchen. »Aber lange bevor sie ihn mitbrachte wussten wir schon, dass noch andere bei ihr sein mussten. Im Tausch für ihre Heilkräuter bat sie um Dinge ... Dinge, von denen man nicht annehmen würde, dass sie sie brauchte.«

Nathaniel schwieg, und da Eichhörnchen dachte, er wolle noch mehr wissen, fuhr sie fort: »Mehr weiß ich nicht. Viele Tauben wollte nicht, dass ich ihr noch mehr Fragen stelle, weil sie fürchtete, dann käme sie nicht wieder. Du kennst sie besser als ich, Dad.«

»Nicht mehr. Ich habe die Frau nicht mehr gesehen seit dem Sommer, bevor die Zwillinge geboren wurden.«

Halbmond hatte ein Jahr später den Ort verlassen, um als Einsiedlerin im Busch zu leben. Man sah sie nur selten, aber die Geschichten über die Mohawk-Medizinfrau, die die endlosen Wälder durchstreifte, wurden selbst in Montreal erzählt.

Mittlerweile wusste Nathaniel nur noch zwei Dinge mit Gewissheit von ihr: sie besaß die Fähigkeit, unauffindbar zu bleiben, und sie verbrachte einen Teil des Winters in den Höhlen in der Nähe des Sees, der Little Lost genannt wurde, in einer Ecke des Waldes, die nur wenige Weiße kannten. Ab und zu war sie ihm über die Jahre in den Sinn gekommen, und dann hatte er sich gefragt, warum sie ein so einsames Leben gewählt hatte. Und jetzt sah es so aus, als sei sie gar nicht allein gewesen.

Er schwieg lange und Eichhörnchen blickte ihn unbehaglich an. Sie sagte: »Vielleicht hätte ich es dir erzählen sollen.«

»Nein«, erwiderte er. »Es war richtig von dir zu schweigen. Geh jetzt und sieh nach unserem Gast, und dann leg dich schlafen.« Er wandte sich zum Fenster und den Schatten dahinter.

»Ihr drei solltet auch besser schlafen. Morgen früh warten Pflichten auf euch und dann die Schule, und ich möchte keine Klagen hören.«

Sie eilte davon, und dann war Stille.

Elizabeth saß mit der Haarbürste im Schoß auf der Bettkante, als Nathaniel die Kammertür hinter sich zuzog. Selbst im Kerzenschein sah man ihr ihre Erschöpfung an. Aber sie lächelte ihn an und warf ihre Haare zurück, sodass sie wie ein dunkler Schleier über ihren Rücken bis fast auf den Fußboden fielen.

»Schlafen alle?«

»Jetzt wohl. Aber ich nehme an, die Kinder haben jedes Wort gehört.«

»Natürlich haben sie das. Morgen werden wir mit ihnen sprechen müssen, vor allem mit Ethan.«

»Wegen Ethan brauchst du dir keine Sorgen zu machen. Der Junge lebt nur dafür, es Galileo recht zu machen; eher würde er sich die Hand abhacken, als ihm Schwierigkeiten zu bereiten.«

»Ich muss mir doch Sorgen wegen Ethan machen«, erwiderte Elizabeth. »Allerdings nicht, weil er etwas Unrechtes tun könnte. Hast du mit Hannah geredet?«

»Ja.« Nathaniel hockte sich vor den Ofen, um das Feuer mit Asche zu bedecken. Einen Moment lang genoss er die Hitze auf seinem Gesicht und seiner Brust. Er wollte jetzt nicht von Halbmond sprechen; Elizabeth konnte sich die Geschichte von Viele Tauben erzählen lassen.

Er sagte: »Ich gehe morgen früh bei Tagesanbruch mit ihr zum Schulhaus.«

Elizabeth stieß ungeduldig die Luft aus. »Hältst du das wirklich für nötig? Hannah hat keine Angst vor Liam.«

Nathaniel dachte darüber nach, während er sich bis auf den Lendenschurz auszog. Er konnte sich Liam Kirby nur schwer als Mann vorstellen, geschweige denn als gefährlichen Mann, aber er würde auch keine Ruhe haben, bis er den Jungen nicht mit eigenen Augen gesehen hatte.

Er setzte sich neben Elizabeth, um ihr die Haare zu bürsten. Das tat er jeden Abend, und jeden Abend war er immer wieder fasziniert von der weißen Haut an ihrem Nacken. Wie seltsam es doch war, dass eine so willensstarke Frau äußerlich so zerbrechlich wirkte. Nathaniels mohikanischer Großvater hatte ihr den Namen Knochen-im-Rücken gegeben, und er passte gut zu ihr.

Seine älteste Tochter jedoch war ganz anders. Klug und schnell, ja; sie hatte einen messerscharfen Verstand, der nie zur Ruhe zu kommen schien. Geht-Voran war der Frauenname, den ihre Großmutter ihr gegeben hatte, und Nathaniel fiel es zwar immer noch schwer, ihn zu benutzen, aber er musste zugeben, dass er gut zu ihr passte: eine junge Frau, die immer nach vorne blickte. Sie schrieb Briefe an Ärzte in England und Indien, Briefe, die sie ihnen bereitwillig laut vorlas, aber niemand verstand sie wirklich, noch nicht einmal Elizabeth. Ihr Ruf als Heilerin war schon weit über die Grenzen gedrungen. Dabei war sie immer so sanft gewesen, eher vertrauensvoll als zweifelnd. Vielleicht stand sie ja jetzt vor einer Erfahrung, die sie härter machen würde; vielleicht konnte er ihr ja gar nicht helfen.

Nathaniel sagte: »Ich bin mir durchaus nicht sicher, ob sie nicht doch Angst vor ihm haben sollte.«

Elizabeth straffte die Schultern. »Es sieht dir gar nicht ähnlich, so vorschnell zu urteilen.«

»Aber es sieht mir ähnlich, meine Kinder zu beschützen. Und heute bin ich mehr als einmal daran erinnert worden, wie alt sie ist, du brauchst es mir nicht auch noch zu sagen.« Er legte die Bürste beiseite, flocht ihre Haare und band den Zopf mit dem Band fest, das sie ihm reichte.

»Was hieltest du davon, wenn du und ich morgen die Nacht unter den Wasserfällen verbringen würden? Es ist ungefähr der richtige Zeitpunkt«, fuhr er nach einer Weile fort.

Sie runzelte die Stirn. »Du weichst vom Thema ab, Nathaniel Bonner.«

»Dir entgeht auch nichts, Stiefelchen. Heißt das, du sagst ›nein‹?«

Elizabeth kuschelte sich unter die Decke und flüsterte: »Du weißt ganz genau, dass ich mich schon seit Wochen darauf freue, unter den Wasserfällen zu ... schlafen. Wenn Hannah nicht so beschäftigt mit Miss Voyager ist, dass sie ein Auge auf die Kinder haben kann, dann gerne, natürlich.«

»Ach, seit Wochen also?« Er beugte sich über sie und strich die Locken zurück, die sich bereits wieder aus dem Zopf gelöst hatten. »Es gefällt mir sehr, dass du so ungeduldig bist.«

Elizabeth schürzte die Lippen. Er küsste sie, aber sie schmollte trotzdem weiter.

»Du bist manchmal so leicht zu durchschauen, Nathaniel. Wenn du mich darum bitten würdest, würde ich sofort aufhören, von diesem Red Rock zu reden – zumindest eine Zeit lang. Dann bräuchtest du dich gar nicht so anzustrengen, mich abzulenken.«

Er legte sich neben sie ins Bett. »Dich ein wenig abzulenken ist eigentlich gar nicht so unangenehm, selbst wenn es mich manchmal ein bisschen Mühe kostet. Aber du weißt ja, dass ich die Herausforderung liebe.«

Sie lächelte, erwiderte aber: »Ich finde, Verführung ist nicht die einzige Art, ein Gespräch zu beenden.«

»Kannst du dir denn eine bessere vorstellen?«

Sie schwieg. »So gesehen nicht«, erwiderte sie schließlich langsam.

Er lachte und küsste sie wieder.

»Schlaf jetzt, Stiefelchen. Du bist viel zu müde und ich will heute Abend eigentlich nicht mehr über Red Rock und alles andere reden.«

Sie warf ihm einen nachdenklichen Blick zu. »Na gut. Vielleicht hast du ja Recht und wir sollten bis morgen warten. Das wird wohl das Beste sein.« Sie setzte sich auf, blies die Kerze aus und schmiegte sich an ihn. Der Mond schien so hell, dass er ihre Augen und den Ausdruck darin sehen konnte.

»Du bist eine schlechte Lügnerin, Stiefelchen. Jetzt sag es schon, sonst liegst du noch stundenlang wach.«

Mit der Fingerspitze fuhr sie die Linie seines Kinns entlang. »Ich habe über Halbmond nachgedacht.«

5 Kurz vor Tagesanbruch erwachte Hannah davon, dass ihr Großvater durch den Gemeinschaftsraum ging. Sie stand von dem Lager auf, das sie sich neben Selah Voyager gemacht hatte, überprüfte ihre Atmung und Temperatur und schlüpfte leise aus dem Zimmer.

Es war die Aufgabe der Zwillinge, das Feuer zu schüren und Wasser zu holen, aber heute früh hatte Falkenauge schon beides erledigt. Er war jetzt wieder gegangen, und Hannah wusste, dass er unter den Wasserfällen schwamm.

Sie setzte sich auf Elizabeths Schaukelstuhl, um ihre Mokassins anzuziehen. Als sie die Wange gegen ihr Knie presste, fiel ihr auf, wie verschlissen das Leder ihrer Hose war. Einen Moment lang überlegte sie, ob sie sich umziehen sollte: ihr gutes Leinenkleid hing an der Wand im Schlafraum, direkt neben der hirschledernen Jacke und Hose mit Perlenstickerei, die sie zur Mittwinter-Zeremonie in Guter Weidegrund getragen hatte. Sie stellte sich vor, wie sie in dem einen oder anderen aussehen würde, beschloss aber schließlich, dass sie Liam Kirby in ihren Alltagskleidern begegnen wollte.

Das Geräusch von Stimmen aus dem Zimmer ihrer Eltern riss Hannah aus ihren Gedanken. Sie stand auf, und der Bärenzahn, den sie an einer Kette um den Hals trug, glitt kalt und hart zwischen ihre Brüste; sie fuhr mit dem Finger darüber, überprüfte den Inhalt des Lederbeutels, den sie am Gürtel trug, und trat auf die Veranda hinaus, wo bereits ihr Großvater stand und in den Morgen blickte. Wasser perlte auf seiner von der Kälte geröteten Haut.

Ohne sich zu ihr umzudrehen, fragte er: »Wie geht es ihr?«

»Sie schläft. Das Fieber ist gesunken, aber nicht viel. Ich bin zurück, ehe sie aufwacht.«

»Bist du dir da sicher?«

»Sehr sicher«, erwiderte Hannah fest.

»Ich bin stolz auf dich, Enkeltochter«, sagte ihr Großvater auf mohikanisch zu ihr. »Bleib aufrecht.«

Falkenauge benutzte die Sprache seiner Kindheit nur selten; er machte ihr damit ein Geschenk, etwas, das sie miteinander verband, weil nur noch so wenige Menschen sie sprachen. Während sie in den Wald ging, dachte sie über die Macht einer seltenen Sprache nach. Plötzlich hörte sie Lily, die hinter ihr hergelaufen kam.

»Ich gehe nicht wieder zurück«, sagte ihre kleine Schwester. »Ich will Liam Kirby auch sehen.«

Sie war barfuß und ihre Haare waren nicht zu Zöpfen geflochten, aber sie hatte sich immerhin die Zeit genommen, ihre Taschen mit kleinen Steinen zu füllen, und sie hatte sich ihre Steinschleuder in den Gürtel gesteckt. Damit konnte sie genauso gut treffen wie Blue-Jay, allerdings hatte er sein Temperament besser im Zaum. Hannah sagte: »Du wirst heute nicht kämpfen müssen, kleine Schwester, es sei denn, du gingest nach Hause und würdest dich mit Elizabeth auseinandersetzen, weil du einfach ohne Erlaubnis weggelaufen bist.«

»Sie ist schon nicht böse auf mich, ich bin ja bei dir«, erklärte Lily. »Und ich schleudre auch nicht den ersten Stein.«

Mit diesem Versprechen musste Hannah sich zufrieden geben, ebenso wie mit der Tatsache, dass Lily in der Welt um sich herum ständig etwas Neues entdeckte. In kürzester Zeit hatte sie die Spuren des alten Bären gefunden, den sie Zwei-Klauen nannten und der aus seinem Winterschlaf erwacht war und sich auf den Berg begeben hatte, sowie das Skelett eines Eichhörnchens und die Überreste eines Bienenstocks sichergestellt, der von Skunks ausgegraben worden war. Für jeden Schritt, den Hannah ging, brauchte Lily vier.

Die Ahornbäume und Weiden über ihren Köpfen waren voller Knospen, die im Begriff waren, sich zu öffnen, und überall blühten blassgelbe und rote Krokusse. Hannah dachte an all die Gründe, weswegen sie eigentlich in den Wald musste: um die ersten grünen Spitzen der Weißtanne zu ernten, Lilienwurzeln auszugraben und tausend andere nützliche Dinge zu tun, die der Frühling mit sich brachte. Auf einmal hatte sie das Bedürfnis, ihre Schwester an die Hand zu nehmen und mit ihr durch den Wald zu streifen. Als ob sie den Wunsch laut ausgesprochen hätte, blieb Lily an der Stelle stehen, wo der Wald in Erdbeerfelder überging.

In einer Grube unter einer umgestürzten Birke war der Boden mit winzigen herzförmigen Hufabdrücken übersät. Vor noch nicht einmal einer Stunde hatte ein Reh hier geworfen, und es versteckte sich sicherlich ganz in der Nähe.

»Wir haben keine Zeit«, sagte Hannah, aber ihre Schwester war bereits verschwunden. Sie tauchte erst wieder auf, als Hannah bereits das halbe Feld durchquert hatte.

»Zwillinge«, sagte sie tief befriedigt.

»Wie konntest du dich überhaupt ohne deinen Zwilling davonstehlen?«, fragte Hannah. »Hat er den kürzeren Strohhalm gezogen oder musstest du ihm etwas versprechen?«

Lily schürzte die Lippen. Statt einer Antwort sagte sie: »Machst du dir keine Sorgen wegen Liam Kirby?«

»Du weichst mir aus.«

»Und du beantwortest meine Frage nicht.«

»Ich bin schon etwas besorgt.« Sie wusste, dass sie nicht überzeugend klang. Aber sie empfand viele Dinge gleichzeitig, die sie nicht benennen konnte. Lily allerdings würde sich mit Schweigen nicht zufriedengeben.

»Daniel sagt, er ist zurückgekommen, um dich zu heiraten, und dann gehst du weg von uns, um in der Stadt zu leben.«

Hannah lachte laut auf. »Daniels Fantasie ist mit ihm durchgegangen. Liam ist nicht hier, um mich zu heiraten.«

Lily warf ihr einen empörten Blick zu. »Natürlich will er dich heiraten. Alle Männer wollen das, oder zumindest diejenigen, die noch keine Frau haben. Und selbst von denen wollen es einige. Sie beobachten dich.«

»Sei nicht albern.« Hannah beschleunigte ihre Schritte, und Lily begann, neben ihr herzulaufen.

»Aber es stimmt, sie beobachten dich«, wiederholte Lily laut, um ihrer Bemerkung mehr Nachdruck zu verleihen.

»Das bedeutet noch lange nicht, dass man jemanden heiraten will. Die Eule beobachtet die Maus auch.«

»Nein«, erwiderte Lily, »nicht wie die Eule die Maus, so beobachten sie dich nicht.« Sie dachte kurz nach. »Willst du denn nicht heiraten? Willst du für immer bei uns bleiben?«

»Wenn ich eines Tages einmal heirate, dann bestimmt keinen aus dem Dorf.«

»Warum denn nicht?«

Da Lily keine Ruhe geben würde, bis alle ihre Fragen beantwortet waren, blieb Hannah stehen. »Wen soll ich denn deiner Meinung nach heiraten, Lily? Hast du schon einen Ehemann für mich ausgesucht?«

Lily schürzte die Lippen. »Ich kann dir doch keinen Ehemann aussuchen ...«

»Da bin ich aber froh.«

»..., aber wenn ich heiraten wollte, dann gefiele mir Claes Wilde sehr gut.«

Hannah fiel der Unterkiefer herunter. »Nicholas Wilde?«

Lily nickte. »Claes. Er ist klüger als alle anderen. Und er sieht nett aus ...«

»Ja, das stimmt, er sieht gut aus und ist klug. Aber er interessiert mich nicht und ich interessiere ihn nicht. Und der Grund dafür liegt hierin.« Sie hielt ihre Hand an die ihrer Schwester: weiß und kupferfarben. Lily betrachtete die Hände, und als sie aufblickte sah Hannah, dass sie zu verstehen begann.

»Weil deine Mutter eine Kahnyen'kehàka war?«

»Ja.«

»Aber ich werde eines Tages Blue-Jay heiraten und er ist auch Kahnyen'kehàka. Und Dad hat auch deine Mutter geheiratet.«

Hannah seufzte. »Ich habe ja nicht gesagt, dass es unmöglich ist, es ist nur unwahrscheinlich. Niemand in Paradise – Claes Wilde eingeschlossen – will eine Kahnyen'kehàka-Frau. Sie schauen mir vielleicht nach ...«

Sie brach ab. Natürlich konnte sie die Tatsache nicht leugnen, dass sie ihr nachsahen. Obediah Cameron errötete jedes Mal, wenn sie vorbeiging, und Isaiah Kuick starrte sie so unverschämt an, wie er eine weiße Frau niemals anstarren würde. Michael Kaes erfand alle möglichen Vorwände, um sich mit ihr zu unterhalten, wenn sie seiner Mutter Mutterkraut gegen Kopfschmerzen brachte; selbst Mr. Gathercole, der verheiratet und Pfarrer war, blickte verlegen auf seine Schuhe, wenn er mit ihr sprach, als ob der Anblick ihres Gesichts eine zu große Versuchung für ihn sei. Auch Claes Wilde musterte sie, sagte aber nie ein Wort. Es stimmte: Die Männer sahen sie zu lange an und sie blickten zu schnell wieder weg.

Hannah rief sich zur Ordnung. »Ja, sie schauen mich an, aber weiter auch nichts.«

»Ich glaube nicht, dass sie sich von dir fernhalten, weil deine Mutter eine Kahnyen'kehàka war. Ich glaube eher, sie haben Angst vor Dad und Großvater.«

»Da hast du zweifellos recht«, erwiderte Hannah.

»Und was ist mit Liam Kirby?«

»Liam ist nur ein alter Freund«, sagte Hannah. »Und er ist ebenso weiß wie die anderen Männer im Dorf. Was auch immer geschieht, ich gehe nicht mit ihm weg, und das kannst du auch Daniel erzählen.«

»Gut«, erwiderte Lily. »Er wird erleichtert sein.«

Sie waren mittlerweile bei einer kleinen Hütte angelangt, die Elizabeth als Schulhaus diente. Morgens unterrichtete sie hier die Kinder aus dem Dorf und an den Nachmittagen gab sie allgemeinen Unterricht, zur Zeit für die beiden Ältesten von Viele Tauben, Curiositys Enkel und ihre eigenen Zwillinge.

Später an diesem Tag würde Lily sich nur widerwillig ihrer Schularbeit widmen und ungeduldig hin und her rutschen, bis sie wieder gehen durfte, aber jetzt verschwand sie auf einmal hinter der Hütte, um etwas zu erledigen, von dem sie ihrer Schwester nichts sagen wollte.

Hannah blieb zögernd stehen, ging dann aber ohne ihre Schwester quer durch den Wald weiter auf den See zu. Es war der schnellere Weg und außerdem musste sie so nicht am Haus der Witwe Kuick vorbei. Die Witwe Kuick nahm an allem, was Hannah tat, regen Anteil; und äußerte ungefragt ihre Meinung über

81

Hannahs Schuhe, ihre Hautfarbe, ihre Familie oder Hannahs medizinisches Wissen, das nach Auffassung der Witwe unpassend und unangemessen war.

Es war kühl im Wald, aber als Hannah den See durch die Bäume glitzern sah, brach ihr der Schweiß aus. Ein Prickeln breitete sich in ihrem ganzen Körper aus und die Haare in ihrem Nacken richteten sich auf.

Dort.

Genau an der Stelle, wo sein Bruder Billy einst das Schulhaus mit einer Fackel angezündet hatte, saß Liam Kirby zwischen den Trümmern des Ofens. Neben ihm lag in Reichweite ein langes Gewehr. Unten am Ufer wateten seine Hunde knietief im Wasser und beobachteten eine Ente, die durch das Schilf paddelte.

Liam sah einem Reiher nach. Hannah kam es so vor, als hörte sie jeden Schritt des Vogels. Sie hätte noch eine ganze Weile da gestanden, wenn der Wind sie nicht verraten hätte. Einer der Hunde drehte sich in ihre Richtung und bellte leise. Liam stand auf und wandte sich ihr zu.

Hannah erkannte ihn sofort: dieselbe Kinnlinie, jetzt mit Bartstoppeln bedeckt, der großzügige Mund und eine Nase, die mehr als einmal gebrochen worden war. Er war jetzt ein ausgewachsener Mann und es waren neue Narben hinzu gekommen, eine an seinem Kinn und eine durch seine linke Augenbraue, sodass sie leicht hochgezogen war und seinem sowieso schon scharf geschnittenen Gesicht eine weitere Kante verlieh. Am verstörendsten jedoch war der wachsame Ausdruck in seinen Augen, ein Misstrauen, das ihn mehr als Fremder denn als Freund erscheinen ließ.

»Du hast meinen Brief bekommen«, sagte er mit leicht heiserer Stimme.

Sie antwortete: »Lass mich sehen, wie du gehst.«

Überrascht blinzelte er sie an, öffnete den Mund, um etwas zu sagen, schloss ihn dann aber wieder.

»Ich habe mich all die Jahre über gefragt, wie dein Bruch verheilt ist«, sagte sie. »Lass mich sehen, wie du gehst.«

Liam drehte sich um und ging fünf Schritte auf den See zu. Dann kam er wieder zurück.

»Du humpelst immer noch. Macht er dir bei feuchtem Wetter zu schaffen?«

»Ja, ab und zu«, erwiderte er. Mit festerer Stimme fügte er hinzu: »Ich habe von Schwindendem Tag und deinem kleinen Bruder gehört. Es tut mir Leid.«

Hannah schlang die Arme um sich. »Danke.«

Liam fuhr sich mit der Hand durch die Haare. »Ich bin froh, dass du gekommen bist.«

»Ich habe mir Sorgen um dich gemacht«, erwiderte sie. Das stimmte, aber sie hatte es eigentlich nicht sagen wollen.

Er blickte zum See und kniff die Augen vor der Sonne zusammen. »Ich dachte daran zu schreiben, aber ich wusste nicht recht, wie ich anfangen sollte. Schließlich schien es mir das Beste, es einfach dabei zu belassen.«

Was sollte sie darauf sagen. Hannah blickte auf die Schilfhalme, die sich im Wind regten. Sie schwiegen beide, das unbehagliche Schweigen zwischen Fremden, die einmal Freunde gewesen waren.

»Aber dann hast du deine Meinung geändert«, sagte sie schließlich.

»Meine Meinung hat sich für mich geändert, würde ich eher sagen.« Wieder schwieg er, während er nervös die Dinge berührte, die an seinem Gürtel hingen. Er hatte den Gesichtsausdruck, den Männer manchmal haben, wenn sie wollen, dass eine Frau es ihnen leichter macht, aber nicht vorhaben, um Hilfe zu bitten. Hannah wandte den Blick ab, und da begann er zu sprechen.

»Ich bin in jenem Sommer weggegangen, weil ich glaubte, du kämest nicht mehr zurück.«

Sie nickte. »Das haben wir uns gedacht.«

Seine Mundwinkel zuckten. »Läuft-vor-Bären-davon kam ohne dich aus Montreal zurück und teilte mir mit, du seiest auf dem Weg nach Schottland.«

»Und er hat dir einen Brief von mir mitgebracht.«

Zum ersten Mal lächelte er. »Er kam mit einem Brief von dir. Der erste Brief, den ich jemals bekommen habe.«

»Es war der erste Brief, den ich jemals geschrieben habe.«

»Er war blutbespritzt«, erinnerte sich Liam. »Bären sagte, das Blut stamme von einem Skalp, aber ich habe mich immer gefragt, ob das stimmt.«

Schulterzuckend fuhr er fort: »Niemand hatte eine Ahnung, wann wir dich wiedersehen würden, noch nicht einmal Bären. Und dann begann das Lungenfieber. Schwindender Tag nahm ihre Familie und ging nach Norden, um sie in Sicherheit zu bringen. Und ich ging nach Süden.«

»Wir haben nie ein Wort von dir gehört«, sagte Hannah. »Ich hätte dir geschrieben, wenn ich gewusst hätte, wo du warst.«

»Ich bin zur See gefahren.«

Überrascht blickte Hannah ihn an. »Zur See?«

»Das erste Mal im Herbst '94. Erst ein Jahr später erfuhr ich, dass du wieder in Lake in the Clouds warst, und da …« Er schwieg und sah sie direkt an. »Es war zu spät.«

»Zu spät für was?«

Er ließ den Kopf sinken und fuhr sich mit der Hand durch die Haare.

»Es ging das Gerücht, ich sei weggelaufen, weil ich das Gold, das auf dem Berg versteckt war, gestohlen hätte.«

Die Verlegenheit zwischen ihnen hatte ein wenig nachgelassen, aber jetzt war sie auf einmal wieder da. Hannah fragte: »Welches Gold?«

Liam schnaubte leise. »Wie auch immer. Angeblich war da Gold, und ich habe es gestohlen.«

»Dubonnet hat das Gerücht in die Welt gesetzt«, sagte Hannah. »Er hat mich einmal beschuldigt, ihn vergiften zu wollen.«

»Na ja, der Mann ist wahrscheinlich mit der Zeit nicht klüger geworden«, erwiderte Liam. »Die Wahrheit könnte er vermutlich nicht einmal sagen, um sein eigenes Leben zu retten. Aber dieses Gerücht über das Gold …«

Hannah schnitt ihm das Wort ab. »Du bist doch nicht den ganzen weiten Weg hierher gekommen, um über alte Gerüchte zu reden.«

Liam warf ihr einen Blick zu. »Dann ist das Gold also gar nicht weg?«

»Was für ein Gold?«

»Na, egal.« Er griff nach seinem Gewehr. »Ich wollte eigentlich nur sagen, dass ich lediglich mit den Kleidern, die ich anhatte, fortgegangen bin. Ich habe nie etwas genommen, das mir nicht gehörte. Und ich habe nie jemandem erzählt, was ich über Hidden Wolf weiß. Weder von der Silbermine noch von der Höhle unter den Wasserfällen.«

»Das habe ich auch nicht angenommen.«

Liam zog die Brauen zusammen. »Trotzdem, das wollte ich ein für allemal klarstellen.«

»Und weswegen bist du hierher gekommen?«, fragte Hannah schließlich. Die Frage klang abrupter, als sie beabsichtigt hatte.

Er holte tief Luft und stieß sie wieder aus. »Du hast vermutlich schon gehört, dass ich mein Geld als Kopfgeldjäger verdiene.«

»Ja«, erwiderte Hannah gleichmütig. »Ein Sklavenjäger. Wir haben es gehört.«

Er mied ihren Blick und klopfte sich den Staub von der Hose. Wenn ihn der Ausdruck, den sie verwendet hatte, beleidigte, so ließ er es sich nicht anmerken.

»Ich suche nach einer afrikanischen Frau, ungefähr in deinem Alter. Ich habe ihre Spur bis Hidden Wolf verfolgt.«

»Tatsächlich?«

»Sie muss irgendwo da auf dem Berg sein, aber ohne Erlaubnis wollte ich nicht weiter nach ihr suchen. Ich weiß, was Falkenauge von Eindringlingen hält.«

Er stellte ihr mehr als eine Frage. Hannahs Finger zuckten, und sie stemmte die Hände fester in die Seiten. »Du musst dir die Erlaubnis von ihm oder meinem Vater holen«, sagte sie. »Aber Elizabeth wird bestimmt auch ein Wörtchen mitreden wollen. Du kennst ihre Einstellung zur Sklaverei.«

Ein Adler kreiste über dem See und Hannah beobachtete ihn aufmerksam. Sie wollte nicht, dass Liam erkannte, was sie fühlte, Wut, Enttäuschung und auch Sorge. Das wollte sie wegen Selah Voyager lieber für sich behalten.

»Dies ist ein besonderer Fall«, erwiderte Liam.

Er wartete darauf, dass sie ihn erklären ließ, was er tat, aber Hannah dachte an Curiosity und an ihren Gesichtsausdruck, als sie ihnen sagte, dass sie Selah Voyager nach Norden schicken wollten. Ein besonderer Fall. Sie hatte genau die selben Worte benutzt für eine Frau, die ihr Leben in Gefahr brachte, um ihr Kind in einer freien Welt aufwachsen zu lassen.

Völlig ruhig entgegnete sie: »Und was ist daran besonders, Liam? Gibt es mehr Geld auf ihren Kopf als sonst?«

Er lachte rau. »Ich wusste, dass ich nicht hierherkommen konnte, ohne dass über mich geurteilt würde.«

Erregt trat Hannah einen Schritt zurück. »Vielleicht hast du dich geändert, aber ich mich nicht. Du hast doch nicht allen Ernstes angenommen, dass ich die Art und Weise billige, mit der du dir deinen Lebensunterhalt verdienst?«

Er presste die Lippen zusammen. »Soweit ich mich erinnere, hat sich das Volk deiner Mutter auch ab und zu Sklaven genommen.«

»Die Kahnyen'kehàka entführten Kinder, um sie zu adoptieren, und nahmen Gefangene in der Schlacht, und diejenigen, die sie nicht getötet haben, hielten sie als Sklaven, ja. Und was hat das mit dieser Frau zu tun, hinter der du her bist?« Ihre Stimme war heiser vor Erregung und sie schluckte.

»Ich dachte, du wärest vielleicht gerecht«, erwiderte er gepresst, »und würdest zuerst versuchen, meine Beweggründe herauszufinden, bevor du mich verurteilst. Mit irgendetwas muss ein Mann seinen Lebensunterhalt verdienen, und ich schäme mich nicht dafür.«

Hannah richtete sich zu ihrer vollen Größe auf und schaute Liam direkt an. Sie sah Wut und Zorn, aber je länger sie hinsah, desto mehr sah sie auch das Schuldgefühl, das dahinter stand und das sie gehofft hatte zu entdecken. Schuld ohne Reue, aber zumindest schon einmal ein Anfang.

»Ich schäme mich für dich«, sagte sie.

Liam zuckte zusammen, aber seine Stimme war gleichmütig, leise und kalt, als er antwortete: »Die Frau, hinter der ich her bin, hat einem Mann auf dem Newburgh Dock ein Messer in den Hals gestoßen. Wenn ich sie fange, wird sie wegen Mordes angeklagt und gehängt.«

»Falls sie schuldig ist«, sagte Hannah.

»Sie ist schuldig.«

»Nun, dann wird ihr Besitzer nicht erfreut sein«, erwiderte sie bitter, »dass er sein Eigentum an den Galgen verliert.«

»Das macht ihm sicher nicht mehr soviel aus«, sagte Liam. »Sie hat ihn erstochen. Mit diesem Messer.« Er zog ein Jagdmesser aus der Scheide an seinem Gürtel. Der geschnitzte Elfenbeingriff war mit Schmutz und getrocknetem Blut verschmiert. Hannah musterte es einen Moment lang, dann blickte sie Liam wieder an.

»Ich hoffe, sie ist mittlerweile auf halbem Weg nach Montreal.«

Seine Augen glitzerten vor Zorn, als er erwiderte: »Ich wette, sie ist nicht näher an Montreal als ich. Wenn sie überhaupt dorthin wollte.«

Hannah wandte sich ab. »Ich sage meinem Großvater und meinem Vater Bescheid.«

»Sag ihnen, es nützt niemandem, wenn sie sich gegen das Gesetz stellen.«

Überrascht lachte Hannah auf. »Ich möchte gerne sehen, dass du Falkenauge ins Gesicht sagst, was er dem Gesetz schuldet. Du warst länger weg, als ich dachte, wenn du glaubst, dass das irgendwohin führt.«

Liam wandte den Kopf ab und sagte: »Ich war lange genug weg, um diesen Ort hier hinter mir zu lassen. Ich kann mich nicht mehr erinnern, warum ich überhaupt so lange hier geblieben bin.«

Er wollte ihr weh tun, aber Hannah erwiderte gelassen: »Es war dein Zuhause. Jeder braucht ein Zuhause.«

Sie sah, wie sich seine Halsmuskeln zusammenzogen, als er

schluckte, aber dann lächelte er. »Oh, ich habe ein Heim. Ich habe letzten Herbst geheiratet. Jetzt würde ich gerne die Sache hier abschließen und zu meiner Familie zurückkehren.«

Die Worte standen fast sichtbar in der Luft.

»Das kann ich verstehen«, erwiderte Hannah leise. »Ich hätte auch lieber ein eigenes Zuhause.«

Liam sagte: »Dann verabschiede ich mich jetzt. Falls wir uns nicht mehr wieder sehen ... Willst du mir die Hand geben, Eichhörnchen?«

Hannah stockte der Atem, so sehr schmerzte es sie, ihren Mädchennamen aus seinem Mund zu hören. Er zuckte zusammen, als er ihre kalte Hand ergriff, und blickte sie an, aber sie wandte sich ab und sah nicht mehr zurück, auch nicht als er hinter ihr her rief: »Sag ihnen, ich warte an der Postkutschenstation!«

Nachdem sie zwischen den Bäumen verschwunden war, setzte Liam sich hin und verschränkte die Arme über dem Kopf. Er schloss die Augen und bemühte sich, ruhig zu atmen. Jedes Wort, das sie gesagt hatte, dröhnte in seinem Kopf wie ein Pistolenschuss.

Hannah. Oh Gott.

Einer der Hunde stupste ihn ans Bein und schob den Kopf unter seine Armbeuge. Liam drückte sein Gesicht gegen das Fell, das nach Schlamm und Wasser roch.

»Sag mir, Treenie, hätte es noch schlimmer kommen können?«

Die Hündin winselte leise.

Liam richtete sich auf und blickte sich um. Auf den Steinen lag etwas Weißes, Viereckiges: ein Brief. Hannah hatte ihm einen Brief dagelassen.

Es dauerte eine Weile, bevor er sich aufraffen konnte, den Brief an sich zu nehmen, und dann saß er noch länger da und blickte auf die Schrift auf dem Umschlag.

Liam Kirby
In Lake in the Clouds
Paradise

Am Westufer des Sacandaga
Staat New York

Die Schrift eines jungen Mädchens, rund und ungleichmäßig.
Ein Brief von der Hannah, wie sie einmal war – und die jetzt so
geworden war, wie er es sich nie vorgestellt hatte. Sie sah ihrer
Mutter so ähnlich, und es ging Liam durch den Kopf, dass die
Toten in den Kindern, die sie zurückgelassen hatten, wieder lebendig wurden. Bei den seltenen Gelegenheiten, wo ihm danach
gewesen war, in einen Spiegel zu schauen, hatte er das Gesicht
seines Vaters unter seinem erkannt, und wenn sich Hannah nun
anschaute, sah sie Sarah. Sarah, um die Männer gekämpft hatten.

Am Himmel zogen Wolken dahin und warfen Schatten über
das Papier. Liam fror, und dann war ihm wieder warm. Elizabeth
hatte ihm damals Lesen und Schreiben beigebracht, und in diesem Moment wünschte sich Liam fast, sie hätte es nicht getan.

Er brach das Wachssiegel und entfaltete das Blatt Papier. Mit
den Handflächen strich er es auf seinem Knie glatt.

Lieber Liam,
unser Schiff hat am Ufer einer weiten Wasserfläche angelegt, die hier För-
de genannt wird, mit England auf der einen und Schottland auf der ande-
ren Seite. In Schottland ist meine Großmutter Cora geboren und vielleicht
auch die Familie meines Großvaters, aber es ist ein sehr seltsamer und ein-
samer Ort. Wir sind gegen unseren Willen hierher gebracht worden und
werden hier bleiben, bis wir ein Schiff finden, mit dem wir wieder nach
Hause gelangen können. Im Maisfeld meiner Großmutter werden jetzt be-
reits die jungen Schösslinge der Sonne entgegen wachsen. Ich muss daran
denken, wie wir letztes Jahr um diese Zeit unter dem vollen Mond auf
Bären im Erdbeerfeld gestoßen sind, weißt du noch? Sie haben uns gejagt,
und wir sind davongerannt, bis wir hinfielen. Wir haben so gelacht. Eli-
zabeth schickt dir ihre besten Grüße und sagt, sie hofft, du lernst fleißig für
die Schule. Mein Vater sagt, er weiß, dass du stark und geduldig sein wirst.
Curiosity bittet dich, Galileo zu besuchen, wenn du möchtest. Sie hat
Angst, dass er traurig wird. Sie sagt auch, sie hofft, du willst nie zur See
fahren.

Wir wollten gar nicht so lange wegbleiben, aber ich bringe dann viele Ge-
schichten mit nach Hause, und du hast mir bestimmt auch viel zu erzählen.
Deine wahre Freundin Hannah Bonner,
von den Kahnyen'kehàka des Wolf-Langhauses, dem Volk ihrer Mutter,
auch Eichhörnchen genannt
11. Tag des Juni 1794

Ein gequälter Laut stieg aus seiner Brust auf und er strich immer
wieder über das Papier. Wenn er noch einen Monat, vielleicht
auch nur eine Woche gewartet hätte, wäre dieser Brief in seine
Hände gelangt. All die Jahre hatte er hier auf ihn gewartet.

Er versuchte sich an die Tage zu erinnern, bevor er vom Berg
weggegangen war, aber es war schon so lange her, dass der Junge,
den er im Geiste vor sich sah, ein Fremder für ihn war; ungeduldig
und wütend, einsam und ruhelos, besessen von dem Wunsch, woanders zu sein als in der leeren Hütte in Lake in the Clouds.

Liam faltete den Brief und steckte ihn wieder in den Umschlag,
dann hängte er sich sein Gewehr über die Schulter und machte
sich auf den Weg in den Ort.

6 Gerade als Jemima Southern schon alle Hoffnung aufgegeben hatte, unter einem Vorwand
ins Dorf gehen zu können, um sich Liam Kirby genauer anzuschauen, merkte Isaiah Kuick, dass er keinen Tabak mehr hatte.
Normalerweise hätte Reuben ihn besorgen müssen, aber der Junge war zur Mühle geschickt worden, um dort in Abwesenheit des
Aufsehers dessen Unterkunft zu säubern, und so tat Isaiah etwas
Ungewöhnliches: er kam in die Küche.

Jemima legte nur zu gerne ihre Stopfarbeit beiseite und nahm
die Münzen entgegen, allerdings nicht aus seiner Hand, sondern
vom Tisch, wohin er sie gelegt hatte. Wenn seine Mutter nicht

dabei war, schien Isaiah sie nicht einmal ansehen zu wollen. Jemima wusste nicht, ob das bedeutete, dass sie eine zu große Versuchung für ihn war oder ob er sie nicht ausstehen konnte, aber im Augenblick gab es Interessanteres für sie als Isaiah Kuick. Während er mit Cookie darüber sprach, wann Ambrose Dye wohl mit den Sklaven, die den Winter über fort gewesen waren, aus Johnstown eintreffen würde, überlegte Jemima, auf welchem Weg zur Postkutschenstation sie wohl die größte Chance hätte, Liam Kirby zu begegnen. Sonst würde er am Ende noch Paradise verlassen, bevor sie überhaupt Gelegenheit hatte, mit ihm zu sprechen.

Kaum aus dem Haus, raffte sie ihre Röcke und begann zu laufen, aber sie begegnete niemandem außer Mrs. Hindle, die schwer an einem großen Bündel Brennholz schleppte und laut vor sich hinschimpfte. Jemima machte einen großen Bogen um sie.

Einen Reisenden traf man am sichersten bei der Postkutschenstation an, aber heute saßen dort nur Charlie LeBlanc und Obediah Cameron halb schlafend vor einem Brettspiel. Hinter der Theke stand Anna und sortierte eine Schachtel mit Knöpfen. Sie schien sich zu freuen, als Jemima durch die Tür kam.

»Tabak, nicht wahr? Isaiah Kuick liebt seine Pfeife. Warum ist er denn nicht selber gekommen? Ist wohl schüchtern, was?« Sie warf Jemima einen Blick aus den Augenwinkeln zu.

Man bekam nur selten Informationen über den Sohn der Witwe, und Jemima würde klug damit umgehen. Sie überlegte nur noch, wie sie Anna klar machen sollte, dass sie dafür etwas über Liam Kirby wissen wollte; aber das war eine heikle Angelegenheit, denn dabei konnte sie sich leicht verraten.

Gerade hatte Jemima beschlossen, doch lieber zu schweigen, als sich hinter ihr die Tür öffnete und Anna in schrilles Gelächter ausbrach.

»Liam Kirby!« Sie stellte die Schachtel so heftig ab, dass die Knöpfe klapperten, und trat hinter der Theke hervor.

Normalerweise hätte ihr Kreischen Jemima zum Gehen veran-

lasst, aber niemand konnte so gut aufdringliche Fragen stellen wie
Anna, also hielt sie sich im Hintergrund, um zu lauschen. Sie
drückte sich in die Ecke zwischen die staubigen Fässer mit Tur-
lingtons Lebensbalsam, während Anna auf Liam zutrat und ihm
beide Hände auf die Schultern legte.

»Na, sieh mal, was für ein Anblick!«

Liam war groß, aber Anna auch; sie brauchte kaum den Kopf zu
heben, um ihm ins Gesicht schauen zu können.

»Du bist ja ein richtiger Mann geworden. Und so hübsch! Deine Haare sind ziemlich dunkel, was? Und diese schönen blauen
Augen hast du von deiner Ma geerbt, Gott hab sie selig. Sie war in
ihrer Jugend eine gut aussehende Frau, und du bist nach ihr geraten. Du hast dir ja ganz schön Zeit gelassen, mal wieder vorbeizukommen und alte Freunde zu besuchen. Wahrscheinlich hast du
schon gehört, dass ich und Jed heiraten, wir zwei alten Narren.
Nächsten Samstag. Falls du dann noch hier bist, lade ich dich
herzlich ein. Bist du nach Hause gekommen, um dir eine Braut zu
suchen?«

Er errötete, und bei seiner Antwort schnürte sich Jemima die
Kehle zusammen.

»Ich habe schon eine.« Vorsichtig löste er sich aus Annas Griff.
»Laut Gesetz darf ein Mann nicht mehr als eine Frau haben. Ich
bin geschäftlich hier.«

»Na, das sind ja Neuigkeiten. Liam Kirby ist verheiratet. Aber es
müsste noch eine Menge mehr zu erzählen geben, schließlich
warst du fast zehn Jahre weg.« Anna wies auf einen Hocker. »Setz
dich drüben ans Feuer – Charlie, du schlägst vor diesem Brett
noch Wurzeln, wenn du nicht aufpasst. Mach mal ein bisschen
Platz, Liam ist zu Besuch und er hat was zu erzählen. Du erinnerst
dich doch sicher noch an Charlie, Liam, aber was du nicht weißt,
ist, dass er endlich eine Frau gefunden hat. Er hat Molly Kaes geheiratet, allerdings ist sie nicht mehr die Jüngste. Jetzt verbringt
er mehr Zeit vor meinem Feuer als zu Hause.«

»Nun, Anna ...«, begann Charlie, aber sie schnitt ihm das Wort
ab.

»Das da ist Obediah Cameron, du hast ihn gekannt, als er noch Haare hatte. Und hier ist Missus Wilde – ich bin gleich bei dir, Eulalia –, ein neues Gesicht für dich, aber davon gibt es mittlerweile viele in Paradise. Sie führt ihrem Bruder den Haushalt, dir sind wahrscheinlich die Obstplantagen der Wildes auf deinem Weg hierher aufgefallen. Hast du schon jemals so viele Apfelbäume gesehen? Jemima Southern steht auch da – hast du sie wiedererkannt? Ist so erwachsen geworden und denkt, sie kann sich verstecken. Sie ist bei der Witwe Kuick im Dienst, seit ihre Leute an der Diphterie gestorben sind. Die Witwe hat die Mühle von John Glove gekauft. Du siehst aus, als hättest du deine Zunge verschluckt, Jemima. Hast du Liam Kirby nichts zu sagen? Wenn ich mich richtig erinnere, dann warst du eine Zeit lang hinter ihm her.«

Jemima lag eine heftige Erwiderung auf der Zunge, aber sie merkte, wie aufmerksam Obediah lauschte. Die Camerons schätzten nur einen Krug Ale noch mehr als Klatsch, und Jemima durfte nicht riskieren, dass er sich etwas über Liam und sie in den Kopf setzte, weil die Witwe es sonst sofort erfahren würde.

»Liam«, sagte sie so kühl wie möglich, »schön, dich zu sehen.«

»Ja, nicht wahr?« Anna strahlte. »Zu schade, dass du schon eine Familie hast, Liam. Wenn unsere hochwohlgeborene Jemima hier keine Ansprüche auf dich erhebt, so könnte ich dir meine Henrietta anbieten. Sie ist in Johnstown im Dienst, ein kluges Mädchen und dazu auch noch hübsch. Wenn ich das nicht sage, wer denn sonst! Jetzt habe ich aber genug geredet, setz dich hierhin und erzähl uns, was es zu berichten gibt. Obediah, geh doch mal meinen Vater holen, er will es bestimmt auch hören.«

»Vielleicht sollte ich einfach rasch hinüber in die Schenke gehen, um Axel ...«, schlug Liam hoffnungsvoll vor, aber Anna schnitt ihm das Wort ab.

»Oh nein, so leicht lasse ich dich jetzt nicht wieder los. Pa soll ruhig hierher kommen. Er ist noch recht rüstig für sein Alter, wenn seine alten Knochen auch krachen.«

Widerstrebend setzte sich Liam. Er warf Jemima einen unglücklichen Blick zu, fast so unglücklich, wie sie sich selber fühlte. Er hatte eine Frau, und die einzige Freude, die ihr jetzt noch blieb, war, Hannah Bonner berichten zu können, dass der einzige Weiße, der sie vielleicht geheiratet hätte, schon vergeben war.

Während Anna und Charlie LeBlanc über Liams Kopf hinweg darüber diskutierten, wann Richter Middleton gestorben und wie lange es her war, seit die Kuicks nach Paradise gekommen waren, überlegte sich Jemima, wie sie die Neuigkeit verbreiten sollte. Sie war so vertieft in ihre Pläne, dass sie gar nicht merkte, dass er versuchte, sich mit ihr zu unterhalten. Schließlich erhob er die Stimme.

»Sag mal, Mima«, fragte Liam, »stimmt es, dass Ambrose Dye immer noch die Mühle für die Kuicks betreibt?«

»Ja.« Mehr wollte sie nicht sagen, aber Anna mischte sich ein.

»Ambrose Dye? Was willst du denn mit so einem Mann?«

»Du hast doch damals, als er hier zum ersten Mal aufgetaucht ist, wohl schon genug beim Kartenspielen an ihn verloren.« Charlie lachte. »Es überrascht mich, dass du nach ihm fragst.«

»Als ob die Witwe es zulassen würde, dass einer ihrer Leute in der Schenke herumhängt und Karten spielt«, schnaubte Anna. »Ehrlich gesagt, meidet er unsere Gesellschaft irgendwie. Er ist knochentrocken und feierlich geworden. Im Moment ist er nach Johnstown gefahren, um die Arbeiter zu holen, die die Witwe den Winter über immer vermietet. Wahrscheinlich nimmt er sofort die Mühle wieder in Betrieb, wenn er zurück ist. Der holt mehr aus dieser Mühle heraus als der alte Glove jemals geschafft hat.«

»Er ist ein guter Müller«, stimmte Charlie zu. »Aber er ist seltsam, unser Ambrose Dye. So ruhig wie das Grab eines stummen Mannes.« Leise fügte er hinzu: »Die Leute sagen, er sei Halbindianer.«

Anna schnaubte. »Wenn er Halbindianer wäre, würde er nicht für die Witwe arbeiten. Sie kann Rothäute nicht ausstehen, das weißt du doch.«

»Er ist Halbindianer«, sagte Liam. »Eine seiner Großmütter war eine Abenaki. Oben an der kanadischen Grenze wird er Messer-in-der-Faust genannt.«

Anna sperrte verblüfft den Mund auf. »Aber die Frau tut doch alles, was in ihrer Macht steht, um Hannah Bonner das Leben zur Hölle zu machen. Ist das nicht so, Jemima?«

Jemima warf ihr einen missbilligenden Blick zu, sagte aber zu Liam: »Dye ist seit letzten Donnerstag weg. Und wenn er hier wäre, würde er es nicht so freundlich aufnehmen, wenn du ihn eine Rothaut nennst. Und die Witwe auch nicht.«

Liam zuckte mit den Schultern. »Ich weiß, was ich weiß. Du kannst ihn ja selber fragen, wenn du mir nicht glaubst.«

In ihrem Ärger rutschte es Jemima heraus: »Ich bezweifle, dass Dye dir bei deiner Suche nach der Sklavin, hinter der du her bist, helfen könnte.«

Liam wandte ihr langsam den Kopf zu. »Was weißt du denn über die entlaufene Sklavin, die ich suche?«

»Nichts«, erwiderte Jemima, »aber ich kenne Ambrose Dye.«

Damit wandte sie sich ab, um sich nicht zu verraten. Zum ersten Mal war sie froh über Charlies Bedürfnis, bei jedem Gespräch im Mittelpunkt zu stehen, denn er fuhr fröhlich fort: »Dye ist merkwürdig. Wenn man ihm begegnet, wirkt er sehr freundlich, aber nach dem, was die Leute sagen ... Es heißt, wenn ihm ein entlaufener Sklave in die Hände fiele, würde er ihn am nächsten Baum aufhängen, um den anderen Afrikanern eine Lehre zu erteilen.«

Hinten aus dem Laden ertönte ein leises Hüsteln von Eulalia Wilde, und Anna ging zu ihr, um sie zu bedienen, sodass Jemima nun allein zwischen Liam und Charlie stand.

Es kam selten vor, dass Jemima um Worte verlegen war, aber heute brachte sie es einfach nicht fertig, ihm die Frage zu stellen, die ihr auf der Seele brannte: Wohin bist du gegangen, und hast du das Gold? Und sie konnte ihm auch nicht ins Gesicht sehen und ihm sagen, dass sie gehofft hatte, er würde eines Tages zurückkommen, um festzustellen, dass sie inzwischen eine junge

Frau und kein kleines Mädchen mehr war. Um sie aus Paradise wegzuholen und sie zur Herrin über ihr eigenes Haus zu machen.

Isaiah Kuick wäre sicher die bessere Partie, aber ihre Chancen, ihn zu bekommen, wurden mit jedem Tag geringer. Es gab auch noch andere Männer, aber Jemima würde sich lieber umbringen als arm zu heiraten. Und hier saß Liam Kirby mit seinem teuren Gewehr und sah so aus, als hätte er es zu etwas gebracht in der Welt. Sie hatte sich oft vorgestellt, wie er wieder nach Paradise kommen würde, aber dass er verheiratet sein könnte, war ihr nie in den Sinn gekommen. Stattdessen hatte sie mehr als einen Gedanken darauf verschwendet, wie es möglich wäre, seine Aufmerksamkeit von Hannah Bonner auf sich selbst zu lenken.

»Du bist ohne ein Wort verschwunden, Liam«, sagte sie. »Ich dachte schon, ein Panther hätte dich gefressen.«

Er lächelte. »Hast du dir Sorgen um mich gemacht, Mima?«

»Das war wohl eher Hannah Bonner. Sie wird ja enttäuscht sein, wenn sie erfährt, dass du in der Stadt eine Familie hast.«

Die winzige Spur von Freundlichkeit, die er gezeigt hatte, verschwand so plötzlich wieder, wie sie gekommen war. Er blickte sie kühl an.

»Sie hat die Nachricht nicht allzu schwer aufgenommen. Eigentlich schien es ihr sogar überhaupt nichts auszumachen.«

Jemima schluckte ihre Enttäuschung hinunter. Hannah wusste es also schon; sie hatte es von Liam selbst erfahren. Sie mussten sich irgendwo heute früh getroffen haben, wahrscheinlich auf dem Berg. Vielleicht auch schon gestern Abend.

»Das bezweifle ich«, entgegnete sie spröde. Dann richtete sie ihre Wut auf Charlie.

»Was starrst du mich so an?«

Er zuckte mit der Schulter und senkte den Kopf. »Nichts, aber warum regst du dich so auf, Mima?«

»Du kannst ja vielleicht den ganzen Tag faul herum sitzen, Charlie LeBlanc, aber ich habe etwas zu tun.«

Liam warf ein: »Lass mich dich noch etwas fragen, bevor du gehst.«

Sie blickte ihn ausdruckslos an. »Für jemanden, der so eifrig Fragen stellt, gibst du erstaunlich wenig von dir selber preis.«

»Ja, das stimmt«, meinte Charlie. »Erzähl uns, wo du so lange gewesen bist, Junge.«

Liam warf ihm einen Blick zu. »Ich bin ein paar Jahre zur See gefahren, bevor ich mich in der Stadt niedergelassen habe.«

»Na, das ist doch eine Geschichte, die es sich zu erzählen lohnt.« Grinsend machte Charlie es sich auf seinem Hocker bequem. »Setz dich, Jemima.«

Sie war bereits auf dem Weg zur Tür. »Ich bin aus dem Alter für Märchen hinaus.«

»Sag mir zuerst, wann dieser Aufseher zurückkommt«, warf Liam ein. »Ich habe etwas mit ihm zu besprechen.«

Jemima zuckte mit den Schultern. »Du wirst bis zum Ende der Woche warten müssen, wenn du mit Mr. Dye reden willst.«

Charlie lächelte so breit, dass man alle fünf Zähne sah, die er noch besaß. »Na, dann bist du ja auf Annas Hochzeitsfest noch bei uns.«

»Wenn es nach mir geht, nicht.«

Das war das Letzte, was Jemima von ihm hörte, als sie die Tür hinter sich schloss.

Es gab eine einfache Wahrheit beim Unterrichten, die Elizabeth an jenem Montagnachmittag im Klassenzimmer zu spüren bekam: selbst die besten und gewissenhaftesten Schüler konnten sich nicht konzentrieren, wenn es ein Gewitter gab, wenn der erste Schnee fiel – oder eben am ersten wirklichen Frühlingstag, so wie heute. Und dieses Jahr war es noch schlimmer als sonst, weil die Dubonnets zusätzlich zum wolkenlosen Himmel und der warmen Luft beschlossen hatten, ihre einjährigen Ferkel aus den Winterställen in den Wald zu entlassen; die Schweine hatten sich für ihr nachmittägliches Schläfchen nämlich ausgerechnet Elizabeths Schulhaus ausgesucht.

Über die Jahre hatte Elizabeth vielen Herausforderungen getrotzt, aber zwei Schweine unter der Veranda am ersten Frühlingstag konnten nur als himmlische Aufforderung verstanden werden, ihre Schüler früher nach Hause zu schicken. Offensichtlich waren die Kinder der gleichen Meinung; selbst Daniel, auf dessen Durchhaltevermögen sie sich normalerweise verlassen konnte, hatte einen abwesenden Ausdruck im Gesicht und blickte ständig zur Tür.

Vor Elizabeth standen ihre jüngsten Schülerinnen: Lucy Hench und Kateri, die älteste Tochter von Viele Tauben. Mit einer Ausnahme – Elizabeth warf einen Blick auf Lily – gaben sich die Mädchen in ihrem Nachmittagsunterricht wohlerzogen und fügsam, aber Lucy und Kateri waren besonders ernsthaft bei der Sache. Sie wollten ein Gedicht vortragen und hatten die ganze Woche lang dafür geübt, und jetzt konnte man Kateri über dem Grunzen der Schweine, die es sich in der feuchten Dunkelheit unter der Veranda gemütlich machten, kaum verstehen.

Sie erhob ihre Stimme, aber das verstanden die Schweine anscheinend als Aufforderung, sich zu beteiligen, und der Fußboden erbebte unter ihren Bewegungen.

Die Kinder im Klassenzimmer fingen an zu grinsen, während Kateri fast schreien musste.

»Sie stecken fest!« Daniel stand auf, als er jedoch merkte, was er getan hatte, senkte er beschämt den Kopf.

»Verzeihung, aber ich könnte schwören, dass sich mindestens ein Schwein eingeklemmt hat. Hört ihr das nicht auch?«

»Können wir mal nachsehen, Ma?« Lucy war bereits an der Tür und auch die anderen drängten sich hinter ihr: Blue-Jay, Solange, Lucy und Emmanuel, sogar Kateri, die ihr Gedicht vollkommen vergessen hatte.

Elizabeth wollte gerade kapitulieren, als vor der Tür ein schriller Schrei ertönte, gefolgt von einem panischen Quieken. Die Dielen bogen sich, und Lucy sprang mit einem Satz auf ein Pult.

»Ein Panther!«, schrie Kateri.

»Die armen Schweine«, jammerte Solange.

Lucy hatte die Hände vors Gesicht geschlagen und schluchzte. Mit weitaufgerissenen Augen blickte sie zum Fenster, und als Elizabeth ihrem Blick folgte, sah sie, dass Daniel gerade hinausklettern wollte. Sie packte ihn am Hemd und zog den widerstrebenden Jungen zurück.

»Was hast du vor?«

»Ich wollte Hilfe holen.« Daniels grüne Augen blitzten.

»Du weißt doch, dass du nichts mehr für die Ferkel tun kannst«, sagte Elizabeth. »Ich lasse nicht zu, dass du dich zwischen einen Panther und seine Beute stellst. Wir warten hier.«

Das Quieken brach so plötzlich ab, wie es begonnen hatte. Man hörte nur noch Lucys leises Schluchzen.

»Seht ihr?«, sagte Elizabeth.

»Sollen wir etwa abwarten, bis die Katze hundert Pfund Schweinefleisch gefressen hat?« Daniel presste die Lippen zusammen, und einen Moment lang sah er genauso aus wie Nathaniel, wenn er in Streitlaune war.

»Jemand wird schon nach uns schauen«, sagte Lily.

Blue-Jay warf ein: »Das könnte Stunden dauern.«

Elizabeth stellte sich vor, wie sie hier mit den Kindern saß und zuhörte, wie der Panther das Schwein zerriss, aber dann überlegte sie, was passieren könnte, wenn sie versuchten, die Hütte zu verlassen. Mittlerweile hing der Geruch von frischem Blut in der Luft.

Einmal hatte sie gesehen, wie ein Panther von einem Baum einem Mann auf den Rücken gesprungen war. Es war sehr lange her und es hatte auch nur Minuten gedauert, aber sie erinnerte sich noch allzu deutlich daran.

»Wir singen jetzt etwas«, sagte sie. »Wir haben schon lange keine Singstunde mehr gehabt.«

»Miz Elizabeth«, sagte Emmanuel, »es könnte jemand vorbei kommen, der kein Gewehr hat. Und du weißt doch, dass der Panther böse wird, wenn ihm jemand seine Beute streitig macht.«

Solange holte zitternd Luft. »Bitte, lass Daniel gehen, Miz Elizabeth.«

Elizabeth blickte ihren Sohn an. Er war so groß für sein Alter, dass sie sich nicht mehr bücken musste, um ihn zu küssen, etwas, das sie im Moment gerne getan hätte. Mit entschlossenem Blick sah er sie an.

»Ich werde vorsichtig sein.«

Er würde es zumindest versuchen, das wusste Elizabeth. Daniel war geschickt und schnell, aber wie seine Zwillingsschwester hatte auch er von den Middletons die Furchtlosigkeit geerbt, die sich immer in den ungeeignetsten Momenten zeigte. Blue-Jay war zwischen ihre Kinder getreten.

Elizabeth sagte: »Du darfst gehen, aber nicht allein.«

»Ich bleibe bei meinen Schwestern«, erklärte Emmanuel.

»Dann geht Blue-Jay mit dir.«

Daniel blickte zufrieden auf, und Blue-Jay senkte resigniert den Kopf. Am Fenster drehte Daniel sich noch einmal kurz um und lächelte ihr zu, dann schlüpfte er hinaus.

»Ich tue mein Bestes!«, rief Blue-Day, »und dann war auch er fort.

Als Elizabeth ans Fenster trat, waren die beiden Jungen bereits im Wald hinter dem Schulhaus verschwunden und liefen den Berg hinunter auf das Dorf zu.

»Vielleicht wollen sie Peter wegen seinen Ferkeln Bescheid sagen«, beantwortete Emmanuel die Frage, die niemand laut gestellt hatte. Warum holten die Jungen nicht einen der Männer aus Lake in the Clouds zu Hilfe?

»Unser Pa ist ein guter Schütze«, sagte Lucy und wischte sich die Tränen von den Wangen. »Vielleicht sind sie dorthin gelaufen.«

Lily musterte mit auffälligem Interesse den Fußboden. Elizabeth hob das Kinn ihrer Tochter mit einem Finger an. »Was ist los? Was hat er vor?«, fragte sie.

Sie zuckte mit den Schultern. »Er sucht schon den ganzen Tag nach einem Vorwand, um ins Dorf gehen zu können. Der Panther hat ihm nur einen Gefallen getan.«

»Und warum will dein Bruder unbedingt ins Dorf gehen?«

Die drei Hench-Kinder wurden ganz still. Kateri hätte etwas gesagt, aber Lily legte ihr die Hand auf die Schulter.

100

»Hat das etwas mit Liam Kirby zu tun?«, fragte Elizabeth.

»Meinst du den Sklavenjäger?« Emmanuel war der schlimmste Heuchler, dem Elizabeth je begegnet war; aus diesem einen Wort und seinem Gesichtsausdruck wurde ihr beinahe schon die ganze Geschichte klar.

»Nennt ihr Liam so?«

»Emmanuel nennt ihn so«, erwiderte Kateri. »Wir nennen ihn Tsyòkawe.« Das war Kahnyen'kehàka und bedeutete Rote Krähe.

»Liam Kirby ist ein junger Mann aus Fleisch und Blut wie jeder andere auch«, sagte Elizabeth. »Das werdet ihr zweifellos bald selber feststellen können.«

»Aber Lily hat ihn schon gesehen, nicht wahr, Lily?«

Elizabeth sah ihrer Tochter an, dass das stimmte. Sie hatte ihr nicht gehorcht und war Hannah heute früh nachgelaufen. Jetzt verstand sie Daniels Eifer, in den Ort zu gelangen: Was ein Zwilling wagte, musste der andere auch tun.

Sie sagte: »Du bist deiner Schwester gefolgt?«

Lily schürzte die Lippen. »Jemand musste sich ja um sie kümmern. Aber ich habe mich nicht eingemischt, du kannst Hannah fragen.«

»Das werde ich tun. Und dann werden dein Vater und ich mit dir darüber sprechen. In der Zwischenzeit kannst du deine Rechenaufgaben machen.«

Es zeugte von Lilys Schuldbewusstsein, dass sie ohne Widerspruch gehorchte. Die anderen folgten ihrem Beispiel und vergaßen Elizabeth daran zu erinnern, dass sie ihnen eine Singstunde versprochen hatte. Und sie war froh, ihren Gedanken nachhängen zu können.

Heute Morgen auf dem Weg zum Unterricht hatte sie Hannah am Erdbeerfeld getroffen und erfahren, dass Liam Kirby tatsächlich hinter Selah her war. Hannah hatte sich große Mühe gegeben, unbesorgt und ungerührt zu wirken, aber es war ihr nicht gelungen.

Lily beugte sich brav über ihre Rechenaufgaben, beobachtete ihre Mutter jedoch aus den Augenwinkeln, weil sie darauf wartete, nach ihrem Abenteuer heute früh ausgefragt zu werden. Sie wusste genau, was für Sorgen Elizabeth sich um Hannah machte. Elizabeth jedoch verdrängte ihren Zorn und ihre Neugier. Wenn sie ihrer Tochter gestatten würde, von ihrer Eskapade zu erzählen, sähe es so aus, als ob sie ihr Verhalten billigte.

Gleich würde Nathaniel in den Ort gehen, um Liam zu treffen. Hannah hatte ihr das gesagt, und Elizabeth konnte sich die Szene lebhaft vorstellen: Nathaniel trat in das Dämmerlicht in Axels Schenke, wo Liam auf ihn wartete. Zweifellos würde sich Daniel in der Nähe aufhalten. Und beide Männer würden wütend werden. Allerdings würde Nathaniel bestimmt nicht die Hand gegen Liam erheben, das war nicht seine Art.

Und trotzdem. Elizabeth versuchte, sie alle zusammen zu sehen: Nathaniel und Liam, Daniel und Blue-Jay. Sie versuchte sich vorzustellen, wie ihr Mann dem Jungen gegenübertrat, den sie wie ein eigenes Kind aufgenommen hatten, der sie aber ohne ein Wort verlassen hatte. Und jetzt war er wieder zurück gekommen und bedrohte sie.

Lily beobachtete sie mittlerweile ganz offen. Sie sagte: »Du willst ins Dorf gehen, nicht wahr?«

Elizabeth nickte. Dann griff sie nach dem ersten Buch, das ihr in die Hände fiel, und versuchte zu lesen, versuchte zu ignorieren, dass unter ihnen der Panther seine Beute zerriss.

Hannah hatte die letzten Zwiebeln, die im Herbst eingelagert worden waren, hervorgeholt und beugte sich gerade über das Schneidbrett, als Curiosity kam.

»Das ist wohl eins von den Heilmitteln, die für den Arzt schlimmer sind als für den Patienten«, sagte die alte Frau. Sie warf einen Blick in den Topf, in dem die Zwiebeln kochten, und fächelte sich mit der Hand Luft zu.

»Ich frage mich, warum der liebe Gott so viele der besten Medizinen so abscheulich gemacht hat.« Sie warf Hannah einen prüfenden Blick zu, zog ihr eine Zwiebelschale aus den Haaren und wischte ihr damit über die Wange.

»Du hast sie mit dem Brot der Tränen genährt, du hast sie ihre Tränen aus Schalen trinken lassen«, zitierte sie. »Es ist wirklich an der Zeit, dass ich mich jetzt um diese Umschläge kümmere. Lass mich die restlichen Zwiebeln schneiden.«

»Ich bin fast fertig.«

»Red keinen Unsinn«, erwiderte Curiosity und schob sie beiseite. »Du siehst ganz erschöpft aus, seit du unsere Selah pflegst. Geht es ihr besser?«

Hannah nickte. »Viel besser. Sie schläft gerade.«

»Das ist das Beste für sie. Diese Umschläge haben ihr wahrscheinlich gut getan; für eine Lunge voller Schleim gibt es nichts Besseres als Zwiebeln und Kampfer. Setz dich und ruh dich ein Weilchen aus, bevor du umfällst.«

Hannah gehorchte, aber sie konnte nicht still sitzen. Seit der morgendlichen Begegnung hatte sie sich unermüdlich beschäftigt und sich um Selah gekümmert. Eine Pause hatte sie nur gemacht, als Viele Tauben ihr das Essen brachte, das sie stehend auf der Veranda heruntergeschlungen hatte. Und doch gelang es ihr trotz all der Arbeit und Anstrengung nicht, Liam und die Dinge, die er gesagt hatte, aus dem Kopf zu bekommen.

Und jetzt war Curiosity da, die genau die Dinge hören wollte, die sie zu vergessen versuchte. Sie hatte die Geschichte ihrem Vater erzählt; jetzt würde sie sie Curiosity und jedem anderen, der sie hören wollte, Wort für Wort wiederholen, bis alle begriffen, was für ein Mann Liam Kirby geworden war.

Sie sagte: »Elizabeth sollte längst zu Hause sein. War sie noch in der Schule, als du vorbeigegangen bist?«

Curiosity kniff die Augen zusammen, beantwortete aber ihre Frage. »Ja, sie war noch da. Dubonnets Ferkel hatten es sich unter der Veranda gemütlich gemacht, und dann hat ein Panther sie geholt.«

Hannah rührte in dem Zwiebelsud und wartete darauf, dass Curiosity weiter erzählte, aber die alte Frau ließ sich nicht drängen.

»Gibst du mir bitte das andere Messer? Das hier liegt mir nicht gut in der Hand. Sie saßen also eine ganze Zeit lang fest, bis die

Jungen aus dem Fenster geklettert sind und Joshua mit seinem Gewehr geholt haben. Ich bin vorbeigegangen, um nachzuschauen, ob noch Fleisch übrig war. Es wird Peter schwer treffen, beide Ferkel verloren zu haben.«

»Und Elizabeth?«, fragte Hannah, tauchte einen Lappen in eine Schüssel mit Essigwasser, die sie für Selah vorbereitet hatte, und betupfte sich damit die Stirn.

»Sie ist in den Ort gegangen, um nach deinem Bruder zu suchen. Wahrscheinlich hofft sie, auch Liam zu treffen. Und deine kleine Schwester wird eine Zeit lang beschäftigt sein, weil sie versucht, Joshua den Kopf des Panthers abzuschwatzen. Falls Falkenauge nicht unerwartet nach Hause kommt, haben wir jede Menge Zeit, damit du mir erzählen kannst, was heute früh passiert ist.«

Hannah legte sich das nasse Tuch aufs Gesicht und atmete den stechenden Essiggeruch ein. Als sie wieder aufblickte, schnitt Curiosity immer noch Zwiebeln, wobei ihr die Tränen übers Gesicht strömten.

Sie sagte: »Selah hat nach dir gefragt.«

Curiosity stieß ein raues Lachen aus. »Willst du mir damit sagen, dass du noch nicht bereit bist, über Liam zu sprechen?«

Hannah holte tief Luft, um sich zu beruhigen. »Ich glaube, das werde ich niemals sein.«

»Dann stimmt es also? Er ist hinter unserer Selah her?«

Hannah nickte.

Curiosity presste die Lippen zusammen. »Ich hätte nicht geglaubt, dass der Junge uns einmal eine solche Enttäuschung bereitet. Aber du ja auch nicht.«

»Nein«, erwiderte Hannah. »Ich auch nicht.«

Sie schwiegen, und man hörte nur das rhythmische Schneidgeräusch des Messers auf dem Holzbrett. Schließlich sagte Curiosity: »Glaubst du, man kann ihn zur Vernunft bringen?«

Hannah stiegen Tränen in die Augen. Sie schluckte und erwiderte: »Ich weiß es nicht. Mein Vater versucht es gerade. Vermutlich wissen wir mehr, wenn er zurückkommt.« Wieder schwiegen sie.

»Um was geht es?«

»Liam sagt, sie wird wegen Mord gesucht. Ihr Besitzer hat sie in Newburgh gefunden und sie hat ihn erstochen.«

Curiosity blickte auf das Messer in ihrer Hand. Sie legte es weg und schob die gehackten Zwiebeln vom Schneidbrett in die kochende Brühe. Dann setzte sie sich in Elizabeths Schaukelstuhl und blickte Hannah an. Die Falten um ihren Mund schienen sich in den letzten Tagen tiefer eingegraben zu haben.

»Wir müssen sie so schnell wie möglich hier wegbringen«, sagte sie schließlich.

Hannah hob die Hände. »Vier oder fünf Tage dauert es mindestens noch.«

Curiosity stand so plötzlich auf, dass der Schaukelstuhl sich heftig bewegte. Sie hielt ihn fest. Zwar wirkte sie niedergeschlagen, brachte aber trotzdem ein Lächeln zustande. »Ich werde sehen, was ich tun kann, um die Dinge zu beschleunigen«, murmelte sie. »Und fast hätte ich es vergessen. Richard hat mich gebeten, dir zu sagen, dass er morgen früh Gabriel Oak nach der Methode von Dr. Beddoes mit diesem Gasgemisch behandelt, und er wäre froh, wenn du ihm helfen würdest. Ich weiß zwar nicht, ob es dem armen Mann gut tut, aber für dich wäre es nicht schlecht, mal für ein paar Stunden hier rauszukommen.«

»Ja, mache ich«, erwiderte Hannah und fühlte sich auf einmal wie neu belebt.

»Und wenn du schon einmal da bist, kannst du ja vielleicht auch mit Richard reden«, schlug Curiosity vor.

Es machte Hannah nervös, wie leicht Curiosity sie durchschaute, aber es hatte auch etwas Tröstliches. Sie verstand, was Hannah ihrem Vater nie hatte erklären können: Über die Jahre hatte sie eine gute Arbeitsbeziehung zu Richard Todd entwickelt, einem Mann, der früher einmal der ärgste Feind der Bonners gewesen war.

7 Kurz bevor es dunkel wurde führte Joshua seine Packpferde den Berg hinunter. Ihre Satteltaschen waren bis zum Rand mit dem restlichen Fleisch von Dubonnets Ferkeln und dem Fell des Panthers gefüllt. Seine drei Kinder trödelten hinter ihm her und warfen immer wieder sehnsüchtige Blicke zurück zu Lily und Kateri. Die Mädchen standen auf dem Pfad und jede hielt ein Pantherohr in der Hand, sodass der Kopf sanft zwischen ihnen hin und her pendelte. Lily hatte mit dem Pantherschädel etwas vor, aber damit konnte Elizabeth sich erst später beschäftigen. Im Moment machte sie sich Sorgen wegen Daniel und Blue-Jay, die noch nicht wieder aus dem Dorf zurück waren.

Elizabeth schickte die Mädchen nach Hause, schlüpfte aus ihren Stiefeln in ihre Mokassins, die unter ihrem Schreibtisch standen, und schürzte ihren Rock mit einem Gürtel auf Knielänge. Dann ging sie den Weg hinunter, den auch die Jungen eingeschlagen hatten. Er war wesentlich steiler als der Hauptpfad, aber so würde sie eine Viertelstunde vor Joshua, um den sich bestimmt gleich alle scharen würden, um die Geschichte vom Panther und den Ferkeln zu hören, im Ort ankommen.

Der Abhang war so dicht bewaldet und steil, dass man nur auf Art der Kahnyen'kehàka hinuntersteigen konnte. Elizabeth beeilte sich, weil es um sie herum rasch dunkel wurde. Da sie erst spät in ihrem Leben in die Wälder gekommen war, konnte sie sich nicht geräuschlos bewegen; überall, wo sie vorbei kam, hörten die Vögel auf zu singen.

An einer Stelle, die die Kinder Dreckrutsche nannten, verlor Elizabeth das Gleichgewicht, und wenn sie sich nicht an einem Weißtannenschößling hätte festhalten können, wäre sie hingefallen. Erschrocken verlangsamte sie ihre Schritte. Sich hier ein Bein zu brechen und liegen zu bleiben, hätte alles unnötig kompliziert. Schmutzig, mit einem Kratzer quer über der Wange und klebrig von Fichtenharz erreichte sie das Dorf. An der Postkutschenstation blieb sie stehen, um zu Atem zu kommen, wobei sie darauf achtete, sich nicht an die Kirchenwand zu lehnen, die Mr. Gathercole höchstpersönlich frisch weiß angestrichen hatte.

Aus der Ferne hörte sie Kuhglocken läuten und irgendwo in der Nähe weinte ein Kind.

Von diesem Winkel aus konnte sie fast den ganzen Ort überblicken. Immer wenn Elizabeth ins Dorf kam, musste sie unwillkürlich an den Wintermorgen denken, an dem sie es zum ersten Mal gesehen hatte; wie wenig es sich seitdem verändert hatte, während sie ganz anders geworden war. Damals war sie von dem Anblick überrascht gewesen, von den Blockhütten, den Baumstümpfen und den ständig vom Wald bedrohten Feldern. In den Jahren, in denen Hidden Wolf ihr Zuhause geworden war, war sie zu der festen Überzeugung gelangt, dass Paradise sich nie zu dem Ort entwickeln könnte, den sie sich einmal vorgestellt hatte; es würde keine Rasenflächen, Parks, Landhäuser oder breite Straßen geben; es konnte nie so sein wie in England, noch nicht einmal wie in Boston oder Albany. Der Wald war beständig und endlos, und vor allem war er geduldig; er tolerierte das Dorf nur, und eines Tages würde es ihm weichen müssen.

Wenn sie nicht gewusst hätte, dass es Montag war, dann hätte sie es an der Wäsche gemerkt, die vor jeder Hütte zum Trocknen hing. Hühner scharrten zwischen Holzstapeln und Gartenbeeten, die man erst in drei oder vier Wochen umgraben würde, wenn die letzte Frostgefahr gebannt war. Jeden Frühling erschien es aufs Neue unwahrscheinlich, dass dieses schmale Tal am Westufer des Sacandaga sie alle ernähren und kleiden konnte: Menschen, Pferde, Ochsen, Kühe, Ferkel (jetzt waren es zwei weniger, rief Elizabeth sich ins Gedächtnis), Ziegen und Hühner, Katzen und Hunde, und ein Bulle, der am östlichen Rand des Dorfes auf einer eingezäunten Weide stand.

Als ob die Tiere ihre Gedanken gespürt hätten, ertönte um die Ecke der Kirche lautes Fauchen, und ein Kater sauste an Elizabeth vorbei. Eine Hundemeute war ihm dicht auf den Fersen, aber im letzten Moment sprang der Kater auf den Holzstapel an der Wand der Schenke und von dort aufs Dach, wo er mit gesträubtem Fell einen Buckel machte. Die Hunde sprangen immer wieder in die Luft, als könnten ihnen dadurch Flügel wachsen. Elizabeth erkannte die beiden, die am lautesten bellten. Sie gehörten Horace Greber. Die anderen beiden waren ihr fremd.

Eine Hündin jedoch kam auf sie zu. Eine rote Hündin.

Treenie. Sie sagte den Namen laut und rief damit den Hund aus der Vergangenheit.

Die Tür ging auf und Elizabeth hielt den Atem an. Wer sonst konnte es sein als Robbie MacLachlan. Er würde aus der Tür treten und nach seinem Hund rufen. Sie war sich dessen genauso sicher wie sie mit vollkommener Gewissheit wusste, dass Robbie seit fast acht Jahren tot war und auf einem Friedhof Tausende von Meilen entfernt von hier begraben lag. Und trotzdem hörte sie deutlich den Klang seiner Stimme, seltsam hoch für einen so großen Mann, wie er leise sang:

»Ich wünsche euch den Schutz des Königs der Könige.
Ich wünsche euch den Schutz von Jesus Christus,
den schützenden heilenden Geist,
der euch vor Bösem und Streit bewahrt,
vor dem Höllenhund und dem roten Hund.«

Die Tür öffnete sich ganz, und auf der Schwelle stand ein junger Robbie, groß und breit in den Schultern, mit geradem Rücken. Sein Haar war jedoch nicht weiß, sondern schimmerte rötlich in den letzten Sonnenstrahlen. Der Mann sagte etwas und die Hunde hörten auf zu bellen und zogen sich widerwillig zurück.

Dann trat er auf sie zu. Treenie folgte ihm mit wedelndem Schweif. Elizabeth hockte sich hin, und Treenie kam zu ihr gelaufen, legte ihr den Kopf auf die Schulter und winselte zufrieden. Die Hündin roch nach Seewasser, wie damals, als sie sich zum ersten Mal begegnet waren. Jetzt waren ihr Fell und die Haare an ihrer Schnauze weiß gesprenkelt.

Zuletzt hatte sie die rote Hündin am Weihnachtstag gesehen, als sie so dick von der Schwangerschaft mit den Zwillingen war,

108

dass sie sich kaum bewegen konnte. Damals war Robbie mit Treenie an seiner Seite auf die lange Reise nach Norden, nach Montreal, aufgebrochen. Dort war sie von einem Rotrock erschossen worden, hatten ihr die Männer erzählt, die dabei gewesen waren: Robbie, Falkenauge und Nathaniel, der jetzt ebenfalls in der Tür zur Schenke auftauchte und hinter dem Mann stand, der ein Fremder und doch kein Fremder war.

»Treenie«, sagte sie leise, »wie kann das sein?«

»Sie ist in jenem Sommer nach Hause gekommen«, sagte Liam. »Sie kam einfach eines Morgens aus dem Wald, als ich dachte, ich würde nie jemanden von euch jemals wiedersehen. Also habe ich sie mitgenommen. Ich hoffe, ihr verzeiht mir das.«

Axels Schenke war nicht viel mehr als ein Schuppen neben der Postkutschenstation, mit ein paar Tischen und einer hochlehnigen Bank vor dem Ofen. Es war kühl und dämmerig darin und Elizabeth bekam Gänsehaut, als sie eintrat. Axel hatte sich zurückgezogen und sie war froh darüber. Sie konnte die Spannung in der Luft förmlich spüren.

Liam stand auf der anderen Seite des Raumes und beobachtete Nathaniel aufmerksam. Wahrscheinlich ähnelte sein Gesichtsausdruck ihrem und das machte sie sehr traurig. Liam war einer ihrer ersten Schüler gewesen, ein fröhlicher Junge, obwohl er mit einem Bruder zusammen lebte, der ihn bei dem kleinsten Anlass auf übelste Weise verprügelte. Er besaß eine Intelligenz, die nichts mit dem geschriebenen Wort zu tun hatte, arbeitete fleißig und war Hannah sehr zugetan. Elizabeth hätte gerne etwas von diesem Jungen in dem Mann wiedergefunden, der vor ihr stand, aber Selah Voyager und ihr Kind waren wichtiger, und deren Sicherheit durfte sie auf keinen Fall in Gefahr bringen.

Elizabeth sagte: »Ich wollte euer Gespräch nicht stören. Ich suche Daniel und Blue-Jay.«

Nathaniel wies mit dem Kinn auf die Tür, die in den Laden führte. »Sie haben den strikten Befehl, sich still zu verhalten, bis ich sie holen komme.«

Es war Elizabeth klar, dass sie jetzt eigentlich mit den Jungen nach Hause gehen und alles Weitere Nathaniel überlassen sollte, aber sie konnte nicht, noch nicht. Die rote Hündin schnüffelte an ihrer Hand und sie sagte: »Hast du Treenie gesehen, Nathaniel? Robbie war sich so sicher, dass sie tot war, und du doch auch.«

»Sie hatte eine Schusswunde an der Schulter«, sagte Liam. »Als sie zurückkam, war sie fast ausgeheilt. Ich habe ein bisschen von der Salbe genommen, die Viele Tauben dagelassen hatte und habe sie damit eingerieben. Es schien ihr zu helfen.«

Nathaniel hatte nie gelernt, sich hinter Worten zu verstecken, aber Elizabeth war als Adelige in England aufgewachsen, wo unbehagliches Schweigen mit Konversation gefüllt werden musste. »Und sie ist die ganze Zeit bei dir gewesen?«

Sein Gesicht entspannte sich ein wenig. »Mein Kapitän hatte einen Narren an ihr gefressen. Sie war mit dabei bis nach China und wieder zurück.«

Elizabeth hob überrascht den Kopf. »Du bist zur See gefahren?«

Er warf ihr einen enttäuschten Blick zu. »Hat Hannah dir das nicht erzählt?«

»Wir hatten heute früh nicht mehr allzu viel Zeit, um miteinander zu reden«, erwiderte Elizabeth.

»Aber genug, um zu wissen, warum ich hier bin«, erwiderte Liam und schaute sie scharf an.

Elizabeth musterte einen Augenblick lang sein Gesicht. »Ich weiß, warum du behauptest, hier zu sein. Hast du Curiosity schon gesehen?«

Liam presste die Lippen zusammen. Er sah so aus, als wolle er etwas sagen, aber dann schüttelte er nur den Kopf.

»Vielleicht gehst du jetzt besser nach Hause, Stiefelchen«, warf Nathaniel ein. »Wir sind hier fast fertig.«

»Ach ja?« Liam hob herausfordernd den Kopf. »Ich würde sagen, wir haben gerade erst angefangen.«

»Dann lass es mich noch einmal in aller Deutlichkeit erklären.« Nathaniels Stimme wurde gefährlich leise. »Du willst von mir die Erlaubnis, auf unserem Besitz einen entflohenen Sklaven zu jagen, und ich habe dir eine klare Antwort gegeben. Wir erlauben keine Menschenjagd auf dem Berg, und ich werde auch in diesem Fall keine Ausnahme machen.«

»Das Gesetz sieht das anders als du«, erwiderte Liam. »Wenn es nötig ist, kann ich mir in Johnstown einen Gerichtsbeschluss holen.«

»Tu das«, versetzte Nathaniel. »Ich möchte gerne dabei sein, wenn du ihn meinem Vater präsentierst.«

Liam wurde blass, aber er reckte sein Kinn noch entschlossener vor. »Ich bin nicht mehr dreizehn, mit solchem Geschwätz kannst du mir keine Angst mehr einjagen.«

Nathaniel sagte sehr langsam: »Wenn ich dir Angst einjagen wollte, Kirby, dann würdest du das schon merken.«

In der angespannten Stille, die auf seine Worte folgte, zwang sich Elizabeth, schnell etwas einzuwerfen: »Willst du die Angelegenheit nicht lieber aus Freundschaft aufgeben, Liam?«

Er schüttelte den Kopf. »Das kann ich nicht. Es ist ein Mord geschehen.« Er blickte Nathaniel so herausfordernd an, dass Elizabeth sich fragte, was zwischen den beiden wohl vor ihrer Ankunft vorgefallen war.

Nathaniel sagte: »Soweit ich es beurteilen kann, geht es nur um unbefugtes Betreten und um nichts anderes. Ich sage es jetzt zum letzten Mal. Wenn ich dich auf dem Berg antreffe ...«

»Dann hängst du mich auf.«

Elizabeth zog scharf die Luft ein, aber Nathaniel zuckte mit keiner Wimper.

»Ich verjage dich. Mach keinen Fehler.«

Seine Haltung hatte sich geändert, und Elizabeth spürte, dass etwas Neues zwischen den beiden Männern entstanden war, etwas Ernsteres als alles, worum es vorher gegangen war. Beide strahlten eine unglaubliche Wut aus, etwas, das tiefer gründete als fehlendes Gold oder verratenes Vertrauen.

»Worum geht es hier eigentlich?«, fragte sie.

Liam schien sie gar nicht zu hören, er redete nur zu Nathaniel: »Ich weiß, was du meinem Bruder angetan hast.«

Elizabeth spürte, wie Nathaniel sich verkrampfte und auch ihr stellten sich sämtliche Härchen auf, als sei Billy Kirby selbst durch die Tür gekommen.

Billy Kirby. Sie hatte in der letzten Zeit nicht oft an ihn gedacht, aber früher einmal hatte er ihr ständig im Kopf herumgespukt. Billy war jünger gewesen als Liam jetzt, als er das neue Schulhaus, in dem Hannah schlief, verriegelte und es in Brand setzte. Billy Kirby, so prahlerisch, dumm und aufbrausend wie ein Bulle. An seine letzten Worte, die er zu Elizabeth gesagt hatte, erinnerte sie sich noch ganz deutlich. »*Wir finden diese Goldmine*«, hatte er leise und beiläufig zu ihr gesagt. »*Und dann finden wir euch tot in euren Betten.*«

»Billy stürzte vom Nordhang, als er vor dem Suchtrupp davongelaufen ist«, sagte Elizabeth heiser.

Liam blickte Nathaniel unverwandt an. »Ist das wahr?«

Nathaniel stieß die Luft aus. »Das steckt also hinter all dem. Nicht die Sklavin. Dein Bruder.«

Liam richtete sich auf und erwiderte: »Du irrst dich. Ich suche eine Mörderin, das ist alles. Wenn ich sie finde, bringe ich sie vor Gericht, so wie auch mein Bruder vor Gericht gestellt worden wäre, wenn ...« Er brach ab und schluckte. »Ich werde gleich morgen früh nach Johnstown gehen und bei Einbruch der Nacht mit dem Gerichtsbeschluss wieder hier sein. Du solltest wissen, dass ich sie in den Busch verfolgen werde, wenn sie weg ist. Ob dir das passt oder nicht.«

»Liam«, sagte Elizabeth leise, »glaubst du wirklich, dass eine entlaufene Sklavin eine faire Verhandlung bekommt?«

Liam griff nach seinem Gewehr. »Zumindest bekommt sie eine, und das ist immer noch mehr als das, was mein Bruder auf dem Berg bekommen hat. Du solltest deinen Ehemann danach fragen. Noch etwas«, fuhr er fort und wandte sich wieder an Nathaniel, »du hast nicht gefragt, aber ich möchte dir gerne sagen, dass ich nichts mitgenommen habe, was mir nicht gehört, als ich von hier weggegangen bin. Ich bin kein Dieb.«

»Nicht was du mitgenommen hast, macht mir Sorgen«, erwiderte Nathaniel, »sondern das, was du gesagt hast.«

112

Liam warf den Kopf zurück, als sei er geschlagen worden, und rote Flecken bildeten sich auf seinem Gesicht und seinem Hals. »Ganz gleich, was du von mir denkst, ich würde nie einen Vertrauensbruch begehen. Vor allem nicht, wenn ich ...« Er schwieg. »Wenn ich dabei deine Kinder in Gefahr brächte.«

»Ich erinnere dich daran«, erwiderte Nathaniel. »Haben wir uns verstanden?«

Liam blickte zu Boden. Ihm gegenüber stand Nathaniel Bonner, die Hand locker um den Lauf seines Gewehres gelegt. Ein Mann, zu dem er einmal aufgeblickt hatte. Ihn zu unterschätzen würde der letzte dumme Fehler sein, der ihm je unterlaufen wäre.

»Wir fangen an, uns zu verstehen«, sagte Liam. »Das muss für den Moment vermutlich reichen.«

Die Jungen waren still auf dem Heimweg. Sie versuchten gar nicht, ihr schlechtes Benehmen zu erklären oder zu entschuldigten, und weniger als die bevorstehende Strafe machte ihnen anscheinend Elizabeths tiefes Schweigen zu schaffen. Jeder von ihnen hatte gelegentlich schon einmal ihre scharfe Zunge zu spüren bekommen; das war nicht angenehm, aber immer noch der heftigen Wut vorzuziehen, die sich nicht durch Worte äußerte. Nathaniel ging hinter seiner Frau, betrachtete besorgt ihren Rücken und versuchte sich auszumalen, wie sie wohl reagieren würde. Er spürte förmlich, dass sein Sohn das Gleiche tat.

Daniel warf seinem Vater einen Blick zu. Im allgemeinen war er ein geduldiger Junge, aber er konnte es genauso wenig wie sein Vater ertragen, wenn seine Mutter unglücklich war. Offensichtlich erwartete er, dass Nathaniel die Dinge sofort wieder ins Lot brachte. Es gab jedoch Dinge, die nicht ins Lot zu bringen waren, und das musste der Junge erst noch lernen.

Nathaniel dachte an das Gespräch, das ihm bevorstand, und eine Welle von Erschöpfung und Wut stieg bitter in ihm auf. Alte Wunden ließen sich schwer heilen, waren sie erst einmal wieder aufgebrochen waren.

»Curiosity ist hier«, sagte Elizabeth, als sie sich Lake in The Clouds näherten. »Lauf voraus und entschuldige dich dafür, dass du allen so viel Ärger gemacht hast«, forderte sie Daniel auf. »Blue-Jay, deine Mutter sucht dich bestimmt schon.«

Mit ernstem Gesichtsausdruck wandte sie sich an Nathaniel. »Über Liam reden wir später, wenn die Kinder im Bett sind.«

Er spürte seine Wut, zuckte aber nur mit den Schultern. »Wir beide wollten die Nacht unter den Wasserfällen verbringen.«

»Unter diesen Umständen ...«

»Stiefelchen, Curiosity wird die Nacht über hier sein, und mein Vater hält Wache. Es gibt keinen Grund für uns, unsere Pläne zu ändern.«

Er sah ihr die widerstreitenden Gefühle an, aber schließlich erwiderte sie: »Ich brauche eine Viertelstunde.«

»Ich gehe schon einmal vor«, sagte Nathaniel. »Lass mich nicht zu lange warten, Stiefelchen.«

Als Elizabeth schließlich aus der Hütte trat, war es schon völlig dunkel. Falkenauge folgte ihr mit dem Gewehr in der Hand und sie erhob keinen Einwand. Der Panther am Schulhaus war eine Warnung gewesen, die sie nicht übersehen konnte, ganz gleich, wie gerne sie jetzt alleine gewesen wäre. Sie konnte nicht gleichzeitig ein Gewehr schussbereit halten, den Korb und die Blechlampe tragen. Sie brauchte Falkenauge.

Schweigend durchquerten sie die Schlucht und gingen in den Wald. Der Schein der Lampe erhellte einzelne Flecken auf dem Waldboden, beleuchtete die erste Frühlingsanemone, die zwischen Fichtennadeln und feuchten Blättern wuchs. Bergauf führte der Weg an Birken und Zuckerahorn vorbei, die nach und nach Weiden und Hemlocktannen wichen. Falkenauge passte sein Tempo Elizabeths Schritten an, als sei sie die ältere. Einmal blieb Elizabeth stehen, um zu Atem zu kommen, und er schien völlig zufrieden damit zu sein, wortlos auf sie zu warten. Eigentlich war das kein Wunder: zu Hause waren die Zwillinge ihm entgegen gestürzt und wollten die Abenteuer des Tages erzählen, und er hatte sich auch nacheinander Hannahs und Elizabeths Geschichte angehört. Wahrscheinlich war er jetzt froh um die Stille, die sie umgab.

Oben auf dem Grat sahen sie den offenen Himmel. Der Dreiviertelmond versteckte sich hinter einer Wolke, und Falkenauge legte den Kopf zurück und blickte zum Himmel. Seine weißen Haare, die Lily ihm im Nacken mit einem blauen Band zusammengebunden hatte, fielen über seinen Rücken.

Er sagte: »Morgen gibt es Regen. Riechst du es?«

Das tat Elizabeth zwar nicht, aber Falkenauges untrügliches Gefühl für das Wetter ließ keinen Zweifel zu. Sie sah, welche Freude er am Himmel und der Nacht empfand. Eine leichte Brise streichelte ihre Wange, und Elizabeth drehte sich ihr entgegen. Die Berührung war tröstlich.

Als sie weitergingen spürte Elizabeth, dass sie friedlicher geworden war. Sie hatte sich in ihre Erregung hineingesteigert, aus Angst, ihr Schwiegervater wollte sie ihr ausreden; aber er hatte sie mit seinem Schweigen überlistet. Er hatte den Berg und den Nachthimmel ihre Wirkung tun lassen und ihr dadurch die Ruhe gebracht, gegen die sie sich gewehrt hatte.

Als sie aus dem Wald traten, wartete Nathaniel bereits auf sie. Er nahm Elizabeth den Korb ab, und sie stellten sich auf die Felsplatte über dem Fluss, der sich ein paar hundert Meter unter ihnen tosend über riesige Felsbrocken in den See ergoss. Unten in der Schlucht lagen die Hütten bereits im Dunkeln. Man konnte nur noch den schwachen Schimmer einer Kerze in einem Fenster sehen. Aus den Höhlen drang Holzrauch und sagte ihr, dass Nathaniel Feuer gemacht hatte.

Falkenauge legte Nathaniel die Hand auf die Schulter. Im Schein der Lampe sah man nur die hohen Stirnen und Wangenknochen der beiden, und einen Moment lang wirkten sie eher wie Brüder als wie Vater und Sohn.

»Hast du es gehört?«

Falkenauge nickte. »Wir kümmern uns morgen um alles, während Kirby in Johnstown ist. Ihr zwei solltet heute Nacht nicht mehr daran denken.« Er wandte sich zu Elizabeth. »Geht das, Tochter?«

Elizabeth versuchte zu lächeln, aber es gelang ihr nicht. »Ich kann es versuchen«, sagte sie. Sie hoffte, dass das stimmte.

Unzählige Male war sie zu den Höhlen hinuntergeklettert, aber sie war trotzdem froh, dass Nathaniel vor ihr ging und sie an den schlimmsten Stellen stützte. Er hielt die Laterne hoch, damit sie sehen konnte, wohin sie trat, aber es fiel ihr schwer, den Blick von seiner Hand und seinem breiten Handgelenk zu wenden. Ganz gleich, wie ihre Stimmung war oder wie lange sie nun schon verheiratet waren, Nathaniels Hände gefielen ihr immer noch auf eine Art, die sie sich selbst nicht erklären konnte.

Er blieb plötzlich stehen, und leise aufseufzend lief sie in ihn hinein. Er legte ihr den Arm um die Taille. Ernst und neugierig blickte er sie an, als erwartete er halb, sie würde dieser Berührung ausweichen.

»So ist es besser«, sagte er und gab ihr einen raschen Kuss auf den Mund. Elizabeth blickte ihn fragend an. »Was ist besser?«

»Ich dachte, ich müsste dich heute Abend umwerben, aber jetzt wirfst du dich mir ja geradezu in die Arme.«

Elizabeth schniefte leise und löste sich von ihm. Sie reichte ihm den Korb und kletterte durch den Spalt im Felsen in die Höhlen.

Der Wasserfall, der an der anderen Seite der Höhle herunterrauschte, machte die Luft so eisig, dass Elizabeth fröstelnd ihren Umhang fester um sich zog. Im Schein der Talgkerze auf dem Boden schlüpfte sie durch den schmalen Gang in die nächste Höhle, die von dem Feuer, das Nathaniel angezündet hatte, erwärmt wurde.

Früher einmal hatten sie in den Höhlen ihre Pelze und Wertsachen und sogar sich selbst versteckt, damals als man im Dorf die Bonners von Richter Middletons Berg vertreiben wollte. In den letzten Jahren war man jedoch in Paradise zu sehr mit anderen Problemen beschäftigt gewesen, um sich überhaupt noch um die Nachbarn zu kümmern, aber die Höhlen unter dem Wasserfall waren immer noch ein sicherer Zufluchtsort, den außer der Familie niemand kannte. Nur noch Liam Kirby, den sie als einen der Ihren betrachtet hatten.

»Ich würde keinen Vertrauensbruch begehen, der deine Kinder in Gefahr brächte.«

Ein Schauer lief Elizabeth über den Rücken.

Nathaniel lehnte am Eingang der Höhle und beobachtete sie.

Sie sagte: »Meinst du, Liam würde sein Wort halten, wenn wir Miss Voyager hier verstecken würden?«

Nathaniel trat ans Feuer und wärmte sich die Hände. Sein Gesicht war ruhig und ernst und Elizabeth wünschte plötzlich, sie könnte die Frage zurücknehmen und von etwas anderem sprechen. Aber dafür war es nun zu spät.

»Der Junge will zwei Dinge, und er kann nicht beide haben«, erwiderte Nathaniel langsam. »Vermutlich wird es davon abhängen, was ihm wichtiger ist.«

»Ich nehme an, du sprichst von Hannah«, sagte Elizabeth. »Aber Liam ist kein Junge mehr, er ist ein verheirateter Mann.«

Nathaniel kniff ein Auge zu. »Das hindert ihn nicht daran, sie haben zu wollen, Stiefelchen. Du weißt das. Ob verheiratet oder nicht, er denkt, er hat einen Anspruch auf sie.«

Elizabeth erwiderte erregt: »Deine Tochter ist kein Gegenstand, Nathaniel. Du solltest nicht so von ihr reden.« Damit drehte sie sich um und packte das Essen aus, das sie mitgebracht hatte: Maisbrot, kaltes Wildbret, einen Apfelkuchen aus den letzten Früchten, die sie vergangenen Sommer eingelagert hatten, und ein Stück von Anna Hauptmanns leuchtend gelbem Käse.

»Ich sehe sie nicht als Gegenstand, das weißt du doch. Aber wir reden ja auch nicht von mir.«

»Liam ist nicht so.«

»Nicht wie?«

Wütend drehte sie sich zu ihm um. »Wie diese Trapper, die sich einfach indianische Frauen nehmen und sie dann verlassen, um nach Hause zu ihren Ehefrauen zurückzukehren. Die sie und die Kinder, die sie erwarten, wie abgenutzte Mokassins beiseite

117

schieben.« Ihr Gesicht verzerrte sich, als habe sie in etwas Saures gebissen.

Nathaniel nahm das Brot, das sie ihm reichte. »Ich habe nie behauptet, dass Liam so ist.«

»Aber du hast es gemeint«, erwiderte Elizabeth und reichte ihm das Fleisch. »Wie auch immer Liam geworden ist, so etwas würde er nie von Hannah verlangen. Und wenn er es täte ...« Sie schwieg und presste die Lippen zusammen. »Wenn er es täte, so kennt sie ihren eigenen Wert. Unsere Hannah würde sich nie so billig hergeben, das weißt du.«

Nathaniel nickte. »Ja. Aber es gibt mehr als nur eine Wahrheit, und du kannst nicht abstreiten, dass Liam sie immer noch will. Wahrscheinlich hat ihn diese Erkenntnis selber überrascht, aber es ist so.«

»Und woher willst du das wissen?«

»Man sieht es ihm an, wenn er sie anschaut«, erwiderte Nathaniel. »So schaut ein Mann eine Frau an, die er nicht aus dem Kopf bekommt. Ich schaue dich so an, Stiefelchen.«

Elizabeth seufzte. »Dann ist also nicht nur Lily ihrer Schwester heute früh gefolgt. Ich hätte es wissen müssen.«

Nathaniel sah ihr an, dass sie zum Teil böse auf ihn war, weil er seiner Tochter gefolgt war, zum Teil aber auch froh darüber. Er sagte: »Ich passe auf meine Familie auf, und anders wäre es dir auch nicht recht.«

Sie lächelte müde. »Ja. Und was jetzt?«

Nathaniel kaute nachdenklich das letzte Stück Wildbret und Elizabeth war zufrieden mit dem Schweigen, das sie umgab. Wenn er wieder etwas sagte, würde er genau das aussprechen, was gesagt werden musste.

»Er will sie, und genau deswegen ist er wieder nach Hause gekommen«, sagte Nathaniel schließlich. »Die entlaufene Sklavin ist nur ein Vorwand.«

Sie setzte sich ihm gegenüber. »Für was ist sie ein Vorwand?«

»Für Rache«, erwiderte Nathaniel. »Er wird es jedoch nicht so nennen, für ihn ist es eher Gerechtigkeit.«

»Du hast in der kurzen Zeit, in der du mit ihm geredet hast, viel über Liam erfahren.«

»Ich sehe, was ich sehe.«

Das Feuer knisterte, während sie sich schweigend betrachteten. Die Frage stand ihr ins Gesicht geschrieben. Er hätte sie am liebsten gleich auf die Pelze gezogen, die er auf dem Boden ausgebreitet hatte und sie dort festgehalten, bis sie nicht einmal mehr ihren eigenen Namen, geschweige denn den von Liam Kirby wusste. Aber er war lange genug mit Elizabeth zusammen, um zu wissen, dass sie sich dagegen wehren würde, bevor sie nicht gesagt hatte, was sie sagen musste.

»Er denkt, du hast Billy in den Abgrund gestoßen.«

Nathaniel kaute langsam und schluckte. »Sieht so aus. Was denkst du, Stiefelchen?«

Sie strich über ihren Rock und stieß die Luft aus. »Ich weiß, dass du es getan hast.«

Was sollte er darauf noch sagen? Also schwieg er.

Sie räusperte sich. »Ich habe es immer gewusst, glaube ich. Zuerst wollte ich es nicht wahrhaben. Ich weiß nicht, warum ich es wusste, nur ...« Sie schwieg. »Als du seine Leiche heimgebracht hast, da war etwas in deinem Verhalten. Nicht Schuldbewusstsein«, fügte sie hastig hinzu, »vielleicht war es eher Erleichterung.«

Erleichterung empfand er auch jetzt, nachdem dies nach all den Jahren endlich ausgesprochen war. Nathaniel nickte. »Genau das habe ich empfunden.«

Sie nickte. »Hast du jemals daran gedacht, es mir zu erzählen?«

»Ich habe keinen Grund gesehen, dich damit zu belasten.«

Elizabeth warf ihm einen Blick zu, der ihm klar machte, dass sie das für eine armselige Entschuldigung hielt. »Du solltest mich besser kennen, Nathaniel Bonner.«

Ja, er kannte sie gut. Er wusste, wie logisch sie an Probleme heranging, er wusste, dass sie nie aufgab, bevor sie nicht zufrieden war. Seine vernünftige Elizabeth, die die Bibel und griechische Philosophen zitieren konnte, und Männer, die ihr ganzes Leben über Welten geschrieben hatten, die sie nur vom Hörensagen kannten. Elizabeth war früher einmal genauso gewesen, und in gewisser Hinsicht war sie es immer noch. Es gab viele Dinge, die sie nicht verstand, nie verstehen würde.

Billy Kirbys Gesicht, zerschlagen und blutig, und die Sonne, die in leuchtenden Farben hinter ihm aufging. Die Wildnis um sie herum, und irgendwo in den endlosen Wäldern lebte Falkenauge ein einsames Leben wegen Billy Kirby. Gebrochene Knochen und neue Gräber. Der Gestank nach nasser Asche und verbranntem Fleisch. Das untröstliche Weinen der Frauen. Alles wegen dieses Mannes, der auf dem Felsabsatz vor ihm stand, ein Mann, der ein Kind in einem Schulhaus einsperrte und eine Fackel daran hielt. Hinter ihm der Abgrund und dieses selbstgefällige Lächeln auf dem Gesicht, das ihn bis zum letzten Moment nicht verließ, als er endlich – zu spät – begriff, was er sich eingehandelt hatte.

»Nun«, sagte Elizabeth und riss Nathaniel aus seinen Erinnerungen, »Es bleibt nur noch eine Frage. Liam konnte vielleicht vermuten, was zwischen dir und Billy geschehen ist, aber wissen konnte er es nur, wenn es ihm jemand gesagt hat. Offensichtlich war noch jemand an jenem Morgen in der Nähe. Wer könnte das gewesen sein und warum hat diese Person dich nie öffentlich beschuldigt?«

Nathaniel wischte sich die Brotkrumen vom Schoß. »Weil derjenige, der Liam erzählt hat, was auf dem Berg geschehen ist, wollte, dass er wegläuft.«

»... damit er an das Gold konnte.« Überrascht neigte sie den Kopf.

»Sieht so aus. Das würde wahrscheinlich niemand freiwillig zugeben. Jetzt, wo wir das Rätsel gelöst haben ...« Er legte eine Hand über ihren Knöchel und umfasste ihr Bein. Sie war jedoch so in dieses neue Rätsel vertieft, dass sie es gar nicht bemerkte.

»Wer könnte es denn gewesen sein? Das wenigstens könnte uns Liam erzählen.« Sanft entzog sie sich ihm und stand auf, um in der kleinen Höhle auf und ab zu gehen. Im Schein des Feuers flackerte ihr Schatten an der Wand.

Schließlich blieb sie stehen. »Glaubst du, Richard könnte etwas damit zu tun haben?«

Nathaniel stand ebenfalls auf, aber als er seine Arme um sie legte, machte sie sich ganz steif.

»Stiefelchen«, murmelte er in ihr Haar, »ich möchte dich heute Nacht weder mit den Kirby-Brüdern noch mit Richard Todd teilen. Heute Nacht nicht und auch in keiner anderen Nacht.«

Sie legte den Kopf zurück, um ihn anzublicken. Er fuhr mit dem Daumen über die feinen Falten an ihren Mundwinkeln, umfasste ihren Kopf mit beiden Händen und zog sie an sich, um sie küssen. Als er sich von ihrem Mund löste, schlug ihr Herz schneller, aber in Gedanken war sie immer noch woanders.

Es war eine Herausforderung, der er oft gegenüber gestanden hatte, aber er war nie müde geworden, sich ihr zu stellen: Elizabeth zu gewinnen. Sie alles vergessen zu lassen, sodass es nur noch sie und ihn gab.

»Weißt du noch ...?«

»Nein«, flüsterte er ihr ins Ohr. Sie erschauerte bei seiner Berührung. Er glitt mit den Lippen über ihren Hals, bis sie leise seufzte.

»Keine Fragen mehr heute Abend. Keine Kinder, kein Schulhaus, kein Paradise. Diese Zeit gehört uns, Stiefelchen. Wir wollen sie nicht vergeuden.«

Elizabeth ließ sich zu Boden ziehen und blickte in das starke, strenge Gesicht ihres Mannes, während er sie mit geschickten Fingern auszog. Sie fragte sich, ob der Kerzenschein sie wohl auch so schön machte wie ihn. Er sah aus wie der Mann, den sie genau in dieser Höhle kennen gelernt hatte, in der sie zum ersten Mal seine Berührung, seinen Duft und den Ausdruck auf seinem Gesicht erfahren hatte; Dinge, die nur ihr ganz alleine gehörten.

Jeden Frühling kamen sie seitdem hierher, um der Zeit zu gedenken, als alles begonnen hatte. Damals war sie gegen alle Vernunft zu ihm gekommen, in jenen Tagen, in denen sie sich als revolutionär empfunden hatte, weil sie Unterricht geben wollte. Und wie überrascht war sie über das gewesen, was Nathaniel ihr beigebracht hatte. Über sich selbst, über das Verlangen und die Lust und über die Grenzen der Vernunft.

Er löste ihre Haare und breitete sie auf den Fellen aus. Die Berührung seiner Finger jagte kleine Wellen der Lust durch ihren Körper.

»Woran denkst du?« Er küsste die Stelle unter ihrem Ohr und blies sanft darüber, sodass sie schon wieder erschauerte.

»An dich und mich. An uns.«

»So ist es besser.« Er lächelte sie verschmitzt an. Er war noch vollkommen angezogen und sie war bereits nackt. Gerne hätte sie ihn darauf hingewiesen, aber seine warmen Lippen, die über ihren Körper glitten, lenkten sie ab. Sie versuchte sich ihm entgegen zu biegen, aber er hielt sie an den Schultern fest und küsste sie auf die Halsgrube.

»Viel besser.«

»Nathaniel?« Sie wollte seine Stimme hören, wollte hören, wie er ihr Dinge sagte, die sie noch nie von einem anderen Menschen gehört hatte und auch nie von jemand anderem hören wollte. Er hüllte sie mit seiner Stimme ein, fesselte sie mit seinen Worten und Bildern. Er erzählte ihr, was er gerade tat und warum und brachte sie dadurch auch zum Reden.

Stirnrunzelnd blickte er sie an, so konzentriert und entschlossen und zugleich so besitzergreifend, dass ihr Herz schneller schlug. Fast machte er ihr Angst, aber gleichzeitig erregte er sie. Als sie ihm das sagen wollte, legte er ihr den Finger auf den Mund und schüttelte den Kopf, sodass seine Haare um seine Schultern flogen.

»Hör zu«, flüsterte er an ihrem Mund. »Hör zu ...«

8 Hannah war am Waldrand stehen geblieben, um sich den Schlamm von den Mokassins zu kratzen. Von dort aus beobachtete sie, wie Gabriel Oak und Cornelius Bump auf das Nebengebäude zu gingen, das Dr. Todd als Labor diente. Hinter Gabriel stand seine eigene kleine Hütte, die er für seine Dienste als Dorfbote und Dr. Todds Sekretär bewohnen durfte. Gabriel war groß und gerade gewachsen, aber sehr zart; man sah bereits von weitem, wie schlecht es um seine Gesundheit bestellt war. Er wirkte, als könne er jeden Moment hinfallen und sich etwas brechen. An ihm gab es nur graue und schwarze Farbtöne: der stahlgraue Haarschopf, der unter der breiten Krempe seines flachen Hutes hervorlugte, der alte schwarze Mantel, der bei jedem Schritt um ihn flatterte; seine aschgraue Haut, die sich über den hoch angesetzten Wangenknochen spannte.

Sein Begleiter war in Gabriels Alter, aber nur halb so groß. Bump hatte einen mächtigen Buckel und seltsam dürre Beinchen und Ärmchen. Er trug eine lange, blassgelbe Weste über einem gewebten, tief dunkelblauen Hemd; seine braune Hose war mit roten Lederflicken besetzt. Die Haare, die wie Draht unter seiner Strickmütze hervorsprossen, waren grau gesprenkelt. Sein Kopf schien viel zu groß, und sein ganzer Körper bog sich vor Anstrengung, vorwärts zu kommen. Er erinnerte Hannah immer an eine Regenbogenforelle, die flussaufwärts springt.

Sie wollte gerade nach den beiden Männern rufen, als Gabriel Oak plötzlich stehen blieb, sich vorbeugte und in das Taschentuch hustete, das er aus dem Ärmel zog. Es war ein quälender Husten, der so klang, als ob seine Lungen aus dem Käfig der Rippen ausbrechen wollten. Im letzten Jahr hatten Hannah und Curiosity jede Medizin versucht, die sie kannten, aber vor Gabriels Husten mussten sie kapitulieren. Für Auszehrung gab es kein anderes Heilmittel als das Grab.

Und doch hatte sich jetzt Richard Todd überraschenderweise noch einmal des Falles angenommen. Im allgemeinen überließ er die Pflege der Dorfbewohner Hannah und Curiosity, bei dem al-

123

ten Quäker jedoch hatte er eine Ausnahme gemacht. Hannah hatte sich überlegt, dass sich Richard und Gabriel vielleicht angefreundet hatten, denn ob es der Arzt nun zugeben wollte oder nicht, Gabriel Oak bedeutete ihm mehr als nur die Erledigung seiner Buchhaltung und seiner Korrespondenz. Außerdem kannte er Gabriel schon seit seiner Kindheit.

Als sie ihre Überlegungen Curiosity mitgeteilt hatte, war diese achselzuckend zur Seite gegangen. Sie hatte ihre eigenen Theorien über die Beziehung zwischen Richard Todd und Gabriel Oak, war jedoch nicht bereit, sie irgendjemandem mitzuteilen, obwohl Hannah manchmal das Gefühl überkam, dass die alte Frau gerne darüber geredet hätte.

Gabriel Oak war jahrelang entlang der Grenze durch die endlosen Wälder gewandert. Manchmal war er als Kesselflicker in Paradise aufgetaucht, manchmal als Prediger, meistens aber als reisender Bürobote, der für diejenigen, die nicht schreiben konnten, Schreibarbeiten gegen Bezahlung übernahm. Ab und zu kam er auch in allen drei Funktionen gleichzeitig. Immer jedoch zeichnete er auch. Manchmal war Bump bei ihm gewesen und manchmal nicht. Während der Revolution war er für längere Zeit verschwunden, dann tauchte er eine Zeit lang nur noch gelegentlich auf, bis er und Bump im Herbst 1800 auf einmal in Paradise erschienen und erklärten, sie wollten sich im Ort niederlassen.

Als der Anfall vorüber war, steckte Gabriel sein blutbeflecktes Taschentuch wieder in den Ärmel. Hannah wartete, bis sie die Labortür hinter sich geschlossen hatten, dann folgte sie ihnen.

Das Auffallendste am Labor war der Gestank. Zwischen ihren Besuchen vergaß Hannah immer wieder, wie schlimm er war, aber selbst an diesem kühlen Frühlingsmorgen begannen ihre Augen sofort zu tränen: der Schwefelgestank fauler Eier, vermischt mit Dung und anderen Gerüchen, die schwerer zu identifizieren waren. Gestank gab es überall, vor allem in den überfüllten Häusern nach einem langen Winter, aber die Gerüche des

Labors – sauer, scharf und bitter – hinterließen einen metallischen Geschmack auf der Zunge, sodass man den Drang verspürte, sich zu übergeben.

Es hätte geholfen, wenn ab und zu mal ordentlich gelüftet worden wäre, aber der Arzt erlaubte Bump nur, den Boden zu wischen und seine Geräte sauber zu halten. Hannah vermutete, dass Dr. Todd den Gestank nutzte, um neugierige Besucher – und Curiosity Freeman – fern zu halten. Trotzdem versuchte Hannah, Curiosity für die Experimente zu interessieren. Sie zählte ihr auf, welch nützliche Chemikalien aus Urin oder Dung gewonnen wurden: Schwefelwasserstoff, Ammoniak, Nitrate, Salzsäure. Aber die alte Frau blieb unerbittlich.

»Gestank ist Gestank.« Bei dem bloßen Gedanken daran fächelte sie sich Luft zu. »Das Einzige, in dem der gute Doktor und ich übereinstimmen, ist die Tatsache, dass ich in seinem Labor nichts zu suchen habe.«

Hannahs Widerwillen gegen die Gerüche dauerte immer nur so lange, bis das aktuelle Projekt ihr Interesse geweckt hatte. Das war eine andere Art von Magie hier, und sie beabsichtigte, sie zu ergründen. Und wenn sie dazu die schlechte Laune und die Ungeduld des Arztes ertragen musste, dann war sie bereit, diesen Preis zu zahlen.

Das Labor war durchdacht angelegt worden. Alles hatte einen Zweck und es wurde kein Raum verschwendet. Von den Dachbalken hingen Gestelle mit in Mull gewickelten getrockneten Kräutern, und an den Wänden standen Regale voller Töpfe und Tiegel aus Kupfer, Eisen, Ton, Bronze und Glas, die im Licht der zahlreichen Kerzen in Messingkerzenhalten schimmerten. Auf einem Tisch lagen alle Geräte, die für die Experimente benötigt wurden: Mörser und Stößel in verschiedenen Größen, Reagenzgläser, Zangen, Löffel, Waagen und Probenschalen. Auf dem anderen Tisch befanden sich sorgfältig beschriftete Glas- und Porzellantöpfchen: Vitriol, Salpetersäure, Salzsäure, Kalk, Lauge, Schwefel, Quecksilber, Wismut, Antimon, Zink, Arsen, Kobalt. Die Körbe unter den Tischen waren voll mit Rohmaterialien: Erz, getrocknetem Dung und Holzkohle, um die Öfen den ganzen Tag lang mit Brennmaterial zu versorgen.

Es gab drei Öfen: der kleinste, der konisch geformt war; einen großen Schmelzofen, und schließlich das eigentliche Wunder und Herz des Labors, den Flammofen, den ein Steinmetz nach den Vorgaben des Doktors gebaut hatte. Er war dafür eigens mit einer Wagenladung speziell gebrannter Ziegel aus Johnstown gekommen, hatte eine ganze Woche für seine Arbeit gebraucht, und Joshua Hench in der Schmiede hatte eine weitere Woche damit zugebracht, die Türen und Beschläge herzustellen.

Es war ein viereckiger Ziegelofen, der sowohl zum Erhitzen als auch zum Schmelzen diente. Hinter einer kleinen Metalltür mit Luftschlitzen war das Fach, in dem die hohen Temperaturen zum Sintern erreicht wurden; es verfügte über einen eigenen Abzug, durch den die Verbrennungsgase nach außen geleitet werden konnten. Auf einer Seite stand ein runder Glasbehälter auf einem speziell dafür gebauten Tisch, und auf der anderen Seite hing ein Wollteppich über einem Rollstab in ein mit Wasser gefülltes Fass. Richard machte der Gestank nichts aus, aber vor Feuer wollte er sich schützen.

Als Hannah eintrat, beugte er sich gerade über ein großes, ledergebundenes Journal, in dem er alle seine Experimente aufzeichnete. Als Antwort auf ihren Gruß zuckte er nur mit einer Schulter.

»Du kommst zu spät.«

Das Allererste, was Hannah im Labor gelernt hatte, war, dass es ganz egal war, wie sie darauf antwortete; überhaupt riskierte man eine Strafpredigt, wenn man etwas sagte.

Also begrüßte sie stattdessen Gabriel Oak, der sich bereits in einen Patientenstuhl gesetzt hatte. Sie reichte Bump ihren Umhang und nahm von ihm ihre lederne Arbeitsschürze entgegen.

»Freundin Hannah.« Gabriel versuchte aufzustehen, aber Bump warf ihm einen drohenden Blick zu, und so begnügte er sich mit einem Lächeln. Sein Gesicht sah wächsern aus, nur seine blauen Augen leuchteten klug wie immer. »Ist deine Familie bei guter Gesundheit?«

Gabriel Oak sprach kaum jemals von sich selber, aber am Wohlergehen der Dorfbewohner schien er aufrichtiges Interesse zu haben. Er und Bump würden sich bestimmt noch nach den Zwillingen erkundigen und jeder Auskunft Hannahs mit größter Aufmerksamkeit lauschen.

»Ja, danke.«

»Wenn du damit fertig bist, den Patienten abzulenken«, meinte Dr. Todd und erhob sich aus seinem Stuhl, »dann können wir vielleicht endlich mit unserer Arbeit anfangen.«

Gabriel Oaks Vormittag endete in einem erschöpften Schlummer auf der Liege am anderen Ende des Zimmers. Vorher jedoch ergriff er Hannahs Hände und bedankte sich flüsternd bei ihr.

»Wenn Ihr leichter atmen könnt, so ist das Dank genug«, sagte sie und tupfte ihm mit einem feuchten Tuch die Stirn ab. »Ihr solltet jetzt schlafen.«

Aber der alte Mann war eigensinnig und drückte ihre Hand, so fest er es vermochte. »Grüßt du bitte deinen Vater, Freundin Elizabeth, und all die anderen auf dem Berg von mir? Und gib den Kleinen dies hier, es ist nicht viel.«

Er drückte ihr ein zusammengefaltetes Stück Papier in die Hand.

»Natürlich, das mache ich.«

Endlich schloss er die Augen. Hannah musterte prüfend sein Gesicht und lauschte auf seinen Atem. Dann stand sie langsam auf und streckte sich.

Normalerweise besprach sie anschließend das Experiment mit dem Arzt; er notierte sich ihre Beobachtungen, falls sie von seinen abwichen, und oft forderte er sie auf, selber zu einer Schlussfolgerung zu kommen. Hannah freute sich immer auf diese Gespräche, aber heute wartete ihre eigene Patientin zu Hause auf sie. Curiosity konnte nicht an ihre Arbeit gehen, bevor Hannah nicht wieder die Pflege von Miss Voyager übernommen hatte.

Bump hatte begonnen, das Labor zu säubern, und Richard

127

Todd stand an seinem Stehpult und schrieb die Arbeitsergebnisse auf. Beide konzentrierten sich auf ihr Tun und nahmen keine Notiz davon, wie laut ihre Mägen knurrten.

Hannah nahm ihren Umhang vom Haken und hing die Lederschürze auf.

Stirnrunzelnd blickte Richard hoch. »Du willst doch nicht etwa schon gehen?«

Eigentlich klang es nicht wie eine Frage, aber Hannah war entschlossen, sich nicht einschüchtern zu lassen. »Doch, ich muss.«

Er reckte das Kinn. »Kitty fragt, ob du mit uns zu Mittag essen möchtest. Sie ist sehr bedrückt, und ich denke, dein Besuch würde ihr gut tun.«

Verlegen nestelte Hannah an ihrem Umhang. Diese Einladung konnte sie nicht so ohne weiteres ausschlagen. Kitty war zwar eigentlich nicht ihre Patientin, aber sie war Elizabeths Schwägerin, und damit waren sie in gewisser Weise verwandt.

»... es sei denn, du hättest Wichtigeres vor.«

Er hatte zum Schreiben seine Brille aufgesetzt und blickte sie jetzt über den Rand der Gläser an. Als ob ich ein Versuchsobjekt wäre, dachte Hannah. Richard Todd glaubte gerne von sich, er sei nicht leicht zu durchschauen, aber Hannah merkte sofort, wenn er einer Sache auf der Spur war, die ihn interessierte.

»Ich werde zu Hause erwartet«, sagte sie.

»Ob du eine Stunde früher oder später kommst, spielt doch keine Rolle.« Er griff wieder zu seinem Federkiel und tauchte ihn ins Tintenfass. »Es sei denn, du hättest etwas vor, das dich mehr interessiert.«

Hannah erwiderte: »Wenn Ihr mich nach Liam Kirby fragen wollt, dann solltet ihr das lieber direkt tun.«

Bump lachte laut auf, aber Richard war nicht so leicht aus der Fassung zu bringen.

»Liam Kirby interessiert mich nicht«, sagte er. »Aber ich möchte ein anderes Thema mit dir besprechen. Nach dem Essen.«

Hannah überlegte. Wenn der Doktor einen Auftrag für sie hätte oder einen Patienten, der auf sie wartete, dann wäre er damit ohne Umschweife auf sie zugekommen. Also ging es um etwas anderes. Und sie war doch neugierig.

»Aber nur eine Stunde.« Sie unterdrückte das Bedürfnis, weitere Fragen zu stellen; er hatte sich schon wieder seinem Journal zugewandt und hätte ihr sowieso keine Antwort gegeben.

Richard Todds Haus stand auf einem kleinen Hügel im Westen des Dorfes – dort hatte es schon vor Hannahs Geburt gestanden. Es würde immer das einzige Ziegelgebäude in ganz Paradise bleiben, und so ähnelte es einer abgedankten Königin, die sich unbehaglich zwischen geringeren, unter ihr stehenden Geschöpfen niedergelassen hatte.

Hannah fand Kitty im Salon auf einer Liege. Auf einem Stuhl neben ihr saß Ethan. Er las ihr mit seiner klaren, hohen Stimme aus seinen Schulaufgaben vor, und Kitty lauschte mit ärgerlich zusammengepressten Lippen.

»»Diese Überlegungen machten mich äußerst empfänglich für die Güte der Vorsehung und ließen mich Dankbarkeit für meine gegenwärtige Lage mit all ihren Mühen und Missgeschicken empfinden. Und ich kann diese Überlegungen nur allen empfehlen, die in ihrem Elend sagen, kein Leid ist so groß wie meines! Sie sollten bedenken, wie viel schlimmer es manchen Menschen geht oder es ihnen gehen könnte, wenn nicht die Vorsehung eingegriffen hätte.‹«

»Was für ein rationaler Mann doch dieser Robinson Crusoe war«, sagte Kitty mühsam lächelnd. »Und wie klug von deiner Tante Bonner, dir gerade jetzt diese Lektion zum Lesen aufzugeben.«

Ethans Gesichtsausdruck umwölkte sich, als er seine Mutter anblickte. Er war ein mitfühlendes Kind und spürte sofort, wenn jemand unglücklich war.

»Aber ...«

»Wir haben jetzt keine Zeit, darüber zu sprechen. Begrüße deine Kusine und geh dir vor dem Essen die Hände waschen, Ethan.«

Er wirkte verwirrt, als er Hannah förmlich begrüßte, wie seine

Mutter es ihm aufgetragen hatte. Hannah tätschelte ihm lächelnd die Wange.

»Du sollst später nach Lake in the Clouds gehen«, sagte sie zu ihm. »Lily könnte deine Hilfe bei dem Pantherkopf brauchen.«

Er war ein nüchterner kleiner Junge, aber bei der Erwähnung von Lily erhellte ein Lächeln seine Züge. An der Tür drehte er sich noch einmal zu seiner Mutter um. »Es war meine Wahl. Ich habe Robinson Crusoe ausgesucht.«

Bevor Kitty ihm antworten konnte, hatte er leise die Tür hinter sich geschlossen.

»Ich wollte Elizabeths Unterricht nicht kritisieren«, sagte Kitty beinahe heftig, denn genau das hatte sie natürlich beabsichtigt, und ihr Sohn hatte sie auf seine sanfte Art zurechtgewiesen.

Hannah setzte sich auf einen Stuhl neben Kitty und musterte sie aufmerksam.

Curiosity machte sich zu Recht Sorgen um sie. Kittys Haut wirkte durchscheinend, als habe die Totgeburt ihr jede Lebenskraft geraubt. Obwohl sie seit der Entbindung viel Leber und Lauch gegessen hatte, blutete sie immer noch heftig, und ihre ständig erhöhte Temperatur war besorgniserregend.

Hannah hätte gerne mit Kitty über ihre Symptome gesprochen, sie gefragt, ob sie Schmerzen hatte und sie auch gerne untersucht, aber sie wusste, dass Kitty ihr Ansinnen überrascht und beleidigt ablehnen würde. Zwar schätzte Richard Todd ihre Hilfe im Labor und Curiosity erkannte ihre Fähigkeiten als Heilerin an, aber für Kitty blieb sie immer Nathaniel Bonners halbindianische Tochter. Sie war nicht ausgesprochen unfreundlich zu ihr, das lag nicht in ihrer Natur, aber oft verhielt sie sich einfach gedankenlos und egoistisch, und letztendlich kam das aufs Gleiche heraus.

Jetzt wollte sie nur eins von Hannah hören: dass Ethan sie falsch verstanden hatte und dass ihr kein Fehler unterlaufen war. Oft jedoch konnte Hannah ihr solche Wünsche nicht erfüllen.

Stattdessen fragte sie: »Hast du heute Kopfschmerzen?«

Enttäuscht lehnte sich Kitty in die Kissen zurück. »Du bist herzlos. Ja, ich gebe gerne zu, dass ich so etwas nicht hätte sagen dür-

fen, aber ich bin es Leid, dass man mir ständig nahelegt, wie eine
Dame ihren Verlust tragen sollte.«

Hannah stand auf, um die Decke über Kittys Beinen zurechtzurücken. »Richard sagte, du hättest nach mir gefragt.«

Kittys Gesichtsausdruck veränderte sich völlig, als habe Hannah ihr ein unerwartetes Geschenk gemacht. »Dann hat er also
mit dir geredet? Kommst du mit mir?«

»Mit dir kommen?« Überrascht und erschreckt blickte Hannah
Kitty an. Sie war in die Falle gegangen. Richard hatte sie hierher
geschickt, damit Kitty sie zu irgendetwas überreden konnte, und
sie war arglos darauf hereingefallen.

Kitty bemerkte Hannahs Unruhe nicht. »Ja, nach New York
City. Es ist schon ein paar Jahre her, seit ich zuletzt dort war, und
Kusine Amanda hat mich um einen Besuch gebeten ...«

»Du willst doch nicht etwa in deinem Zustand eine so lange
Reise antreten?«

Ungeduldig schüttelte Kitty den Kopf. »Gerade wegen meiner
Gesundheit muss ich fahren. Ich habe Gelegenheit, dort Dr. William Ehrlich zu konsultieren.« Sie sprach diesen Namen so feierlich aus, als redete sie von Präsident Jefferson oder King George.

»Ich kenne diesen Dr. Ehrlich nicht«, sagte Hannah. »Ist er ein
Freund von Richard?«

Kitty wies mit dem Kinn auf einen Brief, der auf dem Tisch lag.
»Das ist sein letzter Brief. Lies selbst.«

Hannah ergriff den Briefbogen, legte ihn aber ungelesen in den
Schoß. »Lohnt sich die weite Reise denn, nur um diesen Mann zu
konsultieren?«

Kitty wandte den Kopf ab und zuerst dachte Hannah, sie wolle
ihr nicht antworten. Nervös zupfte sie an der Decke über ihren
Beinen. Schließlich sagte sie: »Richard hat mit ihm über meinen ... meinen Zustand korrespondiert. Er ist offenbar ein genia-
ler Diagnostiker, vor allem bei solchen Fällen wie meinem.«

Hannah glättete den Brief auf ihren Knien, um noch ein wenig
Zeit zu gewinnen. »Der Brief kommt aus Philadelphia.«

»Ja, aber er wird sich einen Monat lang in New York aufhalten und er hat eingewilligt, sich meiner anzunehmen.« Sie hob das Kinn. »Richard glaubt, dass er mich vielleicht heilen kann.«

»Heilen? Wovon?«

Kitty errötete, als ob Hannah sie beleidigt hätte. »Andere Frauen haben auch Fehlgeburten und bekommen dann gesunde Kinder. Meine Mutter hat zwei Kinder verloren, bevor ich zur Welt kam, und Elizabeth hat eines vor Robbie verloren. Warum sollte das bei mir nicht auch möglich sein?«

Die Antwort stand Kitty ins Gesicht geschrieben: hektische rote Flecken brannten auf ihren Wangen, und ihre Augen glänzten fiebrig. Bevor Hannah antworten konnte, ergriff Kitty ihre Hände.

»Du musst mit mir kommen. Richard lässt mich in meinem Zustand nicht alleine reisen, und sonst will mich niemand begleiten, noch nicht einmal Curiosity. Hat Richard es dir schon gesagt?«

»Nein«, erwiderte Hannah langsam. »Das hat er sich wahrscheinlich als Überraschung aufgespart.«

Während Curiosity sich auf Hidden Wolf um Selah kümmerte, versorgte ihre Tochter Daisy Hench den Haushalt der Todds. Hannah wäre gerne in die Küche gegangen, wo Daisy sicher gerade die letzten Vorbereitungen fürs Essen traf; um sie herum waren bestimmt ihre Kinder und Ethan. Daisy könnte sicher noch Hilfe brauchen, und bei der Arbeit hätten sie Gelegenheit, sich ein wenig zu unterhalten. Curiositys älteste Tochter war eine der ruhigsten und gelassensten Frauen, die Hannah kannte. Sie wusste wahrscheinlich schon von den Reiseplänen und konnte ihr Einzelheiten berichten, die Kitty offensichtlich zurückhielt.

Bevor ihr jedoch ein Vorwand einfiel, unter dem sie hinausschlüpfen konnte, kam Richard aus dem Labor, und es blieb ihr nichts anderes übrig, als sich an den Tisch zu setzen, wo die junge Margit Hindle das Essen servierte: Schinken, gelbe Rüben und Kartoffelbrei mit Butter und Pfeffer, eingelegten Kohl, Maisbrot und Apfelkompott. Margit war neu im Haushalt der Todds und musterte Hannah neugierig unter gesenkten Wimpern, die so fein und hell wie Daunen waren, ebenso wie die Haare, die unter der Haube hervorlugten. Kitty war zu sehr mit ihren Reiseplänen beschäftigt, um zu merken, dass Margit zurechtgewiesen werden müsste, und Hannah belohnte schlechtes Benehmen nicht noch dadurch, dass sie ihm Beachtung schenkte.

Das Essen war gut und Hannah hatte Hunger, aber sie konnte sich kaum auf ihren Teller konzentrieren, weil sie am liebsten nach Hause gegangen wäre. Richard warf ihr ab und zu einen Blick über den Rand seines Weinglases zu, aber Hannah konnte in seiner Miene nichts lesen, was sie seltsamerweise noch zorniger machte als sein hinterlistiges Vorgehen.

»Galileo kann uns bis Johnstown bringen«, verkündete Kitty.

»Kitty«, erwiderte Hannah fest, »du wirst dir jemand anderen als Galileo suchen müssen, der dich nach Johnstown bringt. Du musst doch gemerkt haben, dass sein Augenlicht über den Winter noch schlechter geworden ist.«

Verwirrt blinzelte Kitty sie an. »Was soll das heißen – der mich nach Johnstown bringt? Du hast doch gesagt, du würdest mitkommen?«

»Nein, Kitty, das habe ich nicht gesagt«, entgegnete Hannah.

»Aber du musst mitkommen.« Kitty sprach zwar zu Hannah, hatte sich aber an Richard gewandt. »Erklär es ihr doch, Richard.«

»Ich verstehe sehr wohl, warum du möchtest, dass ich mit dir komme«, sagte Hannah gezwungen ruhig. »Und ich hoffe, dass Dr. Ehrlich all deinen Vorstellungen entspricht. Aber ich kann mich im Moment nicht so weit von zuhause entfernen.«

Einen Moment lang herrschte Schweigen, aber dann rief Kitty erleichtert aus: »Oh, du denkst an Annas und Jeds Hochzeit! Aber wir wollen sowieso erst nächste Woche fahren. Du kannst also auf jeden Fall noch zum Hochzeitsfest gehen – ich hoffe nur, dass du nicht erwartest, dort Liam Kirby zu treffen. Ich habe gehört, er hat geheiratet, nicht wahr, Margit?«

Margit nickte bestätigend. »Das hat er jedenfalls Anna erzählt. Jemima Southern wurde ganz zornig, als sie das mitbekam ...«

»Darum geht es jetzt nicht«, unterbrach Hannah sie. »Ich bin weder an Liam Kirby noch an Jemima Southern interessiert.«

Alle blickten sie an: Kitty überrascht und verwirrt, Margit mit einem Eifer, der zweifellos bedeutete, dass dieses Gespräch bald im ganzen Dorf bekannt sein würde, und selbst Richard schaute neugierig in sein Weinglas hinein. Hannah wurde nur selten so wütend und es bedurfte all ihrer Selbstbeherrschung, ruhig zu bleiben.

»Mir geht es nicht um Annas Hochzeit«, fuhr sie fort. »Ich habe an meine Arbeit gedacht. Es tut mir sehr Leid, aber ich kann dich nicht in die Stadt begleiten.«

Kitty erhob sich abrupt. »Oh, bitte«, flehte sie. »Du bist meine letzte Hoffnung.«

Richard räusperte sich leise. »Setz dich wieder, Kitty, es besteht kein Grund, melodramatisch zu werden. Iss etwas, du zitterst ja vor Hunger. Ich werde das Gespräch mit Hannah in meinem Arbeitszimmer fortsetzen, und ich denke, wir werden uns einigen.«

»Das glaube ich nicht«, erwiderte Hannah gepresst. »Außerdem muss ich jetzt nach Hause.«

»Dein Patient kann sicher noch zehn Minuten auf dich warten«, sagte Richard und zog eine Augenbraue hoch.

Hannahs Wut verrauchte so plötzlich, wie sie aufgestiegen war. Er forderte sie also heraus? Wusste er von Selah Voyager oder vermutete er es nur? Das Risiko durfte Hannah nicht eingehen. Sie nickte. »Na gut, zehn Minuten.«

»Manchmal vergesse ich ganz, wie viel Temperament du besitzt«, sagte Richard, als er die Tür zum Arbeitszimmer hinter sich geschlossen hatte. »Aber du verfügst ja auch über die Gabe deiner Großmutter, es die meiste Zeit zu zähmen.«

Hannah schloss kurz die Augen. »Wir sind wohl nicht hierher gegangen, um über meine Großmutter zu reden.«

»Nein.« Er setzte sich an seinen Schreibtisch und massierte das knotige Narbengewebe auf seiner Handfläche, das ihm häufig

Schmerzen zu bereiten schien. Einen Augenblick lang verspürte Hannah den Drang, Fragen zu stellen, die ihm noch nie jemand direkt gestellt hatte. Sie wusste, woher die Narben stammten, aber was würde er sagen, wenn sie ihn danach fragte? *Ich war so wütend auf deinen Vater, dass ich ihn umbringen wollte, und das habe ich mir dabei eingehandelt.*

Aber er hatte ihre Großmutter erwähnt, und Hannah konnte die vertraute Stimme förmlich hören, die sie daran erinnerte, dass auch Richard Todd nur ein Mann war und dass er nur Macht über sie hatte, wenn sie ihm welche einräumte.

»Ich habe nicht vor, in die Stadt zu fahren«, sagte sie. »Wenn es so wichtig ist, solltet Ihr vielleicht selber Kitty begleiten.«

Er senkte den Kopf. »Ich möchte Gabriels Behandlung nicht unterbrechen.«

»Noch nicht einmal wegen der Gesundheit Eurer Frau?«

Er lehnte sich in seinem Stuhl zurück und verschränkte die Hände vor der Brust. »Ehrlich, ich kann nichts für Kitty tun, das weißt du so gut wie ich. Wenn es sie tröstet, soll sie den Mann ruhig aufsuchen, aber es wird nichts dabei herauskommen.«

»Warum soll sie dann ...«

Er fiel ihr ins Wort. »Es geht mir nicht darum, Kitty in die Stadt zu schicken, ich möchte, dass du dort hinfährst.«

Er holte eine Zeitung aus der Schublade und schob sie ihr über den Schreibtisch zu. Es war eine abgegriffene Ausgabe von *The Medical Repository*, die Hannah noch nie gesehen hatte, obwohl er sonst alle seine Zeitungen immer an sie weitergab.

»Du hast vielleicht gehört«, sagte er, »dass das New Yorker Krankenhaus im Januar ein neues Institut eröffnet hat. Sie bezeichnen es als Kuhpocken-Institut. Die letzte Pockenepidemie hat ihnen einen heiligen Schrecken eingejagt und sie hoffen, die nächste verhindern zu können.«

Hannah blickte auf den Bericht, nahm ihn aber nicht zur Hand. »Elizabeths Cousin Will hat uns von diesem neuen Institut geschrieben.«

»Gut. Dr. Simon ist einer der medizinischen Leiter, und er wird

135

sich selbst um deine Ausbildung kümmern. Du wirst lernen, wie man die Kulturen anlegt und Impfungen durchführt. Das Hauptanliegen der Einrichtung ist es, die Armen im Armenhaus kostenlos zu impfen, und dort wirst du auch arbeiten. Wenn wir Glück haben, setzen wir damit den Pockenepidemien in Paradise ein Ende.«

Hannah blinzelte. Offensichtlich hatte sie ihn richtig verstanden. Hundert Fragen gingen ihr durch den Kopf, es kam jedoch nur eine heraus. »Weiß er, dass ich Indianerin bin?«

»Ja.«

»Und er lässt ein Halbblut in seinem Institut arbeiten?« Hannah schwieg, dann fragte sie: »Werde ich Fußböden schrubben müssen?«

»Nein«, erwiderte Richard ungeduldig. »Dr. Simon wird jede professionelle Höflichkeit walten lassen, und wie die Patienten auf dich reagieren, darüber würde ich mir keine Gedanken machen, Hannah. Die Armenhausbewohner sind dankbar für jede Hilfe, die sie bekommen. Es sind sowieso meistens Iren oder freie Schwarze.«

»Und warum tut er das für mich? Wegen Eurer Freundschaft mit meiner Mutter?«

»Nein«, sagte Richard Todd, aber Hannah merkte, dass sie einen wunden Punkt berührt hatte. Allerdings hatte sie das auch beabsichtigt. Sie hatte noch nie zuvor mit ihm über ihre Mutter gesprochen. Wahrscheinlich hoffte er, dass sie von der Geschichte nichts wusste.

»Warum dann?«

»Weil ich nicht gehen möchte und weil du die Person bist, die mich kompetent vertreten kann. Du hast ein natürliches Talent für Medizin. Das habe ich dir noch nie gesagt, aber ich hätte es besser getan.«

»Ich verstehe.« Aber eigentlich verstand sie es nicht. Hannah konnte sich nicht vorstellen, dass es einen Ort gab, wo eine Indianerin mit weißen Ärzten zusammenarbeiten durfte. Sie würde ein Fremdkörper sein, so interessant für sie wie ein Kind, das ohne

Beine zur Welt gekommen war, oder wie eine Krankheit, die sie nicht diagnostizieren konnten.

Richard beobachtete sie. Er sagte: »Ich habe dich nie für einen Feigling gehalten. Würdest du wirklich eine solche Gelegenheit ausschlagen, weil du Angst hast?«

Er wollte sie wütend machen und das war ihm natürlich auch gelungen, aber Hannah ließ sich nichts anmerken.

»Es gibt keine Garantien«, fuhr er fort. »Außer dass es schwierig werden könnte und dass du dir manchmal wünschen wirst, du wärest nicht von zu Hause fortgegangen.«

Sie schwiegen beide. Schließlich erwiderte Hannah: »Sagt mir, warum die Ärzte einem solchen Vorhaben zustimmen.«

»Valentine Simon ist aktiv in der Freilassungskommission tätig und legt Wert auf die Ausbildung der farbigen Rassen. Dummköpfe jedoch erträgt er nicht. Du wirst ihm beweisen müssen, dass du seines Interesses würdig bist. Und ...« Richard schwieg. »Er ist ein enger Freund von Will Spencer. Nachdem er meinen Brief gelesen hat, ist er wahrscheinlich sofort zu Spencer gegangen und hat ihn nach dir ausgefragt. Es hat einige Zeit gedauert, aber jetzt ist alles geklärt.«

Will Spencer. Wenn jemand ihr den Weg in die medizinische Gesellschaft New Yorks ebnen konnte, dann nur Elizabeths Cousin Will. Er war Engländer, aber kein Loyalist: Will war aus England geflohen, bevor man ihn wegen Aufwiegelung vor Gericht stellen konnte. Zwar hatte er seine Heimat verlassen, war jedoch immer noch Viscount Durbeyfield, der älteste Sohn des Obersten Richters des Königs, und die meisten Amerikaner waren von seinem Titel und seinem Vermögen äußerst beeindruckt. Die Spencers waren deshalb in New York aus gutem Grund bekannt und hoch geachtet.

Das war eine echte Chance. Nachdenklich beugte Hannah sich vor. »Ihr habt das alles arrangiert, ohne mich zu fragen.«

Er zuckte mit den Schultern. »Ich frage dich ja jetzt. Willst du es nicht machen?«

Doch, natürlich wollte sie es. Sie würde so viel Zeit wie möglich im Institut verbringen, um alles zu lernen, was sie über Impfungen wissen musste. Die Pocken hatten zahllose Kahnyen'kehàka umgebracht und entstellt, und die Vorstellung, etwas dagegen unternehmen zu können, war verführerischer als jeder andere Vorschlag, den er ihr hätte unterbreiten können.

Wenn sie sein Angebot ablehnte, würde sie sich nicht nur selbst verleugnen, sondern auch das Volk ihrer Mutter, und das wusste Richard. Im Gegenzug bat er sie darum, Kitty mitzunehmen, um ihn zumindest für eine Weile von dieser Last zu befreien.

Er hatte sie wie ein Kind manipuliert. Das tat zwar weh, aber sie musste wohl oder übel diesen Preis zahlen. Aufgebracht sagte sie: »Und wenn ich nicht gehen will?«

Richard lächelte, ein seltener Anblick. »Dann können wir nur hoffen, dass die Pocken Paradise diesen Sommer verschonen.«

Die Tatsache, dass Richard Todd nicht zögerte, das Heil des Dorfes ins Feld zu führen, wenn es seinen Zwecken diente, überraschte sie nicht. Er konnte skrupellos sein, davon zeugte nicht zuletzt seine vernarbte Hand. Die Kahnyen'kehàka, von denen er großgezogen worden war, hatten ihn Katzen-Esser genannt, weil er schon als Junge alles daran setzte, um zu überleben. Das war das kleine Bisschen Macht, das sie über ihn hatte, die Verbindung, die sie miteinander teilten. Er wurde nicht gern daran erinnert, dass er trotz seiner weißen Haut und seiner roten Haare einmal ein Kahnyen'kehàka gewesen war und dass ein Teil von ihm es immer bleiben würde.

In der Sprache des Volkes ihrer Mutter sagte sie zu ihm: »Wenn ich alles gelernt habe, was dieser Dr. Simon mir beibringen kann, gehe ich vielleicht nach Westen und suche deinen Bruder Wirft-Weit und seine Kinder, damit deine ganze Familie vor den Pocken geschützt ist.«

Wieder überraschte er sie, indem er in der gleichen Sprache antwortete: »Wenn du diese Reise machen möchtest, Geht-Voran, dann musst du zuerst in die Stadt.«

»Ich werde mit meinem Vater sprechen«, erwiderte Hannah schließlich.

»Du fährst nächsten Montag«, sagte Richard. »Nach dem Hochzeitsfest.« Und dann lächelte er wieder.

»Wegen Galileo ...«

Richard machte eine Handbewegung. »Natürlich kann er euch nicht nach Johnstown bringen. Ich werde mich darum kümmern, dass Joshua Hench euch fährt.«

Hannah Bonners Tagebuch

15. April, Abends

Im Morgengrauen sehr kalt. Es hat ein wenig gefroren. Im ersten Licht eine Schar Lerchen im Maisfeld. Die Erdhörnchen sind aus ihren Winternestern gekommen. Klarer Himmel bis Abends.

Miss Wilde hat mich heute im Dorf angesprochen, ob ich mir ihren Knöchel einmal anschauen würde, den sie sich in einem Fuchsloch verdreht hat. Sie fürchtet, dass sie auf Anna Hauptmanns Hochzeit nicht tanzen kann. Ich habe versprochen, ihr eine Salbe zu bringen, konnte ihr jedoch keine Hoffnung aufs Tanzen machen.

Heute früh habe ich Dr. Todd im Labor assistiert. Er hat Dr. Beddoes Behandlung für Phthisis Pulmonalis bei Gabriel Oak angewendet: Man erhitzt Wasserdampf in einem Eisenrohr über Holzkohle. Karburiertes Wasserstoffgas strömt in den Behälter und wird über Kalkmilch erhitzt. Dann vermischt man es mit atmosphärischer Luft im Verhältnis drei Viertel Luft zu einem Viertel Karbidgas.

Das Gas entwickelt einen Geruch wie in einem Kuhstall, aber Freund Oak ertrug es klaglos. Zwei Behandlungen in neunzig Minuten verursachten ihm Schwindel, Kopfschmerzen, Schwäche und einen beschleunigten Puls. Nach der zweiten Behandlung kam blutiger, übler Auswurf aus seinen Lungen.

Als ich mich verabschiedete, gab er mir wieder eine Zeichnung für meine Geschwister mit. Er hat Spatzen auf einem Holzstoß gemalt, völlig lebensecht und hervorragend beobachtet. Ich fürchte, er wird bald sterben, trotz aller Bemühungen des Doktors.

Selah Voyagers Fieber ist in der Nacht gesunken. Ihre Haut ist jetzt kühl und sie hat Hunger. Wir geben ihr weiter Tee aus Weide und Mädesüß und haben damit begonnen, ihr Wildbretbrühe zur Stärkung zu verabreichen.

Heute früh ist Liam Kirby, wie er angedroht hatte, bei Tagesanbruch nach Johnstown geritten.

Dr. Todd hat mich gebeten, mit seiner Frau nach New York zu fahren, wo ich die Impfung nach Jennings am neuen Kuhpocken-Institut erlernen soll. Mein Vater bittet mich, es mir gut zu überlegen. Elizabeth hat mich weder ermutigt noch mir abgeraten, aber sie hat einen Zettel mit einem Zitat auf mein Bett gelegt, das ich hier wiedergebe, weil es mir nicht aus dem Kopf geht:

»Adam war einsam, und so bekam er Lilith; er wollte bei ihr liegen, aber sie weigerte sich. ›Wir sind vom selben Gott erschaffen‹, sagte sie und wandte sich ab; ›warum soll ich unter dir liegen?‹ Als Adam versuchte, ihr seinen Willen aufzuzwingen, schrie Lilith den Namen des Schöpfers, woraufhin sie in die Luft aufstieg und zum Roten Meer flog.

9 »Was für ein abscheuliches Wetter«, sagte die Witwe Kuick. Mit grimmigem Lächeln blickte sie durch ihr Fenster hinaus in die nasse Kälte. »Vielleicht schneit es heute sogar noch. Das wäre doch wirklich passend.«

Isaiah war über der Bibellektüre halb eingeschlafen, aber jetzt hob er den Kopf. »Passend?«

Die Witwe setzte sich schniefend noch aufrechter hin und zitierte: »Verfolge sie also mit dem Unwetter und lasse sie den Sturm fürchten.«

»Ah«, sagte Isaiah, »die Hochzeit.«

Jemima, die den Ofen putzte, hielt inne, um die Antwort der Witwe zu hören.

»Ja, die Hochzeit. Es ist so töricht. Ein Ehemann ist für jede

Frau genug, und das habe ich Mrs. Hauptmann und Constable McGarrity auch gesagt. Wenn er schon unbedingt wieder heiraten muss, so soll er sich doch eine Frau wählen, die noch keinen Mann hatte.«

Isaiah gähnte hinter vorgehaltener Hand. »Heißt das, du willst nicht hingehen?«

»Um mir bei dieser nassen Kälte den Tod zu holen?« Stirnrunzelnd blickte die Witwe auf ihren Stickrahmen. »Ganz sicher nicht. Und wenn du weißt, was gut für dich ist, mein Junge, solltest du auch hier bleiben. Jemima!«

»Ja, Ma'am?«

»Sag Becca, sie soll das schwarze Bombasin-Kleid, das sie mir herausgelegt hat, wieder weghängen. Du gehst ins Dorf und entschuldigst mich.«

»Ja, Ma'am. Was soll ich sagen?«

Die Witwe warf ihr einen finsteren Blick zu. »Die Wahrheit, Mädchen. Die Wahrheit. Und wenn du schon einmal da bist, kannst du gleich das Geld eintreiben, das Wachtmeister McGarrity mir für Reubens Fiedeln schuldet.«

Becca und Dolly warteten auf sie in der Küche, so aufgeregt wie Hühner. Beccas Wangen waren hochrot, während Dolly so aussah, als würde ihr jeden Moment übel werden. Jemima ging wortlos an ihnen vorbei und begann ihre Holzschuhe anzuziehen.

»Nun?«, fragte Becca. »Hat sie es erlaubt? Können wir zum Fest gehen?«

»Ich habe sie noch nicht gefragt«, sagte Jemima und griff nach ihrem Umhang.

»Rechnet nicht damit«, warf Cookie ein. Sie stand am Arbeitstisch und spülte das Frühstücksgeschirr. »In den letzten Tagen ist die Witwe nicht gerade in großzügiger Laune.«

Jemima hätte Cookie schrecklich gerne widersprochen, aber sie konnte nicht: die Witwe hatte tatsächlich so schlechte Laune wie noch nie. Das war immer der Fall in der Woche, bevor der Aufseher die Sklaven nach dem Winter in die Stadt zurückbrachte, weil die Witwe sich dann ausrechnete, wie viel ihr den Winter über verlorengegangen war. Wenn das Geld, das er ihr mitbrachte, ihren Erwartungen entsprach oder sie sogar überstieg, dann gab es eine Woche lang zusätzliche Fleischrationen und die Witwe war äußerst zugänglich. War es jedoch weniger Geld, dann wurde das Leben mit ihr für lange Zeit unerträglich. Auf jeden Fall jedoch schickte sie Reuben zum Fiedeln zur Hochzeit, schließlich wurde das in klingender Münze bezahlt.

»Ich habe Eulalia versprochen, dass ich komme«, sagte Dolly leise zu Becca.

Jemima wurde wütend. »Ach ja? Eulalia Wilde interessiert dich nicht die Bohne. Du bist an ihrem Bruder Nicholas interessiert und hoffst, dass er dich zum Tanzen auffordert. Das weiß doch jeder, Dolly Smythe. Er auch. Wahrscheinlich lacht er gerade darüber.«

Die Tränen, die Dolly in die Augen traten, verschafften Jemima ein wenig Befriedigung. Sie riss die Tür auf, aber Becca hielt sie zurück.

»Du bist das gemeinste Geschöpf auf Gottes Erdboden«, stieß sie hervor.

»Vielleicht«, erwiderte Jemima, »aber du bist das langweiligste und sie das hässlichste.«

Cookie rief ihr nach: »Komm bloß wieder, dann erzähle ich dir mal, was die Leute über dich reden, Miss Hochwohlgeboren!«

»Ja«, zischte Becca. »Wir wissen doch alle, mit wem du tanzen willst.«

Jemima rannte so schnell aus der Tür, dass sie beinahe stolperte. Als sie außer Sichtweite war blieb sie stehen und presste sich die Handrücken auf die Augen, bis sie schmerzten.

Sie würde zur Hochzeit gehen. Sie musste dorthin. Richard Todd hatte Anna und Jed erlaubt, im alten Haus des Richters zu feiern, und Reuben würde die Fiedel spielen. Alle aus dem Dorf würden da sein. In der letzten Woche hatte Jemima an nichts anderes mehr gedacht; sie hatte sich bis in die kleinste Einzelheit ausgemalt, wie es sein würde und wie die Leute sie anschauen würden. Den ganzen Winter über hatte sie in ihrer Freizeit das einzige gute Kleid, das ihre Mutter besessen hatte – meergrün mit einem Muster aus gelben und roten Blumen – auseinander getrennt und es wieder so zusammengenäht, dass es den Kleidern glich, die Elizabeth Bonners Kusine Amanda getragen hatte, als sie vor zwei Jahren zu Besuch gekommen war. Es war am Busen so tief ausgeschnitten, dass die Witwe bestimmt der Schlag treffen würde, wenn sie es sähe.

Jemima würde mit Isaiah Kuick tanzen und mit Liam Kirby, ob er nun verheiratet war oder nicht. Und Hannah Bonner würde zuschauen.

Allerdings war Liam, nachdem er aus Johnstown zurückgekommen war, sofort in den endlosen Wäldern verschwunden, um seine entlaufene Sklavin zu verfolgen.

Es regnete in Strömen, und Jemima zog ihren Umhang fester um sich.

Am Morgen seiner Hochzeit mit Anna Hauptmann wachte Jed McGarrity mit Zahnschmerzen auf. Normalerweise lachte er darüber – das hatte er jetzt schon seit Wochen getan –, aber eine Wange, die aussah, als sei sie bis zum Platzen mit Kastanien gefüllt, war nicht mehr zu übersehen. Eine Stunde, nachdem Jed seinen Kopf durch die Tür der Postkutschenstation gesteckt hatte, saß er in der Falle.

Rechts von ihm stand seine Braut und links von ihm ihr Vater, der eine Flasche seines hausgebrannten Schnapses bereit hielt. Vor ihm stand Hannah Bonner und hielt ein Instrument in der Hand, dessen Anblick Jed ein unangenehmes Gefühl im Magen verursachte. Es war lang und dünn und hatte Klauen mit Zähnen, so scharf wie die einer Wölfin.

»Ist das eines der Instrumente, die dieser Hakim dir geschenkt hat?«, fragte er, um sie abzulenken.

Sie lächelte ihn an. »Ja. Mach den Mund auf.«

Er warf einen letzten, hoffnungsvollen Blick auf die Tür, aber es gab kein Entkommen. Anna hatte den Laden zur Feier ihres Hochzeitstages geschlossen.

»Je eher wir anfangen, desto schneller ist es vorbei«, sagte Hannah.

»Jetzt komm schon, Jed«, meinte Anna. »Ich habe dich noch nie als Feigling gesehen und du willst doch bestimmt nicht gerade heute damit anfangen. Wenn du wegläufst, stehe ich am Ende ganz alleine vor Mr. Gathercole. Das wäre ja vielleicht ein Anblick!«

Er öffnete den Mund, um ihr zu sagen, dass er so etwas nie tun würde, und genau diesen Moment nutzte Hannah aus, um die Zange anzusetzen, als ob die beiden Frauen sich abgesprochen hätten.

Mit zwei Umdrehungen hatte sie es geschafft. Anna beugte sich vor, um es sich genauer anzuschauen.

»Sieht eher wie ein verschimmeltes Stück Honigwabe aus, nicht wie ein Zahn«, sagte sie. »Habe ich dir nicht gesagt, dass du nicht so lange warten sollst?«

Jed blinzelte ihr verlegen zu und spuckte in die Schale, die Hannah ihm hinhielt. »Ich hätte auf dich hören sollen, Annie. Den Fehler mache ich nicht noch einmal.«

»Nimm einen Schluck von meinem Schnaps«, sagte Axel und reichte Jed die Flasche. »Deswegen hört es zwar nicht auf, weh zu tun, aber es macht dir nicht mehr so viel aus.«

»Er trinkt besser jetzt noch keinen Schnaps«, meinte Hannah. »Ich bin noch nicht ganz fertig ...«

Jed spuckte wieder aus. »Ich finde, es ist in Ordnung«, sagte er. »Fühlt sich gut an. Als ob jemand endlich aufgehört hätte, in meinem Kiefer herumzuhämmern.«

»Wenn ich den Eiter nicht ablaufen lasse, wird es sich nicht lange gut anfühlen«, erwiderte Hannah. »Das ganze Gift muss heraus.«

Jed hörte das gar nicht gerne, als er ihr das jedoch erklären wollte, steckte sie ihm einfach drei Finger bis zu den Knöcheln in den Mund. Sie wandte den Kopf ab, als lauschte sie auf etwas im Nebenzimmer. Dann kratzte etwas Hartes gegen einen Zahn und drückte sich in das geschwollene Gewebe. Ein Stöhnen entrang sich ihm, und fast hätte er zugebissen.

»So«, sagte sie und wischte das kleine Messer, das zwischen ihren Fingern verborgen gewesen war, an dem Tuch ab, das Anna ihm um die Schultern gelegt hatte. »Spuck es alles aus. Du musst deinen Mund jede halbe Stunde ausspülen.«

»Mit Schnaps?« Axel blickte sie hoffnungsvoll an.

»Mit warmem Salzwasser«, erwiderte Hannah. »Spart euch den Schnaps für das Hochzeitsfest auf. Ich komme später noch einmal vorbei und stopfe das Loch zu, damit es nicht blutet.«

Es klopfte an der Tür, aber Anna ignorierte es. »Wir stehen um fünf vor Mr. Gathercole«, sagte sie ein wenig besorgt. »Schaffst du es vorher noch?«

Hannah zögerte. Eigentlich hatte sie heute Nachmittag nicht ins Dorf gehen wollen, aber die drei blickten sie so offen und freundlich an, dass sich alle Entschuldigungen, die sie sich zurechtgelegt hatte, plötzlich in Nichts auflösten.

»Ja«, erwiderte sie. »Das will ich doch auf keinen Fall versäumen.«

Wieder klopfte es an der Tür, dieses Mal lauter und ungeduldiger. Anna verzog verärgert das Gesicht und drückte Jed die Schüssel in die Hand.

»Man sollte doch meinen, dass ich den Laden wenigstens einen Tag lang mal zumachen kann«, sagte sie so laut, dass man es auf der anderen Seite der Tür hören konnte. »Ich habe doch extra noch ein Schild aufgehängt.«

Sie schob den Riegel zurück und öffnete die Tür.

Fünf Männer standen davor. Die vier größeren waren alle schwarz und trugen geölte Hirschhäute gegen den Regen. Selbst der kleinste von ihnen war fast einsneunzig und doppelt so breit wie der weiße Mann, der an die Tür geklopft hatte. So lang und dünn, wie er war, konnte man von Ambrose Dye unter seinem Umhang nur wenig erkennen.

»Mr. Dye«, sagte Anna überrascht. »Ich glaube, die Witwe erwartet euch vor Morgen gar nicht zurück, und jetzt steht ihr hier vor meiner Tür. Ezekiel, Levi, Shadrach, Malachi, schön, dass ihr wieder hier seid. Levi, ich glaube, du bist in diesem Winter schon wieder ein Stück gewachsen. Jetzt kann Cookie dich bestimmt nicht mehr mit dem Holzlöffel verprügeln.«

Der jüngste der Männer lächelte. »Wenn ihr danach ist, dann verprügelt mich Ma auch jetzt noch«, meinte er. »Ganz gleich, wie groß ich bin.«

»Ich freue mich ganz besonders, dich zu sehen, Levi«, sagte Anna. »Dein Bruder Reuben spielt heute Abend auf unserem Hochzeitsfest die Fiedel. Ich hoffe, du kommst auch. Wir hätten gerne zwei Fiedeln, was, Jed?«

Jed stimmte ihr zu, dass es ihm gefallen würde, wenn Levi und Reuben Musik machten. »Falls die Witwe euch entbehren kann«, fügte er mit einem Seitenblick auf den Aufseher hinzu. »Und natürlich gegen die übliche Bezahlung.«

Anna öffnete die Tür weiter. »Wollt ihr nicht hereinkommen und euch vor meinem neuen Ofen ein wenig trocknen?«

»Ich habe ihn gleich nach dem ersten Schnee von Albany hierher geschleppt!«, rief Axel. »Setzt euch und erzählt uns die Neuigkeiten aus Johnstown.«

Aber mittlerweile hatte Ambrose Dye Hannah gesehen; sie merkte es daran, wie er sich aufrichtete und den Blick abwandte. »So nass sind wir gar nicht«, erwiderte er. »Ich wollte auf dem Weg zur Mühle nur schnell etwas Tabak kaufen.«

Anna folgte seinem Blick zu dem Tisch, wo Hannah ihre Instrumente zusammenpackte, und ihr freundlicher Gesichtsausdruck erlosch.

»Wie es Euch beliebt«, sagte sie und schlug ihm die Tür vor der Nase zu. »Nicht mehr Manieren als eine Ziege«, murmelte sie, während sie den Tabak holte. »Lässt die Jungs draußen im Regen stehen, weil er nicht ...« Sie warf Hannah einen unbehaglichen Blick zu. »Und ich habe ihn auch noch zu dem Fest eingeladen. Ich hätte nicht übel Lust, mit der Witwe Kuick mal ein Wörtchen über ihren Aufseher zu reden.«

»Mach dir nichts draus, Annie«, sagte Jed. »Gib dem Mann seinen Tabak und dann ist er wieder weg.«

Aber sie wartete darauf, dass Hannah etwas über Ambrose Dye sagte, der lieber im Regen stand als sich im gleichen Zimmer mit ihr aufzuhalten. Wenn er könnte, würde er sie verjagen, aus der

Postkutschenstation, aus dem Dorf, aus der ganzen Welt. Die Wut schnürte Hannah die Kehle zusammen und sie sagte mit gepresster Stimme: »Ich habe Reuben und Levi schon seit über einem Jahr nicht mehr zusammen spielen hören, Anna. Ich freue mich darauf.«

Wenn sie sie jetzt gebeten hätten, zur Hochzeit zu kommen, dann hätte sie hundert Vorwände aufgezählt, warum sie gerade heute Abend in Lake in the Clouds bleiben müsste, aber plötzlich spielte das alles keine Rolle mehr. Hannah würde auf dieses Hochzeitsfest gehen, und zwar nicht, weil Anna und Jed sie dabeihaben wollten, sondern weil Ambrose Dye es vorgezogen hätte, wenn sie wegbliebe.

Elizabeth ging zur Schule, obwohl sie wegen Anna Hauptmanns Hochzeit den Unterricht für heute abgesagt hatte. Es gab andere Arbeiten zu erledigen; der Unterricht musste vorbereitet und zwei Bücher neu zusammengeheftet werden, und außerdem genoss sie es, das Schulhaus für sich alleine zu haben.

Wenn die Kinder nicht da waren, sah Elizabeth die Schule als das, was sie einmal gewesen war: das erste Haus ihres Vaters, das man gebaut hatte, als er noch Pächter war. Vier Jahre später hatte er ihre Mutter als Braut dorthin gebracht, und hier wohnten sie, bis ein neues, größeres Haus am See gebaut worden war. An dem stillen, verregneten Frühlingsmorgen sah Elizabeth ihre Mutter fast vor sich, wie sie mit ihrer Stickerei im Schoß vor dem Ofen saß. Wegen ihrer Heirat außerhalb der Segnungen des Glaubens war sie von der Quäkergemeinde, in der sie aufgewachsen war, ausgeschlossen worden, aber ihre einfache Art zu leben hatte sie nie aufgegeben. Es war ihr Gewohnheit und Trost, schweigend da zu sitzen, etwas, das Elizabeth von ihr gelernt hatte.

»Ich hoffe, ich störe dich nicht.« Curiosity kam herein und riss Elizabeth aus ihren Tagträumen. Sie stellte ihren Korb an der Tür ab.

»Überhaupt nicht«, erwiderte Elizabeth. »Bist du auf dem Weg nach Hause?«

Curiosity schob ihre Kapuze zurück und fuhr sich mit den Händen übers Gesicht. »Ja. Lily sagt, du sollst dich beeilen, sie kann ihre blaue Haarschleife nicht finden. Die Kinder freuen sich richtig auf das Fest. Sie strahlen so, dass einem das schlechte Wetter gar nicht auffällt.«

Elizabeth musterte Curiosity forschend. »Hattest du einen schlimmen Tag? Ist Selah ...?«

»Oh, nein.« Curiosity setzte sich auf eine der Schülerbänke. »Eigentlich geht es mir ganz gut. Können wir uns ein bisschen unterhalten? Wir haben schon lange nicht mehr miteinander geredet.«

»Was ist los?«, fragte Elizabeth. »Was ist passiert?«

Curiosity schlang die Arme um die Knie und beugte sich vor. »Das Mädchen muss weiterziehen. Es geht nicht anders, jetzt, wo Liam auf dem Berg herumschnüffelt. Aber ich bringe es einfach nicht fertig. Die Vorstellung, dass sie weit weg von ihrer Familie ganz allein im Busch ist, macht mich krank. Und ich frage mich auch ständig, ob Manny sein Kind wohl jemals zu Gesicht bekommen wird.«

»Aber natürlich«, erwiderte Elizabeth fest. »Natürlich. Und du auch. Im Spätsommer kommt sie nach Montreal, und er wird sich dort mit ihr treffen.«

»Für ihn wird es nicht einfach sein, seine Arbeit aufzugeben.«

Einen Moment lang dachte Elizabeth an Manny und die Freie Afrikanische Schule, aber dann fiel ihr auf, was Curiosity in Wirklichkeit gemeint hatte.

»Du machst dir Sorgen wegen der bevorstehenden Reise?«

Curiosity nickte. »Ich denke, Manny ist ziemlich zerrissen im Moment.«

»Aber du musst doch ...« Elizabeth brach ab.

»Erleichtert sein. Ja, das bin ich auch, das kann ich nicht leugnen. Wir reden nie darüber, aber Leo und ich haben nächtelang wach gelegen und uns vorgestellt, er würde erwischt. Sie würden ihn aufhängen, noch bevor wir ein Gebet für ihn sprechen könnten. Deshalb bin ich natürlich erleichtert. Aber ich fühle mich auch schuldig, weil schließlich all diese armen Seelen Hilfe brauchen.«

Sie seufzte tief. »Du weißt wahrscheinlich, dass ich dich um etwas bitten möchte. Es wird jedoch nicht einfach.«

»Du kannst mich um alles bitten«, erwiderte Elizabeth. »Das ist doch klar.«

»Warte ab, bis du es gehört hast«, sagte Curiosity. Sie schwieg. »Ist Falkenauge schon bereit, nach Norden, nach Little Lost zu ziehen?«

Elizabeth nickte. »Ja.«

»Wenn es nach mir ginge, würde ich mit ihnen gehen ...« – sie hob die Hand, damit Elizabeth sie nicht unterbrach – »... aber ich kann nicht. Ich bin zu langsam, und außerdem würde es auffallen, wenn ich auf einmal verschwinde. Es wird schon schwer genug sein, Liam abzulenken, wenn er erst einmal Witterung aufgenommen hat.«

»Nein, das wird es nicht«, entgegnete Elizabeth. »Es gibt nur sehr wenige Männer, die Falkenauge im Busch verfolgen könnten, und Liam kann es nicht, das weißt du.«

»Ich weiß nur, dass ihre Zeit nahe ist«, sagte Curiosity. »Zu nahe.«

Sie schwiegen einen Moment.

»Sie ist wirklich in guten Händen«, sagte Elizabeth schließlich, aber schon weniger überzeugt. Sie hatte großes Vertrauen in ihren Schwiegervater, aber sie konnte sich kaum vorstellen, dass er ein Kind auf die Welt brachte. »Wenn Richard nicht dafür gesorgt hätte, dass Hannah mit Kitty geht ...«, sagte sie mehr zu sich selbst als zu Curiosity. Sie sprach den Satz nicht zu Ende.

Curiosity beugte sich wieder vor. Ihr Gesichtsausdruck war so angespannt, dass Elizabeth fast den Pulsschlag an ihrem Hals sehen konnte. Ihr Herz schlug schneller. Sie wusste jetzt, was Curiosity sie fragen wollte, aber sie musste es aus ihrem Mund hören.

»Aber du könntest Selah begleiten, Elizabeth, wenn du wolltest.«

Elizabeth holte tief Luft und stieß sie wieder aus. »Ich habe mich vor zehn Jahren das letzte Mal in die Wildnis gewagt. Und damals waren verzweifelte Zeiten.«

Curiosity blickte sie aus ihren klaren, dunklen Augen an. »Verzweifelte Zeiten«, sagte sie leise. »Ehe man es sich denkt, könnten sie unvermutet wieder kommen.«

Elizabeth stand auf und trat ans Fenster. So viele Bäume, so weit das Auge reichte, Bäume ohne Ende. Curiosity bat sie, mit Selah Voyager in die endlosen Wälder zu gehen, damit sie heil zu ihren Leuten gelangte, Leuten wie sie selbst, anderen entlaufenen Sklaven, die tief im Busch Sicherheit gefunden hatten. Wenn Falkenauge so schnell marschierte, wie er konnte, gelangte er in zwei Tagen nach Little Lost, aber mit Selah würde die Reise vier oder fünf Tage dauern. Und sogar noch länger, wenn das Kind zu früh kam.

Sie hätte am liebsten nein gesagt. Es gab so viele Gründe, auf dem Berg zu bleiben, bei ihren eigenen Kindern. Aber Curiosity hatte ebenfalls schon einmal ihre Familie verlassen, um Elizabeth auf eine viel längere, gefährlichere Reise zu begleiten. Curiosity hatte ihr geholfen, Robbie zur Welt zu bringen, und sie war auch da gewesen, als er sie wieder verließ. Sie hatte ihn am Ende aus ihren Armen genommen und ihn versorgt, als sei ihr eigenes Kind. Curiosity hatte sie durch diese dunklen Tage gebracht.

Verzweifelte Zeiten kommen unvermutet wieder, ehe man es sich denkt.

»Ja«, sagte Elizabeth. »Natürlich gehe ich mit ihr.«

Curiosity schloss kurz die Augen und öffnete sie wieder. Aber bevor sie etwas sagen konnte, fuhr Elizabeth schon fort: »Du hast dir wahrscheinlich schon überlegt, was ich mit der Schule machen soll?«

Curiosity lächelte. »In der Tat, ja. Ich glaube, dich hat ganz plötzlich das Bedürfnis überfallen, mit Kitty und Hannah in die Stadt zu fahren. Sie wollen Montagmorgen bei Tagesanbruch aufbrechen – ob nach Norden oder Süden merkt man erst, wenn du wiederkommst.«

»Das ist ein ziemlich heikles Unterfangen, das du da vorschlägst.« Elizabeth dachte eine Weile nach. »Aber es könnte funktionieren. Auf jeden Fall ist es glaubwürdig, dass Kitty mich in der letzten Minute überredet hat, mitzukommen. Was ist mit Richard?«

»Überlass Richard nur mir«, erwiderte Curiosity.

»Gerne. Die Zwillinge werden natürlich unglücklich sein.« Sie blickte aus dem Fenster, als hoffe sie, ihre Kinder dort zu sehen. »Da musst du mir ein bisschen helfen.«

»Du weißt, dass du mich nicht zu bitten brauchst, mich um deine Kinder zu kümmern«, sagte Curiosity.

Elizabeth lächelte. »Das weiß ich allerdings. Es wird ihnen gut gehen bei dir, Viele Tauben und Falkenauge.«

Sie blickte wieder aus dem Fenster und dachte daran, wie Daniel herausgeklettert war, um sie alle zu retten. Wie selbstsicher er doch war, mit welcher Entschlossenheit er seine Ziele verfolgte. Ihr süßer Sohn, der sich in der Welt zurechtfand, wie es ihr nie gelungen war und niemals gelingen würde. Das hatte er von seinem Vater und seinem Großvater geerbt.

»Ich mache mir weniger Gedanken um die Zwillinge, als vielmehr um Nathaniel. Er würde selber jede Gefahr auf sich nehmen, das weißt du, aber dass ich mitgehe, wird ihm nicht gefallen. Du musst mir helfen, ihn zu überzeugen.«

Curiosity lächelte liebevoll. »Du überraschst mich, Elizabeth. Schon so lange verheiratet, und noch immer weißt du nicht, wie du das bekommst, was du haben willst. Das ist doch kein Geheimnis.«

Elizabeth drehte sich um. »Ach ja? Und was genau will ich?«

»Du weißt doch, dass dein Mann dir nichts abschlagen kann«, erwiderte Curiosity. »Du musst ihn nur darum bitten, und er folgt dir bis ans Ende der Welt.«

Es war leichter, als sie gedacht hatte, eigentlich sogar so leicht, dass Elizabeth sich fragte, ob Curiosity nicht schon mit Nathaniel über ihren Plan geredet hatte. Sie würden zusammen mit Selah Voyager zum Red Rock gehen; Falkenauge würde in Lake at the Clouds bleiben, um sich dort um alles zu kümmern. Selah Voyager war so erleichtert, als sie es ihr mitteilten, dass Elizabeth sich über sich selbst wunderte; sie hätte wissen müssen, dass das Mädchen völlig verängstigt war und eine Frau bei sich haben wollte.

Der Plan wurde von allen gut geheißen, bis auf die Zwillinge. Daniel lief zu Viele Tauben, um sich zu beklagen, aber Lily hatte den Kampf noch nicht aufgegeben.

»Das ist nicht gerecht«, wiederholte sie immer wieder. Elizabeth versuchte, sich auf die Haare, die sie ihr flocht, zu konzentrieren. Sie waren genauso widerspenstig und unzähmbar wie das Kind.

»Vielleicht nicht«, gab sie zu, »aber es ist notwendig. Du weißt, dass wir dich sonst nicht hierlassen würden.«

Lily hätte bestimmt noch weiter widersprochen, aber sie versuchte, das Gespräch der Männer im Nebenzimmer zu belauschen, die über die Reise redeten. *Little Lost*, hörte sie deutlich, und *Der Prophet*. Läuft-vor-Bären-davon fragte nach Waffen, und Lily setzte sich noch gerader hin. Elizabeth war hin und her gerissen zwischen dem Wunsch, dem Gespräch zu folgen und dem Bedürfnis, eine Tochter mit zu großer Vorstellungskraft abzulenken.

Sie sagte: »Wenn ich im September nach Johnstown fahre, dann darfst du mitkommen, wenn du möchtest.«

Lily erwiderte: »Ich würde lieber nach Albany fahren.«

»Wenn du ein Geschenk erhältst, solltest du dich erst bedanken, bevor du einen Fehler daran findest, Lily.«

»Danke, aber ich würde lieber nach Albany fahren.«

Elizabeth band den Zopf mit dem blauen Haarband fest, das sie nach langem Suchen schließlich doch noch gefunden hatte.

»Ich überlege mir, ob ich dich nach Albany mitnehme ...«

Lily wurde ganz starr vor Erwartung.

»... wenn du mir etwas versprichst.«

Die schmalen Schultern sanken herab. »Ich weiß, was du willst. Es ist immer das Gleiche, Ma. Du willst, dass ich hilfsbereit und fröhlich bin und nicht widerspreche.«

»Natürlich«, sagte Elizabeth. »Aber da ist auch noch etwas anderes.« Sie trat ans Regal an der Wand und zog ein kleines Buch mit leeren Seiten heraus, das sie zusammengeheftet hatte. Dann setzte sie sich neben ihrer Tochter auf die Bettkante und legte es ihr in den Schoß.

»Ich möchte gerne, dass du jeden Tag aufschreibst, was passiert ist, während wir weg sind«, sagte sie. Als sie Lilys misstrauischen Gesichtsausdruck sah, fügte sie hinzu: »Nur ein paar Sätze. Damit ich weiß, wenn wir nach Hause kommen, wie es dir gegangen ist.«

Lily warf ihr einen nachdenklichen Blick zu. »Das ist eher etwas für Daniel, Ma.«

»Meinst du?«, erwiderte Elizabeth. »Aber dann erführen wir nur das von den Vorkommnissen, wie dein Bruder sie gesehen hat.«

Das überzeugte sie. Lily strich mit einem Finger über das Papier auf der ersten Seite, auf das Elizabeth ihren Namen geschrieben hatte. Mathilde Caroline Bonner.

Sie war nach Elizabeths Mutter benannt worden. *Sie hat Carolines Kinn*, hatte ihr Vater verkündet, als er Lily zum ersten Mal sah. *Ich fürchte, sie hat auch ihr Temperament geerbt.*

Ihr Vater hatte vor den Frauen, die er liebte, immer Respekt gehabt: vor seiner Schwester, seiner Frau, seiner Tochter. Ihr Selbstbewusstsein und ihre Unabhängigkeit hatten ihm Angst eingejagt, und wenn sie in den letzten Jahren Zeuge davon gewesen war, wie ihre Tochter mit der Welt kämpfte, dann hatte Elizabeth begonnen, ihn zu verstehen.

Lily musterte das Buch mit einer liebevollen Neugier, die sie ihren Schulheften nicht schenkte. Dann sagte sie: »Darf ich deinen Füller benutzen?«

Elizabeth unterdrückte ein Lächeln. Lily handelte immer noch bessere Bedingungen für sich heraus.

»Bist du mit einem Federkiel nicht zufrieden?«

»Damit kann ich nicht fließend schreiben, Ma. Ich komme mir dann immer vor wie ein Huhn, das im Staub scharrt«, erwiderte Lily so heftig, dass Elizabeth daran denken musste, was für Wutanfälle sie schon als Kleinkind immer bekommen hatte, wenn ihre Pläne nicht funktionierten. Schon damals war sie ihrem Alter weit voraus gewesen.

Nathaniel hatte Elizabeth den Füller zu Robbies Geburt geschenkt. Es war eine riesengroße Extravaganz, aber sie hatte ihn sich auch schon lange gewünscht und Nathaniel hatte es nicht vergessen. Ein Füller war ein wundersames Gerät, das viel mehr Tinte aufnahm als ein Federkiel, nie geschärft werden musste und leicht in der Hand lag. Ihrer war aus Mahagoni mit Einlegearbeiten aus geschnitztem Elfenbein. Die Feder bestand aus Kupfer und Silber und musste vorsichtig gehandhabt werden. Die Kinder durften weder den Füller ihrer Mutter noch das Gewehr ihres Vaters anrühren.

Allerdings hatten die Männer vor einem Jahr begonnen, beiden Zwillingen die Handhabung von Waffen beizubringen. Daniel zeigte alle Anzeichen, ein genauso guter Schütze zu werden wie sein Vater und Großvater, aber Lily war noch zu klein, um mit einem langen Gewehr umzugehen.

Elizabeth zog ihre Tochter auf ihren Schoß. Einen Moment lang sträubte sich Lily, aber dann schmiegte sie sich an Elizabeths Brust.

»Ich will nicht, dass du gehst«, murmelte sie.

»Ich weiß. Das weiß ich doch.«

»Wenn du schon gehen musst, dann sollte wenigstens Hannah bleiben«, sagte Lily weinerlich.

Elizabeth wiegte ihre Tochter und strich ihr wortlos über den Kopf. Lily wusste sehr gut, dass Hannah in die Stadt gehen musste. Sie war bei allen Gesprächen dabei gewesen und hatte sich schließlich damit getröstet, dass sie eine lange Liste von Dingen aufschrieb, die ihre Schwester ihr mitbringen sollte. Höchstwahrscheinlich hätte sie mit Freuden auf Süßigkeiten, Haarbänder und ihr eigenes Messer verzichtet, wenn Hannah während Elizabeths Abwesenheit zu Hause geblieben wäre, aber dafür stand zu viel auf dem Spiel.

Elizabeth musste mit Selah Voyager gehen, und Hannah musste nach New York, wenn die Kinder gegen Pocken geimpft werden sollten. Diese Gelegenheit durfte Elizabeth nicht verstreichen lassen, nur um ihre Tochter zu trösten.

Nach ein paar Minuten richtete Lily sich auf und rieb sich über die Augen.

»Na gut«, sagte sie. »Ich werde jeden Tag etwas schreiben. Aber wenn du nach Hause kommst, dann darf ich mit deinem Füller üben, ja?«

»Jeden Abend, wenn du möchtest«, gelobte Elizabeth feierlich.

Lily umfasste das Gesicht ihrer Mutter mit den Händen und blickte sie ernst an. »Du bist morgen früh schon weg, nicht wahr?«

»Ja«, erwiderte Elizabeth und holte tief Luft. »Wir brechen ganz früh auf.«

10 Am dritten Tag seiner Streifzüge auf dem Berg musste Liam Kirby sich zweierlei eingestehen: er wollte eigentlich nicht, dass die Hunde eine Spur von der entlaufenen Sklavin fanden und er wollte keine Auseinandersetzung mit den Bonners.

Liam saß auf einem Baum neben Richter Middletons Haus im Nieselregen und blickte auf seine Hunde herunter, die fest schlafend neben dem Stamm lagen. Es waren gute Spürhunde, aber als er aus Johnstown zurückgekommen war, hatte der Regen die Spur verwischt. Oder vielleicht, dachte er zögernd, war die Frau, die Hubert Vaark die Kehle aufgeschlitzt hatte, auch gar nicht mehr auf dem Berg. Vielleicht war sie ja tot oder Nathaniel hatte sie nach Norden gebracht, während Liam mit dem Richter noch über den Gerichtsbeschluss verhandelte. Oder vielleicht saß sie in einer der Höhlen unter dem Wasserfall und wartete darauf, dass er der Jagd überdrüssig wurde.

Von seinem luftigen Platz auf der Ulme konnte Liam den Pfad und auch das Haus überblicken. Alle Fenster waren erleuchtet und das leise Geräusch von Fiedeln drang zu ihm herauf.

Seit einer Stunde kamen immer mehr Leute aus dem Dorf, die

meisten von ihnen zu Fuß. Manche erkannte er: Peter Dubonnet und seine Schwester; die Camerons; Charlie LeBlanc; andere waren ihm fremd. Von den Bonners hatte er bis jetzt noch niemanden gesehen. Drei Tage lang war er auf ihrem Berg herum spaziert, und nie hatte er einen von ihnen entdeckt.

Was er allerdings auf Hidden Wolf gefunden hatte, war etwas, nach dem er gar nicht gesucht hatte: seine Jugend. Tief im Busch auf der Nordseite des Berges waren die letzten zehn Jahre auf einmal ausgelöscht wie Frost in der Junisonne. Jeder Baum und jeder Biberbau hatte ihn ein Stück weiter zu dem Ort hingezogen, an den er eigentlich nicht hatte gehen wollen. Die Bäche, in denen er geangelt hatte, die Stelle, an der er seine erste Falle aufgebaut hatte, der Stumpf der ersten Fichte, die er gefällt hatte. Das große Schlammloch, wo Billy ihm gezeigt hatte, wie er die Drüsen aus dem tropfenden Biberfell herausschneiden musste. Er hatte ihn ausgelacht, als er vor dem Gestank zurückgezuckt war.

Sein Bruder Billy war kein Heiliger gewesen, aber in den Jahren auf See hatte Liam darüber nicht viel nachgedacht. Stattdessen hatte er sich an Billys Hände erinnert, die so hart wie Bretter waren, die Fäuste sogar noch härter. Er erinnerte sich an die Narbe an seinem Hals, an die blauen Augen, an sein brüllendes Gelächter, wenn er kurz davor stand, betrunken zu werden. Er erinnerte sich an Billy, wie er gearbeitet hatte. Was immer man von Billy Kirby sagen konnte, Arbeit hatte er nie gescheut. Er machte alles, wofür er bezahlt wurde. Als Billy starb, ließ er Liam alleine zurück, ohne jeden Blutsverwandten.

Während Liam jetzt auf seine Hunde herabblickte, dachte er an den Morgen, als Billy seinen ersten Spürhund mit nach Hause gebracht hatte, einen Welpen, den er im Kartenspiel mit einem Mann gewonnen hatte, der im Frühling auf der Durchreise war. Liam wollte ihn wegen der Farbe seiner Augen Ginger nennen, aber Billy hatte nur entgegnet, ob er sich für Adam im Paradies hielte? Tiere bräuchten keinen Namen; sie waren dazu da, um zu arbeiten oder um gegessen zu werden.

Unter ihm bellte Treenie leise und riss Liam aus seinen Tagträumen. Ein Mann schlurfte auf ihn zu, mit einem Buckel wie eine Katze. Bump.

Der kleine Mann blieb stehen. Er verrenkte sich fast den Hals, um zum Baum hinaufblicken zu können. Sein Gesicht war so rund und weiß wie ein frisch zubereiteter Käse.

»Curiosity schickt mich«, sagte er. »Du sollst hereinkommen und an dem Fest teilnehmen. Sie sagt, schließlich kannst du ihr ja nicht ewig aus dem Weg gehen.«

Liam war froh, dass Bump sein Gesicht nicht sehen konnte. Er hätte wissen müssen, dass Curiosity gemerkt hatte, dass er hier draußen saß; der Frau entging nichts.

»Nett von ihr!«, rief er herunter. »Aber ich muss mich um mein Geschäft kümmern.«

Bump kraulte Bounder hinter dem Ohr und redete leise auf den Hund ein. Bounder war der größte der Hunde, fast halb so groß wie ein Mann, aber er rollte sich sofort auf den Rücken und zeigte Bump seinen Bauch.

»Hast du gehört?«, rief Liam etwas lauter herunter. »Du kannst ihr sagen, ich komme nicht dazu.«

Der alte Mann schenkte ihm keine Beachtung, er kraulte und umschmeichelte die Hunde, bis sie sich wie Welpen um ihn drängten. Wütend schwang Liam sich vom Baum.

»Ich habe gesagt ...«

»Ich habe dich gehört. Mein Rücken mag ja krumm sein, aber meine Ohren sind vollkommen in Ordnung.«

Bump musterte ihn eindringlich. Liam hatte auf einmal das unbehagliche Gefühl, der kleine Mann könne direkt in seine Seele schauen. Er stieß die Luft aus.

»Dann sagst du ihr also, dass ich nicht komme.«

»Curiosity?«

»Sie hat dich doch geschickt, oder nicht?« Plötzlich musste Liam an Hannah denken. Vielleicht waren die Bonners ins Haus gegangen, als er halb schlafend über Billy nachgedacht hatte.

Bump wischte die Hände an einem Taschentuch ab, das er ums Handgelenk geknotet trug. »Das musst du ihr schon selber sagen«, entgegnete er. »Ich gehe jetzt zu Gabriel. Kann ihn nicht so lange alleine lassen.« Dann blieb er jedoch stehen und schaute Liam weiter an.

»Was ist? Was gibt's denn noch?«, knurrte Liam.

»Du kommst nach deiner Ma«, sagte Bump. »Ich kann sie so deutlich wie den hellen Tag in deinem Gesicht sehen.«

Hannahs Bild war so schnell verschwunden wie es aufgetaucht war, und auch Curiosity wurde durch die schattenhafte Gestalt seiner Mutter ersetzt. Er war erst vier gewesen, als sie an einem Fieber gestorben war. »Du hast meine Ma gekannt?«

»Ich bin ihr ein oder zwei Mal begegnet«, sagte Bump. »Hier in Paradise, kurz nach dem Krieg. Die junge Moira hatte viel Liebreiz an sich und das hat sie an dich weitergegeben. Von deinem Pa sehe ich allerdings nichts bei dir, aber das ist ja auch nur ein Vorteil.«

Eine Beleidigung und ein Kompliment, so eng ineinander verwoben, dass er keine Antwort darauf geben konnte, ohne nicht wie ein Narr dazustehen. Aber dazu war es sowieso zu spät. Bump hatte sich schon abgewandt und schlurfte auf die Hütte zu, in der er mit Gabriel Oak wohnte.

»An mir ist nichts Liebreizendes!«, rief Liam ihm nach. »Und ich habe auch keine Angst vor Curiosity Freeman.«

Die Hunde winselten jämmerlich, aber Bump verlangsamte noch nicht einmal seine Schritte.

Das Fest versprach, schwierig zu werden. Das sah Nathaniel sofort, als er eintrat.

In der Diele drängten sich die Trapper, die jetzt im Frühling aus dem Busch gekommen waren, um sich auf den Weg nach Johnstown und Albany zu machen. Sie gierten nach Alkohol und weiblicher Gesellschaft, und es gab zu viel von ersterem und zu wenig vom zweiten. Ein Trapper, der nach monatelanger Einsamkeit in der Wildnis zum ersten Mal wieder ins Dorf kam, war streitlustig und würde ohne weiteres sein Messer ziehen.

Auf der Schwelle zum ehemaligen Arbeitszimmer des Richters

stand Isaiah Kuick mit einem Bierkrug in der Hand und lauschte mit halbem Ohr auf Andy Peachs Klagen über die schlechte Qualität der Felle der anderen Männer. Er sah Kuick nicht oft im Dorf, und betrunken hatte Nathaniel ihn noch nie zuvor gesehen.

Aus dem Arbeitszimmer drangen die Stimmen der anderen Männer, die lachten und debattierten. Die Luft war geschwängert von Tabakrauch und verschüttetem Ale. Grüßend hob er eine Hand, als er eintrat, antwortete auf die üblichen Fragen und lehnte, während er sich durch die Menge drängte, ein Kartenspiel und die halbleere Flasche Schnaps ab. Noch bevor der Abend vorüber war, würde es Ärger geben, so viel war klar. Die Frage war nur, wer zum ersten Schlag ausholen würde.

Jemima Southern stand mit steinernem Gesicht neben den Tischen mit dem Essen und beobachtete die Tanzenden mit einem so finsteren Gesichtsausdruck, als ob sie sie am liebsten niedergeschlagen hätte. Sie war die einzige alleinstehende Frau, die nicht tanzte, aber das konnte eigentlich nicht am Mangel von Partnern liegen. Überall waren Männer, die sich nach Gesellschaft und Vergnügen sehnten, und jeder von ihnen hätte sicher gerne mit Jemima getanzt. Die Tatsache, dass sie alleine da stand, bedeutete etwas, aber Nathaniel konnte es sich nicht erklären, es sei denn, dass nicht einmal ein Hochzeitsfest die schlechte Laune des Mädchens hob.

Die Tanzenden brachten die Fensterscheiben zum Klirren, während Reuben und Levi die Fiedelbögen fliegen ließen; sie standen auf umgedrehten Fässern am anderen Ende des Raums. Die beiden waren die besten Fiedler in der ganzen Umgebung, aber es gab nicht oft Gelegenheit für sie, aufzuspielen. Die Witwe berechnete einen ganzen Dollar, wenn sie sie für einen Abend auslieh, und sie schickte immer ihren Aufseher mit, damit dieser darauf achtete, dass sie auch Punkt Mitternacht aufhörten. Danach kostete es fünfzig Cent pro Stunde; um der Übertreibung vorzubeugen, behauptete sie, aber niemand ließ sich täuschen: Lucy Kuick war hinter dem Geld her wie der Fuchs hinter dem Kaninchen.

Dye saß in einer Ecke und beobachtete das Treiben um sich herum mit einer Miene, die so finster war wie der Himmel im

Januar. Direkt neben ihm stand Liam Kirby und flüsterte ihm etwas ins Ohr. Ab und zu sagte auch Dye etwas, und dann nickte Kirby oder schüttelte den Kopf, er sah jedoch dabei die ganze Zeit Hannah unverwandt an, die mit Claes Wilde tanzte.

Die Zwillinge hatten beim Essen in Lake in the Clouds ausführlich darüber spekuliert, ob Liam wohl auf dem Fest auftauchen würde. Hannah hatte nichts dazu gesagt, aber Nathaniel war nicht überrascht, als er den Jungen hier sah. Liam konnte sich genauso wenig von Hannah fern halten, wie er sich die rechte Hand abhacken würde. Jeder sah, wie er all ihre Bewegungen beobachtete, so wie ein Mann eine Frau beobachtet, die er als sein Eigentum betrachtet, auch wenn er das sich selber gegenüber nie zugeben würde.

Nathaniel fragte sich, wie lange Liam wohl noch in Paradise bleiben würde, wenn Hannah erst einmal nach New York gefahren war. Er fragte sich, ob er dann wohl die entlaufene Sklavin, seine Frau, die auf ihn wartete, seinen Bruder, den Berg und die Rache, von der er jetzt seit so vielen Jahren träumte, vergessen würde, um Hannah zu folgen. Er musste sich darauf verlassen, dass der Stolz den Jungen davon abhalten würde, ihr zu folgen.

»Nathaniel«, sagte Axel und trat auf ihn zu, »du siehst durstig aus.«

Er nahm den Krug aus der Hand des alten Mannes entgegen und roch daran. »Punsch? Da hattest du viel zu tun.«

»Ja, das ist eben so.« Axel lachte. »Aber eine Tochter heiratet ja nicht jeden Tag. Sie war so lange allein, meine Anna. Zu lange. Sieht sie nicht hübsch aus?«

Anna drehte sich gerade mit Jed in den letzten Schritten des Tanzes, und sie sah in der Tat hübsch aus. Sie war eine korpulente Frau, aber sie bewegte sich mit solcher Leichtigkeit und strahlte ihren Bräutigam so offensichtlich an, dass Nathaniel unwillkürlich an Elizabeths Gesichtsausdruck auf ihrer eigenen Hochzeit denken musste.

Reuben kündigte den nächsten Tanz an, »Liebe im Dorf«, und Anna warf lachend den Kopf zurück.

Nathaniel schlug Axel auf die Schulter. »Jed ist ein glücklicher Mann. Wo ist denn meine übrige Familie? Sie müssten schon seit einer Stunde hier sein.«

»Oh, das sind sie auch. Als ich sie das letzte Mal gesehen habe, waren die Kinder mit Curiosity in der Küche und deine Hannah ... du hast sie doch bestimmt entdeckt. Sie steht da mit Claes Wilde. Ich kann dir sagen, das macht einige Leute nervös.« Er warf Nathaniel einen Blick zu. »Aber das kann dir Hannah ja selber erzählen. Und Elizabeth – sie leistet Kitty Gesellschaft.«

An einer langen Wand standen Stühle für diejenigen aufgereiht, die nicht tanzten. Kitty thronte dort wie eine Königin. Sie hatte einen Schal um die Schultern und eine Decke über den Knien, trotz der Hitze, die der Ofen und die vielen Menschen im Raum ausstrahlten. Links von ihr saß Richard und widmete sich seinem Alekrug; rechts von ihr Elizabeth, die gerade ins Gespräch mit Dolly Smythe vertieft war.

Kitty beobachtete aufmerksam die Tanzenden. Nathaniel hatte sie schon in jeder Verfassung tanzen gesehen: fiebrig, schwanger, in der Trauerzeit. Tanzen war für Kitty, was das Schulhaus für Elizabeth war, und sie so ruhig da sitzen zu sehen, während die Musik spielte, sagte mehr über ihren Gesundheitszustand aus als jede ärztliche Diagnose. Es machte ihn in gewisser Weise trauriger als die Tatsache, dass sie ihr Kind verloren hatte. Zum ersten Mal war er froh darüber, dass Hannah mit ihr nach New York ging.

Elizabeth erblickte ihn und hob grüßend die Hand. Sie stand auf, glättete den Rock ihres guten Seidenkleides und kam durch den Raum auf ihn zu.

»Wenn sie dich sieht, geht immer die Sonne in ihrem Gesicht auf«, sagte Axel. »Jed ist heute Abend nicht der einzige glückliche Mann hier, Nathaniel Bonner.«

»Genau«, erwiderte Nathaniel. »Da kann ich dir nicht widersprechen.«

Er hätte gerne mit Elizabeth unter vier Augen geredet, aber die Zwillinge hatten erfahren, dass er da war und kamen mit Ethan im Schlepptau aus der Küche gerannt. Sie hatten ihm etwas zu erzählen und sie würden eine so wichtige Geschichte bestimmt nicht Elizabeth überlassen, die wahrscheinlich die besten Einzelheiten dieses Dramas übergehen würde. Liam war finster wie ein Sturm hereingekommen und hatte Hannah gebeten, mit ihm vor der Tür ein Gespräch zu führen; dabei waren scharfe Worte zwischen ihnen gefallen, die das halbe Dorf mitgehört hatte.

»Er hat sie starrköpfig genannt, und sie hat zu ihm gesagt, er solle Vögel jagen gehen, wenn er sich aus dem Fest nichts mache«, erzählte Lily.

»Und dann ist sie mit Claes Wilde auf die Tanzfläche gegangen, obwohl sie ihn eigentlich schon abgewiesen hatte«, fügte Ethan nachdenklich hinzu, als ob er nicht genau wisse, was das bedeutet.

Daniel warf ein: »Liam ist immer noch da. Ich glaube nicht, dass er schon aufgegeben hat, Dad.«

Über den Köpfen der Kinder warfen sich Elizabeth und Nathaniel einen Blick zu.

»Deine Schwester ist durchaus in der Lage, mit Liam Kirby fertig zu werden«, sagte Elizabeth.

Daniel blickte sie zweifelnd an und Elizabeth ermahnte ihn: »Wir sind hier, damit euch nichts passiert. Seid ihr schon damit fertig, Bonbons zu machen? Oder haben das die anderen Kinder übernommen?«

Das war strategisch geschickt und die Kinder rannten davon, ohne einen weiteren Gedanken an ihre Schwester oder Liam zu verschwenden.

»Das erklärt einiges«, sagte Nathaniel. »Ich habe noch nie ein so saures Gesicht wie das von Jemima Southern gesehen. Ist sie wegen Kirby oder wegen Wilde neidisch auf Hannah?«

»Wahrscheinlich wegen beiden«, erwiderte Elizabeth. Sie legte Nathaniel die Hand auf den Arm und stellte sich auf die Zehenspitzen, um ihm ins Ohr zu flüstern: »Ist alles in Ordnung?«

Er nickte. »Sie ist bereit. Bist du nervös?«

»Ein wenig. Ich habe daran gedacht, wie ich das letzte Mal mitten in der Nacht das Haus verlassen musste ...«

Er legte ihr den Arm um die Taille. »Das hat doch aber ein gutes Ende genommen. Du bist als alleinstehende Frau weggegangen und als verheiratete Frau wiedergekommen. Und noch dazu mit einem Kind.«

Sie entzog sich ihm, erfreut und verärgert zugleich über seine neckende Bemerkung, aber er zog sie wieder an sich und drückte seine Lippen auf ihre Schläfe.

»Vielleicht sollten wir nach oben gehen und noch einmal einen Blick in dein altes Zimmer werfen«, flüsterte er. »Damals habe ich es nie geschafft, dich dort zu besuchen. Vielleicht sollten wir auch einfach in den Schuppen gehen?«

Sie lachte. »Schscht«, sagte sie und versetzte ihm einen spielerischen Schlag. »Du kannst deinen Mutwillen auch auf dem Tanzboden abarbeiten. Sie spielen gerade ›Zuckerfass‹.«

Nathaniel hatte sich nie viel aus den O'seronni-Tänzen gemacht, mit ihren formellen Drehungen und steifen Hüpfern, bei denen man sich in festgelegten Mustern bewegte. Man berührte die Hände der anderen Tanzenden und verneigte sich, und wehe dem Mann, der einen Fehltritt tat. Diese Tänze waren nicht zu vergleichen mit den wilden Tänzen der Kahnyen'kehàka, bei denen Hunderte von Füßen unter dem offenen Himmel auf den Boden stampften. Aber es hatte unbestreitbar Vorteile, Elizabeth zum Tanz zu führen: ihre vor Freude blitzenden Augen und ihre geröteten Wangen.

Sie gingen an der Reihe entlang, vorbei an Becca Kaes, deren Haar sich gelöst hatte und über ihre Schultern fiel. Mistress Kindle war so fest geschnürt, dass sie schnaufte wie ein Walross. Obediah Cameron so verwirrt wie immer. Er blickte zu seinem Bruder Ben, um sich Anweisungen zu holen, aber stattdessen rief Kitty von ihrem Stuhl aus: »Links, Obediah, links!«

Am Ende der Reihe legte Elizabeth lächelnd ihre Hände in seine. Sie tanzten um Becca und Ben herum, ganz dicht an den Fiedlern vorbei. Levis Hemd war völlig durchgeschwitzt und Reuben hielt seine Fiedel in der Hand wie einen Säugling. Der Aufseher hatte seinen Stuhl an die Wand geschoben und beobachtete die Menge mit zusammengekniffenen Augen.

Auf einmal ging Liam rasch quer durch den Saal. Nathaniel sah gerade noch aus den Augenwinkeln, wie Hannah in die Diele verschwand.

Die Fiedler beendeten das Stück und in der Stille, die folgte, hörte man scharfe Stimmen: »Warte«, sagte Liam, und Hannah antwortete: »Ich habe dir nichts mehr zu sagen.« Alle im Saal drehten sich nach den Stimmen um. Jemima Southern presste die Lippen zusammen und schlang die Arme um sich. Dann schlug eine Tür zu, und es herrschte wieder Schweigen.

»Vielleicht ...«, begann Elizabeth, aber er drückte ihr, fester als er beabsichtigt hatte, die Hand.

»Sie kann sich um sich selbst kümmern, Stiefelchen. Das sagst du mir doch auch immer.«

»Aber er ist ihr in die Küche gefolgt.« Sie zog an seiner Hand. »Ich mache mir keine Sorgen um Hannah, es geht um Liam. Curiosity ist in der Küche, hast du das vergessen?«

Die Luft in der Küche war warm und schwer vom süßen Duft des brodelnden Zuckers, der in einem Topf auf dem Herd kochte. Zahlreiche Kinder – die meisten von ihnen Elizabeths Schüler – standen bewegungslos da, bis zu den Ellbogen mit Butter beschmiert und die Hände voller Karamelbonbons. Daniel und Lily kamen zu ihren Eltern, und alle blickten auf die drei, die mitten im Raum standen: Liam, Hannah und Curiosity.

Elizabeth dachte, sie hätte über die Jahre Curiosity schon in jeder Stimmung erlebt, aber jetzt sah sie, dass sie sich geirrt hatte. Die alte Frau war wütend, gewiss, das erkannte man deutlich an ihrer Körperhaltung. Aber es war auch ein bitterer Zug um ihren Mund, der deutlicher als Worte sagte, wie tief Liam Kirby sie enttäuscht hatte.

Liam stand vor ihr und wirkte überhaupt nicht kampflustig. Er schien Hannah und alle anderen vergessen zu haben, wirkte wie erstarrt. Selbst wenn sie eine Pistole gezogen hätte, um ihn zu erschießen, hätte er sich wohl nicht gerührt.

Ohne in ihre Richtung zu blicken, sagte Curiosity: »Kinder, nehmt eure Karamelbonbons mit in die Diele. Und, Nathaniel, schließ bitte die Tür hinter ihnen, falls du vorhast, hier zu bleiben. Ich möchte nicht, dass ganz Paradise hört, was ich zu sagen habe.«

»Ich gehe nicht in die Diele«, sagte Daniel.

»Ich auch nicht«, schloss sich Lily ihm an.

»Das ist in Ordnung«, erwiderte Curiosity. »Ihr habt auch etwas damit zu tun.«

»Curiosity ...«, begann Liam, aber sie unterbrach ihn.

»Du bist jetzt still. Die ganze Woche hast du dich von mir fern gehalten, aber jetzt bist du in meiner Küche und da sage ich, was ich zu sagen habe.«

Widerstrebend verließen die anderen Kinder das Zimmer, wobei sie sehnsüchtige Blicke auf die Szene hinter sich warfen. Ethan sagte noch etwas zu Daniel, dann ging er als Letzter hinaus und schloss die Tür.

Curiosity blickte Liam von oben bis unten an.

»Du und ich, wir haben viel Zeit hier in dieser Küche verbracht, als du noch ein Junge warst«, begann sie mit langsamer, klarer Stimme. »Wenn dein Bruder dir mal wieder nichts zu essen gab, stand dir diese Tür immer offen, ebenso wenn du einen Platz zum Schlafen nötig hattest oder wenn dir etwas weh tat. Stimmt das?«

Liam nickte. »Ja.«

»Soweit ich mich erinnere, warst du ein guter Junge, Liam Kirby. Billy tat sein Bestes, um dir das Gute auszutreiben, aber du hattest etwas in dir, das er nicht zerstören konnte. So glaubte ich zumindest.«

Liam errötete. »Mein Bruder hat damit nichts zu tun.« Er zuckte zusammen, als Curiosity dichter an ihn heran trat, so als ob er erwartete, an den Ohren gezogen zu werden.

»Billy hat sehr wohl etwas mit dir und mir und auch mit diesen Leuten hier zu tun. Es ist an der Zeit, endlich einmal klar miteinander zu reden. Tief in deinem Herzen weißt du, dass er ein jämmerlicher, nutzloser Mann war. Die Dinge, die er getan hat …« Sie blickte Hannah an, und ihr Gesicht verzerrte sich vor Wut. »Der Mann war nur auf der Welt, um Menschen, die ihm nichts getan hatten, Böses zuzufügen. Und dazu hast auch du gehört, Junge. Vielleicht denkst du nicht gerne daran zurück, aber von uns wird niemand vergessen, was für Leid er dir zugefügt hat.«

»Aber …«

»Hör mir zu. Willst du etwa behaupten, du kannst dich nicht mehr an die Nacht erinnern, als er das Schulhaus niederbrannte? Wir haben beinahe Hannah verloren, und Julian haben wir begraben, aber wenn ich heute von dieser Nacht träume, sehe ich immer nur vor mir, was dein Bruder dir angetan hat. Ich habe in meinem Leben einige traurige Dinge mitangesehen, aber ich habe noch nie ein Kind gesehen, das von seinem eigenen Fleisch und Blut so misshandelt worden ist. Billy hat dich geschlagen, bis deine Knochen brachen, und als er das tat, hat er die Grenze überschritten. Er war für immer verloren.«

Sie schwieg und holte tief Luft.

»Vielleicht bildest du dir ein, du hättest diese Nacht vergessen oder sie hinter dir gelassen, aber ich weiß, dass dem nicht so ist. So etwas kann man nicht einfach verdrängen. Lass mich dir etwas sagen, Junge, und das solltest du nicht vergessen: diese guten Menschen haben dir in jener Nacht das Leben gerettet und sie haben dich in ihrem Haus aufgenommen. Sie schulden dir nichts und ich dir auch nichts, aber ich gebe dir noch etwas mit auf den Weg. Hör mir gut zu.

An dem Tag, als dein Bruder starb, hat der liebe Gott seine Hand über dich gehalten. Er hat Billy aus deinem Leben geholt, damit du die Chance hattest, zu einem anständigen Mann heranzuwachsen. Aber du hast auf diese Gelegenheit, die der Herr dir gegeben hat, gepisst!«

Elizabeth sah, dass Hannah, genau wie sie selber, zusammenzuckte. Die Zwillinge drückten sich enger an sie, aber sie wandten sich nicht ab.

166

Curiositys Stimme war heiser geworden. »Ich weiß nicht, was du getan hast, seitdem du aus Paradise weggelaufen bist. Wahrscheinlich hast auch du einiges mitgemacht, das sehe ich in deinem Gesicht. Aber es gibt keine Entschuldigung dafür, wie du deinen Lebensunterhalt verdienst. Als du ein Junge warst, hast du in dieser Küche gesessen und das Essen gegessen, das ich dir hingestellt habe, und jetzt jagst du menschliche Wesen und legst sie in Ketten. Und nur, weil dir die Farbe ihrer Haut nicht gefällt, weil sie schwarz sind so wie ich. Dein Bruder wäre stolz auf dich, Liam Kirby, aber wenn ich dich anschaue, sehe ich nichts als Sinnlosigkeit, und das widert mich an.«

Curiosity hatte zum Schluss nur noch rau geflüstert, aber ihre Worte standen deutlich im Raum. Liam schluckte und alle Muskeln an seinem Hals zogen sich zusammen. »Bist du fertig?«

»Noch nicht. Noch eins will ich dir sagen: Ich habe gehört, du hast eine Frau. Stimmt das?«

Wieder schluckte er. »Ja.«

»Dann lässt du unsere Hannah besser in Frieden. Sie hat dir deutlich gesagt, dass sie nichts mit dir zu tun haben will. Geh nach Hause zu deiner Frau und lass uns in Ruhe, damit wir den Jungen betrauern können, den wir einmal gekannt haben. Es ist nichts mehr von ihm übrig.«

Liams Gesichtsausdruck erinnerte Elizabeth an die alte Mistress Glove, die einmal skalpiert worden war. »Meine Haare fehlen mir überhaupt nicht«, hatte sie gesagt und war sich mit ihren geschwollenen, gichtigen Fingern über die vernarbte Kopfhaut gefahren. »Es gibt schlimmere Dinge im Leben als den Verlust von ein bisschen Fleisch und Blut.« Curiosity hatte Liam für immer etwas genommen, etwas, das über Fleisch und Blut hinaus ging. Jedes Wort, das sie gesagt hatte, war wahr gewesen, und doch standen sie alle unter Schock, vor allem Liam.

»Ich gehe und werde euch nie wieder belästigen«, sagte er schließlich mit brüchiger Stimme. »Aber ich muss noch mit Hannah reden, nur einen Augenblick. Wenn sie es möchte.«

»Sie steht hier«, sagte Curiosity. Ihr Gesicht wurde weicher, als sie sich an Hannah wandte. »Willst du mit Liam reden, Kind? Du brauchst es nicht zu tun, wenn du nicht willst.«

Hannah warf Elizabeth einen Blick zu und zögerte. Eine Frage stand ihr im Gesicht geschrieben, aber es war Nathaniel, der die Antwort gab.

»Du musst deinem Herzen folgen, Geht-Voran.« Er sagte es auf Kahnyen'kehàka und er verwendete zum ersten Mal ihren Frauennamen, um die Antwort auf die Frage, die sie nicht gestellt hatte, so klar wie möglich zu machen.

Hannah richtete sich entschlossen auf und nickte.

»Draußen«, sagte sie. »Ich will draußen mit dir reden.«

Sie gingen vom Haus weg unter die Bäume, so weit, bis sie sicher sein konnten, dass ihnen niemand gefolgt war. Durch die offenen Fenster drangen immer noch die Fiedelklänge herüber.

Hannah zog ihren Umhang fester um sich und erschauerte in der feuchten Kälte. Der Regen hatte aufgehört und der Himmel war beinahe klar. Mond und Sterne beleuchteten ihre Schatten. Sie spürte den eisigen Hauch im Wind. »Es gibt Frost«, sagte sie. »Vielleicht sogar Schnee.«

Es waren die ersten Worte, die sie sprach, seit sie die Küche verlassen hatten. All die schrecklichen Dinge, die sie ihm hatte sagen wollen ... und jetzt fiel ihr nichts Besseres ein, als über das Wetter zu reden. Aber es gab ja auch nichts mehr zu sagen, es war ja bereits alles gesagt worden. Curiosity hatte die Wahrheit wie ein Messer gehandhabt und ihn förmlich damit aufgeschlitzt. Wie tief der Schnitt gegangen war und ob er etwas bewirkt hatte, wusste Hannah nicht. Manche Leute hielten sich an den Dingen am meisten fest, die am schlimmsten weh taten; das hatte sie schon erlebt.

Sie spürte, dass er nach Worten rang und jedes einzelne vorsichtig abwägte. Er würde erst sprechen, wenn er sich ganz sicher war, das hatte er früher schon getan, und mit einem Mal wurde Hannah etwas klar, das sie vorher durch ihren Zorn nicht hatte sehen können. Dieser Mann war in vieler Hinsicht ein Fremder für sie, aber manche wichtigen Dinge hatten sich nicht verändert.

Curiosity erkannte zwar nichts mehr von dem Jungen, der er gewesen war, in ihm, aber anderes war noch da, noch immer ein Teil von ihm. Das machte ihr Mut und sie schaute ihn an.

Ohne den Kopf zu wenden begann er: »Es gibt zwei Dinge, die ich dir sagen muss. Das Erste ist, dass es Männer in der Stadt gibt, die Manny Freeman nur zu gern verhaften würden. Sie glauben, er würde entlaufenen Sklaven helfen, nach Norden zu kommen, und sie suchen nur noch nach einem Vorwand, damit sie ihn hängen können. Das kann nicht mehr lange dauern.«

Hannah zog scharf die Luft ein, aber er fuhr fort:

»Ich wollte es Galileo erzählen, aber ich bin mir nicht sicher, ob er mir glauben würde. Du reist doch in die Stadt, vielleicht kannst du ja mit Manny reden. Sag ihm, er soll vorsichtig sein. Sag ihm, dass Vaark nicht nur zufällig zum Hafen in Newburgh gekommen ist. Tust du das?«

»Ja.« Hannah rieb sich die Stirn, um Klarheit in ihre Gedanken zu bekommen. Manny Freeman war in Gefahr, und Liam Kirby hatte ihm gerade das Leben gerettet. Noch vor zehn Minuten hatte er vor Curiosity gestanden und ohne mit der Wimper zu zucken ihre Predigt hingenommen. Mit diesen Hinweisen hätte er sie ohne Weiteres unterbrechen, hätte sie auch zu seinem Vorteil nutzen können. Eine so wertvolle Information über das Wohlergehen ihres Sohnes wäre bestimmt dazu angetan gewesen, Curiositys Verzeihung zu erlangen.

Aber auch ihr hatte Liam jetzt die Hände gebunden. Sie konnte nicht einfach zu Curiosity und Galileo gehen und ihnen sagen, was für eine gute Tat ihm zuzuschreiben war. Vorher musste Manny erst gewarnt und in Sicherheit sein. Diese Verantwortung hatte Liam ihr übertragen und sie musste sie akzeptieren. Sie würde ernten, was er gesät hatte.

Hoffentlich war es nicht schon zu spät. Hoffentlich hatte Liam ihr nicht zu spät davon erzählt, sodass die Nachricht Manny nichts mehr nützte. Aber diesen Gedanken schob Hannah entschlossen beiseite; so sehr sich Liam auch zum Schlechten verändert haben mochte, das glaubte sie nun doch nicht von ihm.

Mit unergründlicher Miene musterte er sie. »Das zweite ist dieser Vaark, dem man auf den Docks die Kehle durchgeschnitten hat. Sagt dir der Name etwas?«

»Nein«, flüsterte Hannah. »Warum?«

Er zuckte mit den Schultern. »Er war Ambrose Dyes Schwager. Das bedeutet, dass die entlaufene Sklavin, hinter der ich her bin, Vaarks Witwe gehört, die zufällig Dyes Schwester ist. Ich habe es ihm vor einer knappen Stunde berichtet und er hat mir aufmerksam zugehört.«

»Das kann ich mir vorstellen. Was hast du ihm sonst noch erzählt?«

Liam schwieg eine Weile. »Nichts«, erwiderte er schließlich. »Nur die Wahrheit – dass meine Hunde vor ein paar Tagen ihre Spur verloren haben. Aber wahrscheinlich wird er mitkommen wollen, wenn ich erneut in den Busch gehe, oder er macht sich alleine auf den Weg. Er war vor ein paar Jahren selber Sklavenjäger, und nach dem, was ich gehört habe, sogar ein ziemlich erfolgreicher. Hör es dir einfach an und mach damit, was du willst. Ich habe gesagt, was ich sagen musste, und jetzt verschwinde ich.«

»Warte.« Hannah streckte die Hand aus, um ihn festzuhalten, zog sie aber wieder zurück. Er hatte sich von ihr abgewandt, der Muskel in seiner Wange flatterte wie ein gefangener Vogel.

»Du bist also nach Paradise gekommen, um sie wegen Manny zu warnen«, sagte sie leise.

»Nein«, erwiderte er scharf.

»Doch. Warum gibst du es nicht zu?«

Er warf ihr einen wütenden Blick zu. »Betrachte es, wie du willst.«

»Und du bist gekommen, um mich zu treffen.«

Liam drehte sich zu ihr um. Er zitterte vor Wut. »Ich bin ein Sklavenjäger«, sagte er. »Ich spüre entlaufene Sklaven gegen Geld auf und bringe sie wieder in die Stadt. Ich bin gut darin. Sechs im letzten Jahr. Sie weinen und betteln, aber ich höre ihnen gar nicht zu. Ich bringe sie zurück, damit sie ausgepeitscht werden, und dann nehme ich mein Geld entgegen und bin weg, bevor die Peitsche das erste Mal knallt. Deshalb bin ich hier, weil ich die Frau verfolge, die ihr auf dem Berg versteckt habt. Das ist der einzige Grund, aus dem ich hier bin.«

Etwas entzündete sich in Hannah und eine Wut loderte in ihr auf, von deren Heftigkeit sie nichts geahnt hatte. »Du lügst. Du hast mir einen Brief geschrieben, du wolltest mich treffen. Jetzt stehst du hier mit mir, Liam Kirby, dabei hättest du auch meinem Vater von Manny erzählen können, oder Elizabeth oder Falkenauge. Du stehst hier mit mir, weil du mir etwas sagen wolltest. Dann sag es auch. Wolltest du mir von dem Mädchen erzählen, das du geheiratet hast? Geht es darum? Wie heißt sie, Liam? Du hast noch nie ihren Namen genannt.«

Er packte sie an den Armen, sein Griff war fest und verzweifelt.

»Verfluchte Hexe. Ja, ich bin wegen dir gekommen.« Seine raue Stimme, die Wärme seines Atems an ihrem Mund. Hannah hätte am liebsten die Augen geschlossen, aber sie konnte den Blick nicht von seinem Gesicht wenden.

»Ich bin gekommen, um dir zu sagen, dass ich auf dem Berg hätte bleiben sollen, dass ich hätte warten sollen.«

»Aber du hast es nicht getan.« Ihre Stimme klang gepresst. »Du hast nicht gewartet. Und jetzt ist es zu spät.«

Er erschauerte und zog sie enger an sich, öffnete den Mund, um etwas zu sagen, und schloss ihn wieder. Für ihn gab es keine Erklärung, keine Entschuldigung. Und auf seinem Gesicht lag der Beweis dafür, dass Curiosity nicht tief genug geschnitten hatte, dass sie nicht das erreicht hatte, was er nicht sagen konnte, aus Angst, dass es dann Wirklichkeit würde. Aber Hannah spürte es ganz genau: Es ging um das Mädchen, das er geheiratet hatte. Sophie oder Jane, Mary oder Julia, mit blauen oder grünen Augen, Haaren, die so rot waren wie seine eigenen, oder blond oder braun wie die Erde. Es konnte jede Haarfarbe sein, nur nicht schwarz. Sie wartete jetzt auf ihn, wartete auf das Geräusch seiner Schritte auf der Veranda, wartete vor dem Ofen, auf dem sie sein Essen kochte, wo sie sein Kind stillte, seine Hemden nähte, das Mädchen, das zu diesen Pflichten erzogen worden war und gar kein anderes Le-

171

ben haben wollte. Ein Mädchen, das sich damit begnügte, zu warten; ein weißes Mädchen.

»Es ist zu spät.« Sie zitterte jetzt. Am liebsten hätte sie ihn geschlagen, und das wollte sie immer noch, als ihr Mund unter seinem weich wurde und sich öffnete.

Es war ein Fehler, das wusste sie ganz genau, und doch küsste sie Liam, weil auch sie den Verlust und den Schmerz empfand, denn er hatte ihr immer gefehlt. Jetzt war er für sie verloren, aber sie würde ihn einmal küssen und das musste reichen. Sie konnte ihn küssen und sich daran freuen, dass er ihren Kuss erwiderte, dass seine starken Hände ihr Gesicht umfassten, seine Finger durch ihre Haare glitten und seine Daumen über ihre Wangenknochen streichelten, während sie seinen süßen, warmen Mund kostete. Diesen einen Moment lang konnte sie sich an ihn schmiegen, zärtlich und ohne jeden Vorbehalt.

Als sie sich schließlich voneinander lösten, atmeten beide schwer und konnten nichts sagen. Aber es gab ja auch nichts mehr zu sagen. Hannah schnürte es die Kehle zu. Sie fürchtete, er würde versuchen, sie zu halten, und zugleich hatte sie Angst, er würde sie gehen lassen. Und deshalb drehte sie sich um und lief weg. Dieses Mal verließ sie ihn, verließ ihn für immer.

11 Um zehn Uhr lag alles, was Jemima Southern für Anna Hauptmanns Hochzeitsfest geplant hatte, in Scherben. Sie hatte weder mit Isaiah Kuick noch mit Liam Kirby und noch nicht einmal mit Claes Wilde getanzt. Von den dreien hatte Wilde sie als einziger aufgefordert, aber erst nachdem er mit jeder einzelnen verheirateten Frau und mit fast allen unverheirateten Mädchen getanzt hatte. Er fragte sie erst, nachdem er mit Dolly und Becca getanzt und nachdem Hannah Bonner ihn zurückgewiesen hatte.

172

Jemima schnitt ihm ohne Entschuldigung oder ein Lächeln das Wort ab, genauso wie sie die Camerons einen nach dem anderen abgewiesen hatte; Mr. Gathercole mit seinen albernen kleinen Verbeugungen und die Trapper, die nach Busch stanken, und sogar Jed McGarrity, obwohl es ungezogen war, den Bräutigam abzuweisen. Schließlich hatte niemand sie mehr gefragt und alle waren an ihr vorbei gegangen, als sei sie gar nicht da. Mit jedem Tanz erstarrte sie mehr und der Knoten in ihrem Magen zog sich ein bisschen fester zusammen. Sie wollte sich nichts anmerken lassen, nicht hier, vor allen Einwohnern von Paradise. Aber sie beobachtete alles.

Sie beobachtete Isaiah Kuick, der überhaupt kein Interesse am Tanzen zeigte und die ganze Zeit nur trank. Manchmal kam er an die Tür und blickte durch den Saal, musterte die Fiedler und ging dann wieder zu den anderen Männern im ehemaligen Arbeitszimmer des Richters. Sie beobachtete Hannah Bonner in einem der Kleider, die sie aus Schottland mitgebracht hatten und die zwar mittlerweile aus der Mode, aber immer noch zu elegant für einen Dorftanz waren. Grün passte nicht zu ihrer dunklen Haut, aber das schien ihr nichts auszumachen. Und sie tat auch so, als sähe sie den Mann nicht, der sie den ganzen Abend nicht aus den Augen ließ.

Hannah Bonner tanzte mit Jed McGarrity und Mr. Gathercole, wies aber alle unverheirateten Männer ab. Lächelnd schickte sie sie weg und setzte sich zu Dolly Smythe und Eulalia Wilde, um mit ihnen zu plaudern, bis Eulalias Bruder Claes Dolly zu einem zweiten Tanz aufforderte. So wie sie ihn anstrahlte mit ihren Schielaugen dachte sie sicherlich, dass zwei Tänze schon so gut wie ein Heiratsantrag waren. Dumme Dolly. Sie würde die wichtigste Lektion nie lernen: das Schlimmste, was eine Frau tun konnte, war, einem Mann zu zeigen, dass er Macht über sie besaß.

Die größte Beleidigung jedoch war Liam Kirby, der sie keines Blickes würdigte, obwohl sie zehn Minuten lang dicht neben ihm stand, als er sich mit Ambrose Dye unterhielt. Als Jemima so viel aufgeschnappt hatte, dass sie wusste, sie redeten über die entlaufene Sklavin, wandte sie ihre Aufmerksamkeit wieder der Tanzfläche zu. Hannah war gerade aufgestanden, um mit Jock Hindle zu tanzen, während seine Frau sich mit kirschrotem Gesicht Luft zufächelte.

»Geh sanft mit ihm um, Hannah!«, rief Mistress Hindle. »Er ist nicht mehr so jung.«

Gelächter brandete auf und als es wieder verebbte, ertönte Mr. Dyes Stimme:

»Rote Schlampe.« Er sagte das ohne jeden Nachdruck, so als nenne er Hannah nur bei ihrem Namen. »Hat nichts zu suchen bei Weißen.«

Fast wirkte es komisch, wie alle erstarrten. Elizabeth Bonner stand auf und trat einen Schritt auf Hannah zu, aber Hannah beendete die gespannte Situation selber, indem sie laut ausrief:

»Reuben, Levi, habt ihr vergessen, wozu eure Fiedeln da sind?«

Mit einem Schlag wurde es wieder laut und belebt, so als ob alle es für das Beste hielten, Ambrose Dye einfach zu ignorieren. Schließlich war er bloß ein Außenseiter.

Alle gaben sich damit zufrieden, alle bis auf Liam, der aussah, als hätte er Lauge geschluckt. Mit geballten Fäusten stand er den ganzen Tanz über da, und als er beendet war, folgte er Hannah in die Diele.

Beinahe hätte Jemima laut aufgelacht als sie beobachtete, was für einen Narren er aus sich machte. Aber sie musste ihm doch in die Diele folgen.

Dort stritten sich die beiden bereits. Hannah und Liam standen dicht voreinander und obwohl sie leise redeten, konnte man jedes Wort verstehen. Hannah schüttelte den Kopf und weigerte sich, ihn anzusehen. Vor der Küche standen zahlreiche Kinder und gafften mit offenen Mündern und weit aufgerissenen Augen. Aus dem Arbeitszimmer strömten Männer, um zuzuschauen, grinsend stießen sie sich mit den Ellbogen an. Jemima hätte am liebsten jeden einzelnen von ihnen geohrfeigt. Dann war es vorüber, und Hannah trat auf Claes Wilde zu, der mit seiner Schwester zusam-

174

men stand, und bat ihn um den Tanz, den sie früher abgelehnt hatte, als ob ihr ein Recht darauf zustünde. Liam ging mit erstarrtem Gesicht wieder zu seinem Platz neben dem Aufseher.

Die Kinder verschwanden in die Küche, die Männer wieder ins Arbeitszimmer. Jemima beobachtete weiter die Tanzenden und die Leute, die kamen und gingen. Nathaniel Bonner kam herein und Peter Dubonnet ging hinaus. Und Isaiah Kuick stand an der Tür und starrte sie an. Den ganzen Abend hatte sie darauf gewartet, dass er sie bemerkte, und jetzt musterte er sie, als sei sie ein Pony mit gebrochenem Bein, ein nutzloses Geschöpf.

Jemima war auf einmal zu Tode erschöpft. Sie trat in die Diele und öffnete die Haustür. Die Kälte der Aprilnacht schlug ihr entgegen, und einen Moment lang blickte sie zum sternenklaren Himmel hoch. An einem Nagel hing ein Umhang und sie nahm ihn einfach, dann ging sie nach draußen zum Schuppen.

Sie fand eine alte Box, in der noch etwas Heu lag. Dort legte sie sich hin, in den Umhang gewickelt, und fiel in einen unruhigen Schlaf. Sie träumte von ihrer toten Mutter. Als sie von einem leisen Flüstern erwachte, wusste sie im ersten Moment nicht, wo sie war, aber dann fiel ihr alles wieder ein.

Sie hatte die Stimmen nicht geträumt.

»Den ganzen Winter über«, sagte Isaiah Kuick. »Den ganzen langen Winter über.«

»Es war zu lang.« Das war die Stimme des Aufsehers, aber Jemima hatte ihn noch nie so leise und weich sprechen hören. »Ich dachte schon, du würdest mir nie mehr das Zeichen geben.«

Jemimas Herz pochte heftig und sie bemühte sich, möglichst leise zu atmen. Sie hörte, wie Lippen aufeinander trafen. Jetzt war sie wieder ein Kind in der Dunkelheit, das nicht schlafen konnte, weil aus dem Nebenbett Geräusche drangen. Jede Nacht raschelten die Bettdecken und ihr Vater sagte scharfe Worte, während er auf ihre Mutter stieg. Sein raues Grunzen und ihr Wimmern, wie das eines kleinen Tiers in einer Falle; das Ächzen der Seile, die die dicke Matratze trugen, das Schaukeln des Bettes, immer und immer wieder.

Sie konnte sich nicht erinnern, dass ihre Eltern sich jemals geküsst hätten; sie selbst hatte auch noch nie ein anderes menschli-
ches Wesen geküsst, aber trotzdem wusste Jemima ganz genau,
was sie hörte. Sie blinzelte und konzentrierte sich auf das, was sie
in der gegenüberliegenden Box im Mondschein erkennen konnte. Zwei Schatten, die sich aus ihren Kleidern schälten, Haut, die
sich an Haut rieb, ein scharfes Keuchen.

»Oh ... Christus, oh ... Christus!«

»Schscht.« Ein leises Flüstern. »Schscht.«

Jemima Southern traute niemandem mehr als ihren eigenen
Augen, und was sie sah, waren zwei Männer, die sich wie Hunde
paarten. Was sie hörte, waren die Worte von Liebenden, die sich
gut kannten, zärtliche Worte der Ermutigung, *oh mein Gott, ja*, und
mehr und *oh, bitte*. Isaiah Kuick hockte auf allen vieren und Dye
benutzte sein Hinterteil so, wie andere Männer die Vorderseite
von Frauen benutzten. Sie konnte Kuicks Bein, seinen Arm, seinen gesenkten Kopf sehen und sie hörte, wie er vor Schmerz oder
Lust aufkeuchte. Mit einer Hand griff Dye ihm zwischen die Beine
und bewegte sie rhythmisch im gleichen Takt, wie seine Hüften
zustießen. Und dann bog er seinen Rücken und hob das Gesicht,
und im Mondschein sah Jemima das Unglaublichste und Merk-
würdigste überhaupt: der Mann, den sie als Aufseher kannte –
misstrauisch, kalt, gemein –, dieser Mann war verschwunden. Das
Gesicht, das Jemima sah, war auf eine so überwältigende und persönliche Art lebendig, dass sie einen Moment lang die Augen
schließen musste, geblendet von einer staunenden, wortlosen
Freude, die nicht für sie bestimmt war. Als sie wieder hinschaute,
waren die beiden Männer immer noch vereint und schaukelten
sanft hin und her.

Dies war kein seltsamer Traum, dies war ein Geschenk. Ein unerwarteter Schatz, so solide wie Gold.

Jetzt sind sie fertig, dachte sie. Jetzt gehen sie. Zahlreiche Gedanken wirbelten ihr durch den Kopf. Die Stimme ihres Vaters,
der aus der Bibel vorlas, Teile von Versen, die sie zwar nicht verstanden, aber dennoch auswendig gelernt hatte, weil er es von ihr

verlangte: *Du sollst nicht Männern beiwohnen wie Frauen: es ist ein Gräuel ...*; und die Stimme der Witwe: *Heiden und Papisten in ewige Verdammnis;* und: *Mr. Gathercole, ich hoffe, Ihr lest heute aus dem 3. Buch Moses, wir brauchen alle ein verzehrendes Feuer.*

Die Witwe. Jemima dachte an die Witwe, die von ihrem Stuhl am Fenster aus alles beobachtete und immer so begierig darauf war, Fehltritte gegen Gott und sie selbst zu entdecken. Jemima spürte ihre spitze Sticknadel, hörte ihre dünne Stimme, sah die Frau vor sich, die sich ihres Sohnes so sicher war. Wie sie ihn anblickte, die Pläne, die sie mit ihm hatte. Hochmut kommt vor dem Fall, sagte Jemima sich im Stillen und stellte sich vor, was für ein Gesicht die Witwe machen würde, wenn sie in den Stall käme und sehen könnte, wie der Aufseher ihren kostbaren Sohn wie eine Hure nahm. Lucy Kuicks einziger Sohn war ein Sodomit.

Die Männer redeten jetzt leise miteinander und küssten sich ab und zu. Jemima konnte nicht viel verstehen, aber der Tonfall war deutlich genug, sanft und liebevoll und fast noch erschreckender als die vorausgegangene Paarung. Dann glitt Dye zu Isaiahs Bauch herunter und Jemima sah erstaunt und ein wenig neugierig zu, wie er zwischen den Beinen des anderen Mannes wie ein Säugling an der Mutterbrust saugte. Offensichtlich bereitete es ihnen beiden viel Vergnügen und sie beobachtete die Männer aufmerksam, während sie in Gedanken bei ihren früheren Plänen war, Isaiah Kuick in ihr Bett zu locken.

Jetzt verstand sie, warum ihm ihre offene Tür egal gewesen war, ihm nie etwas bedeuten würde. Aber das spielte jetzt keine Rolle mehr. Früher einmal hatte sie gehofft, wenigstens so oft unter ihm liegen zu können, bis er ihr ein Kind gemacht hatte, aber heute Abend hatte er ihr etwas Besseres geboten. Jetzt konnte er sie nie mehr abweisen.

Schließlich erhoben sich die Männer und klopften sich gegenseitig das Stroh aus der Kleidung; dann und wann verirrten sich ihre Hände. Sie redeten über Tage, Uhrzeiten und Gelegenheiten.

»Donnerstag«, sagte Dye, und Kuick lachte.

Als ob einer von ihnen beiden so lange warten könnte.

Jemima hörte ihn zum ersten Mal wirklich lachen, ohne jeden Anflug von Spott.

Als sie weg waren, blieb sie noch eine Zeit lang liegen und machte Pläne. Zwanzig Minuten, vielleicht eine halbe Stunde hatte sie sie beobachtet, und diese kurze Zeitspanne hatte ihr ganzes Leben verändert. Sie war so in ihr Wissen vertieft, dass sie überrascht zusammenzuckte und erstarrte, als sie Schritte hörte. Vielleicht kamen sie zurück, um wieder von vorn anzufangen? Wenn die beiden sie hier finden würden? Dye würde sie auf der Stelle umbringen, das wusste sie genau.

Aber es war Liam Kirby, und er war allein. Sie erkannte ihn an seiner Größe und am Schimmern seines Haares im Sternenlicht. Bewegungslos stand er eine Weile da.

Er wartete bestimmt auf Hannah. Jemima dachte, das sei die gerechte Strafe. Sie musste zusehen, wie Liam Hannah nahm, so wie der Aufseher Isaiah Kuick genommen hatte. Sie musste den Worten lauschen, die er zu ihr sagte, Liebesworte, süße Worte. Das war der Preis, den sie für den Vorteil zahlen musste, der ihr in die Hände gespielt worden war, und es war bitter.

Nach einer Weile jedoch merkte Jemima, dass Hannah gar nicht kam. Er war allein hier und versteckte sich. Hannah hatte ihn abgewiesen und er wollte hier seine Wunden lecken. Einen Moment lang war Jemima völlig überwältigt von ihrem Glück, dann flüsterte sie seinen Namen.

Er zuckte zusammen und drehte sich herum. »Was tust du hier?«

»Ich warte auf dich.« Sie schob sich die Ärmel von den Schultern, sodass ihre Brüste aus dem Mieder sprangen, und trat auf ihn zu.

Er wich zurück, konnte aber seinen Blick nicht von der weißen Haut und ihren dunklen Brustwarzen wenden. »Nein«, sagte er. »Nein.«

Sie streckte die Hand aus und fuhr mit dem Finger vorne über seine Hose, so wie es Isaiah Kuick vor noch nicht einmal einer halben Stunde beim Aufseher gemacht hatte. Er umfasste ihre Handgelenke, um sie aufzuhalten, und zog scharf die Luft ein.

»Denk doch mal nach, Liam.« Er sah immer noch ihre Brüste an und hielt ihre Hand auf seiner Hose fest. Sie spürte, wie sich seine Lust regte. »Niemand wird es je erfahren.«

Sie zog ihre Hand zurück, drehte sich um und hob ihre Röcke in die Höhe. »Du brauchst mir nicht ins Gesicht zu sehen«, sagte sie. Die Luft strich kühl über ihre nackte Haut. »Du brauchst mich überhaupt nicht anzusehen. Du kannst dir vorstellen, ich sei ... jemand anders.«

Er schwieg, als sie sich mit hochgeschobenen Röcken auf alle viere niederließ und die Beine breit machte, um ihr Geschlecht anzubieten. Sie legte die Stirn auf ihre verschränkten Unterarme. Dann hörte sie ihn stöhnen, und er öffnete seine Hose. Als er sich zwischen ihre Beine kniete, spürte sie, wie er zitterte, und sie spürte seine Hitze. Aber noch zögerte er, und sie hielt die Luft an, weil sie instinktiv spürte, dass ein falsches Wort jetzt alles verderben konnte.

Dann sagte er: »Ich kann dich nicht heiraten, wenn du ein Kind bekommst.«

»Das macht nichts«, sagte Jemima und bog ihm ihre Hüften entgegen. »Das ist vollkommen gleichgültig, Liam. Ich heirate sowieso Isaiah Kuick.«

Er fluchte und griff mit einer Hand nach ihrer Brust, während er sich mit der anderen abstützte, um besser in sie eindringen zu können. Jemima biss sich in den Unterarm, um nicht laut aufzuschreien. Mit einem weiteren Fluch ließ er ihre Brust los, hob ihre Hüften an und dehnte ihr Geschlecht mit den Fingern. Dann stieß er ein paar Mal zu, und jetzt konnte sie ihren Schrei nicht unterdrücken. Ein letzter Stoß, etwas zerriss, und er war tief in ihr.

»Verdammt«, stöhnte er. »Verdammt.«

Trotz der Schmerzen musste sie lächeln. Sie spannte jeden Muskel an und drängte sich an ihn, bis er wieder aufstöhnte und sich erneut bewegte. Sie hieß ihn willkommen, ebenso wie das Brennen und Stoßen, seine starken Hände, seine Grobheit, seine Zähne, die sich in ihren Nacken gruben. Jemima bog sich ihm entgegen und kreiste mit den Hüften, bis er sich überrascht und voller Lust zuckend in ihr entleerte.

Keuchend murmelte er »*verdammt, verdammt, verdammt*«. Aber er war immer noch hart und feucht.

Jemima drehte sich auf den Rücken. Sie hob die Hüften und schlang ihm die Beine um die Taille, um ihn wieder in sich hinein zu ziehen. Sie würde ihn die ganze Nacht in sich behalten, ihre Hände und ihren Mund benutzen, wenn es sein musste, und das anwenden, was sie von den Sodomiten gelernt hatte. Sie wollte ihn Hannah Bonner und seine namenlose Frau vergessen machen, ihn wie eine Kuh melken, seinen Samen aus ihm herauspressen, bis er leer war.

Nach dieser Nacht würde er sie nie mehr vergessen, er würde es nie wieder wagen, sie zu ignorieren. Wenn Liam Kirby an ihr vorbei ging, würde er daran denken, sich daran erinnern, wie sie sich in Schweiß und Blut und Samen und Sünde vereinigt hatten.

Letztendlich würde sie den einzigen Sohn der Witwe heiraten, aber es würde leichter werden, wenn sie ein Kind trüge. Sie versuchte sich die Tage auszurechnen, aber Liams schwere Hitze löschte jeden Gedanken aus. Grob schob er ihr die Beine auseinander und drückte ihr Knie gegen ihre Schulter, sodass sie offen vor ihm lag. Mit dem nächsten Stoß berührte er einen Punkt so tief in ihr, dass sie vor Schmerz und Überraschung wieder aufschrie. Mit seinem Gewicht presste er sie ins Heu und drohte sie mit seinen Stößen zu zerreißen, während sie ihre Hände um sein Hinterteil legte und ihn fest an sich drückte.

Wenn er ihr dieses Mal keinen Bastard anhängte, dann würde sie noch einmal zu ihm gehen. Wie sollte er sie abweisen? Und dann würde Isaiah die Frucht ihrer Bemühungen als sein eigenes Kind anerkennen müssen. Sonst bliebe ihm nichts übrig, als die Konsequenzen zu tragen.

Als Jemima schließlich nach Hause ging, war der Mond schon untergegangen und es hatte gefroren, sodass sie sich am Geländer der Brücke festhalten musste, damit sie nicht hinfiel. Sie humpelte ein wenig, ihre Schenkel waren wund und klebrig und tief innen brannte ein stechender Schmerz. Ihre Schultern, Brüste und ihr Bauch taten weh, weil er sie gebissen und mit seinem Bart gekratzt hatte. Jeder Muskel schmerzte, aber zum ersten Mal in ihrem Leben war Jemima Southern zufrieden. Sie war auf das Hochzeitsfest gekommen, um sich an einem von ihnen schadlos zu halten, entweder an Liam Kirby oder an Isaiah Kuick, und jetzt hatte sie sie beide. Sie und Hannah Bonner auch.

Jemima überlegte, wie sie sich am besten ins Haus schleichen könnte, damit sie niemand hörte, aber dann fiel ihr ein, dass es ja gar keine Rolle spielte. Sie konnte tun, was ihr beliebte; sie würde sowieso bald die Hausherrin sein.

Erst als sie sich ausgezogen hatte und nackt und nach Stall und Mann riechend in ihr Bett geklettert war, kamen ihr zwei Dinge in den Sinn. Am überraschendsten war für sie, dass ihr der Akt des Beischlafs gefiel. Ihr gefiel alles daran, vor allem aber die Macht, die er ihr verlieh. Ja, ihr gefiel der Akt, aber sie würde ohne ihn auskommen müssen, weil sie zwar Isaiah Kuick zwingen konnte, sie zu heiraten, aber er würde nie das Bett mit ihr teilen. Die Macht, die ihr über ihn zugefallen war, hatte nichts mit ihrem Geschlecht zu tun.

Der zweite Gedanke war nicht so überraschend, aber er quälte sie. Sie hatte die ganze Nacht mit einem Mann verbracht, der sie nie bei ihrem Namen genannt hatte. Er war in jede Öffnung eingedrungen, die sie ihm dargeboten hatte, aber als sie versucht hatte ihn zu küssen, hatte er sein Gesicht weggedreht. Und jedes Mal, wenn er sich in sie entleerte, hatte sein Gesicht weder Freude noch Erleichterung gezeigt, sondern nur stumme Wut und Verachtung ... für sich selbst und für sie.

Stell dir vor, ich sei jemand anders, hatte sie zu ihm gesagt, aber er konnte nicht vergessen, wer sie war. Wer sie nicht war.

Einen Moment lang lag Jemima ganz still, dann rollte sie

sich auf die Seite und schloss die Schenkel fest, um alles, was sie von Liam Kirby brauchte, tief in sich zu behalten. So schlief sie ein.

Zweiter Teil

Reisende

Die endlosen Wälder

12 Während der überstürzten Vorbereitungen für die Reise in die endlosen Wälder hatte Elizabeth es vermieden, zu eingehend darüber nachzudenken, was es für sie bedeutete, von ihren Kindern wegzugehen, ohne zu wissen, wann sie sie wiedersehen würde. Um Lily und Daniel zu trösten war es ihr irgendwie gelungen, sich einzureden, dass sie nicht länger als vierzehn Tage fort sein würde. Vierzehn Tage, hatte sie mehr als einmal erklärt, würden sehr rasch vorbei gehen; eine so kurze Trennung war eigentlich kaum der Rede wert und schon gar kein Grund zur Verzweiflung.

Der erste halbe Tag verlief heiter. Sie gingen hintereinander und folgten Nathaniel auf einem Pfad der Kahnyen'kehàka, den er sehr gut zu kennen schien, obwohl Elizabeth die meiste Zeit überhaupt keinen Weg sah. Und doch überraschte es sie, wie leicht sie wieder in den Rhythmus dieses Gehens fand, unbehindert von Röcken und der umständlichen Alltagskleidung. Zum ersten Mal seit sehr langer Zeit trug sie wieder Oberkleid und Leggings der Kahnyen'kehàka. Ihre Haare hatte sie zu zwei Zöpfen geflochten und trotz der Trage auf ihrem Rücken fühlte sie sich leicht und beschwingt.

Mitte April war eine gute Zeit in diesem Teil der endlosen Wälder, da es nicht mehr so schlammig war, die Hitze des Sommers aber noch einen guten Monat entfernt lag. Allerdings war das Wetter schwer vorherzusagen. Manchmal gab es sogar noch tief verschneite Flecken. Aber Elizabeth wanderte lieber durch die Kälte, als sich mit den Moskitos herumzuschlagen, die im Sommer in Schwärmen auftraten und gegen deren Stiche man machtlos war.

Kälte jedoch konnte besiegt werden. Sie trugen alle Wintermokassins mit Pelz, die bis zur halben Wade reichten, und fellgefütterte Umhänge.

Elizabeth hatte zwar ihre Schule hinter sich gelassen, konnte ihren Hang zum Unterrichten jedoch nicht unterdrücken. Sie hätte Selah am liebsten auf alles hingewiesen, das sie noch nicht wusste, aber lernen musste, wenn sie im Busch leben wollte. Die Bäume schlugen gerade aus, und in ein paar Wochen würden sie voller Blätter sein und den Wald in kühlen Schatten tauchen. Vieles von dem, was jetzt noch zu sehen war, wäre dann verborgen.

Feuervögel saßen auf den Ästen einer Weißesche wie Flammen; über ihnen suchte ein Specht in der Rinde einer abgestorbenen Eiche laut hämmernd nach Nahrung. Maulwürfe und Mäuse raschelten in Blätterhaufen, aber sonst sahen sie nur wenige Tiere, vor allem deshalb, weil sie sich nicht leise genug bewegten, aber auch, weil noch nicht alle aus dem Winterschlaf erwacht waren.

Sie kannte diesen Teil des Waldes recht gut; Hannah suchte hier ihre Heilpflanzen, und wann immer es ihre Zeit erlaubte, begleitete Elizabeth sie. Bei diesen Gängen hatte sie das meiste von dem gelernt, was sie über den Wald wusste – sie konnte die Bäume und die meisten Pflanzen benennen –, aber es waren auch immer Gelegenheiten gewesen, sich mit ihrer Stieftochter ungestört zu unterhalten; Elizabeth genoss diese Gespräche.

Heute früh waren sie in großer Eile aufgebrochen, noch vor Tagesanbruch. Hannah war den Berg hinunter gegangen, um ihre lange Reise in die Stadt anzutreten, und hatte sich nervös und schlecht gelaunt gezeigt. Elizabeth hatte keine Gelegenheit mehr gehabt, mit ihr über das zu reden, was zwischen Liam und ihr geschehen war, nachdem sie die Küche verlassen hatten.

Irgendetwas musste jedoch vorgefallen sein, das merkte man Hannah an. Elizabeth war fest davon überzeugt, dass sie es auch Liam Kirby ansehen würde, wenn sie ihn heute zu Gesicht bekäme. Allerdings wusste sie nicht genau, was es war.

Am späten Vormittag kamen sie in ein Gebiet, das sie nicht

mehr kannte. Hier standen lauter Zuckerahornbäume und die Mokassins sanken tief in den welken Blätterteppich ein.

Elizabeth freute sich am Frühlingswald, aber sie sprach es nicht aus, weil sie wusste, wie gefährlich es war, unterwegs zu reden. Stimmen drangen weit durch den Wald und es konnte sein, dass Liam Kirby oder Ambrose Dye sich schon auf die Suche nach ihnen gemacht hatten. Hannahs Neuigkeiten über die Verbindung zwischen Dye und Selah waren ein Schock gewesen, aber im Moment konnten sie nicht entsprechend reagieren. In der letzten Minute hatte Nathaniel sich noch ein weiteres Pulverhorn um den Hals gehängt und den Sack mit Kugeln eingesteckt, die Falkenauge für ihn gegossen hatte.

Er trug alle Waffen bei sich, die er besaß, sein Gewehr, ein Messer und seinen Tomahawk. Hinzu kam sein Wissen über den Busch, das weder Liam Kirby noch Ambrose Dye noch irgendein anderer Sklavenjäger teilten. Die Reise würde lang und voller Gefahren sein, aber für Selah Voyager war es wesentlich sicherer, hinter Nathaniel Bonner herzugehen, als in Paradise zu bleiben.

Und wenn die Geschichte, die Liam Hannah erzählt hatte, stimmte, dann würde Selah Voyager auch durchaus in der Lage sein, sich und ihr Kind zu verteidigen, wenn es nötig sein sollte. Allerdings konnte Elizabeth sie nicht danach fragen. Ein Mann, der zur Selbstverteidigung tötete, prahlte mit dieser Geschichte, aber Frauen waren anders. Eine Frau, die jemanden umgebracht hatte, um sich selbst zu verteidigen, erzählte nicht so ohne weiteres davon. Das wusste Elizabeth aus Erfahrung.

Mittags machten sie Rast, um etwas zu essen, und auch weil Selah Voyagers Verfassung es erforderlich machte, obwohl sie nicht von sich aus darum gebeten hatte. Die junge Frau hatte überhaupt wenig gesagt und sich nie beklagt. Wahrscheinlich wollte sie unbedingt nach Red Rock gelangen und in Sicherheit sein, möglichst noch bevor ihr Kind kam.

Jetzt hockte sie sich mit ihrem dicken Bauch hin und aß ihre Portion getrocknetes Wildbret. Sie hatte ein Stück Maisbrot auf ihren Bauch gelegt, als dieser sich plötzlich zusammenzog und das Brot herunter fiel. Es war ein so komischer Anblick, dass alle lachen mussten. In diesem Moment stand Elizabeth auf einmal deutlich vor Augen, wie es sich anfühlte, gegen Ende der Schwangerschaft so schwer zu sein. Nur zu genau erinnerte sie sich daran, wie die Zwillinge und dann Robbie jede ihrer Bewegungen, jeden Gedanken beherrscht hatten.

Auf einmal überfiel sie ein heftiges Verlustgefühl, das sie ganz benommen machte; wie sehr sie ihre Kinder vermisste.

Nathaniel legte ihr die Hand aufs Knie. Er wusste sofort, was in ihr vorging. Nicht zum ersten Mal überkam sie dieses panische Gefühl wegen ihrer Kinder, und es würde nicht das letzte Mal sein. Aber sie brauchte es ihm nicht zu erklären und er würde sie auch nie dadurch beschämen, dass er laut aussprach, was sie rational natürlich wusste: Robbie war zwar nicht mehr da, aber Lily und Daniel waren gesund und stark und in der Obhut von Menschen, denen sie völlig vertrauen konnten.

Er verstand, dass diese Gedanken aus ihrem Inneren aufstiegen, wo Logik und Vernunft keine Macht hatten. Die Zwillinge waren ihnen als Säuglinge genommen worden, zwar nur für kurze Zeit, aber lange genug, um Elizabeth einen tiefen Schrecken einzujagen. Und Robbies Tod hatte diese Angst noch verstärkt.

Selah Voyager räusperte sich. »Ich danke Euch sehr für das Essen«, sagte sie mit ihrer leisen, leicht heiseren Stimme.

Elizabeth blinzelte, um den Gedanken an ihre Kinder zu vertreiben. »Das ist nicht nötig, Miss Voyager.«

Die junge Frau lächelte, was ihre unauffälligen, aber angenehmen Züge veränderte. Einen Moment lang wirkte sie sehr schön. Sie sagte: »Bitte, wollt Ihr mich nicht Selah nennen?« Leiser fügte sie hinzu: »Es ist nicht mein Sklavenname. Selah ist der Name, den meine Mutter mir an meinem ersten Geburtstag gegeben hat.«

Es gab so vieles, was Elizabeth über diese junge Frau nicht wusste; dabei hatte sie noch nicht einmal daran gedacht, sie zu fragen, wie sie sich selber nannte. Dass alle entlaufenen Sklaven, die von

Almanzo Freeman nach Norden geschickt wurden, den Namen Voyager trugen, hatte sie schon begriffen. Sklaven, so glaubten ihre Besitzer, brauchten keinen Familiennamen oder hatten kein Recht darauf; deshalb gab sich ein befreiter Sklave als erstes einen Namen.

Die junge Frau hatte ein Leben geführt, das Elizabeth sich kaum vorstellen konnte, ein Leben, von dem sie eigentlich auch nichts wissen wollte. Wenn sie fragte, würde Selah ihre Fragen beantworten, teils aus Dankbarkeit, aber wahrscheinlich eher deswegen, weil sie noch nicht so lange in Freiheit war, um zu wissen, dass sie die Fragen einer weißen Frau zurückweisen konnte. Und das durfte Elizabeth nicht ausnutzen, ganz gleich, wie neugierig sie war. Sie würde warten und sich mit dem zufrieden geben, was Selah Voyager ihr mitteilen wollte.

Und sie begann ja schon damit. Sie hatte ihnen von dem rebellischen Schritt der Sklavin erzählt, die ihrem Kind einen Namen gegeben hatte. Wahrscheinlich hatte der Besitzer gar nichts davon gewusst, und wenn er es erfahren hätte, dann hätte er gelacht oder sie für diese Unverschämtheit bestraft. Ihre Mutter hatte sie Selah genannt, aber ihr Herr oder ihre Herren hatten sie anders gerufen, Phyllis, Cookie oder Beulah.

Aber all das lag nun hinter ihr. Sie war unterwegs zu einem Ort, wo sie den Namen verwenden konnte, den ihre Mutter ihr zugedacht hatte, wo sie ihr eigenes Kind so nennen konnte, wie sie wollte. Elizabeth kamen ihre Ängste auf einmal unbedeutend und oberflächlich vor, und sie errötete vor Dankbarkeit über ihr eigenes Glück.

»Ihr denkt bestimmt an Eure Kinder«, sagte Selah leise. »Ihr macht Euch wahrscheinlich Sorgen um sie.«

»O ja«, erwiderte Elizabeth lächelnd. »Ich mache mir Sorgen um sie. Leider ist das das erste Gesetz der Mutterschaft.«

Selah legte die Hand auf ihren Bauch und nickte ernst.

Am ersten Abend ihres Marsches brachte Nathaniel sie zu einem Platz unter einem überhängenden Felsen, der so hoch war wie er.

Er war von Balsamtannen umstanden, war trocken und es duftete
süß. Die Bäume boten ihnen zwar keinen Schutz, falls es in der
Nacht regnete oder sogar schneite, aber sie hatten geölte Hirsch-
lederhäute dabei, die sie über sich ziehen konnten, und im Moment sah der Himmel klar aus.

Nathaniel ging auf die Jagd, damit sie frisches Fleisch hatten,
und die Frauen entzündeten ein Feuer. Sobald sie gegessen hatten, würden sie schlafen, damit sie sich noch vor Sonnenaufgang
wieder auf den Weg machen konnten. Elizabeth war so müde,
dass sie auch mit leerem Magen eingeschlafen wäre. Sie konnte
sich nicht erinnern, wann sie das letzte Mal so weit und so lange
gelaufen war.

Sie setzte sich zu Selah, die Reisig ins Feuer legte. »Haben Curiosity oder Joshua erklärt, wie ihre Pläne aussehen?«

Selah nickte. »Drei Tage bis zu dem See, den Ihr Little Lost
nennt, und dann warten wir in den Höhlen, bis die Mohawk-Frau,
Halbmond, mich abholen kommt. Habe ich das richtig verstanden?

Elizabeth nahm ein Stück Maisbrot und brach es in zwei Hälften. »Ja. Möglicherweise müssen wir drei oder vier Tage auf Halbmond warten. Man kann nie genau sagen, wann sie kommt.«

Diese Information hatten sie von Joshua, der sonst die entlaufenen Sklaven immer zum Treffpunkt brachte. Manchmal kam Joshuas Bruder Elijah mit Halbmond und sie konnten den Tag miteinander verbringen. Joshua hatte nie gefragt, wo genau Red Rock
lag oder wie weit es noch bis dahin war; was er nicht wusste, konnte er auch nicht erzählen.

Nathaniel und Falkenauge hatten schweigend gelauscht, während Joshua das alles berichtete. Später, als sie schon im Bett lagen, teilte Nathaniel seine Vermutungen Elizabeth mit: Red Rock
war überhaupt kein Ort. Es war weitaus sicherer für eine Gruppe
entlaufener Sklaven, ständig in Bewegung zu bleiben. Eine feste
Ansiedlung wäre ein zu großes Risiko; irgendwann einmal könnte
ein Trapper vorbeikommen und dann würde er es weitererzählen.

Elizabeth berichtete all dies Selah, die ihr wortlos lauschte. Ihre

Miene war undurchdringlich, weder Neugier noch Angst waren darin zu erkennen.

»In der Stadt ist ein Sklavenjäger«, sagte sie schließlich. »Er heißt Cobb. Ich habe ihn ein paar Mal mit einer ganzen Gruppe von Männern gesehen. Sie haben ihm anerkennend auf die Schulter geklopft, weil er einen entlaufenen Sklaven namens Big George gefangen hat, der seit über einem Jahr gesucht wurde.« Sie blickte Elizabeth an. »Die Leute sagen, dass er eine Gruppe von Schwarzen, die frei in den Wäldern im Süden gelebt haben, ausgerottet hat. Er hat den Kopf ihres Anführers mitgebracht und ihn vor dem Gericht zur Schau gestellt, um die anderen Sklaven abzuschrecken. Er sieht aus wie jeder Mann auf der Straße, aber er ist der Teufel in Person.«

»Solche Geschichten habe ich auch schon gehört«, erwiderte Elizabeth.

Selah zuckte mit den Schultern. »Es gibt noch Schlimmeres; Dinge, wegen denen man graue Haare bekommen könnte. Was ich eigentlich sagen wollte, ist, dass Cobb sich auch nicht von den anderen Sklavenjägern unterscheidet. Sie begreifen einfach nichts. Es fällt einem leicht zu sterben, wenn Leben nichts anderes mehr bedeutet, als dass man dorthin zurück muss, wo man weggelaufen ist.«

»Ihr geht nicht zurück, weder mit noch ohne Ketten. Cobb hat hier in den endlosen Wäldern keine Macht.«

»Redet nicht mehr vom Teufel«, sagte Selah und hob abwehrend die Hand. »Er könnte auf einmal auftauchen.«

»Aberglaube«, erwiderte Elizabeth fest, aber ihr lief trotzdem ein Schauer über den Rücken.

Selah senkte den Kopf. Schließlich sagte sie: »Erzählt mir von der kalten Jahreszeit.«

»Die Winter sind hart«, erwiderte Elizabeth bereitwillig, froh darüber, das Thema wechseln zu können. »Aber im Herbst werdet Ihr wahrscheinlich schon mit Manny in Kanada sein.«

Selah fuhr mit der Hand über ihren Bauch. »In Kanada oder im Grab.«

Elizabeth schwieg. Selbst die stärkste und gesündeste Person konnte unvermutet sterben; ihre eigene Mutter war eines Morgens mit Fieber aufgewacht und bei Sonnenuntergang war sie tot gewesen. Ihr Vetter Will Spencer hatte einen Bruder verloren, weil ihm nach einem Bienenstich der Hals zugeschwollen war. Und eine Frau, die schwanger war, konnte nicht wissen, ob sie die Geburt überstehen würde. Und wenn sie und das Kind sie überlebten, dann musste sie es vor vielen Gefahren bewahren: Diphterie, Pocken, Lungenfieber, Gelbfieber. Und Schwarze vor Sklavenjägern.

Selah Voyager beobachtete Elizabeth, und plötzlich hatte diese das unbehagliche Gefühl, dass die junge Frau ihre Gedanken lesen konnte.

»Ihr wisst, dass ich einen Mann getötet habe?«, fragte Selah.

»Ja«, erwiderte Elizabeth, bemüht, sich ihre Überraschung nicht anmerken zu lassen. »Ich habe davon gehört.«

Selah nickte und holte tief Luft.

»Es war im Hafen von Newburgh, zwei Tagesreisen von der Stadt entfernt. Ich habe nach einem Schiff gesucht, das *Jefferson* hieß. Manny hatte mir geraten, mich wie ein normales Dienstmädchen zu verhalten, das eine Besorgung macht. Wenn mich jemand aufhielte, sollte ich sagen, ich suchte nach Kapitän Small. Und das habe ich gerade getan, als ich um eine Ecke bog – und da stand der alte Vaark.«

Sie schwieg, den Blick in die Ferne gerichtet. Elizabeth hatte sich geirrt; Selah Voyager hatte das Bedürfnis, die Geschichte zu erzählen.

»War Mr. Vaark Euer Herr?«

Selah nickte. »Er hat mich von der Farm gekauft, wo ich aufgewachsen bin, in dem Sommer, als ich zwölf wurde. Mama ist vermutlich heute noch dort.« Selah blickte ins Feuer.

»Er war ein ganz guter Herr. Zitierte gerne aus der Bibel, schlug aber nicht so schnell zu wie viele Männer, die einem ständig mit Bibelsprüchen kommen. Wir waren drei Haussklaven; Josiah arbeitete draußen im Stall. Wir hatten immer genug zu essen und gute Kleider. Alle sechs Monate gab es einen freien Sonntag. Als ich fünfzehn war, schwängerte der Herr mich, aber das Kind kam tot zur Welt. Wie das Kind, das Ihr an dem Tag beerdigt habt, als ich auf den Berg kam.«

»Sie kam zu früh auf die Welt?«, fragte Elizabeth.

Selah nickte. »Das passiert manchmal. Aber im nächsten Jahr wurde mein kleines Mädchen geboren, groß und stark. Sie war so hübsch. Ich habe sie Violet genannt.«

Elizabeth hatte einen Kloß im Hals, aber sie musste die Frage stellen. »Was ist mit Eurem kleinen Mädchen geschehen?«

Selah schloss kurz die Augen. »Die Missus zwang den alten Vaark, meine Violet wegzubringen, als sie entwöhnt war. Sie hat behauptet, sie würde zu viel schreien und mich von der Arbeit abhalten. Ich bat darum, mit ihr zusammen verkauft zu werden, aber der Herr blickte mich nur betrübt an und fragte, ob ich denn bei ihnen nicht glücklich sei. Ob sie mich nicht gut behandeln würden? Als ob es ihn beleidigt hätte, dass ich bei meinem Kind sein wollte.

Und dann war sie weg. Sie sagten mir nie, wo sie hin gekommen war, ganz gleich, wie oft ich fragte.

Um mich auf andere Gedanken zu bringen, verfiel der Herr schließlich auf die Idee, mich an zwei Abenden in der Woche in die Freie Afrikanische Schule zu schicken. Er setzte es sich in den Kopf, dass es mich aufheitern würde, wenn ich lesen lernte. Der Missus gefiel die Idee nicht, dass ich meine Zeit mit freien Schwarzen verbrachte. Sie meinte, das würde mich auf dumme Gedanken bringen. Aber es gefiel ihr auch nicht, dass ich die ganze Zeit über weinte, also stimmte sie zu, solange ich meine Arbeit nicht vernachlässigte.

Ich weinte dann auch nicht mehr so viel, aber aus einem anderen Grund, als sie dachten. Wisst Ihr, es kamen so viele Schwarze in die Freie Schule, dass ich glaubte, ich würde jemanden treffen, der mir etwas über Violet sagen könnte, wer sie gekauft hatte und wo in der Stadt sie war.«

Ein wütender Ausdruck huschte über ihr Gesicht, war aber so schnell wieder verschwunden, wie er gekommen war.

»Und habt Ihr es herausgefunden?«

»Ja, das habe ich, aber nicht so, wie mir vorschwebte. Die Antwort war die ganze Zeit direkt unter meiner Nase gewesen, aber das habe ich erst gemerkt, als ich lesen konnte. Ich glaube nicht, dass dem alten Vaark jemals in den Sinn gekommen ist, dass ein Sklave, der die Bibel lesen kann, auch alles andere lesen kann. Als ich eines Tages das kleine Zimmer putzte, in dem er all seine Unterlagen aufbewahrte, stieß ich auf einen Zettel, auf dem der Name meines Kindes stand.«

Sie schloss die Augen und zitierte aus der Erinnerung:

›*An den ehrenwerten Mr. Richard Furman, Vorsteher und Kommissar des Armenhauses der Stadt New York.*

Meine Herren, hiermit teile ich mit, dass meine Negermagd Ruth am fünften Tag des Juli 1799 ein weibliches Kind namens Connie zur Welt gebracht hat. Hiermit erkläre ich, dass ich auf mein Recht verzichte und jede Verantwortung für die Pflege des besagten Kindes in Übereinstimmung mit dem Freilassungsgesetz ablehne und das Kind in die Obhut der Stadt gebe. Diese Verzichterklärung habe ich mit eigener Hand aufgesetzt und unterzeichnet am 6. Tag des Juni 1801. Albert Vaark, Kaufmann, Pearl Street.‹

»Als ich das Papier fand, konnte ich noch nicht so gut lesen. Oder vielleicht wollte ich ja den Worten nur keinen Glauben schenken. Also steckte ich es mir in die Schürze, und als ich an jenem Abend zur Schule ging, bat ich die erste Person, der ich begegnete, es mir vorzulesen. So habe ich Manny kennen gelernt.«

»Er hat es mir zwei Mal vorgelesen, und das Feuer in mir brannte immer heftiger, bis von meinem Herzen nur noch ein Häufchen Asche übrig war.«

»Aber warum?«, fragte Elizabeth. Sie begriff die Geschichte nicht. »Warum haben sie so etwas getan?«

Selah verzog den Mund.

»Das Graduelle Freilassungsgesetz besagt, dass Violet mit fünfundzwanzig Jahren frei sein wird. Vaark gefiel die Vorstellung

nicht, dass er fünfundzwanzig Jahre lang ein Kind ernähren und
es dann gehen lassen müsste, ohne etwas davon zu haben. Und
das Gesetz sagt, wenn er das vermeiden will, braucht er es nicht zu
behalten.«

»Als sie Euch also erzählt haben, sie hätten sie verkauft ...«

»War das eine Lüge, aber das war mir sowieso klar. Das wusste
ich in dem Moment, als ich weniger weinte und klarer denken
konnte. Zum Schluss hatte ich keine Tränen mehr, nur noch Hass.
Und ich sah alles ganz klar. Wer würde schon ein schwarzes Kind
kaufen, das noch nicht arbeiten kann? Sie haben sie ins Armenhaus geschickt. Ein kaum entwöhntes, zweijähriges Kind.«

Selah schaukelte langsam vor und zurück. »Als mich die Herrin
an diesem Morgen Buttermilch holen schickte, ging ich einfach
immer weiter. Ich ging zur Chambers Street, wo das Armenhaus
steht, und fragte dort, ob ich mein Kind sehen könnte.

Aber sie schickten mich weg. Die Frau dort sagte, Sklavinnen
hätten im Armenhaus nichts zu suchen und ob mein Herr
überhaupt wisse, wo ich sei. Auf drei Stockwerken wären neun-
hundert Leute untergebracht, und wie ich da mein Kind finden
wolle?

Ich war völlig verzweifelt, aber Manny half mir. Er kam einfach
zu mir. Kam in die Küche, und ich ging mit ihm hinaus, um mit
ihm zu reden. Da hat er mir von den Verlorenen Kindern erzählt.
Genauso sagte er es, Verlorene Kinder, so wie jemand Trinity
Church oder Pearl Street sagt. Wir setzten uns also draußen hin
und er erzählte mir von all den kleinen schwarzen Kindern, die
seit dem Freilassungsgesetz ausgesetzt wurden. Manche kamen
ins Armenhaus, aber die meisten wurden einfach auf die Straße
geworfen. Schwarze Kinder, die wie wilde Hunde auf der Straße
lebten! Meine Violet war wenigstens im Armenhaus, und auf
einmal kam es mir nicht mehr ganz so schlimm vor. Manny gab
mir wieder Hoffnung.«

Elizabeth warf ein: »Ich hatte mich schon gefragt, wie Ihr Euch
kennen gelernt habt.«

Selah nickte. »Meine Violet hat uns zusammen gebracht. Ich

habe ihn nie darum gebeten, aber am nächsten Tag machte er sich auf die Suche nach ihr. Ich konnte ja nicht einfach so durch die Stadt laufen, aber Manny war frei geboren und ein freier Nigger kann hingehen, wo er will, solange er nicht in Schwierigkeiten gerät oder die Aufmerksamkeit auf sich zieht. Manny konnte auch ab und zu ins Armenhaus gehen und sich umschauen und Fragen stellen.

Ich konnte nur warten. Und ich durfte mir nicht anmerken lassen, dass ich wusste, was mein Herr getan hatte.

Den ganzen Sommer über suchte Manny nach Violet. Wir haben uns damals jeden Tag getroffen. Er kam in der Pearl Street vorbei oder wartete auf mich auf dem Markt an den Tagen, an denen ich abends nicht in die Schule ging. Und jedes Mal hatte er mir etwas zu berichten. Er sagte, er habe gestern mit Dr. Post geredet, als er aus dem Krankenhaus kam. Noch nichts Neues. Das sagte er immer wieder, *noch nichts Neues.*

Damals hatte Manny es sich bereits in den Kopf gesetzt, mich in den Norden zu schicken. Aber mir kam es nicht richtig vor, wegzulaufen, solange ich nicht wusste, ob meine Violet lebte oder tot war. Außerdem wollte ich auch nicht ohne Manny gehen. Wir waren damals so gut wie Mann und Frau, wisst Ihr. Aber dann wurde ich schwanger und hatte keine andere Wahl.«

Sie legte die Hände auf ihren Bauch.

»Ich weiß nicht, wer mir das Kind gemacht hat. Ich möchte gerne glauben, dass es Manny war. Wir waren letzten Sommer so häufig zusammen, dass es gut möglich wäre. Aber mein Herr hat mich auch nicht in Ruhe gelassen. Er war einer von den Männern, die keine Ruhe geben, bis sie sich gekratzt haben, wenn es sie juckt. Dabei war es egal, ob ich hochschwanger war oder meine Regel hatte oder wie früh uns die Missus in den Keller sperrte. Kein Schloss auf dieser Welt konnte den alten Vaark aufhalten, wenn ihn das Bedürfnis überkam.«

Elizabeth wurde übel und sie schluckte, aber Selah merkte es nicht, sondern fuhr in ihrer Erzählung fort. Elizabeth hatte das ungute Gefühl, dass das Schlimmste erst noch bevorstand.

»Manny sagte, es spiele keine Rolle, er würde dieses Kind so oder so als sein eigenes anerkennen. Also schickte er mich los. Aber der alte Vaark verfolgte mich.«

Sie warf Elizabeth einen resignierten Blick zu.

»Ich kam bei Tagesanbruch um diese Ecke und da sah ich ihn. Ich dachte sofort, dass ich eher in den Fluss springe und ertrinke, als wieder mit ihm in die Stadt zurückzugehen. Ich wollte schon springen, aber der alte Vaark packte mich am Arm und ließ mich nicht los.

Ihr müsst wissen, er war nicht böse auf mich. Ich habe ihn nie zornig erlebt. Er machte bloß so ein trauriges Gesicht und sagte, wie enttäuscht er von mir sei, und was ich mir denn dabei gedacht habe, einfach meinem Herrn wegzulaufen, der mich so gut behandelte. Hätte er mich denn nicht zur Schule geschickt und dafür gesorgt, dass ich lesen lernte? Und wäre ich denn nicht immer gesegneten Leibes?«

Selahs Mundwinkel zuckten. »Und da habe ich ihm das Messer in den Hals gestoßen. Mir schien es die einzige Methode zu sein, ihn zum Schweigen zu bringen. Ich weiß, das klingt seltsam, aber genau das habe ich gedacht. Er fiel nach vorne, kopfüber in den Fluss, ohne auch nur einen einzigen Laut von sich zu geben. Aber er trieb nicht ab, sondern blieb einfach an der gleichen Stelle. Ich stand da und sah zu, wie er gegen das Dock schlug, als ob er an eine Tür klopfte.

Nach ein oder zwei Minuten kam ich wieder zu mir und wusste, ich hatte nur zwei Möglichkeiten: Ich konnte auch in den Fluss springen und allem ein Ende setzen, oder ich konnte versuchen, mich und das Kind in Sicherheit zu bringen. Also versteckte ich mich im ersten Schiff, auf das ich traf, und wartete darauf, dass es davonsegelte oder dass die aufgebrachte Meute mich fand und mich hängte.

Aber der liebe Gott sorgte für mich. Nach einer Weile kam der Kapitän mit drei Seeleuten. Sie waren alle so betrunken, dass sie kaum laufen konnten. Er sah mich an und sagte, ›die Passage nach Albany kostet zehn Dollar. Hast du zehn Dollar, Mädchen?‹ Manny hatte mir Geld gegeben, das ich in meinen Rock eingenäht bei mir trug. Ich gab es ihm, er schickte sofort einen der Matrosen los, damit er ein Fass Ale kaufte, und dann schenkten sie mir überhaupt keine Beachtung mehr. Ich saß die ganze Zeit nur ruhig da und blickte auf den Fluss. Das Gesicht des alten Vaark, als ich ihm das Messer in den Hals gestoßen habe, ging mir nicht mehr aus dem Sinn.

Manchmal, in der Nacht, höre ich die Missus sagen, dass ich für das, was ich getan habe, in der Hölle brennen werde. Ich habe Euch noch gar nicht erzählt, dass sie keine eigenen Kinder hat. Der Herr hat jeder Sklavin im Haus Kinder gemacht, aber seiner Frau, die er in der Kirche geheiratet hat, nicht ein einziges. Manchmal frage ich mich, ob die Missus nicht tief im Innern froh darüber ist, dass ich ihn erstochen habe.«

Elizabeth nickte. »Da könntet Ihr Recht haben.«

Selah rieb sich nachdenklich mit beiden Händen über den Bauch. »Ich würde es wieder tun, das ist die reine Wahrheit. Das Höllenfeuer kann nicht schlimmer sein als die Schmerzen, die ich empfunden habe, als sie mir Violet weggenommen hatten. Nun ...«, sie schüttelte den Kopf, »ich habe Euch jetzt lange genug mit meinem Kummer belästigt, Miz Elizabeth, aber es kam mir nicht richtig vor, dass Ihr all diese Mühen auf Euch nehmt und die Geschichte nicht kennt. Es war wohl gut, Euch zu erzählen, was ich getan habe. Wenn es Euch nichts ausmacht, würde ich Euch bitten, es auch Eurem Mann zu erzählen, denn ich weiß nicht, ob ich es noch einmal fertig bringe, es auszusprechen.«

»Natürlich«, erwiderte Elizabeth. »Natürlich, wenn Ihr mich darum bittet.«

»Ja. Und jetzt hole ich uns aus dem kleinen Bach, an dem wir vorbei gekommen sind, etwas zu trinken.« Anmutig trotz ihres dicken Bauches stand sie auf und ging wortlos davon.

13 »Es ist genauso, wie ich es in Erinnerung habe.« Elizabeth ließ sich auf einen der Fels- blöcke fallen, an denen sie am Ufer des Little Lost stehen geblie- ben waren. »Es hat sich überhaupt nichts verändert.«

»Im Busch verändert sich nicht viel«, stimmte Nathaniel zu. Er hockte sich neben sie, wandte sich aber an Selah.

»Setzt Euch doch auch einen Moment hin. Von hier aus haben wir nur noch eine Viertelstunde zu gehen, wir brauchen uns also nicht zu beeilen.«

»Das ist gut«, erwiderte Selah. »Es wäre eine Schande, hier wieder wegzugehen, ohne Zeit zu haben, die Aussicht zu genie- ßen. Ich habe schon jeden Tag gedacht, es könnte nicht schöner werden, aber das wird es doch. Ich kann kaum glauben, dass es wirklich ist.«

»Doch, es ist ziemlich wirklich«, sagte Nathaniel. »Elizabeth hat hier im See schwimmen gelernt. Das war allerdings später im Jahr. Jetzt ist das Wasser so kalt, dass es einem Mann den ...«

»Nathaniel!«, sagte Elizabeth. Selah hatte die Hand vor den Mund geschlagen und blickte höflich weg.

»Was ist, Stiefelchen?« Er grinste sie an.

»Vielleicht solltest du schon mal vorgehen, um dich zu verge- wissern, dass die Höhlen ...«

»Noch da sind? Ich glaube nicht, dass sie einfach weggelaufen sind. Du?«

»... leer sind«, ergänzte Elizabeth ihren Satz und stupste ihn zärtlich in die Seite. »Ich würde mein Bett nicht gerne mit einem Bären oder einem Luchs teilen, und ich möchte mich auch gerne bald hinlegen.«

Es war ihr vierter Tag im Busch. Elizabeths Energie begann nachzulassen, und sie gab es zwar nicht zu, aber sie war jetzt ganz zufrieden damit, ein paar Tage auszuruhen und auf die Ankunft von Halbmond zu warten. Während sie über Little Lost blickte, ging ihr durch den Kopf, dass sie sich auch darauf freute, endlich einmal ohne Kinder und alltägliche Pflichten einige Zeit mit Na- thaniel zu verbringen. Zwar war die Lage ernst, aber sie hatten allen Grund zu der Annahme, dass das Schlimmste überstanden war. Nathaniel hatte keinen Hinweis darauf gefunden, dass sie von Liam Kirby oder Ambrose Dye verfolgt wurden, sie hatten reichlich zu essen, und auch Selah schien sich mit ihnen wohl zu fühlen.

Nathaniel legte sein geladenes Gewehr neben Elizabeth, und all ihre guten Gedanken lösten sich in Nichts auf.

»Ist das nötig?«

Seinem Gesichtsausdruck nach zu urteilen, war es nötig. Er sagte: »Ich bin in einer halben Stunde wieder zurück. Geht nirgendwohin.«

»Vermutlich willst du mich daran erinnern, dass ich ohne dich im Busch immer nur in die Irre laufe«, murrte sie, aber er war bereits fort.

Selah hatte ein sonniges Fleckchen auf einem Felsbrocken gefunden und sich die Mokassins ausgezogen, um die Füße ins Wasser baumeln zu lassen. Elizabeth tat es ihr gleich. Sie zog scharf die Luft ein, als das kalte Wasser ihre Füße umspülte.

»Ich hatte eigentlich daran gedacht, ein bisschen zu schwimmen«, gab sie zu. »Aber offensichtlich hat Nathaniel Recht gehabt. Äußerst irritierend, dass er so oft Recht hat.«

Selah lächelte und blickte über den See. Er war nicht länger als eine halbe Meile, unregelmäßig in Form und Tiefe. Auf der anderen Seite des Sees war das Ufer mit Balsamkraut und Rottannen bewachsen und der Wald wirkte so düster und undurchdringlich wie ein Kerker.

»Glaubst du, es gibt einen See ... dort, wo ich hingehe?«

»Die endlosen Wälder sind voller Seen«, sagte Elizabeth. »Auch voller Sümpfe und Morast, was nicht ganz so angenehm ist. Und am schlimmsten sind die Moore, das weiß ich aus eigener Erfahrung. Auf jeden Fall brauchst du nie lange nach Wasser zu suchen, das kann ich dir versprechen.«

Sie schwiegen eine Weile und lauschten dem melodischen Gesang des Predigervogels, der aus dem Wald zu ihnen drang.

»Erzähl mir von dem Mann, der hier gewohnt hat«, sagte Selah. »Es muss schrecklich einsam gewesen sein.«

Elizabeth überlegte. »Sein Name ist Robbie MacLachlan. Er war als junger Mann aus Schottland hierher gekommen, nach einem schrecklichen Krieg. Als Nathaniel und ich jung verheiratet waren, haben wir hier eine Zeit lang bei ihm gewohnt, und er hat mir viel über das Leben in den Wäldern beigebracht. Er war gern allein, aber ich glaube, er fühlte sich trotzdem oft einsam.«

An Selahs Gesichtsausdruck sah Elizabeth, dass dies nicht die Geschichte war, die sie zu hören gehofft hatte.

»Er war unser Freund, einer unserer besten Freunde. Wir haben unseren zweiten Sohn nach ihm genannt.« Ihre Stimme brach, und einen Augenblick lang blickte sie auf ihre Füße im Wasser. Die Sonne verschwand hinter den Wolken und es wurde plötzlich kühl, aber dann kam sie genauso rasch wieder hervor.

Elizabeth holte tief Luft. »Robbie las gerne«, sagte sie, »aber seine Augen waren schlecht. Also setzten wir uns in den frühen Abendstunden hier an den See, auf diesen Felsen, und ich las ihm laut vor. Meistens schnitzte oder flickte er dabei etwas. Wenn ich genug vorgelesen hatte, dann sang er. Er hatte eine wunderschöne Stimme, und wenn er sang, dann schwiegen sogar die Vögel in den Bäumen.«

»Er starb weit weg über dem Meer«, schloss sie. »Dort, wo er auch geboren war.«

Schüchtern streckte Selah die Hand aus und legte sie auf Elizabeths Hand. »Ich glaube nicht, dass er ganz von hier weggegangen ist«, sagte sie. »Ich habe den Mann nie gesehen, aber ich kann ihn hier spüren. Du nicht auch?«

»Ja«, flüsterte Elizabeth. »Ich glaube, du hast Recht.«

Weil Nathaniel wesentlich länger brauchte, als er gedacht hatte, erwartete er beinahe schon, dass Elizabeth ihm entgegenkommen würde, aber stattdessen fand er die zwei Frauen ins Gespräch vertieft noch genau an derselben Stelle, wo er sie verlassen hatte.

Er kannte Elizabeth gut und er sah sofort, dass sie an Robbie gedacht hatte. Sie warf ihm ein verhaltenes Lächeln zu, das besagte, dass er ihr jetzt besser keine Fragen stellen sollte, weil sie im Moment nicht darauf antworten würde.

»Ich habe ein paar Spuren gefunden«, sagte er, »und sie eine Zeit lang verfolgt.«

»Halbmond?«, fragte Elizabeth.

Er nickte. »Ich glaube schon. Wir gehen jetzt besser hinauf, es wird bald dunkel.«

Dieses Mal ging er als Letzter, und Elizabeth führte sie an. Eigentlich war er nicht beunruhigt wegen der Spuren, aber trotzdem war er auf der Hut und lauschte aufmerksam auf jedes Geräusch.

Im letzten Tageslicht gelangten sie an Robbies Camp, was nicht viel mehr als eine kleine natürliche Lichtung war, umstanden von Birken und Ahornbäumen. Robbie hatte die Lichtung immer gerodet, aber mittlerweile war alles überwuchert. Die Kochgrube war noch da, Spieß und Dreifuß jedoch waren weg. Die Balken des Vorbaus glänzten silbrig in der Dämmerung. Seit vierzig Jahren oder sogar mehr stand er so am Berg, leer jetzt, abgesehen von Spinnweben und dem Skelett eines Fuchses, der irgendwie hinein, aber nicht wieder heraus gefunden hatte.

Der Schuppen hatte schon immer nur dazu gedient, die natürliche Öffnung in die Höhlen zu verbergen. Früher einmal hatte er eine Holztür gehabt, aber die war schon lange nicht mehr da. Wahrscheinlich war sie dem Feuer eines Trappers zum Opfer gefallen.

Halbmond hatte über die Öffnung zu den Höhlen das Emblem des Wolfsclans in Rot gemalt, um ihren Anspruch auf diesen Ort zu dokumentieren und auch um ihn zu schützen. Für jeden Buschläufer war es ein Zeichen dafür, dass dieser Ort dem Clan gehörte und dass er wiederkommen würde.

Zuerst einmal musste Nathaniel die Ausrüstung finden, von der Joshua ihm erzählt hatte. Sie war in einer der letzten Höhlen unter geöltem Hirschleder verborgen. Alles, was sie brauchten, war vorhanden: zwei gefüllte Laternen, ein Fässchen Öl, eine Hand

202

voll Talgkerzen, eine Schachtel mit Zündern, ein leeres Wasserfass, ein Topf und eine Bratpfanne sowie ein Stapel von Bärenfellen, die als Lager und Decken zugleich dienen sollten. Auch einen Eimer und eine Schaufel, Kugeln und Pulver, eine Angel und ein Fischnetz sowie ein paar Pfund Trockenfleisch und Mais fanden sie; letzteres gelagert in einem Doppelfass mit festem Deckel, um Waschbären und Mäuse fernzuhalten.

Nathaniel brachte die Bärenfelle und die Laternen in den Anbau, wo er beide Laternen entzündete und eine davon Selah reichte.

Ihr Gesicht war ganz ausdruckslos geworden. Er lächelte sie an und sie erwiderte sein Lächeln mühsam.

Die Frauen ergriffen die Bärenfelle und folgten ihm durch die Höhlen, von denen jede ein wenig größer als die vorhergehende war, bis Nathaniel schließlich aufrecht stehen konnte, ohne sich den Kopf zu stoßen. Als Robbie noch gelebt hatte, hatte er die Höhlen wie ein Haus bewohnt, wobei jedes Zimmer einem anderen Zweck diente, aber jetzt waren alle Räume leer. Seine Werkzeuge und Fallen wurden wahrscheinlich von den Leuten in Red Rock benutzt. Robbie hätte sich darüber gefreut.

Hinter ihm zog Elizabeth überrascht die Luft ein.

»Oh«, sagte sie, »oh, sieh mal.« Ein Gegenstand aus Robbies Besitz war nicht wertvoll genug gewesen, um mitgenommen zu werden: das kleine Gemälde eines Pferdes in einem gesprungenen Rahmen, das unter Moos und Schimmel fast nicht mehr zu erkennen war. »Ich wollte ihn immer fragen, wo er es her hat.«

»Die Geschichte kann ich dir erzählen«, sagte Nathaniel und streichelte ihr den Arm. »Später.«

Selah blickte sich um. »Woher kommt der schlechte Geruch?«

»Von Mineralien«, erwiderte Elizabeth. »Von den heißen Quellen. Komm, wir zeigen es dir.«

Sie gingen durch zwei weitere natürliche Räume. Im ersten war es stockdunkel, aber in der zweiten Höhle gab es ein wenig Helligkeit. Elizabeth wies auf einen Spalt in der Wand, der so breit wie eine Hand und ungefähr einen Meter lang war. Im Moment konnte man nichts durch die Öffnung sehen, aber Elizabeth hatte hier von ihrem Lager aus oft die Sterne betrachtet.

»Morgens ist es hier hell«, sagte sie. »Und wir können hier auch kochen, wenn wir aus irgendeinem Grund die Grube draußen nicht benutzen wollen. Nathaniel hat uns schon einen Truthahn gebracht. Sehr anständig von dir, Mann.«

Selah hatte sich mit wachsender Besorgnis umgesehen, aber jetzt stellte sie erleichtert ihre Trage ab. »Kann ich hier schlafen?«

Nathaniel grinste sie an. »Es könnte dir missfallen, wenn es anfängt zu regnen.«

»Regen macht mir nichts aus«, erwiderte Selah. »Hier gefällt es mir.«

Sie zeigten ihr noch rasch die übrigen Höhlen, zwei sehr kleine, mit denen nicht viel anzufangen war, und dann die größte von allen, in der die Luft dicht und sauer roch und wo einem vor Hitze der Schweiß ausbrach. Vor ihnen lag ein Teich, dessen Wasser so dunkel und schwer wie Öl schien.

»Er ist tief genug, um darin zu schwimmen«, erklärte Elizabeth.

Selah schüttelte sich vor Ekel. »Da würde ich lieber in den kalten See springen.«

»Nun gut«, erwiderte Elizabeth, »dann überlasse ich dir den See und du lässt mir die heißen Quellen.«

Die Haare an Elizabeths Schläfen waren feucht und lockig geworden und Nathaniel verspürte auf einmal das Bedürfnis, sie zu berühren. Sie warf ihm einen schnellen, scheuen Blick zu, der ihm zu verstehen gab, dass sie ganz genau wusste, was er dachte, und dass die kommende Nacht möglicherweise Verheißungen bereit hielt.

Er sagte: »Dann wollen wir uns jetzt mal um den Vogel kümmern, und anschließend ist es Zeit, zu Bett zu gehen.« Er grinste Elizabeth an. »Schließlich wollen wir doch nicht mehr Laternenöl verbrauchen als nötig.«

Als sie gegessen hatten schlug Nathaniel sein Lager in einer der kleinsten Höhlen nahe dem Anbau auf und machte sich daran, sein Gewehr zu reinigen und neu zu laden. Er hatte Jagdhemd und Leggings abgelegt, weil er selbst in den kühlen Höhlen am liebsten im Lendenschurz arbeitete.

Nachdem Elizabeth sich vergewissert hatte, dass Selah bequem untergebracht war, trat sie zu ihm.

»Alles in Ordnung?«

Sie nickte und blickte wie gebannt auf seine bloße Brust, die Muskeln an seinen Schultern und Schenkeln, die im Laternenschein schimmerten. Als sie frisch verheiratet gewesen waren, hatte Elizabeth der Anblick seines fast nackten Körper häufig schockiert; nur langsam hatte sie sich an die Tatsache gewöhnt, dass sie ihn nicht zu vollständigerer Bekleidung überreden konnte. Er fühlte sich einfach im Lendenschurz am wohlsten. Es hatte fast ein Jahr gedauert, bis sie sich eingestand, dass er ihr so besonders gut gefiel. Aber laut ausgesprochen hatte sie es nie.

Vieles von ihrer Erziehung hatte sie in England zurück gelassen, aber sie fand einfach keine Worte, um diese Wahrheit auszusprechen: der Anblick ihres fast nackten Mannes bereitete ihr Vergnügen.

Schließlich räusperte sie sich. »Ich nehme an, dieses Stachelschweinnest in der Ecke ist verlassen?«

Er zog eine Augenbraue hoch. »Ja. Für mich hast du genug Stacheln, Stiefelchen.«

Sie schnaubte leise. »Dann sollten wir das Nest vielleicht besser hinaustragen, Nathaniel. Hier ist wohl kaum genug Platz für mich.«

Er schüttete gerade Schießpulver aus dem Horn in die Pfanne des Gewehrs. »Wir sind schon mit weniger Platz ausgekommen, wenn ich mich recht erinnere, aber heute Abend brauchen wir uns darum keine Gedanken zu machen.«

»Warum?«

»Weil du hier nicht schlafen wirst.«

»Also wirklich, Nathaniel«, entgegnete sie spröde, »manchmal muss ich auch schlafen, und du schließlich ebenfalls.«

Er warf den Kopf zurück und lachte. »Was ich doch für eine lüsterne Frau habe.«

Sie setzte sich auf den Boden. »Wenn ich lüstern bin, so ist das alleine deine Schuld, Nathaniel Bonner. Und wenn ich zu einem falschen Schluss gekommen bin, dann gibt es auch dafür einen guten Grund. Du hast mich viele Nächte vom Schlafen abgehalten.«

Er zupfte sie an ihren Zöpfen. »Ja, das stimmt, das kann ich nicht leugnen. Aber heute Abend wirst du hinten bei Selah schlafen.«

Elizabeth kannte diesen Ausdruck in seinen Augen.

»Und warum sollte ich das?«

»Für den Fall, dass der Bär, um den du dir Sorgen gemacht hast, vorbeikommt und das Bett mit dir teilen möchte. Er wird zuerst an mir vorbei müssen.«

Schweigend blickte sie ihn an. Er dachte an Liam Kirby, das brauchte er ihr nicht erst zu sagen. Vielleicht waren die Fußspuren, die er gefunden hatte, gar nicht die von Halbmond gewesen; vielleicht war er ja besorgter, als er zugab. Bevor sie ihn jedoch fragen konnte, fuhr er mit dem Daumen über ihre Unterlippe. »Versteh doch, Stiefelchen. Zuerst allerdings werde ich dich ein Weilchen hier behalten, bis du richtig müde bist.«

Sie errötete. Seinen Berührungen hatte sie noch nie wiederstehen können. Aber sie hatten keine Eile, und so holte sie ihre Haarbürste aus ihrer Trage – den einzigen Luxusgegenstand, den sie nicht in Lake in the Clouds gelassen hatte – und hielt sie ihm hin.

»Ich nehme an, du bist bereit, mir noch die Haare zu bürsten, bevor du mich ... verbannst.«

Seine Finger glitten über die ihren, als er die Bürste entgegennahm. »Oh, das zumindest. Komm her, Stiefelchen.«

Das war die beste Zeit, darauf freute sie sich immer schon den ganzen Tag. Jeden Abend, wenn die Kinder im Bett waren und die Arbeit getan war, setzte sie sich auf ihrem Bett zwischen seine gespreizten Beine, und Daniel bürstete und flocht ihr die Haare. Manchmal redeten sie dabei miteinander, aber meistens schwiegen sie.

Elizabeth konzentrierte sich auf die Striche der Bürste, und alle Nerven auf ihrer Kopfhaut begannen zu prickeln. Die ganze Anspannung des Tages fiel von ihr ab. Ab und zu entwirrte Nathaniel einen Knoten mit den Fingern, und ein Schauer rann ihr über den Rücken. Als er schließlich ihre Haare zur Seite schob und an der entblößten Haut ihrer Schulter knabberte, bog sie sich ihm entgegen.

Ganz gleich, wie schwer der Tag gewesen oder wie schlecht ihre Laune war, diese fünfzehn Minuten, in denen Nathaniel ihre Haare bürstete, machten alles wieder gut. Wenn er schließlich die Bürste beiseite legte, um ihre Kopfhaut zu massieren und ihr sanft die Schultern zu kneten, dann wurde sie ganz weich und nachgiebig.

Manchmal fragte sich Elizabeth, ob wohl überall auf der Welt Frauen so bei ihren Männern saßen, ob es wohl jeder machte, ohne ein Wort darüber zu verlieren, so wie beim Akt zwischen Mann und Frau.

Laut sagte sie: »Ich frage mich, ob Mr. Gathercole das als Sünde empfinden würde.«

Er biss sie leicht in die Schulter, sodass sie leise aufschrie. »Wozu war das jetzt gut, wenn ich fragen darf?«

»Es gefällt mir nicht, wenn du gerade jetzt den Namen eines anderen Mannes erwähnst, Stiefelchen«, hauchte er in ihr Ohr. Als seine Zunge sie berührte, stöhnte sie ein wenig, und er lächelte. »Ein Prediger hat hier in der Höhle nichts zu suchen. Wahrscheinlich würde er Blitze schleudern.«

»Glaubst du?« Elizabeth entzog sich ihm und stand auf. »Er hat eine Frau und eine Tochter. Dieses ... Verhalten kann ihm doch nicht ganz fremd sein.«

»Was für ein Verhalten meinst du?« Nathaniel griff nach ihr, aber sie wich zurück.

»Oh nein«, sagte Elizabeth, »wir werden diese Unterhaltung jetzt nicht fortführen. Noch nicht. Ich bade zuerst.« Sie ergriff die Laterne und warf ihm einen Blick über die Schulter zu.

»Das würde Mr. Gathercole bestimmt gutheißen.«

Er sprang auf und griff nach ihr, verfehlte sie aber, während sie lachend davonrannte.

»Du weckst Selah auf!«, rief Nathaniel ihr nach.

»Macht euch um mich keine Gedanken«, ertönte Selahs leise Stimme. »Ich schlafe schon fest.«

Das reichte, um Elizabeth zum Schweigen zu bringen. Leise lief sie in die letzte Höhle, hängte die Laterne an einen Haken in der Wand und schlüpfte, so schnell sie konnte, aus ihren Kleidern, damit sie schon bis zum Kinn im Wasser stehen würde, wenn Nathaniel sie einholte. Ihr Herz klopfte so heftig, dass sie ihn nicht kommen hörte und ihn erst bemerkte, als seine Arme sie umschlangen.

Er zog ihr das Oberkleid aus und presste sie an sich. »Du wolltest doch nicht etwa ohne mich ins Wasser gehen, oder, Stiefelchen?«, flüsterte er.

Sie versuchte, sich zu ihm umzudrehen, aber er hielt sie fest, schob ihre Haare beiseite und drückte sich an ihren nackten Rücken. Sie spürte, wie bereit er schon war. Als er mit der Hand über ihren Bauch streichelte, wehrte sie sich nicht länger und legte den Kopf an seine Brust.

»So ist es besser.« Er presste seine Lippen an ihre Schläfe, heiß und kühl zugleich. Sie wimmerte, als seine Finger zwischen ihre Beine glitten. Ihr wurden die Knie weich.

»Gnade«, flüsterte sie.

Er drückte sie auf den harten Boden und spreizte ihr die Beine.

»Du willst Gnade?« Er legte sich auf sie, berührte sie leicht und zog sich wieder zurück. Ganz ernst blickte er sie auf einmal an, als ob sie ihn im letzten Moment noch abweisen könne.

Sie zog seinen Kopf zu sich herunter, küsste ihn mit offenem Mund und bog ihm ihre Hüften entgegen. »Ich will dich.« Er drang in sie ein, und auf einmal war er nicht mehr Nathaniel, sondern ebenso ein Teil von ihr wie ihr Herz.

Lächelnd drückte er sie an sich und rollte sich mit ihr ins Wasser.

Sie keuchte vor Schreck und Überraschung auf, als sich seine Hitze und die Wärme des Wassers miteinander verbanden und sie einhüllten.

Er zog sie dorthin, wo das Wasser so tief war, dass es nur noch ihm möglich war, zu stehen. Sie schlang die Beine um seine Taille und bog den Rücken zurück, sodass er an ihren Brüsten saugen konnte. Ihre Haare lagen wie ein Schleier auf dem Wasser.

»Liebste«, flüsterte er an ihrer nassen Haut. »Liebste.«

Als die Wellen über ihr zusammenschlugen, drückte er sie an sich. Sie gab unverständliche Laute von sich, und seine Stimme flüsterte immer wieder an ihrem Ohr: »Ja, ja, ja, tu es für mich ... komm, ja ...« Als ihre Zuckungen nachließen, fuhr er mit einer Hand zwischen ihre Beine und bewirkte mit seinen Fingern, dass sie auch noch den letzten Rest ihrer Beherrschung verlor.

Später, er hatte sie wieder an den Rand des Teiches getragen, war er immer noch hart.

»Oh ... du bist noch nicht fertig«, sagte sie benommen.

»Du doch auch nicht, Stiefelchen«, lachte er und küsste sie sanft. »Du bist doch kaum jemals fertig.«

14 An ihrem sechsten Tag in den Höhlen wich Elizabeths gute Laune einer ständigen Unruhe und Rastlosigkeit. Nathaniel bemerkte es zwar, aber er konnte sie auch nicht trösten. Sie hatten allen Grund zur Sorge und es war unklug, etwas anderes vorzutäuschen.

Jeden Tag ging er auf die Jagd und jeden Tag blieb er ein bisschen länger weg und ging ein bisschen weiter, wobei er weniger nach Wild Ausschau hielt, das es im Überfluss gab, als nach irgendeinem Zeichen von Halbmond. Jeden Tag brachte er aufs Neue erlegte Tiere mit, aber Neuigkeiten gab es keine.

Er behielt seine wachsende Sorge für sich, sah allerdings, dass Elizabeth das Gleiche tat. Manchmal in der Nacht konnte er fast hören, wie es in ihrem Kopf arbeitete; trotzdem redeten sie nicht über das, was sie beide dachten. Wenn es nun keine Möglichkeit gab, Selah Voyager nach Red Rock zu bringen, was dann?

Drei Möglichkeiten blieben, und ihm gefiel keine davon besonders gut. Er konnte solange nach Spuren suchen, bis er die entlaufenen Sklaven fand. Das konnte eine Woche oder sogar noch länger dauern, wenn sich herausstellte, dass Red Rock gar kein fester Ort war. Die Frauen müsste er in dieser Zeit allein lassen, und Elizabeth war zwar schon allein im Busch gewesen, aber noch nie in einer so schwierigen Situation.

Sie konnten auch zurück nach Hidden Wolf gehen und Selah und ihr Kind auf dem Berg verstecken. Das wäre die einfachste Lösung, aber jetzt, da Ambrose Dye Bescheid wusste, auch die gefährlichste.

Und schließlich konnten sie mit Selah nach Montreal gehen, wo sie vor Sklavenjägern sicher war und wo es Manny möglich wäre, sich mit ihr zu treffen. In Montreal gab es eine Frau, die Selah zweifelsohne bei sich aufnehmen würde, aber Nathaniel wusste genau, wie Elizabeth auf die Vorstellung reagieren würde, die Reise, die sie eigentlich gar nicht hatte machen wollen, um weitere vier Wochen zu verlängern, und dazu auch noch mit einer schwangeren Frau oder einem Neugeborenen.

Elizabeth würde sich weigern, nach Kanada zu gehen, obwohl es eigentlich besser für sie wäre, sich zu bewegen als hier zu warten.

In gewisser Hinsicht war Elizabeths wachsende Rastlosigkeit beunruhigender als alles andere. Sie hatte sich immer für einen Gewohnheitsmenschen gehalten, aber in Wirklichkeit kam sie mit der alltäglichen Routine, die das Leben im Busch mit sich brachte, nicht zurecht. Sie wurde nervös und unausgeglichen und brachte sie dadurch alle in Schwierigkeiten.

Selah hingegen wirkte so ruhig wie immer; allerdings hielt sie sich abseits und schlief stundenlang in den Höhlen unter den Bärenfellen. Manchmal saß sie mit abwesendem Blick da und strich sich über den Bauch, als hielte sie Zwiesprache mit ihrem Kind.

Selah zumindest lenkte Elizabeth ab, und dafür war Nathaniel

210

dankbar. Jeden Tag fand sie etwas, das Elizabeth ihr beibringen konnte. Gestern hatten sie den ganzen Tag über behelfsmäßige Kompasse gebastelt; Robbie hatte Elizabeth das beigebracht, als sie ihn das erste Mal besucht hatten. Vorgestern waren sie auf Suche nach den ersten jungen Farntrieben gegangen, oder sie suchten wilde Zwiebeln und anderes Gemüse, mit dem sie Abwechslung in den täglichen Speiseplan bringen konnten.

»Wir gehen fischen«, verkündete Elizabeth. Er saß am Kochfeuer und sie war barfuß und mit feuchten, offenen Haaren zu ihm getreten. Sie beugte sich vor, sodass die Haare bis zum Boden fielen, und griff mit beiden Händen danach. Sie blinzelte ihn durch die Strähnen an und sagte: »Es wäre schön, wenn du mitkämst, um Selah zu zeigen, wie man mit einem Fischspeer umgeht.«

»Das könnte ich machen.« Nathaniel sah ihr zu, wie sie sich geschickt einen Zopf flocht, den sie über den Kopf schlang.

»Heute gibt es kein Fleisch«, verkündete Elizabeth entschlossen.

Er nickte zustimmende. »Forellen, wenn wir welche fangen.«

Sie richtete sich wieder auf. »Du bist in der letzten Zeit sehr entgegenkommend, Nathaniel Bonner.«

»Und du suchst Streit, Stiefelchen. Vielleicht solltest du mir einfach mal auf die Nase schlagen, um es los zu werden.«

Sie setzte sich auf den alten Baumstumpf, der schon so lange als Bank diente, wie Nathaniel sich erinnern konnte. Er war mit den Jahren ganz glatt und glänzend geworden. Ein Lächeln umspielte ihre Mundwinkel.

»Suche ich wirklich Streit?« Sie blickte zum Himmel. »Ja, vermutlich hast du Recht. Ich danke dir für dein freundliches Angebot, aber ich brauche dir nicht auf die Nase zu schlagen. Meine Laune wird bestimmt besser werden, wenn wir ein paar Fische fangen.«

»Wenn das schon ausreicht, dann gehen wir jetzt jeden Tag fischen, Stiefelchen.«

Sie schwieg eine Weile. Nathaniel sah die Frage in ihrem Gesicht, noch bevor sie sie formulierte.

»Glaubst du, Halbmond ist etwas passiert?«

Er blickte sie an. »Vielleicht. Vielleicht auch nicht. Sie kann durch alles mögliche aufgehalten worden sein. Vielleicht ist sie ja auch in einer Stunde schon hier.«

»Dann machst du dir also keine Sorgen?« Sie kniff die Augen zusammen.

»Das habe ich nicht gesagt.«

Seufzend stand sie auf. »Das Kind wird nicht mehr lange auf sich warten lassen. Ich würde vorschlagen, dass wir beraten sollten, wenn Halbmond in drei Tagen immer noch nicht aufgetaucht ist.«

Den Rest des Tages hatte Nathaniel das ungute Gefühl, dass Elizabeth bereits beschlossen hatte, was getan werden sollte und dass sie ihn nur noch nicht in ihre Pläne einweihen wollte.

Sie machten sich nicht zu Little Lost auf den Weg, sondern zu dem Fluss, den Robbie No-Name getauft hatte.

Mittlerweile war es wirklich Frühling geworden und die Frühjahrsanemonen bedeckten den Waldboden mit einem blauen Teppich.

Auf dem Weg zum Fluss überlegte Elizabeth, wie schön es wäre, wenn sie jetzt einfach in ein Kanu steigen und davonpaddeln könnten. Sie würden sich von einem Fluss in den nächsten Fluss treiben lassen und so schließlich bis zum Lake George gelangen. Auf einmal hatte sie das unwiderstehliche Bedürfnis, nur Himmel und Wasser um sich zu haben, und eifrig lief sie zu dem Platz, an dem Robbie immer sein Kanu versteckt hatte.

Aber es war natürlich nicht mehr da. Sie musste sich also mit Fischen zufrieden geben.

Selah sagte: »Könnten wir möglicherweise einem Bären begegnen?«

Das fragte sie oft, und Elizabeth hatte noch nicht herausgefunden, ob sie Angst hatte oder nur neugierig war.

»Möglicherweise schon«, erwiderte Nathaniel. »Elizabeth hatte genau hier ihre erste Begegnung mit einem Bären.« Grinsend zeigte er auf einen Baum. »Sie ist auf diese Tanne geklettert, um eine bessere Aussicht zu haben.«

»Ich bin auf diese Tanne geklettert, um mich vor ihm in Sicherheit zu bringen.« Elizabeth musste lachen, wenn sie an jenen Morgen dachte. »Eine Woche lang hatte ich aufgeschürfte Hände und Knie.«

Selah meinte: »Ich glaube, mit meinem Bauch käme ich nicht auf die Tanne.«

»Das brauchst du auch nicht«, sagte Nathaniel. »Ein Schwarzbär hat mehr Angst vor dir als du vor ihm. Du musst nur aufpassen, dass du nicht zwischen eine Bärin und ihre Jungen gerätst. Und klettere bloß nicht auf einen Baum, der Bär kann dir ohne weiteres folgen.«

»In meiner Kindheit, auf Long Island, habe ich einmal einen Mann gesehen, der von einem Bären angegriffen worden ist«, sagte Selah. »Der Bär hat ihm das ganze Gesicht zerfleischt. Es war kaum noch was von ihm übrig.«

»Ich behaupte ja nicht, dass es nie geschieht«, erwiderte Nathaniel, der merkte, dass sie wirklich Angst hatte. »Aber es gibt keinen Grund, das Schlimmste anzunehmen, jedenfalls nicht, wenn du dich richtig verhältst.«

Er hatte gerade die Speerspitze mit seinem Schleifstein geschärft, aber jetzt hielt er inne und blickte am Flussufer entlang.

»Was ist los?« Elizabeth verrenkte sich den Hals, konnte aber nichts erkennen, nur dass etwas Großes durchs Unterholz brach.

Nathaniel legte den Fischspeer beiseite. »Elche.«

»Elche?«, fragte Selah halb ängstlich, halb neugierig.

Er zeigte hin. »Eine Elchkuh mit einem Kalb ist gefährlicher als jeder Schwarzbär.«

Ungefähr eine Viertelmeile von ihnen entfernt war die Elchkuh aus den Bäumen auf eine Wiese getreten. Direkt hinter ihr stolperte ein Kalb, um das sie sich jedoch ebenso wenig zu kümmern schien wie um die Nachgeburt, die ihr noch unter dem Leib hing. Sie trat an den Fluss und trank durstig, und als sie ein Büschel Blätter abriss, bemerkte sie sie.

213

»Herr im Himmel«, flüsterte Selah ehrfürchtig. »Seht euch diese ellenlangen Beine an!«

Nathaniel griff nach seinem Gewehr, aber Elizabeth spürte, dass das mehr eine Vorsichtsmaßnahme als wirkliche Besorgnis war.

Die Elchkuh blickte sie eine Zeit lang an. Dann senkte sie den Kopf, blähte die Nüstern und ließ ein lautes Schnauben hören. Elizabeth reichte das als Warnung.

»Nathaniel, wäre es nicht besser, wenn wir uns eine andere Stelle am Fluss aussuchten?«

Er schüttelte den Kopf, ohne den Blick von der Elchkuh zu wenden. »Solange sie nicht die Ohren anlegt, brauchen wir uns keine Sorgen zu machen.«

Die Elchkuh blickte sie noch einen Moment an, nahm noch einmal ein Maul voll Blätter auf und verschwand dann mit ihrem Kalb wieder zwischen den Bäumen.

»Das war vielleicht ein Anblick«, hauchte Selah. »Ich glaube, auf der Pearl Street hat so etwas noch niemand gesehen.«

In ihrer Aufregung war sie ein paar Schritte zurückgewichen, sodass ihre Füße im Wasser standen. Sie hatte die Arme um sich geschlungen und schaukelte hin und her.

Elizabeth sagte: »Pass auf, dass du nicht das Gleichgewicht ...«

Ein lautes Zischen ertönte vom Ufer her, ein hoher, durchdringender Laut.

Nathaniel war ein ganzes Stück weit weg, aber er ließ sofort sein Gewehr fallen und sprang auf Selah zu, wobei er mit einer Hand nach seinem Tomahawk und mit der anderem nach seinem Messer griff.

»Spring zur Seite!«, schrie er.

Selah blickte verwirrt auf. Das Zischen hatte auch sie erschreckt, aber sie sah nicht, was die anderen sahen: hinter ihr schob sich eine Schnappschildkröte von der Größe eines Baumstumpfes mit angriffslustig geöffnetem Maul auf Selahs Knöchel zu.

»Spring!«, schrie Nathaniel noch einmal, und gehorsam sprang sie, allerdings nicht weit genug, denn die Schildkröte verbiss sich in den Saum ihres Kleides. Selah taumelte und fiel hin. Sie versuchte wegzukrabbeln, aber ihr Bauch hinderte sie daran, sodass Elizabeth sie am Arm packen und wegziehen musste. Die Schildkröte allerdings schien nicht die Absicht zu haben, das Leder des Kleides loszulassen, deshalb schlug ihr Nathaniel mit seinem Tomahawk kurz entschlossen den Kopf ab. Das Zischen hörte genauso plötzlich auf, wie es angefangen hatte.

Selah stützte sich auf einen Ellbogen und schüttelte benommen den Kopf. Ihr Oberkleid war mit Gras und Schlamm verschmutzt und ihr stand der Schweiß auf der Stirn. Einen Augenblick lang dachte Elizabeth, sie würde in Ohnmacht fallen.

Sie hockte sich neben Selah und wischte ihr den Schweiß von der Stirn.

»Das war ein bisschen zu viel Aufregung für heute früh«, sagte sie. »Geht es dir gut?«

»Ich habe noch nie eine so große Schildkröte gesehen«, flüsterte Selah. »Anscheinend sind die Tiere im Busch drei Mal so groß wie anderswo. Sie hat mir einen Heidenschrecken eingejagt.«

Nathaniel wischte das Blatt seines Tomahawks im Gras ab. »Wenn eine Schnappschildkröte erst einmal ein Ziel ausgemacht hat, kann sie die Richtung nicht mehr ändern«, sagte er ruhig. Er warf einen Blick auf den blutigen Kopf, der immer noch am Saum von Selahs Oberkleid hing. Elizabeth erschauerte, als sie sah, dass die gelben Augen weit offen standen.

»Normalerweise reicht es aus, wenn man zur Seite springt«, fuhr Nathaniel fort und löste die Kiefer vom Leder. »Wahrscheinlich hat sie hier am Ufer ein Nest und hat dich deshalb angegriffen.«

Er hielt den Kopf hoch, aus dem immer noch Blut tropfte. »Möchtest du ihn? Die Schildkröte ist das Symbol großer Stärke. Die Kahnyen'kehàka glauben, dass die Schildkröte das Gewicht der ganzen Welt auf ihrem Rücken trägt. Es bringt Glück, wenn du den Kopf trocknest und ihn in einem Beutel um den Hals hängst.«

Nathaniels Vorschlag überraschte Elizabeth nicht – sie wusste

genug vom Glauben der Mohawk, um ihn zu verstehen –, es überraschte sie jedoch, dass Selah zustimmte. Sie legte die Hand an
den Hals, als ob sie sich den Beutel dort bereits vorstellen könne,
und berührte das hölzerne Amulett, das Manny ihr vor ihrer
Flucht gegeben hatte.

»Dann gibt es also heute Abend Schildkröte«, sagte Elizabeth.
Sie stieß mit dem Fuß an den zerfurchten Panzer. Er war mit Al-
gen bedeckt und sah aus wie ein großer Felsbrocken.

Auf einmal trat ein nachdenklicher, fast gequälter Ausdruck in
Selahs Gesicht. Sie schloss die Augen, und einen Moment lang
dachte Elizabeth, ihr würde vielleicht doch noch übel. Dann riss
sie die Augen wieder auf und legte die Hände auf ihren Bauch.

Unter ihr bildete sich ein nasser Fleck und ein vertrauter Geruch stieg auf, der Geruch von Fruchtwasser.

»Mit dem Essen werden wir wohl ein wenig warten müssen«,
sagte Nathaniel und zog eine Augenbraue hoch. »Geh mit ihr in
die Höhlen, Stiefelchen. Ich schneide etwas Fleisch aus dem Panzer und dann komme ich nach.«

Bei Sonnenuntergang kamen die Wehen stark und regelmäßig
und Selah war mehr als einmal um die Lichtung marschiert. Als
Elizabeth ihr Wasser brachte, blieb sie stehen, um einen Schluck
zu trinken, lehnte aber Maisbrot und Fleisch kopfschüttelnd ab.

»Ich bringe jetzt nichts herunter«, sagte sie und rieb sich über
den Bauch. »Aber später werde ich eine ganze Schüssel Schildkrö-
tenfleisch essen, du wirst schon sehen.«

Elizabeth war bei mehr als zwanzig Geburten dabei gewesen,
seit sie in Paradise war, und bei jeder Frau war es anders. Manche
waren ganz verwirrt und gar nicht richtig bei Sinnen, andere verloren von vorneherein den Mut, wieder andere wurden reizbar
und zänkisch, und manche verfielen in einen fast mystischen Zustand der Ruhe. Selah konzentrierte sich einfach nur darauf, was
ihr Körper von ihr verlangte, so als sei eine Geburt ein Rätsel, das
gelöst werden musste.

Als es schließlich schon ganz dunkel war und ein leichter Nieselregen eingesetzt hatte, begab sie sich zögernd in den Schutz der Höhlen, lief aber auch dort ständig weiter auf und ab.

Nathaniel entzündete ein kleines Feuer in der Höhle, in der Selah schlief, legte die Kerzen bereit, die man später brauchen würde, und füllte das Wasserfass. Curiosity hatte Elizabeth ein kleines Paket mitgegeben, in dem sich Dinge befanden, die sie brauchen könnte, wenn Selah Wehen bekam, und jetzt öffnete sie es zum ersten Mal.

Jeder Gegenstand war sorgfältig in Musselin eingewickelt: eine Schere, Schnur, Nadel und Faden, ein Skalpell, das Hannah gehörte, und drei kleine Steinflaschen, fest verkorkt und von Hannah sorgfältig beschriftet. Der Anblick berührte Elizabeth zutiefst. Es wäre schön, wenn Hannah jetzt hier sein könnte.

Unten im Paket lag ein Zettel mit Curiositys Handschrift:

›Wenn du diese Zeilen liest, liegt Selah in den Wehen. Niemand legt so viel Wert darauf wie du, Elizabeth, alles richtig zu machen, deshalb halte ich es für das Beste, dich noch einmal an das zu erinnern, was du bereits weißt. Denke daran, dass sie die Arbeit alleine machen muss. Das beste, was du für sie tun kannst, ist, dich im Hintergrund zu halten und leise mit ihr zu sprechen. Sag ihr, sie soll ruhig schreien, wenn sie das Bedürfnis danach hat. Du weißt selbst, dass ein drittes Kind oft so leicht auf die Welt gleitet wie das Herz einer gekochten Zwiebel aus der Schale. Am wichtigsten ist es jedoch, sie nicht zur Eile anzutreiben. Am meisten Probleme gibt es immer, wenn jemand ungeduldig ist.‹

Elizabeth las den Brief zwei Mal, dann faltete sie das Blatt Papier wieder und legte es in das Paket zurück.

Ein drittes Kind gleitet oft auf die Welt wie das Herz einer gekochten Zwiebel aus der Schale. Meistens jedenfalls. Elizabeth dachte an den Morgen, als Daisy Hench ihre Solange zur Welt gebracht hatte, und wie friedlich es damals im Geburtsraum zugegangen war. Bei Maria Grebers dritter Tochter Hope war es ähnlich gewesen, und Willy LeBlancs Ankunft hatte Molly überrascht,

217

als sie gerade Wäsche aufhängte, sodass sie kaum noch Zeit gehabt hatte, um Hilfe zu rufen. Und dann Robbie, Elizabeths eigenes drittes Kind ...

Eine ganze warme Juninacht lang hatte sie Wehen gehabt. Die Zwillinge waren mitten in einem Sturm geboren worden, und nur Hannah hatte Elizabeth beigestanden; im Vergleich dazu war Robbies Geburt der reinste Traum gewesen. Die meiste Zeit hatte im Geburtsraum völlige Stille geherrscht. Nathaniel war in der Nähe wie auch alle Frauen, die sie liebte und denen sie vertraute: Curiosity, Hannah und Viele Tauben. Wenn Elizabeth die Augen schloss, sah sie es vor sich, als sei es gestern gewesen: wie Curiosity im ersten Tageslicht Robbie hochgehalten hatte.

Sie straffte die Schultern, holte tief Luft und machte sich bereit.

Als sie sich umzog, kam Nathaniel zu ihr.

»Sie hat so viel durchgemacht«, sagte er. »Ich glaube nicht, dass sie jetzt in Panik gerät.«

»Da hast du wahrscheinlich recht.« Elizabeth wand sich den Zopf um den Kopf und steckte ihn fest.

Er schwieg eine Zeit lang, aber Elizabeth spürte sein Unbehagen.

»Wolltest du noch etwas sagen?«

Er schnaubte leise. »Ja. Ich möchte dir nicht in deine Arbeit hineinreden, Stiefelchen ...«

Sie zog eine Augenbraue hoch. »Aber?«

»Aber vielleicht möchtest du ja mit ihr reden während der Entbindung.«

Irritiert erwiderte Elizabeth: »Ich hatte nicht vor, ein Schweigegelübde einzuhalten.«

Er räusperte sich. »Das meine ich auch nicht. Du neigst nur dazu, still zu werden, wenn du dir Sorgen machst, und ich habe mir gedacht, dass du das vielleicht selber gar nicht merkst. Als du mit Robbie in den Wehen lagst, hat Curiosity die ganze Zeit mit dir geredet. Ich weiß noch, dass sie dich mehr als einmal zum Lachen brachte. Und soweit ich es beurteilen kann, hat das die Geburt leichter gemacht.«

Elizabeth antwortete nicht sofort. Sie zog sich gerade ihr zweites sauberes Oberkleid an und fragte sich, ob sie sich rasch noch die Nägel schneiden solle. Wenn Hannah hier wäre, hätte sie bestimmt den Hakim zitiert: »Der Teufel lebt unter den Fingernägeln.«

»Ich verstehe dich«, sagte sie schließlich. »Aber Curiosity fühlt sich in einem Geburtszimmer eben wesentlich sicherer als ich. Ich werde mein Bestes tun, um es ihr behaglich zu machen.«

Er räusperte sich erneut. »Ehrlich gesagt, habe ich dabei mehr an dich gedacht, Stiefelchen.« Er legte seine Hand an ihre Wange.

Elizabeth schlang ihm die Arme um die Taille. Sie legte ihre Stirn an seine Schulter, holte ein paar Mal tief Luft und langsam ließ die Anspannung, in der sich ihre Schultern verkrampft hatten, nach. Sie zitterte. So in Nathaniels Armen zu liegen war tröstlicher als jedes Gespräch, und als sie sich von ihm löste, konnte sie ihn unbeschwert anlächeln.

»Elizabeth?«, rief Selah. »Elizabeth?«

»Es scheint voranzugehen«, sagte Nathaniel. »Ruf mich, wenn du mich brauchst, ich bin draußen.«

Elizabeth erinnerte sich daran, dass die schwierigste Zeitspanne der Geburt immer die Übergangsphase war, bevor einen der Drang zu pressen überkam. In diesen endlosen Augenblicken war auch ihre stoische Ruhe immer verschwunden gewesen, und sie hatte vor Schmerzen geheult. Selah war jetzt an diesem Punkt angelangt, aber sie gestattete es sich nicht zu schreien, selbst nicht als Elizabeth ihr sagte, dass dies Curiositys Rat gewesen wäre.

Sie kauerte mit dem Rücken an der Wand. Elizabeth hockte sich neben sie und hielt ihre Hände fest. In der Pause nach einer besonders langen Wehe fragte sie: »Hast du schon darüber nachgedacht, wie du das Kind nennen möchtest?«

Selahs Blick war ganz nach innen gerichtet gewesen, aber jetzt sah sie Elizabeth an. Sie rang sich ein Lächeln ab. »Das kommt darauf an«, sagte sie. Ihre Stimme klang rau, und Elizabeth reichte ihr einen kleinen Schluck Wasser.

Selah schluckte gehorsam und wischte sich den Mund mit dem Handrücken ab.

»Wovon hängt es denn ab?«

Die Sehnen an Selahs Hals zeichneten sich ab, als sie den Kopf an die Mauer lehnte. »Ob dieses Kind meiner Violet ähnlich sieht oder nicht.«

Elizabeth schloss die Augen. Sie hatte Selah ablenken wollen, und stattdessen hatte sie sie an Hubert Vaark erinnert. Bevor sie jedoch überlegen konnte, ob sie sich entschuldigen oder es besser lassen sollte, hatte bereits eine neue Wehe eingesetzt.

Als sie vorbei war, murmelte Selah: »Manchmal fragt man sich wirklich, was sich die Leute denken bei den Namen, die sie ihren Kindern geben. In der Stadt gab es einen Alderman, der manchmal in die Pearl Street kam, sein Name war Mr. Mangle Minthorne. Warum hat seine Mama ihn bloß Mangle genannt? Er sah ganz normal aus und ich habe mich immer gefragt, ob es vielleicht eine schwere Geburt war und ob sie ihm dafür die Schuld gab.«

Elizabeth musste unwillkürlich lächeln. »In Paradise gibt es eine Familie, Horace und Mariah Greber. Sie haben fünf Töchter namens Faith, Charity, Hope, Prudence und Constance. Und dann kam vor ein paar Wochen das sechste Kind zur Welt, ihr erster Junge.«

Schon wieder zogen sich die Muskeln in Selahs Bauch zusammen. Elizabeth hielt ihr die Hände, bis die Wehe vorbei war, und wischte ihr dann sanft die Stirn ab.

»Noch etwas Wasser?«

Selah schüttelte den Kopf und lächelte schwach. »Fünf Mädchen und endlich ein Sohn. Was für ein glücklicher Tag. Wie haben sie den Jungen genannt?«

Elizabeth lächelte, wie sie es immer tat, wenn sie an den Sonntagmorgen dachte, an dem Horace Greber den Namen seines Sohnes während des Gottesdienstes bekannt gegeben hatte.

»Mariah wollte ihn Paul nach ihrem Vater nennen, aber Horace hatte eine andere Idee, und er bekam seinen Willen. Sie nannten den Jungen Hardwork.«

Selah stieß ein krächzendes Lachen aus. »Wie?«

Elizabeth nickte. »Hubert sagte, er hätte es nie für möglich gehalten, dass es so harte Arbeit sei, einen Jungen zu zeugen, und das solle sein Sohn nie vergessen.«

Selah kicherte, bis die nächste Wehe begann, und zum ersten Mal stöhnte sie laut auf. Als sie vorüber war, sagte sie: »In der Stadt gibt es einen Anwalt namens Mr. Plunket Plunderheit.« Wieder kicherte sie. Die nächste Wehe nahm gar kein Ende, und ein Zittern durchlief Selah.

»Bist du bereit zu pressen?«

Selah grunzte zustimmend. Sie keuchte, als sei sie meilenweit gelaufen und habe noch eine weitere Meile vor sich.

»Überstürz nichts«, erklärte Elizabeth. »Ich darf nicht zulassen, dass du dich zu sehr beeilst.«

»Mich zu sehr beeile?« Selah blickte sie an, als hätte sie zu ihr gesagt, sie sollte das Kind besser im Bauch lassen.

»Damit nichts reißt«, erwiderte Elizabeth mit fester Stimme. »Du willst doch sicher nicht, dass etwas reißt.«

»Ich will dieses Kind endlich heraus haben«, erklärte Selah entschlossen.

Elizabeth hatte es schon erlebt, dass Frauen stundenlang pressen mussten, bis das Kind endlich auf der Welt war, aber Selah schien da andere Vorstellungen zu haben. Elizabeth hatte gar keine Zeit, besorgt zu sein oder an Komplikationen zu denken, denn nach drei mächtigen Presswehen kam bereits der Kopf des Kindes zum Vorschein, und nach einer weiteren Presswehe glitt der Körper in Elizabeths Hände.

Das Baby war groß, wohlgerundet und zappelte wie ein Fisch. Dann öffnete es die Augen und blickte Elizabeth neugierig und überrascht an.

Du erinnerst mich an deine Großmutter, hätte Elizabeth beinahe laut gesagt. »Ein Sohn«, sagte sie stattdessen. »Du hast einen gesunden Sohn.«

Selah stieß einen tiefen Seufzer aus und streckte die Arme nach dem Kind aus. Seine Haut war fast genauso dunkel wie ihre.

»Danke«, sagte Selah. »Danke.«

Elizabeth wollte jedoch nicht, dass sie ihr dankte, bevor die Nachgeburt nicht gekommen war. Mit zitternden Händen untersuchte sie sie und stellte fest, dass Selah nur an zwei Stellen winzige Risse hatte, die noch nicht einmal genäht zu werden brauchten.

Als die Nabelschnur, die Mutter und Kind immer noch verband, aufgehört hatte zu pulsieren, band Elizabeth sie sorgfältig an zwei Stellen ab und ergriff die Schere. Sie hielt einen Augenblick inne und holte tief Luft. Fast konnte sie Curiositys Stimme hören.

»Besser zu viel als zu wenig.«

Unbewusst hatte sie es laut gesagt, und Selah stöhnte leise. Elizabeth durchtrennte die Nabelschnur, und genau in diesem Moment ließ der Junge den ersten Schrei hören. Er steigerte sich zu einem Gebrüll, bis Selah ihn schließlich anlegte.

Die Nachgeburt, die ihr am meisten Sorge bereitet hatte, kam mit einer leichten Wehe schnell und problemlos. Sie war völlig intakt.

»Wirf sie nicht weg«, flüsterte Selah. »Ich möchte sie gerne selbst vergraben.«

Nathaniel wartete draußen im Freien, als Elizabeth endlich zu ihm trat. Seine Haare waren feucht vom Regen, aber er lächelte, als sie in seine ausgebreiteten Arme flog. Zitternd vor Freude, Erleichterung und Erschöpfung schmiegte sie sich an ihn.

»Ein Junge«, sagte sie schließlich. »Sie will ihn Galileo nennen. Sie sagt ...« Elizabeths Stimme brach, und Tränen liefen ihr über die Wangen.

»Was, Stiefelchen?«

»Sie sagt, er sieht gar nicht aus wie seine Schwester Violet. Und ich wusste nicht, ob ich lachen oder weinen sollte.«

Nathaniel hielt sie eng umschlungen, bis ihre Tränen versiegten, und dann gingen sie zusammen hinein, um Almanzo Freemans erstgeborenen Sohn zu begrüßen.

15 Am hellsten und schönsten Frühlingsabend kam Nathaniel von Little Lost mit einem Netz voller Forellen und einem Fremden zurück. Noch kurz zuvor hatte Elizabeth den Topf mit weißem Sand ausgescheuert und den Plan memoriert, den sie Nathaniel präsentieren wollte; als sie jetzt aufblickte, musste sie feststellen, dass eine Lösung, die sie nicht bedacht hatte, vor ihr stand.

»Das ist Elijah«, stellte Nathaniel ihn vor. Die Ähnlichkeit zwischen ihm und seinem Bruder Joshua war deutlich zu sehen. Elijah war genauso gut gebaut und muskulös, hatte das gleiche Kinn und die gleiche Nase, aber er trug Tätowierungen auf den Wangenknochen, und von seinem linken Ohrläppchen baumelte ein großer, silberner Ohrring, fast genau der gleiche, den Nathaniel trug. Sein Jagdhemd hielt er mit einer einfachen Wampum-Schnur zusammen, und über seinem Rücken hing ein Gewehr. Seine Haut war schwarz, aber dem Verhalten nach wirkte er eher wie ein Kahnyen'kehàka.

Selah hatte ihren Sohn in der Sonne gestillt, aber jetzt legte sie ihn in das Musselintuch, das sie sich umgeschlungen hatte, und stand auf, um Elijah zu begrüßen.

»Elijah«, sagte Elizabeth, »du hast bestimmt Durst. Möchtest du Wasser?«

»Danke.« Seine Stimme war rau. Elizabeth hatte das Gefühl, er suche nach englischen Worten, als ob er sich an seine Muttersprache kaum noch erinnere.

»Ich zeige es ihm«, sagte Selah. Als sie mit Elijah zur Quelle verschwunden war, stemmte Elizabeth die Hände in die Hüften. »Nun?«

Nathaniel sagte: »Er ist allein.«

»Das sehe ich. Warum ist er allein? Wo ist Halbmond?« Sie zügelte ihre Ungeduld. »Hat er gar nichts gesagt?«

»Nicht viel. Er wird uns wahrscheinlich alles erklären, wenn er erst einmal wieder zu Atem gekommen ist.«

Nathaniel setzte sich neben das Kochfeuer und begann mit raschen, geschickten Bewegungen die Fische auszunehmen. Sie sah, dass er sich Sorgen machte, aber er wartete geduldig ab. Elizabeth hockte sich neben ihn und stocherte im Feuer herum, dass die Funken flogen.

»Besser das Feuer als ich«, meinte Nathaniel. Sie schluckte die scharfen Worte hinunter, die ihr schon auf der Zunge lagen. Sie wusste genau, dass er sie doch nur zum Lachen bringen würde.

Als Elijah zurückkam und sich zu ihnen setzte, konnte sie ihm nicht sofort all die Fragen stellen, die ihr auf der Seele brannten. Er war ein Fremder und hatte Hunger, und sie mussten höflich sein. Sie aßen mit ihm und berichteten ihm die Neuigkeiten aus Paradise.

Nathaniel erklärte ihm, warum sie an Joshuas Stelle gekommen waren, und Elijah lauschte und stellte ab und zu Nathaniel oder Selah eine Frage.

Als sie ihm auch von Liam Kirby und Ambrose Dye erzählt hatten, sagte Nathaniel: »Im Umkreis von einer Meile gibt es keine Spur von den beiden. Es sieht so aus, als könntest du Selah ungefährdet mit nach Red Rock nehmen.«

Elijah erwiderte: »Dye war schon früher im Busch und hat nach uns gesucht. Ich glaube nicht, dass er näher an uns herankäme, er es beim letzten Mal geschafft hat.«

»Das ist gut zu wissen«, sagte Nathaniel. Schweigend saßen sie da und warteten darauf, dass Elijah ihnen berichtete, warum er alleine zu ihnen gekommen war. In der Nähe schrieen Falken, und der Säugling murmelte im Schlaf. Selah fuhr dem Kind mit der Hand über den Rücken und dann stieß sie einen tiefen Seufzer aus. Sie konnte die Frage, die sie stellen wollte, nicht länger zurückhalten.

»Wie viele sind denn jetzt in Red Rock? Manny konnte es mir nicht genau sagen.«

Elijah warf ihr einen Blick zu und Elizabeth erkannte, dass tiefes Leid darin lag. Sie stand abrupt auf, weil sie das Gefühl hatte, schon zu wissen, was er erzählen wollte. Noch mehr Katastrophen: eine verirrte Kugel, eine vergessene Falle, Schlangenbisse, Steinschlag. Es hörte nie auf.

»Was ist mit Halbmond?«, fragte sie. »Hatte sie einen Unfall?«

Er schüttelte den Kopf. »Vor ungefähr zwei Wochen ist sie einem Trapper begegnet, der auf dem Weg zum Großen Fluss war«, sagte er. »Sie hat einen guten Biberpelz gegen einen Wetzstein eingetauscht, aber sie hat ein Fieber mitgebracht.«

»Little John und Digger sind gestorben. Dann die Kinder, alle drei, und dann Andrew und Parthenia. Sie war die älteste von uns.«

Er schwieg, und Elizabeth dachte an den kleinen Jungen, den Hannah beschrieben hatte, Halbmonds und Elijahs Sohn. Er hatte vor ein paar Tagen sein einziges Kind verloren, und jetzt saß er hier und erzählte ihnen die Geschichte, als ob sie jemand anderem geschehen sei. Wahrscheinlich, weil er es immer noch nicht begriffen hatte, weil er es gar nicht so nahe an sich heranließ, dass er es begreifen konnte.

Er saß da mit geradem Rücken und blickte sie an. »Alle von uns außer zweien haben es bekommen, aber es hat nicht jeden gleich stark getroffen. Kurz bevor ich ging sagte Halbmond, das Fieber sei jetzt vorüber. Aber vielleicht hat sie ja nur versucht, mich zu beruhigen, damit ich ging. Deshalb kann ich euch nicht genau sagen, wie viele wir sind. Vielleicht ist niemand mehr übrig.«

»Halbmond?«, fragte Elizabeth noch einmal.

Muskeln zuckten in Elijahs Gesicht. »Es hat sie schlimm erwischt«, erwiderte er. »Ihr Fieber war eine Zeit lang so hoch, dass man sie kaum berühren konnte. Aber jetzt ist sie außer Gefahr. Es ist ihr nicht leicht gefallen, wegzubleiben, während hier eine Reisende auf sie wartet. Und ich habe eine Nachricht für Joshua, wenn ihr so gut wärt, sie ihm zu überbringen.«

»Wie lautet sie?«, fragte Nathaniel leise.

»Sie sollen niemanden mehr schicken. Sobald wir können, brechen wir nach Norden auf«, sagte Elijah. »Wir können nicht im Busch bleiben, deshalb gehen wir nach Kanada.«

Elizabeth setzte sich wieder, weil ihre Beine nachgaben. Er verschwieg ihnen etwas. Das Schlimmste hatte er noch nicht gesagt.

Selah blickte ihn verwirrt an. Sie fragte: »Warum wollt ihr denn aus Red Rock weg?«

»Wir wollen ja gar nicht«, erwiderte Elijah. »Aber wir haben keine andere Wahl.« Er blickte ins Feuer. »Quincy und Halbmond sind seit dem Fieber beide blind.«

»Der Herr bewahre uns«, flüsterte Selah und drückte ihren Sohn an sich.

Nathaniel legte den Arm um Elizabeth und sie war dankbar für die Stütze. Halbmond hatte ihren Sohn und ihr Augenlicht verloren. Sei mir gnädig, o Herr, denn ich habe großes Leid erfahren. Meine Augen trüben sich vor Kummer, mein Körper und meine Seele sind gebeugt vom Leid.

Sie hatte Halbmond das letzte Mal gesehen, als sie noch im Langhaus in Guter Weidegrund lebte, um nach ihrer Großmutter als Ononkwa, als Medizinfrau, ausgebildet zu werden. Wenn sie die Augen schloss, sah Elizabeth Halbmonds Gesicht vor sich: eine ernste junge Frau mit traurigen Zügen. Glücklich wirkte sie nur, wenn sie im Wald nach Kräutern, Wurzeln und Rinde für ihre Medizinen suchte. Jetzt war ihr diese Freude genommen. Als Blinde konnte sie den Wald nicht mehr verlassen, um die Dinge einzutauschen, die sie brauchte. Und ohne ihren Sohn würde sie nie mehr die Frau sein, die sie gewesen war.

Halbmond war die Begründerin von Red Rock. Sie hatte Elijah und den anderen beigebracht, wie man jagte und sich im Wald bewegte, wie man den Winter, die Regenzeit und die zahlreichen Gefahren im Busch überlebte. Sie hatte sie angeführt, und jetzt musste sie geführt werden.

Gottes Gnade. Elizabeth stieß einen rauen Laut aus und drückte ihr Gesicht an Nathaniels Schulter. Dann richtete sie sich wieder auf und sah, dass Selah sie beobachtete.

»Sie ist deine Freundin«, sagte Selah.

Sie braucht deine Hilfe.

Niemand sprach die Worte aus, aber sie hingen fast sichtbar in der Luft. Nathaniel blickte sie an, als müsse sie allein die Entscheidung treffen, als ob nur sie benennen könnte, was geeignet wäre, das Schreckliche ungeschehen zu machen.

Elijah sagte: »Sie würde nicht wollen, dass ihr euch in Gefahr begebt.« Er wandte sich an Selah. »Ich soll dich nach Red Rock bringen, und dann wandern wir nach Norden. Man gelangt durch den Busch nach Kanada, weißt du.« Er schwieg und als niemand das sagte, was auf der Hand lag – *Wie willst du Pfade finden, die du nicht kennst, wenn Halbmond nichts sehen kann?* –, fuhr er fort:

»In Kanada können wir frei leben und brauchen uns nicht mehr zu verstecken.« Seine Stimme klang gepresst, als zitiere er lediglich etwas Eingelerntes, von dem er nicht überzeugt war. »Ich bringe Halbmond zu Guter Weidegrund. Ein paar von uns gehen weiter bis nach Montreal, aber wohin du willst, das kannst du selber entscheiden.«

Selah hörte ihm zwar zu, blickte aber dabei unverwandt Elizabeth an. Verständnis und Mitgefühl lagen in ihrem Blick. Sie wusste, was Elizabeth sagen würde, und Nathaniel ebenfalls. Er ergriff ihre Hand und drückte sie.

Elizabeth sagte: »Wir begleiten euch zu Guter Weidegrund.« Als Elijah sie verwirrt anschaute, fügte sie hinzu: »Euch alle. Alle von Red Rock.«

Nathaniel ging in der Dämmerung noch einmal über den Berg, um sich zu vergewissern, dass niemand Elijah zu Little Lost gefolgt war und um sich auf die unvermeidliche Auseinandersetzung mit Elizabeth vorzubereiten.

Sie hatten nur wenige Möglichkeiten und alle waren eigentlich schlecht. Wie oft auch Nathaniel darüber nachdachte, er kam immer zum gleichen Schluss: Es gab keinen anderen Weg, als Elizabeth zuerst nach Paradise zurückzubringen. In der Zwischenzeit konnte Elijah seine Leute nach Little Lost führen, und dann würde Nathaniel mit ihnen die lange Reise nach Kanada und zu den Kahnyen'kehàka in Guter Weidegrund antreten. Sie würden mindestens drei Wochen dafür brauchen, vielleicht sogar doppelt so lange, je nachdem, wie viele das Fieber überlebt hatten. Es konnte sein, dass sie erst in zwei Monaten wieder zu Hause sein würden, vorausgesetzt, sie gerieten nicht mit dem Gesetz, der Armee oder Sklavenjägern in Konflikt.

Elizabeth wartete vor den Höhlen auf ihn. Aus dem Inneren der Höhlen drang Selahs leiser Gesang zu ihnen. Sie sang ihren kleinen Sohn in den Schlaf.

Mein Herr ruft mich,
er ruft mich mit dem Donner.
Die Trompete erschallt in meiner Seele,
ich kann nicht mehr lange hier bleiben.
Grüne Bäume neigen sich,
der arme Sünder steht zitternd,
die Trompete erschallt in meiner Seele,
ich kann nicht mehr lange bleiben.
Mein Herr ruft mich,
er ruft mich mit dem Blitz,
die Trompete erschallt in meiner Seele,
ich kann nicht mehr lange hier bleiben.

Elizabeth saß, die Arme um sich geschlungen, im schwachen Schein des Kochfeuers und summte die Melodie mit. Als er näher trat, rutschte sie zur Seite, um ihm Platz auf dem Baumstumpf zu machen, und so hockten sie schweigend eine Zeit lang nebeneinander. Aber es lag nichts Friedliches in ihrem Schweigen; er konnte förmlich spüren, wie die Spannung wuchs.

Er legte den Arm um sie, und nur widerstrebend schmiegte sie sich an ihn. Bei Elizabeth war es für gewöhnlich das Beste, das Schlimmste geradeheraus zu sagen, deshalb zog Nathaniel sie dichter an sich und begann leise: »Ich bringe dich morgen zurück, Stiefelchen. Du willst doch bestimmt nicht noch weitere sechs Wochen von zu Hause weg sein.«

Sie erstarrte und löste sich von ihm. Ungläubig blickte sie ihn an. Offensichtlich hatte sie nicht daran gedacht, möglicherweise ohne ihn nach Hause gehen zu müssen. Nathaniel wappnete sich für eine Auseinandersetzung, die länger dauern würde, als er erwartet hatte.

»Sechs Wochen? Nathaniel, das ist lächerlich.«

Er fiel ihr ins Wort. »Ich glaube, ich kann beurteilen, wie lange es dauert, Stiefelchen. Fünfzehn von Krankheit geschwächte Menschen können nicht so schnell durch den Busch wandern.«

Sie verzog die Mundwinkel. »Ja, sicher, wenn wir zu Fuß gehen müssen.«

»Wolltest du dir Flügel wachsen lassen und fliegen?« Er bemühte sich, die Frage scherzhaft klingen zu lassen, aber sein Misstrauen war geweckt. Elizabeth hatte einen Plan, das sah er ihr an, und Elizabeth mit einem Plan war eine Naturgewalt.

Sie hob ihr Kinn. »Du brauchst gar nicht so sarkastisch zu werden, Nathaniel. Es ist wirklich ganz einfach. Über den Großen See dauert es nur zwei Tage bis nach Quebec.«

»Der Große See? Elizabeth, selbst wenn wir genug Kanus hätten, um so viele Menschen zu transportieren, dann würden wir am ersten Tag von den Gesetzeshütern aufgegriffen, das weißt du doch ...«

Sie hob die Hand, um ihn zu unterbrechen. »Natürlich würden wir verhaftet, wenn wir mit Kanus führen. Du solltest mir schon ein bisschen mehr zutrauen.«

An der Falte zwischen ihren Augenbrauen erkannte er, dass sie wirklich beleidigt war. Und vielleicht sogar mit gutem Grund, gestand er sich selber ein. Offenbar hatte sie einen komplizierten Plan ausgearbeitet, und sie verdiente es zumindest, angehört zu werden. Das Problem war nur, dass Elizabeth dazu neigte, sich mit ihren Plänen in Gefahr zu begeben.

»Na los, erzähl schon, Stiefelchen. Ich höre zu.«

Ihr Zorn schwand ein wenig. »Unvoreingenommen?«

»Ja«, seufzte er. »Jetzt erzähl.«

»Es ist eigentlich ganz einfach. Wenn wir voraussetzen, dass es Sklavenjäger gibt, die nach entlaufenen Sklaven suchen, dann müssen wir unsere Freunde verkleiden.«

»Als was?«

»Als Quäker«, erwiderte Elizabeth. Rasch fügte sie hinzu: »Eine Gruppe von Quäker-Missionaren auf dem Weg nach Kanada. Mit dir und mir als Anführer.«

Nathaniel hatte eine leise Ahnung, worauf das hinauslief. »Und wie willst du ein Dutzend Schwarzer, die im Busch gelebt haben, in Quäker verwandeln? Allein die Kleidung ...«

»Erinnerst du dich noch an den Brief von Captain Mudge, den ich vor sechs Monaten bekommen habe?«

»Grevious Mudge?«

Elizabeth nickte ungeduldig. »Kennst du noch einen anderen? Seine Schwester ist verwitwet und ist zu ihm gezogen. Sie war zwanzig Jahre lang Missionarin in Afrika. Du kannst dich doch bestimmt noch daran erinnern, du hast laut gelacht, als ich dir den Brief vorgelesen habe ...«

»Die Schwester, die ganze Kisten voller Kleidung nach Afrika schickt«, sagte Nathaniel. »Sie hat Mudge wütend gemacht, weil sie eins seiner Hemden weggegeben hat ...«

»Alle seine Hemden, außer dem, das er am Leibe trug«, berichtigte Elizabeth ihn. »Mrs. Emory hat zwar ihre Missionsstation verlassen, aber sie ist entschlossen, ganz Afrika wenigstens auf dem Postweg mit Kleidung auszustatten. Aber ich greife vor, lass mich von vorne beginnen.«

Nathaniel stützte sich auf die Ellbogen. »Ja, bitte.«

»Nach dem, was Elijah uns erzählt hat, befinden sich die restlichen Leute ein paar Meilen östlich von hier, richtig?«

Sie wartete, bis er genickt hatte.

»Von dort sind es also vielleicht noch zwanzig Meilen nach Mariah und zum Schiff, der Washington. Je nach ihrem Zustand brauchen wir zwei oder drei Tage, um sie dorthin zu bringen. Zwei Tage, um nach Lacolle zu segeln. Von dort weitere zwei Tage bis Guter Weidegrund.«

»Du willst, dass Grevious Mudge uns mit der Washington nach Lacolle bringt?«, sagte Nathaniel nachdenklich. »Und seine Schwester soll uns alle als Quäker verkleiden?«

»Ja«, erwiderte Elizabeth ungeduldig. »Das habe ich doch wohl deutlich gemacht.«

»Überleg doch noch mal eine Minute, Stiefelchen. Mrs. Emorys Rolle in dem Ganzen kann ich ja sehen, aber warum, glaubst du, sollte Grevious Mudge seinen Schoner und eine Gefängnisstrafe riskieren, um entlaufene Sklaven nach Quebec zu bringen?«

Sie warf ihm einen überraschten Blick zu. »Ich dachte, das liegt auf der Hand, Nathaniel. Warum sonst schreibt er dauernd Briefe und beklagt sich? Er wird sich freuen, endlich wieder für sich und sein Schiff eine Herausforderung annehmen zu können.«

Nathaniel unterdrückte nur mit äußerster Mühe ein Lächeln.

»Ich hoffe, du lachst mich nicht aus, Nathaniel Bonner«, sagte Elizabeth streng.

»Es würde mir nicht im Traum einfallen, dich auszulachen, Stiefelchen. Du erstaunst mich nur, das ist alles.«

Sie schürzte die Lippen. »Aber?«

»Aber lass mich dir eine Frage stellen. Du weißt, dass auf dem See überall Patrouillenboote der Marine sind. Ich bezweifle, dass wir an Grand Isle oder Lamotte vorbeikommen, ohne dass wir nicht wenigstens ein, wahrscheinlich sogar zwei Mal überprüft werden. Glaubst du nicht auch, dass ein Dutzend schwarze Quäker ein wenig verdächtig wirken?«

»Nein«, erwiderte sie fest. »Was liegt denn für ehemalige Sklaven näher, als zum Quäkertum überzutreten, wenn es ihnen die Freiheit gebracht hat?«

»Und woher willst du die Freilassungspapiere nehmen, die die Behörden sicher sehen wollen?«

Elizabeth presste die Lippen zusammen. »Ganz einfach«, erwiderte sie. »Ich werde sie selber ausstellen.« Sie schluckte.

Nathaniel zog sie wieder an sich.

»Du willst Papiere fälschen? Freilassungs- und Reisepapiere für sie alle?«

»Ja. Ich glaube, Fälschen ist der richtige Begriff. Natürlich ist das Betrug, und wir werden damit jede Menge Gesetze brechen, aber ich bin zu folgendem Schluss gekommen: Die bloße Tatsache, dass es ein Gesetz gibt, bedeutet noch lange nicht, dass es auch einen moralischen Grund gibt, diesem Gesetz zu gehorchen. Bei unserem Vorhaben sehe ich jedenfalls keinen Grund.«

»Du hast gründlich über alles nachgedacht.«

»Ja, natürlich. Ich denke schon lange darüber nach – seit deine jüngste Tochter mich daran erinnert hat, dass Gesetze auch nur so gut sind wie die Männer, die sie schreiben.«

Er schwieg eine Weile.

»Jetzt komm, Nathaniel«, sagte Elizabeth schließlich. »Sag schon, was du zu sagen hast. Sag mir, warum es nicht funktionieren wird und warum du glaubst, dass ich ohne dich nach Hause gehen sollte.«

»Oh, es wird funktionieren«, erwiderte er und zog sie auf seinen Schoß. Sie wehrte sich ein bisschen, aber er hielt sie fest. »Ich glaube, es wird funktionieren, wenn Mudge bereit ist, mitzumachen. Und du hast wahrscheinlich Recht: Schmuggeln liegt ihm im Blut.«

Sie entspannte sich ein wenig. »Aber?«

»Kein Aber«, sagte er und streichelte ihren Rücken. »Nur manchmal überraschst du mich eben immer noch. Wenn jemand aus dem Gefängnis befreit werden müsste, würde ich mich an dich wenden, aber ich hätte nicht im Traum daran gedacht, dass du Papiere fälschen willst. Als nächstes schlägst du noch vor, dass wir eine Bank überfallen.«

»Mach dich nur lustig über mich.« Sie versuchte, sich ihm zu entziehen, aber er ließ sie nicht los.

»Oder vielleicht Pelze schmuggeln.« Er lächelte. »Nur damit du etwas zu tun hast.«

»Kannst du nicht einen Moment lang einmal ernst sein?«

»Ich bin ernst, Stiefelchen. Ich glaube, es könnte funktionieren, und wenn ich so darüber nachdenke, dann sehe ich keinen anderen Weg.«

Erleichtert atmete sie auf. »Und du sagst das nicht nur so?«

Er schüttelte den Kopf. »Ach, Stiefelchen, der Krieg wäre viel kürzer gewesen, wenn sie dich als General gehabt hätten. Das heißt, wenn du als Mann auf die Welt gekommen wärst, obwohl ich natürlich froh bin, dass das nicht der Fall ist.«

Er wollte jetzt etwas anderes von ihr, aber ihre Gedanken schweiften ab. Ihre Entschlossenheit und Nachdenklichkeit verwandelte sich in Trauer.

»Du denkst an Halbmond«, sagte er.

Sie nickte. »Das ist das Geringste, was wir für sie tun können. Und für Selah und die übrigen. Sie haben so viel durchgemacht. Da ist es ein kleines Opfer, weitere zwei Wochen von zu Hause weg zu sein.«

Nathaniel blickte zum dunkler werdenden Himmel und dachte an die Gefahren der Reise, die vor ihnen lag, an Halbmond, die nichts mehr sehen konnte, an Daniel und Lily, die auf Hidden Wolf in Sicherheit waren. Sie waren von vertrauten Dingen umgeben, von Familie und Freunden, so sicher, wie Kinder auf dieser Welt nur sein konnten. Die anderen beiden waren seinem Schutz entwachsen; Hannah, die irgendwo in der Stadt ihren Weg machte; Luke, der sogar noch weiter weg jenseits des Meers war. Für sie konnte er so gut wie nichts tun.

Aber für Selah, Manny und ihr Kind, für Halbmond, Elijah und ihren Sohn, für Galileo und Curiosity und für all die anderen konnten sie etwas tun.

»Wir brechen morgen auf«, sagte er.

Sie gab einen tiefen, summenden Laut von sich, Dankbarkeit, Bestätigung und Sorge zugleich.

»Lass uns jetzt zu den heißen Quellen gehen.« Ihre Stimme war leise und zögernd. Er hatte eine englische Jungfer geheiratet, die bereit war, im Namen der gerechten Sache Betrug zu begehen, die aber über Dinge, die sie im Bett miteinander taten, immer noch nicht sprechen konnte. Eigensinnig und zärtlich, war sie ihm immer noch ein Rätsel – seine Rebellin, die wie ein Schulmädchen errötete, wenn er ihr sagte, welche Lust sie ihm bereitete.

In der Dämmerung konnte er nicht sehen, wie sie rot wurde,

aber er wusste es. Er fuhr mit der Fingerspitze von ihrem Schlüsselbein über die weiche Haut ihres Halses bis hin zu ihren Wangen. Das war seine Elizabeth.

16 Der Große See hatte viele Namen und Gesichter, aber eigentlich war er nicht viel mehr als ein großes Wasserbecken, das auf einer Seite von den endlosen Wäldern an der Grenze von New York und auf der anderen von den grünen Hügeln Vermonts begrenzt wurde. An der unteren Seite verengte sich der Große See, den manche auch Champlain nannten, zu einem Band, das sich nach Süden schlängelte. Das waren die Fakten, so erzählte es Elizabeth ihren Schülern Jahr für Jahr.

Aber natürlich stimmte das nicht ganz, das musste Elizabeth sich selbst eingestehen, als sie an der Steilküste über dem geschützten West Haven stand. So weit das Auge reichte, war nur Wasser zu sehen, tief jadegrün und aufgewühlt nahe der Küste und schwarz zur Mitte hin, wo der Sturm bereits tobte. Blitze zuckten über den Horizont. Schon wieder ein Sturm, der dritte in zwei Tagen, als ob der Sturm dabei gewesen wäre, als sie an Captain Mudges Tisch ihre Pläne besprachen, und sich jetzt gegen das wahnsinnige Unterfangen zur Wehr setzte.

Elizabeth zog ihren geborgten Umhang fester um sich und hob ihr Gesicht dem Regen entgegen. Sie durfte nicht mehr hier stehen bleiben, sonst würde sie Aufmerksamkeit auf sich ziehen. Hinter ihr stand nicht nur Captain Mudges Haus, sondern auch das Örtchen Mariah, das kleiner als Paradise war und fast nur Fischer, Seeleute und deren Familien beherbergte. Die nächsten Nachbarn waren nicht weit genug weg, und Elizabeth zweifelte nicht daran, dass sie alle äußerst neugierig beobachteten, was in Captain Mudges Haus vor sich ging. Und sie stand hier, eine Quäker-Missionarin, die nicht so viel gesunden Menschenverstand besaß, sich vor dem Regen in Sicherheit zu bringen.

Im Haus saßen sie jetzt mit dem Captain um den runden Tisch in seinem kleinen Salon, Nathaniel, Elijah und Halbmond. Halbmond hatte bestimmt die Hände vor sich auf den Tisch gelegt, den Kopf leicht zu einer Seite geneigt, als ob sie das Schiffsgemälde über dem Ofen betrachtete, während sie aufmerksam den anderen lauschte, die über den Karten grübelten. Halbmond sprach nur wenig Englisch und Captain Mudge kein Kahnyen'kehàka, und so würden Nathaniel oder Elijah zwischendurch immer wieder übersetzen. Seeleute, Soldaten und die Medizinfrauen der Kahnyen'kehàka konnten sehr geduldig sein, oder zumindest verstanden sie es geschickt, ihre Besorgnis zu verbergen, ein Talent, das Elizabeth noch nie besessen hatte.

Und deshalb stand sie im Sturm, blickte auf den Schoner Washington des Captains, der mit ein paar anderen Fischerbooten im Hafen vor Anker lag. Morgen würden sie an Bord gehen und nach Norden, nach Kanada segeln. Ein seltsamer Gedanke, sogar sehr seltsam, denn einst hatte Elizabeth gelobt, nie wieder den Fuß auf kanadischen Boden zu setzen.

Sie wandte sich wieder zum Haus, wobei sie aus den Augenwinkeln eine Bewegung wahrnahm. Einen Moment lang blieb sie stehen und versuchte, eine vertraute Gestalt zu erkennen. Nichts. Er würde sich schon zeigen, wenn er dazu bereit war.

Der Weg zum Haus führte durch einen gepflegten Obstgarten mit Apfel- und Birnbäumen. Sie achtete sorgfältig auf ihre Schritte, weil die geliehenen Schuhe nicht richtig passten, und fragte sich, ob es nicht wohl eine übertriebene Vorsichtsmaßnahme gewesen war, ihre Mokassins abzulegen; nun, Mrs. Emory hatte darauf bestanden. Sie zuckte zusammen, als Jode plötzlich geräuschlos zwischen den Himbeersträuchern hervorkam.

»Ah.« Elizabeth presste sich die Faust aufs Herz. »Jode, wir haben uns Sorgen um dich gemacht.«

Captain Mudges Schwester hatte für sie alle Kleidung besorgt, aber Jode stand immer noch so vor ihr, wie sie ihn im Busch zum ersten Mal gesehen hatte, in Lendenschurz und Leggings, mit Sommermokassins an den Füßen. Seine Schönheit faszinierte sie immer wieder. Er war geschmeidig und stark, und die Tönung seiner Haut war weder schwarz noch braun, sondern veränderte sich je nach den Lichtverhältnissen zu einem Kupferton oder wurde zimtfarben. Auch seine Haare, die nach Art der Kahnyen'kehàka bis auf eine einzelne, mit Bärengras oben auf dem Kopf zusammen gebundene Strähne, abrasiert waren, schimmerten im Regen in einer unbestimmten Farbe. Sein Kahnyen'kehàka-Name war Springender Elch, und er passte gut zu ihm.

Er trug ein altes Gewehr über der Schulter, und über seine Brust zogen sich Wampums und Schnüre, an denen Pulverhorn und Kugelbeutel hingen. Der geschnitzte Griff seines Messers ragte schimmernd wie ein alter Knochen aus seiner Scheide. Die Nachbarn würden bestimmt missbilligend die Augenbrauen hochziehen, wenn sie Elizabeth im Regen stehen sahen, aber der Anblick Jodes, der mit Waffen behangen war, würde eine völlig andere Reaktion hervorrufen.

Er blickte sie abschätzig an und Elizabeth merkte, dass sie unwillkürlich Englisch gesprochen hatte. Sie wiederholte ihren Satz auf Mohawk und fragte dann zögernd: »Willst du nicht mit mir ins Haus kommen und etwas essen?«

»Ich brauche Euer Essen nicht«, sagte er. »Ich kann für mich und die anderen selber jagen.«

»Natürlich«, erwiderte Elizabeth. Es hatte keinen Zweck, ihn besänftigen zu wollen, und sie hatte auch keine Lust, mit ihm zu streiten. »Machst du dir keine Sorgen, dass man dich sehen könnte?«

Er blickte sie von oben herab an. So hatte ihre Tante Merriwether sie auch immer angeblickt. Wenn Jode nicht wollte, dass er gesehen wurde, dann sah ihn auch niemand. Er war als kleiner Junge mit seiner Mutter in den Busch gegangen und konnte sich praktisch überhaupt nicht mehr an das Leben erinnern, das sie vorher auf einer Farm in der Nähe von Albany geführt hatten. Mit achtzehn war er der Jüngste von denen gewesen, die das Fieber überlebt hatten, und da er heftig um seine Mutter trauerte, war er der Wütendste von allen entlaufenen Sklaven. Er hätte am liebsten die ganze Welt niedergebrannt.

Sie waren vier Tage miteinander unterwegs gewesen, und jeden Tag schien Nathaniel aufs Neue überrascht zu sein, dass Jode noch nicht wieder alleine im Busch verschwunden war.

»Willst du denn nicht wenigstens mit mir hereinkommen und mit Halbmond reden, damit sie sich keine Sorgen mehr um dich macht?«

Sein gleichgültiger Gesichtsausdruck verschwand kurz und seine dunklen Augen glitten zum Haus. Dann blickte er Elizabeth wieder an. Nathaniel brauchte sich keine Sorgen zu machen, dass Jode verschwand. Wo Halbmond hinging, würde auch er hingehen.

»Ich komme heute Abend«, sagte er und verschwand geräuschlos wieder in der Dunkelheit.

Elizabeth war sich noch nicht sicher, wie sie die verwitwete Schwester des Captains einschätzen sollte. Auf den ersten Blick wirkte sie wie jede andere Frau in mittleren Jahren, kräftig gebaut, mit offenem Gesichtsausdruck und einer geschäftigen Art. Ihre Hände waren klein wie die eines Kindes und immer mit irgendeiner Nadelarbeit beschäftigt. Ihr Sohn und dessen Frau hatten die Missionsstation, die sie zusammen mit ihrem Mann in Afrika geführt hatte, übernommen, und ihre ganze Freude schien jetzt darin zu bestehen, Kisten voller Kleidung, religiöser Pamphlete und getrockneter Früchte dorthin zu schicken. Selbst nach so vielen Jahren in der Hitze und Sonne der Guineaküste schien sie immer noch zu denken, dass eine anständige Hose oder ein Rock einen Mann oder eine Frau auf magische Art in das vollkommenste aller Geschöpfe verwandeln würden: einen zivilisierten Christen, der nicht nur der himmlischen Belohnung, sondern auch des irdischen Glücks gewiss sein konnte.

Was Mrs. Emory an Vernunft und Verständnis fehlte, machte

sie durch guten Willen wett, und Elizabeth war ihr dankbar dafür, dass sie, ohne zu zögern, ihre Tür vierzehn unerwarteten Gästen aus drei verschiedenen Rassen geöffnet hatte. Und ihre Sorgen schwanden vollends, als sie feststellte, dass Mrs. Emory keinerlei Verständnis für Sklaverei hatte. Auch über die Gesetzmäßigkeit des Unterfangens, auf das sie sich eingelassen hatte, schien sie sich wenig Gedanken zu machen. Gesetze überließ sie ihrem Bruder, aber die Herausforderung, Nahrung, Kleidung und medizinische Versorgung für so viele Menschen zu gewährleisten, sah sie als persönliche Aufgabe an, die ihr verstorbener Ehemann ihr zugesandt hatte.

Allerdings musste dafür ein Preis gezahlt werden, weil Mrs. Emory zugleich schrecklich neugierig war. Sie kam Elizabeth an der Tür entgegen und nahm ihr den nassen Umhang ab.

»Ich dachte schon, ich müsste hinter Euch herkommen, Mrs. Bonner! In diesem kalten Regen, und noch nicht einmal Euren Tee habt Ihr getrunken! Was habt Ihr denn so lange im Regen gemacht? Mr. Quincy hat schon nach Euch gefragt, ob Ihr nicht aus der Bibel vorlesen wolltet. Aber natürlich liest Mrs. Bonner Euch vor, habe ich zu ihm gesagt, sobald sie hereinkommt, aber jetzt hat er sich niedergelegt, der arme Mann, er hat ja immer noch Fieber. Miss Uffa allerdings geht es viel besser, ist der Herr nicht gnädig? So viele Jahre im Busch ohne den Trost Seines Wortes, aber ...«

»Wie geht es Stephan?«, unterbrach Elizabeth sie sanft, und Mrs. Emory ließ sich bereitwillig ablenken. Sie nickte so heftig mit dem Kopf, dass ihr Doppelkinn erbebte.

»Oh, es geht ihm sehr gut. Er hat zwei Schalen von der guten Brühe unserer Katie gegessen und es hat ihm so gut geschmeckt. Die anderen auch, sie haben gegessen, bis sie nicht mehr konnten, und sich auch ausgeruht, die armen Lämmchen. Oh, und Mr. Bonner hat nach Euch gefragt, Mrs. Bonner. Er wirkt so zerstreut zur Zeit, aber das ist ja auch kein Wunder, selbst für den besten Schäfer sind es zu viele Schafe, nicht wahr? Aber wir müssen immer daran denken, dass der Herr, unser Gott, ein gnädiger Gott ist. Mr. Bonner ist im Salon mit dem Captain und den anderen. Wenn Ihr dorthin geht, schicke ich gleich Katie mit Eurem Tee. Oh, aber seht nur, seht nur Eure Schuhe ...«

»Ich trockne sie vor dem Ofen«, erwiderte Elizabeth bereits im Weggehen, blieb aber stehen, als Katie mit einem Tablett in der Diele erschien. Als Afrikanerin und so groß wie Nathaniel war sie nicht zu übersehen. Sie war aus Afrika mitgekommen, weil sie sich nicht von Mrs. Emory trennen wollte, und sie hatte ihre drei Söhne mitgebracht. Elizabeth hatte bisher kaum mit ihr geredet, aber sie mochte die Frau wegen ihrer Ruhe und Gelassenheit.

»Geht nur hinein, Mrs. Bonner, Katie legt Euch ein Gedeck auf.«

In der Ecke saß Selah mit ihrem kleinen Sohn an der Brust. Sie schlief schon halb, und Elizabeth nahm ihr den Säugling ab, damit sie sich ausruhen konnte. Katie machte sich an die Arbeit, völlig ungerührt von der Tatsache, dass die entlaufenen Sklaven den Blick nicht von ihr abwenden konnten – eine Frau, die Afrika aus freien Stücken verlassen hatte, um hierher zu kommen!

Nathaniel legte unter dem Tisch eine Hand auf Elizabeths Knie. »Morgen, Stiefelchen«, sagte er, »gehen wir noch vor Tagesanbruch aufs Schiff.«

Elijah wandte seine Aufmerksamkeit wieder den anderen zu. »Wenn der Sturm vorüber ist.«

»Er wird vorüber sein«, sagte Halbmond und drehte ihr Gesicht zu Elizabeth. »Er wird schon schwächer.« Ihre Wangen waren von kaum verheilten Kratzern übersät, die sie sich an dem Tag, als ihr Sohn starb, zugefügt hatte; ihre Stimme war ruhig, jedoch mit einem harten Unterton, wie die blutige Kruste einer Wunde, die niemals verheilt.

»Und wird Quincy auch reisen können?«

Ein kurzes Schweigen trat ein. Captain Mudge beugte sich vor und zupfte an seinem von Tabak gelb verfärbtem Schnäuzer. »Quincy wird bei uns bleiben«, sagte er. »Meine Schwester wird ihn pflegen, bis er euch folgen kann.«

»Er stirbt«, sagte Halbmond ruhig, als ob der Captain gar nichts gesagt hätte, und niemand widersprach. »Wir verabschieden uns von ihm, bevor wir aufbrechen. Knochen-im-Rücken?«

Elizabeth richtete sich abrupt auf, und der Säugling an ihrer Schulter gab ein unwilliges Geräusch von sich. »Ja?«

»An dem Fenster hinter dir war gerade jemand. Ich habe Schritte gehört.«

Der Captain grunzte. »Das wird die Milchkuh gewesen sein, die in den Stall ...«

»Keine Kuh«, unterbrach Halbmond ihn. »Ein Mann.«

Leise standen alle drei Männer auf und griffen nach ihren Waffen.

»Geh weg«, sagte Nathaniel, »in die Ecke, zu Selah ...« Er brach abrupt ab, als eine Krähe krächzte. Überrascht zog er die Mundwinkel hoch.

»Drei-Krähen«, sagte Captain Mudge und setzte sich wieder.

»Drei-Krähen?«, wiederholte Elizabeth, während Nathaniel bereits aus dem Zimmer ging. »Der Mohikaner?«

Drei-Krähen war ein alter Freund von Falkenauge, der gelegentlich auch nach Lake in the Clouds kam. »Woher kennt Ihr ihn, Captain Mudge?«

»Jeder am Großen See kennt den alten Schurken«, sagte Captain Mudge. »Man kann sich mit keinem besser unterhalten. Sary glaubt, sie kann ihn mit Wildbreteintopf und Bier bekehren, deshalb kommt er immer hier vorbei, wenn er in der Gegend ist. Solange er etwas zu trinken hat, machen ihm ihre Predigten nichts aus. Wahrscheinlich zieht er morgen schon wieder weiter nach Süden.«

»Vielleicht könnte er ja eine Nachricht nach Lake in the Clouds bringen«, sagte Elizabeth. »Um die Kinder zu beruhigen.«

Halbmonds Gesicht verzog sich schmerzerfüllt.

»Du hast immer wieder Glück, Knochen-im-Rücken«, sagte sie auf Französisch. Als Elizabeth noch nicht so gut Kahnyen'kehàka sprach, hatten sie sich meist in dieser Sprache unterhalten. Eine Sprache, die sie miteinander verband und von den anderen absonderte. »Es ist dir ein Weg gezeigt worden, deine Kinder zu benachrichtigen.«

Bonne Chance.

Drei-Krähen war ein zäher alter Mohikaner im Alter von Elizabeths Schwiegervater, ein kleiner Mann mit dünnen grauen Zöpfen. Er trug eine seltsame Kombination von Kleidern. Manche stammten von Mrs. Emory, andere, wie zum Beispiel seine hirschledernen Leggings, trug er schon seit Jahren. Auf seiner Brust hing ein Gewirr von Wampumperlen, Medizinbeuteln und Zähnen. An Waffen hatte er nur ein Messer bei sich und eine Keule mit einem Kopf wie ein knurrender Bär. Seine Hände zitterten leicht, zum einen, weil er schon alt war, zum anderen, weil er gerne trank. Als Elizabeth eintrat, um den neuen Gast zu begrüßen, hatte Mrs. Emory ihr zugeflüstert, er sei dem Trunk verfallen, und dabei missbilligend den Mund verzogen.

Mrs. Emory stand mit der Bibel in der Hand neben Drei-Krähen, der sich ihrem Eintopf widmete, und hörte sich an, was die Männer ihm zu sagen hatten. Nathaniel erklärte ihm ihre Pläne. Er vertraute dem Urteil von Drei-Krähen – wenn er nüchtern war – und schätzte seine Kenntnis des Großen Sees.

Drei-Krähen wischte seinen Teller mit einer Scheibe Brot sauber.

»Es sind viele Sklavenjäger unterwegs«, verkündete er. »Mehr als sonst. Seid ihr sicher, dass sie euch nicht auf der Spur sind?« Er sprach gut Englisch, mit einem Akzent ähnlich wie Falkenauge, und seine Stimme war heiser, als gehorche sie ihm nicht.

»Könnte sein«, erwiderte Nathaniel. »Wo hast du sie entdeckt?«

»Überall. Den letzten vor zwei Tagen, an der schmalen Stelle des Sees.«

Selah räusperte sich. »Kennt Ihr einen von ihnen mit Namen, Sir?«

Drei-Krähen griff nach seinem Bierkrug. »Ich kenne sie alle. Der am George war viel im Norden, die Kahnyen'kehàka nennen ihn Messer-in-der-Faust. Du kennst ihn bestimmt.« Die letzten Worte richtete er in ihrer Sprache an Halbmond. Sein Blick verweilte auf ihrem Gesicht, er musterte ihre blicklosen Augen, sagte aber nichts dazu.

»Messer-in-der-Faust hatte eine Abenaki-Großmutter«, erwiderte Halbmond. »Er hat sich von seinem Volk abgewandt.«

»Er ist ungefähr so groß wie ich«, sagte warf Elizabeth ein. »Mit einer tiefen Narbe hier«, sie fuhr mit den Fingerspitzen von ihrem Mundwinkel bis hinauf zum rechten Ohr, »und ihm fehlt ein Eckzahn.« Drei-Krähen nickte.

»Dye«, sagte Nathaniel. »Wir haben erwartet, dass er früher oder später auftaucht.«

»Du vielleicht, aber ich hatte gehofft, wir könnten diese Komplikation vermeiden«, erwiderte Elizabeth. Sie zuckte zusammen, als Mudge mit der Faust auf den Tisch schlug.

»Dieser Dye, hat er ein Schiff?«

Drei-Krähen schüttelte den Kopf. »Ein paar Hunde, mehr nicht. Und er ist aufbrausend.«

Wieder schlug Mudge so heftig auf den Tisch, dass das Geschirr tanzte. »Verdammt ... Halt dir die Ohren zu, Sary, weil ich jetzt Wörter benutzen werde, die dich immer so aufregen.« Er räusperte sich und reckte das Kinn. »Dann zum Teufel mit Dye! Soll er in der Hölle schmoren! Der Mann wäre nur eine Bedrohung für uns, wenn er fliegen könnte. Ich habe Mrs. Bonner im Frühlingsschlamm bis nach Sorel getragen, nicht wahr? Mrs. Bonner und die Kinder, während die Rotröcke uns auf den Fersen waren. Die Washington bringt Euch und die Euren wohlbehalten und sicher nach Lacolle, und wenn hundert verfluchte Sklavenjäger auf dem See wären.«

Elizabeth lächelte ihn an. Sie setzte dieses Lächeln immer ein, wenn sie jemanden beruhigen wollte, und es tat auch jetzt seine Wirkung.

»Natürlich, Captain«, sagte sie. »Davon bin ich überzeugt. Deshalb sind wir ja zu Euch gekommen.«

Tief in der Nacht fand Nathaniel Elizabeth im Salon. Sie saß am Tisch, umgeben von Landkarten und Papieren. Im Schein einer Kerze schnitt sie sich gerade einen neuen Federkiel aus einer Truthahnfeder. Sie war sehr blass, vor Übermüdung und Sorge, und es tat ihm weh, sie so zu sehen.

»Komm herein, Nathaniel«, sagte sie ohne aufzublicken. »Du machst mich nervös, wenn du da im Dunkeln stehst und mich beobachtest.«

Er trat neben sie und legte ihr eine Hand auf die Schulter. »Dein Nacken ist ganz verkrampft.«

»Hmm ... Ich wollte eigentlich auch gerade zu Bett gehen, aber ich musste ...«

»... noch einmal diese Papiere ansehen, nicht wahr?«

Die Freilassungs- und Reisepapiere lagen säuberlich auf dem Tisch ausgebreitet, jedes Dokument eine andere Papiersorte, jedes mit einer anderen Tinte geschrieben. Jede Nacht hatte sie stundenlang daran gearbeitet, aber sie würde nie zufrieden sein. Wenn er sie fragte, würde sie ihn auf alle möglichen Unvollkommenheiten hinweisen; ein schlecht gewähltes Wort oder eine Unzulänglichkeit in der Handschrift, die sie versucht hatte nachzumachen. Wenn Elizabeth sich erst einmal in den Kopf gesetzt hatte, das Gesetz zu brechen, dann würde sie nicht eher ruhen, bis alles perfekt war.

»Ich musste die Dokumente noch einmal neu schreiben, in denen von Quincy die Rede ist. Und das bedeutete natürlich auch, dass ich die Unterschrift meines Vaters noch einmal nachmachen musste. Ich glaube, dieses Mal ist sie echter geworden. Kannst du dir vorstellen, wie zornig er sein würde, wenn er von seiner Rolle in diesem Spiel wüsste? Die Toten haben ja keine Ahnung, wie nützlich sie einem manchmal sein können.« Sie blickte auf ihre Fälschungen und zog leicht amüsiert die Mundwinkel hoch. »Du musst es auch noch mal unterschreiben, Nathaniel.« Sie wies unten auf eine Seite.

Nathaniel ergriff das Blatt und las den Text:

An alle, denen dieses Dokument zur Kenntnis gerät.

Wisset, dass ich, Nathaniel Bonner aus Hamilton County im Staat New York, kraft der Autorität durch die Jährliche Versammlung der Gesellschaft der Freunde in New York, zwölf freigelassene Neger oder farbige Personen nach Kanada begleite, als da sind:

Elijah Middleton, ungefähr fünfunddreißig Jahre alt und von dunkler Hautfarbe, Moses Middleton, ungefähr dreißig Jahre alt und von gelblicher Hautfarbe, leicht gebaut, und seine Frau, Conny Middleton, eine Frau von mittlerer Farbe und hellen Augen, ungefähr fünfundzwanzig Jahre alt, sowie Jode Middleton, ungefähr achtzehn Jahre alt und Mulatte, ihr Sohn.

Alle vier Neger gehörten Richter Middleton & wurden von ihm an die besagte Gesellschaft von Freunden weitergegeben und daraufhin freigelassen.

Weiter begleite ich ...

»Stiefelchen, selbst wenn dir ein Jahr lang Zeit geblieben wäre, hättest du es nicht besser machen können.« Nachdem er an der angegebenen Stelle unterschrieben hatte, legte er den Federkiel hin und begann, ihre verspannten Nackenmuskeln zu massieren.

Elizabeth wimmerte leise auf und bog sich ihm entgegen. Nach einer Weile sagte sie: »Ich habe auch den Kindern einen Brief geschrieben.« Ihre Stimme war plötzlich ganz weich geworden und er wusste, sie stand am Rande eines Tränenmeers.

Nathaniel schlang die Arme um sie und flüsterte ihr ins Ohr: »Das wird ihnen gefallen. Ich wette, sie streiten sich darum, wer den Brief unter sein Kopfkissen legen darf.«

»Natürlich«, erwiderte Elizabeth lächelnd und rieb ihre Wange an seinem Arm. »Darauf verlasse ich mich. Ein ordentlicher Streit lenkt sie von ihren Sorgen ab.«

Die Uhr auf dem Kaminsims schlug zwei und Elizabeth blickte überrascht auf. »So spät schon. Ist Jode gekommen?«

»Er war eine gute Stunde hier.«

»Ah.« Elizabeth stieß einen Seufzer aus. »Und kommt er mit uns nach Kanada?«

»Halbmond geht davon aus«, sagte Nathaniel. »Aber sicher können wir erst sein, wenn wir alle an Bord der Washington sind – und das in ungefähr drei Stunden, wenn ich dich daran erinnern darf.«

»Du machst dir Sorgen um ihn.«

»Ja«, erwiderte Nathaniel leichthin. »Er könnte zum falschen Zeitpunkt die Nerven verlieren; aber auch wegen Dye, wegen der Garnison in Lacolle. Es gibt viele Gründe, sich Sorgen zu machen, Stiefelchen. Wir brauchen uns nicht noch neue auszudenken.«

Sie drückte seine Hand. »Zusammen schaffen wir das schon. Wir haben schon Schlimmeres bewältigt.«

»Ja, das ist wohl wahr.« Er blies die Kerze aus und sie waren ganz allein im dunklen, schlafenden Haus. Nur der Wind rauschte in den Bäumen; es roch nach Talgkerzen, Holzrauch und Lammeintopf. Und nach Angst.

Elizabeth ließ sich von ihm aus dem Stuhl ziehen und in die Arme nehmen. Jetzt wollte sie nur noch schlafen und in den nächsten Stunden alles vergessen, was vor ihnen lag. Sie hatte viel mehr Angst, als sie jemals zugeben würde, Angst um sich, um ihn, um die Menschen, die oben schliefen, und um deren Kinder. Schließlich gab sie sich Nathaniels Umarmung hin, seiner ruhigen Entschlossenheit, die so viel tröstlicher war als Worte.

»Ich könnte dich tragen«, sagte er leise.

Elizabeth lächelte im Dunkeln. Es stimmte. Er würde sie tragen, wie er sie immer trug, auch wenn sie neben ihm her ging.

17 Ohne Laternen oder Fackeln gingen sie den Pfad zum Schiff hinunter. Captain Mudge führte sie an, dicht hinter ihm kam Elijah. Halbmond war mit ihrem Mann durch eine Schnur verbunden, die er um seine Taille und ihr Handgelenk geschlungen hatte. So hatten die Krieger der

Kahnyen'kehàka einst entführte Frauen und Kinder in den Busch verschleppt.

Elizabeth wusste nicht, warum ihr dieses Bild gerade jetzt einfiel, aber ein Schauer lief ihr über den Rücken. Sie war die Zweitletzte in der Reihe, und Nathaniel bildete die Nachhut. Ihren Mann im Rücken zu wissen, hatte sie sonst immer beruhigt, aber jetzt sah sie vor sich ein Dutzend Menschen, die zum Schiff gingen, weil sie es vorgeschlagen hatte. Normalerweise wären sie mit Nathaniel als Führer durch die endlosen Wälder nach Norden gezogen, aber sie hatte es nicht über sich gebracht, ihn so lange nicht bei sich zu haben. Ihre Ungeduld hatte sie hierhin gebracht. Elisabeth erschauerte trotz ihrer warmen Kleidung, und das Herz schlug ihr bis zum Hals.

Eine Bewegung zur Linken, und sie blieb stehen.

»Kein Grund zur Besorgnis«, sagte Nathaniel leise. »Das sind nur Katies Söhne, die Wache stehen. Jeder Sklavenjäger, der vielleicht in der Nähe ist, müsste erst einmal an ihnen vorbei.«

»Ich wünschte, Jode würde endlich kommen«, erwiderte Elizabeth über die Schulter, aber sie bekam keine Antwort. Natürlich gab es nichts dazu zu sagen. Der Junge würde entweder mitkommen, oder er würde dableiben.

Der Geruch des Sees wurde immer stärker, und dann wichen die wilden Rosen und Wacholderbüsche, die den Weg säumten, langsam dem Sand mit Tausenden von Muschelschalen. Die Schuppen der Segelflicker und Seilmacher hielten in der Dunkelheit Wache wie alte, gebeugte Soldaten; bei manchen war ein Stück Papier an die Tür genagelt, das leise im Wind flatterte. Tonnen und Fässer, die Überreste eines Kanus und eine erloschene Feuerstelle, alles vermischte sich mit dem Geruch des Hafens nach rostigem Metall, fauligem Fisch und Teer.

Am Fuß der Planke, die auf das Schiff führte, flackerte ein Licht auf. Elijah ging weiter, aber Halbmond zögerte einen Moment und wandte ihr Gesicht der Wärme der Laterne zu. Elizabeth trat auf den Kai und rutschte auf den Steinen, die glatt von Tau und Fischöl waren, beinahe aus.

Unter dem Dreispitz des Captains sah Elizabeth sein Gesicht nicht, aber sie spürte die Spannung, die von ihm ausging. Er trat hinter Nathaniel an Bord und befahl seinen Seeleuten – verschwiegenen, gut bezahlten Männern, wie er versprochen hatte –, sofort die Segel zu setzen.

Jetzt gab es kein Zurück mehr. Elizabeth stand an der Reling und blickte in den Himmel, der im Osten bereits heller wurde. Bald würde die Sonne aufgehen, und dann waren sie schon auf dem Weg nach Kanada – wenn der Wind günstig stand, und wenn die Sklavenjäger und Grenzwachen in eine andere Richtung blickten.

Nathaniel drückte ihren Ellbogen. Elizabeth folgte den anderen in die Kajüte auf dem Achterdeck, und dort stand Jode. Er straffte die Schultern, als er Halbmond erblickte – man sah ihm an, dass er sich am liebsten in ihre Arme gestürzt hätte.

Elizabeth hatte ganz vergessen, wie laut es auf einem Schiff war, aber sie waren auch viele. Vierzehn Personen drängten sich in der Kajüte, die eigentlich nur Platz genug für vier bot. Selah und Halbmond teilten sich die Koje, und Stephan, der schwächste der Männer, setzte sich auf den einzigen Stuhl. Manche hockten auf dem Kartentisch, und die meisten Schulter an Schulter auf dem Fußboden. Schweigend saßen sie da und lauschten auf den Wind, der die Washington mit geblähten Segeln über den See trieb.

Elizabeth hatte gedacht, sie könne nicht mehr schlafen, und deshalb überraschte es sie, dass sie erst wieder aufwachte, als die Kajüte von hellem Sonnenschein durchflutet wurde.

»Ich habe von Julian geträumt«, sagte sie laut, um sich den Traum zu merken.

»Wenn du auf dem Wasser bist, träumst du immer von deinem Bruder.« Nathaniel zog seinen Arm unter ihrem Kopf hervor und streckte ihn, um die verkrampften Muskeln zu lösen.

Pico reichte ihr einen Schluck Wasser. Sie trank und rieb sich mit dem Rest den Schlaf aus den Augen.

»Wo ist Jode? Habe ich ihn auch nur geträumt?«

Nathaniel zog die Mundwinkel herunter. »Er ist oben auf Deck mit Elijah.«

»Ist das eine gute Idee?«

Er zuckte mit den Schultern. »So lange wir uns nicht alle dort oben drängen ...«

»Immer zwei und zwei, wie bei Noah.« Uffa hatte eine raue, fast tonlose Stimme, machte dies aber durch ihr Lächeln wieder wett. Sie hielt Elizabeth ihr Proviantpäckchen hin. »Hungrig?«

Mrs. Emory hatte jedem reichlich zu essen mitgegeben: Wildbret, Maisbrot mit Nüssen, Flachbrot mit Schweinespeck, Blutwurst, Zwiebeln, getrocknete Äpfel und Birnen und einen Käse, der auf der Zunge zerbröckelte. Elizabeth nahm etwas getrockneten Apfel und eine Scheibe Maisbrot, und als die alte Frau besorgt das Gesicht verzog, auch noch ein Stück Wurst.

Die Männer aßen schweigend, aber die Frauen unterhielten sich flüsternd. Halbmond, Selah, Conny, Flora, Uffa, Dorcas – Elizabeth musterte ihre Gesichter und dachte daran, wie sie sie zum ersten Mal gesehen hatte. Leise weinend hatten sie an einem frisch ausgehobenen Grab im Wald gestanden. Sie wirkten wachsam, aber weder ihr Kummer noch der lange Marsch zum See hatte diese Frauen brechen können. In ihren Kleidern, die Mrs. Emory noch hastig in verschiedene Grautöne gefärbt hatte, erinnerten sie Elizabeth an Spatzen, die sich im Winter aneinander drängten und sich Trost und Hoffnung holten, wo immer sie sie finden konnten.

Die Männer machten ihr mehr Sorgen. Stephan wegen seines schlechten Gesundheitszustandes, Charlie wegen seines anhaltenden Schweigens – Elizabeth hatte ihn in der ganzen Zeit nicht mehr als fünf Wörter sagen hören –, Pico und Markus wegen der Tiefe ihrer Trauer und Jode und Elijah wegen ihrer Wut, die nicht einmal das Quäkergrau verbergen konnte.

»Möchtest du etwas von Katies Brot?«

Elizabeth zuckte zusammen und nahm das Flachbrot entgegen, das Dorcas ihr reichte. Sie hatte Augen in der Farbe von Brandy, eine weiche, süße Stimme und zahlreiche Narben auf der Wange, wo sie einmal gebrandmarkt worden war. Ein »E«, hatte Katie erklärt. E wie Entlaufen.

»Du brauchst nicht zu flüstern«, sagte Elizabeth zu ihr. »Du könntest sogar laut singen. Hier auf dem Wasser hört dich niemand.«

Erstaunt und unbehaglich blickten die Frauen sie an, als ob sie ihnen erklärt hätte, sie könnten fliegen.

Die Tür ging auf und Jode erschien auf der Schwelle. Hinter ihm stand Elijah, der etwas in den Händen trug, das wie ein großer, polierter Knochen aussah.

»Was hast du da?«, fragte Dorcas und stand auf, um besser sehen zu können.

Elijah trat zu Halbmond. »Einen Zahn. Zumindest behauptet der alte Seemann das. Er hat gesagt, Halbmond könnte uns etwas dazu sagen.«

Mit seinen drei Wurzeln sah das Ding wirklich wie ein Zahn aus, aber es war so groß wie die Faust eines Mannes. Elijah legte den Zahn in die Hände seiner Frau, und sie fuhr mit den Fingern leicht über die Oberfläche, wog ihn in ihren Händen und roch daran.

Elizabeth fragte: »Welcher alte Matrose?«

»So ein kleiner Mann mit einer roten Kappe. Er heißt Tim Card.«

»Tim Card!« Elizabeth legte eine Hand auf Nathaniels Arm. »Weißt du noch, dass ich dir von Mr. Card erzählt habe? Als ich das letzte Mal mit Captain Mudge gesegelt bin, war er auch an Bord. Oh, er hat Geschichten erzählt ... Über Piraten und Schmuggler und die Button Bay.«

»So ein riesiger Zahn hat bestimmt auch eine Geschichte«, warf Selah ein. Sie hatte den Zahn von Halbmond entgegen genommen und drehte ihn jetzt in ihren Händen.

»Der alte Mann behauptet, es sei ein Engelszahn«, sagte Jode, der immer noch unbeweglich an der Tür stand. »Er behauptet, die Knochen von Engeln, die in der himmlischen Schlacht gefallen sind, könne man überall am Ufer finden.«

»Ich hätte nie gedacht, dass ich mal Engelsknochen sehen würde«, meinte Stephan. Seine Stimme war immer noch ein wenig heiser vom Fieber.

»Der alte Seemann hat uns erzählt, er habe dort, wo er den Zahn ausgegraben hat, Beinknochen gefunden, die fast sieben Meter lang waren«, sagte Jode aufgeregt. »Ich glaube allerdings nicht an Engel.«

Pico wedelte mit einem der religiösen Pamphlete von Mrs. Emory. »Woher willst du wissen, dass der Zahn nicht von einem Engel stammt?«

Der Junge schnaubte und wandte den Blick ab.

Conny sagte: »Also, ich glaube es. Mrs. Emory hat mir noch vor zwei Tagen aus der Bibel über große Engel vorgelesen, die auf die Erde kommen.«

»Das waren keine Engel.« Uffa blickte stirnrunzelnd auf den Zahn. »Das waren Riesen. Das ist doch richtig, oder?« Sie wandte sich an Elizabeth.

»Aus der Schöpfungsgeschichte«, stimmte sie zu.

»Na los, zitier schon.« Nathaniel stupste sie grinsend an. »Du kannst es doch sowieso nicht lassen.«

Elizabeth stupste ihn ebenfalls, hob aber gehorsam ihre Stimme.

»›In jenen Tagen waren Riesen auf der Erde und auch danach, als die Söhne Gottes zu den Töchtern der Menschen gekommen waren, und sie hatten ihnen Kinder geboren; dies waren die Helden, die seit alters berühmt waren.‹«

»Du hast bestimmt hundert Bücher im Kopf.« Selah lächelte ihr zu. »Ich begreife nicht, wie du all die Wörter behalten kannst.«

»Wie kommt man denn von Riesen auf Engel, das möchte ich gerne wissen«, schniefte Flora. »Und vielleicht ist der Zahn ja auch gar nicht echt. Er könnte aus Elfenbein oder irgendeinem Holz geschnitzt sein. Nathaniel hat noch gar nichts dazu gesagt, und du auch nicht, Halbmond. Ist er echt?«

Nathaniel erwiderte: »Ja, er ist echt. Ich habe die Knochen gesehen und Halbmond auch.«

Alle wurden ganz still. Jode sagte irritiert zu Halbmond: »Du hast uns nie Geschichten von Riesen erzählt.«

Sie wandte ihr Gesicht in seine Richtung. Im hellen Morgenlicht traten die Narben auf ihren Wangen rot hervor, als habe sie Kriegsbemalung angelegt. Leicht den Kopf neigend lächelte sie wie eine Mutter, die ein ungeduldiges Kind vor sich hat.

»Es gibt Hunderte von Geschichten«, sagte sie. »Und es würde Jahre dauern, bis ihr sie alle gehört habt, und noch länger, bis ihr sie begriffen habt.« Sie sagte dies ganz sanft, aber Jode senkte den Kopf, als habe sie ihn angeschrieen.

»Können wir denn die Geschichte jetzt hören?« Dorcas beugte sich vor. »Dann vergeht die Zeit rascher.«

Halbmond räusperte sich und dann begann sie mit lauter Stimme zu erzählen:

»Im Langhaus meiner Väter wurde die Geschichte von Riesen erzählt, die vor langer Zeit unter uns gelebt haben. Sie erzählen von Weetucks, der so groß war wie die höchsten Bäume, und seinem Bruder Maughkompos, der sogar noch größer war. Maughkompos konnte mitten im großen Fluss stehen und einen Stör, so groß wie ein Mann, mit einer Hand fangen. Weetucks konnte Schwester Bär aus dem Baum schütteln, wo sie sich vor ihm versteckte. Kein Tier konnte so schnell rennen, um sich vor den Riesen in Sicherheit zu bringen. Kein Zahn war lang genug, keine Klauen scharf genug.

Sie waren so gute Jäger, dass sie nach und nach viele Tiere im Wald töteten und die anderen vertrieben. Alles Wild zog in den hohen Norden, wo keine Riesen hausten. Unsere Jäger kamen mit leeren Händen zurück, und die Leute hatten Hunger und froren, weil es kein Fleisch und keine Biberpelze gab.

Der Herr des Lebens sah, was die Riesen für einen Schaden bei seinem Volk angerichtet hatten, und wurde zornig. Er schickte Blitze und löschte ihre Rasse vom Erdboden aus. Ihre Knochen ließ er zurück, um mein Volk an die Riesen und daran, wie sie ihr eigenes Ende verursacht hatten, zu erinnern.«

»Gier«, verkündete Dorcas auf Englisch. »Es lag an ihrer Gier.«

Charlie erhob sich plötzlich. Sein ganzer Körper bebte. Er war ein Mann in mittleren Jahren, klein, aber kräftig gebaut; da er vom Verlust seiner Frau und seiner Tochter bis ins Mark getroffen worden war, erinnerte er Elizabeth an die gespaltene Eiche, die vor dem Schulhaus stand. Elizabeth hatte ihn oft im Schlaf weinen hören, und am Tag ging er wie ein Schlafwandler umher.

»Hochmut«, rief er mit rauer Stimme aus und hob die Fäuste, »Hochmut kommt vor dem Fall! Die Engel fielen und die Riesen, und auch wir werden fallen. Gott hat uns das Fieber geschickt, um unseren Hochmut zu dämpfen. Wir wurden zu stolz und er hat uns bestraft. Er hat uns die Kinder genommen. Mit zitterndem Finger zeigte er auf jeden. »Er nahm deinen Joshua und deine Mariah und Billy, und meine Tochter, mein süßes Mädchen, meine Meg.« Abrupt drehte er sich zu Selah um. »Er hat unsere Kinder genommen und er wird auch deinen Sohn nehmen.«

So plötzlich wie er aufgestanden war sank er wieder in sich zusammen. Er zog die Knie an und machte sich klein, als könne er allein durch seine Willenskraft verschwinden.

Alle Frauen wollten auf Selah einreden, aber sie hob die Hand, stand von der Koje auf und trat zu Charlie. Sie hockte sich neben ihn und legte ihm die Hand auf den Kopf. Eine ganze Zeit lang kauerte sie so schweigend neben ihm, bis ihn schließlich ein Schauer durchrann und er den Kopf hob.

Die beiden blickten einander an. Tränen rannen über das Gesicht des Mannes. Selah lächelte nicht, sondern sah ihn nur unverwandt an.

Schließlich sagte sie: »Nimmst du mir meinen Sohn mal für eine Weile ab? Ich möchte mir ein bisschen die Beine vertreten, aber ich habe Angst, ihn nach oben mitzunehmen, für den Fall, dass ich ausrutsche. Hältst du ihn? Er heißt Galileo, nach seinem Großvater.«

Charlie schluckte und erwiderte: »Galileo hat mir den Weg nach Red Rock gezeigt, als ich ein Reisender war.«

»Das ist sein Enkel«, sagte Selah ruhig. »Kümmerst du dich ein bisschen um ihn? Ich wäre dir sehr dankbar.«

Ein Zittern durchlief ihn. Niemand rührte sich oder sagte etwas, als er sich nach und nach aufrichtete und die Fäuste öffnete.

Selah legte ihm das schlafende Kind in die Arme. »Danke«, sagte sie. Anmutig stand sie auf und wandte sich an Elizabeth und Nathaniel. »Kommt ihr mit mir an Deck? Ich möchte gerne ein bisschen hin und her gehen.«

Der Tag verstrich langsam, mit kurzen Spaziergängen an Deck und in der Kajüte, mit Essen, Schlafen und Reden und einer kurzen Zeitspanne, in der die Waffen – die mitten in der Nacht aufs Schiff gebracht worden und dort hinter einer Schutzwand versteckt worden waren – herausgeholt wurden, damit sie überprüft und gereinigt werden konnten. Quäker trugen keine Waffen, und nur als Quäker gelangten sie sicher nach Kanada; so wenig wohl ihnen auch dabei war, alle Gewehre, Musketen und Jagdmesser mussten wieder zurück in ihr Versteck gebracht werden.

Mit jedem Schiff, das ohne Signal an ihnen vorbeifuhr, wurde Elizabeths Lächeln weniger gezwungen. Meistens waren es sowieso nur Kaufmannsschiffe, Schoner und schwere, unbeholfene Flöße, die sich dicht an der Küste hielten, aber auch ein Marineboot überholte sie. Nathaniel sah, wie froh Elizabeth über die gute Stimmung in der Kajüte war, wo die Reisenden jetzt angefangen hatten, sich Geschichten zu erzählen, damit die Zeit schneller verging. Jeder versuchte, den anderen mit seltsamen und merkwürdigen Begebenheiten zu übertrumpfen.

Sie sprachen von Kinderstreichen und Tricks, von Spinnen, die von Fliegen überlistet, von Katzen, die von Mäusen hereingelegt worden waren, von Menschen, denen Flügel wuchsen, und von Hexen, deren Liebestränke bei den falschen Opfern gewirkt hatten. Pico erzählte die Geschichte von einem Ochsenfrosch in einer Hose und brachte Elizabeth damit so zum Lachen, dass ihr die Tränen kamen. Sie redeten nicht vom Tod oder den Gräbern, die sie ausgehoben hatten, nicht von der Flucht in den Norden oder ihrem früheren Leben, und sie sprachen auch nicht von der Zukunft, von dem Leben, das sie in Kanada führen würden.

Mit jeder Geschichte ließ die Furcht, die ihnen die Kraft geschenkt hatte, bis hierher zu kommen, ein wenig nach. Alle Reisenden zeigten jetzt mehr Interesse an der Welt außerhalb der Kajüte, sogar Charlie, der durch den Riesenzahn aus seinem Kummer herausgerissen worden war. Die meisten gingen ab und zu für ein paar Minuten an Deck, um die Landschaft zu betrachten, die blauen Berge im Westen, die grünen Wälder am Ufer. Jode verschwand am häufigsten nach draußen, angezogen von frischer Luft, dem scharfen Wind und dem Anblick der Seeleute bei der Arbeit. Je später es wurde, desto ruheloser wurden auch die anderen Männer und gingen in Zweier- oder Dreiergrüppchen hinaus. Nathaniel beobachtete sie vom Fenster der Kajüte aus und schnappte Gesprächsfetzen auf.

Sie staunten über alles, über die Segel, das Ankerspill und das Steuerrad; sie stellten einander Fragen über Dinge, die sie an der Küste sahen. Manchmal trat Captain Mudge zu ihnen und sagte ein paar Worte über die Fahrt, und auch Tim Card fand immer ein williges Publikum, wenn er sich für ein paar Minuten von seinen Pflichten lösen konnte.

Der alte Seeman war nie um eine Geschichte verlegen. Er brauchte bloß auf den See zu schauen, und schon fiel ihm etwas ein. Nathaniel hatte das Gefühl, dass die meisten von Cards Geschichten eine Mischung aus indianischen und biblischen Legenden sowie von Mythen und Seeschlachten waren. Es war ein seltsames Bild, den kleinen Tim Card mit seinen weißen Haaren inmitten von Schwarzen sitzen zu sehen, die ihm aufmerksam lauschten.

Elizabeth trat neben Nathaniel und lauschte ebenfalls, während Tim in allen Einzelheiten die Schlacht auf dem Champlain und den Untergang der amerikanischen Flotte schilderte.

In ihrem grauen Quäkerkleid wirkte Elizabeth anders als sonst, zurückhaltender und kleiner, aber als sie sich umdrehte und ihn anlächelte, war ihr Gesicht so lebendig wie eh und je. Er ergriff ihre Hand und fuhr mit der Zunge über die Schwielen und Tintenflecke auf der Handfläche. Sie zuckte zusammen und zog mit einem vorwurfsvollen Blick ihre Hand weg, aber es gelang ihr nicht, den Funken zu verbergen, den er entzündet hatte.

Sie wies mit dem Kinn auf die Männer, die neben Tim Card an der Reling standen. »Mit jeder Meile finden sie wieder mehr zu sich selbst.«

Nathaniel legte ihr die Hand auf die Schulter. »Ich habe gerade das Gleiche von dir gedacht, Stiefelchen.«

»Ach ja?« Überrascht hob sie ihr herzförmiges, blasses Gesicht. Ihre grauen Augen wirkten im Sonnenlicht fast silbern und zum ersten Mal fielen ihm weiße Strähnen in ihrem Haar auf. In diesem Moment sah er ganz deutlich die resolute alte Frau vor sich, die sie eines Tages einmal werden würde, eine Frau mit eisernem Rückgrat.

»Was, glaubst du, würdest du jetzt tun, wenn du England nie verlassen hättest?«, fragte er.

Sie neigte den Kopf. »Mich um die Kinder meiner Kusine kümmern, meinen Bruder im Schuldturm besuchen und aus Bibliotheksbüchern abschreiben wahrscheinlich. Was glaubst du?«

»Manchmal frage ich mich, ob du nicht vielleicht Bücher schreiben würdest, wie Mrs. Wollstonecraft.«

Lachend schlug sie die Hand vor den Mund. »Das ist ja ein ganz neuer Gedanke, Nathaniel. Wenn du dich um mein Wohlergehen sorgst, sagst du mir für gewöhnlich immer, dass ich besser in England geblieben wäre. Und jetzt stellst du es auf einmal so dar, dass ich Ruhm und Vermögen als Schriftstellerin aufgegeben habe, um dir in die Wildnis zu folgen. Wie einfallsreich!«

Nathaniel legte ihr den Arm um die Schultern und zog sie an sich. »Sicherer wärst du dann bestimmt gewesen.«

Sie drückte ihr Gesicht an seine Brust und lachte.

»Wenn du nicht aufhörst, mich auszulachen, werden wir uns ein wenig unterhalten müssen. Eins dieser Gespräche, die du so liebst«, sagte er ihr ins Ohr. Erneut überkam sie ein Lachanfall. »Wenn wir allein sind.«

Sie löste sich von ihm und wischte sich die Lachtränen mit dem

255

Taschentuch ab. »Sei nicht albern«, sagte sie schließlich. »Wir werden die nächsten zwei Tage ganz bestimmt nicht allein sein, Nathaniel Bonner. Du wirst dir deinen ... Vortrag schon bis dahin aufsparen müssen.« Und bevor er ihr das Gegenteil beweisen konnte, entschlüpfte sie ihm, immer noch lachend.

Plötzlich ertönte Geschrei auf Deck, und sie blieb wie erstarrt stehen. Ihr Lächeln erlosch. Die Tür flog auf und Elijah kam, gefolgt von Jode und Pico, herein.

»Man hat uns heruntergeschickt«, sagte Elijah tonlos. Oben auf Deck wurden Befehle geschrieen.

»Was ist los?«, fragte Halbmond. »Warum werden wir langsamer?«

Nathaniel beugte sich aus dem Fenster, um einen der Matrosen, der vorbei kam, das Gleiche zu fragen. Die Antwort gefiel ihm zwar nicht, er gab sie aber trotzdem weiter.

»Der Zoll kommt an Bord.«

Elizabeth warf ein: »Aber wir sind doch noch meilenweit von der Grenze entfernt.« Sie bemühte sich, ihre Stimme ruhig klingen zu lassen, aber es nützte nichts – alle in der Kajüte sahen sie angsterfüllt an.

»Sie kommen früher, als wir erwartet haben, das stimmt. Aber es hat keinen Sinn, wenn wir deswegen in Panik geraten.«

Er erreichte damit, was er wollte; sie blitzte ihn an und ihre Angst wich Empörung. Bevor sie ihm widersprechen konnte, sah er sie eindringlich an.

»Du hast dem Gouverneur von Kanada die Stirn geboten, gewöhnlichen Verbrechern und auch Gleichgestellten aus dem Königreich, Stiefelchen. Jetzt wirst du ja wohl mit ein paar Zollbeamten fertig werden.« Er drehte sich zu den anderen um, während er nach seinem Hut griff, der an einem Nagel hing.

»Bedeckt eure Köpfe und macht ein gleichmütiges Gesicht. Wir gehen jetzt alle an Deck.«

Jode trat auf die Wand zu, hinter der die Waffen lagen, aber Elijah stellte sich vor ihn und legte ihm stumm die Hand auf die Schulter. Der Junge riss sich los, aber Elijahs Blick konnte er nichts

256

entgegensetzen. Schließlich sagte der ältere Mann: »Halte dich dicht bei Halbmond.«

Elizabeth hatte schon früher mit Zollbeamten zu tun gehabt, und zwar auf genau diesem Schiff. Damals, als Nathaniel und sein Vater in Kanada als Spione festgehalten worden waren, hatte sie diesen Dingen allerdings kaum Beachtung geschenkt, weil sie viel zu sehr mit der Frage beschäftigt war, wie sie die beiden vor dem Galgen bewahren könnte.

Jetzt jedoch musste sie ihnen Beachtung schenken, und was sie sah, gefiel ihr nicht. Sie waren vom südlichen Teil des Sees – der Breite, wie der Captain sie nannte – in das Inselgebiet gelangt, das sich an der New York zugewandten Küste hinzog. Östlich von ihnen lagen ein paar Schoner und Kutter im kleinen Hafen einer Insel vor Anker, darunter auch ein Schiff mit der amerikanischen Marineflagge und ein weiteres von der Küstenwache. Am meisten beunruhigte sie jedoch, dass ein Flussboot auf sie zukam. Sie zählte sechs Ruderer und ein paar Zollbeamte und Offiziere. Hinter dem Flussboot fuhren zwei Kanus.

»Was wollen denn die Offiziere bei den Zollbeamten? Ist das normal?«

Nathaniel zuckte mit den Schultern. »Die Kanus machen mir mehr Sorge.«

»Meiner Meinung nach sehen sie aus wie Kahnyen'kehàka«, sagte Elizabeth. »Kennst du sie nicht?«

»Im hinteren Kanu sitzt Steinvogel«, erwiderte Nathaniel. »Es sieht so aus, als ob sie zum Handeln den See hinunter wollten.«

Sein Tonfall war gepresst und Elizabeth blickte ihn forschend an. »Wenn sie auf dem Weg nach Guter Weidegrund sind, dann ist das doch gut, oder? Dann brauchen wir nicht alleine zu reisen.«

Sie brach ab, weil sie in diesem Moment erkannte, wer im zweiten Kanu saß. Zwei Männer, und einer davon war Liam Kirby.

Nathaniel packte sie am Ellbogen, als sie schwankte. »Ganz ruhig«, flüsterte er. »Ruhig.«

»Aber ...«

Er drückte ihren Arm so fest, dass sie bestimmt einen blauen Fleck bekam. »Lass dir nichts anmerken.«

Lass dir nichts anmerken. Panik stieg in ihr auf. Sie schüttelte den Kopf, um ihn klar zu bekommen, aber als sie wieder hinsah, war Liam Kirby immer noch da. Sein rotes Haar leuchtete in der Sonne – ein Irrtum war ausgeschlossen. In wenigen Augenblicken würde er auf der Washington sein.

Wenn er einen Weg suchte, um sich an Nathaniel zu rächen, so wäre hier an Deck die beste Gelegenheit. Elizabeths Gedanken überschlugen sich, aber sie konnte an nichts anderes denken als an die Wut in Liams Gesicht, als er vor Axels Schenke von seinem Bruder geredet hatte.

Nathaniel zog sie an sich und sagte so leise, dass nur sie es verstehen konnte: »Ich glaube nicht, dass er uns schon gesehen hat. Komm.«

Wortlos und tief durchatmend folgte sie ihm an die Reling zu den anderen.

Sie konnten nicht fliehen. Nirgendwo hinlaufen. Sie hatten keine Waffen außer ihrem Verstand.

»Ahoi!«, rief Captain Mudge dem Flussboot entgegen. Er stand mit auf dem Rücken verschränkten Händen an der Reling und sein Bart flatterte im Wind wie eine zerfetzte Flagge. Weder die Zollbeamten noch die Kanus schienen ihn zu beunruhigen, aber er kannte ja Liam auch nicht und hatte keine Ahnung, was gleich passieren würde.

»Was sollen wir tun?«

»Bleib ruhig.«

Wut stieg in ihr auf und erstickte ihre Angst. Wut auf Liam Kirby, auf Nathaniel, und vor allem auf sich selbst. Unwillkürlich betrachtete sie die Gesichter, die ihr so vertraut geworden waren, diese Menschen, die so viel erduldet hatten; sie hatte ihnen das eingebrockt. Sie hätten auf Jode hören sollen, der zwischen Selah und Halbmond an der Reling stand.

Das Flussboot machte an der Washington fest, und der Zollbeamte kletterte über die Strickleiter an Deck. Mit seinen hellen, scharfen Augen musterte er den Captain, aber dann ergriff er mit einem Freudenschrei Mudges Hand und schüttelte sie heftig.

»Jed Allen«, sagte Nathaniel.

»Noch ein Allen?«

Er hob die Schultern. An seiner Wange zuckte ein Muskel. »Auf diesem See triffst du überall auf Allens.«

Elizabeth überlegte. War das gut oder schlecht? »Wird er dich erkennen?«

»Das bezweifle ich. Ich habe ihn seit über zwanzig Jahren nicht mehr gesehen.«

Der Captain und sein Vetter tauschten Neuigkeiten aus, aber Elizabeth hörte ihnen nicht zu. Sie blickte unverwandt auf die Stelle, an der früher oder später Liam Kirby auftauchen musste. Er würde an Bord kommen und sie zu Betrügern und Verbrechern erklären; er würde nicht nur Selah und ihr Kind, sondern auch alle anderen mitnehmen. Jeden Einzelnen. Ihr wurde übel vor Furcht.

Jed Allen drehte sich um, beugte sich über die Reling und schrie zu dem Flussboot hinunter: »Mr. Thistlewaite! Ich brauche Euch hier!«

»Der Schreiber«, flüsterte Nathaniel ihr ins Ohr. »Wenn Kirby an Bord kommt, verrät er uns möglicherweise gar nicht, da du dabei bist. Es ist nur eine kleine Chance, aber er will dich bestimmt nicht ins Gefängnis bringen.«

»Selah«, zischte sie leise. »Wo kann sie sich verstecken?« Aber sie wusste die Antwort eigentlich schon: nirgendwo. Das ganze Deck lag offen da, und um zu der Schutzwand zu gelangen, hinter der die Waffen lagen, würde Selah die ganze Länge des Schiffes durchschreiten müssen. Das war viel zu offensichtlich.

»Da ist der Schreiber. Bleib ruhig und dreh dich nicht um.«

Der Schreiber war ein älterer Mann, aber er sprang so geschickt wie ein Junge an Bord. In einer Schlinge um die Brust trug er ein großes Registerbuch, und in seinem Mundwinkel steckte ein Bleistift wie eine Pfeife. Am wichtigsten war jedoch, dass Mr. Thistle-

259

waite ansonsten genauso gekleidet war wie sie, in schlichtem Grau.
Seine Haare waren in einer geraden Linie über der Stirn abgeschnitten. Ein Quäker also, das war doch bestimmt ein gutes Zeichen.

»Mr. Thistlewaite!«, schrie Jed Allen. »Seid Ihr bereit?« Der alte
Mann legte das Registerbuch auf ein Fass, nahm den Stift aus dem
Mund und nickte.

»Ja, ich bin bereit.«

»Dann nehmt die Ladung auf!«, donnerte Mr. Allen, aber seinen Vetter, den Captain, schien das nicht im Geringsten einzuschüchtern. Er fuhr sich mit den Fingern durch den Bart und
blickte über die Reling auf die Männer, die noch nicht an Bord
gekommen waren. Er sieht Liam, dachte Elizabeth. Aber er weiß
nicht, wer er ist.

»Ein Dutzend Fässer Nägel, drei Dutzend Fässer Pottasche«,
zählte Captain Mudge auf. »Aber das braucht Ihr nicht aufzuschreiben, das ist nicht für Kanada bestimmt, und ich bezahle keine Steuern für etwas, das im Staat New York bleibt. Wir transportieren Passagiere, wie Ihr sehen könnt. Quäker-Missionare.«

Beide Männer drehten sich zu ihnen um. Mr. Thistlewaite betrachtete sie durch seine Brille, und Mr. Allen reckte den Hals vor
wie ein Huhn.

»Quäker, bei Gott.« Mr. Allen schien sie zum ersten Mal wahrzunehmen. »Wo hast du denn Quäker-Missionare aufgetrieben,
Grevious? Und dazu auch noch schwarze?«

»Sie sollen den Mohawk predigen«, erwiderte der Captain, ohne
auf die Frage zu antworten. »Und ihnen ihre Lehre nahe bringen.«

»Ach, den Mohawk? Mr. Thistlewaite, habt ihr das gehört?«

»In der Tat, das habe ich.«

»Und was haltet Ihr davon?«

Der alte Mann blinzelte überrascht. »Nun, nicht besonders viel.
Aber es ist Gottes Werk.« Das Flussboot schlug gegen die Washington, und Mr. Thistlewaite blickte aufs Wasser. Als er wieder
aufblickte, traf sein Blick auf Elizabeth. Er sah sie einen Augenblick zu lange an.

Mr. Allen wandte sich an den Captain. »Du hast doch sicher ihre Papiere gesehen, oder, Grevious?«

»Ja, das habe ich«, erwiderte der Captain feierlich. »Sie scheinen in Ordnung zu sein.«

»Das reicht mir. Euch auch, Mr. Thistlewaite, oder wollt Ihr einen Eintrag in Euer Buch machen?«

Elizabeth drückte ihr Taschentuch an den Mund. Der alte Mann rang offensichtlich mit der Frage. Hinter seinen Brillengläsern wirkten seine Augen riesengroß, wie die einer Eule. Er war der Diener zweier Herren, seines eigenen Gewissens und der Aufgabe, die er übertragen bekommen hatte. Elizabeth sah den Widerstreit in seinem Gesicht, sie sah aber auch Mitleid und Resignation, als er die Passagiere anblickte.

»Nein, Sir«, sagte er schließlich. »Aber Mr. Cobb und sein Partner warten unten, Sir. Er möchte es sich wahrscheinlich auch einmal anschauen.«

Mr. Cobb. Elizabeth gab unwillkürlich einen Laut von sich, und Nathaniel ergriff ihren Arm.

In der Stadt ist ein Sklavenjäger namens Cobb … Sprich nicht vom Teufel, er könnte plötzlich auftauchen.

»Verfluchter Mr. Cobb!«, bellte Mr. Allen. »Er klettert seit einer Woche auf jedes Schiff, das hier auftaucht, und hat nicht einen einzigen entlaufenen Sklaven gefunden. Das ist Captain Grevious Mudge, Mr. Thistlewaite. Wenn Grevious Mudge die Papiere gesehen hat und damit zufrieden ist, dann sollte Mr. Cobb es auch sein.«

»Sehr wohl, Sir«, erwiderte Mr. Thistlewaite, »aber er kommt bereits an Bord und Mr. Kirby ebenfalls.«

Eine plötzliche Ruhe überkam Elizabeth, als ob sie bis obenhin mit Angst angefüllt sei und nichts mehr hineinpasse. Auf einmal bemerkte sie, dass Nathaniel sich abgewandt hatte. Leise klirrte Metall. Halbmond stand da mit Selahs Kind in den Armen.

Selah stand an der Reling, mit einem Zwanzig-Pfund-Fass voller Nägel in den Armen, das mit Tauen an ihr festgebunden war. Sie wirkte nicht angstvoll, sondern nur entschlossen. Während sie Elizabeth anblickte, formte sie mit den Lippen ein einziges Wort.

Curiosity.

Und dann sprang Selah mit dem Fass in den Armen so leise und anmutig vom Schiff wie ein Vogel und verschwand im Großen See, genau in dem Moment, als die Sklavenjäger an Bord der Washington kamen.

Elizabeth verlor für einen Moment das Bewusstsein. Als sie gleich darauf wieder zu sich kam, stand sie immer noch auf ihren Füßen, gehalten von Nathaniel und Jode, zwei Männern, die vor Wut zitterten, sich aber nichts anmerken lassen durften. Die Gesichter der Passagiere waren ausdruckslos vor Angst. Und Selah war nicht mehr unter ihnen. Selah war verschwunden.

Elizabeth wimmerte leise, und Nathaniel legte den Arm um sie. Immer wieder murmelte er Worte, die sie zuerst nicht verstand, bis sie begriff, dass er Kahnyen'kehàka redete.

»Sie hat sich für ihren Sohn geopfert. Denk an den Jungen. Denk an den Jungen.«

Curiositys Enkel. Hinter ihr leises Weinen ... Elizabeth drehte sich um. Halbmond wiegte den Säugling und summte leise vor sich hin. Das Totenlied seiner Mutter.

Stumm nahm Elizabeth das Kind auf den Arm, und das Gewicht des kleinen Körpers brachte sie wieder in die Realität zurück. Sie passte ihre Atemzüge denen des Kindes an, das sie auf die Welt geholt hatte; eines Kindes, das sie bald seiner Großmutter übergeben würde.

Entschlossen hob sie den Kopf und zwang sich, die Männer anzublicken.

Der berüchtigte Mr. Cobb stand fast direkt vor ihr, in die Papiere vertieft, die sie so sorgfältig gefälscht hatte. Er wirkte auf sie nicht wie ein tollwütiger Hund, eher wie ein Reisender, der lange unterwegs gewesen war, schlecht gelaunt und erschöpft. Liam hielt sich abseits. Er hatte die Arme vor der Brust verschränkt und sein Gesichtsausdruck war undurchschaubar. Selah war auf ihre Art vor den beiden geflohen, aber die anderen konnten das nicht. Und auch Selahs Sohn war diese Möglichkeit verwehrt.

Sie blickte Liam an. Sein Gesichtsausdruck wandelte sich, von selbstgerechtem Wissen zu Unsicherheit, von Unsicherheit zu Wut, von Wut zu Unbehagen. Einmal blickte er weg, als Mr. Thistlewaite etwas zu ihm sagte, aber dann wandte er ihr zögernd wieder den Blick zu, wie ein Kind, das sich zum Feuer hingezogen fühlt, vor dem es gewarnt worden ist.

Der Säugling in ihren Armen wimmerte, und Elizabeth ließ ihn an ihrem kleinen Finger saugen, aber sie wich Liams Blick nicht aus. Wenn er es fertigbrachte, sie zu verraten, dann musste er sie dabei ansehen.

Cobb stellte Fragen, und Nathaniel antwortete ruhig und vernünftig, als ob es auf der Welt so zugehe. Wort für Wort wiederholte er die Antworten, die sie eingeübt hatten, während Elizabeth Liam unverwandt anblickte. Und sie blickte ihn weiter an, während Cobb die Namen aufrief und den einzelnen Personen zuordnete.

Dann herrschte eine Zeit lang Schweigen, während Cobb die Papiere mit der Miene eines verwirrten Schuljungen musterte. Eine steile Falte bildete sich zwischen seinen Augenbrauen.

»Hier sind zwölf Schwarze aufgelistet, ich sehe aber nur elf. Eine der Frauen fehlt.«

»Bei der Geburt ihres Kindes gestorben«, sagte Nathaniel, was zumindest zum Teil der Wahrheit entsprach. Elizabeth lief ein Schauer über den Rücken.

Cobb blickte das Kind in Elizabeths Armen einen Moment lang an. Er grunzte und wandte sich dann ab. »Und was ist mit dieser roten Niggerin da? Sie ist nirgendwo aufgeführt.«

In Nathaniels Wange zuckte ein Muskel, ein schlimmes Vorzeichen, aber das konnte der Mann, der vor ihm stand, natürlich nicht wissen. »Sie ist Mohawk und war nie eine Sklavin.«

Cobb verzog die schmalen Lippen. »Das ist das Übel mit diesem verfluchten Land. Eine rote Niggerquäkerin.« Angewidert schüttelte er den Kopf. Dann trat ein schlauer Ausdruck in seine Augen, und er warf Liam einen Blick zu.

»Hier ist eine Mohawk-Frau, Kirby!«, rief er. »Vielleicht willst du sie dir mal ansehen. Du suchst doch immer noch nach der einen, die dir weggelaufen ist.« Er lachte gehässig.

Elizabeth spürte, dass Nathaniel vor Überraschung zusammenzuckte. Liam errötete bis zu den Haarwurzeln und wurde dann leichenblass vor Wut. Sie sah ihn an und wusste im selben Moment, dass sie gerettet waren. Irgendwo gab es eine Mohawk-Frau – nicht Hannah, er konnte doch unmöglich Hannah gemeint haben –, die keine Ahnung hatte, dass sie gerade den Menschen auf diesem Schiff das Leben gerettet hatte. Cobb hatte sie gerettet, indem er ihr Bild heraufbeschwor. Die namenlose, unbekannte Indianerin hatte beendet, was von Selah begonnen worden war.

Mit einem letzten Blick auf Elizabeth wandte Liam sich ab, sagte ein paar Worte zum Captain und verließ dann über die Strickleiter die Washington.

In ihrer Erleichterung drückte Elizabeth den kleinen Jungen so fest an sich, dass er aufschrie. Cobb, der immer noch lachte, drehte sich zu ihr um. Er zog ein Blatt Papier aus seiner Jacke und hielt es hoch. Ein Steckbrief, zerknittert und voller Wasserflecken.

»Hinter dieser Frau bin ich her.« Er zeigte es herum. »Hat jemand diese Frau gesehen?«

Er hielt den Steckbrief auch Nathaniel und Elizabeth vor die Nase. »Habt Ihr diese Schwarze gesehen? Hat sie vielleicht irgendeiner Eurer Quäkerfreunde im Keller versteckt?«

Es war eine grobe Zeichnung, auf schlechtem Papier gedruckt. Fünfhundert Dollar Belohnung für die Ergreifung der entlaufenen Sklavin und Mörderin mit Namen Ruth. Die grobe Zeichnung einer jungen Frau mit einem blutigen Messer in der erhobenen Faust. Mit wildem Blick, gefährlich aussehend, unkenntlich.

Erst heute Morgen hatte Selah noch mit ihnen allen über Picos

Geschichten gelacht. Während die meisten Mütter bei Charlies Ausbruch erschreckt davongelaufen wären, hatte sie ihn freundlich angelächelt und ihn gebeten, ihren Sohn zu halten. Selah, die jetzt auf dem Grund des Sees lag, mit einem Fass voller Nägel in den Armen.

Cobb beobachtete sie gierig lauernd. Sein Gestank hüllte ihn ein wie ein Schatten, sodass auf einmal Übelkeit in Elizabeth aufstieg. Sie beugte sich vor und erbrach sich über das Kind hinweg auf das Deck, wobei sie Cobb von oben bis unten bespritzte. Er stieß einen angeekelten Schrei aus und sprang zurück.

Jemand nahm ihr das Kind aus den Armen und Nathaniel hielt ihr die Schultern, während sie sich erbrach. Als Elizabeth schließlich wieder den Kopf hob, war Cobb verschwunden.

Spät in der Nacht ankerten sie in kanadischen Gewässern und die Reisenden wurden mit dem Beiboot zu der Stelle gebracht, an der Steinvogel auf sie wartete, wie er es Captain Mudge versprochen hatte. Halbmond saß zwischen zwei Ruderern im Bug im Schein der Laterne.

Vom Deck der Washington aus beobachtete Elizabeth, wie das Boot langsamer wurde und schließlich anhielt. Einer nach dem anderen sprangen die Reisenden ins Wasser, um an die Küste zu waten. Jode trug bereits wieder hirschlederne Kleidung und hatte seine Waffen bei sich; im Dunkeln wirkte er wie jeder Jäger der Kahnyen'kehàka. Die Frauen hatten die Röcke gerafft und stützten sich gegenseitig. Elizabeth konnte sie nicht mehr sehen, nachdem sie aus dem Boot gestiegen waren, aber sie konnte sie vor Erleichterung und Trauer weinen hören.

Neben ihnen sagte Captain Mudge: »Sie sind jetzt in Sicherheit. Steinvogel führt sie zu Guter Weidegrund, da könnt Ihr ganz beruhigt sein.«

Nathaniel antwortete ihm – leeres Geschwätz über Wetter, Pfade und Entfernungen. Elizabeth wandte sich ab. Der Captain sollte ruhig glauben, dass sie von Kummer und Sorge überwältigt war, aber sie wollte nur die Gefühle verbergen, für die sie sich hasste:

265

sie war unglaublich erleichtert, die Flüchtlinge endlich los zu sein. Sollte doch Steinvogel sich um sie kümmern, um Stephans Fieber und Charlies Weinen und um die gebeugten Rücken der Frauen. Sie ging das jetzt nichts mehr an; sie würde sie aus ihrem Kopf und ihrem Herzen verbannen und all ihre Aufmerksamkeit dem Jungen zuwenden.

Das Beiboot kehrte bereits wieder zum Schiff zurück, in gleichmäßigem Rhythmus tauchten die Ruder ins Wasser ein. In einer Stunde würden sie nach Süden, nach Hause segeln. Wo ihre Kinder warteten und wo Selahs Sohn von der Familie seines Vaters aufgenommen würde.

Sie hob den Blick und sah Nathaniel an, dessen Gesicht im Schein der Laterne streng und erschöpft wirkte.

»Bring uns nach Hause.« Sie war selbst überrascht, dass sie die Worte laut aussprach, aber Nathaniel nicht. Er legte ihr die Hand an die Wange und nickte.

Hannah Bonners Tagebuch

New York City
19. April 1802 Mittag. Fort Hunter.

Ich habe Paradise im Morgengrauen verlassen. Im Westen dräuten fast den ganzen Tag Regenwolken, aber die Straßen blieben trocken. Viele Mücken, für Pferde wie Menschen gleichermaßen eine Plage. Gänsesäger auf der Reling der Fähre, als wir den Mohawk überquerten, ein gutes Zeichen. Der Fluss führte sehr viel Wasser, aber die Überfahrt verlief ohne Zwischenfall.

Kitty behauptet, keine Schmerzen zu haben, nahm aber gegen Mittag und spät am Nachmittag Weidenrindensud ohne die üblichen Klagen ein.

In Johnstown sahen wir einen kleinen Zeitungsjungen mit großem Kopf und normalem Körper, dessen Gliedmaßen jedoch nur halb so lang wie gewöhnlich waren. Er starrte mich an. Wahrscheinlich hat er noch nie eine

266

Kahnyen'kehàka gesehen, die so angezogen ist wie ich für die Reise. Aber
ich habe auch noch nie jemanden wie ihn gesehen.
Ich bin froh, wenn alles hinter mir liegt.

18 Kitty Witherspoon Middleton Todd war eine schwierige Patientin und Mitreisende. Zerbrechlich und anfällig beklagte sie sich ständig über neue Schmerzen und Beschwerden. Und sie war genau die Ablenkung, die Hannah brauchte. Zumindest tagsüber hatte sie wegen Kitty keine Zeit, an Liam Kirby zu denken; und es gab nur wenig Gelegenheit, sich über ihren Vater und Elizabeth, die mit Selah im Busch unterwegs waren, über Manny Freeman oder über das, was sie im Kuhpocken-Institut erwartete, Sorgen zu machen.

Außerdem war auch noch Ethan dabei. Hannah hatte sich vorgestellt, dass Kittys Sohn genauso viel Aufmerksamkeit brauchen würde wie seine Mutter. Er war zwar brav und gefügig, aber ein neunjähriger Junge musste schließlich beschäftigt werden und man musste in der Stadt und bei Flussüberquerungen auf ihn aufpassen. Nach dem ersten Tag jedoch stellte Hannah fest, dass sie Ethan unterschätzt hatte. Er war tatsächlich der beste Partner für das Unternehmen, das vor ihnen lag.

Auf seine ruhige Art erreichte Ethan bei seiner Mutter sogar mehr als Curiosity. Mit ein paar Worten konnte er Kitty beruhigen und lenkte sie von den Sorgen und Nöten ab, die bei ihr jede Stunde wechselten. Als sie in Johnstown ankamen, hatte er bereits mehrfach unter Beweis gestellt, wie wichtig seine Anwesenheit war.

Er und Hannah trafen eine unausgesprochene Vereinbarung: Ethan kümmerte sich um alle nichtmedizinischen Bedürfnisse seiner Mutter. Schließlich war Kitty nicht wirklich bösartig, sondern nur so ich-bezogen, wie chronisch Kranke es häufig sind; immerhin äußerte sie mindestens einmal am Tag ihr Entzücken über die Reise so unverhüllt, dass man ihr nicht lange gram sein konnte.

Hannahs Aufgabe war es, mit Fährleuten, Kutschern und Gastwirten zu verhandeln, weil davon der weitere Verlauf ihrer Reise abhing, nachdem Joshua sie in Johnstown abgesetzt hatte und wieder nach Paradise zurückgefahren war.

Nach der zweiten Nacht entschied Hannah, dass die Gastwirte bei weitem die größte Herausforderung darstellten. Sie glaubten anscheinend, es sei ihr gutes Recht, eine rothäutige Frau abschätzig zu behandeln, ganz gleich, wie gut sie gekleidet war oder wie gebildet sie sich auszudrücken vermochte.

In Albany würde es hoffentlich leichter sein, dachte Hannah. Dort würden sie sich nicht selber eine Unterkunft suchen müssen, da Richard ihnen klare Anweisungen gegeben hatte: sie sollten die Nacht im Schwarzen Schwan verbringen. Das Gasthaus lag in der Nähe des Hafens und galt als besonders sauber und preisgünstig.

Hannahs Hoffnungen auf eine einfache Abwicklung lösten sich jedoch in Nichts auf, als sie zur Tür hereinkam. Der Gastwirt warf nur einen Blick auf sie und erklärte ihr dann, er habe zwar Zimmer frei, aber der Preis habe sich verdreifacht. Er sprach laut und in einem absichtlich gebrochenen Englisch, weil er anscheinend annahm, sie verstehe nichts anderes.

Sie wartete, bis er ihr das Gesicht zuwandte und sagte: »Squaw sprechen nicht Englisch?«

»Aber selbstverständlich spreche ich Englisch. Offensichtlich besser als Ihr, Sir. Ihr seid Mr. Homburger, nicht wahr?«

Es war dumm gewesen, ihn in Verlegenheit zu bringen, dachte Hannah, als sie sah, wie ihm das Blut ins Gesicht stieg. Sie überlegte kurz, ob sie nicht doch besser gehen und sich ein anderes Gasthaus suchen sollte, aber es wurde bereits dunkel, und Kitty war erschöpft.

Er mied ihren Blick. »Wenn Ihr Englisch sprecht, dann habt Ihr mich sicher auch verstanden. Unsere Zimmer könnt Ihr Euch nicht leisten, Miss.«

»Die Preiserhöhung hat offenbar erst kürzlich stattgefunden«, erwiderte Hannah. »Die Preise hängen noch nicht einmal aus.«

Mr. Homburger schwieg, aber dann siegte doch seine Neugier, und er blickte sie über den Rand seiner Brille an. »Offensichtlich muss ich deutlich werden.«

»Ja«, erwiderte Hannah. »Das wäre das Beste.«

Er sagte: »Wir sind es nicht gewöhnt, Reisende Eurer Lebensart zu beherbergen.«

»Und was für eine Lebensart ist das, Mr. Homburger?«

»Reisende, die keine saubere Bettwäsche oder überhaupt keine Bettwäsche brauchen«, entgegnete er kühl. »Ihr würdet Euch wahrscheinlich in unseren Ställen am wohlsten fühlen. Dafür würde ich Euch auch nur den angegebenen Preis berechnen.«

Hannah hätte am liebsten einen Kriegsschrei ausgestoßen, nur um zu sehen, wie der Wirt darauf wohl reagieren würde. Stattdessen sagte sie jedoch: »Ich schlage vor, Ihr lest zunächst einmal diese Empfehlungsschreiben.«

»Das macht ja wohl kaum einen Unterschied«, verkündete er und warf einen nervösen Blick auf die Papiere in Hannahs Hand.

»Dieses Schreiben hier«, sagte sie, ohne auf seinen Einwand zu achten, »ist von Dr. Richard Todd. Ihr kennt wahrscheinlich seinen Namen, da ihm das Grundstück gehört, auf dem sich Euer Gasthaus befindet. Es mag ja stimmen, dass Leute meiner Lebensart nicht immer die komplexen Zusammenhänge von Grundstücksbesitz verstehen, aber meiner Meinung nach macht ihn das zu Eurem Mietsherrn. Dr. Todds Ehefrau und sein Sohn warten draußen in der Kutsche.«

Alle Farbe wich aus Mr. Hombergers Gesicht, aber Hannah fuhr fort:

»Dieser Brief hier stammt von Mr. William Spencer, dem Viscount Durbeyfield. Der Viscount ist ein Vetter meiner Stiefmutter. Wir wollen ihn in New York City auf seine Einladung hin besuchen. Und dieses Schreiben gefällt mir, glaube ich, am besten. Es kommt von General Schuyler. Unter anderen Umständen hätten wir beim General und seiner Gattin hier in Albany gewohnt, aber sie sind nicht da. Ich nehme an, Ihr kennt seinen Namen, Sir?«

Hannah zeigte keinerlei Befriedigung oder Freude über Mr. Hombergers Entsetzen und hörte gar nicht richtig hin, als er ihr eilfertig erklärte, sie habe ihn völlig missverstanden. Innerhalb von zehn Minuten hatten sie die beiden besten Zimmer im Gasthaus, aber das Unterfangen hatte sie mehr erschöpft als die gesamte Tagesreise.

Und sie musste sich auch noch um Kitty kümmern, die sich über alles beklagte; über die zugigen Kutschen, den Blick aus ihrem Fenster, die Größe ihres Betts, Schmerzen im Rücken, in den Seiten, im Kopf, und die sogar den Kuchen beanstandete, der ihr zum Tee serviert wurde. Selbst Ethan war der Flut ihrer Beschwerden nicht gewachsen und es bedurfte ihrer gemeinsamen Anstrengungen, bis sie endlich zur Ruhe gekommen war.

Als Hannah schließlich im Bett lag, träumte sie. Sie träumte von Lake in the Clouds mitten im Winter, von Schneeverwehungen und klirrender Kälte. Sie träumte von Liam Kirby, der trotz der Kälte mit nacktem Oberkörper Holz hackte. Und mit jedem Schlag seiner Axt färbte sich der weiße Schnee rot.

Am nächsten Morgen erwachte Hannah mit dem Bewusstsein, dass das Schlimmste der Reise überstanden war. Richard hatte ihre Passage auf dem Schoner Good-News im Voraus gebucht. Sie hatte ein Bestätigungsschreiben des Kapitäns in der Tasche und nicht mehr um den Preis der Kajüten oder um ihr Recht, an Bord sein zu dürfen, feilschen müssen.

Heute früh würden sie lossegeln, und wenn alles nach Plan verlief, dann könnten sie morgen Nachmittag von Will und Amanda Spencer im Hafen von New York abgeholt werden. Amanda und ihre Dienstboten würden Kittys Pflege übernehmen, und Ethan würde von seinem Vetter Peter, dem siebenjährigen Sohn der Spencers, in Beschlag genommen werden. Hannah wollte zunächst Manny Freeman aufsuchen und dann zu Dr. Simon am Kuhpocken-Institut gehen.

Sie schrieb gerade in ihr Tagebuch und Reisejournal, als Ethan an die Tür klopfte. Er war ordentlich in eine dunkelblaue Jacke und eine helle Hose gekleidet, aber am Kinn hatte er einen Marmeladenfleck vom Frühstück und der Kragen seines Hemdes war zerknittert; kleine Zeichen jungenhafter Sorglosigkeit, über die Hannah sich freute, wenn sie Kitty auch irritieren mochten. Hannah bot ihm etwas von ihrem Frühstück an.

Er setzte sich ihr gegenüber und nahm sich ein Hörnchen. »Was schreibst du da?«

Hannah legte ihren Federkiel hin und steckte den Korken auf das Tintenhorn, das sie an einer dünnen Kette um den Hals trug. »Alles mögliche. Meine täglichen Aufzeichnungen über die Verfassung deiner Mutter und ein Reisejournal, wie ich es Elizabeth versprochen habe. Und wie geht es deiner Mutter heute früh?«

Er schluckte sichtlich. »Sie würde gerne ein oder zwei Tage hier bleiben, damit sie einen Arzt findet, der sie zur Ader lassen kann, bevor wir weiterfahren.«

Hannah griff nach ihrer Teetasse, um ihren Zorn zu verbergen. Kitty war ernstlich krank, daran bestand kein Zweifel. Seit der letzten Totgeburt heilte irgendetwas in ihr nicht mehr. Sie hörte nicht auf zu bluten, und das forderte seinen Tribut. Jemanden in ihrem Zustand auch noch zur Ader zu lassen war das Schlimmste, was man tun konnte, das hatte selbst Richard zugegeben. Aber Kitty hatte sich offenbar auf einen Aderlass festgelegt, und was noch schlimmer war, sie hatte ihren Sohn geschickt, um es Hannah mitzuteilen, da sie wusste, wie sie darauf reagieren würde.

Ethan verstand ihr Schweigen. »Mach dir keine Sorgen, Hannah. Ich habe ihr das hier gezeigt.« Er zog einen Zeitungsartikel aus der Tasche seiner Jacke und legte ihn auf den Tisch. Er war sorgfältig aus einem New Yorker Generalanzeiger ausgeschnitten.

Mrs. Leonora VanHorn teilt hiermit mit, dass sie kürzlich aus Frankreich und Brüssel mit einer großen Menge feinster Spitze zurückgekehrt ist, die jetzt in ihrem Laden am Broad Way auf Höhe der Wall Street zum Verkauf angeboten wird. Von besonderem Interesse ist die große Auswahl an exquisiter Spitze, namentlich Duchesse Appliqué, Point de Rose Appliqué, Point de Lille, Mechelen, Valenciennes und Alencon.

»Sehr geschickt gemacht«, sagte Hannah. »Du hast ihr hoffentlich nichts davon gesagt, dass der Artikel bereits vor zwei Monaten erschienen ist?«

Ethan betrachtete eingehend sein Hörnchen. »Sie hat sich so über die Gelegenheit gefreut, dass ich keinen Grund sah, ihr die Stimmung zu verderben«, erwiderte er.

»Ich muss es noch einmal sagen, Ethan.« Hannah beugte sich über den Tisch und flüsterte: »Ohne dich wäre es eine lange und schwierige Reise.«

Er strahlte sie an, und wie schon so oft fiel Hannah auf, wie sehr er seinem Vater ähnlich sah. Er hatte Julian Middletons widerspenstiges schwarzes Haar, das gleiche energische Kinn und die hohen Wangenknochen, und die gleichen geraden Brauen über dunklen Augen. Im Gesicht des Jungen fand man viel von Julian, aber den Charakter seines Vaters hatte Ethan nicht geerbt. Julian war egoistisch, verantwortungslos und zerstörerisch gewesen, und das alles war Ethan nicht. Von seiner Mutter hatte er allerdings auch nicht viel. Auf gewisse Weise ähnelte er Richard, der Kitty geheiratet hatte, als Ethan noch ein Säugling war. Ethan war genauso neugierig auf die Welt wie sein Stiefvater, er besaß einen scharfen Verstand und eine nüchterne Betrachtungsweise.

Während Richard jedoch ganz in sich versunken und leicht in Wut zu bringen war, besaß Ethan unermessliches Mitgefühl und neigte zur Melancholie. In Paradise wurde das von Daniel und Blue-Jay gemildert, aber in den letzten vier Tagen war er der engste Begleiter seiner Mutter gewesen, und das machte sich bemerkbar. Hannah fragte sich, ob ihre Pflichtenverteilung wirklich eine so gute Idee gewesen war.

Er sagte: »Vielleicht hätte ich es ihr nicht zeigen sollen. Sie glaubt wirklich, dass ein Aderlass ihr hilft.«

»Deine Mutter ist nervös«, erwiderte Hannah. »Und sie hat auch wirklich Grund zur Sorge. Aber wenn wir erst einmal in der Stadt sind, wird sie froh darüber sein, dass wir uns so beeilt haben.«

Ethan schien ihr kaum zuzuhören. Er blickte aus dem Fenster auf die zahlreichen Segelboote und Schiffe auf dem großen Fluss und die Menschen, die sich am Hafen drängten. Für einen Neunjährigen musste das ein aufregender Anblick sein; selbst Hannah blieb nicht unberührt davon.

Den Blick immer noch auf den Fluss gerichtet, murmelte er: »Vielleicht bleiben wir ja in New York und fahren nie mehr nach Hause. Ich glaube, Tante Spencer hätte nichts dagegen.«

Hannah klappte ihr Tagebuch zu. »Hat deine Mutter davon gesprochen?«

Er nickte, und auf einmal war er wieder der kleine Junge, zerrissen zwischen der Liebe zu seiner Mutter und der Angst, alles Vertraute zu verlieren. Wieder stieg Zorn auf Kitty in Hannah auf. Wahrscheinlich hatte sie einfach ihre Pläne geäußert, ohne sich Gedanken darüber zu machen, was sie ihrem Sohn damit antat. Man konnte darüber streiten, ob sie es ernst gemeint hatte, aber darum ging es jetzt gar nicht.

»Würde es dir denn gefallen, Ethan?«

»Ich will wieder nach Hause«, gestand er. »Ich fahre gern zu Besuch in die Stadt, aber dann will ich auch wieder zurück nach Paradise. Ich glaube ... ich glaube, Curiosity und Galileo würden mich vermissen.«

»Und alle anderen auch«, erwiderte Hannah bestimmt. »Natürlich fahren wir wieder nach Hause. Und jetzt iss diese Marmelade hier auf, ja? Es wäre eine Schande, sie zu vergeuden.«

An Bord der Good-News zog sich Kitty sofort in ihre Kajüte zurück, um ein wenig zu schlafen. Zu Hannahs Überraschung schlug sie vor, Ethan und sie sollten an Deck bleiben und die frische Luft genießen. Diese plötzliche, unerwartete Befreiung von ihren Pflichten und die Tatsache, dass sie Albany hinter sich ließen, hob Hannahs Laune beträchtlich. Sie war froh, wieder einmal an Bord eines Schiffes zu sein.

Die Good-News unterschied sich in keiner Weise von den anderen Schonern, die auf dem Hudson zwischen Albany und New York hin und her fuhren. Mindestens ein Dutzend Schiffe nahmen vom Frühling bis zum ersten Frost diese Route, und sie sahen alle gleich aus. Einfache Kajüten für zahlende Passagiere und unter Deck der Gestank nach Schweiß, Teer und Schlimmerem.

Aber Hannah hatte es gefehlt, an der Reling eines Schiffes zu stehen und sich den Wind um die Nase wehen zu lassen. Erinnerungen an andere Seereisen stiegen in ihr auf, und sie sah sich selber wieder in Ethans Alter in dem Sommer, als sie aufgehört hatte, ein Mädchen zu sein. In jener Zeit hatte sie von Tag zu Tag gelebt, hin und her gerissen zwischen Angst und Freude.

Innerhalb von zehn Minuten hatte der Wind jeden Gedanken an Mr. Homberger und seine Bettwäsche, an das Gedränge der Stadt und selbst an Kittys Gedankenlosigkeit aus Hannahs Kopf vertrieben. Ethan schien es genauso zu gehen. Er stand neben ihr, die Hände fest um die Reling geklammert, und als sich die Segel des Schoners im Wind blähten, blickte er sie an.

Er war schon zwei Mal in seinem Leben von diesem Hafen aus in die Stadt gesegelt, und genau auf diesem Schiff. Eine ganze Stunde lang zeigte er ihr alles, als sei sie noch nie zuvor auf dem Großen Fluss gewesen, aber Hannah lauschte ihm geduldig, während er von Stony Point, Castleton, Roah Hook und dem Gespenst von Coeyman's Creek erzählte. Als er genug davon hatte, an der Reling zu stehen, wollte er Hannah unbedingt allen vorstellen, die er kannte, von den Matrosen bis hin zu Kapitän Needle, einem hageren alten Mann mit einer Haut wie Pergament, der bis auf seine buschigen Augenbrauen und die Haare, die ihm aus den Ohren wuchsen, völlig kahl war, dafür aber eine mächtige, purpurrote Nase hatte.

Der Kapitän blickte Hannah mit zusammengekniffenen Augen an, nahm seine Pfeife aus dem Mund und zeigte damit auf sie.

»Miss Bonner, habt Ihr gesagt? Seid Ihr Nathaniel Bonners Tochter?«

Als Hannah das bejahte, lachte er. »Na, das ist ja was. Ich habe Seite an Seite mit Eurem Großvater und Eurem Urgroßvater gegen die Franzosen gekämpft. Bessere Männer hat es nie gegeben. Sagt Falkenauge, dass Jos Needle immer noch auf dem Wasser ist und ihm Grüße schickt. Ihr werdet Euch nicht daran erinnern, aber ich habe Euch schon einmal gesehen, das muss jetzt mehr als fünfzehn Jahre her sein, unten in Johnstown. Ihr habt wie ein kleiner Vogel auf Falkenauges Arm gesessen. Wie geht es ihm?«

»Sehr gut«, erwiderte Hannah. »Er wird nur in der letzten Zeit ein wenig ruhelos.«

»Das ist das Alter«, meinte der Kapitän und kaute nachdenklich auf dem Mundstück seiner Pfeife. »Manche Männer werden dann so. Die Jahre vergehen und in den Knochen beginnt es zu schmerzen. Entweder man bleibt in Bewegung, oder man stirbt.« Geräuschvoll saugte er an seiner Pfeife und stieß eine Rauchwolke aus. Der Geruch erstaunte Hannah. Es war nicht der süßliche Tabakrauch des weißen Mannes, sondern der bitter-scharfe oyen'kwa'onwe des Volkes ihrer Mutter. Er beschwor Erinnerungen an Männer herauf, die schon lange in ihren Gräbern lagen: Runder Himmel und Chingachgook, Steht-Groß und all die anderen.

»Ich sage Euch etwas, Missy. Ihr kommt heute Abend an meinen Tisch. Ich kenne Geschichten, die Ihr sicher hören wollt – über die Tage, als wir drei zusammen gekämpft haben, ich, Falkenauge und Steht-Groß. Dieser Junge hier will bestimmt auch erfahren, was passiert ist, als wir von den Franzmännern und den Huronen angegriffen wurden.«

Ethan nahm die Einladung wohlerzogen an, aber als sie weitergingen, sagte er zu Hannah: »Ich habe diese Geschichten schon hundertmal gehört und du bestimmt schon tausendmal. Weiß er das nicht?«

»Vermutlich schon«, erwiderte sie. »Aber darum geht es nicht. Im Volk meiner Mutter heißt es, das Kostbarste, was dir ein Älterer anbieten kann, ist eine Geschichte. Ganz gleich, wie oft du sie schon gehört hast, du kannst immer etwas Neues lernen, wenn du nur richtig zuhörst.«

»Aber die Geschichten, die ich wirklich hören möchte, will mir keiner erzählen. Meine Mutter will nicht über die Nacht sprechen, in der mein Vater starb, und mein Stiefvater will mir nichts von den Jahren erzählen, die er bei den Kahnyen'kehàka verbracht hat; und Curiosity, ach, sie kennt eine Million Geschichten, und wenn ich will, erzählt sie mir zehn am Tag, aber nie das, was ich wirklich wissen möchte.«

Er musterte Hannah eindringlich, als könne sie ihm vielleicht sagen, was er hören wollte, aber er war noch zu klein, um zu begreifen, dass das nicht ihre Aufgabe war. Das konnte nur Kitty allein ihm geben.

»Auf die wichtigsten Geschichten muss man manchmal am längsten warten«, erwiderte Hannah.

Ethan nickte zögernd und Hannah sah schon den Tag kommen, an dem er sich nicht mehr so leicht zufrieden geben würde.

Das letzte Mal war Hannah in New York gewesen, als sie mit ihrer Familie aus Schottland zurückgekommen war. Sie hatte sich so auf die Heimkehr nach Lake in the Clouds gefreut, dass sie kaum auf etwas anderes als den großen Fluss geachtet hatte.

Daher erinnerte sie sich auch am deutlichsten an die Abreise. Gegen Mittag waren sie zum Schoner Nut Island gerudert worden, der mitten im Fluss vor Anker lag. Den ganzen Nachmittag über hatte Hannah mit Falkenauge an der Reling gestanden, während vor ihnen die Küste von Manhattan vorbeizog. Es gab nicht viel zu sehen außer ein paar Lagerhäusern und einer Schenke, Fischerbooten und Bauernkarren. Dahinter lagen Äcker und bewaldete Hügel. Ab und zu sah man ein Landhaus durch die Bäume, aber nach einer Weile gab es überhaupt keine Anzeichen einer Stadt mehr.

Es war kaum zu glauben, dass sich seitdem so viel verändert hatte. Als sie die Bucht von Harlem passiert hatten, öffnete sich der Blick auf Felder. Ab und zu waren elegante Häuser zu sehen, mit Rasenflächen, die bis ans Wasser reichten, und dann tauchte plötzlich ein Wald von Masten, Türmen und großen Lagerhäusern auf, die drei oder vier Stockwerke hoch waren.

Die Matrosen begannen die Segel einzuholen und die Good-News an ihren Platz zwischen den zahlreichen anderen Schiffen zu manövrieren. Auf den Docks wimmelte es von Menschen und alle schienen durcheinander zu schreien. Käfige mit Hühnern, Enten und Gänsen standen mannshoch aufgestapelt, Pferde stampften und schnaubten, Hunde bellten und der Lärm und der Gestank waren überwältigend.

Hannah stand mit Ethan und Kitty an der Reling und fand keine Worte für ihre Empfindungen. Sie war nicht angeekelt und sie hatte auch keine Angst, aber sie wusste, dass sie hier nicht hingehörte. An einem solchen Ort würde sie nie zu Hause sein.

»Ist es nicht großartig!«, rief Kitty aus und klatschte in die Hände. »Hast du jemals eine so lebendige Stadt gesehen, Hannah? Hast du jemals etwas so Aufregendes vor Augen gehabt?«

Ja, hätte Hannah am liebsten geantwortet. *Ich habe schon einmal einen tollwütigen Hund gesehen, der nach seinem eigenen Schwanz schnappte.* Aber sie schwieg und lächelte nur gepresst.

Ethan legte ihr die Hand auf den Arm, als ob er verstünde, dass dies kein Ort für sie wäre.

»Sieh mal«, sagte er leise, »Tante und Onkel Spencer.«

»Oh, wie lieb von ihr«, sagte Kitty strahlend. »Amanda kommt uns abholen. Ich kann es kaum erwarten ...«

Sie brach mitten im Satz ab. Ethan und Hannah blickten sie besorgt an und sahen, dass sie ganz blass geworden war.

»Mutter?«

Kitty schaute Ethan an, als habe er ihr eine verwirrende Frage gestellt, und dann verdrehte sie die Augen und sank in Hannahs Arme.

»Deine Mutter hat sich nur zu sehr aufgeregt. Morgen früh wird sie bestimmt einkaufen gehen wollen, Ethan, warte nur ab.«

»Aber sie hat geblutet«, flüsterte der Junge.

Sie standen in der Diele vor Kittys Zimmer im eleganten Heim der Spencers auf der Whitehall Street. Dr. Wallace, Amandas persönlicher Arzt, und der berühmte Dr. Ehrlich waren bereits gerufen worden, noch bevor die Kutsche der Spencers den Hafen verlassen hatte, und warteten auf sie, als sie am Haus ankamen. Kitty war zwar wieder bei Bewusstsein, aber völlig desorientiert, und verschwand, gestützt von Amandas Haushälterin, einer Schwarzen namens Mrs. Douglas, und begleitet von den beiden Ärzten sofort in ihrem Zimmer.

»Sie hat geblutet«, bestätigte Hannah, weil sie nicht ableugnen konnte, was sie alle gesehen hatten: Kittys Röcke waren blutdurchtränkt. »Sie hat geblutet, wie alle Frauen einmal im Monat bluten.«

Wahrscheinlich wäre Kitty erneut in Ohnmacht gefallen, wenn sie gehört hätte, was Hannah da einem neunjährigen Jungen erklärte. Und es war auch nicht die ganze Wahrheit. Gesunde Frauen im gebärfähigen Alter bluteten zwar, aber nicht so.

Ethan entspannte sich ein wenig. »Alle Frauen?«

»Ja«, erwiderte Hannah. »Alle Frauen, die alt genug sind, um Kinder zu bekommen, bluten ein paar Tage im Monat. Wenn wir wieder zu Hause sind, musst du deinen Stiefvater danach fragen, er wird es dir erklären. Aber es gehört zu jenen Themen, über die man nicht in Gesellschaft sprechen kann.«

Lily und Daniel hätten sicherlich heftig widersprochen. Sie hätten wissen wollen, warum eine so interessante Tatsache wie eine monatliche Blutung nicht mit jedem besprochen werden konnte, der in der Lage war, sie zu erklären. Aber Ethan kannte seine Mutter, und man brauchte ihm nicht erst zu sagen, dass man dieses Thema in ihrer Gegenwart besser vermied.

Unten in der Halle ging eine Tür auf, und Hannah hörte Will Spencer mit einem der Hausmädchen reden. Dann rief Peter nach ihnen.

»Er sucht dich«, sagte Hannah. »Du kannst ruhig weggehen, ich rufe dich, wenn du zu deiner Mutter kannst. Ich verspreche es.«

Ethan zögerte kurz, rannte dann aber die Treppe hinunter. Hannah setzte sich auf einen Stuhl.

Ihr Kopf pochte und sie zitterte vor Hunger und Erschöpfung. Sie atmete tief durch, und als sie die Augen wieder öffnete, fiel ihr zum ersten Mal das Bild an der Wand gegenüber auf. Ein Fasan lag auf einem Tisch, als wartete er darauf, gerupft und ausgenommen zu werden; daneben eine Kristallkaraffe mit dunkelrotem Wein, eine Schüssel mit Äpfeln, Birnen und Pfirsichen. Eine einzelne Orange.

Hannah schloss wieder die Augen und sah vor sich einen großen, flachen Korb mit Feigen, Aprikosen, Datteln und glattschaligen Nüssen. Hakim Ibrahim streckte ihr eine Orange entgegen, die erste Orange, die sie jemals gesehen hatte. Sie wirkte auf sie wie eine kleine Sonne in seiner Hand und fühlte sich schwer, glatt und fest an. Der Hakim zeigte ihr, wie man sie schälte, und der Duft erfüllte das Zimmer.

An diesem Morgen hatten sie auch über eine Frau geredet, die ein Kind verloren hatte, eine Schottin, die jetzt schon lange tot war. Unerwartet fiel Hannah ein Lied ein, das die Frau mit ihrer leisen, süßen Stimme immer gesungen hatte:

Hüte dich vor feuchter Kälte,
hüte dich vor Nebel,
hüte dich vor der Nachtluft,
hüte dich vor Straßen und Brücken,
hüte dich vor Männern und Frauen und Scheunen.
Hüte dich vor dem, was du sehen kannst
und vor dem, was du nicht sehen kannst.

Der Hakim hatte genauso dunkle Augen wie sie und eine hohe Stirn unter seinem Turban. Er war nicht so wie die O'seronni-Ärzte, die sie kannte; er war nie in Eile, und wenn er ein Problem gründlich durchdacht hatte, legte er ihr seine Schlussfolgerungen dar.

Was hatte er noch über die schottische Frau gesagt? *Weder ihr Geist noch ihr Körper haben den Verlust überwunden.*

»Du bist in Gedanken weit weg, Hannah.«

Es war Will Spencers vertraute, freundliche Stimme, aber sie zuckte trotzdem zusammen, sprang vom Stuhl auf und legte die Hand aufs Herz.

»Oh, meine Liebe«, sagte Amanda, »wir wollten dich nicht erschrecken.«

Die Vorstellung, dass Amanda Spencer jemanden erschrecken könnte, brachte Hannah zum Lächeln.

»Du hast wahrscheinlich geträumt«, sagte Will.

»Ja«, erwiderte Hannah. »Ich habe von Hakim Ibrahim geträumt. In Fällen wie dem Kittys hat er Sandelholzöl verwendet, um die Gebärmutter zu beruhigen. Ich hatte es bis eben ganz vergessen.«

Amandas liebes Lächeln wurde ein wenig schwächer und Hannah rief sich ins Gedächtnis, wo sie sich befand. Amanda Merriweather Spencer, Lady Durbeyfield, hatte wahrscheinlich noch nie zuvor das Wort Gebärmutter in Gesellschaft eines Mannes ausgesprochen gehört, aber sie war eine viel zu gute Gastgeberin und auch viel zu liebenswert, um sich ihr Entsetzen anmerken zu lassen.

»Verzeiht mir, ich habe laut gedacht«, sagte Hannah.

»Es gibt nichts zu verzeihen«, erwiderte Will Spencer. »Wir wären alle froh, wenn der Hakim hier wäre, nicht wahr, Amanda? Wir verdanken ihm viel. Sandelholzöl, hast du gesagt? Das gibt es bestimmt hier in der Stadt. Ich werde gleich Erkundigungen einziehen.«

Amanda legte ihrem Mann ihre kleine Hand auf den Arm. »Das kann bis morgen warten«, sagte sie fest. »Jetzt zeige ich Hannah erst einmal ihr Zimmer, damit sie sich ein wenig erfrischen kann. Wir essen um vier, also hast du noch eine Stunde Zeit.«

Will nickte zögernd. »Nun gut. Bis später also.«

Hannah blickte ihm traurig nach. Schon als Mädchen hatte sie Will Spencer wegen seiner Aufrichtigkeit und seinem Interesse an ihrem Leben gemocht. Ihrer Erfahrung nach waren nur wenige Engländer bereit oder in der Lage, sich wirklich mit einem jungen Mädchen zu unterhalten, zumal wenn es sich um ein Halbblut handelte. Will erinnerte sie immer an Elizabeth – er war genauso aufgeschlossen allem Neuen gegenüber wie jemand, der bei den Kahnyen'kehàka aufgewachsen war. Bei den O'seronni kam so etwas selten vor und im Anfang war es ihr schwergefallen, den beiden zu vertrauen.

Manchmal hatte Hannah den Eindruck, als seien Will Spencer und ihre Stiefmutter die gleiche Person in zwei Einzelwesen, Zwillinge, die von unterschiedlichen Müttern geboren worden waren. Sie hatte oft mit ihrer Großmutter oder ihrer Tante darüber gesprochen, aber nicht mit Elizabeth oder Will. Dazu waren sie beide zu englisch.

»So«, sagte Amanda und öffnete die Tür zu Hannahs Zimmer. »Ethan schläft direkt neben dir, falls er nachts nach dir rufen will.«

Das Zimmer war groß und hell und wunderschön eingerichtet. Während Amanda vom Badezimmer, Tee oder irgendetwas, das Hannah vielleicht noch brauchen würde, redete, sah sie, dass ihre Truhe schon herauf gebracht und ihre Sachen schon eingeräumt worden waren.

»Ich hoffe, du fühlst dich wohl hier. Wir sind so froh, dich bei uns zu haben«, schloss Amanda.

So sprach eine Lady, die dazu erzogen worden war, in einem Schloss oder Herrenhaus zu wohnen, aber es war nichts Künstliches an ihren Worten. Hannah wollte etwas ähnlich Wohlerzogenes erwidern und der Gastgeberin danken, aber noch bevor sie den Mund aufmachen konnte, ergriff Amanda ihre Hände.

»Ich weiß, es ist alles fremd für dich, Hannah. Die Stadt muss dir überwältigend erscheinen und du denkst sicher mit großer Sehnsucht an zu Hause. Aber wir sind wirklich froh, dich hier zu haben, so lange du hier bleiben möchtest. Bitte erlaube uns, deinen Aufenthalt hier so schön wie möglich zu machen.«

Hannah öffnete den Mund, um ihre Dankbarkeit zu bekunden, und wieder drückte Amanda ihre Hände. »Schon gut«, sagte sie.

»Du brauchst nichts zu sagen. Wir sind doch schließlich eine Familie, nicht wahr? Du bist die geliebte Stieftochter meiner Kusine Elizabeth, und solange du bleiben möchtest sollst du dieses Haus als dein Zuhause betrachten.«

Noch lange nachdem Amanda gegangen war saß Hannah auf der Kante des schönen Bettes und fuhr mit dem Finger über die Stickereien auf der Bettdecke. Sie hätte Amanda sagen sollen, wie wohl sie sich fühlte. Und sie hätte ihr die ganze Wahrheit sagen sollen: *Ich fühle mich hier so wohl und beschützt, dass die Vorstellung, dieses Haus verlassen zu müssen, mich überwältigt.*

Draußen vor der Tür wartete die Stadt auf sie. Sie musste mit Menschen sprechen und von ihnen lernen. Dr. Simon und sein Institut, Manny Freemans Welt der entlaufenen Sklaven und Sklavenjäger – und Liam Kirbys Familie.

Der Gedanke an Liam schoss Hannah ganz plötzlich durch den Kopf und mit ihm die Erkenntnis, dass sie sich nicht vormachen konnte, nicht neugierig zu sein. Sie konnte sich sein Zuhause nicht vorstellen; sie wusste nicht, wie er lebte, hatte nie den Namen seiner Frau gehört und musste vieles irgendwie in Erfahrung bringen. Wenn sie diese Stadt wieder verließ, würde sie die Antworten mit sich nehmen, damit sie Liam Kirby für immer hinter sich lassen konnte.

Lieber Dr. Todd!
Wir sind heil angekommen. Die Spencers haben uns am Hafen abgeholt und uns in einer Kutsche nach Hause gefahren. Mrs. Todd wurde, da sie ohnmächtig geworden war, gleich zu Bett gebracht. Sie ist jetzt wieder in guter Verfassung, nur ihr Puls ist, wie immer, manchmal etwas unregelmäßig, und auch ihre Menses geht mit unverminderter Heftigkeit weiter. Obwohl sie es nicht zugeben will – wahrscheinlich hat sie Angst, ans Bett gefesselt zu sein, wo sie doch so viele Dinge in der Stadt unternehmen möchte –, glaube ich auch, dass sie ständig Kopfschmerzen hat. Dr. Ehrlich hat uns bereits im Haus an der Whitehall Street erwartet und war lange Zeit bei ihr. Auch Dr. Wallace war anwesend. Von Dr. Ehrlich kann ich nur

wenig berichten, ich kann nur eines der Lieblingszitate meiner Stiefmutter wiederholen: Es ist gefährlich, wenig zu wissen. Ihr werdet die Diagnose des Doktors (falls er überhaupt zu einer gelangt) von ihm direkt erfahren, da er sie mir sicher nicht mitteilt.

Ethan hat die Reise gut überstanden und ist in ausgezeichneter Verfassung, zumal er jetzt Peter als Spielgefährten hat.

Morgen gehe ich zum ersten Mal ins Kuhpocken-Institut.

Die Spencers senden Euch ihre besten Grüße, ebenso wie ich, Eure Studentin

Hannah Bonner, auch genannt
Geht-Voran vom Stamm der Kahnyen'kehàka

19 In ihrer ersten Nacht im Haus der Spencers beging Hannah eine rebellische Tat, indem sie ihre Fenster öffnete und die Nachtluft herein ließ.

Das Mädchen, das sie ursprünglich geschlossen hatte, hieß Suzannah. Sie war die Enkelin der Haushälterin, wie sie Hannah erzählte, siebzehn Jahre alt und würde im Herbst einen Schuhmacher namens Harry Dubbs heiraten.

Hannah hatte höflich zugehört, während Suzannah geschäftig das Zimmer für die Nacht vorbereitete, Hannahs Kleid aufhängte, das sie zum Abendessen getragen hatte, die Bettdecke zurückschlug, die Kissen aufschüttelte, den Nachttopf bereitstellte und schließlich alle Fenster gegen die Nachtluft schloss.

Sobald sie weg war, hatte Hannah die Fenster wieder geöffnet, und während sie das tat, kam ihr in den Sinn, dass Suzannah ihr gar keine Fragen gestellt hatte. Das lag zum Teil sicher daran, dass sie bereits eine Menge wusste, die Dienstboten waren für gewöhnlich besser informiert als jeder andere im Haus. Aber Hannah keine Fragen zu stellen gehörte bestimmt auch zu ihrer Ausbildung; ein Hausmädchen, das persönliche Fragen stellte –

selbst wenn es die Enkeltochter der Haushälterin war –, würde mit Sicherheit von den Gästen ferngehalten werden und müsste Töpfe schrubben. Stattdessen stellte sich Hannah selber eine Frage, während sie am offenen Fenster stand und in die Nacht hinaus blickte.

Mit wem konnte sie in dieser großen Stadt eigentlich reden?

Sie hatte die schweren Vorhänge weit zurückgezogen und die Spitzengardinen blähten sich im Wind. Dann ging sie zu Bett und grübelte über ihre Frage nach.

Die Antwort lautete natürlich, dass sie mit niemandem reden konnte außer mit den fünf Personen in diesem Haus, mit denen sie verwandt war. War sie erst einmal in die Stadt hinaus gegangen, würde sie wirklich allein sein.

Hannah wachte bei Sonnenaufgang auf, weil jemand ihren Namen rief. Sie setzte sich im Bett auf und drückte die Finger an die Schläfen, bis ihr Kopf wieder klar wurde.

»Hannibal!« Ein hohes Kichern folgte. »Pass auf, Hannibal!« Die Stimme eines kleinen Jungen, aber es war nicht Ethan oder Peter.

Im Haus war es völlig still. Wer immer Hannibal sein mochte, jemand rief da draußen nach ihm. Einen Moment lang fragte sich Hannah, ob sie die Geräusche von draußen wohl ignorieren müsse, aber dann siegte ihre Neugier.

Rasch sprang sie aus dem Bett und lief ans Fenster. Auf der anderen Straßenseite lag ein kleiner, eingezäunter Park, Bowling Green genannt, in dem sie gestern Abend nach dem Abendessen noch ein wenig spazieren gegangen waren, während Kitty sich ausruhte. Hannah hatte sich Sorgen um Kitty gemacht, aber auch wegen der Ärzte, die ihre Fragen nicht beantwortet, sondern sie nur väterlich herablassend angelächelt hatten. Deshalb hatte sie einem Spaziergang zugestimmt, ohne zu wissen, dass sie in Bowling Green im Mittelpunkt des sozialen Interesses stehen würde.

Auf Schritt und Tritt waren sie elegant gekleideten Leuten begegnet, von denen die Spencers manche lediglich begrüßten, andere jedoch Hannah vorstellten. Eine endlose Kette von Delafields, Gracies und Varicks. Die Damen hatten die in Spitze und Seide gekleidete Indianerin taktvoll übersehen, aber viele der Männer hatten sie aufdringlich angestarrt.

Ein gebeugter alter Mann mit einer dicken schwarzen Zigarre im Mund war ihr als Mr. Henry vorgestellt worden. Er hatte an seiner Zigarre gezogen, während er sie aus zusammengekniffenen Augen gemustert und dann seinen Mund zu einem entzückten Grinsen verzogen hatte.

»Ach, das ist also die Mohawk-Medizinfrau? Dr. Simon hat mir von Euch erzählt, Mädchen. Was, Ihr habt keine Trommeln und Masken dabei?« Er hatte dröhnend über seinen Witz gelacht. Will und Amanda hatten sich verlegen bei ihr entschuldigt, aber Hannah hatte ihnen erklärt, dass sie Mr. Henrys raue Aufrichtigkeit den verstohlenen Blicken und getuschelten Kommentaren bei weitem vorzog.

Um diese frühe Morgenstunde lag Bowling Green noch völlig verlassen da, nicht jedoch die Straßen. Die Müllmänner der Stadt waren bereits bei der Arbeit und sammelten den Abfall der vergangenen Nacht ein. Ihre Pferdekarren waren von Schwärmen von Fliegen umgeben.

Wenn die Müllmänner weiterzogen, liefen Jungen mit Wassereimern hinterher und leerten diese auf den Bürgerstieg, der die vornehmen Häuser von der gepflasterten Straße trennte. Die Häuser waren alle aus Stein und Ziegeln, drei und vier Stockwerke hoch, und Hannah wusste, dass in jedem von ihnen eine Schar von Dienstboten oder Sklaven bereits fleißig bei der Arbeit war.

»Hannibal!« Da war das Kichern wieder, dieses Mal noch lauter. Ein Junge, ungefähr in Daniels Alter, lief mit einem nassen Besen in der Hand den Bürgersteig entlang. Der Junge, den er verfolgte, war nicht zu sehen, aber Hannah hörte unterdrücktes Lachen und das Geräusch eines Eimers, der ausgeleert wurde, dem Kreischen nach zu urteilen über jemandes Kopf.

Plötzlich öffnete sich die Tür unter Hannahs Fenster, und das Gelächter verstummte.

»Kommt jetzt herein, bevor ihr euch den Tod holt. Was denkt ihr euch dabei, euch die Köpfe in der Aprilkälte nass zu machen? Hannibal, herein mit dir, bevor Mary diesen Besen auf deinem Hinterteil einsetzt. Los, komm jetzt, Marcus. Stell den Eimer weg und komm in die Küche. Ich habe noch nie so unvernünftige Jungen wie euch gesehen.«

Die Tür schloss sich wieder. Hannah lauschte, hörte aber nichts mehr von Mrs. Douglas. Sie stellte sich vor, dass die alte Frau vor unterdrücktem Gelächter bebte, während sie durch die Diele wieder in die Küche ging.

In der Küche würde es sicher gut nach Fleisch und Maisbrot, nach Essig, Zimt und Ingwer duften. Andere Dienstboten würden hereinkommen, frische Fische aus dem Fluss, Zwiebeln oder Eier vom Markt bringen.

Die meisten Dienstboten im Haus waren schwarz, aber es waren keine Sklaven oder Freigelassene; wenn sie ihre Arbeit getan hatten, konnten sie sich in der Stadt ungeniert bewegen. Wahrscheinlich gingen einige von ihnen in die Freie Schule und kannten Manny Freeman.

Hannah blickte auf den jetzt wieder leeren Bürgersteig, betrachtete die Häuser und dachte an all die Reichen, die hinter zugezogenen Vorhängen und geschlossenen Fenstern schliefen. Entschlossen trat sie ins Ankleidezimmer und suchte ihr einfachstes Kleid heraus.

Marcus erkannte sie sofort an seinen feuchten krausen Haaren und dem Funkeln in seinen Augen. Er saß an einem langen Tisch zwischen Peter und Ethan und alle drei Jungen widmeten sich eifrig ihrem Frühstück. Als Ethan sie sah, sprang er auf und strahlte sie an. Offensichtlich ging es ihm gut.

»Miss Hannah.« Verwirrt lächelnd begrüßte Mrs. Douglas sie höflich. »Wenn Ihr zu hungrig seid, um zu warten, können wir Euch Euer Frühstück auch hinaufbringen. Ihr braucht doch nicht extra herunterzukommen. Hat Euch denn niemand die Glocke in Eurem Zimmer gezeigt?«

Alle in der Küche blickten sie an. In den dunklen Augen standen weder Freundschaft noch Feindseligkeit. Sie wussten einfach nicht, was sie mit ihr anfangen sollten, eine Indianerin, die zu Gast im Haus war, eine Farbige, die sie behandeln mussten, als sei sie eine Weiße.

Hannah sagte: »Ich würde gerne mit den Jungen frühstücken, wenn es Euch nichts ausmacht.«

Mrs. Douglas zögerte einen kurzen Moment, und Hannah spürte die Bedenken der alten Frau. Das hatte es im Haushalt der Spencers sicher noch nicht gegeben, dass ein Gast in der Küche mit Kindern und Dienstboten frühstücken wollte.

Hannah sagte: »Ich fühle mich hier wohler als im Esszimmer«, erklärte Hannah. »Es erinnert mich an zu Hause. Bitte, lasst mich bleiben.«

Sie machten ihr Platz am Tisch, und die Haushälterin stellte einen Teller mit heißen Pfannkuchen, Schinken mit Honig und einen Berg von Maisgrütze mit geschmolzener Butter vor sie hin. Hannah versicherte Mrs. Douglas, dass dies mehr als ausreichend für sie sei, und nach und nach entspannte sich die Atmosphäre in der Küche wieder.

»Heute fahren wir zur Wall Street und sehen uns Dr. Kings Orang-Utans an«, verkündete Ethan. »Und danach gehen wir in Dr. Bowens Wachsfigurenkabinett. Er hat eine Figur, die wie Präsident Jefferson aussieht.«

»Dann fallt ihr heute Abend sicher todmüde in eure Betten«, erwiderte Hannah, und die drei Jungen nickten fröhlich.

»Fährst du auch mit, Marcus?«

Der Junge schluckte. »Ja. Ich darf überall mit Peter mitgehen.« Er hob stolz den Kopf. »Ich mache eine Ausbildung zum Kammerdiener.«

»Ein Kammerdiener redet aber weniger!«, rief Mrs. Douglas dazwischen. »Das musst du erst noch lernen.«

»Mein Vater fährt mit uns dorthin«, sagte Peter. »Er geht heute nicht ins Büro. Kommst du auch mit, Hannah?«

»Heute früh kann ich nicht«, erwiderte sie und schnitt sich ein

287

Stück Schinken ab. »Ich habe Curiosity und Galileo versprochen, dass ich sofort Manny aufsuche. Ich habe ein Päckchen für ihn.« Und eine Nachricht, dachte sie, als sie Ethans Blick auffing.

Ethan wusste als Einziger hier, dass sie Manny die Nachrichten von Selah überbringen musste. Er verstand sehr gut, was für ein heikles Unterfangen dies war, und er hatte versprochen, niemandem etwas davon zu sagen. Natürlich wusste er nicht, dass Liam Kirby ihr noch eine andere Botschaft für Manny aufgetragen hatte.

Sag ihm, er soll Micah Cobb aus dem Weg gehen. Sag ihm, dass Vaark nicht nur zufällig zum Hafen von Newburgh gekommen ist.

Die Uhr in der Diele schlug sieben und Hannah überlegte, wann sie wohl aus dem Haus käme. Sicher nicht, bevor sie nach Kitty gesehen hatte und Will und Amanda zum Frühstück heruntergekommen waren.

Marcus beobachtete sie mit gerunzelter Stirn. Er fragte: »Miss Hannah, kennt Ihr Manny Freeman?«

»Wir sind zusammen aufgewachsen«, erwiderte Hannah. »Er ist fast zehn Jahre älter als ich, aber ich war oft bei seiner Familie. Kennst du Manny aus der Freien Schule?«

»Jeder kennt Manny«, sagte Marcus. »Nicht wahr, Grandma?«

Mrs. Douglas trat mit einer großen Schüssel voller Eiweiß an den Tisch. »Das ist wohl wahr«, erwiderte sie, während sie mit einer Gabel Eischnee schlug.

»Vielleicht könnt Ihr mir sagen, wie ich die Freie Schule finde«, bat Hannah. »Ich möchte ihn möglichst heute schon treffen.«

»Ihr braucht gar nicht bis zur Freien Schule ...« Marcus brach ab, als ihn seine Großmutter verweisend ansah.

»Wir sehen Manny ab und zu«, warf Mrs. Douglas ein.

Peter hatte bis jetzt geschwiegen. Er war ein schüchternes Kind, aber jetzt stand er abrupt auf, als müsse er vor einem strengen Lehrer etwas rezitieren.

»Wir sehen Mr. Freeman doch fast jeden Tag«, erklärte er. »Er besucht meinen Vater. Manchmal kommt er mit Dr. MacLean, manchmal mit Mrs. Kerr und manchmal alleine. Sie sitzen dann

ganz lange in Vaters Arbeitszimmer und reden über Gesellschafts-
angelegenheiten. Manchmal darf ich dabei bleiben, wenn ich leise
bin.« Er beugte sich über den Tisch zu Hannah. »Manchmal
bringt Mr. Freeman mir auch ein geschnitztes Tier für meine
Sammlung mit. Er kann sehr gut schnitzen.«

Mrs. Douglas blickte äußerst unbehaglich drein. »Ihr Jungen
verschwindet jetzt und lasst mich arbeiten«, sagte sie dann. An
Hannah gewandt fügte sie hinzu: »Miz Hannah, wenn Ihr noch
eine Weile bleiben möchtet ...?«

Als die Jungen in den Garten gelaufen waren, reichte Mrs. Douglas ihre Schüssel einer anderen Frau und setzte sich schwerfällig
auf den Stuhl gegenüber von Hannah. Für einen Moment schien
ihre ganze Energie sie zu verlassen und sie wirkte alt und erschöpft. An ihrer Stirn klebte ein wenig Mehl und Hannah hätte
es am liebsten weggewischt.

Mrs. Douglas lächelte freundlich. »Peter ist ein lieber Junge«,
sagte sie. »Er möchte immer so gerne helfen, deshalb hat er
vielleicht mehr gesagt, als er sollte.«

Offensichtlich hatte Peter also Geheimnisse erzählt, die Hannah nicht hören sollte, und jetzt bat Mrs. Douglas sie, seine Worte
so schnell wie möglich zu vergessen.

Sie erwiderte: »Ihr kennt mich zwar nicht, aber ich hoffe Ihr
glaubt mir, dass ich nichts sagen werde, was Manny Freeman, den
Spencers oder ...« Sie schwieg und sah in die klugen, wachsamen
Augen der alten Frau.

»... oder einem Reisenden Schaden zufügen könnte.«

Angst und Erleichterung mischten sich im Blick von Mrs. Douglas. Sie beugte sich über den Tisch und ergriff Hannahs Hand.

»Ich muss das Frühstück auf den Tisch bringen«, sagte sie.
»Aber ich hoffe, wir können uns bald einmal miteinander unterhalten.«

»Ja«, erwiderte Hannah, erleichtert und erfreut, dass es ihr gelungen war, Verständnis zwischen ihnen zu schaffen. »Ich komme
auf jeden Fall wieder hierher. Wenn Ihr mir aber zuerst vielleicht
den Weg zur Freien Schule weisen ...«

Mrs. Douglas nickte. »Ich sage Cicero Bescheid, dass er mit Euch gehen soll. In ungefähr einer Stunde. Ist Euch das recht?«

Hannah versicherte, dass ihr das sehr gut passe, und dann ging sie ins Esszimmer, wo Will Spencer bereits am Frühstückstisch saß und Zeitung las.

Will bestand darauf, dass sie ihm Gesellschaft leistete, obwohl sie bereits gefrühstückt hatte. Er teilte ihr mit, dass Amanda bei Kitty sei und strenge Anweisung gegeben habe, dass sie nicht gestört werden dürften.

»Es ist sehr freundlich von dir, mir das mitzuteilen«, erwiderte Hannah, »aber ich muss Richard heute über ihre Verfassung und die Behandlung, die sie erfährt, berichten. Ich bin dafür verantwortlich, auch wenn es ihren Ärzten nicht gefällt.«

Will kniff die Augen zusammen. »Morgen hast du immer noch Zeit genug, dich darum zu kümmern. Heute bestehe ich darauf, dass du deinen anderen Verpflichtungen nachgehst. Ich fahre heute Nachmittag mit dir ins Krankenhaus und stelle dich Dr. Simon vor. Danach kannst du Dr. Todd ausführlicher berichten.«

»Was ist mit Dr. Kings Affen?« Hannah lächelte. »Die Jungen werden enttäuscht sein, wenn sie sie nicht sehen können.«

»Die Jungen werden überhaupt nichts verpassen«, entgegnete Will. »Aber ich lasse dich nicht allein in die Stadt gehen. Und jetzt erzähl mir, wie geht es deiner Stiefmutter und deinem Vater?«

Das brachte Hannah in Verlegenheit, weil sie nicht mehr mit Elizabeth darüber gesprochen hatte, wie viel sie Will Spencer eigentlich erzählen durfte. Es war zwar schwer, sich vorzustellen, dass Elizabeth irgendetwas vor Will zurückhielt, aber Hannah wollte nicht diejenige sein, die ihm vom Sklavenschmuggel berichtete. Sie konnte ihn jedoch auch nicht anlügen.

Falls Will ihr Schweigen beunruhigte, so ließ er sich nichts anmerken. Schließlich sagte Hannah: »Liam Kirby ist vor ein paar Wochen nach Paradise zurückgekommen, auf der Suche nach einer entlaufenen Sklavin. Soweit ich weiß, hat er sie bisher nicht gefunden.«

Will blickte sie mit ausdrucksloser Miene an. »Ich kann mich noch an Liam erinnern«, erwiderte er. »Ihr wart einmal sehr gute Freunde. Er lebt mittlerweile hier in der Stadt.«

»Ja.« Hannah stand abrupt auf. »Ich sollte jetzt wirklich mal nach Kitty sehen, sie muss ja denken, ich habe sie vergessen.«

»Ach was«, erwiderte Will lächelnd. »Ich stelle dir schon keine Fragen über Liam Kirby, wenn du nicht darüber sprechen möchtest. Aber du kannst mir nicht einfach weglaufen, bevor ich dir nicht die Post gegeben habe, die dein alter Freund, der Hakim, für dich hiergelassen hat.«

»Der Hakim? Hakim Ibrahim war hier?«

»Letzte Woche. Er war sehr traurig, dass er dich verpassen würde, und er sendet dir seine besten Grüße.«

Hannah sank auf ihren Stuhl zurück, während Will seine Aufmerksamkeit dem Stapel von Zeitungen und Päckchen neben sich zuwandte. Er zog einen ganzen Stapel für Hannah heraus.

»Du bist sicher enttäuscht, aber das hier wird dich bestimmt aufmuntern.«

Sie betrachtete die unerwartete Ausbeute. Ein großer Stoß von Auszügen aus Briefen und medizinischen Zeitschriften, die der Hakim für sie abgeschrieben und mit Kordel zusammengebunden hatte; ein sehr schweres Paket; Bücher; eine kleine zugenagelte Schachtel und sieben Briefe. Fünf waren an ihren Vater oder Elizabeth adressiert, aber zwei waren für sie.

»Ich lasse dich mit deiner Post allein«, sagte Will und zog sich diskret zurück, noch bevor Hannah ihm danken konnte.

Der dickste Brief war vom Hakim, und wahrscheinlich musste sie dazu auch die Schachtel und das Päckchen öffnen, daher legte sie ihn zuerst einmal beiseite. Der andere Brief war von ihrer Kusine Jennet in Carryckcastle in Schottland. Hannah hatte ihre schottischen Verwandten seit sieben Jahren nicht mehr gesehen, aber der Briefwechsel mit Jennet hatte die Verbindung aufrecht erhalten. Vorsichtig öffnete sie das Schreiben und begann zu lesen.

291

Liebe Kusine Hannah,

vor vier Monaten haben wir das letzte Mal aus Lake in the Clouds gehört. Wahrscheinlich kommt schon morgen ein dicker Brief mit Neuigkeiten, die meine – wie meine Mutter immer sagt wenig damenhafte – Neugier befriedigen, aber da die Isis heute Nachmittag aus dem Solway Firth nach New York in See sticht, kann ich nicht länger warten, um die guten und schlechten Nachrichten zu Papier zu bringen, die ich dir zu übermitteln habe.

Mein Vater schreibt deinem Vater ebenfalls einen Brief, hat mich aber gebeten, auch dir zu berichten, dass es uns allen gut geht. Als gehorsame Tochter tue ich natürlich, was er von mir verlangt, füge jedoch meine eigenen Worte hinzu: Es stimmt nicht ganz. Vater ist in der letzten Zeit häufig müde und hat Schmerzen, obwohl er sich lieber die Zunge abbeißen würde, als es zuzugeben. Er schläft immer in seinem Gewächshaus, wenn er glaubt, dass niemand es merkt, und hat noch nicht einmal mehr die Kraft, sich um seine geliebten Tulpen zu kümmern. Meine Mutter sagt immer, der Earl of Carryck könne sich ausruhen, wo er wolle, und es gäbe doch wohl keinen besseren Platz dafür als zwischen den Blumen und Pflanzen, die ihm so viel Freude bereiten.

Aber in Wahrheit ist er nur genauso eigensinnig, wie es alle Earls von Carryck seit jeher waren. Mein Bruder Alasdair wird wahrscheinlich genauso werden, weil man es nicht ableugnen kann, dass es ihnen einfach im Blut steckt. Wie sonst soll man es erklären, dass ein Mann von einundachtzig Jahren behauptet, er brauche keinen Arzt, der ihm den Weg ins Grab weise? Hakim Ibrahim konnte er jedoch nicht abweisen, als er vor zehn Tagen mit der Isis hier eintraf. Wir haben uns alle sehr gefreut, ihn zu sehen, trotz der Einwände meines Vaters. Die Tinkturen, Tees und Öle des Hakims haben ihm zumindest etwas Erleichterung verschafft, und meine Mutter hat morgens wieder ein wenig gesungen. Der Earl wollte sogar mit Luke zu den Pächtern reiten.

Aber gestern hat der Hakim meine Mutter um ein Gespräch unter vier Augen gebeten, und als er ging, war sie blass und so reizbar, wie ich sie lange nicht erlebt habe. Sie erklärte mir, der Earl würde uns alle überleben, ganz gleich, was die Ärzte dazu meinten. Aber in Wahrheit hat sie genauso große Angst wie wir alle. Selbst Alasdair scheint zu begreifen, was im Gange ist, und obwohl er noch so klein ist kommt er jeden Abend, legt den Kopf in den Schoß meines Vaters und lässt sich wie ein fast zahmes Wolfsjunges streicheln.

Seit ungefähr sechs Monaten hat der Earl alle seine Angelegenheiten geordnet, und ich habe ihn oft zu meiner Mutter sagen hören, dass sie sich bei so guten Männern, wie sie um sie herum sind, keine Sorgen um die Zukunft der Grafschaft machen müsse. Da gibt's etwa Ewan Hunter, unseren Verwalter, seitdem er vor drei Jahren von seinen Studien in Edinburgh zurückgekehrt ist. Ich werde zwar nie verstehen, warum ein Mann Latein können muss, um das Schloss und die Pächter zu leiten, aber der Earl ist sehr zufrieden mit Ewan und sagt, er habe ein Gespür für Geld und alle Gesetze im Kopf. Auch Luke könnte die Bücher führen, aber er überlässt das nur zu gerne Ewan. Er und Nezer Lun sind dafür zuständig, dass Carryck stark bleibt und die Männer allzeit bereit sind, es gegen die Campbells oder die Engländer zu verteidigen, falls das nötig sein sollte.

In dieser Hinsicht hat sich Luke nicht die Spur geändert. Am zufriedensten ist er immer, wenn er auf dem Pferderücken sitzt. Er und Nezer denken sich ständig neue Übungen für die Männer aus, und wenn sie keine Lust mehr haben, dann reiten sie auf die Jagd und bleiben tagelang verschwunden.

Es ist jetzt sieben Jahre her, seit dein und mein Vater das Abkommen getroffen haben, das deinen Halbbruder nach Schottland gebracht hat. Manchmal kommt es mir so vor, als hätten die anderen vergessen, dass Luke in Kanada geboren wurde und erst hierher gekommen ist, als er so alt war wie du und ich jetzt sind – aber ich erinnere mich noch daran und Luke auch. Meine Mutter behauptet, er sei durch und durch ein Scott von Carryck, aber sie kennt ihn nicht so gut wie ich. Wenn wir ausreiten, erzählt er die ganze Zeit nur von Kanada, von der Weite des Landes, wie grün die Bäume dort sind, von seiner Granny Iona, der ehemaligen Nonne, und dem großen Fluss, der nach einem Heiligen benannt ist und auf dem im Frühjahr Eisblöcke so groß wie Häuser schwimmen.

Vielleicht hat es ja etwas damit zu tun, dass seine Mutter letztes Jahr nach Montreal zurückgegangen ist. Er spricht nur selten davon, dass sie ihm fehlt, aber ich sehe es ihm deutlich an, dass er am liebsten auch wieder dort wäre. Eine Zeit lang dachte ich, dass Ewans Schwester Katie ihn mit einem Kind an Carryck binden würde. Dein Bruder ist genauso wie jeder

Mann hinter den Mädchen her, aber er ist nicht dumm und all ihr Zucken und Kichern haben ihr nur einen schlechten Ruf eingebracht. Jetzt ist Luke an Katie Hunter nicht mehr interessiert als ich an ihrem Bruder Ewan, und wenn mein Vater ihn von morgens bis abends unermüdlich preisen sollte.

Wenn mein Vater nicht so krank wäre, dann würde ich auf der Stelle an Bord der Isis nach New York segeln, und wenn ich es nur täte, um zu beweisen, dass ich immer noch die Jennet bin, die dir den Feenbaum gezeigt und den Piraten entgegengetreten ist (ich wollte dir noch erzählen, dass der Hakim Neuigkeiten von Stoker gebracht hat: er hat ein neues Schiff, das Revenge heißt, und er geht seinem üblen Handel auf den Sugar Islands nach), und nicht so ein melancholisches Geschöpf, wie ich dir in diesem Brief vorkommen mag. Trotz all unserer Sorgen haben wir auch genug Grund zu lachen, wie zum Beispiel gestern, als der kleine Alasdair seinen Kopf in einen leeren Honigeimer gesteckt hat, um den Boden auszulecken, und dann bekam er ihn nicht mehr heraus. Wir lachten, bis uns die Tränen kamen, selbst Alasdair, der auf dem Boden herum rollte und mit den Beinen strampelte, bis schließlich Luke ihm den Eimer vom Kopf gezogen hat.

Du hast nichts davon erwähnt, dass du nach Schottland kommst, also muss wohl ich die Reise machen, Hannah Bonner. Bestimmt denkst du, dass wir deinen Bruder lange genug hier festgehalten haben und es an der Zeit wäre, dass er wieder einmal nach Hause kommt. Deshalb sieht mein neuester Plan so aus: Wenn wir Luke nicht hier behalten können, bringe ich ihn dir in die endlosen Wälder. Wir könnten großartige Abenteuer erleben.

Dieser Brief wird dich im Frühling erreichen, und deshalb schließe ich mit allen guten Wünschen für einen gesunden Sommer, einen Sommer, der dir und deiner Familie weder Krankheit noch neue Sorgen bringt.

Deine dich liebende Kusine und treue Freundin
Jennet Scott of Carryckcastle
Am vierzehnten Tag des Februars im Jahr des Herrn 1802

Lange blieb Hannah mit Jennets Brief in der Hand am Tisch sitzen, so tief in Gedanken versunken, dass sie zusammenzuckte und nicht mehr wusste, wo sie war, als die Uhr acht schlug. Sie hätte sich gar nicht gewundert, wenn vor dem Fenster die mit Heidekraut bedeckten Hügel zu sehen gewesen wären. Aber natürlich stand draußen nur das nächste Haus, wo eine Magd gerade Fenster putzte.

Hannah fragte sich, wie es dem Earl jetzt wohl ginge und was für eine Krankheit er haben mochte. Wahrscheinlich hatte der Hakim ihr in seinem Brief darüber geschrieben. Im nächsten Poststapel würde es sicher Neuigkeiten vom Earl geben und vielleicht würden mit diesem Schiff sogar Jennet und Luke eintreffen.

Hannah sah sie beinahe vor sich, wie sie an der Reling der Isis standen. In ihrer Erinnerung waren sie immer noch so, wie sie sie zuletzt gesehen hatte, die zehnjährige Jennet, ein winziges Ding mit einem strahlenden Lächeln und einer Flut blonder Haare, die sich um ihr Gesicht lockten. Luke mit dem hellen Teint seiner Mutter, groß und schlank, mit den breiten Schultern ihres Vaters und Granny Coras hoher Stirn und den großen Augen. Er war schon damals ein erwachsener Mann gewesen und hatte sie stets geneckt, wie ein großer Bruder das eben tut.

Auch ein Brief von Luke, an ihren Vater adressiert, lag auf dem Tisch. Er schrieb zwei oder drei Mal im Jahr und berichtete von seinem Leben in Schottland, was er über die Leitung eines Besitzes lernte, welche Fortschritte er im Umgang mit Waffen machte. Was Hannah jedoch wirklich über ihren Halbbruder, den sie nie richtig kennen gelernt hatte, wusste, hatte sie aus Jennets Briefen erfahren und nicht von ihm selber. Mit seinen sechsundzwanzig Jahren war er über acht Jahre älter als sie, und bevor er nach Schottland ging, hatten sie nur einen Monat miteinander verbracht. In seinem ersten Jahr dort galt er als der Erbe der Grafschaft, aber dann hatte die Herrin über Carryck zur Verblüffung aller noch einmal ein Kind, einen Sohn bekommen.

Ihr Vater hatte Luke einen Brief geschrieben und ihn gefragt, ob er nach Kanada zurückkehren wolle, wo er geboren und von seiner Großmutter Iona aufgezogen worden war, oder nach Lake in the Clouds, wo er jederzeit willkommen sei. Aber Luke empfand kein Bedauern über den Verlust des Erbes. Er wollte in Schottland bleiben, solange er Carryck von Nutzen sein konnte.

»Er kommt zurück«, hatte Falkenauge gesagt, als Elizabeth den Brief an einem Winterabend vor dem Ofen vorgelesen hatte. »Er ist viel mehr ein Bonner als ein Scott, und seine Wurzeln sind hier.«

Hannah las Jennets Brief noch einmal und sie war sich sicher: Jennet hatte zwar immer viele Pläne, aber ihren Plan, mit Luke in die endlosen Wälder zu ziehen, würde sie wahr machen.

»Miss Hannah?« An der Tür stand ein alter Schwarzer und drehte seinen Hut in den großen Händen. Er hatte ein nettes Lächeln und erinnerte sie sofort an Galileo.

»Ja?«

»Ich bin Cicero. Ihr wolltet in die Freie Schule, um Manny zu treffen?«

»Ja.« Hannah stand auf. »Ist es so nah, dass wir zu Fuß gehen können?«

Er legte überrascht den Kopf schräg. »Ja, Miss, es ist nicht sehr weit. Zwanzig Minuten vielleicht oder eine halbe Stunde, falls Ihr Euch unterwegs ein wenig in der Stadt umschauen wollt.«

»Ja, ich würde gerne zu Fuß gehen«, erwiderte Hannah. »Ich lege nur rasch diese Sachen beiseite und dann bin ich sofort bei Euch.«

Sie gingen den Broad Way entlang. Zwischen den Häusern auf der anderen Straßenseite blitzte ab und zu der Fluss auf, der genauso blassblau war wie der Frühlingshimmel über ihnen.

Cicero zeigte ihr das Wohnhaus des Bürgermeisters und auch die Häuser von einigen Anwälten und Stadträten, vermutlich die Familien, mit denen die Spencers gut bekannt waren. Sie bestaunte die sorgfältig gestutzten Hecken und Büsche, bei denen kein Blättchen am falschen Platz wuchs.

Der Verkehr war gewaltig, schlimmer als in Albany und an jedem anderen Ort. Kutschen und Wagen in jeder Form und Größe, Männer zu Pferd und Lieferkarren. Ein rosafarbenes Ferkel wühlte im Rinnstein und bewegte sich nur, wenn einer der Kutscher ihm mit seiner Peitsche eins überzog. Um diese Tageszeit befanden sich keine Damen auf der Straße, aber zahlreiche Gentlemen in eleganten Jacken und hohen Hüten eilten an ihnen vorbei, ohne sie jedoch eines Blickes zu würdigen.

Auch Dienstboten und Arbeiter waren unterwegs. Hannah sah einen Bäcker, der von Kopf bis Fuß mit Mehl bestäubt war. Ein Schwarzer mit einem schweren Sack über der Schulter kam vorbei, und er und Cicero begrüßten sich leise.

Die Verkäufer waren für Hannah die angenehmste Überraschung, denn alle priesen ihre Waren singend an. Ein junges Mädchen mit einer Schachtel um den Hals sang mit hoher, klarer Stimme: »*Kauft die ersten Erdbeeren! Frühe Erdbeeren! Süße, süße Erdbeeren!*«

Es war wirklich erstaunlich, was für unterschiedliche Dinge auf der Straße verkauft wurden. Ingwerbrot, Bier, Schuhschnallen, Töpfe und Bratpfannen, Besen, große Liliensträuße und kleine Veilchensträuße, Zeitungen. Ein Karren fuhr vorbei, dessen Kutscher so mit Ruß bedeckt war, dass Hannah seine Hautfarbe nicht erkennen konnte, und auch er sang: »*Holzkohle! Ich habe Holzkohle zu verkaufen!*« Direkt hinter ihm trotteten zwei Schornsteinfeger, die im Duett ihr Liedchen trällerten. »*Feeegen! Vom Dach bis in den Keller. Ohne Leiter oder Seil. Feeegen!*«

Auf ihrem Weg über den Broad Way kamen sie an zahlreichen Läden vorbei, von denen viele größer waren als manche Hütte in Paradise.

»Das dort ist Mr. Caritats Buchladen«, sagte Cicero feierlich und wies mit dem Kopf darauf. »Mr. Caritat ist oft bei den Spencers zu Gast.« Vor dem Schaufenster standen zwei Herren und diskutierten über ein Buch, das der eine in der Hand hielt. Der andere Herr war Dr. Ehrlich, aber er sah sie anscheinend nicht oder wollte sie nicht sehen.

Sie würde Will Spencer bitten, einmal mit ihr in den Buchladen zu gehen; vielleicht konnte sie ja auch in einer Schreibwarenhandlung schönes Papier für Elizabeth kaufen.

Sie kamen an einer Druckerei und einer Musikalienhandlung vorbei, aus der Fiedelmusik drang, die aber kaum noch zu hören war, weil eine Gruppe zerlumpter Jungen johlend und schreiend über die Straße gerannt kam, verfolgt von einem Metzger mit blutiger Schürze. Einer der Jungen hielt einen großen Schinken vor die Brust gepresst. Es gab Juweliere, Silber- und Goldschmiede, Hutmacher.

»Oh, seht nur«, sagte Hannah auf einmal. »Mrs. Leonora Van-Horn, Putzmacherin.«

»Kennt Ihr Mrs. VanHorn?«, fragte Cicero höflich lächelnd.

»Nein«, erwiderte Hannah, »aber ich weiß, dass Mrs. Todd ihre Bekanntschaft machen möchte. Ich habe gehört, sie importiert Spitze aus Brüssel.«

Im nächsten Block roch es nach geröstetem Kaffee und aus den Fenstern eines Kaffeehauses drang Tabakrauch auf die Straße. Die Türen standen offen und sie konnten sehen, dass der langgestreckte Raum voller Männer war, die sich angeregt miteinander unterhielten. Direkt daneben lag das Rathaus, so groß wie die Lagerhäuser am Pier. Zu beiden Seiten der Tür standen kleine Bäume in Kübeln. Erstaunt betrachtete Hannah sie. Wer mochte wohl auf die merkwürdige Idee gekommen sein, dass sich Bäume mit so wenig Platz für ihre Wurzeln begnügen könnten?

Hier bog Cicero in eine Seitenstraße ab und sie ließen den Lärm des Broad Way hinter sich. Es gab hier noch mehr Läden, eine Sattlerei und einen Kutschenbauer, Büros und kleinere, bescheidenere Häuser. Auch hier liefen Händler herum, die ihre Waren singend anpriesen. Eine Gruppe von Kindern spielte mit einem dreibeinigen Hund, der Hannah flehend anblickte. Schweine wühlten in der Gosse und der Gestank war wesentlich schlimmer als auf dem breiten Broad Way. Hannah konnte sich kaum vorstellen, wie es hier wohl an einem heißen Sommertag riechen mochte.

Schließlich gelangten sie zu einem langen, roten Ziegelbau mit weißen Fensterläden.

»Das ist die Freie Afrikanische Schule«, sagte Cicero. »Wahrscheinlich findet Ihr Manny im Portierhaus dort hinten. Ich besuche rasch Mr. Solomon, bis Ihr wieder gehen wollt. Manny wird schon wissen, wo ich bin.«

Er verbeugte sich, reichte ihr das Päckchen, das er für sie getragen hatte, und verschwand.

Hannah folgte einem schmalen Pfad, der an den Klassenräumen vorbei hinter das Schulgebäude führte. Er öffnete sich auf einen breiten Platz hinter der Schule, wo wahrscheinlich die kleineren Kinder in der Pause spielten. Das Portierhaus war ein kleines Gebäude mit zwei Fenstern auf jeder Seite, einer offenen Tür und einem Schieferdach. Als sie aus dem hellen Aprilmorgen in den dunklen Flur trat, roch Hannah zunächst mehr, als sie sehen konnte: Bienenwachs und Mineralöl, Leder und Seife.

Sie überlegte gerade, an welche der beiden Türen sie klopfen sollte, als eine vertraute Stimme sagte: »Kann ich Euch helfen, Miss?« Hannah drehte sich um.

Mannys Lächeln war so aufrichtig, dass Hannahs Bedenken, ob es richtig war, hierher zu kommen, mit einem Schlag verflogen. »Hannah Bonner!« Er ergriff ihre Hände. »Nein, was für eine Freude, ein vertrautes Gesicht von zu Hause zu sehen. Wir sind uns mindestens zwei Jahre lang nicht mehr begegnet. Komm herein, komm. Was tust du in der Stadt?«

Er öffnete eine Tür und bat sie hinein, wobei er die ganze Zeit so lebhaft auf sie einredete, dass Hannah seine Fragen kaum beantworten konnte. In kürzester Zeit saß sie auf dem bequemsten Stuhl im Zimmer, er hatte ihr Tee oder Wasser angeboten und setzte sich ihr gegenüber.

Manny hatte sich nicht allzu sehr verändert, fand Hannah, allerdings wirkte er äußerst wachsam und angespannt. Im Temperament kam er mehr nach seiner Mutter, aber das Aussehen hatte er vom Vater geerbt. Sie hatten beide die gleiche hohe Stirn und gerade Haltung und beide waren sie ungefähr durchschnittlich groß und kräftig gebaut.

Schließlich erlahmte sein Redefluss und er blickte nachdenklich zu Boden.

Er fragt sich, wie es Selah wohl geht, dachte Hannah. *Ob sie es nach Paradise geschafft hat oder ob sie überhaupt noch am Leben ist.*

Sie räusperte sich. »Curiosity schickt dir dieses Päckchen, ein wenig von ihrer Seife, Ingwerkuchen und ein Glas mit Eingemachtem. Und ich habe eine Botschaft. Mehr als eine Botschaft.« Sie schwieg und blickte aus dem Fenster über den Schulhof. Die einzige Person weit und breit war eine alte Frau, die vor dem nächsten Haus Kartoffeln schälte.

Manny sagte: »Hier kannst du sprechen.«

Hannah lächelte. »Selah ist in Sicherheit.«

Sie sah ihm förmlich an, wie erleichtert er war.

»Als ich abgereist bin«, fuhr Hannah fort, »wollte mein Vater sie gerade nach Red Rock bringen.«

Er hob eine Hand. »Das Kind?«

»Als ich fuhr, war es noch nicht geboren, aber mittlerweile müsste es da sein. Selah hatte Fieber, als sie zu uns kam, aber als sie ging war sie wieder stark und wohlauf. Sie und auch das Kind.«

»Ich dachte, sie sei tot«, flüsterte Manny. »Nach Newburgh dachte ich ...« Er schüttelte den Kopf.

»Selah bat mich, dir zu sagen, du solltest dir keine Sorgen um sie machen. Vermutlich kannst du nicht anders, aber ich glaube auch, dass sie das Schlimmste jetzt überstanden hat.«

Manny stieß einen tiefen Seufzer aus, aber seine Erleichterung wurde sofort wieder von neuen Sorgen überschattet.

»Liam Kirby?«

Hannah zuckte überrascht zusammen. »Du weißt, dass Liam Kirby hinter ihr her war?«

Er blickte aus dem Fenster. »Wir behalten alle Sklavenjäger, die außerhalb der Stadt arbeiten, im Auge. Meistens wissen wir, wo sie sind und wen sie verfolgen.«

»Wer ist ›wir‹?«, fragte Hannah. »Die Freilassungs-Gesellschaft?«

Manny warf ihr einen erschreckten Blick zu. »Du liebe Güte, nein. Die Freilassungsgesellschaft hat nichts mit entlaufenen Sklaven zu tun. Es würde die gesamte Schule in Verruf bringen, sollte sich jemals herausstellen, dass einer der Treuhänder etwas damit zu tun hätte.«

»Aber ...« Hannah dachte an das, was Peter beim Frühstück gesagt hatte.

»Manny, ist Will Spencer in der Freilassungsgesellschaft?«
Er blickte sie ausdruckslos an. »Nein. Er war noch nie Mitglied.«
Wartend lehnte Hannah sich zurück.

Nach einer Weile fuhr Manny fort: »Ich bin mir nicht sicher, ob wir weiter darüber reden sollten. Vor allem bin ich dir dankbar, dass du dir die Zeit genommen und mir die Nachrichten überbracht hast, Hannah. In einem Brief hätte man das alles nicht schreiben können.«

Hannah nickte, aber in Gedanken war sie immer noch bei dem, was Peter in der Küche gesagt hatte. Es war ihr nur zu klar, was Manny nicht laut aussprechen wollte: Will Spencer half den entlaufenen Sklaven.

Nicht unser Manny hat versucht, das Mädchen freizukaufen, hatte Galileo gesagt, und Curiosity hatte ihm das Wort abgeschnitten: *Du brauchst hier keine Namen zu nennen.*

Es machte unbestreitbar Sinn, dass Will zu einer Geheimgesellschaft gehörte, die Sklaven nach Norden in die Freiheit brachte. William Spencer, Viscount Durbeyfield, war ein Mann aus bester Familie, mit exzellenten Verbindungen und untadeligem Benehmen. Es gab viele Männer so wie er, die ihr Leben damit zubrachten, Opium zu rauchen und zu viel Brandy zu trinken. Will Spencers geheime Laster jedoch waren Rebellion und Reformen.

Was er tat, war äußerst gefährlich. Wegen einer ähnlichen Situation hatte er aus England fliehen und alles zurücklassen müssen. Flüchtig dachte Hannah an Amanda und Peter, an alles, was er aufs Spiel setzte.

Manny beobachtete sie, aber Hannah wusste, dass er ihr nichts mehr sagen würde. Wenn sie etwas wissen wollte, musste sie Will schon fragen.

»Hast du nicht gesagt, du hättest mehr als eine Botschaft? Von meiner Familie?«

»Nein«, erwiderte Hannah. »Von Liam Kirby. Er sagte ...« Sie schwieg. »Er sagte, ich solle dir zwei Dinge mitteilen. Zum einen, dass du dich von Michael Cobb fernhalten sollst.«

»Micah Cobb«, berichtigte Manny sie.

»Micah Cobb. Geh ihm aus dem Weg, denn er beobachtet dich und sucht nach einem Grund, dich zu verhaften.« Um dich hängen zu sehen, dachte Hannah, aber das würde Manny schon selber wissen.

Falls das neu für Manny war, so schien es ihn nicht sonderlich aufzuregen. »Und die zweite Botschaft?«

»Daran kann ich mich Wort für Wort erinnern. Er sagte: ›Sag ihm, dass Vaark nicht nur zufällig zum Hafen von Newburgh gekommen ist.‹«

Manny presste die Lippen zusammen. Er stand auf und trat ans Fenster. »Sonst noch etwas?«

»Keine direkte Botschaft für dich, nein. Aber er hat den Aufseher der Witwe Kuick erwähnt. Nach dem, was Liam gesagt hat, gewann ich den Eindruck, du hättest schon einmal etwas mit ihm zu tun gehabt. Kennst du Ambrose Dye?«

Manny nickte. »Ich weiß, wer er ist, ja.«

Manny wirkte auf einmal so wütend, dass er sich kaum noch beherrschen konnte. Und Hannah durfte nicht weiter fragen, denn er würde Nathaniel Bonners Tochter auf keinen Fall in Gefahr bringen, zum einen, weil es nicht seiner Natur entsprach, und zum anderen, weil er sich dann vor ihrem Vater würde rechtfertigen müssen.

Hannah stand auf. »Ich gehe jetzt wahrscheinlich besser wieder zurück. Ich habe Kitty heute noch gar nicht gesehen, und nachmittags muss ich ins Krankenhaus, weil ich dort lernen soll, wie man Pockenimpfungen verabreicht. Dr. Todd hat das für mich arrangiert.«

Er hob abrupt den Kopf.

»Arbeitest du im Armenhaus?«

»Ich weiß nicht«, erwiderte Hannah. »Ich weiß gar nichts, außer dass ich von Dr. Simon unterrichtet werde.«

»Dann arbeitest du im Armenhaus«, sagte Manny. »Dort wer-

den die Leute geimpft, die sich keinen Arzt leisten können.« Seine
Stimme klang neu belebt. Er wollte noch etwas hinzufügen,
schwieg dann aber.

»Sehe ich dich noch einmal?«, fragte Hannah.

»Ich komme morgen früh in der Küche vorbei, um Mrs. Douglas guten Tag zu sagen, wenn es dir nichts ausmacht.«

»Es macht mir überhaupt nichts aus«, erwiderte Hannah. »Ich
freue mich darauf.«

Hannah Bonners Tagebuch

25. April 1802

*Bin in Begleitung von Mr. Cicero, dem Butler von Vetter Will Spencer,
durch die Stadt gegangen. Er hat mich zur Freien Afrikanischen Schule
gebracht, wo ich Almanzo Freeman besucht habe, der sich über die Nachrichten von zu Hause sehr freute.*

*Als wir zurück zur Whitehall Street gingen, brachte Cicero mir bei, wie
viele unterschiedliche Wagentypen es in der Stadt gibt. Jede Kutsche hat
einen eigenen Namen und es scheint sehr wichtig zu sein, eine Barouche
nicht mit einem Cabriolet oder ein Gig nicht mit einem Phaeton zu verwechseln. Neben Ponywagen, Ochsenkarren und Kohlenkarren, die selbst
ich von den anderen unterscheiden kann, gibt es eine Vielzahl von Kutschen und Wagen, manche mit zwei Rädern und manche mit vier, manche
mit hohen Seiten und manche ohne, manche mit Lederverdecken, die zurückgeschlagen werden können, wenn das Wetter schön ist, und andere
mit richtigen Glasfenstern. Die größten Wagen werden von vier oder sechs
Pferden gezogen, und im kleinsten ist nur Platz für eine Person, die auch
noch selber die Zügel des Ponys halten muss. Manche der vornehmen Kutschen sind bunt lackiert mit vergoldeten Kanten, während andere schäbig
und heruntergekommen aussehen. Auch eine Hackney-Kutsche ist an mir
vorbeigefahren (man kann sie für wenig Geld mit Kutscher und Pferden
mieten), die von einem Pferd mit rot gefärbter Mähne und Schweif, in die
getrocknete Blumen eingeflochten waren, gezogen wurde.*

Ein Nachbar, der der älteste Sohn des Obersten Stadtrats, lud mich zu einer Fahrt in seiner hochrädrigen Kutsche ein. Kusine Amanda brachte mir mit besorgtem Gesichtsausdruck seine Einladung und bat mich, höflich abzulehnen. Sie meinte, der dumme Junge solle sich doch allein den Hals brechen, wenn er das Bedürfnis danach hätte.

Als er wegfuhr, sah ich vom Fenster aus, was sie meinte: Die Räder seiner Kutsche sind so hoch wie ein zwölfjähriges Kind. Ich könnte mir zwar vorstellen, dass eine Fahrt in dieser Kutsche Spaß machen würde, aber ich habe Amandas Rat befolgt und will mir lieber nicht den Hals brechen, schließlich möchte ich am Kuhpocken-Institut und im Krankenhaus etwas lernen.

Wenn Kitty nervös ist, redet sie ununterbrochen. Ich schreibe alberne Sachen ohne jegliche Bedeutung, weil ich das, was ich heute über Vetter Will Spencer erfahren habe, nicht niederschreiben will. Aber es wird mich heute Nacht am Schlafen hindern.

20 Als sie mit der Kutsche ins Krankenhaus von New York fuhren, war Hannah fast schon entschlossen, das Thema der entlaufenen Sklaven und Sklavenjäger bei Will Spencer nicht anzusprechen, vor allem weil sie sich im Klaren darüber war, dass ihr Vater und ihre Stiefmutter in dieser Angelegenheit unterschiedliche Meinungen hatten. Elizabeth gab sich oft sehr vernünftig, ließ sich aber häufig von ihrem Herzen leiten; Elizabeth hätte gewollt, dass sie alles tat, was in ihrer Macht stand, um Manny zu helfen, und das hätte bedeutet, dass sie mit Will sprechen musste.

Ihr Vater jedoch würde von ihr erwarten, dass sie ihre Versprechen hielt. Richard Todd gegenüber, dass sie seine Frau und seinen Sohn sicher wieder nach Hause bringen würde; ihrer Familie gegenüber, dass sie nichts tun würde, um sich in Gefahr zu bringen. Sie hatte Manny gewarnt, und er würde die Warnung an Will

Spencer und alle anderen Beteiligten weitergeben. Damit war ihr Part beendet.

Allerdings, dachte Hannah, während Will ihr Gebäude, Parks und Theater zeigte, konnte sie sich Mannys Reaktion auf ihre letzte Botschaft nicht erklären. Den ganzen Tag schon grübelte sie über seinen Gesichtsausdruck nach.

... Vaark kam nicht nur zufällig zum Hafen von Newburgh.

Hannah war klar, dass Selah nicht nur aus einer Laune heraus fortgelaufen war, sondern die Stadt gut vorbereitet mit Karten, Anweisungen und Adressen verlassen hatte. Dafür hatte Manny gesorgt, Manny und die geheimnisvolle Gesellschaft, die Peter so sorglos erwähnt hatte. Aber etwas war schief gegangen, und Mr. Vaark, Selahs Besitzer, hatte gewusst, dass er sie am Hafen von Newburgh finden würde. Und dort hatte Selah ihn getötet.

Wenn es nicht Zufall gewesen war, der ihn dorthin geführt hatte, was dann? Oder wer?

»Du bist in Gedanken ganz weit weg«, sagte Will. »Denkst du wieder an den Hakim?«

»Nein«, erwiderte Hannah lächelnd. Sie blickte aus dem Kutschenfenster. »Ich habe heute Morgen Manny Freeman in der Freien Schule besucht, und an ihn habe ich gerade gedacht.«

Will schwieg eine Weile. »Darüber wollen wir heute Nachmittag sprechen«, sagte er schließlich. »Hier ist das Krankenhaus.«

Es war ein unauffälliges Gebäude, ein Wohnhaus, das so umgebaut worden war, dass Ärzte dort die Kranken behandeln konnten, ohne zu ihnen nach Hause gehen zu müssen. Will hatte Hannah erklärt, dass es im Krankenhaus dreizehn Ärzte und Chirurgen gab sowie eine voll ausgestattete Apotheke. Das Kuhpocken-Institut selbst befand sich im Armenhaus, aber sie wollten sich zuerst hier mit Dr. Simon treffen.

»Du brauchst dir keine Sorgen zu machen«, sagte Will. »Dr. Simon ist ein ausgezeichneter Arzt und einer der zuverlässigsten Männer in der Stadt.«

Hannah erwiderte nichts, sondern dachte an die Männer, die gestern bei Kitty gewesen waren und ihr auf ihre Fragen keine

Antworten gegeben hatten. Dann jedoch rief sie sich ins Gedächtnis, dass dies hier eine einfache Angelegenheit war. Sie hatte alles verfügbare Material über die Variolae Vaccinae studiert – einschließlich des Pamphlets, das heute früh in der Post von Hakim Ibrahim gewesen war –, und jetzt brauchte sie das Gelesene nur noch in die Praxis umzusetzen, unter der Aufsicht eines erfahrenen Arztes, der ihre Fragen beantworten konnte.

Schließlich kam sie nicht allein ins Krankenhaus von New York. Alle ihre Lehrer standen hinter ihr, und sie würde weder ihnen noch sich selbst Schande machen.

Ein junger Schwarzer, der sich als Archer vorstellte, führte sie in ein Besprechungszimmer, wo acht Männer, alle sehr distinguiert und mit mächtigen Bärten und Schnauzbärten, um einen runden Tisch saßen. Der jüngste war vielleicht dreißig und der älteste – der eine altmodische gepuderte Perücke trug – bestimmt älter als sechzig. Auch Dr. Ehrlich und Dr. Wallace waren anwesend, was Hannah irgendwie freute. Hier konnte sie sie nach ihren Untersuchungsergebnissen in Bezug auf Kitty fragen, in dieser Gesellschaft wäre es ihnen wohl nicht möglich, sie zu ignorieren.

Die Luft war dick von Pfeifen- und Zigarrenrauch, und einen Moment lang fühlte Hannah sich an das Ratsfeuer in Guter Weidegrund erinnert. Wenn es ein Problem zu lösen gab, rief der *Sachem* erfahrene und kluge Männer zusammen, die sich berieten, wobei eine Pfeife mit oyen'kwa'onwe herumgereicht wurde. Allerdings waren bei jedem Ratsfeuer der Kahnyen'kehàka auch die Clanmütter anwesend, um dafür Sorge zu tragen, dass die Männer ihre Verantwortung nicht vergaßen oder den Kopf verloren. Was Männern häufig passierte, wie Curiosity immer sagte.

Ich bin Geht-Voran, rief sie sich ins Gedächtnis. Ich bin die Tochter von Singt-aus-einem-Buch vom Stamm der Kahnyen'kehàka. Ich bin die Enkelin von Schwindender Tag, die eine große Heilerin war, die Urenkelin von Aus-Knochen-gemacht, die vierzig Jahre die Clanmutter der Wolfsfamilie war. Ich bin die Ur-Urenkelin von Falken-Frau, die einen O'seronni-Häuptling mit eigenen Händen erwürgt und sein Herz an ihre Söhne verfüttert hat. Ich bin die Stieftochter von Knochen-im-Rücken.

Was hatte Elizaberth noch zu ihr an dem Morgen, als sie aufgebrochen war, gesagt? *Halte den Kopf hoch und sieh ihnen in die Augen. Lächle erst, wenn sie dich als das erkennen, was du bist, und wenn du weißt, dass sie dich nicht ablehnen.*

»Meine Herren«, sagte Hannah, und alle erhoben sich, als sei sie die Lehrerin und habe sie zur Ordnung gerufen.

Einige blickten sie skeptisch an und andere neugierig. Der jüngste der Männer setzte sich sofort wieder hin und schrieb sich etwas auf, während zwei andere auf sie zutraten, um sie zu begrüßen.

Der ältere der beiden war so rundlich, dass alles an ihm schwabbelte, während er sich bewegte. Ein mächtiges Doppelkinn verdeckte seinen Hals und sein Gesicht war so rot, dass Hannah dachte, er würde platzen, wenn sie ihn berührte. Hätte ihn der Schlag getroffen, wäre sie nicht im mindesten erstaunt gewesen.

»Reverend John Roberts«, sagte Will. »Vorstand des Krankenhauses.«

»Ich kümmere mich um die Spendengelder, damit diese guten Männer ungestört ihren Geschäften nachgehen können«, erklärte der Reverend und watschelte zu seinem Stuhl zurück, während Will ihr Dr. Simon vorstellte.

Hannahs erster Gedanke war, dass Will und Richard Todd ihr nicht gesagt hatten, wie es sich wirklich mit Dr. Simon verhielt. Er war in mittlerem Alter, in Quäkergrau gekleidet und hatte das freundliche, intelligente Gesicht, das sie ihr beschrieben hatten, aber es war überhaupt nichts Weichliches an ihm.

Will stellte auch die übrigen Männer vor: Mr. Furman, der Leiter des Armenhauses, Dr. Hosack und Dr. Benyus, der sich tief vor ihr verneigte; Dr. Pascalis, den eine Gesichtslähmung auf der linken Seite plagte, die Augen- und Mundwinkel herunterzog. Der Letzte der Männer, der sich sofort wieder gesetzt hatte, um zu

307

schreiben, war überhaupt kein Arzt, wie sich herausstellte. Er war Journalist.

»Mr. Henry Lamm von der New-York Post. Ich hatte nicht erwartet, Euch heute hier zu sehen.« Will Spencer war immer höflich, aber seine verbindliche Stimme hatte einen scharfen Unterton.

Mr. Lamm neigte den Kopf und setzte sich wieder hin, um weiter zu schreiben. »Dr. Wallace hat mich eingeladen«, erwiderte er, ohne von seinen Notizen aufzublicken.

»Können wir dann anfangen?«, fragte Mr. Roberts.

Hannah warf Will einen fragenden Blick zu, aber er sah ebenso verwirrt drein, wie sie sich fühlte.

»Meine Herren?«, sagte Will, und Dr. Simon räusperte sich.

»Meine Kollegen sind äußerst interessiert an Miss Bonners Hintergrund und Ausbildung«, sagte er. »Wenn sie keine Einwände hat, würden wir ihr gerne ein paar Fragen stellen.«

»Davon war keine Rede ...«, begann Will, aber Hannah unterbrach ihn.

»Ich habe keine Einwände.«

Will zögerte. »Wie du willst.«

Er hielt es für dumm von ihr, dass sie einer solchen Befragung zustimmte, aber Hannah war eher wütend als besorgt. Diese Männer betrachteten sie so wie die Jungen den Orang-Utan im Zoo, voller Neugier. Die meisten von ihnen wollten ihr nichts Böses und würden einfache Fragen über Fieber und Knochenbrüche stellen – aber nicht alle.

An Dr. Ehrlichs Gesichtsausdruck erkannte sie, dass er sie bloßstellen und in Verlegenheit bringen wollte, und der Journalist war hier, um darüber einen Artikel zu schreiben.

Plötzlich jedoch wurde Hannah völlig ruhig. Drei Jahre lang hatte sie Richard Todds Ungeduld ertragen, die endlosen Fragen, seine schlechte Laune. Sie hatte Halsschmerzen behandelt, gebrochene Knochen gerichtet und Fieber gesenkt; sie hatte vielen geholfen, ein paar gerettet und andere sterben sehen, darunter ihren kleinen Bruder und ihre Großmutter. Und alles hatte sie in ihrem

Tagebuch aufgeschrieben, jeden einzelnen Schritt, den sie auf diesem langen Weg gegangen war.

Sollten doch Dr. Ehrlich, sollten sie doch alle ihr Schlimmstes tun.

21 Am nächsten Morgen wachte Hannah auf und sah Ethan im Nachthemd vor ihrem Bett stehen. Er blickte zu ihrem offenen Fenster und lauschte mit geneigtem Kopf einer krächzenden, tiefen Stimme, die eine Art Singsang von sich gab. »*Hier ist weißer Sand, feiner Sand. Hier ist lilienweißer Sand. Hier ist Sand vom Strand.*«

»Hörst du das?«, fragte Ethan.

»Ja«, erwiderte Hannah und rieb sich die Augen. »Ich höre es. Das ist nur ein Straßenhändler, Ethan. Weißt du, wie der Mann, der die Milch bringt, oder die Frau, die euch gestern Ingwerplätzchen verkauft hat.«

Er sah sie blinzelnd an. Sie streckte die Hand aus, um seine Wange zu streicheln, aber er trat kopfschüttelnd einen Schritt zurück. Dann hob er das Kinn und sang das Lied des Händlers nach, das in der Ferne immer noch leise erklang.

»›Weißer Sand, feiner Sand. Lilienweißer Sand.‹ Singt er von Lily? Geht Lily im weißen Sand? Hat sie sich im weißen Sand verirrt?«

Hannah bekam eine Gänsehaut. Vorsichtig, um ihn nicht zu erschrecken, schlug sie die Bettdecke zurück.

»Komm, Ethan, schlaf hier noch ein Weilchen. Komm, leg dich hin. Lily liegt in Lake in the Clouds sicher in ihrem Bett. Sie schläft noch, und das solltest du auch. Schlaf noch ein wenig.«

Er stieß einen Seufzer aus, kam aber gehorsam zu ihr ins Bett und schloss die Augen. Hannah lag wach neben ihm und dachte an ihre Schwester. Lilienweißer Sand ... Lily ...

309

Nach einer Weile wurde ihr klar, dass sie mit aller westlichen Vernunft nicht ignorieren konnte, was ein Traumwandler ihr gesagt hatte. Sie stand auf, entzündete eine Kerze und schrieb einen Brief.

Liebe Lily, lieber Daniel (denn in dieser Reihenfolge seid ihr geboren),

gestern sind eure Vettern Ethan und Peter und ihr Freund Marcus zu einem großen Affen gefahren, den man Orang-Utan nennt und der in einem Käfig gehalten wird. In einem der Bücher eurer Mutter über den Dschungel von Borneo ist ein Bild von einem Orang-Utan. Ein Mann namens Dr. King nimmt Geld dafür, dass man dieses Tier (das wegen seiner großen Kraft Samson genannt wird) besichtigen darf. Die Jungen haben erzählt, dass Samson Dr. King mit Stückchen von verfaulter Nahrung bewirft und schon drei Mal aus seinem Käfig ausgebrochen ist. Das erinnert mich an die Geschichte von Mrs. Sanderson, die ihr schon oft gehört habt. Wenn ihr hier wärt, dann könnten wir Samson vielleicht zur Flucht verhelfen, und er könnte sich auf Hidden Wolf verstecken.

Ich habe Curiosity einen Brief geschrieben, der heute wahrscheinlich ankommt, in dem noch mehr Neuigkeiten aus der Stadt stehen. Wenn ihr artig seid, liest sie ihn euch sicher vor. In der Zwischenzeit bitte ich euch: Setzt euch sofort hin und schreibt mir. Euer Vetter Ethan hat heute Nacht von euch geträumt und ich will wissen, ob es euch gut geht.

Eure euch liebende Schwester Hannah Bonner, von den Kahnyen'kehàka, dem Volk ihrer Mutter, auch Geht-Voran genannt.

Will war als einziger schon auf, um ihr an ihrem ersten Arbeitstag mit Dr. Simon im Armenhaus viel Glück zu wünschen. Sie gab ihm den Brief, damit er ihn zur Post brachte, unterdrückte jedoch den Drang, ihm zu sagen, es sei wichtig. Er besaß viele gute Eigenschaften, aber ob er auch Träumen so aufgeschlossen gegenüber stand, wagte sie zu bezweifeln. Sie musste einfach darauf vertrauen, dass er den Brief so schnell wie möglich abgab.

Kurz vor sieben lieferte Cicero Hannah vor der Tür des Armenhauses ab. Das Armenhaus war ein zerfallenes, schäbiges Gebäude, das vor dem Park um das Rathaus wie eine Warze auf der Nase einer ansonsten eleganten Dame wirkte.

Cicero wollte gerade vom Kutschbock absteigen, als Hannah in ihrem Eifer die Tür schon selber geöffnet hatte und leichtfüßig heraussprang.

»So geht das aber nicht, Miss«, sagte der alte Mann und sah sie vorwurfsvoll an.

»Ich werde mich bessern, Cicero, bestimmt, aber ...« Hannah trat zur Seite, um zwei alte Frauen vorbei zu lassen, die untergehakt die Straße entlang schlurften, »... ich will nicht zu spät kommen.«

Naserümpfend blickte er auf das Armenhaus. »Ich bin um Punkt vier wieder hier. Seht zu, dass ich nicht hineinkommen muss, um Euch zu suchen, Miss.«

»Punkt vier«, wiederholte Hannah und wartete, bis Cicero wieder auf den Kutschbock geklettert war. Anscheinend sah er sich als ihr Beschützer in der Stadt an, und Hannah war gerührt und irritiert zugleich über seine Sorge um sie; trotzdem war sie froh, als die Kutsche im Verkehrsgewühl des Broad Way verschwand und sie das Armenhaus ungestört mustern konnte.

Es war drei Stockwerke hoch und weitaus größer als die eleganten Häuser an Bowling Green, aber es war in seinem kurzen Leben schon sehr beansprucht worden und schien in der Mitte zusammenzusacken. Überall hinter den kleinen Fenstern sah man Gesichter, hauptsächlich von Kindern und alten Leuten.

Ein so großes Gebäude voller Menschen, die zu arm, zu alt oder zu krank waren, um sich selbst zu ernähren, ging beinahe über ihren Verstand. Sie fragte sich, ob es wohl an der Stadt lag, weil einfach zu viele Menschen hier lebten. Auf jeden Fall gab es so viele Arme, die Hilfe brauchten, dass ihre Hautfarbe wahrscheinlich gleichgültig war. Das zumindest würde sie heute herausfinden.

Als sie die Tür öffnete, schlug ihr der Geruch nach Haferbrei und gekochten Zwiebeln, nach Nachttöpfen, die darauf warteten, geleert zu werden, nach faulem Fleisch und Erbrochenem entgegen.

Die Halle war voller meist alter Menschen, die sie neugierig musterten.

»Sieh mal, Josie.« Ein alter Mann mit einer gestreiften Decke um die Schultern drehte sich zu seinem Nachbarn um. »Eine Indianerprinzessin kommt ins Armenhaus. Vielleicht will sie ja mit dir das Bett teilen, was?« Er stieß ein meckerndes Lachen aus, das sich schnell in Husten verwandelte.

Am anderen Ende der Halle stand ein erhöhter Tisch, und daneben wartete eine Reihe von Kindern geduldig, ihre Bündel an die Brust gepresst. Der älteste von ihnen, ein Junge, hielt einen schreienden Säugling im Arm, der anscheinend von Kopf bis Fuß mit einem eitrigen Ausschlag bedeckt war. Der Portier notierte etwas mit einem verschlissenen Federkiel und blickte erst auf, als Hannah direkt vor ihm stand.

Er war vielleicht dreißig, mit fettigem Haar, das ihm in die Stirn fiel. Seine Finger waren voller Tintenflecke, genauso wie sein Kinn, an dem vereinzelte dunkle Haare sprossen, über die er ständig geistesabwesend strich. Als er aufblickte, lächelte er sie mit nur einer Mundhälfte an, wobei sie die Hasenscharte bemerkte, die von einem dünnen Schnäuzer nur unzulänglich verdeckt wurde.

»Kann ich Euch helfen?« Er musste seine Stimme erheben, damit sie ihn über dem Schreien des Säuglings überhaupt verstand.

Hannah stellte sich ihm vor und fragte nach Dr. Simon.

Der Portier fuhr sich mit den Fingern durch die Haare und musterte Hannah eingehend, ihr einfaches graues Arbeitskleid aus Wolle und ihre altmodische Schürze, den Wollumhang und die Medizintasche.

»Seid Ihr die neue Assistentin?«

»Ja. Zumindest für kurze Zeit.«

Das älteste Kind stellte eine Frage in einer Sprache, die Hannah nicht verstand. Seine Augen waren genauso grau wie die von Elizabeth.

»Irische Waisen«, sagte der Portier. »Die Eltern sind auf der Überfahrt gestorben. Sie wollen wissen, ob Ihr ein Kriegsbeil in Eurer Tasche habt.« Er übersetzte den Satz, als ob er völlig normal, allerdings nicht besonders interessant sei.

»Ihr sprecht Irisch, Mister ...?«

»Chamberlain. Ja, meine Mutter ist Irin.«

»Ihr könnt Ihnen sagen, dass ich keine Waffen bei mir trage. Sagt Ihnen, ich sei Ärztin.«

Er tat wie geheißen, und der Junge stellte eine noch längere Frage.

»Ihr seid die erste Indianerin, die sie sehen, Miss, und auch der erste weibliche Arzt. Ihr könnt an seinem Gesicht erkennen, dass er mir nicht glaubt.«

Der Junge blickte sie erwartungsvoll an, also öffnete Hannah die Tasche, um ihm zu zeigen, dass sie nur ihre medizinischen Instrumente, ihre Aufzeichnungen, zwei Schürzen und das Essen, das Mrs. Douglas ihr eingepackt hatte, enthielt. Das kleinste der Kinder steckte den Kopf so tief hinein, dass es fast das Gleichgewicht verloren hätte, und Hannah sah, wie ihm die Läuse über den Hals krabbelten. Mit aufgerissenen Augen starrten die Kinder Hannah an.

»Arán.«

Hannah warf dem Portier einen fragenden Blick zu.

»Er hat das Brot gesehen.«

»Haben sie Hunger?«

Er nickte. »Sie haben immer Hunger. Sobald ich hier die Formalitäten erledigt habe, gehen sie ins Badehaus und dann in die Küche. Danach müssen sie zu Dr. Simon.«

Hannah nahm das Brot heraus, das in ein Stück Leinen eingewickelt war, und reichte es dem ältesten Jungen. »Sagt ihm, er soll es gerecht verteilen. Wo finde ich denn Dr. Simon?«

Die Kinder fielen über das Brot her und schenkten Hannah keine Beachtung mehr.

»Irgendwo auf den Krankenstationen wahrscheinlich.« Er griff unter seinen Tisch und eine schrille Glocke ertönte, einmal kurz und einmal lang.

»Mrs. Sloo zeigt Euch den Weg.«

Eine kleine Frau war so schnell und so leise wie ein Schatten neben Hannah aufgetaucht, ungeachtet der Tatsache, dass sie genauso hoch wie breit war. Unter einem strahlend weißen Häubchen kringelten sich eisengraue Locken über ihrer Stirn. Dunkelbraune Augen blitzten über einer winzigen Nase, und darunter imponierte ein kleiner, perfekt geschwungener Mund. Lächelnd blickte sie Hannah an und enthüllte dabei weiße, ebenmäßige Zähne.

»Ihr seid wahrscheinlich die neue Assistentin.« Mrs. Sloo musterte Hannah von oben bis unten. »Ich bin die Haushälterin, seit zwanzig Jahren schon. Mr. Sloo verwaltet das Gefängnis.«

Und schon marschierte sie mit rauschenden Röcken los.

»Ihr müsst Euch hier erst noch zurechtfinden«, sagte sie. »Das Haus ist ziemlich groß, man kann sich leicht verlaufen. Dort ist das Büro von Mr. Furman, dem Verwalter. Mr. Furman achtet auf jede Einzelheit. Hier arbeitet Mr. Cox, Lieferant. Bis er morgens seinen Kaffee getrunken hat, geht Ihr ihm am besten aus dem Weg. Ohne seinen Kaffee ist er unerträglich. Über diesen Flur gelangt man zur Küche und zum Backhaus. Frühstück ist um sechs, Mittagessen um zwölf und Abendessen um sechs. Ich nehme an, Ihr seid an Frühstück um elf und Mittagessen um vier gewöhnt, aber entweder passt ihr Euch an, oder Ihr müsst hungrig bleiben. Hier geht es zum Waschhaus und dahinter ist das Arbeitshaus, wo alle arbeitsfähigen Männer von sieben morgens bis sechs Uhr abends anzutreffen sind. Diejenigen, die arbeiten können, müssen auch arbeiten, sonst bekommen sie nichts zu essen. Wir haben alle möglichen Handwerker hier. Zwei Schreiner machen nichts anderes als Särge. Die meisten brauchen wir selber, und die übrigen verkauft Mr. Cox.

Dort hinten hinaus geht es zum Kuhstall und in den Garten. Wir bauen unser eigenes Gemüse an – oder wir täten es zumindest, wenn wir nicht so überfüllt wären. In der letzten Zeit essen und schlafen sie in Schichten.

Mr. Cox' Aufgabe ist es, alles einzukaufen, was wir nicht anbauen können. Hält ihn ganz schön in Trab. Dort ist die Dokumentenabteilung, wo Eddie arbeitet. Bei ihm liegen alle Aufzeichnungen, wo die Waisen herkommen und wo sie hingehen, das Schiffsbuch und jede Menge Papiere. Letztes Jahr hat er dreiundvierzig von unseren jungen Leuten eine Stelle besorgt.«

Plötzlich wirbelte sie herum und blickte Hannah an. »Zwei von unseren Mädchen sind bei den Spencers in Dienst. Amanda Blake und Bertha Dawson. Gute, kräftige Mädchen, die sich anpassen und schwer arbeiten können. Bertha ist noch im alten Haus geboren, an einem Dienstag. Alle Mädchen, die Dienstags im Armenhaus zur Welt kommen, werden Bertha getauft – wenn sie lange genug leben. An welchem Wochentag seid Ihr geboren?«

Hannah war so verblüfft über die Frage, dass sie stehen blieb. »Ich weiß nicht.«

Schniefend wackelte Mrs. Sloo weiter. Sie waren mittlerweile an einer Doppeltür angelangt, die in einen großen Raum führte, in dem ungefähr dreißig Frauen arbeiteten. »Hier sind hauptsächlich Spinnerinnen oder Weberinnen. Wir hatten auch Wergzupferinnen hier, aber das Kreosot stinkt zu sehr.«

Noch ehe Hannah einen Blick hineinwerfen konnte, hatte sie die Tür schon wieder geschlossen.

»Dort arbeiten die Näherinnen, direkt daneben die Schneider. Wir lassen Männer und Frauen nicht gemeinsam in einem Raum arbeiten. Diese Treppe führt zu den Schlafsälen. Männer im dritten Stock, Frauen und Kinder im zweiten. Insgesamt achthundertsiebzehn Personen, falls die beiden Kinder, die heute Nacht zur Welt gekommen sind, noch leben. Und diese Tür hier führt zu den Krankenstationen.«

Sie blieb vor der Doppeltür stehen und rang die roten, verarbeiteten Hände.

»Weiter gehe ich nicht mit.« Ihr Ton klang auf einmal nicht mehr so geschäftsmäßig und Hannah sah, dass sie den winzigen

Mund zusammengepresst hatte. »Von hier an müsst Ihr Euch alleine zurechtfinden.«

»Es wird mir schon gelingen«, meinte Hannah.

Mrs. Sloo musterte Hannah eindringlich. »Wenn Ihr wisst, was gut für Euch ist, dann geht Ihr wieder nach Hause.«

Hannah trat überrascht einen Schritt zurück.

»Glaubt Ihr, ich kann keine Zeitung lesen? Ich weiß alles über Euch. Noch nicht einmal zwanzig und schon hier. Ich sage Euch was. Latein nützt Euch hinter diesen Türen gar nichts. Ihr seid nutzlos auf der Krankenstation, weil niemand eine Rothaut als Hebamme will, und die Krankenstation ist kein Ort für eine anständige Frau, auch nicht für eine Mohawk-Prinzessin, die sich einbildet, ein Doktor zu sein. Dabei kann nichts Gutes herauskommen, das verspreche ich Euch.«

»Zeitung?« wiederholte Hannah.

Mrs. Sloo schniefte laut, drehte sich um und watschelte davon.

Der kurze Flur auf der anderen Seite der Doppeltür sah mit seinen blassgrünen Wänden und dem unebenem Holzboden nicht anders aus als der Flur davor. Zu beiden Seiten waren Türen, und an jeder hing ein sorgfältig poliertes Messingschild: Ärzte, Notaufnahme, Apotheke. Vor dieser letzten Tür wartete eine Schlange von Männern und Frauen, alle in grobe Baumwolle gekleidet und mit Holzpantinen. Einer von ihnen drückte sich einen blutigen Lappen ans Auge, während er mit dem anderen Hannah mit unverhohlener Missbilligung anstarrte. Die Tür zur Apotheke war offen, und Hannah sah Regale voller Flaschen und Tiegel. Über einen Mörser gebeugt stand ein Mann mit dem Rücken zu ihr, neben ihm wartete eine kleine Frau.

»Jetzt nicht, Mr. Furman!«, donnerte er, ohne sich umzudrehen, und Hannah ging weiter.

Eine weitere Doppeltür öffnete sich auf einen völlig anderen Raum, der sich über die ganze Breite des Gebäudes erstreckte und voller Betten stand. In jedem lag ein Mann, und alle starrten Hannah an. Sie sah gelbe Haut, tief eingesunkene Augen und geschwol-

316

lene Gelenke, ein Gesicht voller Geschwüre, einen Bauch, der so aufgedunsen war wie bei einer Frau kurz vor der Niederkunft. Alle diese Männer waren todkrank: Hannah sah es an ihren Gesichtern.

Sie sagte: »Ich suche nach Dr. Simon und dem Kuhpocken-Institut.«

Niemand gab ihr eine Antwort, deshalb trat sie noch etwas näher. »Dr. Simon erwartet mich.«

Am anderen Ende des Krankensaales öffnete sich eine Tür. Ein großer, schlaksiger Mann mit dunklen Augen, einer großen Nase, energischem Kinn und ganz kurz geschnittenen Haaren tauchte auf. »Miss Bonner?«

»Ja.« Hannah seufzte erleichtert.

»Hier entlang geht es zu Dr. Simons Büro.«

Als sie die Tür hinter sich geschlossen hatten, fragte Hannah: »Gibt es keine Frauen auf der Krankenstation?«

Er warf ihr einen neugierigen Blick zu. »Mrs. Sloo hat versucht, Euch Angst einzujagen, was? Macht Euch nichts daraus, das versucht sie bei jedem. Jeden Tag kommen Frauen auf die Krankenstation; Besucher und die Reinmachefrauen, und Mrs. Graham kommt mit ihren Wohltätigkeitsdamen zumindest einmal in der Woche, mit Brühe und Bibelpamphleten.«

Offensichtlich wollte er sie testen, dachte Hannah. Ob es hier wohl jemand gab, der sie uneingeschränkt willkommen hieß?

»Sie haben vermutlich noch nie eine Indianerin hier gesehen.«

»Doch, sie haben schon Indianer gesehen, aber keine, die so angezogen sind wie Ihr.«

Bevor Hannah überlegen konnte, ob sie beleidigt oder neugierig auf die Bemerkung reagieren sollte, fuhr er fort: »Die meisten von ihnen haben nicht mit Euch geredet, weil sie es nicht können. Sechzig Prozent der Insassen sind Iren oder Deutsche. Zur Zeit sind nur zwei Amerikaner auf der Station, aber aus denen werdet Ihr auch nicht allzu viel herausbekommen.«

»Warum nicht?«

Er blieb stehen. »Der blaue Harry – der Mann mit dem aufgedunsenen Bauch – ist stocktaub, und der alte Thomas redet nur mit Mrs. Sloo. Jedenfalls wird das behauptet, aber ich habe es noch nie mit eigenen Ohren gehört. Es gibt sechs Betten auf der Krankenstation und alle sind belegt. Aber das wäre auch so, wenn wir zwanzig hätten. Hier ist Dr. Simons Büro.«

Er öffnete schwungvoll die Tür.»Er kommt gleich, Miss Bonner.« Einen Moment blieb er zögernd stehen. »Habt Ihr heute früh die Zeitung gelesen?«

Die Frage traf sie überraschend.»Ihr seid schon der zweite, der mir gegenüber die Zeitung erwähnt. Ich habe sie nicht gelesen. Hätte ich es tun sollen?«

Er zuckte mit den Schultern.»Ja, an Eurer Stelle hätte ich es getan.«

Hannah warf ihm einen irritierten Blick zu.»Ihr tut sehr geheimnisvoll, Mr. ...«

»Dr. Savard. Ich bin Dr. Simons Assistent.«

»Dr. Savard. Von welcher Zeitung redet Ihr überhaupt?«

»Sie liegt dort auf dem Schreibtisch«, sagte er. »Der New-York Intelligencer. Ihr könnt den Artikel nicht übersehen. Der Titel lautet ›Das rote Wunder‹.«

22 New-York Intelligencer, 20. April 1802

Wir kennen so viele Beispiele für den außergewöhnlichen Scharfsinn der Ureinwohner dieses Landes, dass wir das unglückselige Schicksal der Indianerstämme zu Recht beklagen. Es scheint uns aber, dass keine zivilisierte Nation in Europa bisher ein Individuum – noch dazu vom sanften Geschlecht – mit so erstaunlichen Fähigkeiten hervorgebracht hat wie die junge Dame vom Stamm der Mohawk, die mir gestern im New Yorker Krankenhaus vorgeführt wurde. Wir waren zugegen, als die geschätzten Ärzte dieses Instituts die junge Dame kennen lernten, die sich selbst als Studentin vorstellte, um die Methoden von Dr. Jenners Impfung gegen die Pocken zu erlernen und dieses Wissen im Grenzland anzuwenden.

Selbst die verstorbene Miss Wollstonecraft, deren kleines Buch über die Rechte der Frauen so viele schockiert und verstört hat, wäre überrascht gewesen zu sehen, dass ihre Philosophie so rasch Früchte getragen hat, und dazu noch bei einer so jungen Person, denn die fragliche Dame ist kaum achtzehn Jahre alt. Sie ist groß für ihr Geschlecht und weist ebenmäßige Proportionen auf, so wie die der Kunstmodelle, die der Genius der Antike uns als erstrebenswert vorführt. Zwar ist ihre Hautfarbe von einem dunklen Kupferton, aber ihre Augen entbehren der Wildheit, die im allgemeinen ein Merkmal indianischer Stämme und der Mohawk im Besonderen ist. Sie zeugen im Gegenteil von einer raschen Auffassungsgabe und haben zugleich jenen friedlichen Ausdruck, der immer anziehend wirkt. Diese junge Dame weist alle Vorteile einer kultivierten Erziehung auf. Ihre Ausdrucksweise und ihr Kleid (sie trug ein einfaches, aber elegantes, wenn auch ein wenig unmodernes Kleid mit Mieder und Schal, die in Grün bestickt waren) zeugen von einem Geschmack, der für Wilde unüblich ist. Ihre geistigen Fähigkeiten jedoch übertrafen sogar den Reiz ihrer Person.

Die Ärzte befragten die junge Mohawk in dem bescheidenen Versammlungsraum des Krankenhauses. Zunächst baten sie sie, von ihrer medizinischen Ausbildung zu berichten. Sie tat dies in einer äußerst eloquenten Sprache und erzählte eine Geschichte, die man durchaus mit Herrn von Goethes erstaunlicher Erzählung von Wilhelm Meisters Lehrjahren vergleichen kann. In ihrem kurzen Leben wurde sie von ihrer Großmutter und Urgroßmutter unterrichtet, beide Heilerinnen und Clanmütter der fast ausgestorbenen Mohawk-Nation; dann von Dr. Richard Todd aus Albany und Paradise, bei dem sie in den letzten drei Jahren in die Lehre gegangen ist, und von Hakim Ibrahim Dehlavi ibn Abdul Rahman Balkhi, einem muselmanischen Arzt von hervorragender Reputation, der erst vor zehn Tagen die Ärzte in dieser Stadt besucht hat.

Dr. Valentine Simon, der so hervorragende Arbeit bei den Armen in dieser Stadt leistet und der Gründer des Kuhpocken-Institus ist, stellte ihr eine Reihe von Fragen über die Behandlung von Verbrennungen, Krämpfen, Fieber und zahlreichen anderen allgemeinen Erkrankungen, die die junge Mohawk-Dame zur allgemeinen Zufriedenheit der Ärzte beantwortete. Eine ausführlichere Diskussion entspann sich um das Thema der Behandlung von Diphterie, die sie in ihrem eigenen Dorf letzten Sommer behandeln konnte, und von Auszehrung, die Dr. Todd aus Paradise mit revolutionären ausländischen Methoden behandelt. Die Ärzte stellten detaillierte Fragen, die sie so präzise wie alle anderen beantwortete.

Dann entspann sich ein Streit zwischen den Ärzten über das Gelbfieber, das manchmal auch als Amerikanische Pest bezeichnet wird und das in den letzten Jahren so viele Opfer in unserer Stadt gefordert hat. Während die Ärzte über Ursache, Ansteckung und Behandlung diskutierten, lauschte die junge Dame höflich, ohne sie zu unterbrechen. Dr. Ehrlich aus Philadelphia bat sie um ihre Meinung zu dem Thema, worauf die junge Mohawk erwiderte, sie kenne die Krankheit nur vom Hörensagen und aus Berichten und sehe sich daher außerstande, eine Meinung dazu zu äußern. Dr. Ehrlich erklärte ihr Dr. Benjamin Rushs Kur aus großen Dosen von reinigendem Quecksilber und Jalapen, gefolgt von ausgiebigem Aderlass.

Daraufhin zögerte die junge Dame und erwiderte, sie neige eher zu der Behandlung eines Dr. Powell aus Boston, der der Ansicht sei, die Verabreichung von Quecksilber verursache mehr Schäden als die Krankheit, die dadurch geheilt werden solle. Sie fügte hinzu, sie halte auch nichts von übermäßigem Aderlass, vor allem nicht bei einer Erkrankung, die den Patienten so sehr schwächt. Dr. Ehrlich erwiderte, ihre unvollständige und unorthodoxe Ausbildung in der Medizin übersehe die Lehren des unsterblichen Hippokrates, der für außergewöhnliche Krankheiten außergewöhnliche Heilmethoden empfehle. Daraufhin antwortete die junge Frau Dr. Ehrlich ebenfalls mit einem Zitat von Hippokrates, aber auf Lateinisch: Primum est non nocere. Es darf vor allem nicht schaden.

Unserer Meinung nach gibt es selten eine solche Kombination von wundersamem Talent, Selbstbewusstsein und Anziehungskraft bei einem weiblichen Individuum, und wir kennen keinen anderen Fall, in dem solch seltene Gaben sich in einer Indianerin oder überhaupt einer Dame mit so großen persönlichen Reizen vereinigen. Wir wünschen ihr für die Zukunft viel Glück bei ihrer Arbeit.

23 Das Seltsamste daran war, dachte Hannah, nachdem sie den Artikel zwei Mal gelesen hatte, dass der Journalist – Henry Lamm war sein Name, fiel ihr ein –, dass Mr. Lamm sie nur hatte loben wollen. Andere Leser würden seinen Artikel als liebenswürdig bezeichnen und er wies in der Tat weder faktische Irrtümer noch Übertreibungen auf. Sie hatte ihn überrascht, weil sie sich gewählt ausdrücken konnte, und genau darin lag das Problem: die Leute erwarteten Dinge von ihr, die sie ihnen nicht bieten konnte, und ihr blieb nichts anderes übrig, als sie zu überraschen. Letztendlich konnte sie gegen eine so schlaue Mischung aus Lob und Zensur nichts unternehmen. Das zurückzuweisen, was Mr. Lamm sicherlich als Freundlichkeit und Großzügigkeit empfand, würde ihn zu ihrem Feind machen. Die Wohlmeinenden reagierten oft nicht so gut darauf, wenn man ihre Wohltätigkeit zu genau unter die Lupe nahm.

»Zumindest hat er meinen Namen nicht erwähnt«, murmelte sie. Im gleichen Moment spürte sie eine leise Bewegung hinter sich. Ohne dass sie es gemerkt hatte, war Dr. Simon ins Zimmer getreten.

Er sagte: »Mr. Lamm empfindet es als besondere Höflichkeit Euch gegenüber, dass er Euren Namen nicht genannt hat.«

Hannah legte die Zeitung wieder auf den Schreibtisch und rang sich ein Lächeln ab. »Es wäre höflicher gewesen, diesen Artikel überhaupt nicht zu drucken. Ich bin nicht gerne eine Kuriosität.« Dr. Simon neigte den Kopf. Sein Kragen war mit Blut bespritzt, das noch nicht getrocknet war.

»Ich kann Euch verstehen. Auch ich bin in gewisser Hinsicht dafür verantwortlich, dass er gestern anwesend sein durfte. Kann ich es in irgendeiner Weise wieder gutmachen?«

»Ja«, erwiderte Hannah entschlossen. »Indem Ihr mich arbeiten lasst, Dr. Simon.«

»Das kann ich Euch versprechen, Miss Bonner.« Dr. Simon wies zur Tür. »Sollen wir anfangen?«

Als Hannah um vier Uhr die Treppe herunter kam, erblickte sie Cicero auf dem Kutschbock des Landauers und Will Spencer, der ihr die Tür aufhielt.

»Ich habe gar nicht erwartet, dich auch hier zu sehen.« Sie ließ sich von ihm in die Kutsche helfen. »Ich freue mich, dass du mitgekommen bist, aber es ist gut, dass du Kitty nicht mitgebracht hast.« Sie blickte an sich herunter; wenn sie den ganzen Tag im Busch unterwegs gewesen wäre, hätte ihr Kleid nicht schlimmer aussehen können. Will schien es nichts auszumachen, aber er meinte dennoch: »Ja, sie wäre sicher entsetzt gewesen.«

»Sie wäre außer sich vor Entsetzen gewesen«, korrigierte Hannah ihn befriedigt. »Das kommt leider davon, wenn man irische Waisen impft. Morgen bin ich besser vorbereitet auf das, was mich erwartet.«

»Morgen«, sagte Will, »wird dein schwarzblaues Auge reizend aussehen.«

Mit zwei Fingern berührte Hannah ihr geschwollenes Auge. »Das war nur eine Dreijährige, die in Panik geraten ist. Sie wollte mir nicht weh tun.«

»Ich wage nicht, mir auszumalen, wie du aussehen würdest, wenn sie es absichtlich getan hätte«, erwiderte Will. »Hattest du ansonsten einen guten Tag?«

Hannah holte tief Luft. »Ich hatte bisher noch keine Zeit, darüber nachzudenken. Doch, ja, es war ein guter Tag. Ich habe die Grundlagen der Impfmethode gelernt, und dann habe ich den Ärzten assistiert. Zahlreiche Patienten gehören eigentlich ins Krankenhaus, aber Dr. Simon behält sie im Heim, weil sie dem Tod schon nahe sind. Oh, und, Will ... Dr. Simon will mir das neue Werk leihen, das sich mit den Krankheitsursachen und der Behandlung der Kuhpocken beschäftigt. Hakim Ibrahim hat mir schon ein paar Auszüge geschickt, aber nicht das ganze ...«

Sie brach ab, weil ihr klar wurde, dass sie einfach drauflos geplappert hatte, ohne sich zu überlegen, ob Will sich überhaupt dafür interessierte, aber er hörte ihr aufmerksam zu.

»Ich habe auch ein paar Worte Irisch gelernt. Am hilfreichsten ist ›Nicht beißen‹. Aber jetzt habe ich genug geredet. Wie ist es Kitty heute ergangen?«

»Gut, glaube ich. Sie war allerdings sehr blass, als sie von ihrer Ausfahrt zurück kam. Dr. Ehrlich hat sie besucht ... ich glaube, er war enttäuscht, dich nicht anzutreffen.«

»Zweifellos«, entgegnete Hannah trocken. »Vermutlich hat er sie wieder zur Ader gelassen?«

»Das weiß ich nicht. Sie schläft im Moment, glaube ich. Und es gab noch einen anderen enttäuschten Gast, Manny Freeman.«

»Manny Freeman?«, wiederholte Hannah. »Ich hatte ganz vergessen, dass er vorbeikommen wollte. Ich hatte vor, mit ihm über ...« Sie brach ab, und Will sah sie auf einmal so an, dass er sie an Läuft-vor-Bären-davon erinnerte, obwohl sich die beiden Männer ansonsten überhaupt nicht ähnlich sahen.

»Wenn du noch eine halbe Stunde auf dein Essen warten kannst«, sagte Will, »dann sollten wir uns mal unterhalten, glaube ich. Soll ich Cicero bitten, uns ein wenig herumzufahren?«

Hannah nickte. »Ja«, erwiderte sie. »Ich glaube, das wäre eine gute Idee.«

Später konnte sich Hannah an den ersten Teil der Fahrt nicht mehr erinnern, weil sie sich völlig auf Will Spencers Gesicht konzentrierte, während sie ihm erzählte, was in Paradise seit jenem Morgen, an dem Elizabeth und sie Selah Voyager gefunden hatten, vorgefallen war.

Als sie fertig war, schwieg Will lange Zeit. Er starrte aus dem Fenster und drehte seinen Hut in den Händen.

Hannah machten das Warten und das Schweigen nichts aus; sie war in einem Haus aufgewachsen, in dem Nachdenklichkeit in hohem Ansehen stand, und sie vertraute Will Spencer. Aber die Bürde der Geschichte, die sie bis in die kleinste Einzelheit vor ihm ausgebreitet hatte, lastete auf ihr.

»Das ist ein gefährliches Geschäft«, sagte Will schließlich. »Am liebsten würde ich dich auf der Stelle wieder nach Paradise schicken.«

Hannah setzte sich aufrecht hin. »Ich bin es Leid, mir solche Albernheiten anzuhören, Will.«

Er zog fragend die Augenbrauen hoch. »Albernheiten?«

»Mrs. Sloo erklärt mir, ich habe weder in einem Geburtsraum noch auf der Krankenstation etwas zu suchen, Dr. Ehrlich meint, ich solle mich nicht um medizinische Belange kümmern – etwas, das Mr. Lamm unbedingt in seiner Zeitung drucken musste, wie du ja sicherlich mittlerweile auch erfahren hast ...«

Will neigte den Kopf.

»... und du sagst mir, ich gehörte nicht in die Stadt. Von dir habe ich nun wirklich mehr erwartet.«

Will Spencer zeigte nicht oft starke Gefühle, aber Hannah sah ihm an, dass sie ihn jetzt außer sich gebracht hatte.

»Du verstehst das nicht, Hannah.« Er war wütend und beleidigt zugleich, aber sie auch.

»Doch, ich verstehe vollkommen. Manny ist in Lebensgefahr und du hilfst mit bei den ... Reisenden. Kannst du das nicht einfach zugeben, statt so geheimnisvoll zu tun? Ich bin doch kein Kind mehr, auf dessen Stillschweigen man sich nicht verlassen kann.«

Will presste die Lippen zusammen und blickte wieder aus dem Fenster. Dann sagte er: »Du wirst Elizabeth immer ähnlicher.«

»Das nehme ich als Kompliment.«

»So habe ich es auch gemeint.« Er stieß die Luft aus. »Wir nennen uns Libertas-Gesellschaft, und in den letzten acht Jahren haben wir einhundertdreizehn Sklaven zur Freiheit verholfen. Manchmal haben wir anonym Geld gespendet oder über einen Dritten die Freiheit für jemanden erkauft, aber die meisten sind mit unserer Hilfe geflohen. Manche von ihnen nach Norden, wobei Curiosity und Galileo tätig wurden, andere nach England. Wir versuchen auch, die Entführung von freien Schwarzen und den ungesetzlichen Transport von Schwarzen in die Südstaaten, wo sie in die ständige Sklaverei verkauft werden können, zu unterbinden. Mit Almanzo sind wir zu siebt. Wer die anderen sind, kann ich dir nicht sagen, weil wir uns geschworen haben, die Namen geheim zu halten. Was willst du sonst noch wissen?«

»Weiß Amanda davon?«

»Ja«, erwiderte Will. »Theoretisch weiß sie es von Anfang an, war jedoch nie über Einzelheiten informiert. Zu ihrem eigenen Schutz. Nach den Schwierigkeiten in England habe ich ihr versprochen, meine Aktivitäten nie mehr vor ihr geheim zu halten. Und natürlich habe ich auch Vorkehrungen getroffen, falls etwas schief gehen sollte ...« Er brach ab.

»Aber Elizabeth weiß davon nichts.«

»Nein. Ich sah keinen Anlass, sie da hinein zu ziehen, und außerdem haben Curiosity und Galileo darauf bestanden, dass deine Familie herausgehalten wird.«

Sein Gesichtsausdruck wirkte jetzt völlig ruhig, sogar erleichtert. Hannah stellte fest, dass sie und Will Spencer etwas gemeinsam hatten: keiner von ihnen konnte offen über die Arbeit reden, die ihnen am meisten am Herzen lag.«

In sanfterem Tonfall sagte sie zu ihm: »Und was ist am Hafen von Newburgh passiert? Wer könnte euch und Selah verraten haben?«

»Ich weiß nicht«, erwiderte Will, »aber ich werde es herausfinden. Die Antwort findet sich irgendwo in diesem Gebäude.« Er wies mit dem Kinn aus dem Fenster.

Sie waren aus der Stadt herausgefahren und befanden sich jetzt auf einer ungepflasterten Straße. Es stank nach Gerbereien und Schlachthäusern, Viehmist und Schweinekot. Vor ihnen ertönte das Muhen von Kühen, und der Landauer hielt plötzlich an. Cicero beruhigte sein Gespann.

»The Bull's Head«, sagte Will, als sie an einer Schenke vorbeifuhren, die zu beiden Seiten von Viehgehegen eingerahmt war. »Die Treiber bringen das Vieh vom Land hierher, und in der Schenke finden die Versteigerungen statt.«

»Was hat das mit den Reisenden zu tun?«, fragte Hannah.

»Micah Cobb und seine Sklavenjäger treffen sich hier jeden Freitag und Mittwoch Abend. Man könnte sie als eine Art Sklavenjägervereinigung bezeichnen. Bei den Treffen teilen sie die Arbeit untereinander auf.«

»Steckt dieser Cobb hinter dem, was im Hafen von Newburgh passiert ist?«

»Ja. Die Frage ist nur, wie er die Information erhalten hat.«

Will beugte sich zu Hannah. »Ich habe deine Fragen beantwortet, und jetzt werde ich dich um etwas bitten. Dies ist ein gefährliches Geschäft, und die Lage spitzt sich zu. Du hast uns einen großen Dienst erwiesen, indem du Liam Kirbys Botschaft überbracht hast, aber jetzt musst du dich heraus halten und uns die Angelegenheit überlassen. Wirst du das tun?«

Hannah zögerte. »Ich mache mir Sorgen um Manny.«

Wills Ausdruck wurde hart. Als er antworten wollte, hob Hannah die Hand, um ihn zum Schweigen zu bringen.

»Habe ich dir eigentlich jemals erzählt, dass meine Großmutter Schwindender Tag dir einen Mohawk-Namen gegeben hat?«

»Ach ja?« Er blickte sie überrascht an.

»Sie hat dich ›Der Träumer‹ genannt. Im Volk meiner Mutter gilt es als großes Kompliment, jemanden als Träumer zu bezeichnen. Sie sagte, die meiste Zeit lebst du in unsichtbaren Welten und kommst nur in diese unsere Welt, wenn du eine Aufgabe zu erfüllen hast. Ich glaube, die Libertas-Gesellschaft ist eine große Aufgabe.«

Will wandte sich ab, und Hannah hatte das Gefühl, er unterdrücke ein Grinsen. Sie hatte ihn amüsiert, aber er wollte sie nicht beleidigen. Schließlich sagte er: »Gibst du mir denn dein Wort, dass du Micah Cobb und die Sklavenjäger uns überlässt?«

»Wenn ich euch nur so helfen kann ... ja.«

Will lehnte sich zurück und fuhr sich mit der Hand übers Gesicht. »Danke. Ich gebe dir mein Wort, dass wir alles tun werden, was in unserer Macht steht, um Manny in Sicherheit zu bringen. Er wird schon bald fortgehen.«

»Curiosity und Galileo werden erleichtert sein, wenn er in Sicherheit ist.«

»Ja, wir alle werden erleichtert sein. Aber jetzt sollten wir nach Hause fahren und zusehen, dass du deinen Tee bekommst.« Er rief Cicero etwas zu, woraufhin dieser die Pferde sofort wendete.

Als sie am Bull's Head vorbeikamen, stand eine Frau auf der Schwelle zur Schenke. Sie war groß und schlank, mit einem vor Erschöpfung krummen Rücken. Ihre dunklen Haare waren in einem Zopf um ihr kupferfarbenes Gesicht gewunden. Ein Halbblut. Als sie Hannah sah, änderten sich ihr Gesichtsausdruck und ihre Haltung. Wachsam richtete sie sich auf. Sie erinnerte Hannah an einen Jagdhund, der Witterung aufgenommen hatte. Hannah lief ein Schauer über den Rücken, als habe die Frau an der Schenke mit einem Gewehr auf sie gezielt.

Wieder hielt die Kutsche plötzlich an, und Hannah blickte zur anderen Seite, wo eine Prozession auftauchte. Zwei kleine Jungen gingen trommelschlagend vor einem langen, dünnen Mann in einer Metzgerschürze her. In der einen Hand trug er ein glänzendes Hackmesser und mit der anderen zerrte er eine Kuh an einem Strick hinter sich her. Vor Wills Kutschfenster blieb er breit grinsend stehen.

»Guten Tag, Sir. Guten Tag. Das beste Rindfleisch in diesem Frühjahr, Sir. Ich habe die Kuh erst heute Morgen auf einer Versteigerung gekauft. Möchtet Ihr etwas von ihr?«

Während Will mit dem Metzger darüber verhandelte, welche Fleischstücke er zu welchem Preis kaufen wollte, wandte Hannah ihren Blick wieder zur Schenke, aber die Frau war verschwunden.

Als der Metzger weitergegangen war, zupfte Hannah Will am Ärmel. »An der Schenke stand eine Indianerin. Hast du sie gesehen?«

Er räusperte sich. »Ja. Ihr Name ist Virginia Bly. Die Frau des Gastwirtes.«

»Sie ist die erste Indianerin, die ich hier in der Stadt sehe«, sagte Hannah. »Sie hat mich so seltsam angesehen ...«

»Hast du ihren Namen noch nie zuvor gehört?«

»Nein. Müsste ich sie kennen?«

Will musterte nachdenklich den Türrahmen. »Ich dachte, Liam Kirby hätte sie vielleicht erwähnt. Er ist mit Blys ältester Tochter Julia verheiratet. Wusstest du das nicht?«

»Dass er verheiratet ist, ja, das wusste ich. Aber Mrs. Bly kann mich doch gar nicht kennen. Warum hat sie mich denn so angesehen?«

Will zögerte. »Wieviel hat Liam dir erzählt?«

»Genug«, erwiderte Hannah. »Soviel ich wissen wollte.«

Sie schwiegen eine Weile. Als Hannah schließlich wieder aufblickte, hatte Will sich taktvoll abgewendet und betrachtete eingehend den Verkehr in der Stadt, als sei er noch nie zuvor hier gewesen. Als englischer Gentleman würde er ihr keine privaten Fragen stellen.

Hannah verdrängte ihre Neugier. Erst gestern hatte sie beschlossen, dass sie etwas über Liams Leben in dieser Stadt in Erfahrung bringen wollte. Jetzt sollte sie zufrieden sein, dass sie so schnell eine Gelegenheit dazu gefunden hatte.

Pass auf, wonach du fragst, war eines von Elizabeths Lieblingssprichwörtern, und daran musste Hannah denken, während sie im Landauer nach Hause fuhren.

Hannah Bonners Tagebuch

24. April 1802. Abends

Mein erster Arbeitstag im Armenhaus. Um mir die Kuhpocken-Impfung zu erklären, hat Dr. Simon als erstes mich selbst geimpft. Mit einem scharfen Skalpell machte er kleine Einschnitte in meine Oberarme, die allerdings kaum bluteten. In diese Einschnitte rieb er das Virusmaterial, das er heute morgen von einem Waisenkind genommen hatte, das vor acht Tagen geimpft wurde. Danach zeigte mir Dr. Savard, wo alles aufbewahrt wird und wie alles schriftlich festgehalten werden muss.

Den Rest des Morgens sah ich ihnen zu, und am Nachmittag habe ich auf der Frauenstation assistiert. Die Patienten hier sind alle zu arm, um die vier Dollar für das Städtische Krankenhaus zu bezahlen. Manche sind gerade erst mit dem Schiff angekommen und haben überhaupt kein Geld und keine Freunde. Sie sprechen auch die Sprache nicht und ich glaube, nicht wenige enden auf dem Armenfriedhof.

Die meisten meiner Pflichten hier zeigt mir Dr. Savard. Er redet nur das Nötigste, ist aber nicht direkt beleidigend. Auch den Patienten gegenüber ist er distanziert. Mr. Magee, der anscheinend sowohl Totengräber als auch Pfleger ist, hat mich gefragt, ob ich jemals einen Skalp genommen hätte. Er stellte mir die Frage in Anwesenheit von Dr. Savard. Dr. Savard blickte betont auf Mr. Magees kahlen Schädel, zog eine Augenbraue hoch und lachte dann laut. Er ist genauso witzig wie Will Spencer, aber nicht so freundlich oder geduldig wie er; sein Humor geht immer auf Kosten der anderen. Und doch hat er dafür gesorgt, dass Mr. Magee mir keine dummen Fragen mehr stellte.

Dr. Simon sagt, dass sich bald alle an mich gewöhnt haben und wieder ganz normal ihrer Arbeit nachgehen werden. Ich hoffe, er hat Recht. Ich kann von den Ärzten hier viel lernen, wenn sie mich arbeiten lassen.

26. April. Abends

Die Luft in der Stadt ist schwarz von Ruß. Ich habe Vögel gehört, aber außer Menschen, Hunden, Schweinen, Spatzen, Ratten und Pferden heute keine Lebewesen gesehen. Ich spüre, dass ein Gewitter im Anzug ist.

Heute habe ich sieben Patienten untersucht, die geimpft worden sind, bevor ich hierher gekommen bin. Vier neue Impfungen, von denen ich zwei unter Dr. Simons Leitung vorgenommen habe. Die Vorbeugetechnik, die der Hakim in seinem letzten Brief vorgeschlagen hat, scheint ihm zu gefallen, und er will sie in der Klinik anwenden.

Tag zwei meiner eigenen Impfung. Die Stellen an beiden Armen sind trocken, keine Symptome.

Ich habe fünf Waisen untersucht und ihnen Entwurmungsmittel gegeben; außerdem war ich bei zwei normalen Geburten dabei, Mütter und Kinder wohlauf, und bei einer Totgeburt. Die Mutter, ein vierzehnjähriges Mädchen, wandte sich ab und wollte ihr Kind nicht sehen. Von Mrs. Hallahans entzündeter Brust totes Gewebe entfernt. Sie hat große Schmerzen, und Opium verschafft ihr ein wenig Erleichterung.

Ich hatte nicht erwartet, dass man hier fremde Sprachen beherrschen muss. Die paar Worte Französisch, die ich von Elizabeth gelernt habe, waren bei den Arkadiern, die heute angekommen sind, schnell verbraucht, und ich geriet ins Stocken, bis Dr. Savard mir zu Hilfe kam. Jeden Tag kommen neue Patienten von den Docks, die kein Englisch sprechen. Zwei Mal hat man mich gerufen, damit ich Schottisch dolmetsche, aber ich habe gemerkt, dass ich nicht mehr in Übung bin, weil ich es so lange nicht benutzt habe. Meine Großmutter Cora wäre enttäuscht und meine Kusine Jennet außer sich.

Wenn Irisch gebraucht wird, muss ich Mr. Chamberlain vom Empfang holen. Mr. Holbein aus der Schreinerei spricht Deutsch, Mrs. Gronewold Holländisch, Mr. Luedtke Dänisch und Schwedisch und Dr. O'Connell Spanisch und Italienisch, da er diese Sprachen als Schiffsarzt gelernt hat. Dr. Savard spricht fließend Französisch. Laut Mr. Magee, der aufgehört hat, mir Fragen zu stellen und mich stattdessen mit allem möglichen Klatsch versorgt, ganz gleich, wie wenig Interesse ich zeige, hat Dr. Savard seine Kindheit in Frankreich und dann in Französisch Kanada verbracht.

Mr. Magee hat mir auch mitgeteilt, dass der Doktor sein Haar deshalb so kurz trägt, weil er Läuse verabscheut. Eine merkwürdige Sorge bei einem Arzt, der mit den Ärmsten der Stadt arbeitet.

Gelegentlich kommen auch afrikanische Dienstboten oder Sklaven zu uns, um sich behandeln zu lassen, aber sie sprechen alle zumindest ein bisschen Englisch.

Indianer habe ich noch keine gesehen, was mich jedoch in dieser überfüllten Stadt auch nicht überrascht.

Von allen weißen Einwanderern werden die Deutschen am meisten gehasst und oft auch am schlechtesten behandelt. Für mich ist es eine Offenbarung, dass der Hass der O'seronni sich auch gegen ihre eigene Rasse wenden kann.

Ich habe begonnen, mir eine Liste mit den wichtigsten Begriffen in allen Sprachen zusammenzustellen und sie immer in meiner Schürzentasche bei mir zu tragen. Bis jetzt habe ich »bitte« und »danke« aufgeschrieben, »Wo tut es weh?«, »Haltet still« und »Ich kann Euch helfen«.

28. April. Abends

Heute habe ich die sogenannte Säuglingsstation gefunden, auf der die verwaisten Säuglinge untergebracht sind. Es gibt so viel Elend auf der Welt.

29. April. Spätnachmittag

Tagsüber meistens bewölkt; ein paar Schauer. Heute Abend zwei Ammern auf meinem Fensterbrett, die von einem Rotkehlchen verjagt werden. Auf das Rotkehlchen folgt eine Krähe, die mich mit scharfen schwarzen Augen anstarrt und mich an Dr. Savard erinnert. Noch etwas Seltsames an dem Arzt: Er scheint Dr. Morgagnis Schriften auswendig gelernt zu haben, weil er sie immer auf Lateinisch oder Englisch, je nach seiner Laune, zitiert. Ich bin jetzt froh um jede Stunde, in der ich mich auf Elizabeths Geheiß mit lateinischer Grammatik beschäftigen musste, da ich seinem Gemurmel meistens folgen kann. Wenn Dr. Savard einen Patienten untersucht, fragt

331

er laut: »Ubi est morbus?« Wo ist die Krankheit?, bevor er mit der Befragung beginnt.

Habe im letzten Monat sechzehn geimpfte Patienten untersucht; drei von ihnen haben Tag acht erreicht. Zwei davon zeigten die erwarteten weißen Bläschen, erhaben an den Kanten und eingesunken in der Mitte mit scharf abgegrenztem Rand. Dr. Scofield, der immer so laut mit mir spricht, als ob ich schwerhörig wäre, überwachte mich, als ich mit dem Skalpell diesen beiden Patienten den Virus entnahm. Der dritte Patient, eine siebenundzwanzigjährige Farmarbeiterin namens Marie LeTourneau, wurde mit frischem Material neu geimpft. Vielleicht hat sie schon einmal die Pocken gehabt und hat deshalb nur schwach auf die erste Impfung reagiert.

Tag fünf meiner eigenen Impfung. Die Einschnitte an beiden Armen leicht entzündet und druckempfindlich. Leichte Kopfschmerzen in den Morgenstunden. Kein Fieber oder geschwollene Drüsen und auch keine anderen Symptome. Keine Anzeichen von Bläschen.

Heute Morgen um elf wurde ein Mann namens Matthew Johns auf die Station gebracht. Der Patient war ungefähr vierzig Jahre alt, seit vier Wochen im Armenhaus und war nie ernsthaft krank, abgesehen von einem Armbruch, der ihn seine Stelle als Hafenarbeiter gekostet hat (eine einfache Fraktur der Elle, die von Dr. Simon gerichtet wurde und völlig verheilt war). Ein kleiner, korpulenter, kräftiger Mann. Er litt an Kurzatmigkeit, fliegendem Puls, heftigen Schweißausbrüchen und war aschfahl im Gesicht. Während er die Fragen von Dr. Savard beantwortete, warf er plötzlich beide Arme so heftig hoch, dass seine Fäuste die Wand zum Erbeben brachten. Zugleich stieß er einen Schrei wie ein Ochse aus, der von einer stumpfen Axt getroffen wird. Sein Gesicht wurde tief rot und seine Augen traten hervor. Mr. Johns war auf der Stelle tot. Weder am Hals noch an den Handgelenken war ein Puls zu fühlen.

Dr. Scofield notierte Tod auf Grund von heftigem Schlagfluss. Da der Patient keine Familie oder sonstige Angehörigen hatte, hat Dr. Simon seine sterblichen Überreste zur Autopsie freigegeben, die für heute Abend acht Uhr angesetzt ist. Er hat mich eingeladen, dabei zuzusehen.

Am späten Nachmittag kam Mr. Eddy, der die Bücher führt, in das Kuhpocken-Institut und stritt mit Dr. Savard eine Viertelstunde lang über die

Kosten der Elfenbeinimpfmesser, die wir für unsere Arbeit brauchen. Dr.
Savard weigerte sich, seine Fragen ernsthaft zu beantworten, und Mr.
Eddy bekam äußerst schlechte Laune. Je lauter er in seinem Zorn wurde,
desto leiser sprach Dr. Savard. Kurz bevor er wieder ging bemerkte Mr.
Eddy mich und verkündete, er sei strikt gegen meine Anwesenheit. Eine
unverheiratete junge Dame – was er nur mit Mühe herausbrachte – habe
im Armenhaus nichts zu suchen.
Daraufhin erbot sich Dr. Savard auf der Stelle, mich zu heiraten, was
Mr. Eddy so aufbrachte, dass er wutschnaubend ging. Als ich zu Dr. Savard sagte, dass er sich wohl gerne über Mr. Eddy lustig mache, erwiderte er, er habe das ganz ernst gemeint. Er würde mich lieber heiraten als
noch ein weiteres irisches Waisenkind zu impfen, eine Aufgabe, die jetzt
ganz alleine mir zufällt.

30. April

Ein Brief von Curiosity ohne jede Nachricht von meinem Vater und meiner Stiefmutter, aber mit der seltsamen Neuigkeit, dass Isaiah Kuick und
Jemima Southern Mann und Frau sind. Sie schreibt, die Witwe sei äußerst verstimmt darüber, aber Jemima sei äußerst zufrieden mit sich. Der
ganze Ort wird darüber reden. Zum ersten Mal bin ich froh, dass ich nicht
zu Hause bin. In ihrem Brief lag auch ein Brief von meinem Bruder Daniel, der Fragen aufwirft, aber keine Antworten gibt, und eine Zeichnung
meiner Schwester von Blue, der mit dem Kopf auf den Pfoten schläft. Die
Skizze ist ein wenig ungeschickt in der Ausführung, aber es erstaunt mich
doch, wie gut sie ihn wiedergegeben hat. Sie hat sich den Knöchel verstaucht, scheint aber sonst bei bester Gesundheit und Laune zu sein. Die
Botschaft, die mir der Traumwandler gebracht hat, verstehe ich immer
noch nicht.
Als ich kurz vor dem Abendessen bei Mrs. Douglas in der Küche war, kam
Manny zu Besuch. Er erzählte vom Plan einer Nachbarin, mit ihren Sklaven in den Süden zu ziehen, was den Dienstboten große Sorgen bereitet.
Er weigert sich, uns zu sagen, wann er die Stadt verlässt. Ich glaube, er
wartet auf Neuigkeiten von Selah und hat Angst, ihren Brief zu verpassen.

Heute hat Mrs. Douglas mit mir über Kittys Blutungen gesprochen, die seit unserer Ankunft eher schlimmer geworden sind, dem Zustand ihrer Leintücher nach zu urteilen. Ich fragte, ob Dr. Ehrlich darüber informiert worden sei, aber Mrs. Douglas presste nur die Lippen zusammen und weigerte sich, noch etwas zu sagen.

Wir kamen überein, dass Kitty zwei Mal pro Tag Rindfleischbrühe und Lauch essen soll, um ihr Blut zu kräftigen. Ethan wird daneben sitzen und aufpassen, dass sie alles zu sich nimmt.

Der Junge ist so fröhlich, seit wir hier sind, dass ich diese Reise nicht bedauern kann.

24 Die erste Woche im Armenhaus verging so rasch, dass Hannah jedes Gefühl für die Tage verloren hätte, wenn sie nicht von Kitty am Abend daran erinnert worden wäre, dass sie für ihre medizinische Ausbildung zahlreiche Vergnügungen opferte.

»Du hast in drei Tagen drei Einladungen abgelehnt, und, oh, das Hauskonzert gestern Abend ... habe ich dir schon erzählt, dass wir hinter Mr. Astor und seiner Frau saßen? Es heißt, er sei selber ein guter Musiker.«

»Nicht schon wieder die Geschichte über seine vierzig Flöten, Kitty, bitte.« Will hob in gespieltem Entsetzen die Hand.

»Ich finde, es ist eine sehr aufschlussreiche Geschichte. Er ist mit nichts als seinen Flöten aus Deutschland gekommen, und sieh ihn dir jetzt an.«

»Mr. Astors Vermögen hat mehr mit Pelzen als mit Flöten zu tun«, erwiderte Hannah, brach aber dann ab. Sie würde sich jetzt nicht auf einen Disput mit Kitty über Astors Praktiken im Pelzhandel einlassen. Kitty verstand nicht allzu viel davon, verteidigte ihn aber trotzdem.

»Lassen wir Mr. Astor beiseite«, sagte Kitty. »Du weichst mir aus.«

Hannah überlegte, wie müde sie war; ihr fiel ein, dass sie noch drei Seiten in ihr Tagebuch schreiben musste und dass Kitty schon wieder so eigensinnig wirkte. Ganz offensichtlich würde weiterer Widerstand nur zu fruchtlosen Diskussionen führen.

»Ich höre.«

»Es ist ganz einfach. Du verbringst den ganzen Tag mit Dr. Simon, und jetzt beansprucht er dich auch noch an den Abenden. Das ist einfach zu viel.«

»Gestern gab es einen außergewöhnlichen Umstand.«

»Ach ja? Nun, ich hoffe, dann wird er dich nicht noch einmal darum bitten. Ich bin sicher, das Hauskonzert hätte dir besser gefallen als die Arbeit, zu der er dich gerufen hat.«

Einen Moment lang verspürte Hannah den gefährlichen Drang, Kitty in allen Einzelheiten zu schildern, was sie gemacht hatte und wie viel lehrreicher als jedes Konzert das gewesen war. Aber Elizabeth hatte sie gut erzogen und Hannah wollte Will und Amanda nicht beim Abendessen mit der Beschreibung einer Autopsie beleidigen. Außerdem hatte sie Dr. Simon versprochen, darüber Stillschweigen zu bewahren. Autopsien wurden in der Öffentlichkeit nicht gern gesehen, vor allem deshalb, weil einige Ärzte sich als Grabräuber betätigten, um Anschauungsobjekte für ihre Studenten zu beschaffen. Sie musste schweigen, ganz gleich, was sie gesehen und gelernt hatte, und ganz gleich, welche Träume sie in der Nacht verfolgten.

Also sagte sie nur: »Ich habe nicht vor, heute Abend noch einmal ins Krankenhaus zu gehen.«

»Das sind ja gute Nachrichten.« Kitty betrachtete Hannah mit geschürzten Lippen. »Und du musst mir versprechen, dass du schon morgen Mittag nach Hause kommst, damit du fertig bist, wenn um vier die Gäste erscheinen.«

Will warf mit amüsiertem Lächeln ein: »Es ist nur ein kleines Fest, Kitty. Ein alter Freund aus England und noch ein paar weitere Freunde, sonst niemand.«

Kitty gab einen erstickten Laut von sich, der deutlich machte, dass sie sich die hohe Klasse seiner Gästeliste auch nicht von Will Spencer selber ausreden lassen würde.

Bei der Vorstellung, sich die Lebensgeschichte und Familienverbindungen jeder Person, die morgen Abend käme, anhören zu müssen, stieg leise Verzweiflung in Hannah auf. Hoffentlich konnte sie Kitty ablenken, indem sie das Thema wechselte.

Sie sagte: »Ethan hat mir berichtet, dass du heute Nachmittag ohnmächtig geworden bist.«

Kitty wandte ihr blasses, schmales Gesicht hilfesuchend Amanda zu.

Amanda räusperte sich. »Vielleicht war ja der zweite Ausflug ein wenig zu anstrengend.«

Kitty presste die Lippen zusammen. »Mir war nur ein bisschen schwindlig.«

Aber natürlich steckte mehr dahinter. Dr. Ehrlichs Behandlungsmethoden schienen ihr nicht gut zu tun, und Hannah hatte das unbehagliche Gefühl, dass es Kitty schlechter ging als noch vor einer Woche. Sie war sicherlich auch deswegen so reizbar, weil sie Schmerzen hatte, aber das würde sie Hannah gegenüber nicht zugeben. Sie hatte all ihre Hoffnung auf den Arzt gesetzt, der sie zur Ader ließ, wenn sie es verlangte, und sich ansonsten nicht mit ihr beschäftigte, da ihm offensichtlich keine wirksame Therapie einfiel.

Sie erinnerte sich an Mr. Johns, der mit geöffnetem Brustkorb und freigelegtem Herz vor ihr lag. Aus ihren Anatomiebüchern wusste sie, dass das, was sie sah, nicht normal war; sein Herz war doppelt so groß, wie es hätte sein dürfen, und seine Adern schienen so brüchig wie trockene Rinde. In der Herzwand war deutlich ein Riss zu sehen.

Auch bei Kitty war innerlich etwas nicht in Ordnung, aber was, das würde wohl ein Geheimnis bleiben, selbst wenn sie daran starb. Bei diesem Gedanken bedauerte Hannah ihre Ungeduld, aber Will hatte bereits beschlossen, in den Streit einzugreifen.

»Darf ich einen Kompromiss vorschlagen?«, fragte er. »Wenn Kitty etwas weniger Zeit mit gesellschaftlichen Verpflichtungen verbringt ...« er hob die Hand, damit sie ihn nicht unterbrach,

»... und Hannah sich ein bisschen mehr Zeit für Gesellschaft nimmt, dann könntet ihr beide zufrieden sein, oder? Hannah?«

Sie lächelte ihn an. »Einen solchen Kompromiss gehe ich nur zu gerne ein. Kitty, ich komme morgen Mittag nach Hause und widme dem Fest meine volle Aufmerksamkeit, wenn du mir versprichst, dass du den halben Tag vorher und den ganzen Tag danach ruhst.«

Kitty zögerte. »Und darf ich auch dein Kleid für das Fest aussuchen?«

Hannah dachte an die drei Kleider, die sie mitgebracht hatte und von denen jedes für den Anlass geeignet war. Mit so begrenzten Mitteln konnte Kitty sicher nur wenig Schaden anrichten. Sie nickte.

Nach einer Woche Arbeit im Armenhaus lag Hannahs tägliche Routine fest: Sie kam morgens um sieben, arbeitete den Vormittag über mit Dr. Scofield oder Dr. Savard im Kuhpocken-Institut und anschließend auf den Krankenstationen. Wenn sie darum gebeten wurde, half sie in der Apotheke aus, bis es Zeit war, Dr. Simon ins New Yorker Krankenhaus zu begleiten, wo er sich um seine übrigen Patienten kümmerte. Jeden Tag gab Mrs. Douglas ihr Brot, Käse und kaltes Fleisch mit und jeden Tag vergaß Hannah das Esspaket, bis Cicero sie abholen kam, damit sie gemeinsam mit den Spencers die Abendmahlzeit einnehmen konnte.

Sie hatte so viel zu tun, dass ihr nur wenig Zeit für Ethan blieb, und noch weniger Zeit hatte sie, sich um Manny Sorgen zu machen. Es blieb auch keine Zeit für Heimweh, obwohl sie sich manchmal fragte, ob ihr Vater und Elizabeth wohl schon aus Red Rock zurückgekehrt wären und ob es wohl bald einmal einen Brief von zu Hause geben würde. Und ganz bestimmt war sie viel zu beschäftigt, um auch nur einen Gedanken an Liam Kirby zu verschwenden, an seine Frau oder an seine Schwiegermutter.

Nachts jedoch erwachte sie oft aus Träumen, in denen vage Bilder von Virginia Bly aufgetaucht waren.

»Dauert es noch lange, Miss?«

Hannah schreckte aus ihren Gedanken auf. Der junge Mann an der Tür zur Apotheke wartete auf seine Medizin. Konzentriert erledigte sie ihre Aufgabe, und als sie ihm seine Salbe reichte, war es fast schon Mittag und Zeit zu gehen. Die übrigen Leute, die vor der Apotheke warteten, musste sie Mr. Jonas, dem Apotheker des Armenhauses, überlassen.

Sie begann sich gerade zu fragen, wo Mr. Jonas wohl bliebe und ob er sie vergessen hatte, als Dr. Savard hereinkam.

»Kommt Ihr mich ablösen?«

»Ganz sicher nicht. Mrs. Sloo schickt mich.« Er kratzte sich am Kinn. »Sie bittet Euch, ihr bei einem Neuankömmling zu helfen. Verflucht, ich glaube, dieser Seilmacher mit dem gebrochenen Fuß hat mir seine Läuse hinterlassen.«

»Mrs. Sloo bittet mich um Hilfe?« Sie hängte die lederne Apothekerschürze an ihren Haken und glättete ihren Rock. »Das überrascht mich. Ich habe sie seit meinem ersten Tag hier nicht mehr gesehen.«

»Aber sie hat Euch gesehen, da könnt Ihr sicher sein. Eine indianische Bettlerin ist an die Tür gekommen, sie versteht kein Englisch.«

Er betrachtete prüfend das winzige Insekt, das er sich aus dem Bart gezogen hatte, und verzog resigniert und angewidert die Mundwinkel.

»Mrs. Douglas untersucht jeden Abend meinen Kopf und geht mit einem feinen Stahlkamm durch meine Haare. Vielleicht würde Euch das helfen?«

Der Arzt blickte sie mit zusammengekniffenen Augen an. »Aber natürlich, eine blendende Idee. Meine Haushälterin soll meinem Butler sagen, er soll meinen Kammerdiener losschicken, damit er einen Stahlkamm kauft.«

Hannah hatte schon früh begriffen, dass man sich mit Dr. Savard besser nicht stritt, wenn er sarkastisch wurde. Sie ergriff ihre Tasche.

»Ich schaue rasch bei Mrs. Sloo vorbei, bevor ich nach Hause gehe.«

Er richtete sich auf. »Bevor Ihr nach Hause geht? Wollt Ihr einen Spaziergang machen oder seid Ihr mit dem Bürgermeister verabredet?« Er verschränkte die Arme und senkte angriffslustig das Kinn. Zu jeder anderen Zeit hätte sie sich auf einen Streit mit Dr. Savard eingelassen, aber heute hatte sie keine Zeit dazu.

»Es gibt ein Essen mit ein paar Freunden meiner Verwandten«, erwiderte Hannah. »Ich habe versprochen, daran teilzunehmen.«

»Lasst mich raten – der Bürgermeister und der Oberste Stadtrat?«

»Nein«, entgegnete Hannah. »Aber ich glaube, der Neffe des Bürgermeisters kommt auch.«

»Ah, ein Essen mit Senator Clinton. Feine Gesellschaft für die hinterwäldlerische Assistentin eines Arztes.«

Hannah kannte Männer mit viel schärferen Zungen; eines Tages, schwor sie sich, würde sie ihm das sagen. »Morgen früh um sieben bin ich wieder da.«

»Dann ist es ja gut«, versetzte er und kratzte sich erneut in seinen Bartstoppeln. »Dann kann ich ja meine Mitbewohner mit Euch teilen.«

»Ich weiß nicht, ob sie taub und blöd ist oder ob sie nur nie eine zivilisierte Sprache gelernt hat.« Mrs. Sloo wies mit dem Kopf auf eine Frau, die sich in einer Ecke des Warteraums zusammengekauert hatte. »Aber das Kind ist mindestens schon einen Tag lang tot. Vielleicht könnt Ihr es ihr ja weg nehmen. Sagt Ihr, wir geben ihm ein anständiges christliches Begräbnis und sie bekommt was von uns zu essen, bevor sie wieder dahin zurückgeht, wo sie hergekommen ist.«

Mrs. Sloo faltete die Hände über ihrem Bauch und warf Hannah einen strengen Blick zu. »Hier kann sie nicht bleiben, sagt ihr das. Wir hätten höchstens für heute Nacht ein Bett für sie im Gefängnis, wenn es nicht zu überfüllt ist. Und beeilt Euch, Mr. Spencers Kutsche wartet auf der Straße.«

Sie konnte fünfzehn, dreißig oder hundert Jahre alt sein. Eine alterslose Frau, nicht mehr ganz lebendig, aber auch noch nicht tot. Mit dunklen, harten Augen blickte sie Hannah an und presste das Bündel in ihrem Arm fester an sich.

»Essen.« Sie flüsterte das Wort auf Englisch, wie ein Geheimnis unter Freunden, ein Passwort.

»Anscheinend das einzige Wort, das sie kennt«, sagte Mrs. Sloo ungeduldig.

Hannah ignorierte sie. Die Frau war in eine zerrissene Decke gehüllt und ihr Kopf wackelte leicht, als ob ihr Hals ihn nicht tragen könne.

»Gebt mir das Kind«, flüsterte Hannah.

Die Frau blickte sie verständnislos an, spannte aber leicht die Arme an.

Hannah legte die Hand auf die Brust und nannte ihren Namen in ihrer Sprache. »Ich bin Geht-Voran, Tochter von Singt-aus-einem-Buch von den Kahnyen'kehàka. Wir sind das Volk des Langhauses, Hüter der östlichen Tür, Mohawk der sechs Nationen des Hodenosaunee-Stammes.«

Die Frau blinzelte verständnislos. Hannah versuchte es in der Sprache ihres Großvaters und nannte seinen mohikanischen Namen, den seines Vaters und Großvaters.

Nichts.

»Vielleicht gehört sie zu einem der Stämme im Süden«, sagte Mrs. Sloo hinter ihr, als ob es sich um eine andere Hunderasse handelte. »Versucht es doch mal damit.«

Erstaunt drehte Hannah sich zu der kleinen, rundlichen Frau um. »Welche Stämme meint Ihr?«

Die kleine Frau wedelte mit der Hand. »Was weiß ich? Das ist doch alles der gleiche Unsinn. Ach ... lasst sie einfach. Ich hole Moroney. Das hätte ich von Anfang an tun sollen.«

Agnes Moroney hatte Hände wie Waschbretter, eine Frau mit der Kraft eines Mannes; Hannah hatte einmal beobachtet, wie sie mühelos einen betrunkenen, randalierenden Gerber hinausgeworfen hatte.

»Nein«, erwiderte Hannah und drehte Mrs. Sloo wieder den Rücken zu. »Überlasst sie mir. Das ist eine medizinische Angelegenheit.«

Schnaubend zog Mrs. Sloo sich zurück.

»Essen«, flüsterte die Frau mit dem toten Säugling wieder.

»Ja«, sagte Hannah. »Kommt mit mir, ich gebe Euch zu essen. Wir gehen weg von hier, an einen sicheren Ort.«

Die dunklen Augen blinzelten. Eine Zeit lang herrschte Stille, nur unterbrochen durch das Schreien eines hungrigen Kindes. Dann nickte die Frau.

Sie wollte ihnen nicht sagen, wie sie hieß, auch nicht, nachdem sie in der Küche gegessen hatte. Mrs. Douglas war mit den Vorbereitungen für das Abendessen beschäftigt, also trug Hannah ihr Maisbrot mit Rinderfett, Wildbretpastete, Frühlingszwiebeln, sauren Kohl und Brombeertorte auf. Alles, was sie auf den Tisch stellte, verschlang die Frau rasch und sauber, wobei sie sich ab und zu die Finger ableckte und an ihrer Decke abwischte.

Peter beobachtete sie mit weit aufgerissenen Augen, sagte aber nichts, zum Teil, weil Ethan offenbar nichts Ungewöhnliches an den Tischmanieren des Gastes fand, und zum Teil, weil Mrs. Douglas ihm sehr deutliche Blicke zuwarf, um ihn daran zu erinnern, wie Gäste im Haushalt der Spencers behandelt werden mussten. Hannah war klar, dass er Fragen gestellt hätte, wenn sie ihn dazu ermutigt hätte, also schwieg auch sie.

Die Frau ihrerseits nahm keine Notiz von den Jungen, der Köchin oder den Händlern. Sie sah nur das Essen und Hannah, die ihr gegenüber saß. Sie aß mit einer Hand, weil sie mit der anderen immer noch das Kind an sich gedrückt hielt.

Als sie fertig war, stand sie langsam auf und schob den Teller ein wenig weg. Ihre Mundwinkel bebten, was Hannah rührte.

»Wir haben ein Bett für Euch und saubere Kleider. Wenn Ihr wollt.«

Die Frau antwortete nicht, aber als Hannah aus der Küche ging, folgte sie ihr.

Nachdem die Fremde schließlich im Bett lag und mit ihrem Kind in den Armen fest schlief, war es bereits drei Uhr. Hannah stellte fest, dass sie ihr Versprechen Kitty gegenüber nicht gehalten hatte und dass ihr jetzt nur noch eine Stunde Zeit blieb, um sich für das Fest umzuziehen. Sie stand noch im Flur vor dem Schlafzimmer und überlegte, bei wem sie sich zuerst entschuldigen sollte, als Amanda erschien. Sie trug ein Abendkleid in einem tiefen Indigoblau und wirkte zerstreut. Vor Hannah blieb sie stehen und warf einen Blick auf die geschlossene Tür.

»Wie geht es ihr?«

Hannah zuckte mit den Schultern. »Sie schläft jetzt.«

»Sie hat das Kind nicht ...«

»Nein, noch nicht.«

Amanda schloss kurz die Augen und öffnete sie dann wieder.

»Ich schicke Suzannah, damit sie bei ihr wacht. Du musst jetzt mitkommen. Kitty wartet in ihrem Zimmer auf dich.«

Hannah ließ ihrem Ärger freien Lauf. »Wahrscheinlich muss ich mir schon wieder einen Vortrag über die Wichtigkeit von eleganter Kleidung anhören.«

Amanda straffte sich und blickte sie streng an. Röte stieg ihr in die Wangen.

»Hannah Bonner«, sagte Amanda, »das ist äußerst unfreundlich von dir. Es mag stimmen, dass Kitty manchmal anstrengend sein kann und ich verstehe, dass ihr dummes Geplapper über Einkaufen und Feste dich reizt. Aber du kennst sie viel zu gut, um so schlecht von ihr zu denken, Hannah. Wer weiß denn schon besser als Kitty, wie diese Frau leidet? Glaubst du, sie würde wirklich Einkäufe für wichtiger halten? Kitty hat heute Nachmittag eine Stunde lang an einem Leichentuch für das Kind genäht.«

Überrascht und erschreckt wich Hannah zurück. »Ich wollte nicht ...«

»Doch, du wolltest.« Amandas Kinn zitterte, und dann wurde ihr Gesicht wieder weich. »Du hast schwer gearbeitet und das nimmt dich wahrscheinlich sehr mit ...« Wieder blickte sie gedankenverloren zur Tür.

»Es war sehr lieb von Kitty, ein Leichentuch zu nähen.«

Amanda nickte. »Ich glaube, sie hat sich dadurch auch abgelenkt. Sie denkt so oft über das kleine Mädchen nach, das sie verloren hat. Willst du ihr nicht auch etwas Liebes tun?«

»Ja«, erwiderte Hannah. »Natürlich.«

Erleichtert sah sie, dass Amanda jetzt lächelte.

»Dann geh zu ihr, sie wartet auf dich. Und lass dich von ihr anziehen. Es wird ihr solche Freude machen. Ich komme nach, sobald ich mit Mrs. Douglas über unseren Gast gesprochen habe.«

»Mrs. Whitmore hat es an den Schultern und am Mieder nach deinen eigenen Maßen ein wenig geändert«, sagte Kitty und betrachtete das Kleid, das ausgebreitet auf ihrem Bett lag. »Es müsste dir eigentlich sehr gut passen. Hannah, du musst es auf der Stelle anziehen, damit ich es mir anschauen kann.«

Hannah blickte von Kitty auf Amanda und die Näherin.

»Darf ich denn nicht mein grünes Seidenkleid tragen?« Sie stellte die Frage so sanft wie möglich, aber Kitty reckte entschlossen das Kinn, als habe sie sie zum Duell gefordert.

»Du hast versprochen, dass ich dein Kleid aussuchen darf.«

»Ja, aber ...«

»Und ich habe dieses hier ausgesucht. Das ist ein zu elegantes Fest, als dass du Miss Somervilles altmodische grüne Seide tragen kannst. Außerdem hat dir die Farbe nie gestanden.« Sie blickte so zärtlich und zufrieden auf den elfenbeinfarbenen Stoff, wie sie sonst nur ihren Sohn ansah. »Es wird mir großes Vergnügen bereiten, dich in diesem Kleid zu sehen.«

»Nun gut«, erwiderte Hannah grimmig. »Ich werde das Kleid tragen.«

»Und Catherine frisiert dir die Haare«, fuhr Kitty lächelnd fort.

Hannah fasste sich an ihren Zopf und dachte an die stets freundliche Amanda, die so zornige Worte zu ihr gesagt hatte.

»Du kannst mit mir machen, was du willst.«

Kitty lächelte triumphierend und klatschte in die Hände.

»Ich mache ein Meisterwerk aus dir.«

343

»Solange ich mich nicht selber im Spiegel betrachten muss«, erwiderte Hannah trocken, »kannst du gerne tun, was dir beliebt.«

Sie konnte es jedoch gar nicht vermeiden, ihr Spiegelbild zu sehen, weil überall im Haus Spiegel hingen. Und selbst wenn sie nicht hineingeblickt hätte, so hätte sie sich in der Reaktion der Gäste spiegeln können. Die Männer verbargen ihre Bewunderung nicht, und die Damen lächelten überrascht.

Das seidene Empirekleid war sehr tief ausgeschnitten, etwas, das Hannah im Prinzip nicht störte – sie war in den Maisfeldern aufgewachsen, wo die Frauen in der Augustsonne barbusig arbeiteten. Allerdings achteten die Kahnyen'kehàka-Männer nicht sonderlich darauf, während diese Gentlemen hier sich sehr bemühten, nicht auf ihren Ausschnitt zu schauen.

Das grüne Seidenkleid war wesentlich züchtiger; außerdem hatte es lange Ärmel und die Frage, ob die Narben an Hannahs Oberarmen auch nicht zu sehen waren, konnte sich so gar nicht erst stellen. Aber es nützte ja alles nichts. Sie hatte ein Versprechen gegeben und musste ihr Wort halten. Also trug sie das Kleid, ließ sich von Catherine Perlenschnüre in die Haare flechten, die so hoch gesteckt waren, dass sie sich vorkam wie ein Sachem mit Kopfputz. Und schließlich legte sie auch noch den seidenen, mit Blumen bestickten Netzschal um die Schultern, weil Kitty darauf bestand.

»Wie schön du bist«, hatte Amanda gesagt und lächelnd ihre Hände ergriffen. »Wenn wir doch nur Zeit hätten, dein Porträt malen zu lassen. Ich muss mich darum kümmern.«

»Oh bitte«, sagte Hannah entsetzt, »mach dir nicht solche Umstände.«

»Das sind keine Umstände«, erwiderte Amanda. »Deine Stiefmutter und dein Vater wären sehr stolz auf dich, wenn sie dich jetzt sehen könnten. Das muss doch in einem Bild festgehalten werden.«

Hannah biss sich auf die Lippe und schwieg. Ihr Vater wäre eher erschreckt als erfreut, wenn er sie so sähe, da war sie sich sicher.

Im großen Salon schimmerte alles im sanften Licht des Frühlingsnachmittags, der weiße Marmor des Kamins und die Elfenbeinfiguren, die auf dem Kaminsims standen, die roten Samtvorhänge, die Kristallleuchter und die Smaragde an Miss Sarah Lispenards Hals. Als sie noch ein Kind gewesen war, hatte Elizabeth ihr die Geschichte von Aladins Wunderlampe erzählt, und Hannah hatte das seltsame Gefühl, in die Schatzhöhle geraten zu sein und nie mehr herauszufinden.

Kitty zog sie bei der ersten Gelegenheit in eine Ecke.

»Mach nicht so ein ernstes Gesicht. Du erschreckst die Leute.«

»Ich sage bestimmt immer nur das Falsche«, erwiderte Hannah. »Verzeih mir, wenn ich dich in Verlegenheit bringe.«

»Unsinn«, sagte Kitty. »Du musst dir einfach nur vorstellen, du wärest Elizabeth. Sag einfach das, was sie sagen würde, und alles wird großartig klappen.«

Seltsamerweie hatte Kitty recht. Hannah redete sich ein, Elizabeth zu sein, als Will sie Senator Clinton, Mrs. Kerr, einer Witwe, die zahlreiche gute Werke bei den Armen in der Stadt tat, und Mrs. Kerrs Nichte, Sarah Lispenard vorstellte, deren weißes Kleid aus Seide und Taft bei jedem Schritt raschelte und die sich erfolglos bemühte, Hannah nicht anzustarren. Mr. Howe dagegen versuchte erst gar nicht, sein Interesse zu verbergen. Er war groß und ungewöhnlich dünn und ging mit Hilfe eines Stocks, obwohl er unmöglich älter als dreißig sein konnte. Sein Blick war so glasig, dass Hannah sich sicher war, den süßlichen Geruch von Laudanum riechen zu können, wenn sie ihm nur nahe genug käme. Laudanum war ein Mittel, das Männer nahmen, die mit Wunden lebten, die nie verheilten.

Wahrscheinlich war er Soldat gewesen, dachte sie, aber dann stellte sich heraus, dass Mr. Howe ebenfalls aus England stammte – sein älterer Bruder war mit Will Spencer in Cambridge gewesen. Er hatte seine Anwaltspraxis aufgegeben, um in Amerika als Journalist und Lektor zu arbeiten. Hannah fragte sich langsam, wie viele Zeitungen es in dieser Stadt wohl gab. Allerdings erwähnte Mr. Howe den Artikel Mr. Lamms nicht, wofür sie ihm dankbar war.

345

Alles verlief ganz gut, weil Hannah sich die ganze Zeit vorstellte, sie sei Elizabeth, aber ab und zu fragte sie sich, ob wohl Wills Freunde auch zur Libertas-Gesellschaft gehörten. Sie dachte gerade über Mrs. Kerr nach, als Amanda nach Will rief und Kitty sie wieder beiseite zog.

»Du musst unbedingt Mr. Davis kennen lernen.« Kitty wies mit dem Kopf auf eine Gruppe von Leuten, die am anderen Ende des Zimmers stand, darunter auch Miss Lispenard. »Ein richtiger Abenteurer, er ist gerade vom Missouri gekommen. Und weißt du, wer da mit ihm spricht?«

»Das ist Miss Lispenard«, erwiderte Hannah, »die meinen Mut sehr bewundert und Freude daran hat, Fächer zu bemalen.«

»Nein«, sagte Kitty ungeduldig. »Ich meine nicht Miss Lispenard.«

»Dann meinst du bestimmt den großen Mann mit den krummen Beinen, mit dem sie flirtet.«

Kitty zog scharf die Luft ein. »Hannah Bonner, benimm dich. Das ist Captain Lewis.«

Hannah warf einen Blick über die Schulter. »Was auch immer seinen Ruhm ausmacht, er hat auf jeden Fall lange Zeit im Sattel zugebracht.«

Kitty musste unwillkürlich kichern und flüsterte Hannah verschwörerisch zu: »Captain Lewis ist der persönliche Sekretär von Präsident Jefferson. Er ist nur wenige Tage in der Stadt. Sieht er nicht gut aus? Es ist eine große Ehre, dass er hier ist, ein Kompliment an Amanda und Will.«

»Weil er gut aussieht oder weil er Präsident Jeffersons Sekretär ist? Auf jeden Fall scheint er mehr Interesse an Mr. Davis als an dem ganzen Fest zu haben.«

Kitty schnalzte verweisend mit der Zunge, aber ihre Wangen waren gerötet und ihre Augen blitzten vor Freude. Plötzlich tat es Hannah Leid, dass sie sich wegen des Festes so geziert hatte, da es doch Kitty so viel Vergnügen bereitet.

Sie sagte: »Komm, wir bitten Will, uns diesem hervorragenden Captain Lewis vorzustellen.«

»Mr. Davis und Captain Lewis«, zischte Kitty entzückt. »Und du wirst auf jeden Fall Gelegenheit bekommen, dich mit ihm zu unterhalten. Amanda hat ihn als deinen Tischherrn vorgesehen.«

»Da wird Miss Lispenard aber enttäuscht sein.«

Kitty versuchte ein mitfühlendes Gesicht zu machen, konnte aber ein zufriedenes Lächeln nicht unterdrücken.

25 Der persönliche Sekretär des Präsidenten erfüllte Kittys kühnste Erwartungen. Das sah Hannah an ihrem triumphierenden Gesichtsausdruck, als sich Captain Lewis tief über ihre Hand beugte. Er hatte Haare wie Daniel, dunkel, wellig und widerspenstig. Als er sich Hannah zuwandte, stellte sie erstaunt fest, dass seine Hände schwielig und hart waren wie die Hände eines Arbeiters. Oder eines Soldaten, korrigierte sie sich mit einem Blick auf seine Uniform.

»Die junge Dame, über die ich in der Zeitung gelesen habe.« Seine tiefe Stimme hatte einen leicht südlichen Akzent, sein Blick jedoch war durchdringend und direkt.

Hannah nickte höflich. »Ja, leider.«

»Ihr seht gar nicht wie eine Medizinstudentin aus, Miss Bonner, wenn ich das sagen darf.«

»Das stimmt vermutlich.« Hannah errötete. »Aber ich würde mir unter dem Sekretär des Präsidenten auch eher einen kahlköpfigen alten Mann mit Backenbart und schlechten Zähnen vorstellen.«

»Hannah«, seufzte Kitty, aber Captain Lewis war offenbar gar nicht beleidigt. Er lachte laut auf.

»Mrs. Todd, lasst sie ruhig. Es ist erfrischend, auf eine junge Dame zu stoßen, die ihre Meinung frei heraus sagt, und dazu noch in solch lebhaften Bildern. Aber unsere Gastgeber warten, und Mrs. Spencer hat mich gebeten, Euch zu Tisch zu führen. Darf ich?«

Captain Lewis blickte sie siegesgewiss an, aber Kitty wusste sehr
wohl, dass Hannah in der Lage war, den ihr angebotenen Arm
abzulehnen. Und vielleicht hätte sie das auch getan, wenn nicht
Will an der Tür gestanden und sie beobachtet hätte.

Er legte den Kopf schief und zog eine Augenbraue hoch, als
wolle er fragen, ob sie Hilfe brauche. Als ob Hannah Bonner es
nötig hätte, vor Captain Merriwether Lewis gerettet zu werden.

Hannah ließ sich ins Esszimmer geleiten. Bei Tisch saß sie zwischen Senator Clinton und Captain Lewis. Zu ihrer Erleichterung
wandte der Captain seine Aufmerksamkeit Miss Lispenard zu und
damit der Tischhälfte, die sich über den Handel auf dem Missis-
sippi unterhielt. Hannah passte es gut, der Aufmerksamkeit des
Captain entronnen zu sein, aber Kitty war äußerst enttäuscht und
warf ihr vorwurfsvolle Blicke zu.

Senator Clinton war weniger am Grenzhandel als an Hannahs
Ausbildung und Elizabeths Schule interessiert, und er stellte ihr
zahlreiche Fragen.

»Es ist bestimmt sehr anstrengend für Mrs. Bonner, zweimal
am Tag zu unterrichten«, sagte er, während er sich noch etwas
Gans von der Platte nahm, die ihm gereicht wurde. »Meiner Erfahrung nach müssen Damen nachmittags etwas ruhen.«

»Es gibt nur wenige Damen, die über mehr Energie und Enthusiasmus verfügen als meine Kusine, Senator«, warf Amanda zögernd ein, schließlich wollte sie einen Gast nicht belehren.

»Da die farbigen und weißen Kinder nicht zusammen im gleichen Klassenzimmer sein wollen«, warf Hannah ein, »hat sie keine andere Wahl.«

»Vielleicht nicht«, erwiderte der Senator. »Aber man könnte ja
einen zweiten Lehrer einstellen. Es gibt sehr viele fähige junge
Männer, die an der Freien Afrikanischen Schule studiert haben
und sicher dankbar für diesen Posten wären. Diese Person könnte
dann die Neger- und Indianerkinder unterrichten, und Eure Mutter könnte weiterhin die anderen übernehmen.«

Hannah wusste, was Elizabeth zu einem solchen Vorschlag sagen würde, aber sie konnte sich auch das Gesicht des Senators bei ihrer Antwort vorstellen.

»Ich habe mit Mrs. Bonner korrespondiert«, warf Mr. Howe ein, der ihnen gegenüber saß. »Eine außergewöhnliche Dame.«

Einen Moment lang herrschte überraschtes Schweigen, dann sagte Amanda: »Ich habe meiner Kusine Mr. Howes Artikel über politische Gleichberechtigung in der Stadt geschickt. Hat sich daraus Eure Korrespondenz ergeben?«

»In der Tat«, erwiderte Mr. Howe. »Mrs. Bonner verfügt über einen scharfen Verstand und eine ungewöhnliche Sicht der Dinge. Ich habe schon einmal daran gedacht, sie zu bitten, einen Artikel für meine Zeitung zu verfassen. Natürlich unter einem Pseudonym, wie George Eliot es getan hat.«

Der Senator ließ das Glas sinken, das er gerade zum Mund führen wollte. In seinem Gesicht spiegelten sich Überraschung und Missbilligung.

Mrs. Kerr beugte sich vor und klopfte mit dem Finger auf den Tisch. Sie blickte ihn aus ihren wasserblauen Augen streng an.

»Mr. Howe, habt Ihr nicht schon genug Zeit im Gefängnis verbracht, weil Ihr für die Rechte der Iren gekämpft habt? Wann werdet Ihr Euch endlich bescheiden?«

»Wenn mehr als dreiundzwanzig Prozent der Menschen, die in dieser Stadt leben und arbeiten, das Recht haben, diejenigen zu wählen, die sie regieren.« Er lächelte sie freundlich an. »Ob es nun Iren sind oder nicht.«

Die alte Dame presste ihre Lippen so fest zusammen, dass ihr Kinn wie ein verschrumpelter Pfirsichkern aussah, aber auf ihren Zügen zeichnete sich widerwillige Bewunderung ab.

»Miss Bonner, habt Ihr schon gehört, wie Mr. Howe die beiden irischen Fährleute verteidigt hat, die das Pech hatten, vor einen skrupellosen Richter zu geraten?«

»Das ist ein unerfreuliches Thema«, warf der Senator ein und ließ das Kinn auf die Brust sinken.

Mrs. Kerr schnipste mit den Fingern. »Das ist es in der Tat, und das kann ich mit einiger Gewissheit behaupten, da ich das Pech habe, die Tante des Richters zu sein. Er ist das einzige Kind meiner armen Schwester Sophie, wie Ihr wisst, DeWitt.«

»Mrs. Kerr«, unterbrach Amanda sie, »Ihr habt den besten Teil der Geschichte ausgelassen.«

Die alte Dame richtete sich auf. »Dann müsst Ihr sie erzählen, mein Kind, wenn Ihr glaubt, Ihr seid dazu in der Lage.«

»Ist das wirklich nötig?«, fragte Mr. Howe.

Amanda lächelte ihn an. »Es ist eine sehr gute Geschichte, Mr. Howe, und Ihr habt keinen Grund, verlegen zu sein.«

»Sie ist schnell erzählt«, begann der Senator. »Ein Alderman dieser Stadt, der namenlos bleiben soll, wollte rasch von Brooklyn in die Stadt gelangen und befahl den beiden Fährleuten, zwanzig Minuten vor ihrer geplanten Zeit aufzubrechen. Zwei erst kürzlich eingewanderte Männer, ich habe die Namen vergessen ...«

»Malone und O'Shay«, warf Mr. Howe ein.

»Ja, Malone und O'Shay. Mr. Malone und Mr. O'Shay nahmen Anstoß an der Art, wie der Alderman sie behandelte ...«

Mrs. Kerr schlug mit der Faust auf den Tisch. »Bei Euch stinkt die Geschichte wie ein zwei Tage alter Fisch, DeWitt. Der Senat hat keine günstige Wirkung auf Euch.« Sie wandte sich an Hannah: »Dieser Alderman – einer von den Livingstons, ich habe trotz der Skrupel von DeWitt keine Angst, den Namen zu nennen, da er in meine Familie eingeheiratet hat – nannte die Fährleute faule Waschbären und drohte ihnen, sie ins Gefängnis werfen zu lassen, wenn sie nicht täten, was er ihnen befahl, und dagegen wehrten sie sich, wie das Iren eben so eigen ist. Ein draufgängerisches Volk, die Iren. Ich frage mich, ob sie wohl jemals lernen, dass Zurückhaltung manchmal nützlicher sein kann. Sie antworteten ihm auf gleiche Weise, und als sie in Manhattan ankamen, rief dieser Schurke Livingston einen Wachtmeister und ließ sie ins Gefängnis werfen.

Und wenn Ihr mich fragt, woher ich das weiß, Miss Bonner, dann sage ich Euch, dass ich ebenfalls auf dieser Fähre war und das Ganze beobachtet habe.« Sie lehnte sich zurück. »Ich war noch nie entsetzter. Ich habe in meinem Leben schon vieles gesehen –

der Krieg macht eine Frau hart, wisst Ihr. Aber noch nie habe ich so etwas erlebt wie diese beiden jungen Männer, die sich in ihren groben Kleidern und Holzpantinen gegen Jonathan Livingston zur Wehr setzten. Es tat meinem Herzen wohl.

Doch dann wurden sie am nächsten Tag vor den Richter gebracht. Mein Neffe, muss ich voller Scham gestehen, ist ein Föderalist der schlimmsten Sorte, und ich kann meiner Schwester die Wahl ihres Gatten nur zum Vorwurf machen. Er hörte sich nur die Aussage des Alderman an, fragte nicht nach weiteren Zeugen und gewährte den beiden Männern erst gar keine Verhandlung. Fragte einfach nicht nach Zeugen! Und dabei saß seine Tante im Gerichtssaal, und ich hatte doch alles mit eigenen Augen gesehen! Und auch laut und deutlich meine Beobachtungen mitgeteilt.« Sie holte tief Luft.

»Aber in seinem Gerichtssaal durfte eine Frau nichts sagen. Die Männer mögen ja davon sprechen, dass Armeen Städte und Länder beherrschen, aber heutzutage sitzt die wahre Bedrohung im Gerichtssaal. Männer, die skrupellos ihre Verantwortung zu ihren eigenen Zwecken nutzen, und Anwälte, die wie Krähen auf einem Schlachtfeld darauf lauern, das abzubekommen, was von der Gerechtigkeit übrig geblieben ist. Ich habe keine Angst vor Musketen – ich habe selbst mehr als einmal auf den Feind geschossen –, aber im Gerichtssaal ist das etwas anderes.«

»Und wie kommt Mr. Howe in die Geschichte?«, fragte Hannah, die zwischen Erheiterung, Besorgnis und Verwirrung schwankte.

»Er war im Gericht, als der Richter die beiden jungen Männer zu je sechs Monaten Zwangsarbeit verurteilte, um sie zu lehren, das man Amtsinhaber nicht beleidigen darf.«

»Und wie kam es, dass Ihr mit den beiden Fährleuten im Gefängnis gesessen habt, Mr. Howe?«

»Das tat er gar nicht«, sagte Amanda. »Als Michael ins Gefängnis geworfen wurde, waren die beiden Iren geflohen.« Ihre Lippen zuckten vor Erheiterung, und sie warf Mrs. Kerr einen Seitenblick zu.

351

Der Senator räusperte sich. »Es heißt, die Wachen seien bestochen worden, obwohl das nie bewiesen werden konnte.«

Hannah versuchte es noch einmal. »Nun ja ... aber ich habe immer noch nicht verstanden ...«

»Ich nahm mir die Freiheit, einen Artikel zu schreiben«, beantwortete Mr. Howe ihre Frage, »doch das Gericht fand meine Wortwahl anstößig.«

»Wie zum Beispiel ›Tyrannei‹ und ›Parteilichkeit‹«, warf Amanda ein. »Und er schrieb, die Fährleute seien nur verurteilt worden, damit der Stolz gewisser Amtsinhaber nicht verletzt würde. Daran kann ich mich noch erinnern.«

Mrs. Kerr lachte herzhaft. »Und er hatte auch noch Recht, aber sie konnten natürlich nicht zugeben, dass er die Wahrheit sprach. Also verurteilten sie Mr. Howe zu einem Monat Gefängnis ...«

»Zweitausend Anhänger trugen ihn in einem Sessel dorthin«, schloss der Senator. »Und nachdem er seine Strafe abgesessen hatte, holten ihn dreitausend Anhänger in einem Phaeton wieder ab. Ihr solltet ein Amt anstreben, Michael, bei einer solchen Unterstützung der Massen.«

»Ach was, die Massen dürfen nicht wählen«, erwiderte Mr. Howe. »Und außerdem macht es mir viel mehr Spaß, über die Männer im Stadtrat zu schreiben. Wann kommt Ihr eigentlich wieder in den Stadtrat zurück, Senator?«

Alle am Tisch lachten.

»Ihr müsst Euch schon andere Dinge suchen, über die Ihr schreiben könnt«, erwiderte der Senator und ließ sich sein Weinglas erneut füllen. »Irgendeinen Skandal gibt es in der Stadt doch immer.«

»Ja«, sagte Hannah. »Zum Beispiel Madame du Rocher mit ihren Sklaven.«

Hannah hatte das genau in dem Moment gesagt, als es gerade ganz still am Tisch war, und ihre Worte schienen nachzuhallen. Sie blickte zu Will hinüber, der diese Wendung der Unterhaltung neugierig und resigniert zugleich aufnahm.

Auch Captain Lewis wandte ihr seine Aufmerksamkeit zu, aber seine Worte hatten nichts Neckendes mehr.

»Soweit ich weiß, ist Sklaverei im Staat New York kein Verbrechen.« Die Frage war an Hannah gerichtet, aber der Senator beantwortete sie.

»Das ist ein äußerst komplexes Thema und für diese Runde auch ungeeignet.« Er blickte betont Miss Lispenard an.

»DeWitt«, fiel Mrs. Kerr ihm scharf ins Wort, »es sind keine Kinder anwesend. Zwei junge Damen, ja, aber beide im heiratsfähigen Alter und gebildet. Sie sind durchaus in der Lage, sich selbst eine Meinung zu bilden.« Sie wandte sich an Amanda. »Mrs. Spencer, diese französische Dame ist Eure Nachbarin?«

Amanda nickte. »Sie hat im vergangenen Jahr das kleine Haus gegenüber vom Park gemietet. Ich habe sie in der ganzen Zeit fast nie gesehen. Sie war in großen ... persönlichen Schwierigkeiten.«

»Ja, das habe ich in der Zeitung gelesen«, erwiderte Mrs. Kerr. »Und habt Ihr Grund zu der Annahme, dass sie ihre Sklaven misshandelt?«

Amanda blickte zu ihrem Mann. Zu Hannahs Erstaunen schüttelte er den Kopf.

»Und warum sollen wir dann über das Thema reden?« Captain Lewis schaute Amanda an, dann Will und schließlich Hannah. »Es sei denn, Ihr wolltet über die Abschaffung der Sklaverei diskutieren. Dieses Thema ist in den letzten fünfundzwanzig Jahren von vielen großen Männern aufgegriffen worden, und Ihr seht ja, wohin es geführt hat, Miss Bonner. Es ist einfach nicht durchzusetzen.«

Hannah errötete vor Zorn. Sie blickte sich am Tisch um und las verschiedene Meinungen von den Gesichtern der anderen ab. Kitty war entsetzt über die Wendung, die das Gespräch genommen hatte; Will beteiligte sich zwar, wirkte aber nicht besonders interessiert; Amanda war ein wenig beunruhigt; Miss Lispenard neugierig; Mrs. Kerr eifrig bei der Sache; Mr. Davis zerstreut; Senator Clinton ungeduldig und Captain Lewis deutlich irritiert. Am besten wäre es sicher gewesen, sie würde den Mund halten, aber den Gefallen wollte sie dem Captain nicht tun.

»Sir«, sagte sie ruhig, »die Abschaffung der Sklaverei mag ja im

353

Süden kein beliebtes Thema sein, aber die Tatsache, dass in diesem Staat ein Freilassungsakt im Gesetz verankert ist, deutet doch darauf hin, dass so etwas möglich ist, zumindest hier. Und bevor Ihr Madame du Rocher verteidigt, solltet Ihr wissen, dass sie allem Anschein nach beabsichtigt, mit ihren Sklaven diesen Staat zu verlassen, um das Gesetz zu umgehen. Übrigens – da wir gerade von Zeitungen sprechen, mir scheint, solche illegalen Aktivitäten erregen zu Recht die Aufmerksamkeit der Journalisten in dieser Stadt.«

Mrs. Kerr lehnte sich mit einem zufriedenen Seufzer in ihrem Stuhl zurück. Ihr Lächeln – und das einiger anderer Personen am Tisch – war nicht zu übersehen, und der Captain errötete. Er räusperte sich.

»Für so eine junge ... Person habt ihr eine sehr ausgeprägte Meinung.«

»Der Vorteil einer guten Ausbildung«, erwiderte Hannah. »Wie schon Mrs. Kerr sagte.«

»Und der Nachteil«, warf Kitty ein. »Das ist leider die Schuld meiner Schwägerin. Sie ist eine begeisterte Leserin von Mrs. Wollstonecrafts Schriften.«

Senator Clinton meldete sich: »Das habe ich vermutet. Ich möchte dazu nur sagen, wenn Madame du Rocher wirklich vorhat, das Gesetz zu brechen, so kann eine solche Handlungsweise natürlich nicht geduldet werden. Ah«, fuhr er erleichtert lächelnd fort, als Mrs. Douglas in der Tür erschien, »das Dessert. Ich sehe, Ihr habt die Köchin um Meringen gebeten, Mrs. Spencer. Sehr liebenswürdig von Euch.«

»Also, Zucker habe ich im Westen sehr vermisst«, sagte Mr. Davis. »Honig und Melasse mögen für manche Leute süß genug sein, aber ich nehme lieber Zucker in den Kaffee.«

Die Stimmung am Tisch entspannte sich zusehends, und während Hannah sich noch fragte, woran das wohl lag, fing sie Mrs. Kerrs verschwörerisches Augenzwinkern auf.

Die Indianerin und ihr Kind verschwanden so leise aus dem Haus, dass niemand sagen konnte, wo sie hingegangen waren.

»Suzannah kam um halb neun in die Küche«, erklärte Mrs. Douglas nun schon zum dritten Mal. »Und als sie eine Viertelstunde später wieder zu ihr ging, war die Frau weg.« Sie hatte zwei Männer auf die Suche nach ihr geschickt, jedoch ohne Erfolg. »Als ob sie einfach davongeflogen wäre.«

Lange lag Hannah noch wach und dachte an die Frau. Und als sie einschlief, träumte sie. In ihrem Traum flog sie über ein blutrotes Meer, das Kind der Frau an ihrer Brust. Plötzlich befand sie sich über Lake in the Clouds, und ohne jede Furcht tauchte sie vom Himmel ins Wasser, das so tief, dunkel und warm war, dass es selbst die Toten wiedererweckt hätte. Das Wasser zog sie immer tiefer hinunter, bis sie sich im Erdinnern in einer Höhle befand, die von einem seltsam flackernden Licht erfüllt war. Um ein Feuer saßen Menschen, die sie kannte: ihre Großmütter Schwindender Tag und Cora Bonner, ihr Urgroßvater Chingachgook und Robbie MacLachlan, in dessen Schoß der kleine Robbie schlief. Ihre Mutter mit einem Säugling in den Armen. »Dein Zwilling«, sagte sie und streckte ihr das Kind hin. »Nimm ihn.«

Hannah erwiderte: »Ich muss mich doch schon um dieses Kind kümmern«, aber als sie hinsah, war es verschwunden. Statt der Arme hatte sie Flügel mit weißen, goldenen und silbernen Federn. Sie konnte das Kind nicht halten.

Das leise Rauschen des Windes weckte sie. Einen Moment lang wusste Hannah nicht, wo sie war. Sie blickte zum Himmel, an dem sie einen rötlichen Schein sah, als ob die Sonne aufginge oder Blitze über den Himmel zuckten.

Schnell sprang sie aus dem Bett und lief ans Fenster. Aber es war kein Gewitter, auch kein brennendes Haus, sondern eine so seltsame Szene, dass Hannah sie erst gar nicht begriff. Eine elegante, geschlossene Kutsche, deren Dach mit Gepäck beladen war, stand dort, und dahinter ein weiteres Gespann mit sechs Pferden, die vor einem großen Wagen angeschirrt waren.

Die Kutsche und der Wagen waren leer, aber um sie herum drängten sich zahllose Männer und Frauen mit Fackeln in den Händen. Alle waren schwarz.

Das Raunen der Menge hatte Hannah geweckt.

Die Haustür ging auf, und eine Dame trat auf die Treppe. Sie trug einen langen Reiseumhang. Ihr Gesicht war sehr blass, aber ihre Stimme hallte hoch und klar über den Platz.

»Ihr habt hier nichts zu suchen. Verschwindet!«

Hinter ihr traten Diener, beladen mit kleineren Gepäckstücken und Schachteln, aus der Tür.

»Hannah?« Ethan stand in der Tür und kam auf bloßen Füßen auf sie zugelaufen. Er drückte sich an sie und sie legte den Arm um ihn.

»Ist deine Mutter schon wach?«

Es war zwar nicht kalt, aber er zitterte so, dass seine Zähne klapperten. »Nein. Fährt Madame du Rocher weg?«

»Ich glaube, das ist ihre Absicht, ja.«

Die Menge wogte wie eine große Schlange, die erwacht ist, und kreiste die Dienstboten ein, sodass sie weder zur Kutsche gelangen noch zum Haus zurückkehren konnten. Hannah zählte fünf von ihnen, und dann waren sie plötzlich im Meer der schwarzen Gestalten verschwunden. Das Raunen schwoll zu einem einzigen Wort an, das immer wieder skandiert wurde.

»*Liberté. Liberté. Liberté. Liberté.*«

Madame du Rocher erhob wieder ihre Stimme. »Ich habe die Nachtwache gerufen! Verschwindet jetzt auf der Stelle, oder ich werde dafür sorgen, dass Euch die Haut vom Rücken geprügelt wird!«

Wieder skandierte die Menge die Worte, und in den umliegenden Häusern tauchten überall Männer im Nachtgewand in den Türen auf. Eine alte Frau rannte auf Madame du Rocher zu und schüttelte die Faust. »*Maudit! Maudit! Maudit!*«

»Sieh mal«, sagte Ethan und drückte Hannahs Arm. »Sieh mal!«

Ein Haufen Abfall war in Brand gesetzt worden; im Schein des Feuers war ein Mann auf den Zaun geklettert, der den Park umgab, und hielt sich am Stamm einer Pappel fest. Es war Manny

356

Freeman, und er reckte die Faust in die Luft. In einem Haus klirrte eine Fensterscheibe. Ein Pferd wieherte, und beide Gespanne stampften unruhig.

Madame du Rocher trat ins Haus. Überall gingen jetzt Fensterscheiben zu Bruch.

»*Liberté! Liberté! Liberté!*«

»Ein Aufstand«, flüsterte Ethan. Er riss sich los und rannte aus dem Zimmer, aber Hannah blieb wie gebannt am Fenster stehen.

Ein alter Schwarzer trat in den Rahmen der Haustür und schwenkte die Arme, aber sein Rufen ging im Getöse der Menge unter. Zwei junge Männer rannten auf ihn zu und zogen ihn mit sich. Jemand hatte die Gespanne losgemacht, und die Pferde rannten wild umher.

Von der Nordseite des Parks hörte man Musketenschüsse.

»Geh vom Fenster weg«, sagte Will hinter ihr. »Die Wache kommt, und bei ihr werden die Sklavenjäger sein. Das solltest du dir besser nicht ansehen.«

Hannah konnte nicht mehr schlafen. Sie holte ihr Tagebuch hervor und schrieb ein paar Zeilen:

1. Mai, Morgengrauen. Heute Nacht habe ich einen Kampf vor meinem Fenster beobachtet. Was für ein seltsamer Ort ist doch diese Stadt, blind und taub gegenüber einem Krieg, der Tag für Tag auf ihren Straßen stattfindet.

Am Morgen wartete Will auf sie in der Kutsche. Offenbar wollte er die fünfzehnminütige Fahrt ins Armenhaus nutzen, um mit ihr zu reden. Tiefe Falten hatten sich um seinen Mund eingegraben, und sein normalerweise sorgfältig gekämmtes Haar war wirr.

»Hast du überhaupt geschlafen?«

Er winkte ab. Ruhig wie immer sagte er: »Manny muss heute noch die Stadt verlassen.«

»Hat man ihn erkannt?«

Will zuckte mit den Schultern. »Madame du Rochers Sklaven haben den Aufstand genutzt, um zu verschwinden. Nur eine Frau ist gefangen worden.«

Hannah setzte sich aufrecht hin. »Hat Manny etwas damit zu tun? Oder du?«

»Nein«, erwiderte Will. »Auf diese Art und Weise sind wir nie vorgegangen. Das ist viel zu gefährlich. Aber Bly hat Manny trotzdem beschuldigt, und das wird heute Nachmittag schon in der Zeitung stehen. Wenn man ihn findet, stellt man ihn vor Gericht und wird ihn wahrscheinlich schuldig sprechen.«

»Aber sie haben doch gar keine Beweise dafür.«

Will presste die Hände zusammen. »Wenn Bly mit der Sklavin fertig ist, die er letzte Nacht gefangen hat, dann wird sie ihm alles gestehen. Sie wird schwören, dass Manny den Aufstand organisiert und sie ermuntert hat, zu fliehen.«

Entsetzen stieg in Hannah auf. Einen Moment lang brachte sie kein Wort heraus. »Vielleicht ist er ja schon weg«, sagte Will. »Oder er versteckt sich und kümmert sich darum, dass die Rocher-Sklaven in Sicherheit sind. Er weiß genau, was Bly und die Sklavenjäger vorhaben, Hannah. Wenn jemand heil aus dieser Stadt heraus kommt, dann Manny.«

Seine Worte klangen gut und vernünftig, aber sie konnten nicht verhindern, dass Hannah plötzlich an Galileo, Curiosity und die schwangere Selah Voyager denken musste. Wie sollte sie ihnen jemals solche Nachrichten überbringen?

Will fuhr fort: »Ich wollte, dass du dir über die Situation im Klaren bist, falls die Wache dich befragt.« Er legte seine Hand über ihre. »Ich werde alles in meiner Macht Stehende tun, damit Manny sicher nach Hause kommt.«

»Aber du weißt doch gar nicht, wo er ist«, wandte Hannah ein. »Ist der Sklavenjäger namens Cobb hinter ihm her, vor dem die ... Reisende eine solche Angst hatte?«

»Ich kann verstehen, dass du dir große Sorgen um deine Freunde machst«, erwiderte Will. »Aber du musst das jetzt der Libertas-Gesellschaft überlassen. Kannst du das?«

»Du hast meine Frage nicht beantwortet.«

Will sah sie müde an. »Cobb ist nach Norden gegangen«, sagte er schließlich. »Er ist hinter einer Kopfgeldprämie her.«

»Also ist er keine Bedrohung für Manny.« Er würde auf die Frage keine Antwort geben, aber Hannah musste sie trotzdem stellen. Will entgegnete: »Wir haben es mit dem Hier und Jetzt zu tun. Du musst versuchen, im Moment nicht daran zu denken.«

Aber sie musste natürlich ständig daran denken. Tief in Gedanken versunken lief sie den Flur zur Krankenstation entlang, bis sie auf einmal merkte, dass vor der geschlossenen Tür zur Apotheke bereits Leute warteten. Sie hatte diese Gesichter im Schein der Fackeln gesehen. Eine junge Frau mit einer hohen Stirn und teefarbener Haut, mit blutigen, eingeschlagenen Zähnen. Ein großer Mann mit rasiertem Schädel, dessen Handgelenk in einem unnatürlichen Winkel abstand. Ein jüngerer Mann mit zernarbtem Gesicht, der sich wachsam umblickte und mit beiden Armen seinen Oberkörper umschlang. Als sie vor ihnen stehen blieb, erstarrte er, als ob er sich unsicher sei, ob sie nun ihre Wunden versorgen oder die Wache rufen würde.

Sie sagte das Erstbeste, was ihr einfiel: »Ihr seid sicher hier, um geimpft zu werden. Kommt mit mir, wir gehen ins Büro.«

Später ging Hannah durch den Kopf, dass sie Glück gehabt hatte, keinem von den Ärzten begegnet zu sein, als sie die drei im Institutsbüro versorgte. Sie schiente das gebrochene Handgelenk, säuberte den Mund der Frau, zog die Überreste von zwei herausgeschlagenen Zähnen und gab ihr Mull gegen die Blutung.

Der Mann mit den Narben im Gesicht sah ihr ausdruckslos zu. Als sie ihn untersuchte, drehte er den Kopf zur Wand.

»Ihr habt ein paar gebrochene Rippen auf der rechten Seite. Ich verbinde Euch, aber Ihr müsst vorsichtig sein.«

Gehorsam hob er die Arme, während sie den Verband um seinen Oberkörper wickelte. Bauch und Rücken waren voller Narben, die sich hell gegen die dunkle Haut abhoben. Eine besonders lange Narbe zog sich über seinen Bauch, als ob jemand versucht hätte, ihn mit einem Messer aufzuschlitzen. Die schlimmsten Narben jedoch hatten die Peitschenhiebe hinterlassen.

Dass er die Auspeitschungen überlebt hatte, sagte ihr, was für ein Mann er sein musste. Er würde davonkommen, weil seine Wut ihn am Leben erhielt.

»Woher wusstet Ihr, dass Ihr zu mir kommen konntet? Hat Manny Euch geschickt?«

Er musterte sie einen Moment lang mit ausdruckslosem Gesicht. Dann nickte er.

»Ist er in Sicherheit?«

Er blinzelte sie an, und Hannah fiel ein, dass er sie vielleicht nicht verstand. Auf Französisch fragte sie noch einmal: »*Manny, est-il en sureté?*«

Die Frau antwortete, erstickt drangen die Worte aus ihrem verschwollenen Mund. »Keiner von uns ist in Sicherheit, Miss. Im Moment noch nicht einmal Ihr.«

26 Als Cicero am Montagmorgen Hannah in die Kutsche half, um sie zum Armenhaus zu fahren, drückte er ihr einen Zettel in die Hand. Das Papier war dünn und die Tinte schlecht, aber die Handschrift, die Hannah nicht kannte, wirkte kraftvoll und flüssig.

Ein Mann braucht medizinische Hilfe. Wenn Ihr ihn versorgen wollt, so wartet um drei Uhr heute Nachmittag vor der Küchentür des Armenhauses. Um vier werdet Ihr wieder zurück sein. Mr. Spencer hat hiermit nichts zu tun.

Hannah versteckte den Zettel in ihrem Mieder und musste die ganze Zeit bei der Arbeit daran denken. Ein Mann brauchte Hilfe. Eine Nachricht von einem Fremden über einen Fremden, die ihr Cicero wortlos und ohne sie anzublicken überreicht hatte. Ein Mann, der Hilfe brauchte, es aber nicht wagte, sich im Armenhaus behandeln zu lassen.

Es könnte sich um Manny handeln. Aber vielleicht auch nicht. Er musste es aber nicht unbedingt sein.

Hannah überlegte, wie sie sich am besten von der Krankenstation wegschleichen konnte, wenn sie erst einmal alle Impfungen durchgeführt hatte. Dr. Simon würde annehmen, sie sei auf der Säuglingsstation; Dr. Scofield würde vermuten, sie sei mit Dr. Simon zum Krankenhaus gefahren; Dr. Savard würde sie vielleicht suchen, aber das war eher unwahrscheinlich, weil Dr. Simon heute Nachmittag eine Beinamputation vornahm, bei der er assistieren musste.

Ein Mann braucht medizinische Hilfe.

Es konnte sich um Fieber, einen Knochenbruch oder auch um einen Messerstich handeln. Hannah überprüfte die Skalpelle und Pinzetten, die ihr Hakim Ibrahim überlassen hatte, Instrumente, die sie unter der Anleitung von Dr. Todd, Curiosity oder Dr. Simon verwendete. Sie prüfte auch die Fläschchen und Phiolen in ihrer Tasche. Da nicht mehr genug Weidenrinde für Fiebertee da war, füllte sie ihren Vorrat aus der Apotheke auf.

Als sie um zwei die letzte Impfung vorgenommen hatte und gerade das Büro schließen wollte, kam Dr. Simon herein. Überrascht blickte Hannah auf.

»Ich wollte mich gerade umziehen«, sagte sie. »Seid Ihr noch nicht im Krankenhaus?«

»Als ich gerade weggehen wollte, kam ein Besucher«, erwiderte Dr. Simon lächelnd. Hannah schoss auf einmal der Gedanke durch den Kopf, dass sie ihm den Zettel zeigen und ihn um Rat fragen könnte. Es war allgemein bekannt, dass Dr. Simon gegen die Sklaverei war; er würde nichts tun, um Hilfesuchenden zu schaden.

»Ja?«

»Und dann fiel mir Eure Impfung ein.«

Hannah blickte ihn verwirrt an. »Was hat denn ein unerwarteter Besuch mit meiner Impfung zu tun? Habe ich etwas übersehen?«

»Ist heute nicht der achte Tag, seitdem Ihr geimpft worden seid?«

»Ja.« Sie errötete ein wenig, weil sie das ganz vergessen hatte, aber Dr. Simon schien ihre Geistesabwesenheit nichts auszumachen.

»Ich möchte Euch um einen besonderen Gefallen bitten. Ich habe heute einen Brief von Präsident Jefferson erhalten.«

Hannah rang sich ein Lächeln ab und lauschte höflich.

»Er ist äußerst interessiert an unserer Arbeit und hat darum gebeten, dass wir ihm etwas Serum zur Verfügung stellen, so frisch wie möglich. Sein Sekretär ist hier und wird das Material mit nach Washington nehmen. Er fährt heute Abend.«

»Captain Lewis?« Hannah hatte den persönlichen Sekretär des Präsidenten über dem Sklavenaufstand völlig vergessen.

Dr. Simon nickte. »Ja, er erwähnte, dass Ihr Euch vorgestellt worden seid. Das ist ein glücklicher Zufall.«

Hannah gab einen erstickten Laut von sich, den Dr. Simon als Zustimmung verstand.

»Der Präsident hat den Captain damit beauftragt, alles über die Impfung in Erfahrung zu bringen. Er hatte Proben des Virus von zahlreichen Ärzten, aber er hätte auch gerne unser Material, damit er sehen kann, ob unsere Methode, es für den Transport vorzubereiten, besser ist als die der anderen.«

Hannah hatte sich umgedreht und ordnete die Papiere auf dem Schreibtisch, damit der Arzt ihr Gesicht nicht sehen konnte. »Ich habe nichts dagegen«, erwiderte sie. »Mir ist es gleich, wohin der Virus geht, wenn Ihr ihn als Probe genommen habt.«

Einen Moment lang herrschte Schweigen und Hannah drehte sich fragend um. Offenbar suchte Dr. Simon nach den richtigen Worten.

»Ist sonst noch etwas, Sir?«

»Wenn Captain Lewis früher gekommen wäre, hätte ich Euch nicht darum bitten müssen, aber ich sehe, dass Ihr bereits mit den anderen Impfungen fertig seid.«

»Ja. Aber ich habe Euch doch gesagt, dass es mir gleich ist, wenn Captain Lewis meinen Virus mit nach Washington nimmt. Gibt es dabei vielleicht sonst noch ein Problem?«

»Captain Lewis möchte die Konservierungsmethode von Anfang an miterleben, und ich mache mir Gedanken darüber, ob es nicht Euer Schamgefühl verletzt.«

Hannah musste unwillkürlich lächeln. »Ich verstehe. Ihr solltet wissen, dass ich, als ich den Captain kennen lernte, ein sehr modisches Abendkleid trug, das ich mir von Mrs. Todd geliehen hatte«, erwiderte sie. »Heute wird er von mir weit weniger sehen, als er an jenem Abend zu Gesicht bekommen hat. Wenn es nicht zu lange dauert, habe ich keinerlei Einwände.«

Hannah zog einen ärmellosen Kittel an, während der Arzt mit seinem Besucher im Flur wartete. Sie hörte, wie sie sich unterhielten, als sie die Instrumente zurecht legte, die der Arzt benötigte. »*Äußerst großzügig«*, sagte der Captain und der Arzt antwortete: »*Sie hat meine kühnsten Erwartungen übertroffen«*.

Da sie nicht recht wusste, ob sie irritiert oder geschmeichelt sein sollte, zog sie es vor, nur das Nötigste zu sagen, als die beiden schließlich hereinkamen.

Dr. Simon schien ihre Schweigsamkeit gar nicht aufzufallen, aber Captain Lewis fühlte sich anscheinend unbehaglich. Er mied ihren Blick und so konnte Hannah ihn ungestört betrachten.

Seine Größe überraschte sie und sie hatte ganz vergessen, wie seine aschblonden Haare ihm in die hohe Stirn fielen. Er hatte eine gerade Nase und weit auseinander stehende Augen, die ein wenig blutunterlaufen waren. Anscheinend hatte er zu viel Wein getrunken und zu wenig geschlafen.

Dr. Simon war viel zu höflich, um dies zu bemerken. Im gleichen Tonfall, in dem er seine Studenten unterrichtete, rasch, kompetent und voll nüchterner Begeisterung, erläuterte er ihm, was er tat.

»Die Pustel ist perfekt, sie sieht genauso aus, wie auf den Zeichnungen dargestellt. Wenn ich sie öffne« – er machte einen Schnitt mit dem Skalpell –, »brauche ich sie nur ganz leicht zu berühren. Seht Ihr die Flüssigkeit? Sie enthält den Virus. Würdet Ihr mir bitte eines der Impfmesser reichen? Dieses dort, aus

363

Elfenbein. Es ist schwierig, die ganze Flüssigkeit aufzufangen, aber Ihr seht hier, dass das Impfmesser an der Spitze abgeflacht ist und eine Vertiefung aufweist. Hier haben wir ihn, unseren Kuhpocken-Virus. Miss Bonner ist jetzt immun gegen die Pocken.«

Captain Lewis stellte dem Arzt zahlreiche Fragen und lauschte aufmerksam den Antworten. Hannah hätte genauso gut eine Statue sein können, und es ärgerte sie, dass er sie nicht in das Gespräch mit einbezog.

»Wie lange muss der Virus auf dem Impfmesser trocknen?« fragte der Captain.

Dr. Simon erwiderte: »Wir haben kürzlich entdeckt, dass es das beste ist, den Virus nicht auf dem Elfenbein trocknen zu lassen, beziehungsweise Miss Bonner hat dies vorgeschlagen, als sie zu mir kam. Vielleicht solltet Ihr ihm diesen Sachverhalt erklären, Miss Bonner.«

»Es war nicht meine Erfindung«, sagte Hannah gelassen. »Ein anderer Arzt hat mir über seine Methoden geschrieben. Der Virus bleibt anscheinend länger aktiv, wenn das Impfmesser in eine Phiole mit destilliertem Wasser gegeben wird, die man anschließend mit Wachs versiegelt.«

»Eine gewaltige Verbesserung«, warf Dr. Simon ein, der sich mittlerweile Hannahs anderem Arm widmete. »Und es ist viel einfacher, den Inhalt der Phiole in den Schnitt zu geben, als ihn mit dem Impfmesser dort zu verreiben.«

Es klopfte an der Tür, und Dr. Simon blickte auf. »Das wird Mr. Savard sein. Wir müssen gehen. Miss Bonner, darf ich Euch bitten, dies hier zu Ende zu bringen? Der Captain möchte gerne noch unsere Aufzeichnungen über die Impfungen sehen und er hat sicher noch ein paar weitere Fragen.«

Hannah konnte dies nicht gut ablehnen, so gerne sie die beiden los gewesen wäre. Als der Arzt die Tür hinter sich zugezogen hatte, warf sie einen Blick auf die Uhr, die auf dem Schreibtisch stand.

»Beanspruche ich Euch zu sehr?«, fragte Captain Lewis.

Hannah warf ihm einen Blick von der Seite zu. Sie versiegelte

364

die Impfphiole mit Wachs und hielt sie prüfend hoch. »Hier habt Ihr Euer Impfmaterial für den Präsidenten. Merkt Euch bitte, dass keine Luft mehr in der Phiole sein darf. Die Aufzeichnungen liegen auf dem Tisch dort, hinter Euch. Wenn Ihr keine Fragen mehr habt, dann möchte ich mich jetzt gerne wieder meiner Arbeit widmen.«

»Doch, ich habe eine Frage«, erwiderte der Captain. »Impft Ihr auch Euer eigenes Volk, wenn Ihr wieder zu Hause seid?«

»Ja«, erwiderte Hannah kurz angebunden. »Dazu bin ich hier.«

»Und führt Ihr auch Buch darüber?«

»Natürlich.«

Nachdenklich blickte er sie einen Moment lang an. »Es würde mir – dem Präsidenten – sehr helfen, wenn Ihr uns Abschriften davon schicken könntet.«

Hannah warf ihm einen überraschten Blick zu. »Warum sollte der Präsident an den Impfungen in einem kleinen Dorf am Rande der Wildnis interessiert sein?«

»Der Präsident ist an vielen Dingen interessiert«, erwiderte Captain Lewis.

Da sie nicht antwortete, fuhr er nach einer Weile fort: »Ich muss etwas über den Vorgang lernen, weil ich vielleicht auch Impfungen vornehmen muss.«

»Ah«, sagte Hannah, »Ihr wollt den Missouri bereisen.«

Überrascht öffnete der Captain den Mund und schloss ihn wieder.

»Das ist doch eine logische Schlussfolgerung, Captain«, erwiderte Hannah. »Bei Tisch habt Ihr Mr. Davis so viele Fragen über seine Reisevorbereitungen und die Bedingungen unterwegs gestellt, und jetzt steht Ihr hier und wollt etwas über Impfungen wissen. Welche Aufgaben auch immer Ihr für den Präsidenten übernehmen müsst, ich hoffe, Ihr seid kein Spion. Das würde nicht lange gut gehen, weil Euer Gesichtsausdruck Euch viel zu schnell verrät.«

Lewis stieß die Luft aus und rieb sich über das Kinn. »Ich bin wohl sehr indiskret gewesen.«

Hannah wandte sich ab, um ihren Schreibtisch aufzuräumen. Er räusperte sich.

»Ich muss Euch bitten, niemandem davon zu erzählen. Auch nicht Dr. Simon oder Mr. Spencer.«

Sie warf ihm einen Blick über die Schulter zu. »Dann reist Ihr also nach Westen?«

Er zuckte zusammen. »Das hofft der Präsident, aber der Kongress hat noch nicht zugestimmt. Es ist alles sehr ... heikel.«

»Frankreich und Spanien hätten etwas dagegen«, sagte Hannah leise, wie zu sich selbst. »Ihr braucht mich gar nicht so überrascht anzuschauen, Captain Lewis, ich kann eine Zeitung lesen wie jedermann. Und sogar verstehen, was ich lese.«

»Ich habe Euch beleidigt. Verzeiht mir. Aber gebt mir bitte Euer Wort, dass dieses Gespräch ...«

»Ihr habt mein Wort«, unterbrach Hannah ihn. »Ihr könnt Eure Reise planen, ohne fürchten zu müssen, dass ich mich einmische.«

»An Eurem Gesichtsausdruck sehe ich, dass Ihr nicht einverstanden seid.«

»Überrascht Euch das?«

»Aber was für einen Grund habt Ihr denn?«

Hannah verschränkte die Arme. Sie musste sich zwingen, nicht das zu sagen, was ihr eigentlich auf der Zunge lag, nicht so sehr, weil sie fürchtete, den Sekretär des Präsidenten zu beleidigen – das würde sie vermutlich nicht vermeiden können –, sondern weil sie wollte, dass er sie verstand.

»Meine Großväter haben viele Jahre lang vorausgesagt, dass die Weißen früher oder später mehr Land brauchen und nach Westen ziehen würden.« Sie schwieg. An der Miene des Captains sah sie, dass sie genau den Kern getroffen hatte.

»Und wenn das so wäre?«

»Ihr seht die Farbe meiner Haut, Captain Lewis. Ich weiß sehr gut, was mit den Indianern passieren wird, wenn der Westen erst einmal erschlossen ist. Ihr werdet von Verträgen und Landkäufen sprechen, aber am Ende werdet Ihr Euch nehmen, was Ihr haben wollt. Mit Gewalt.«

Er schwieg. Offensichtlich hatte Hannah Recht. Er versuchte noch nicht einmal, ihr Erklärungen oder Ausflüchte anzubieten, das musste sie ihm lassen. Enttäuscht und erleichtert zugleich wandte sie sich wieder ihrer Arbeit zu.

»Gibt es sonst noch etwas, Captain?«

»Schickt Ihr mir die Abschriften der Aufzeichnungen?«

»Versprecht Ihr mir, Indianer ebenso zu impfen wie Weiße, wenn Ihr nach Westen zieht?«

Er blinzelte. »Solange ich genügend brauchbaren Impfstoff habe, ja.«

»Gut, dann schicke ich Euch auch die Abschriften.«

Der Captain ergriff seinen Hut. An der Tür wandte er sich noch einmal um. »Ihr seid eine ungewöhnliche junge Lady, Miss Bonner.«

»Ja«, erwiderte Hannah. »Da habt Ihr wohl Recht. Und ich habe viel zu tun.«

Als sie kurz vor drei an die Küchentür kam, wartete dort ein ungefähr achtjähriger Junge auf sie. Er war barfuß, lächelte sie an und sagte kein Wort. Hannah musste laufen, um mit ihm Schritt halten zu können, während er sie abseits von der Hauptstraße durch die Gassen führte. Schließlich gelangten sie zum Hintereingang eines alten Ziegelgebäudes im holländischen Stil. Trotz der Frühlingssonne waren die Fensterläden geschlossen. Eingang und Treppe waren mit Mehlstaub bedeckt, und in der Luft lag der Duft nach frisch gebackenem Brot.

Der Junge lief fünf Stufen in einen Keller hinunter. Der erste Raum war sehr heiß und nur spärlich beleuchtet. In den Ecken lagerten Getreidesäcke und in der Mitte des Zimmers stand Manny. Gleichzeitig erleichtert und wütend trat Hannah auf ihn zu und ergriff seine Hände. Sie waren kühl und sein Puls schlug gleichmäßig; er sah überhaupt nicht krank aus.

»Manny Freeman«, sagte sie, »wenn du nicht verletzt bist, dann wird es mir eine Freude sein, dir selber eine Verletzung zuzufügen. Warum bist du immer noch in der Stadt?«

Sein Lächeln erreichte seine Augen nicht. »

367

»Mir fehlt nichts, was ein paar Stunden Schlaf nicht wieder in Ordnung bringen könnten.«

»Du hast meine Frage nicht beantwortet.«

»Dafür ist jetzt keine Zeit«, erwiderte er. »Komm.«

Das nächste Zimmer war ein wenig größer, dunkler und voller Menschen. Manche lagen auf Strohmatten auf dem Boden und andere saßen. In einer Ecke standen ein Toiletteneimer und ein Wasserfass. Alle im Raum – und sie waren alle schwarz – blickten Hannah erschöpft entgegen. Sie nickte der Frau zu, der sie die zwei Zähne gezogen hatte, die beiden Männer jedoch sah sie nicht.

»Dort drüben«, sagte Manny und wies auf eine Matratze, die über ein paar Kisten gelegt worden war. Der Mann auf dem behelfsmäßigen Bett sah aus, als ob er schliefe. Hannah kannte ihn aus Bowling Green, sie hatte ihn ein paar Mal beobachtet, wie er Madame du Rocher mit der Kutsche ausgefahren hatte. Er war in mittlerem Alter, kräftig gebaut, mit breiten Schultern.

Neben ihm saß eine alte Frau, die Hannah nicht kannte. Sie flößte ihm Wasser ein. Der Kragen seines Hemdes war ganz nass und Hannah fragte sich, ob er die Flüssigkeit überhaupt schluckte.

»Seit Freitagnacht liegt er so da«, sagte Manny.

Hannah hockte sich neben die alte Frau. »Wie heißt er?«

»Thibault«, flüsterte sie.

»Und Ihr?«

»Die Leute nennen mich Belle.« Sie wischte dem Mann mit einem Tuch das Kinn ab.

»Wart Ihr die ganze Zeit bei ihm?«

Sie schüttelte den Kopf. »Immer mal zwischendurch, seitdem sie ihn hierher gebracht haben. Ich konnte nicht viel für ihn tun, aber ich wollte es zumindest versuchen.«

Die alte Frau hob Thibaults Kopf und drehte ihn zu Hannah. Er hatte hinter dem Ohr eine Delle im Schädel, die so lang wie Hannahs Hand war und drei Finger breit.

»Eine Keule?«

»Aus Hickoryholz«, erwiderte eine Stimme hinter ihr. »Eine Keule so lang wie der Arm eines Mannes.«

Hannah legte ihr Ohr auf Thibaults Brustkorb, um auf seinen Herzschlag zu lauschen. Das Herz schlug schwach und unregelmäßig, weil die Wunde unter der Schädeldecke offenbar blutete und gegen den Knochen drückte.

Als sie sich wieder hinhockte, blickte Belle in die dunkelste Ecke des Raumes, wo ein junger Mann mit steinernem Gesichtsausdruck stand.

»Bring bitte das Licht hierher, Dandre.«

»Lass mich es tun.« Manny trat vor und leuchtete ihnen.

»Halt es in sein Gesicht.«

Es war ein faszinierendes Gesicht, nicht so sehr wegen der ebenmäßigen Züge oder dem wohlgeformten Mund, sondern wegen des Friedens, den es ausstrahlte. Die alte Frau hatte ihm ein Augenlid hochgezogen und im flackernden Schein der Lampe veränderte sich die Pupille nicht, sie blieb rund und starr.

»Tot?« Die alte Frau blickte sie an, und Hannah begriff jetzt, warum man sie aus dem Armenhaus geholt hatte. Nicht weil sie Belle nicht vertrauten. Sondern weil die alte Frau ihren eigenen Augen nicht mehr traute, die mit einem milchigen Schleier überzogen waren.

»So gut wie tot«, erwiderte Hannah. »Die Augen reagieren nicht mehr auf das Licht.«

Belle ließ den Kopf des Mannes sanft wieder auf die Matratze gleiten. »Dann ist auch seine Seele tot. Sein Körper weiß es nur noch nicht. Thibault war ein guter Mann.«

Hannah fing Mannys Blick auf. Er nickte ihr zu.

»Wie lange wird es noch dauern?«, fragte er.

»Höchstens einen Tag, wenn Ihr ihm kein Wasser mehr gebt. Vielleicht auch nur noch eine Stunde.«

Der junge Mann, den Belle Dandre genannt hatte, trat aus der Ecke. Im schwachen Schein der Lampe erkannte Hannah einen weiteren Sklaven von Madame du Rocher. Sie hatte ihn schon einmal in der Küche gesehen, ins Gespräch mit Mrs. Douglas vertieft. Ein gut aussehender junger Mann mit kurzen Haaren und großen honigbraunen Augen. Jetzt stand ihm die Wut im Gesicht geschrieben. Er riss Belle die Wasserkelle aus der Hand, schleuderte sie gegen die Wand und beugte sich schluchzend über den todkranken Mann.

Manny legte Hannah die Hand auf die Schulter, und sie folgte ihm in den anderen Raum.

»Es tut mir Leid«, sagte sie schließlich. Als er nichts erwiderte, legte sie ihm die Hand auf den Arm.

»Was geschieht mit ihnen?«

Er blinzelte sie an, als ob er aus einem tiefen Schlaf erwache. »Sie gehen heute Nacht fort.«

»Und du mit ihnen?«

Er nickte.

»Bringst du sie nach Norden?«

Er blickte sie scharf an. »Du solltest besser solche Fragen gar nicht erst stellen.«

Überrascht und verletzt wich Hannah zurück.

»Du musst mir noch einen Gefallen tun«, sagte er. Er zog ein zusammengefaltetes Papier aus seiner Jackentasche. Es sah aus wie ein Zeitungsausschnitt, aber Hannah konnte es in dem dämmerigen Licht im Keller nicht so genau erkennen.

»Ich suche nach einem Kind. Es kann sein, dass es irgendwo im Armenhaus ist, aber sie können die Kleine auch woandershin gebracht haben. Vielleicht ist sie ja auch schon tot. Ich möchte es auf jeden Fall wissen. Mehr an Informationen habe ich nicht.« Er ergriff Hannahs Hand und drückte das Blatt Papier hinein.

»Ich weiß nicht, ob ich ...«

Er unterbrach sie. »Wenn du einen Blick in die Aufnahmebücher werfen könntest, kannst du vielleicht feststellen, was aus ihr geworden ist. Weißt du, wo sie die Aufnahmebücher aufbewahren?«

Hannah dachte daran, wie Mrs. Sloo mit ihr an Mr. Eddys Büro vorbeigegangen war. *Ein äußerst genauer Mann, unser Mr. Eddy. Er duldet keine Nachlässigkeit. Er hält alles genau fest. Das ist viel Arbeit und so viel Papier, dass man darunter einen ausgewachsenen Mann begraben könnte.*

Mr. Eddy mit seinem blassen, ovalen Gesicht und den farblosen Augen, der sie immer so komisch ansah, wenn er ihr auf dem Flur begegnete. Was würde er tun, wenn er sie in seinem Büro entdeckte? Aber Manny wartete auf Antwort und Hannah konnte ihm seine Bitte nicht abschlagen.

»Und wenn ich einen Eintrag über das Kind finde?«

Er straffte die Schultern. »Ich glaube es eigentlich nicht, ehrlich gesagt. Ich suche jetzt schon so lange nach ihr. Aber sicher kann ich eben nur sein, wenn du in dieses Büro kommst. Mir ist das bisher nicht gelungen. Ich hoffe, du hast mehr Glück.«

»Manny«, fragte Hannah leise, »was ist das für ein Kind? Ist es deins?«

»Nein, das Selahs«, erwiderte Manny. »Aber das macht sie auch zu meiner Tochter. Ich wäre dir dankbar, wenn du etwas heraus finden könntest. Aber wenn es zu gefährlich ist, dann lass es lieber.«

»Und wenn ich sie tatsächlich finde?«

»Dann bring sie zu meinen Eltern. Und jetzt gehst du besser wieder, es ist fast vier. Wenn du meine Familie siehst, bevor ich zurückkomme, dann sag ihnen, was du heute hier gesehen hast. Sag ihnen, ich komme nach Hause, sobald diese Menschen in Sicherheit sind.«

»Können sie überhaupt irgendwo in Sicherheit sein? Und du?«

Noch bevor sie die Worte ausgesprochen hatte, bedauerte Hannah sie schon, aber zu ihrer Überraschung lächelte Manny nur. Auf einmal war er wieder der Freund ihrer Kindertage, der ihr Angeln und Pfeifen beigebracht und sie um Hilfe gebeten hatte, wenn er seinen Schwestern einen Streich spielen wollte. Es war ein sanftes Lächeln, ohne Sorge oder Wut.

»Doch, es gibt Sicherheit«, sagte er leise. »Du gehst jetzt besser. Jean wird dir den Weg zeigen.«

Hannah Bonners Tagebuch

12. Mai 1802. Am Abend

Fast den ganzen Tag heftiger Regen. Heute morgen lagen vier Eier in dem Spatzennest auf meinem Fensterbrett.
Mit der Nachmittagspost kamen drei Briefe. Einer von Curiosity mit Nachrichten von zu Hause, allerdings kein Wort über die Reisenden. Der zweite Brief war von Captain Lewis mit Grüßen vom Präsidenten und einer Liste von Fragen zu den Impfungen im Grenzland. Er hat noch eine persönliche Notiz hinzugefügt, in der er mir Gesundheit und eine gute Heimreise wünschte. Der letzte Brief war von meinem Bruder Luke. Er schreibt, dass der Earl tot ist. Er hatte ein langes, ehrenhaftes Leben, und seine Tapferkeit und Weisheit werden wir nicht vergessen. Jetzt ist der kleine Alasdair der neue Earl von Carryck. Luke schreibt auch, dass Jennet auf den Wunsch ihres Vaters hin den Verwalter Ewan Hunter heiraten soll. Wahrscheinlich schreibt sie mir auch bald einen Brief, in dem sich dieser Sachverhalt anders anhören wird als bei meinem Bruder.
Madame du Rocher hat die Stadt mitten in der Nacht verlassen. Sie hat nur einen ihrer Sklaven wieder zurückbekommen. Die anderen sind auf ewig verschwunden, sagt Mrs. Douglas. Hoffentlich behält sie recht.

14. Mai 1802. Am Abend

Heute hat Mrs. Graham, die ihre verheiratete Tochter in Boston besucht hat, den ganzen Tag auf der Krankenstation verbracht. Die Hälfte der Zeit hat sie Leuten, die kein Englisch verstehen, aus der Bibel vorgelesen, und die andere Hälfte hat sie mir im Weg gestanden. Ich habe mich nur kurz mit ihr unterhalten, da ich von ihr nicht über den Zustand meiner unsterblichen Seele befragt werden wollte. Angeblich soll sie äußerst gut und großzügig sein, aber für ihre Wohltätigkeit verlangt sie einen hohen Preis.
Schließlich hat sich Dr. Simon meiner erbarmt und mich gebeten, ihm im Krankenhaus zu assistieren. Dort haben wir den interessanten Fall einer

jungen Frau mit Harnröhrenverengung gesehen, die wir behandeln konnten. Ob das Leiden wiederkehrt oder nicht, kann man leider nicht sagen, da wir nicht in sie hineinsehen konnten ...

15. Mai. Am Abend

Wunderschönes warmes Wetter und ein warmer Wind, der den Gestank aus der Stadt bläst. Heute hat ein ungefähr fünf Jahre alter irischer Waisenknabe Dr. Savard so heftig gebissen, dass es blutete. Der Doktor wurde ganz blass, gab aber keinen Laut von sich, und er hat auch den Jungen, der eine Verbrennung am Knöchel hat, zu Ende behandelt. Als ich ihn später fragte, ob ich die Bisswunde versorgen solle, hat er mir einen so wilden Blick zugeworfen, dass ich ganz erschrocken war.
Heute früh sechs neue Impfungen.
Um drei Uhr heute Nachmittag ist Blue Harry friedlich für immer eingeschlafen. Mr. Magee ist sehr traurig über den Tod seines alten Freundes.
Heute Morgen habe ich eine Stunde auf der Säuglingsstation verbracht und heute Nachmittag noch eine weitere. Dr. Simon weiß, wo er mich suchen muss, wenn er mich braucht, sagt aber nichts dazu.

16. Mai. Am Abend

Heute kam ein Brief von Curiosity. Keine Neuigkeiten von meinem Vater und Elizabeth, aber Freund Gabriel ist friedlich eingeschlafen und beerdigt worden. Dr. Todd hat die Autopsie durchgeführt und Curiosity war dabei. Sie berichtet, dass die Lungen voller Geschwüre und völlig zerfressen waren, wie wir es erwartet hatten.
In Paradise sind auf den Feldern am Fluss Flachs, Gerste und Roggen gesät worden. Die Frauen werden in Lake in the clouds jetzt wohl Mais säen.
Heute habe ich eine junge Frau behandelt, die auf übelste Weise geschlagen worden ist. Ihre Rippen waren gebrochen und sie hatte einen Riss im Gesicht, den ich mit sechs Stichen nähen musste. Sie wird eine sichelförmige Narbe zurückbehalten. Es ist schon die vierte Frau, die in einem solchen

Zustand zu uns gekommen ist, seit ich hier bin. Als ich sie fragte, ob sie sich ihren Lebensunterhalt nicht auf andere Weise verdienen könne, als ihren Körper zu verkaufen, erwiderte sie, sie werde für ihre blauen Flecken gut bezahlt und erwarte nichts anderes.

In dieser Stadt zu leben ist für Frauen ganz besonders schwer. Dr. Savard behauptet, dass die meisten Frauen, die sich hier so durchschlagen – und das sind Tausende –, das dreißigste Lebensjahr nicht erreichen. Die meisten sterben an Krankheiten und Gewalttätigkeit, aber viele erfrieren auch jeden Winter.

20. Mai. Am Abend

Klar und warm mit einer kühlen Brise. Anscheinend ist Almanzo Freeman nicht mehr in New York City. Möge seine Reise ohne Gefahren sein.

Habe fünf Geimpfte untersucht und von einem eine Virusprobe genommen. Habe Dr. Simon und Dr. Scofield bei der Amputation eines entzündeten Beines unterhalb des Knies assistiert. Der Patient ist ein Junge, der entweder kein Englisch spricht oder einfach nicht sprechen will. Mr. Eddy führt ihn in seinem Aufnahmebuch als John Smith 24.

Mr. Matthias Greenaway, der Leiter der Straßenreinigung und Mitglied des Stadtrats, wurde in seinem Haus in der Park Avenue heute Nachmittag am Grauen Star operiert. Dr. Simon lud mich ein, zuzuschauen. Mr. Greenaway bekam so viel Opium, bis er betäubt war, und wurde dann auf einem Tisch festgeschnallt. Dr. Ellingham führte die Operation mit drei weiteren Ärzten durch. Mit einer scharfen gebogenen Nadel und mit einer ebensolchen Schere wurde ein Einschnitt in die Hornhaut vorgenommen. Einer der assistierenden Ärzte drückte dann mit einem flachen Instrument die Hornhaut von der Linse weg, während Dr. Ellingham eine scharfe Nadel zwischen Iris und Linse schob, um sie voneinander zu lösen. Schließlich wurde die Grauschicht mit sanftem Druck entfernt. Der gleiche Vorgang wiederholte sich am anderen Auge. Alles geschah sehr rasch.

Meine Großmutter Schwindender Tag misstraute den O'seronni-Ärzten, die so begierig darauf waren, mit ihren Messern in den menschlichen Körper hineinzuschneiden, aber selbst sie würde zugeben müssen, dass dies ein Wunder ist. Was kann ein Heiler Schöneres tun, als dort Licht zu schenken, wo bereits Dunkelheit geherrscht hat?

Jeden Tag spüre ich, dass meine Großmutter mir nahe ist, und manchmal spüre ich auch, dass sie enttäuscht ist, weil ich meine sanfteren Heilmethoden zugunsten der raueren O'seronni-Medizin aufgegeben habe. Ich frage sie dann, ob ich denn nicht beides haben kann, aber sie gibt keine Antwort. Ich werde mit Dr. Todd sprechen, ob eine solche Operation nicht auch bei Galileo Freeman ratsam wäre.

Heute sind wir seit einem vollen Monat in der Stadt. Ich habe mehr als dreißig Impfungen durchgeführt und von fast genauso vielen Personen Virusmaterial entnommen. Ich habe viele Operationen gesehen und bei fünf Autopsien und sechzehn Entbindungen mitgewirkt. Siebenundvierzig Menschen sind gestorben, mehr als die Hälfte davon Säuglinge oder Kinder unter zwei Jahren.

Am Broad Way blühen zahlreiche Obstbäume. In Bowling Green habe ich einen Specht entdeckt und solches Heimweh bekommen, dass ich eine Zeit lang kein Wort sagen konnte.

Wieder ein Brief von Captain Lewis, in dem er zahlreiche Fragen wiederholt, so als habe er vergessen, dass er mir bereits geschrieben hat. Auch ein Brief von Curiosity. Keine Nachrichten von meinem Vater, meiner Stiefmutter oder der Reisenden.

1. Juni. Später Nachmittag

Habe zehn Geimpfte untersucht und von dreien Virusmaterial entnommen. Sechs neue Impfungen, vier Kinder und zwei junge Männer. Dr. Simon sagt, ich sei nun bewandert in allen Phasen der Jenner-Methode. Er hat Dr. Todd geschrieben, um ihm mitzuteilen, dass meine Ausbildung jetzt abgeschlossen wäre und ich nach Paradise zurückgeschickt werden könne. In einer Woche brechen wir auf. An diesem Tag werde ich Ethan impfen, damit ich in Paradise unter Dr. Todds Aufsicht eine Virusprobe von ihm nehmen kann. Ich werde allerdings auch weiteren Impfstoff mitnehmen, falls die Impfung bei Ethan nicht anschlägt.

Dr. Simon hat mich gebeten, ihm weiter auf der Krankenstation und bei den Impfungen zu assistieren, bis wir die Stadt verlassen. Ich wüsste gar nicht, was ich tun sollte, wenn ich keine Arbeit hätte, deshalb nahm ich sein Angebot an.

Heute wurde ein neuer Patient auf die Krankenstation gebracht, den Wachtmeister auf der Straße gefunden haben. Man hatte ihn überfallen und bewusstlos geschlagen. Ungefähr fünfzig Jahre alt, seinen Händen nach zu urteilen Steinmetz oder Maurer. Dr. Simon diagnostizierte das Endstadium der Krankheit, die man Morbus venerei nennt, die von den Ärzten hier aber als Syphilis und von den Patienten als Französische Krankheit oder Französische Pocken bezeichnet wird. Ich habe diese Krankheit hier im Armenhaus in zahlreichen Ausformungen gesehen, Dr. Simon spricht jedoch nicht gerne darüber. Er hält mich für so unschuldig, dass ich nicht weiß, was zwischen Männern und Frauen vorgeht.

Dr. Savard störte sich weniger an der Tatsache, dass ich ledig bin, und war bereit, über den Fall mit mir zu sprechen, was aber wohl eher mit der Flasche Brandy zu tun hat, die in der untersten Schublade seines Schrankes im Institut aufbewahrt.

Heute war Kitty fast eine ganze Stunde lang bewusstlos, und als sie wieder zu sich kam, blutete sie erneut. Sie möchte gerne für den Rest des Sommers hier bleiben, damit sie sich weiter von Dr. Ehrlich behandeln lassen kann. Ich muss noch meinen wöchentlichen Bericht an Dr. Todd schreiben, und dieses Mal werde ich offener über den schlechten Zustand seiner Frau berichten. Er wird meinen Brief zusammen mit ihrem bekommen, was bestimmt ein ziemlicher Kontrast sein könnte. Kitty spricht und schreibt nur über Vergnügungen und Einkäufe, allerdings kommt es mir so vor, als nähme ihre Verzweiflung zu.

28 Um zehn vor drei am letzten Samstag, den
Hannah im Armenhaus verbrachte, saß sie
mit einer frisch gespitzten Feder in der Hand an ihrem Schreibtisch im Kuhpocken-Institut vor einem Blatt Papier. Sie las die
Worte, die sie gerade geschrieben hatte, noch einmal durch.

Meine Hilfe wird zumindest noch für ein paar Stunden hier
benötigt. Wenn meine Arbeit getan ist, wird mich einer
der Ärzte sicher nach Whitehall Street zurückbringen.

Die ganze Woche hatte Hannah darüber nachgedacht und
schließlich diese Worte formuliert. Auf einmal aber hätte sie den
Zettel am liebsten zerrissen und einen neuen Brief aufgesetzt. *Lie-*
ber Will und Amanda, wenn ich heute Abend um zehn nicht zu Hause bin,
findet ihr mich wahrscheinlich im Gefängnis, weil ich in Mr. Eddys Büro
eingebrochen bin, um Informationen über ein verlorenes Kind zu suchen.
Ich begehe den Einbruch aus freiem Willen, und wenn man mich vor Ge-
richt stellt, so werde ich mich damit trösten, dass ich zwar Schande über
euch gebracht, aber wenigstens ein Versprechen *einem Freund gegenüber*
erfüllt habe.
   Als Manny ihr das Blatt Papier gegeben hatte, war sie der Meinung gewesen, eine Beschreibung von Selahs Tochter zu finden.
Zu ihrer Überraschung stand jedoch etwas ganz anderes darauf; es
war ein sorgfältig abgeschriebener Brief an den Direktor des Armenhauses, Mr. Furman, einen Mann, dem sie bisher nur einmal
begegnet war und der ihres Wissens nach so wenig Zeit wie möglich im Armenhaus verbrachte.

Ich teile Euch hiermit mit, dass meine Negermagd Ruth am 5. Juli 1899
von einem weiblichen Kind namens Connie entbunden worden ist.
Hiermit gebe ich alle meine Rechte und Ansprüche auf besagtes Kind in
Übereinstimmung mit dem Freilassungsgesetz auf und übergebe das Kind
in die Obhut der Stadt. Diese Abtretungsurkunde habe ich mit eigener
Hand verfasst und unterschrieben. Am 6. Tag des Juni 1801. Albert
Vaark, Kaufmann, Pearl Street.

Die Namen Ruth und Connie waren durchgestrichen und in Mannys Handschrift durch Selah und Violet ersetzt worden.

Hannah las den Text ein Dutzend Mal, bis sie schließlich merkte, dass er auf der Rückseite eines Steckbriefes stand.

Es war ein Steckbrief, wie sie bereits Hunderte gesehen hatte und wie sie überall in der ganzen Stadt an den Türen von Schenken und Gasthäusern hingen. Sie sahen sich alle gleich: eine Beschreibung; die Umstände, unter denen der Sklave entlaufen war; das Versprechen einer kleinen Belohnung für den Finder und die Aussicht auf Höllenfeuer, ewige Verdammnis und Peitschenhiebe für den Entlaufenen.

Dieser Steckbrief zeigte jedoch noch etwas anderes: Eine Zeichnung der entlaufenen Sklavin, die dargestellt war wie eine wilde Hexe. Das soll Selah Voyager sein, dachte Hannah. Und die Belohnung war unglaublich hoch: dreihundert Dollar für das Ergreifen der entlaufenen Sklavin Ruth, die ihren rechtmäßigen Besitzer im Hafen von Newburgh ermordet hatte. Die Summe war von der untröstlichen Witwe ausgesetzt worden, stand dort, um die Sicherheit der Stadt zu gewährleisten.

Hannah fuhr mit dem Finger über die Worte auf dem Papier. Eine Frau mit dunkler Haut durfte keine Rache an dem Mann nehmen, der ihr Kind gestohlen hatte. Eine Frau mit weißer Haut durfte zwar den Tod ihres Ehemannes rächen, aber sie musste es anders benennen.

Überall am Hudson würden Leute diesen Steckbrief studieren. Die Frauen würden in selbstgerechter Empörung erschauern und von der Wildheit der Afrikaner sprechen; die Männer würden von Recht und Gesetz reden und alle würden an das Geld denken, ein Vermögen, mit dem man sich eine kleine Farm kaufen und seine Familie jahrelang ernähren konnte. Männer würden nach Norden aufbrechen, um sich die Belohnung zu verdienen, und niemand von ihnen würde je den Brief zu Gesicht bekommen, den Vaark ans Armenhaus geschrieben hatte, oder den Namen des Kindes erfahren, das seiner Mutter weg genommen worden war, weil es keinen Gewinn brachte, es aufzuziehen.

Hannah spürte, wie Wut in ihr aufstieg. Sie steckte Mannys Notiz in die Tasche und trat aus dem Büro.

Am Empfangstisch traf sie auf eine Gruppe von Jungen, die Kieselsteine gegen die Wand kickten. Sie gab einem von ihnen einen Halfpenny, damit er ihren Brief in die Whitehall Street brachte, und versprach ihm einen weiteren Halfpenny, wenn er in einer halben Stunde wieder zurück wäre.

Als er weg war, ging Hannah zu der Abteilung des Armenhauses, die sie immer ihre ganze Kraft kostete.

Die Säuglingsstation war ein fensterloser Raum voller Bettchen, und in jedem lagen drei oder sogar vier Säuglinge, die jüngsten neugeboren und die ältesten nicht älter als zwei. Gestern hatte sie dreiundfünfzig gezählt, die meisten unterernährt, viele krank und alle verlassen oder verwaist.

Tausende von Säuglingen waren in dieser Abteilung aufgenommen worden, und wahrscheinlich auch Selahs kleines Mädchen.

Als sie die Tür öffnete, schlug ihr der Geruch von ungewaschenen Windeln und Talgkerzen entgegen. Die beiden Frauen, die von sechs Uhr früh bis zum Sonnenuntergang auf der Säuglingsstation arbeiteten, nickten ihr zu. Sie waren viel zu froh über jede helfende Hand, als dass sie sich mit Hannahs Hautfarbe befasst hätten. Dies hier war kein Ort, den Mrs. Graham jemals mit ihrer Bibel besuchte; keine der Damen der Gesellschaft verbrachte ihre Zeit hier.

Mitten im Zimmer saß ein alter Mann auf einem niedrigen Hocker. Hannah kannte ihn nur als Jakob; sie hatte noch nie mit ihm geredet, weil er selbst in den zwanzig Jahren, die er sich schon im Armenhaus aufhielt, kein Wort Englisch gelernt hatte. Er verbrachte Tag und Nacht auf der Säuglingsstation.

Jetzt begann er gerade den drei Säuglingen, die er auf dem Schoß hatte, etwas vorzusingen. Stille legte sich über den Raum, während er das einzige Schlaflied sang, das er kannte. Die Kinder, die er im Arm hielt, waren immer diejenigen, denen es am schlechtesten ging, und er hielt sie so lange, bis sie starben.

Hannah schloss die Augen und dachte an ihre Großmutter Schwindender Tag, die es verstanden hatte, kranke Kinder zu trösten. Sie hörte ihre Stimme, die sagte: *Was nicht leben kann, muss sterben.*

Sie trat an das nächstgelegene Bettchen und nahm einen Säugling heraus, mit gelber Haut und zu schwach, um an ihrem kleinen Finger zu saugen, den sie ihm in den Mund schob. Jedes Kind hatte ein Schildchen an den Windeln, und auf diesem stand: *Namenloses Mädchen, Nummer 174. Geboren 25. Mai, Tod der Mutter im Kindbett. Am selben Tag von einem Nachbarn ins Armenhaus gebracht. Unter Schmerzen sollst du gebären.*

Hannah betrachtete das Kind aufmerksam, spürte aber keine Reaktion. Fast war es so, als hielte sie eine leere Hülle in den Armen. Sie trat zu Jakob und reichte ihm auch dieses Kind.

Auf der Säuglingsstation blieb sie dann so lange, wusch, fütterte und wiegte Kinder, bis alle Uhren in der Stadt sieben schlugen. Jetzt waren alle Ärzte gegangen und sie hatte keine Zeit mehr zu verlieren.

Das sagte sie auch zu dem kleinen kaffeebraunen Jungen, den sie gerade im Arm hielt und der ihr aufmerksam lauschte. Er gehörte zu den kräftigeren Kindern auf der Station und würde das Armenhaus sicher überleben.

»Ihr seid noch spät hier heute Abend.«

Hannah zog scharf die Luft ein und rang sich ein Lächeln ab. Neben ihr stand die jüngere der beiden Matronen, die hier Dienst taten. Sie war noch nicht so lange da, dass das Leid sie schon hart gemacht hatte, und ab und zu hatte Hannah sie sogar lachen hören.

»Ich habe die Zeit vergessen.« Das stimmte zwar, entsprach aber nicht ganz der Wahrheit.

»Eine junge Dame sollte Angenehmeres zu tun haben.« Die Frau streckte die Arme nach dem Jungen aus. »Ihr geht jetzt besser nach Hause.«

Ich habe noch etwas zu erledigen, hätte Hannah beinahe gesagt. Und Ihr würdet Euch wundern, wenn Ihr wüsstet, was es ist.

Den Schlüssel für das Aufnahmebüro zu stehlen, war ganz einfach. Er hing im Verschlag des Hausmeisters neben einem Dutzend anderer Schlüssel, die alle sorgfältig von Mrs. Sloo beschriftet worden waren. Mr. Magee würde gar nicht merken, dass sie den Schlüssel wegnahm, er war bereits im Bett. Hannah hörte ihn auf der anderen Seite der Wand schnarchen.

Manchmal kam abends noch einmal ein Arzt herein, um sich einen interessanten Fall anzusehen, aber selbst diese Gefahr war gebannt, weil heute Abend pünktlich um sieben eine Autopsie angesetzt war. Man hatte eine unbekannte schwangere Frau im Hafen gefunden. Dr. Simon würde sich wundern, dass Hannah sich eine solche Gelegenheit entgehen ließ, und sie würde sich morgen irgendeine Entschuldigung ausdenken müssen.

Die Tür zum Aufnahmebüro sah aus wie alle anderen Türen im Flur. Hannah zögerte einen Moment lang und lauschte auf Schritte. Dann schloss sie die Tür auf.

Da das Armenhaus völlig überfüllt war, herrschte dort niemals Ruhe. Mit klopfendem Herzen stand Hannah mitten im Zimmer und lauschte auf die vielfältigen Geräusche. Durch das einzige Fenster fiel die Abendsonne in den Raum, und der Staub, der in dem Lichtstrahl tanzte, brachte Hannah fast zum Niesen.

Genug Papier, um einen Mann darunter zu begraben, hatte Mrs. Sloo gesagt. Im Zimmer standen nur ein großer Schreibtisch und ein Stuhl, aber die Wände ringsherum waren vollgestellt mit Regalen vom Boden bis zur Decke, in denen die Unterlagen aufbewahrt wurden. Gott sei Dank waren sie alle beschriftet.

Hannah kletterte auf die Leiter und begann, alle Regale durchzusehen. Es war viel mühsamer, als sie sich vorgestellt hatte, und vor allem war es eine staubige Arbeit. Sie brauchte eine halbe Stunde für die erste Wand und hatte immer noch keinen einzigen Hinweis auf Waisen oder ausgesetzte Kinder gefunden.

Mit halbem Ohr lauschte sie ständig auf die Geräusche im Flur, und am schlimmsten wurde es, als sie Mrs. Sloos Stimme hörte. Es stellte sich jedoch heraus, dass sie kein Interesse am Aufnahmebüro hatte, sondern eine der Weberinnen im Flur wegen eines Brotlaibs verhörte, der aus der Küche verschwunden war. Immer wieder kamen Leute vorbei, und erst als die Reinmachefrau anfing, den Flur zu scheuern, wurde es stiller. Während der Arbeit sang sie in einer Sprache, die Hannah nicht kannte. Als sie ihre Putzarbeit erledigt hatte, war es beinahe schon dunkel, und Hannah hatte die Bücher mit den Lehrlingsberichten gefunden; Namen und Handwerk und die Bedingungen, zu denen ein Zögling des Armenhauses für einen Schreiner, Seilmacher oder eine Näherin arbeitete. Hunderte von Namen waren in den Büchern aufgeführt, aber keins der erwähnten Kinder war jünger als zehn Jahre.

Im letzten Lichtschein stieg Hannah von der Leiter und überlegte gerade, ob sie den Kerzenstummel auf dem Schreibtisch anzünden sollte, als vor der Tür eine vertraute Stimme aufschrie:

»Verdammt, Christus am Kreuz!«

Man hörte das Splittern von Glas und einen schweren Körper, der zu Boden fiel.

Hannah huschte in eine dunkle Ecke. Offenbar war Dr. Savard bereits von der Autopsie zurückgekommen, und jetzt war er aus irgendeinem Grund gestürzt, und man würde sie am Ende hier noch entdecken.

»Mr. Magee!«, rief er. »Mr. Magee, ich brauche Euch!«

Seine Stimme würde Mr. Magee bestimmt nicht wecken, das wusste der Arzt auch. Und seinem Tonfall nach zu urteilen schien etwas Ernstes passiert zu sein. Das bestätigte sich im nächsten Moment, als Hannah hörte, dass Savard auf einmal wesentlich leiser sagte: »Verdammt noch mal, Ihr bekommt Ärger, Mann, wenn ich hier verblute.«

Offenbar brauchte Dr. Savard Hilfe. Unschlüssig trat Hannah von einem Fuß auf den anderen. Dabei stieg eine Staubwolke auf und sie musste unwillkürlich niesen.

Draußen auf dem Flur herrschte plötzlich Stille. Dann bellte der Arzt: »Wer ist da?«

Als er am Türgriff rüttelte, überlegte Hannah, ob sie aus dem Fenster klettern sollte. Wieder musste sie niesen.

382

»Miss Bonner?«

Hannah räusperte sich. »Ja.«

»Was für ein glücklicher Zufall. Ich brauche Eure Hilfe, wenn Ihr also bitte so nett wärt und heraus kämt.«

»Ich werde ungefähr zehn Stiche brauchen«, meinte Hannah ein wenig später, als sie sich über Dr. Savards Hand beugte. »Es hätte viel schlimmer kommen können. Ihr hattet Glück.«

»Oh, sehr viel Glück«, erwiderte er. Sein Hemd war voller Blutflecken und auf seiner Stirn stand der Schweiß, aber sein Gesichtsausdruck war spöttisch und distanziert wie immer.

»Gebt mir bitte die Flasche aus der untersten Schublade; ich werde ein wenig Ablenkung nötig haben, wenn Ihr Euch ans Nähen macht.«

Ohne aufzublicken entgegnete Hannah: »Gleich, wenn ich den letzten Glassplitter herausgeholt habe.«

»Natürlich«, sagte Dr. Savard. »Ich würde nicht im Traum daran denken, Euch Mühe zu bereiten.«

Hannah ließ einen weiteren Glassplitter auf den Untersuchungstisch fallen. »Meine Stiefmutter sagt immer, wenn Männer sarkastisch werden, haben sie etwas zu verbergen.«

Er grunzte. »Ihr wisst sehr wohl, dass ich meine Meinung nicht zurückhalte. Und da wir schon von verbergen sprechen – was hattet Ihr im Aufnahmebüro zu suchen?« Als sie nicht antwortete, fügte er hinzu: »Ihr schweigt, und ich werde sarkastisch. Jedem die Waffe, die zu ihm passt, Miss Bonner.«

Hannah stellte zwei Kerzen näher heran, um die Wunde zu begutachten. Der Arzt hatte seinen Sturz mit der Hand abgefangen und dabei in die Scherben eines zerbrochenen Glasgefäßes gegriffen. Seine Handfläche war vom Handgelenk bis zum kleinen Finger zerschnitten. Von dort lief ein gezackter Riss bis zum Daumen. Am tiefsten war er auf dem Handballen, und er hatte in der Tat Glück gehabt, dass keine Arterie am Handgelenk verletzt worden war.

Hannah presste den Schnitt zusammen, um sicherzugehen, dass

383

keine Glasscherben mehr darin waren. Dr. Savard wandte den Blick ab und gab keinen Laut von sich.

»Keine Splitter mehr«, verkündete sie.

»Wenn ich Euch dann noch einmal daran erinnern dürfte ...«
Hannah zog die Schublade auf und gab ihm die Flasche, um die er gebeten hatte. Sie war noch halb voll.

»Man sollte meinen, Ihr hättet schon genug getrunken.« Sie wunderte sich selber über ihre vorwitzige Bemerkung.

Aber er war nicht beleidigt. »Und woher wollt Ihr wissen, wie viel Brandy ich schon getrunken habe, Miss Bonner?«

Hannah blickte auf. »Je förmlicher Ihr sprecht, desto mehr habt Ihr getrunken. Wenn Ihr nüchtern seid, fällt jede Dame bei Eurer Wortwahl in Ohnmacht.«

Er blinzelte sie überrascht an. »Ihr habt mich genau studiert, wie ich merke.«

»Ich möchte jetzt anfangen zu nähen«, erwiderte Hannah ausweichend. »Wenn Ihr etwas trinken wollt, dann tut es am besten gleich.«

»Würdet Ihr es vorziehen, wenn ich Laudanum nehme?« fragte er und griff mit der unverletzten rechten Hand nach der Flasche. »Oder sollte ich überhaupt nichts nehmen und den Schmerzen die Stirn bieten, wie Eure Mohawk-Krieger es tun?«

Sie bemerkte seinen herausfordernden Blick, hatte aber nicht vor, darauf einzugehen. Ruhig sagte sie: »Wie es Euch beliebt, Dr. Savard. Macht es so, wie Ihr es gewöhnt seid.«

Leise schnaubend verzog er die Mundwinkel.

Hannah begann zu nähen. Aus den Augenwinkeln sah sie, wie er die Flasche umklammerte.

»Ihr braucht nicht so kleine Stiche zu machen«, sagte er schließlich. »Mir ist es gleich, ob es eine Narbe gibt.«

»Auf diese Weise heilt es schneller«, erwiderte Hannah ruhig. »Oder war das ein Befehl?«

Er atmete geräuschvoll aus, als sei sie eine eigensinnige Schülerin und er der geplagte Lehrer.

Hannah arbeitete so rasch sie konnte, und nach einer Weile

konzentrierte sie sich so auf die Aufgabe, dass sie den Mann, dessen Hand sie bearbeitete, ganz vergessen hatte. Dass seine Finger bei jedem Stich zuckten, bedeutete nur, dass seine Nerven keinen Schaden genommen hatten; die Schmerzenslaute, die er ab und zu von sich gab, waren irrelevant.

Als sie den letzten Stich getan hatte, betrachtete sie ihr Werk. Dieses Mal wäre selbst Dr. Todd mit ihr zufrieden gewesen. Sie trat an ihre Tasche und holte eine verkorkte Flasche heraus.

Dr. Savard räusperte sich. »Und was habt Ihr damit vor?«

Sie blickte ihn an. »Damit werde ich die Wunde auswaschen. Was habt Ihr denn gedacht?«

Zu Hannahs Überraschung wurde er rot. »Ihr habt doch immer irgendeine Wurzel, ein Blatt oder eine seltsame muselmanische Medizin dabei.«

Sie musste lächeln. »Es tut mir Leid, Euch enttäuschen zu müssen, aber das hier ist leider nichts so Exotisches wie Drachenblut. Wenn ich welches hätte, würde ich es verwenden.«

Er richtete sich auf. »Ich bin ein Mann der Wissenschaft, Miss Bonner. Ich habe in Edinburgh mein Examen gemacht, was weltweit als der beste Ort gilt, um Medizin zu studieren. Eure magischen Mittel interessieren mich nicht. Also, was ist in dieser Flasche?«

Sie versuchte gar nicht erst, ihr Lächeln zu verbergen, als sie den Korken abzog und ihm die Flasche unter die Nase hielt. »Nichts Aufregendes, nur destillierte Winterblume und Ulmenrinde, damit sich die Wunde nicht entzündet.«

Dr. Savard runzelte die Stirn. »Das brennt bestimmt wie der Teufel. Ich bin nicht sicher, ob es wirklich nötig ist.«

Hannah betrachtete die saubere Naht in seiner Handfläche und dachte an den Hakim. Wie würde er wohl einen widerwilligen Patienten überzeugen, der zudem auch noch selber Arzt war? Er hätte wahrscheinlich an seine Vernunft appelliert. Curiosity hingegen würde ihn auslachen und er würde es aus Scham geschehen lassen. Für Dr. Savard schien ihr allerdings keine der Methoden die richtige zu sein.

»Nun gut«, sagte sie, »dann wollen wir mal ein kleines Experiment machen.«

Er warf ihr einen misstrauischen Blick zu. »Mit meiner Hand?«

»Hört mir bitte zu. Ihr sagt doch, Ihr seid ein Mann der Wissenschaft. Ich wasche die Hälfte der Wunde aus, von hier bis hier.« Sie fuhr mit dem Finger von der Mitte der Handfläche bis zum Gelenk.

»Wenn beide Hälften gleich schnell und gut heilen, dann gebe ich zu, dass ihr Recht hattet. Und als Mann der Wissenschaft gebt Ihr natürlich auch das Gegenteil zu, wenn sich herausstellt, dass es den Heilungsprozess beschleunigt.«

Finster blickte er sie an. »Ihr seid sehr gewitzt, Miss Bonner. Ich kann Euren Vorschlag nicht gut ablehnen, weil ich sonst störrisch und engstirnig erscheine.«

Schweigend blickte sie ihn an.

»Na gut«, knurrte er. »Ich lasse mich auf Euer kleines Experiment ein. Unter einer Bedingung.«

Zu spät erkannte Hannah, dass sie ihn unterschätzt hatte. Natürlich wäre es ihr möglich gewesen, sich jetzt einfach zurückzuziehen, aber dann hätte sie riskiert, dass sich seine Wunde verschlimmerte.

»Ihr wollt wissen, was ich im Aufnahmebüro gemacht habe?«

»Natürlich.«

»Wenn Ihr mir versprecht, niemandem etwas davon zu erzählen, dann sage ich es Euch. Aber Ihr dürft mich nicht verraten, ganz gleich, was Ihr davon haltet.«

Dr. Savard grinste nicht oft, und dass er es jetzt tat, gefiel Hannah nicht. »Ihr habt mein Interesse geweckt«, entgegnete er. »Na los, ich willige in Eure Bedingungen ein.«

Hannah ergriff seine Hand und benetzte den unteren Teil der Handfläche. Er zuckte zusammen und ließ ein heftiges Zischen hören.

Nach einer Weile sagte er: »So, jetzt habt Ihr Euer Vergnügen gehabt ...«

Hannah zog Mannys Notiz aus der Tasche ihrer Schürze und

reichte sie ihm. Während er las, packte sie die Flasche wieder in ihre Tasche und räumte den Untersuchungstisch auf, um ihn nicht ansehen zu müssen.

Als er schließlich den Kopf hob, sagte sie: »Ich versuche, eine Spur dieses Mädchens zu finden, um ihrem Vater einen Gefallen zu erweisen.«

»Wer ist ...?«

»Er ist ein Freund von mir.«

Sie sah ihm nichts an, weder Überraschung noch Missbilligung. Seine Augen waren sehr dunkel und Hannah merkte, dass sie seinem Blick nicht standhalten konnte.

Während sie seine Hand verband, schwieg Dr. Savard. Schließlich fragte er: »Hat dies etwas damit zu tun, dass Ihr heute Nachmittag für eine Stunde in der Küche verschwunden seid?«

Hannah blinzelte ihn an. »Ich muss jetzt gehen, in der Whitehall Street warten sie sicher bereits auf mich.«

»Ich bringe Euch nach Hause.« Als sie protestieren wollte, hob er seine verbundene Hand. »Ich habe nicht die Absicht, Euch unbegleitet nach Hause gehen zu lassen, Miss Bonner. Spart Euch Euren Widerspruch.«

»Wenn Ihr mir vielleicht einfach eine Mietdroschke bestellen könntet ...«

»Kommt es Euch nicht seltsam vor, dass ich noch einmal mit einem Glasgefäß heute Abend hierher vorbeigekommen bin?«

Überrascht blickte Hannah ihn an. »Darüber habe ich gar nicht nachgedacht. Ja, das ist vermutlich seltsam.«

»Heute Abend ist eine aufgebrachte Menge in den Autopsieraum des Krankenhauses eingedrungen und hat die Herausgabe der Leiche zur Beerdigung verlangt.«

»Aber ich dachte, die Leiche sei im Hafen gefunden worden?«

Dr. Savard zuckte mit den Schultern. »Anscheinend haben die Männer, die sie zur Autopsie gebracht haben, die Wahrheit ein wenig verdreht.«

»Grabräuber?«

»Diese Herren ziehen die Bezeichnung Sezierer vor. Der Ehemann der Dame war natürlich nicht erfreut und der Mob wurde recht zudringlich, um es milde auszudrücken. Sie begannen alles zu zerstören, was ihnen in die Hände fiel.«

»Wurde jemand verletzt?«

Wieder zuckte er mit den Schultern. »Nur ein paar Beulen und blaue Flecken. Markus Ehrlich zog sich ein blaues Auge zu, aber das Schlimmste daran ist, dass wir jetzt die Autopsien für eine Zeitlang woanders vornehmen müssen. Ich wollte wenigstens ein Organ fürs Labor retten, aber Ihr seht ja, ich war nicht besonders erfolgreich.«

»Ihr habt also ...« Sie brach ab und blickte auf den Fußboden, wo zwischen Glasscherben und Blut eine undefinierbare Masse lag. »Was habt Ihr gerettet?«

»Eine zyrrhotische Leber«, erwiderte Dr. Savard. Seine Mundwinkel zuckten. »Das interessierte mich in jeder Beziehung am meisten.« Er räusperte sich und betrachtete kritisch seine bandagierte Hand. »Ihr versteht also, dass ich Euch auf keinen Fall unbegleitet nach Hause gehen lassen darf.«

»Ich ziehe nur noch rasch meine Schürze aus«, erwiderte Hannah.

Alle Kutschen, die an ihnen vorbeifuhren, waren bereits besetzt. Nachdem sie eine Weile erfolglos wartend am Straßenrand gestanden hatten, holte der Arzt eine Tranlaterne aus dem Armenhaus, und sie machten sich zu Fuß auf den Weg in die Whitehall Street.

Hannah trug ihre Tasche selber, weil der Arzt in seiner gesunden Hand die schaukelnde Laterne hielt. Kaffeehäuser und Läden lagen verlassen da, lediglich in den Schenken war noch Betrieb. Ab und zu kamen sie an einem Wachmann vorbei, der die Straßen entlang patrouillierte. Kutschen holperten über das Kopfsteinpflaster, Hunde bellten, und dann und wann hörten sie Stimmen und Gelächter.

»Ich weiß nicht, wie die Leute diese ständige Geräuschkulisse in der Stadt aushalten«, sagte Hannah.

»Nein?« Dr. Savard hob den Kopf. »Auf Eurem Berg ist es in der Nacht doch sicher auch nicht völlig still, oder?«

»Nein«, erwiderte Hannah. »Natürlich gibt es auch dort Geräusche, aber nicht dieses ständige Summen.«

»Ihr würdet Euch mit der Zeit sicher daran gewöhnen«, meinte er.

»Oh nein«, erwiderte Hannah. »Ganz bestimmt nicht.« Um das Thema zu wechseln, fügte sie hinzu: »Ihr habt doch sicher Schmerzen?«

Er warf ihr einen irritierten Blick zu. »Natürlich habe ich Schmerzen, aber das geht schon vorbei. Wie die meisten Dinge.«

»Tee aus Weidenrinde würde Euch Erleichterung verschaffen.«

»Passt auf, wohin Ihr tretet.«

Sie umrundeten einen kleinen Abfallhaufen. Zwischen ein paar Lumpen saß eine Ratte.

Als sie am Laden einer Putzmacherin vorbeikamen, lösten sich zwei Gestalten aus den Schatten. Eine stieß ein heiseres Kichern aus.

»Oh, sieh mal, Susie – Dr. Savard macht einen Spaziergang. Wie schön, Euch zu sehen, Doktor.«

»Miss Susan, Miss Mariah... Guten Abend«, sagte er, ohne seine Schritte zu verlangsamen. An Hannah gewandt erklärte er: »Damen der Nacht, wie Dr. Simon immer so züchtig zu sagen pflegt. Mit anderen Worten, Prostituierte.«

Hannah blickte über die Schulter, konnte aber die Frauen nicht richtig sehen.

»Dr. Savard geht mit einer Dame spazieren, Mariah. Er hat keine Zeit für uns.« Sie schüttelten sich aus vor Lachen.

»Ich erkenne die Stimme«, sagte Hannah und ging langsamer. »Ich habe die Frau gerade gestern noch behandelt, wegen ...« Sie brach ab.

»Wegen eitrigem Ausfluss?«

»Ja.«

»Das haben viele von ihnen, deshalb kommen sie ja zu uns.«

»Aber sie sind ansteckend.«

»Ja.«

»Und ...«

»Trotzdem arbeiten sie, ja.«

»Nun«, erwiderte Hannah irritiert. »Ich habe überhaupt nicht an die Kunden gedacht. Ich dachte nur daran, wie schmerzhaft es für die Frau sein muss.«

Er zuckte mit den Schultern. »Hunger ist ein strenger Herr.«

»Ihr geht sehr kalt mit diesem Thema um, Doktor.«

Im Schein der Laterne wirkte sein Gesichtsausdruck nüchtern. »Ich ziehe den Ausdruck distanziert vor. Wenn man Armenmedizin betreibt, ist diese Einstellung notwendig. Diese Lektion habt Ihr leider noch nicht gelernt.«

»Ich lerne sie hoffentlich auch nie.«

»Ihr seid noch sehr jung.«

»Was hat denn meine Jugend damit zu tun?«

Er blickte in die Dunkelheit, als fände er dort die Antwort auf ihre Frage. »Ich war auch einmal wie Ihr. Man muss Optimismus besitzen, wenn man Mediziner ist, gerade an einem solchen Ort wie hier.«

Hannah beschleunigte ihre Schritte und erwiderte über die Schulter: »Wie reizend von Euch, mir Eure Sicht der Dinge mitzuteilen.«

In der Ferne war Lärm zu hören, unterbrochen von der Trillerpfeife eines Polizisten.

Als die Geräusche näher kamen, blieb Hannah stehen und fragte: »Ist Dr. Simon in Sicherheit?« Sie hätte die Frage schon viel früher stellen sollen, und es war ihr peinlich, dass es ihr erst jetzt einfiel.

»Ich denke schon«, erwiderte Dr. Savard, »aber wir beeilen uns jetzt besser ein bisschen.« Nach einer Weile fügte er hinzu: »Ihr hattet also kein Glück bei Eurer Suche im Aufnahmebüro?«

»Nein.«

»Ihr habt vor, bald abzureisen, nicht wahr?«

»Ja«, erwiderte Hannah, »wir brechen noch vor dem Wochenende auf. Mrs. Todd geht es nicht besser und ihr Mann möchte, dass sie nach Hause kommt.«

»Mrs. Todd ist Dr. Ehrlichs Patientin, nicht wahr? Er hat sie ab und zu erwähnt.«

Hannah nickte zustimmend. Sie wollte lieber nichts zu Dr. Ehrlich sagen, aber zu ihrer Überraschung brauchte sie das auch nicht.

»Der Mann macht ziemlich viel Wind um sich«, sagte Dr. Savard im Plauderton. »Wenn er doch nur halb so intelligent wäre.«

Hannah unterdrückte ein Lachen. Er warf ihr einen ungeduldigen Blick zu. »Als Arzt ist er eine Katastrophe, und das wisst Ihr auch.«

Hannah schwieg. Schließlich antwortete sie: »Mrs. Todd geht es jetzt viel schlechter als vorher.«

»Wie diplomatisch von Euch. Ihr könntet ihn zu Recht als Scharlatan bezeichnen.«

»Das würde ich wahrscheinlich auch tun«, erwiderte Hannah, »wenn ich mir nicht solche Sorgen um Kitty machen würde.«

»Erzählt mir ihre Krankengeschichte«, sagte Dr. Savard.

Hannah ging langsamer. »Meint Ihr das ernst? Ich wollte gerne mit jemandem über ihren Fall reden, aber Dr. Simon hatte anscheinend kein Interesse.«

»Ihr hättet mich ja fragen können«, sagte er brüsk. »Na los, Ihr habt fünfzehn Minuten.«

Er ließ sie reden und stellte nur ab und zu ein paar Fragen. Hannah erzählte ihm, was sie wusste und vermutete.

»Ich fürchte, sie wird den Sommer nicht überleben«, schloss sie.

Sie waren an Bowling Green angekommen. Die Gärtner waren am Werk gewesen und es duftete nach geschnittenem Gras. Der Park war still, aber alle Häuser darum herum waren hell erleuchtet, und vor dem Haus der Delafields stand eine Reihe von Kutschen. Sie gaben heute Abend ein Fest. Amanda und Will würden dort sein und Kitty auch, wenn sie sich stark genug fühlte.

»Miss Bonner ...«

»Ja?« Hannah zuckte zusammen.

»Ich möchte Euch etwas fragen. Ihr habt gesehen, wie viel Arbeit bei den Armen dieser Stadt auf uns wartet. Und Ihr seid bereits eine exzellente Medizinerin. Wollt Ihr Euch nicht überlegen, ob Ihr weiter hier arbeiten wollt, wo Ihr wirklich gebraucht werdet?«

Hannah war so überrascht, dass sie nichts erwidern konnte.

»Habt Ihr nichts zu sagen?«

Das Herz schlug ihr bis zum Hals. »Ich danke Euch für Eure gute Meinung von mir.«

Er wehrte ihre Bemerkung mit einer Handbewegung ab. »Nein, nein. Ich will Euren Dank nicht. Ich biete Euch lediglich die Gelegenheit, das zu tun, wofür Ihr geboren seid. Die Armen in dieser Stadt brauchen Euch. Wollt Ihr nicht bleiben?«

Der Gedanke daran, hier in der Stadt leben und arbeiten zu müssen, kam Hannah so abwegig vor, dass ihr kaum eine höfliche Antwort darauf einfiel. Schließlich erwiderte sie: »Mein Volk braucht mich auch, Dr. Savard. Wenn ich hier bliebe, ließe ich sie im Stich.«

Ungeduldig schüttelte er den Kopf, als wenn sie ihn nicht richtig verstanden hätte. »Meint Ihr die Leute in Paradise oder Euren Stamm, die Mohawk?«

»Ein paar meiner Leute sind in Paradise, andere nicht. Spielt es eine Rolle, wo sie sind oder wie sie sich nennen?«

»Ja.« Er blickte über den Park. »Natürlich spielt es eine Rolle. Ein Dorf mit hundert Einwohnern braucht wohl kaum zwei Ärzte. Es gibt Wichtigeres zu tun. Wenn Ihr allerdings bei den Mohawk leben wollt ...«

»Dr. Savard«, unterbrach Hannah ihn, »Eure Vorstellung dessen, was wichtig ist, unterscheidet sich grundlegend von meiner.«

Der Mann an ihrer Seite verwandelte sich augenblicklich wieder in den Lehrer, der er ihr in den vergangenen Wochen gewesen war. Er würde niemals ein Freund sein.

Er senkte den Kopf. »Natürlich. Ich bitte um Verzeihung, Miss Bonner.«

Sie schwiegen verlegen. Schließlich sagte Hannah. »Das Haus ist dort drüben. Danke, dass Ihr mich begleitet habt.«

»Dann bin ich also entlassen.« Erleichtert sah sie, dass sein spöttisches Lächeln zurückgekehrt war.

»Wenn Ihr darauf besteht«, erwiderte Hannah im gleichen Tonfall. »Denkt Ihr daran, Tee aus Weidenrinde gegen die Schmerzen zu trinken?«

»Wie könnte ich das vergessen?« Er hob grüßend die verbundene Hand. »Guten Abend, Miss Bonner.«

Nach ein paar Schritten drehte sie sich noch einmal um. »Ihr habt mir gar nicht Eure Meinung zu Mrs. Todds Fall gesagt.«

»Ihr habt mich nicht darum gebeten.«

»Das hat Euch früher auch nie gestört, Doktor.«

Sein Gesicht lag zwar im Dunkeln, aber sie merkte an seinem Tonfall, dass er lächelte. »Aber sie ist doch Eure Patientin.«

»Ich bitte Euch aber trotzdem um einen Rat.«

Er blickte in die Bäume und stellte dann die Frage, die sie erwartet hatte. »Ubi est morbus? Wo liegt der Krankheitsherd?«

»Der Uterus«, erwiderte Hannah. »Die Ursache ihres Leidens muss ein schlecht verheilter Riss im Uterus sein. Aber wie soll ich ihn heilen?«

»Miss Bonner, ich frage Euch noch einmal: Ubi est morbus?«

»Ist denn der Uterus nicht die Ursache ihrer Erkrankung?«, fragte Hannah erstaunt. »Woran soll es denn sonst liegen?«

»Vielleicht nicht nur am Uterus«, erwiderte Dr. Savard. »Ihr habt Euch vom Offensichtlichen täuschen lassen. Mrs. Todd braucht etwas oder jemanden, um den sie sich sorgen kann, Miss Bonner. Lenkt sie ab, und dann habt Ihr eine Chance, ihren Körper zu heilen.«

»Glaubt Ihr, die Blutungen haben einen hysterischen Ursprung?«

Er schüttelte den Kopf. »Nein, Eure Patientin ist keine eingebildete Kranke. Der körperliche Schaden besteht durchaus ...«

»Aber der Heilungsprozess muss an einer anderen Stelle einsetzen«, beendete Hannah den Satz für ihn.

Lächelnd lüpfte er mit der verbundenen Hand den Hut. »Ihr beginnt zu denken wie ein Anatom, Miss Bonner.« Das war das höchste Kompliment, das er zu vergeben hatte, und damit drehte er sich um und war verschwunden.

29 Mrs. Burroway war die ältere der beiden Matronen in der Säuglingsstation, trocken wie altes Brot und schwer zu brechen. Sie war über Hannahs Vorschlag nicht im mindesten überrascht, trat einfach an den Schreibtisch in der Ecke und schrieb ein paar Zeilen. Hannah unterschrieb das Papier und fischte ein paar Münzen aus ihrer Schürzentasche.

»Ich schicke Euch gleich Michael vorbei«, sagte Mrs. Burroway. »Ihr könnt Euch darauf verlassen, dass er die Kleine nicht fallen lässt.«

Mit dieser Zusicherung verließ Hannah das Armenhaus. Cicero hatte all ihre persönliche Habe sowie die Bücher, die medizinischen Geräte und das Impfmaterial, das Dr. Simon für Dr. Todd zusammengestellt hatte, bereits nach Hause gefahren. Auch von den Ärzten, Patienten und Mr. Magee hatte sie sich bereits verabschiedet.

»Wir werden Euch vermissen«, hatte dieser zum Schluss gesagt. »Selbst Mrs. Sloo, da könnt Ihr sicher sein. Unsere Mrs. Sloo weiß einen guten Diskurs zu schätzen, und Ihr habt ihr immer gegeben, was sie braucht.«

»Es würde ihr nicht gefallen, wenn ich hier bliebe«, hatte Hannah erwidert.

Mr. Magee hatte mit der Schulter gezuckt. »Da wäre ich mir nicht so sicher. Sie hat es gerne, wenn sie geärgert wird.«

Und so verließ Hannah das Armenhaus mit einem Lächeln auf dem Gesicht. Sie freute sich auf den Spaziergang in die Whitehall Street, heute ihre einzige Gelegenheit, alleine zu sein. Wenn sie

erst einmal im Haus angekommen war, würden alle mit dem Packen beschäftigt sein und wie die Ameisen hin und her laufen.

Und Kitty würde da sein, fordernd und jammernd, weil sie nicht
abreisen wollte.

Sie braucht etwas oder jemanden, um den sie sich kümmern kann. Lenkt
sie ab, und ihr könnt ihren Körper heilen.

Immer wieder dachte Hannah über diese Bemerkung Dr. Savards nach, als sie auf den Broad Way einbog. Auf einmal war
alles mit Menschen verstopft.

Sie fragte eine Verkäuferin, was los sei, aber die blickte sie nur
verständnislos und stumm an. Anscheinend hatten viele Leute in
der Stadt noch nie eine Indianerin gesehen und dachten offensichtlich, dass sie auf Grund ihrer Hautfarbe auch nicht sprechen
könne.

Ein Junge aus dem Armenhaus lief vorbei und sie hielt ihn auf,
damit er ihr erklärte, was hier vor sich ginge. Er sagte ihr, die Tammany Hall Parade begänne gerade, und war wieder in der Menge
verschwunden, bevor sie ihm noch eine weitere Frage stellen
konnte.

Was auch immer die Tammany Hall Parade sein mochte, sie war
anscheinend so beliebt, dass die ganze Stadt auf den Beinen war.
Hannah wurde von der Menge mitgezogen und sah keine Möglichkeit, dem Strom von Menschen zu entkommen. Sie musste sich
wohl ebenfalls die Parade anschauen, ob sie nun wollte oder nicht.

Als sie an einer Reihe wartender Kutschen vorbeikam, hob ein
großer Mann grüßend die Hand. »Miss Bonner! Mrs. Kerr fragt,
ob Ihr Euch die Parade mit ihr anschauen möchtet.«

Hannah beschattete die Augen gegen die Sonne. Dort saß Mrs.
Kerr und winkte so heftig mit einem Taschentuch, dass die Strau-
ßenfedern auf ihrem Hut wackelten.

Eigentlich wollte Hannah ja nach Hause, aber da sie hier fest-
steckte, konnte sie sich genauso gut zu Mrs. Kerr in die Kutsche
setzen. Als sie auf den Samtpolstern Platz genommen hatte, sagte
die alte Dame zu ihr:

»Ist das nicht wunderbar? Ich hatte so gehofft, Euch noch einmal zu sehen, bevor Ihr wieder nach Hause fahrt. Seht mal, jetzt fängt die Parade an.«

Ein nicht enden wollender Zug von Menschen, die wie Indianer bemalt und in hirschlederne Leggings und Jagdhemden gekleidet waren, zog an ihnen vorbei. Was Hannah jedoch wirklich den Atem raubte, waren die Masken, die einige trugen. Sie waren ihr so vertraut wie die Gesichter ihrer Familie: keine einzige von ihnen war von weißen Händen gefertigt und jede hatte eine heilige Bedeutung.

»Lachender Bettler«, flüsterte Hannah.

»Was habt Ihr gesagt?« Mrs. Kerr wandte sich zu ihr.

»Diese Maske«, erwiderte Hannah und zeigte darauf, »heißt ›Lachender Bettler‹. Mein Onkel hat auf dem letzten Ahornfest eine solche Maske getragen.«

Um böse Geister zu vertreiben, wollte sie noch hinzufügen, aber ihre Stimme ging unter in den Gesängen, die jetzt ertönten.

Dann war diese Gruppe vorüber, und eine kleinere Gruppe von Männern zog in gemessenem Schritt vorbei, gefolgt von einer Schar, die von einem Mann mit einem mächtigen Bauch angeführt wurde. Hinter ihm ging eine Frau, die fast so groß war wie er, und Hannah erkannte Virginia Bly aus dem Bull's Head. Die drei jüngeren Frauen, die sie begleiteten, hatte Hannah zwar noch nie gesehen, aber sie vermutete, dass es ihre Töchter waren. Alle vier Frauen waren in feinstes Rehleder gekleidet, das üppig mit Perlen bestickt war.

Die Prozession war zum Stehen gekommen. In der Mitte der Straße stand ein großes Holzpodest, und der dicke Mann bestieg es. Seine Wangen waren mit roten, gelben und schwarzen Streifen bemalt, und während seine Kleidung halb westlich, halb indianisch war, war sein Kopfputz der eines großen Kriegers, eines Sachem, der zahlreiche Schlachten für sein Volk gewonnen hatte. Frauen wie Virginia Bly, wie Hannahs Mutter und Großmutter hatten viele Stunden zusammengesessen, um diesen Kopfputz anzufertigen. Hannah verspürte den Impuls, zu ihm hinzulaufen und ihn dem Mann vom Kopf zu reißen.

Er erhob seine Stimme, die sonor und laut über die Menge erschallte:

»Meine Freunde! Lasst uns die Köpfe neigen und des Großen Sachems der dreizehn vereinten Feuer gedenken. Möge er weiterhin unter dem Schutz des Schöpfers stehen, des Großen Geistes, der ihn auserwählt hat. Möge die Weisheit des Sachems seinen Ruhm verbreiten.«

Langsam begann sich die Menge zu zerstreuen. Als Mrs. Kerr mit ihrem Stock an den Kutschbock klopfte, zuckte Hannah zusammen. Das Schauspiel hatte sie so gefesselt, dass sie ganz vergessen hatte, wo sie war.

»George, fahrt los, sobald Ihr könnt. Bringt uns aus der Menge heraus an die Küste. Miss Bonner braucht ein wenig frische Luft.«

»Ich möchte lieber zu Fuß nach Whitehall gehen«, sagte Hannah.

»Ach ja? Durch die Menschenmassen?« Mrs. Kerr warf einen Blick auf die Straße. »Würdet Ihr nicht lieber ein wenig mit mir ausfahren und die Geschichte von Virginia Bly und ihren Töchtern hören? Euer Gesicht verrät Euch, meine Liebe, Ihr braucht mich gar nicht so überrascht anzuschauen.«

»Warum sollte ich denn etwas über Virginia Bly und ihre Töchter hören wollen?« wandte Hannah ein.

»Spielt nicht die Unschuldige, Miss Bonner. Wenn Ihr die Geschichte wirklich nicht hören wollt, fahre ich Euch auf der Stelle in die Whitehall Street.« Sie musterte Hannah prüfend und sagte dann befriedigt: »Na also, ich dachte es mir doch.«

Eine Weile saß Mrs. Kerr schweigend in der Kutsche, während sie am Fluss entlangfuhren, und blickte auf die Schiffe. Hannah wagte es nicht, Fragen zu stellen, weil sie gar nicht wusste, wo sie anfangen sollte.

Schließlich blickte Mrs. Kerr sie an.

»Ich sehe mir solche Paraden an, weil es mich amüsiert, wie Männer sich zum Narren machen, aber Euch hat es bestimmt beleidigt.« Wieder schwieg sie.

»Mrs. Kerr ...«

»Virginia Bly hatte fünf Töchter«, begann die alte Dame, als hätte Hannah nichts gesagt. »Die drei jüngsten habt Ihr heute gesehen. Es gibt zahlreiche Gerüchte über die drei; so heißt es, ihre Mutter würde sie in einem Zimmer einsperren, dessen Fenster zugenagelt sind. Dieses Gerücht stimmt zufällig. Ihre beiden ältesten Töchter sind davongelaufen, wisst Ihr, und die übrigen drei will sie unbedingt festhalten. Der Mann, der auf dem Broad Way die Rede gehalten hat, ist ihr Ehemann, der Gastwirt im Bull's Head, wo Will Spencer Euch an dem Nachmittag hingeführt hat, als er Euch von Libertas erzählte. Habt Ihr geglaubt, er würde uns nichts davon sagen? Wir sind darauf angewiesen, aufrichtig zueinander zu sein, Miss Bonner, und deshalb hat er uns natürlich davon berichtet. Ihr müsst wissen, dass Libertas Harry Bly sehr genau beobachtet. Ich kann Euch zum Beispiel sagen, dass er gestern Micah Cobb bei einer Versammlung der Sklavenjäger vertreten hat. Mr. Cobb hat sich auf den Weg nach Norden gemacht, um eine gemeinsame Freundin von uns aufzuspüren. Ihr macht Euch sicher Sorgen um diese Freundin, aber ich kann Euch leider im Moment nichts Neues berichten. Was ich Euch jedoch erzählen kann, ist die Geschichte von Virginia Blys ältester Tochter Jenny, die Liam Kirbys Frau ist.«

Hannah errötete. »Da Ihr so offen mit mir sprecht, Mrs. Kerr, verzeiht Ihr mir hoffentlich, wenn ich Euch ebenso offen antworte. Ich habe kein besonderes Interesse daran, mit Euch oder sonst jemandem über Liam Kirby oder seine Frau zu reden.«

Lachend lehnte sich die alte Dame zurück. »Eines Tages muss ich Eure Stiefmutter einmal kennen lernen, um sie zu Eurer Erziehung zu beglückwünschen. Man findet selten bei einer jungen Dame eine so rasche Auffassungsgabe. Ich gebe gerne zu, dass ich meine Geschichte ungeschickt angefangen habe ...«

»Ihr hättet besser gar nicht damit anfangen sollen«, unterbrach Hannah sie. »Dies ist ein persönliches Thema, und ehrlich gesagt bin ich überrascht und enttäuscht, dass Will Spencer Euch davon erzählt hat.«

»Jetzt zieht Ihr die falschen Schlüsse, Miss Bonner«, erwiderte Mrs. Kerr scharf. »Will Spencer hat mir keineswegs etwas Vertrauliches mitgeteilt. Was ich von Euch weiß, weiß ich von Liam Kirby selber.«

Hannah wurde blass. Sie öffnete den Mund, aber es kam kein Ton heraus.

»Soll ich fortfahren?«

»Ich bin mir nicht sicher.«

»Nun, ich fange jetzt von vorne an. Ihr könnt mich an jedem Punkt aufhalten, aber ich bezweifle, dass Ihr das tun werdet. Bestimmt fragt Ihr Euch, woher ich Liam kenne, weil wir nicht den gleichen Kreisen angehören. Und Ihr habt natürlich auch Recht, aber Ihr wisst nicht, dass mein verstorbener Mann eine kleine Handelsschiffflotte besaß und es liebte, sich ab und zu selber um die Geschäfte zu kümmern und zur See zu fahren. Im Grunde seines Herzens war er ein kleiner Junge geblieben, was bei Männern, die keine Kinder haben, häufig der Fall ist. Mr. Kerr träumte immer davon, Seemann zu werden, aber sein Vater erlaubte ihm nicht, zur Marine zu gehen. Also entschädigte er sich in späteren Jahren dadurch, dass er auf seinen eigenen Schiffen mitfuhr. So haben sich Mr. Kerr und Liam Kirby kennen gelernt, auf einer Fahrt zu den Gewürzinseln. Er hat Euch bei seinem Besuch in Paradise sicher von seinen Jahren auf See erzählt.«

Hannah warf ein: »Ihr wusstet von Liams Besuch in Paradise?«

Mrs. Kerr schüttelte den Kopf. »Miss Bonner, wenn Ihr mich unterbrecht, werden wir am Ende beide nicht mehr wissen, was ich gerade erzählen wollte. Also, ich wollte gerade sagen, dass sich Mr. Kerr und Liam an Bord der *Nutmeg* kennen gelernt haben. Zuerst fiel Mr. Kerr der rote Hund auf – er liebte Hunde, müsst Ihr wissen. Es gab einmal eine Zeit, da hatten wir sechs Hunde, einer größer als der andere. Hunde sind tröstliche Gefährten, aber ich persönlich möchte sie nicht im Bett haben. Aber ich schweife ab ...

Nun, als das Schiff nach New York zurückkehrte, brachte Mr. Kerr Liam und seinen Hund mit in die Park Street. Mein Gatte war ein unkonventioneller Mann, Miss Bonner, sonst hätte er mich auch nicht zur Frau genommen. Was ihn interessierte, musste er bei sich haben, und in der Folge verbrachte der junge Liam viel Zeit bei uns, wenn er nicht gerade zur See fuhr. Ich mochte ihn sehr.«

»Und er hat Euch von Lake in the Clouds erzählt?«

»Mit der Zeit erzählte er auch von seinem Zuhause«, erwiderte Mrs. Kerr, »aber nicht besonders viel. Die meiste Zeit redete er über seinen Bruder, Euren Vater und dass Ihr nach Schottland verschwunden wäret.

Ich möchte Euch jetzt keine Einzelheiten berichten, aber auf jeden Fall sprach er häufig von Euch und er glaubte, Euch für immer verloren zu haben. Dann kam er nach langer Zeit wieder einmal zurück – ich glaube, er war in China gewesen – und traf Jenny Bly.

Damit war es mit der Seefahrt vorbei. Er suchte sich eine Arbeit hier in der Stadt, die meiste Zeit als Schreiner, und besuchte die Blys zweimal in der Woche, oder zumindest versuchte er es. Virginia Bly nahm sein Interesse an ihrer Tochter nicht besonders ernst. Ein junger Mann ohne Verbindungen oder Aussichten kam für keine ihrer Töchter in Frage. Aber Jenny ermutigte ihn soweit, dass seine Hoffnung am Leben blieb. Wahrscheinlich tat sie das nur, um ihre Mutter zu ärgern, die endlich passende Ehemänner für die Mädchen gefunden hatte. Jenny war für Mr. Hufnagel bestimmt – einen deutschen Kaffeehändler, der neu in der Stadt war, verwitwet und zwei Mal so alt wie sie. Ein Weißer mit Vermögen, das war ihr Ziel. Ein Mann, der bereit war, eine rothäutige junge Frau mit einer ansehnlichen Mitgift zu heiraten.

Jeden Tag hörte Mr. Kerr sich an, welche Fortschritte oder Rückschritte Liam bei Jenny Bly machte. Liam hatte ein Zimmer über unseren Ställen gemietet, und da sich Mr. Kerr damals schon ziemlich krank fühlte, waren ihm die häufigen Besuche Liams ein großer Trost. Er hing sehr an dem Jungen. Und ich auch, muss ich zugeben.

Schließlich hielt Virginia Bly den Zeitpunkt für gekommen, um zu handeln, und kündigte ihren Töchtern an, dass sie in Kürze heiraten würden. Und da liefen beide weg. Liam war außer sich vor Sorge.«

Mrs. Kerr blickte Hannah an. »Bis jetzt ist an dieser Geschichte nichts Ungewöhnliches, denkt Ihr bestimmt. Eine junge Frau begehrt gegen die Wahl ihrer Eltern auf. Aber Bly war so aufgebracht darüber, dass sie es gewagt hatten, sich seinen Wünschen zu widersetzen, dass er einen Preis auf ihren Kopf aussetzte. Genau das tat er und er schickte Micah Cobb hinter ihnen her, als seien sie streunende Hunde. Und Mr. Cobb brachte sie natürlich innerhalb von zwei Tagen wieder nach Hause. Er versteht sich sehr gut auf sein Metier.«

»Mrs. Kerr ...« Hannah konnte es kaum ertragen, die Geschichte zu Ende anzuhören. »Wenn Ihr bitte ...«

»Soll ich auf den Punkt kommen? Ich bin gleich fertig, Miss Bonner. Die Kaufleute, die Virginia Bly für ihre Töchter besorgt hatte, verschwanden natürlich bei dem Skandal. Deshalb verheiratete sie eine Tochter, Jane, an Micah Cobb − der sie an Händen und Füßen gebunden wie ein Kalb nach Hause zerren musste. Jenny war Micahs Bruder Jonah versprochen − einem widerlichen Kerl −, aber es gelang ihr, wieder zu fliehen, und als sie am nächsten Tag zurückkam, war sie Liam Kirbys Frau.«

»Wartet«, sagte Hannah und rieb sich die pochenden Schläfen, »Jenny Bly hat Liam geheiratet, um die Pläne ihrer Eltern zu durchkreuzen?«

»Liam sieht es nicht so..., aber ja, das ist auch meine Schlussfolgerung.«

»Also hat sie mit ihrer Familie gebrochen, weil sie Liam gegen den Willen ihrer Eltern geheiratet hat«, sagte Hannah. »Ist das der Punkt?«

»Nein«, sagte Mrs. Kerr und umklammerte den Knauf ihres Stocks. »Nein, darum geht es nicht. Ihr seid manchmal recht ungeduldig, Miss Bonner.«

»Verzeihung. Bitte fahrt fort.«

»Drei Monate, nachdem die jungen Frauen verheiratet waren, verschwanden sie erneut.«

»Sie sind wieder weg gelaufen«, meinte Hannah. »Das ist doch nicht weiter überraschend.«

»Ich habe nicht gesagt, dass sie weggelaufen sind, ich sagte, sie verschwanden.«

Die alte Frau fächelte sich mit der Hand Luft zu. »Liam glaubt, sie seien weggelaufen, und die meisten Leute in der Stadt scheinen das auch anzunehmen. Auf jeden Fall gelang es keinem der Sklavenjäger, Jenny oder Jane jemals zu finden.«

»Meint Ihr, sie sind tot? Ermordet?«

»Das wäre eine Möglichkeit«, erwiderte Mrs. Kerr. »Ich weiß jedoch mit Gewissheit, dass Liam damit nichts zu tun hat. Er wird nicht ruhen, bis seine Frau wieder bei ihm ist.«

»Eine armselige Entschuldigung, um Kopfgeldjäger zu werden«, warf Hannah ein.

»Ja, da habt Ihr Recht, das entschuldigt gar nichts«, stimmte Mrs. Kerr ihr zu.

Vor Hannahs geistigem Auge stieg das Bild der fremden Frau auf, die mit ihrem toten Kind in der Küche am Tisch gekauert hatte. »Mrs. Kerr«, sagte sie langsam, »könnt Ihr mir Jenny beschreiben?«

Zum ersten Mal seit dem Beginn des Gesprächs wurde Mrs. Kerrs Gesicht weich. »Ihr habt ja ihre jüngeren Schwestern gesehen, und sie sieht ihnen sehr ähnlich. Sie hat genauso dunkle Haare und Haut. Allerdings hat sie außergewöhnlich schöne grünbraune Augen.«

»Wie groß ist sie? So groß wie ich? Oder wie ihre Mutter?«

Mit zusammengekniffenen Augen blickte Mrs. Kerr aus dem Fenster, als versuche sie, sich zu erinnern. »Ich glaube, sie ist größer als Ihr. Nicht ganz so groß wie ihre Mutter, aber ich habe auch noch nie eine Frau gesehen, die so groß war wie Virginia Bly. Warum fragt Ihr?«

»Im Armenhaus tauchte neulich eine junge Frau auf«, erwiderte Hannah. »Aber sie war sehr klein.«

»Ah.« Mrs. Kerr schüttelte den Kopf. »Ich verstehe. Das war ganz bestimmt keine von den Bly-Töchtern.«

In Hannah stieg Beklommenheit auf. »Mrs. Kerr, ich weiß ehrlich gesagt nicht, was ich mit dieser Geschichte anfangen soll.«

Die alte Dame lächelte. »Dann behaltet sie im Kopf, bis Ihr es wisst«, erwiderte sie.

Am Nordende des Parks stieg Hannah aus der Kutsche, damit sie wenigstens noch ein paar Minuten allein sein und die Fassung wiedergewinnen konnte, bevor sie nach Hause kam. Was war das nur für eine Stadt, in der es Menschen wie Virginia Bly und Micah Cobb gab, die Liam in einen solchen Mann verwandelt hatten?

Mrs. Douglas wartete auf sie in der Halle und blickte ihr besorgt entgegen.

»Jemand aus dem Armenhaus wartet auf Euch in der Küche.« Von dorther drang ein jämmerlicher Laut, und Mrs. Douglas zuckte zusammen.

Plötzlich fiel Hannah wieder ein, warum sie eigentlich sofort hätte nach Haus gehen müssen. »Hat er den Säugling gebracht?«

Mrs. Douglas nickte. »Ja. Er hat gesagt, man habe ihn dafür bezahlt, das Kind zu Euch zu bringen, und er wollte nicht warten. Wollte das Kind einfach so abgeben wie ein Paket oder einen Korb mit Äpfeln. Ich habe ihm gesagt, er solle besser auf Euch warten, Miss Hannah, weil ich dachte, das sei sicher ein Irrtum. Habt Ihr Fieber?«

Mrs. Douglas faltete die Hände vor der Schürze. *Weil sie mir gerne die Hand auf die Stirn legen möchte, es aber wegen ihrer Hautfarbe und wegen meiner nicht wagt,* dachte Hannah. Und so plötzlich, wie die Wut auf diese Stadt und die Menschen hier in ihr aufgestiegen war, verschwand sie auch wieder, weil Hannah klar wurde, was sie diesen Menschen für ihre Freundlichkeit und Großzügigkeit schuldete. Was auf den Straßen passierte, war etwas anderes. Hier in diesem Haus jedoch hatte ihre Wut nichts zu suchen.

»Es ist kein Irrtum und ich habe auch kein Fieber«, sagte sie. »Aber ich kann es Euch jetzt nicht erklären, Mrs. Douglas. Es tut mir so Leid, das Ihr Euch Sorgen gemacht habt, ich wollte nicht so spät kommen. Jetzt muss ich sofort zu Kitty gehen und ihr das Kind bringen.«

Plötzlich begriff Mrs. Douglas und sie warf Hannah einen bewundernden Blick zu. »Natürlich«, sagte sie. »Ich verstehe.«

Kitty lag auf ihrem Bett. Sie trug immer noch ihr Nachtgewand und ihr Gesicht war geschwollen vom vielen Weinen. Als Hannah eintrat, setzte sich Kitty auf und drückte sich ein Kissen an die Brust. In der hellen Nachmittagssonne hatte ihre Haut einen bläulichen Schimmer, der Hannah überhaupt nicht gefiel.

»Ich weiß nicht, wie ich ohne Dr. Ehrlich zurechtkommen soll, Hannah. Das weiß ich wirklich nicht. Gerade erst habe ich angefangen, mich besser zu fühlen. Richard hat überhaupt kein Mitgefühl.«

Hannah nickte verständnisvoll und sagte: »Mrs. Douglas lässt fragen, ob du die Brühe gegessen hast, die sie hinaufgeschickt hat«

»Ich habe keinen Appetit und ich lasse mich auch nicht zum Essen zwingen«, erwiderte Kitty störrisch. Sie warf Hannah einen wütenden Blick zu, ihr Gesichtsausdruck veränderte sich jedoch rasch, als sie sah, dass Hannah etwas im Arm hielt.

»Was hast du da?«

Hannah setzte sich auf die Bettkante. »Das ist wirklich ein Dilemma, Kitty, und ich brauche deinen Rat.« Sie schlug die Decke zurück und enthüllte das runzelige Gesichtchen eines Neugeborenen. Dunkelrote Härchen kamen unter einem schäbigen Musselinhäubchen hervor, und auch die feingezeichneten Augenbrauen waren von dieser Farbe. Die Augen würden bestimmt einmal braun werden.

Hannah strich dem Kind mit dem Finger über die Stirn. »Ihre Mutter kam aus Südengland, wie Elizabeth. Sie hieß Margaret White. Ihr Mann ist während der Überfahrt an einem Fieber gestorben, und sie ist im Armenhaus gelandet, weil sie sich nicht ernähren konnte.«

»White«, wiederholte Kitty. Sie starrte das Kind an, als habe sie noch nie eins gesehen.

Hannah fuhr fort: »Mrs. White ist im Kindbett gestorben. Ich kannte sie ein wenig, sie wollte sich und ihre Tochter als Näherin durchbringen.«

»Ein kleines Mädchen?«, fragte Kitty, ohne Hannah anzusehen.

»Ja.«

»Ist sie gesund?«

Hannah hob die Schultern. »Sie ist sehr klein, aber ihr Herz ist stark und sie hat keine Atemprobleme. Und sie trinkt fleißig.«

Kitty errötete, als sie nach der kleinen Hand griff, die unter der Decke hervorlugte.

»Hat sie schon einen Namen?«

»Im Armenhaus bekommt ein Kind erst einen Namen, wenn es sechs Monate alt ist.« *Wenn es überhaupt sechs Monate alt wird,* dachte Hannah. »Aber wenn sie dort bleibt, wird sie Ann heißen.«

»Sie sieht überhaupt nicht aus wie eine Ann«, meinte Kitty.

Das kleine Mädchen schaute aufmerksam umher. Dann öffnete es den Mund zu einem perfekten O und stieß einen durchdringenden Schrei aus.

»Sie hat Hunger«, sagte Kitty.

»Vor einer Stunde hat sie Ziegenmilch bekommen. Ich habe Mrs. Douglas gebeten, noch welche zu besorgen.«

Kitty verzog missbilligend den Mund. »Von Ziegenmilch bekommt sie Bauchweh. Mrs. Douglas soll besser nach einer Amme schicken.«

Der Säugling kniff die Augen zusammen und begann, jämmerlich zu schreien.

»Am besten nennen wir sie nach ihrer Mutter. Margaret White ist ein hübscher Name.« Kitty warf Hannah einen nervösen Blick zu. »Natürlich nur, wenn Elizabeth damit einverstanden ist. Du hattest doch vor, sie nach Lake in the Clouds zu Elizabeth und Nathaniel zu bringen, oder?«

Hannah unterdrückte ein Lächeln. »Es gibt so viele Kinder auf der Säuglingsstation«, sagte sie. »Ich dachte, wenn ich nur einem helfen könnte ... glaubst du, ich habe richtig gehandelt? Ich bin mir nicht sicher, wie Elizabeth zu einem weiteren Kind stehen würde, vor allem zu einem Säugling.«

»Du kennst doch Elizabeth, Hannah. Wenn sie helfen kann, lässt sie kein Kind im Stich. Natürlich hast du das Richtige getan.«

Kitty streckte ihre Arme nach dem Kind aus. Sie waren voller Einschnitte, wo Dr. Ehrlich sie zur Ader gelassen hatte. »Darf ich sie halten?«

Kaum lag das Kind in Kittys Armen, wimmerte es nur noch leise.

»Sie hat solchen Hunger«, flüsterte Kitty. »Wenn ich doch nur Milch hätte ...«

Hannah trat zur Tür. »Vielleicht hast du ja noch Milch, Kitty. So lange ist es ja noch nicht her. Ich rede mit Mrs. Douglas. Brauchst du noch etwas?«

Kitty war bereits dabei, den schreienden Säugling auszuwickeln, um ihn zu betrachten. »Ja, wir brauchen Windeln und ein wenig anständige Wäsche, dieses Häubchen ist entsetzlich. Bitte doch Amanda, zu mir zu kommen. Sie hat bestimmt noch etwas Passendes. Und ich brauche Suzannahs Hilfe. Ich möchte mich anziehen.«

Im Stillen dankte Hannah Dr. Savard, als sie die Treppe hinunter ging. Will sprang auf, als sie in sein Arbeitszimmer trat.

»Du liebe Güte«, sagte er, »so aufgeregt hast du ja noch nie ausgesehen. Was ist das für ein Säugling? Mrs. Douglas war völlig außer sich. Stimmt irgendetwas nicht mit Kitty?«

»Nein, es ist alles in Ordnung«, unterbrach Hannah seinen Redefluss. »Seit dieser Minute habe ich neue Hoffnung für Kitty.«

Will setzte sich wieder und blickte sie nachdenklich an. »Du hast einen Ausdruck im Gesicht wie Tante Merriweather damals, als sie Lydias Verlobung verkündete. Dir muss ein großer Wurf gelungen sein. Erzählst du es mir?«

Hannah lächelte ihn an. »Ich habe mir solche Sorgen um Kittys körperlichen Zustand gemacht, dass ich gar nicht an ihre Seele gedacht habe. Das Volk meiner Mutter weiß, dass eine verwundete Seele die Heilung des Körpers verhindern kann, aber ich habe nicht mehr daran gedacht, weil ich so mit meiner Arbeit im Armenhaus beschäftigt war.«

»Und wie ist es dir auf einmal wieder eingefallen?«

»Jemand hat mich daran erinnert«, erwiderte Hannah. »Ein Lehrer. Ein Freund.«

30

»Ich weiß, dass dieser lange Besuch manchmal anstrengend war, aber ich hoffe, du wirst die Stadt zumindest ein bisschen vermissen.«

Hannah blickte zu Will Spencer, der an der Reling der Good News stand, die Hände auf dem Rücken verschränkt und den Blick in die Ferne gerichtet. In wenigen Minuten würden die letzten Kisten an Bord gebracht werden. Kitty und Amanda waren bereits mit der Amme unter Deck gegangen, um sich die Schlafkajüte anzusehen und das Kind hinzulegen, das jetzt in feinstes Musselin und Spitze gehüllt war. Auch die Jungen waren nicht zu sehen, sie erkundeten gemeinsam das Schiff.

Am Hafen war es genauso laut und lärmend wie bei ihrer Ankunft, und da Hannah nicht guten Gewissens behaupten konnte, dass es ihr Leid täte abzureisen, sagte sie: »Ich werde dich und die anderen in Whitehall Street sehr vermissen.«

Will lachte. »Du bist sehr diplomatisch.«

»Das hat Dr. Savard vorgestern auch zu mir gesagt, als er mich nach meiner Meinung über Dr. Ehrlich gefragt hat.« Hannah blickte über den Fluss. »Er meinte, ich hielte mit meiner wahren Meinung hinter dem Berg.«

»Und stimmt das?«

Sie überlegte. »Ja. Aber bei dir brauche ich das nicht, deshalb sage ich dir, was ich vermissen werde und was nicht.

Dr. Ehrlich und seine Vorliebe für den Aderlass werde ich nicht vermissen, aber die Gespräche, die wir beide jeden Morgen beim Frühstück geführt haben, die werde ich vermissen. Die Art, wie die Leute mich auf der Straße anstarren oder was sie bei meinem Anblick murmeln, wird mir nicht fehlen, dagegen aber, dass Amanda mich jeden Abend gefragt hat, wie mein Tag war. Ich werde Mrs. Douglas vermissen, aber nicht Mrs. Sloo. Ich werde es vermissen, im Armenhaus und im Krankenhaus zu arbeiten, weil ich dort so viel gelernt habe und noch viel mehr lernen könnte. Die Säuglingsstation im Armenhaus wird mir nicht fehlen, aber ich werde davon träumen. Der Gestank auf den Straßen wird mir auch nicht fehlen, aber es wird mir fehlen, am Fluss entlangzugehen. Dr. Simons Bibliothek und die Zeitung jeden Tag werden mir fehlen, aber Dr. Simon selbst trotz seiner Großzügigkeit nicht, da er sich nie wirklich wohl mit mir gefühlt hat. Ich werde es vermissen, dass Mrs. Douglas immer Lavendelsäckchen zwischen meine Kleider gelegt und dafür gesorgt hat, dass ich jeden Tag ein frisches Taschentuch dabei hatte. Und mir werden die gerösteten Erdnüsse fehlen, die ich manchmal bei dem kleinen Mann an der Ecke gekauft habe, weil sie sehr gut waren und weil er blind ist und mir nie eine dumme Frage gestellt hat. Reicht das?«

Will hob abwehrend beide Hände und lachte gutmütig. »Dann lass mich dir eine andere Frage stellen. Hast du alles erreicht, was du erreichen wolltest?«

»Genau diese Frage habe ich in mein Tagebuch geschrieben«, erwiderte Hannah. »Bei manchen Dingen habe ich sogar mehr erreicht, als ich zu hoffen wagte.«

Früher einmal hatte Hannah gedacht, dass Will viel zu sehr Gentleman wäre, um in sie zu dringen, aber mittlerweile wusste sie, dass er durchaus in der Lage war, ein Gespräch so zu steuern, dass er die Dinge erfuhr, die er wissen wollte. Seitdem er ihr den Bull's Head gezeigt hatte, war Liam nie wieder zwischen ihnen erwähnt worden, aber jetzt hing sein Name förmlich in der Luft.

»Ich habe gestern Mrs. Kerr getroffen«, sagte sie.

Will wippte auf den Fersen. »Ja, das habe ich mir gedacht. Hat sie dir erzählt, was du über Liam wissen wolltest?«

Hannah blinzelte in die Sonne. »Sie hat mir alles erzählt. Und gar nichts.«

Sie schwieg, weil sich auf dem Dock zwei Männer anfingen zu prügeln. Als man die beiden Streithähne voneinander getrennt hatte, fuhr sie fort: »Glaubst du auch, dass Jenny Kirby und ihre Schwester weggelaufen sind?«

Will legte zwei Finger an den Nasenrücken, wie er es immer tat, wenn er sich unbehaglich fühlte. »Ich weiß es wirklich nicht«, sagte er schließlich.

»Dann habe ich nur noch eine Frage«, meinte Hannah. »Ist Liam wirklich ein Sklavenjäger oder tut er nur so, weil er nach seiner Frau sucht?«

Will stieß die Luft aus. »Die Antwort darauf ist nicht so einfach, wie du vielleicht denken magst.«

»Dann mach sie so einfach wie möglich.«

»Nun gut«, sagte Will. »Ja, Liam sucht nach seiner Frau. Ja, er ist ein Kopfgeldjäger. Und ja, ersteres hat zu letzterem geführt.«

»Mr. Spencer, Sir!« Sie drehten sich nach der atemlosen Stimme um. Es war Oliver, einer der Enkel von Mrs. Douglas. »Mr. Spencer, Sir! Granny Douglas schickt mich. Vor ein paar Minuten ist Post für Miss Bonner gekommen.«

Will winkte dem Jungen. »Dann bring sie uns, Oliver.«

Der Junge kam an Bord gerannt und reichte Hannah die Briefe.

»Gleich drei!« Will konnte seine Neugier kaum verbergen.

»Einer von meiner Stiefmutter.« Hannah hielt den Umschlag hoch, damit er die vertraute Handschrift sehen konnte. »Sie sind endlich wieder zu Hause.« Auf Wills Zügen zeichnete sich die gleiche Erleichterung ab, die auch sie empfand. In den letzten Wochen hatte sie sich immer mehr Sorgen gemacht und sich alle möglichen Dinge ausgemalt, die ihnen zugestoßen sein könnten.

Sie brach das Siegel auf und entfaltete den Brief.

»*Liebste Tochter*«, las sie laut vor. »*Dein Vater und ich sind heil wieder nach Hause zurückgekehrt, wo wir alle bei bester Gesundheit vorfanden, wenn auch deine Schwester Lily immer noch Probleme mit ihrem verstauchten Knöchel hat.*

Wir haben Curiositys und Galileos Enkelsohn mitgebracht, ein kräfti-
ges Kind. Seine Mutter hat diese Welt verlassen, was dich sicher sehr be-
trübt. Wir alle trauern um sie. Viele Tauben stillt den Jungen zusammen
mit Sawatis.«

»Ah, gütiger Gott.« Will wandte sich ab. Hannah stiegen Tränen in die Augen. Selah war tot, im Kindbett oder an einem Fieber gestorben oder auch – der Gedanke schoss ihr durch den Kopf
– vielleicht von den Sklavenjägern umgebracht, vor denen sie solche Angst gehabt hatte.

Wills Stimme riss sie aus ihren Gedanken. »Schreibt sie, wie es
passiert ist?«

Hannah überflog den Brief. »Nein. Will, Manny wird daran zer-
brechen.«

Er legte ihr die Hand auf die Schulter. »Er ist stark, Hannah.
Und dann ist da auch noch sein Sohn. Lies den Brief zu Ende vor,
damit ich Amanda davon berichten kann.«

Hannah konzentrierte sich wieder auf Elizabeths saubere Handschrift.

»Curiosity und Galileo warten gespannt auf Nachricht von ihrem Sohn,
wie du dir vorstellen kannst. Wir hoffen, es steht in deiner Macht, ihnen
von ihm zu berichten. Curiosity ist zur Zeit durch ihre Arbeit im Dorf ab-
gelenkt. Sie hat Reuben in der Mühle gepflegt. Der Junge hat sich bei ei-
nem Unfall schwere Verbrennungen zugezogen und wird wahrscheinlich
nicht überleben. Wir warten alle sehnsüchtig auf dich und hoffen, dass du
bald zu uns kommen kannst. Welche Nachrichten auch immer du mit-
bringst, gemeinsam können wir alles bewältigen. Deine dich liebende Stief-
mutter Elizabeth Bonner.«

»Gott sei Dank brechen wir jetzt auf«, flüsterte Hannah. »Sonst
müsste ich zu Fuß nach Hause gehen.« Die Tränen strömten ihr
übers Gesicht.

»Die arme Curiosity«, wisperte sie. »Kannst du Manny eine
Nachricht zukommen lassen? Kannst du ihn bitten, nach Paradise
zurückzukehren?«

Wills Miene war so ausdruckslos, dass Hannah das Gefühl hatte, er wolle ihre Frage nicht beantworten.

»Will«, sagte sie lauter, »ist er tot?«

»Nein!« Er schüttelte den Kopf. »Manny ist nicht tot.«

»Weißt du, wo er ist?«

»Ich kann mir denken, wo er ist«, kam die zögernde Antwort.

»Kannst du ihm dann Bescheid geben? Sag ihm, seine Eltern brauchen ihn.«

»Ich kann es versuchen«, erwiderte Will Spencer. »Ich tue mein Bestes.«

Erst viele Stunden später, als die Good News bereits den Fluss hinunter segelte, fielen Hannah die beiden anderen Briefe ein.

Sie saß auf ihrer schmalen Koje in der Kajüte und betrachtete unschlüssig die Umschläge, die in ihrem Schoß lagen. Der Brief von Jennet war schwerer und es war der erste Brief von ihr, seit ihr Vater gestorben war. Es würde sicher keine einfache Lektüre sein.

Der zweite Brief allerdings war eine Überraschung; er kam von Dr. Savard.

»Geh mit deinen Briefen an Deck«, schlug Kitty vor und gähnte hinter vorgehaltener Hand. Neben ihr schlief friedlich der Säugling.

»Meinst du?«

»Ja, natürlich. Genieße die letzten Sonnenstrahlen. Esther und ich kommen gut alleine zurecht. Und schick bitte Ethan zu mir, er hat jetzt den Kapitän lange genug belästigt.«

Hannah war froh, dass sie an die frische Luft kam, nicht nur wegen der Sonne, sondern auch wegen der ständigen verstohlenen Seitenblicke der Amme.

Kitty hatte gehofft, noch genug Milch für das Kind zu haben, was wohl auch der Fall gewesen wäre, wenn sie weiter gestillt hätte, aber am zweiten Tag machte sie sich solche Gedanken um das Wohlergehen des Kindes, dass sie sich die Ammen kommen ließ, die Mrs. Douglas aufgetrieben hatte. Das Mädchen, das sie schließlich engagierte, war gerade aus Deutschland eingetroffen. Sie sprach nur wenig Englisch und gab nur zögernd etwas über ihre Person preis, aber sie hatte reichlich Milch und war auch sofort bereit, mit nach Paradise zu fahren und dort so lange zu bleiben, wie sie gebraucht wurde.

Hannah schickte Ethan, der gebannt einer der Geschichten des Kapitäns lauschte, zu seiner Mutter und setzte sich mit ihren Briefen auf eine Taurolle. Die Abendbrise spielte in ihren Haaren und sie blickte auf den Fluss und die vorbeiziehende Landschaft.

Zuerst las sie Elizabeths Brief noch einmal, und dann brach sie das Siegel von Dr. Savards Brief auf.

Liebe Miss Bonner!

Zunächst möchte ich mich entschuldigen, dass ich nicht zugegen war, um Euch eine gute Heimreise und weiterhin viel Glück für Eure medizinische Ausbildung zu wünschen. Möge dieser kurze Brief diesem Zweck dienen.

In beruflicher Hinsicht gibt es Neuigkeiten: Heute habe ich das zweihundertste Kind gegen Pocken geimpft, eine Zahl, auf die Dr. Simon mit Recht stolz sein kann. Das Kind, ein siebenjähriges Mädchen, das erst vor kurzem aus Schottland gekommen ist, zeigte mir die Zähne, biss aber nicht zu.

Was Euer medizinisches Experiment an meiner Person angeht, so kann ich Eure Hypothese nicht zurückweisen. Die untere Hälfte der Wunde ist gut verheilt, wohin gegen die obere Hälfte immer noch nässt. Heute früh habe ich die ganze Hand mit Eurer Tinktur behandelt. Es hat mächtig gebrannt, und ich musste an Euch denken.

Um Euch für Eure wertvolle Behandlung zu bezahlen und Euch meinen Respekt zu bekunden, füge ich die Abschrift eines Dokuments bei, das Euch interessieren wird, auch wenn sein Inhalt für Euch und Eure Freunde eher traurig ist.

Mit besten Grüßen
Euer Kollege
Paul deGuise Savard, genannt Saint-d'Uzet

Auf dem zweiten Blatt hatte er die Todesfälle im Armenhaus von Juli bis September 1801 aufgelistet. In jeder Zeile standen ein Name, das Alter, Familienstand, Herkunftsort, Todesursache und

412

-tag sowie der Ort der Beisetzung. Die Hälfte der Einträge waren namenlose Säuglinge, die im ersten Lebensmonat im Armenhaus gestorben waren; auch die übrigen waren unter vier Jahren alt, und alle waren an Krupp gestorben.

In der letzten Zeile stand der Name Connie Vaark, Mulattin, zwei Jahre alt, drei Monate zuvor der Obhut der Stadt übergeben. Sie war am 10. September erstickt und noch am gleichen Tag mit zahlreichen anderen namenlosen und mutterlosen Kindern in einem Sammelgrab auf dem Afrikanischen Friedhof an der Chrystie Street beerdigt worden.

Natürlich hatte Hannah gewusst, dass Mannys Suche möglicherweise so enden würde. Auf der Säuglingsstation des Armenhauses starben die Kinder wie die Fliegen.

Welche Nachrichten du uns auch immer bringen magst, gemeinsam können wir alles bewältigen, hatte Elizabeth geschrieben und Hannah vertraute ihrer Stiefmutter. Aber wie sollte sie es Curiosity und Galileo mitteilen, wie Manny, der noch nicht einmal wusste, dass seine Frau tot war? Manny hatte sie darum gebeten, nachzuforschen, aber die Bürde lastete schwer auf ihr.

Mit Tränen in den Augen stand Hannah an der Reling und blickte in den Sonnenuntergang. Sie öffnete die Hand und ließ Dr. Savards Brief vom Wind auf den Fluss tragen.

Paradise

31 Als ihre Eltern eine Woche lang weg waren, begann Lily Bonner noch vor dem Morgengrauen aufzuwachen, in der Hoffnung, sie seien in der Nacht zurückgekommen. Sie konnte es zwar nicht erwarten, ihre Eltern endlich wieder bei sich zu haben, fürchtete diesen Moment aber gleichzeitig, da sie ihr Versprechen nicht gehalten hatte. In sieben Tagen war sie nicht imstande gewesen, auch nur ein einziges Wort in das kleine Buch zu schreiben, das ihre Mutter ihr gegeben hatte.

Jeden Tag nahm sie es in die Hand und zählte die Seiten. Vierundzwanzig Seiten weißes Papier, größer als ihre Hand. Und doch konnte sie sich nicht entschließen, mit dem Schreiben anzufangen. In der ersten Woche hatte sie überlegt, ob sie einfach die Alltagsgeschehnisse aufschreiben sollte, aber es kam ihr nicht richtig vor, das Papier zu verschwenden, indem sie für ihre Mutter Dinge aufschrieb, die diese sowieso wusste. Sie wollte etwas Überraschendes schreiben, etwas, auf das ihre Mutter nie gekommen wäre, Dinge, über die sie lachen oder sich wundern würde. Das kleine Buch sollte so ähnlich wie die Zeitung werden, die Tante und Onkel Spencer immer aus der Stadt schickten. Wenn eine Zeitung eintraf, dann rief ihre Mutter sie alle zusammen und las ihnen am Abend daraus vor, mit vor Freude leuchtendem Gesicht. Lily liebte diese Zeitungsabende. Sie verstand zwar meistens nicht, was ihr vorgelesen wurde, aber sie sah, dass es ihre Mutter glücklich machte.

Ihrer Meinung nach konnte sie nur an wirkliche Neuigkeiten gelangen, wenn sie mehr Zeit im Dorf verbrachte, wo die Erwachsenen über alles Mögliche redeten, ohne auf ein kleines Mädchen zu achten, das lauschend dabei stand.

Da ihre Mutter weg war, hatte sie keine Schule, aber natürlich gab es immer noch eine Menge Pflichten zu erledigen, da sie angefangen hatten, zu säen. Die Erwachsenen hatten einen Plan ausgearbeitet: Die drei älteren Kinder mussten die erste Tageshälfte beim Haus verbringen, und nach dem Essen durften sie dann ins Dorf gehen oder über den Berg streifen, solange Curiosity wusste, wo sie sich aufhielten. Sie konnten natürlich auch zu Hause bleiben, aber das bedeutete unweigerlich, weitere Pflichten aufgebürdet zu bekommen.

Schon am zweiten Tag merkte Lily, dass Daniel offensichtlich ihrem Vater versprochen hatte, sie im Auge zu behalten. Nur so konnte sie es sich erklären, dass er sie bat mitzukommen, wenn er und Blue-Jay Frösche fingen, mit Pfeil und Bogen übten oder Verbesserungsarbeiten an ihrem Fort vornahmen.

Die meiste Zeit jedoch verbrachte Lily im Dorf, wobei sie immer bei der Postkutschenstation vorbeischaute, weil sich dort die meisten Leute aufhielten. Meistens schnappte sie zwar keine besonders aufregenden Neuigkeiten auf, aber ab und zu gab es doch etwas, was ihre Mutter vielleicht interessieren würde, und diese Dinge merkte sich Lily.

In der Küche im Haus der Todds fühlte sie sich ebenfalls zu Hause. Dort konnte sie bleiben, so lange sie wollte und Curiosity zuhören oder alle Fragen stellen, die ihr in den Sinn kamen.

Allerdings saß man in Curiositys Küche nie müßig herum, Curiosity gab ihr immer irgendeine Arbeit, aber das machte Lily nichts aus, da sie dafür jederzeit willkommen war.

So wusste sie auch nicht, was sie denken sollte, als sie zwei Wochen nach dem Hochzeitsfest an die Küchentür kam und Curiosity sie nicht hineinlassen wollte. Lily konnte nur einen kurzen Blick in die Küche werfen, sah jedoch nur Dolly Smythe am Tisch sitzen, den Kopf in den Händen vergraben und mit zuckenden Schultern, als ob sie Fieber habe.

»Du kannst im Garten arbeiten«, sagte Curiosity in dem Tonfall, der keinen Widerspruch duldete. »Mach dich nützlich, Kind.« Und damit schlug sie ihr die Tür vor der Nase zu.

Curiosity schickte Lily oft in den Garten. Im allgemeinen hatte sie nichts dagegen, weil sie gerne draußen war und dort außerdem auch meistens mit Bump reden konnte. Sie mochte ihn, weil er sie Miss Lily nannte und ihr Geschichten von seinen Abenteuern an der Grenze und von der Zeit in Paradise erzählte, als ihre Granny Bonner noch gelebt hatte.

Jetzt aber blieb Lily unschlüssig an der Tür stehen. Es war ungewöhnlich, dass Dolly mitten in der Woche bei Curiosity saß, weil die Witwe Kuick ihre Dienstboten normalerweise nicht während der Arbeitszeit herumlaufen ließ. Vielleicht hatte die Witwe sie ja entlassen? Aber das war eigentlich unwahrscheinlich, weil Dolly fleißig und geschickt war und ihre Arbeit gut machte. Lilys Mutter jedenfalls hielt viel von Dolly Smythe, und das wollte etwas heißen.

Bump war nicht im Garten, was ihr ein weiteres Rätsel aufgab, weil er offenbar mitten während des Pflanzens gegangen war. Während Lily nachdenklich in der Sonne im Küchengarten stand, fiel ihr auf einmal Dr. Todds Labor ein. Vielleicht half Bump ja dem Doktor bei der Arbeit. Entschlossen lief sie darauf zu.

Es kam zwar kein Rauch aus den Schornsteinen, aber sie wollte trotzdem gerade nachgucken, als Lucy Hench auf sie zukam.

»Suchst du nach Bump?«

Lucy war zwei Jahre jünger als Lily, aber sie war groß für ihr Alter. Curiosity bezeichnete sie immer als einfache Seele, was bedeutete, dass sie nicht besonders helle war, aber sie war nett und freundlich und im allgemeinen mochte Lilly sie ganz gern, obwohl sie sich immer zu Tode langweilte, wenn sie mit ihr spielte.

»Deine Granny hat mich in den Garten geschickt. Ist er im Labor?«

»Nein«, erwiderte Lucy. »Da ist überhaupt keiner im Moment. Der Doktor ist zur Witwe gegangen. Und wo Bump ist, weiß ich nicht. Sollen wir mit den Puppen spielen?«

»Ich muss die Pflanzen im Garten setzen«, sagte Lily. »Weißt du denn, was der Witwe fehlt?«

Lucy zuckte mit den Schultern. »Keine Ahnung. Dolly hat gesagt, sie hätte einen Anfall und würde mit Sachen werfen und der Doktor solle schnell kommen, bevor sie noch jemanden umbringt.«

»Die Witwe hat mit Sachen geworfen?«

Lucy nickte. »Willst du ganz bestimmt nicht mit den Puppen spielen? Meine Puppe hier hat eine schlimme Halsentzündung und wird sterben. Du darfst sie auch behandeln.«

»Ich kann nicht«, erwiderte Lily. »Aber hättest du vielleicht Lust, mit im Garten zu helfen?«

Lucy verzog enttäuscht das Gesicht und machte sich auf die Suche nach ihrer Schwester Solange, der eine Puppe mit Augen und einem Mund gehörte.

Die Witwe hatte einen Anfall gehabt. Das war doch sicher eine Nachricht, die man aufschreiben konnte, allerdings war sich Lily nicht ganz sicher, was es bedeutete. Letztes Jahr hatte der alte MacGregor direkt vor der Postkutschenstation einen Anfall bekommen, war krebsrot angelaufen und gestorben, aber er hatte nicht mit Sachen um sich geworfen. Einer von den Camerons hatte einmal einen Stein durch ein Fenster geschleudert, aber er war betrunken gewesen, und dass die Witwe etwas Stärkeres als dünnes Bier trank, konnte sich Lily nicht vorstellen.

Und niemand war da, um es ihr zu erklären. Curiosity saß mit der weinenden Dolly Smythe in der Küche, und von Bump war immer noch nichts zu sehen. Als sie sich noch einmal suchend nach ihm umblickte, sah sie Gabriel Oak vor seiner Hütte in der Sonne sitzen, mit einem Zeichenblock vor sich. Er hob grüßend die Hand und sie lief auf ihn zu.

Trotz der Hitze trug er einen Umhang und einen Schal. Lily wusste von Hannah, dass er sehr krank war und sie fragte sich, ob sie ihn nicht besser in Ruhe lassen sollte, aber er lächelte sie freundlich an.

»Freundin Lily«, sagte er. »Willst du dich ein Weilchen zu mir setzen?«

Gabriel Oak war der einzige Quäker, den Lily kannte, und sie fragte sich, ob sie wohl alle so höflich und still waren. Sie setzte sich auf den Hocker neben ihm.

»Ich suche Bump«, sagte sie. »Ich soll ihm im Garten helfen, aber heute ist alles irgendwie komisch.«

Gabriel blinzelte in die Sonne. »Cornelius ist mit Dr. Todd weggegangen. Ein Notfall, glaube ich.«

»Das habe ich mir schon gedacht.« Lily blickte zum Dorf, aber außer ein paar Hunden, die schlafend auf der Straße lagen, war nichts zu sehen. Als sie sie eingehender betrachtete, fiel ihr auf, dass einer von ihnen blutige Lefzen hatte; vor ihm lag ein Haufen rötliches Fell.

»Sieh mal«, sagte Lily, »sie haben endlich Missus Gathercoles Katze erwischt. Sie jagen sie doch schon ewig.«

Gabriel Oak blickte angestrengt zu den Hunden. Schließlich sagte er: »Du hast sehr gute Augen, Freundin Lily. Zweifellos hast du sie von deinem Großvater geerbt.«

»Daniel hat sogar noch schärfere Augen als ich«, erwiderte Lily. »Er sagt, er wird im nächsten Krieg Scharfschütze, wenn er bis dahin ein eigenes Gewehr hat.«

»Soll es wieder Krieg geben?«, fragte Gabriel Oak interessiert, allerdings nicht sonderlich besorgt.

»Es steht in der Zeitung«, erwiderte Lily zweifelnd. »Mein Großvater sagt aber, es geht uns nichts an.«

»Dein Großvater hat in jeder Hinsicht Scharfblick.«

Einen Moment lang schwiegen sie, dann stieß Lily einen tiefen Seufzer aus. »Curiosity lässt mich nicht in die Küche«, sagte sie. »Ich wünschte, ich wüsste, was los ist. Hast du Dolly Smythe gesehen?«

»Ja.«

Gabriel Oak zeichnete weiter, während Lily ihm das Wenige erzählte, was sie von Lucy wusste und was sie selbst vermutete. Er unterbrach sie nicht, sondern blickte nur ab und zu auf und nickte. Lily hatte das Gefühl, er höre ihr, anders als andere Erwachsene, wirklich zu. Schließlich erzählte sie ihm auch von den leeren Seiten im Buch und ihren Plänen.

»Wenn ich wüsste, was in der Mühle los ist, könnte ich es für meine Mutter aufschreiben.«

»Freundin Lily«, sagte Gabriel mit seiner leisen, tiefen Stimme, »man kann auch etwas anderes als Worte zu Papier bringen. Es gibt mehr als eine Art, eine Geschichte zu erzählen.« Und er hielt seinen Zeichenblock hoch.

Er hatte Bump bei der Gartenarbeit mit Lucy als Zuschauerin gezeichnet, und Lily konnte fast hören, wie Bump sang und Lucy die Melodie mitsummte. Unwillkürlich sagte sie: »Das Lied von dem Soldaten, der nach Hause kommt, mag er am allerliebsten.«

Gabriel Oak lächelte sie an, als ob gar nichts Seltsames an ihrer Bemerkung wäre.

»Wie machst du das?«, fragte sie. »Wie machst du sie so lebendig, dass ich sie singen hören kann?«

»Ich weiß nicht«, erwiderte er.

»Das verstehe ich nicht«, meinte Lily. »Wieso weißt du nicht, wie du etwas machst?«

Er runzelte die Stirn. »Ich frage mich das selber schon seit Jahren«, sagte er. »Vielleicht liegt es ja daran, dass manche Menschen eine besondere Gabe haben. Einige können Wörter zu einer Geschichte weben, andere können Formen schnitzen, die lebensecht wirken. Manche können Musik machen, wie Reuben und sein Vater. Und ich kann eben Bilder malen.« Liebevoll blickte er sie an. »Hast du schon mal gezeichnet, Freundin Lily?«

Lily dachte an ihre Tafel in der Schule, an die raue Oberfläche und an den Kreidestaub an ihren Fingern.

»Nein«, sagte sie. »Glaubst du, ich könnte es lernen?«

»Manches kann man lernen«, erwiderte er, »wenn du bereit bist, es zu studieren. Und ob du die Gabe dazu hast, wird sich zeigen. Als ich ein junger Mann war, habe ich den Damen in Baltimore Zeichenunterricht gegeben.«

Lily warf ihm einen überraschten Blick zu. Im Allgemeinen erzählte Bump die Geschichten und Gabriel Oak hörte nur zu, aber heute war er anscheinend in der Stimmung, selber zu reden. Ob er ihr wohl auch Unterricht geben wollte? Es kam ihr unwahrscheinlich vor, aber es war auf jeden Fall eine aufregende Aussicht.

»Hatte eine von deinen Schülerinnen denn Talent?«, fragte sie.

Er schloss minutenlang die Augen. »Manche ja. Aber die Begabten waren nicht immer diejenigen, die auch am härtesten arbeiteten.«

»Ich arbeite hart«, erwiderte sie entschlossen.

Lächelnd zog Gabriel Oak eine lange Holzschachtel aus seinem Umhang. Als er den Deckel aufschob, erblickte Lily so viele schwarze Bleistifte, wie sie noch nie in ihrem Leben welche gesehen hatte.

Bleistifte wurden einzeln hergestellt und mussten in Boston, Albany oder sogar in Frankreich bestellt werden, wo die besten unermesslich teuer waren. Die einzigen Menschen, die Lily jemals einen Bleistift hatte benutzen sehen, waren der Landvermesser, der aus Johnstown gekommen war, als die Witwe Kuick sich mit Dr. Todd und Lilys Vater über die Grenzen ihres Besitzes gestritten hatte, und Gabriel Oak.

Er betrachtete gerade einen der kleineren Stifte und drehte ihn in seinen langen Fingern hin und her. Dann holte er ein Messerchen aus der Schachtel und begann den Stift anzuspitzen.

Als er ihr den Stift reichte, drehte auch sie das glatte Holz in der Hand hin und her. Sie sagte: »Ich habe noch nie einen Bleistift benutzt.«

»Dann beginnen wir also ganz am Anfang«, erwiderte Gabriel Oak. »Das ist im allgemeinen das Beste.«

Richard Todd und Bump gelangten über die Küche ins Haus, wo sie Cookie vor dem Ofen kauernd fanden. Der Schnitt auf ihrer Wange hatte einen großen Blutfleck auf ihrem Taschentuch hinterlassen und sie warf dem Arzt einen so finsteren Blick zu, als sei er dafür verantwortlich.

»Oh, Gott sei Dank«, sagte Becca Kaes und stand zitternd vom Tisch auf.

»Becca.« Der Arzt nickte ihr zu. »Was ist los?«

Schrille Schreie waren aus dem Haus zu vernehmen. Sie brachen abrupt ab, als eine Tür zugeschlagen wurde.

Becca presste sich kopfschüttelnd die Hand auf den Mund, als müsse sie selber einen Schrei unterdrücken. Mit heiserer Stimme antwortete sie: »Der junge Herr will Jemima Southern heiraten. Das missfällt der Witwe.«

Der Arzt verzog das Gesicht. »Und deshalb holt ihr mich? Diese Wahl kann ich ihr mit keiner Medizin versüßen. Ihr hättet besser Mr. Gathercole herbestellt.«

Becca packte ihn am Arm und trat so dicht an ihn heran, dass er zurückwich. »Sie ist äußerst aufgebracht, Dr. Todd. Sie hat alle Gläser im guten Salon zerbrochen und sie hat Isaiah und Jemima in eine Ecke gedrängt und sie sagt Dinge ...« Ihre Stimme senkte sich zu einem Flüstern. »Sie ist völlig außer sich.«

Cookie blickte auf. »Die Witwe ist nicht außer sich. Sie ist nur so gemein wie ein tollwütiger Hund, der mit dem Schwanz in der Falle festhängt. Das ist eine bittere Pille, die sie da schlucken muss, aber sie wird sie letztendlich schlucken.« Dabei lächelte sie boshaft und zufrieden.

»Bump«, sagte Dr. Todd, »für uns gibt es hier nichts zu tun.«

»Bitte, Sir«, flehte Becca ihn mit Tränen in den Augen an, »bitte, redet mit ihr.«

Jemima Southern stand in einer Ecke des guten Salons und betrachtete das Zerstörungswerk der Witwe Kuick. Die Scherben auf dem türkischen Teppich verschafften ihr eine bittere Befriedigung. Jeder Gegenstand aus Glas oder Porzellan war der Wut der Witwe zum Opfer gefallen.

Gut, dachte Jemima. Dann gibt es weniger abzustauben.

Allerdings würde sie sowieso keinen Staub mehr wischen; diese Tage waren endgültig vorbei.

Neben Jemima stand mit ausdruckslosem Gesicht Isaiah Kuick. Schweigend ertrug er das Wüten und das Geschrei seiner Mutter, und er sagte auch nichts, als sie ihn einen Hurensohn nannte und verkündete, er würde in der Hölle schmoren.

Natürlich würde er in der Hölle schmoren. Jemima und Isaiah waren überein gekommen, dass sie ihn auf seinem Weg zur Hölle unterstützen und er sie dafür zu seiner Frau machen würde.

In den zwei Wochen nach der Nacht im Schuppen hatte Jemima ihn ganz genau beobachtet. Zwei Mal war sie ihm im Mondschein zu Dyes Unterkunft gefolgt und hatte draußen gelauscht. Und heute Morgen schließlich hatte sie Isaiah allein im Salon angetroffen.

Sie hatte ihm alles mit ganz einfachen Worten erklärt: Ihre Blutung war ausgeblieben, sie war schwanger. Bevor er erwidern konnte, dass ihn das nichts anginge, hatte sie den Satz ausgesprochen, den sie immer wieder eingeübt hatte:

»Dieses Kind habe ich in der Nacht des Hochzeitsfestes im Schuppen am alten Haus des Richters empfangen, und wenn Ihr es nicht gezeugt habt, dann gibt es etwas, was Eure Mutter sicher gerne über ihren Sohn und den Aufseher erfahren würde.«

Er hatte ihr ohne Scham oder Furcht in die Augen geblickt, was Jemima ein wenig ärgerlich fand, aber sie hatte ihren eingelernten Text trotzdem weiter aufgesagt: »Ihr werdet das Richtige tun und mich heiraten, und dafür erwarte ich nicht, dass Ihr das Bett mit mir teilt. Wo Ihr Eure Nächte verbringt, soll mir egal sein.«

Sie hatte sich auf eine Auseinandersetzung eingestellt und sich die entsprechenden Argumente dafür zurechtgelegt, aber er machte keinerlei Einwände. Der Sohn der Witwe mochte ein Sodomit sein, aber er war nicht dumm. Ihr Erfolg erfüllte Jemima mit tiefer Befriedigung, bis sie es sich zuletzt nicht versagen konnte, eine Frage zu stellen.

»Sag mir, warum du Hannah Bonner immer so anstarrst, wenn du sie siehst«, fragte sie. »Du kannst doch wohl nicht daran denken, mit ihr ins Bett zu gehen. Oder?«

Isaiah hatte sie überrascht angeblickt. »Nein«, hatte er erwidert, »ich habe kein Interesse daran, mit ihr ins Bett zu gehen. Ich sehe sie so an, wie ich auch ein Gemälde von Rembrandt oder Michelangelo betrachten würde, wenn es hier so etwas gäbe. Sie ist einfach das Schönste, was es hier in Paradise gibt.«

Dieser Stachel saß tief, und er würde wohl immer schmerzen. Aber sie musste sich jetzt auf Wichtigeres konzentrieren.

Das Schlimmste war überstanden: Die Wut der Witwe würde schließlich nachlassen und morgen oder übermorgen könnten sie bereits vor Mr. Gathercole stehen. Auch die Witwe würde dort stehen und sie würde ihnen alles Gute wünschen und Jemima als Schwiegertochter willkommen heißen. In Gesellschaft würde die Witwe Kuick immer lächeln und sich nichts anmerken lassen. Jemima war schließlich die zukünftige Mutter ihres einzigen Enkelkindes. Dafür würde sie schon sorgen.

In Wahrheit war nämlich Jemimas Monatsblutung zwei Tage nach der Nacht im Schuppen gekommen. Aber sie hatte einen Plan. Liam Kirby war immer noch in Paradise und sie wusste, wo sie ihn finden konnte. Schließlich war sie jetzt kein Dienstmädchen mehr und konnte ihn jederzeit aufsuchen. Und genau das würde sie heute tun.

Die Witwe war in den Stuhl am Fenster gesunken und starrte stumm auf ihre Hände. Schließlich hob sie den Kopf und ihr Blick war so kalt und unmenschlich, dass Jemima ein Schauder über den Rücken lief.

»Hure«, flüsterte sie mit brüchiger Stimme.

»Nennt mich, wie Ihr wollt«, sagte Jemima. »Eure Worte können nicht ändern, was in meinem Bauch wächst.«

Hasserfüllt warf sie ihrem Sohn einen Blick zu und sagte: »Isaiah, geh zu dieser indianischen Hexe und sag ihr, sie soll es wegmachen. Es gibt einen Tee dafür. Werde es los, bevor es dein Leben ruiniert.«

»Ich trinke keinen Tee«, warf Jemima ein. »Und wenn Ihr versucht, mich zu zwingen, dann verklage ich Euch beim Sheriff.«

Das Gesicht der Witwe wurde noch röter und einen Augenblick lang hoffte Jemima fast, der Schlag würde sie treffen.

»Isaiah«, sagte seine Mutter, »schick sie weg. Gib ihr Geld und schick sie weg.«

»Nein«, erwiderte Isaiah geduldig, »das kann ich nicht, Mutter.«

Jemima wusste sehr genau, dass er an Dye dachte; ihm galt seine Loyalität, nicht ihr. Er tat dies alles, um seinen Geliebten zu schützen, aber trotzdem freute es Jemima zu hören, wie er seiner Mutter widersprach.

Als es an der Tür klopfte, sprang die Witwe auf und stürzte dorthin, als erwarte sie einen Racheengel.

Dr. Todd trat ein und blickte sich missvergnügt um.

Bei seinem Anblick zuckte die Witwe zusammen, als habe er sie bei einer Sünde ertappt. Sie fasste sich jedoch sofort wieder.

»Dr. Todd«, sagte sie, »wir haben Euch nicht erwartet. Und wie Ihr sehen könnt« – sie blickte sich im Zimmer um-, »sind wir auch heute nicht auf Besuch eingestellt.« Hochmütig hob sie das Kinn.

»Ich bin nicht aus gesellschaftlichen Gründen hier«, erwiderte Dr. Todd. »Ihr habt Eure Dienstboten zu Tode erschreckt, Missus Kuick. Cookie werde ich nähen müssen. Was bedeutet all dies?«

Der dürre Hals der Witwe färbte sich rot. »Eine Familienangelegenheit«, erwiderte sie steif. »Nichts, was Euch etwas anginge.«

Dr. Todd warf Jemima einen Blick zu. »Jemima, Ihr habt einen Schnitt auf der Wange.«

Jemima fasste dorthin und fühlte Blut. Sie hatte gar nichts davon gemerkt.

»Es ist nicht schlimm«, sagte sie.

»Mr. Kuick?«, fragte Dr. Todd.

Isaiah räusperte sich. »Jemima und ich wollen heiraten, wir haben über unsere Hochzeit gesprochen.«

Jemima musste unwillkürlich lächeln, als der Witwe ein erstickter Laut entfuhr.

Jemima berührte Isaiahs Hand. Er zuckte zusammen, als habe er sich verbrannt, und wich leicht zurück. Dr. Todd jedoch war seine Reaktion aufgefallen und sie sah ihm an, dass er begann zu begreifen. Ihr wurde heiß und kalt zugleich.

»Ich wünsche Euch alles Gute«, sagte Dr. Todd. »Und jetzt schaue ich rasch nach Cookie.«

»Dr. Todd«, sagte Jemima kühl.

Er blieb an der Tür stehen. »Ja?«

»Bitte schickt Becca herein, damit sie hier aufräumt.«

Er zog eine Augenbraue hoch, nickte aber. Dann schloss er die Tür hinter sich.

Lily hatte den Anfall der Witwe Kuick ganz vergessen, als sie nach Hause ging. Selbst als Bump zurück kam, um weiter im Garten zu arbeiten, und Dolly Smythe aus der Küche trat und sich mit ihm unterhielt, blieb sie still neben Gabriel Oak sitzen. Die Witwe schien ihr nicht mehr wichtig zu sein, sie dachte nur ans Zeichnen.

Lily trug einen Stapel von Blättern unter dem Arm, die mit Kreisen, Vierecken und Linien bedeckt waren, und das Magischste waren zwei ineinander verschlungene Kreise, die die Struktur eines menschlichen Gesichts bildeten. Lily griff in die Tasche und fuhr mit dem Finger über die zwei Bleistifte und den Radiergummi, die Gabriel ihr geliehen hatte.

Auf der Höhe des Schulhauses sprang ihr Bruder mit lautem Kriegsgeheul aus dem Gebüsch auf den Weg und schwenkte seinen hölzernen Tomahawk.

Lily sagte: »Ich habe dich kommen hören.« Das stimmte wirklich, aber sie wollte ihn auch ein wenig ärgern, denn ein Krieger bewegte sich geräuschlos.

»Ach was, ich hätte ein Bär sein können und dich mit einem einzigen Schlag meiner Tatze töten können. Du hast überhaupt nicht aufgepasst«, erwiderte er beleidigt.

»Aber du bist kein Bär«, sagte Lily. Als sie weiterging, folgte er ihr.

»Wo ist Blue-Jay?«, fragte sie.

»Viele Tauben brauchte ihn. Was hast du da?«

»Papier.«

»Das sehe ich. Wozu brauchst du es?«

Sie blieb stehen. »Gabriel Oak gibt mir Zeichenunterricht.«

Daniel blickte sie nachdenklich an. »Warum sollte er das tun?«

Diese Frage konnte Lily nicht beantworten. Sie zuckte mit den Schultern.

»Lass mich mal sehen«, meinte Daniel und griff nach den Blättern, aber sie trat zur Seite.

»Du hast schmutzige Hände. Du kannst es dir zu Hause anschauen.«

Gekränkt wandte er sich ab.

»Ich nehme den kurzen Weg nach Hause«, verkündete er.

»Ich komme mit.«

Er warf ihr einen wütenden Blick zu. »Nein.«

»Du kannst mich nicht daran hindern, Daniel Bonner.«

Aber er konnte es doch. Sie trug Röcke und er Leggings. Sie hatte ihre kostbaren Blätter dabei und er hatte beide Hände frei. Und er war wütend und deswegen bewegte er sich noch schneller als sonst.

Keuchend lief sie hinter ihm her, aber er war weit voraus.

Lily wusste, dass er den Weg über den Adlerfelsen nahm. Die Jungen gingen oft dort entlang, obwohl es verboten war. Es war der schnellste Weg nach Hause, aber auch der gefährlichste.

»Ich habe keine Angst«, flüsterte sie leise.

Der Adlerfelsen war fast so hoch wie ein Haus. Von seiner Spitze aus konnte man die Stelle sehen, wo der Wasserfall aus dem Berg kam, und um diese Jahreszeit, wo die Bäume noch nicht so dicht belaubt waren, hatte man einen weiten Blick.

Als Lily zum Grat des Adlerfelsens gelangte, sah sie, dass Daniel auf sie gewartet hatte. Er hatte sich unter die Büsche gekauert und sein Gesicht war ganz blass. Noch bevor sie ihn fragen konnte, was los war, zog er sie zu sich herunter und legte ihr die Hand über den Mund.

Fremde auf dem Berg. Angst stieg in Lily auf und sie drückte sich dicht an den Boden.

»Es ist schon in Ordnung«, flüsterte Daniel. »Sie gehen gleich wieder.«

»Fremde?«

Er schüttelte den Kopf. »Kirby«, wisperte er. »Und Jemima Southern.«

Lilys Angst wich Überraschung. Dass Liam Kirby seit zwei Wochen auf dem Berg herumstreifte, war nichts Neues. Ihr Großvater und Läuft-vor-Bären-davon hatten seine Spuren gefunden.

Aber dass Jemima Southern auf den Berg kam, war ungewöhnlich. Ob das wohl etwas mit dem Anfall der Witwe zu tun hatte? War sie gekommen, um Liam Kirby um Hilfe zu bitten? Lily lauschte angestrengt, aber es ging ein starker Wind und sie verstand nur wenige Worte.

»Ich schwöre, dass es Vergewaltigung war!«, rief Jemima. »Und was deine Frau betrifft...« Sie redete und redete, während Liam nur ganz wenig sagte, und dann gab sie einen kleinen, befriedigten Laut von sich. Die Stimmen wurden wieder lauter, und man hörte Kampfgeräusche.

»Tut er ihr weh?«, fragte Lily, aber Daniel schüttelte den Kopf.

»Halt dir die Ohren zu«, flüsterte er. Lily warf ihm einen abweisenden Blick zu. Sie würde sich ganz bestimmt nicht die Ohren zuhalten.

Auf einmal schoss Lily durch den Kopf, dass Liam Kirby und Jemima Southern das taten, was verheiratete Leute normalerweise hinter verschlossenen Türen machten. Diese mysteriöse Sache, die die Wangen ihrer Mutter rot färbte und ihrem Vater ein Lachen entlockte, wie er sonst nie lachte. Kinder durften nicht danach fragen, weil es geheim war, aber Lily hatte recht genaue Vorstellungen davon, was hinter den verschlossenen Türen passierte. Schließlich lebte sie auf dem Land und sah, was die Tiere machten. Tiere versteckten sich dafür nicht, und Liam Kirby und Jemima Southern offenbar auch nicht.

Plötzlich lachte Jemima, ein befriedigtes, aber auch bitteres Lachen, so als ob sie Liam etwas Wertvolles abgenommen und dann festgestellt hätte, dass es kaputt war.

Daniel drückte ihren Arm, damit sie sich still verhielt. Schritte entfernten sich den Berg hinauf, aber andere Schritte kamen auf sie zu.

Sie befanden sich auf dem einzigen Weg, der vom Adlerfelsen weg führte, und dieser Gedanke kam Lily genau in dem Moment, als Jemimas Schatten plötzlich über ihnen aufragte.

»Ach, sieh mal an!« sagte sie. »Spione. Der Apfel fällt nicht weit vom Stamm.«

Daniel sprang auf. »Wir sind keine Spione. Das ist unser Berg und Ihr seid unbefugt hier eingedrungen.«

Auch Lily stand auf, aber Daniel stellte sich schützend vor sie.

Jemima hatte rote Flecken im Gesicht und ihre Unterlippe war blutig, als hätte sie sich hineingebissen. Ihr Mieder stand offen und ihre Haare hatten sich gelöst. In ihren dunklen Augen stand ein gefährliches Glitzern.

»Was ihr hier gesehen habt, geht euch nichts an«, sagte sie. »Wenn ihr wisst, was gut für euch ist, behaltet ihr es für euch.«

Lily hatte auf einmal überhaupt keine Angst mehr, sie war nur noch wütend. »Wir haben überhaupt nichts gesehen. Und warum sollten wir auf Euch hören?«

Jemima zischte und packte sie fest am Ellbogen.

»Lasst sie los!« Daniel zog seinen hölzernen Tomahawk heraus und schlug ihn Jemima auf die Schulter, aber sie packte Lily nur noch fester. Jemima war stark und ihr Gesicht war so wild, dass sich Lily der Magen zusammenzog.

»Ihr hört mir jetzt erst einmal zu, ihr kleinen Kröten! Wenn Ihr auch nur ein Wort davon verratet, dass ihr Liam und mich hier auf dem Berg gesehen habt, bezahlt ihr mir dafür!«

»Ihr lasst sie jetzt besser los!« wiederholte Daniel fest. Er war fast so groß wie Jemima und einen Moment lang hatte Lily das Gefühl, er könne Jemima wirklich etwas antun.

Jemima jedoch schien die Drohung in seinem Gesichtsausdruck gar nicht zu bemerken. Sie sagte: »Ich mache eure Halbblut-Schwester fertig. Und das meine ich ernst. Wenn ihr mich verratet, habe ich nichts mehr zu verlieren.«

»Mein Vater bringt dich um, wenn du einem von uns etwas tust!«, schrie Lily.

»Dann sterben wir eben alle zusammen«, erwiderte Jemima und ließ sie so plötzlich los, dass Lily auf ihrem Papierstapel ausrutschte. Die Blätter flatterten in die Luft und Lily versuchte, sie wieder einzusammeln. Und plötzlich hatte sie keinen Boden mehr unter den Füßen.

Daniel zog scharf die Luft ein und griff nach ihr, aber es war zu spät. Sie fiel bereits den Abhang hinunter. Immer wieder überschlug sie sich. Schütz deinen Kopf, hörte sie ihren Vater sagen, und instinktiv legte sie sich die Arme über den Kopf.

Eine Fichte stoppte ihren Sturz. Bewegungslos blieb Lily liegen und blickte in den Himmel.

Dann war auf einmal Daniel da und beugte sich über sie und sie war noch nie so froh gewesen, ihren Bruder zu sehen.

Sie wollte ihm sagen, er brauche sie nicht so erschreckt zu betrachten, aber ihre Stimme gehorchte ihr nicht. Sie streckte die Hand aus und berührte seine Wange.

»Das war ja ein mächtiger Sturz«, sagte er.

»Ich habe meine Zeichenblätter verloren«, krächzte Lily.

»Ich sammle sie für dich ein, jedes einzelne Blatt, das verspreche ich dir. Aber du musst jetzt liegen bleiben, Lily. Ich hole Hilfe.«

Lily runzelte die Stirn. »Nein. Ich kann laufen.« Sie versuchte, sich auf die Ellbogen zu stützen, aber ein heißer Schmerz schoss von ihrem linken Knöchel durch ihren Körper.

»Versprich mir, liegen zu bleiben«, wiederholte Daniel. »Versprich es mir.«

»Ist mein Bein gebrochen? Kannst du den Knochen sehen?«

»Nein«, sagte er. »Den Knochen sehe ich nicht. Aber es sieht gebrochen aus. Beweg dich nicht.«

Lily rief ihm nach: »Lauf nicht so schnell, sonst fällst du auch noch!« Und dann war er weg.

Sie hielt immer noch ein Blatt Papier in der Faust, aber als sie es glättete, stellte sie fest, dass es ein leeres Blatt war. Vorsichtig tastete sie nach den Bleistiften. Gott sei Dank waren sie nicht zerbrochen.

Jemima Southern und Liam Kirby waren verschwunden.

So tief bin ich gar nicht gefallen, flüsterte sie sich Mut zu. Ihr Knöchel pochte. Sie überlegte gerade, ob sie versuchen sollte sich hinzusetzen, als sie Läuft-vor-Bären-davon, gefolgt von Daniel, kommen hörte.

Erleichtert seufzte Lily auf, als die beiden vor ihr standen.

»Warum bist du im Rock hier herauf gegangen?«, fragte Läuft-vor-Bären-davon vorwurfsvoll.

»Es war meine Schuld«, sagte Daniel. »Sei ihr nicht böse.«

Bären schnaubte ungehalten, hob sie aber vorsichtig hoch.

»Wir wollten bloß auf dem schnellsten Weg nach Hause«, sagte sie zu ihm.

»Dann habt ihr bestimmt Liam Kirby gesehen«, erwiderte Bären. »Er ist schon den ganzen Morgen hier oben. Hat er irgendetwas damit zu tun?«

»Nein«, erklärte Lily, lauter als sie vorgehabt hatte.

»Sie ist auf ihren Zeichnungen ausgerutscht«, sagte Daniel und enthüllte dadurch gerade so viel von der Wahrheit, dass er das Geheimnis bewahrte. Das konnte er besonders gut, aber Lily fand es seltsam, dass er das gerade jetzt machte. Sie konnte sich nicht vorstellen, dass Jemimas Drohungen ihn eingeschüchtert hatten. Solange sie sich nicht abgesprochen hatten, würde sie auch nichts sagen können.

Läuft-vor-Bären-davon ließ sich jedoch nicht täuschen, das sah sie ihm am Gesicht an. Er warf Daniel einen prüfenden Blick zu und gab einen ungläubigen Laut von sich. Dann kletterte er mit Lily auf den Armen den Abhang hinunter.

32 Gerade als Lily verzweifeln wollte, weil sie schon wieder einen verlorenen Morgen lang in Curiositys Küche untätig herumsaß, stürmten Blue-Jay und ihr Bruder in die Küche. Curiosity lachte.

»Na, ihr beiden habt es ja schrecklich eilig«, sagte sie. »Aber es ist gut, dass ihr kommt. Lily langweilt sich zu Tode.«

Lily presste die Lippen zusammen und streichelte demonstrativ Curiositys alten Kater Magnus, der sich auf ihrem Schoß zusammengerollt hatte.

»Ein Bote ist gekommen«, sagte Daniel atemlos.

»Mit Nachricht von eurem Dad«, fügte Blue-Jay hinzu.

Lily setzte sich so abrupt auf, dass der Kater von ihrem Schoß fiel. Sie wollte nach ihrer Krücke greifen, aber Curiosity hielt sie auf.

»Bleib ganz ruhig sitzen.«

»Aber es ist doch ein Bote gekommen«, wandte Lily ein.

»Nicht so hastig, Missy. Wenn es sein muss, binde ich dich fest.« Dann blickte Curiosity die beiden Jungen an. »Und jetzt heraus damit. Was für Neuigkeiten gibt es?«

»Alle sind gesund«, sprudelte Daniel hervor. »Selah hat einen Jungen bekommen, sie hat ihn Galileo genannt.«

»Gottlob!« Curiosity schloss einen Moment lang die Augen. »Ich muss zu meinem Mann, um ihm die guten Neuigkeiten zu überbringen.« Sie lief zur Tür, ohne sich die Schürze abzubinden. Auf der Schwelle blieb sie stehen und warf Lily einen Blick zu.

»Und dass du mir nicht von diesem Stuhl aufstehst, Mathilde Caroline Bonner!« Obwohl sie streng klingen wollte, strahlte sie über das ganze Gesicht.

Niemand wusste genau, ob Lilys Knöchel nun gebrochen oder nur verstaucht war, aber Curiosity wollte kein Risiko eingehen. Jeden Morgen wickelte sie den Verband um Lilys Bein ab und untersuchte den Knöchel ganz genau. Dann rief sie Dr. Todd und ließ auch diesen noch einmal einen Blick darauf werfen. Und schließlich verband sie das Bein wieder, obwohl die Schwellung mittlerweile fast ganz zurückgegangen und der Knöchel auch nicht mehr gelblich-grün verfärbt war.

Lily wandte sich an ihren Bruder und Blue-Jay. »Wann kommen sie nach Hause?«

Daniel zuckte mit den Schultern. »Das hat er nicht gesagt.«

»Was soll das heißen? Wer hat denn die Nachricht gebracht?«

»Drei Krähen«, erwiderte Daniel.

Drei Krähen war ein alter Mohikaner, der von Kanada nach Ticerondoga am Großen See entlangwanderte und Nachrichten weitergab. Hidden Wolf lag abseits von seiner gewöhnlichen Rou-

431

te, aber ein oder zwei Mal im Jahr besuchte er Falkenauge und plauderte mit ihm über alte Zeiten.

Ein paar Dinge, die ihn betrafen, wusste Lily mit Sicherheit: Drei Krähen aß alles, was man ihm vorsetzte; er würde eine ganze Weile in Lake in the Clouds bleiben, weil Viele Tauben ihm Alkohol zu trinken gab, und er ließ sich nicht drängen, seine Nachrichten zu erzählen. Er war ein Mann der festen Gewohnheiten.

Im Moment saß er bestimmt gerade mit Falkenauge auf der Veranda und tauschte mit ihm Neuigkeiten über alle Indianer aus, die sie kannten. Danach würde er den Rest seiner Nachrichten in einer bestimmten Reihenfolge preisgeben: die unwichtigsten zuerst.

Selbst Läuft-vor-Bären-davon hielt es nicht lange bei ihm auf der Veranda aus, hauptsächlich weil er nur ein paar Worte mohikanisch sprach und nicht allzu viel von dem, was Drei Krähen erzählte, verstand.

Falkenauge würde natürlich wissen wollen, wann sein Sohn und seine Schwiegertochter zurück kamen, aber er würde seinen Gast nicht unterbrechen und ihn auch nicht bedrängen. Es würde bestimmt einen ganzen Tag dauern, bis der alte Mohikaner erzählte, was alle wissen wollten.

»Ich verstehe gar nicht«, sagte Lily versonnen, »wie sie ihm überhaupt begegnet sind. Drei Krähen geht doch gar nicht in den Busch.« An den Gesichtern der Jungen sah sie, dass ihnen dieser Gedanke auch schon gekommen war.

»Das bedeutet, er hat sie auf dem See getroffen. Aber was machen sie auf dem Großen See mit Selah Voyager?«

Falls einer von den Jungen darauf eine Antwort wusste, so kam er nicht dazu, sie auszusprechen, denn Bump steckte seinen Kopf zur Tür herein.

»Zeit für deinen Unterricht, Miss Lily. Gabriel wartet schon. Helft ihr Jungen mir mit der Kutsche der Dame?«

Diesen Witz machte er jeden Morgen, wenn er sie mit dem Rollstuhl abholen kam, und Lily lächelte nur höflich, in Gedanken mit einem anderen Problem beschäftigt.

Wenn sie die Jungen wegschickte, damit Gabriel ihr in Ruhe Unterricht geben konnte, dann wäre Daniel wieder beleidigt und vielleicht würde er dann die Neuigkeiten, die Drei Krähen schließlich von sich geben würde, nicht direkt an sie weiterreichen. Wenn sie jedoch mitkämen, dann würden sie ständig mit Gabriel reden und ihren Unterricht verderben. Gestern war die Stunde ausgefallen, weil Gabriel sich nicht kräftig genug gefühlt hatte, und sie durfte die wenige Zeit, die sie mit ihm verbringen konnte, nicht vergeuden.

In diesem Moment sagte Bump: »Habt ihr Jungen schon von dem Bären gehört, der heute früh tot und steif vor Claes Wildes Haustür gelegen hat?«

Die Jungen blickten ihn überrascht an. »Ein Bär?«

»Ja, ein ausgewachsener Bär. Und wisst ihr, was Claes gefunden hat, als er ihn aufgeschnitten hat?«

Er beugte sich so weit vor, dass Lily schon fürchtete, er würde vornüber fallen.

»Den Stachel eines Stachelschweins, mitten in seinem Herzen. Ein Bär, so groß wie eine Hütte, von einem Stachelschwein zur Strecke gebracht.«

Blue-Jay blickte höflich auf den Fußboden, aber Daniel runzelte zweifelnd die Stirn.

»Bump, du weißt doch, dass ein Stachelschwein niemals einem Bären einen Stachel ins Herz schießen kann. Das ist unmöglich.«

Bump hob die Schultern. »Sollte man meinen. Aber ihr könnt ja zu Claes Wilde gehen und es euch selber ansehen, wenn ihr mir nicht glaubt. Ich glaube, er braucht noch eine Weile, bis er den Bären zerlegt hat.«

Die Jungen wären schrecklich gerne zu Gabriel Oak mitgekommen, aber die Gelegenheit, sich einen Bären anzusehen, der von einem Stachelschwein erlegt worden war, konnten sie sich natürlich auch nicht entgehen lassen. Sie waren aus der Tür, noch bevor Lily sie fragen konnte, wann sie wiederkämen. Im letzten Moment rief Blue-Jay ihr noch zu: »Sobald wir etwas wissen, sagen wir dir Bescheid!« Und damit lief er hinter Daniel her.

»Immer haben sie es so eilig«, schniefte Lily. »Wen interessiert denn schon so ein blöder Bär.«

Bump zwinkerte ihr zu. »Ach so? Ich habe eigentlich gedacht, dass ich dich nach dem Unterricht auch dorthin bringe, damit du ihn dir anschauen kannst. Sieh mich nicht so finster an, Miss Lily, davon bekommst du nur ein Gesicht wie eine verschrumpelte Pflaume. Was lastet dir denn heute morgen so schwer auf der Seele?«

»Ich will nach Hause«, sagte sie. Ich will nach Hause, um alle Nachrichten aus Drei Krähen herauszuschütteln. Aber das konnte sie niemandem sagen, weil alle Leute dachten, ihre Mutter sei mit Kitty und Hannah in New York und ihr Vater sei in Guter Weidegrund, um sich um Familienangelegenheiten der Kahnyen'kehàka zu kümmern.

Vom Großen See war es nur eine Tagesreise bis nach Guter Weidegrund. Vielleicht gingen sie ja dorthin. Aber warum?

»Du bist bald wieder zu Hause«, tröstete Bump sie. »Denk einfach daran. Das Leben vergeht auch von alleine schnell genug.«

Lily drängte die scharfen Worte zurück, die ihr auf der Zunge lagen. Sie war zwar schlecht gelaunt, aber zu Bump konnte sie nicht gemein sein.

Er half ihr in den Rollstuhl und schob sie die kurze Strecke zu Gabriel Oaks Hütte. Gabriel saß in der Sonne vor seiner Hütte und wartete auf sie, und auf einmal freute sie sich auf ihren Zeichenunterricht.

Auf dem kleinen Arbeitstisch vor ihrem Hocker lag ein Buch. Es war größer als die meisten, die Lily je gesehen hatte, und der Einband wies schwarze Flecken auf, als sei das Buch aus dem Feuer gerettet worden.

Gabriel begrüßte sie und widmete sich dann sofort wieder seiner Zeichnung. Bump half ihr aus dem Rollstuhl und legte ihr, als sie sich hingesetzt hatte, das Bein so hoch, wie Curiosity es ihm gezeigt hatte. Dann ging er wieder seinen Pflichten nach.

Lily betrachtete das Buch auf dem Tisch. »Darf ich es mir anschauen?«, fragte sie Gabriel.

Er schenkte ihr ein zerstreutes Lächeln. »Du kannst es später mitnehmen und es dir anschauen. Heute malen wir einmal den Kater Magnus, glaube ich. Kannst du die Knochen und Muskeln unter seinem Fell erkennen, Freundin Lily?«

Die Katze blinzelte schläfrig in die Sonne. Lily ergriff ihren Bleistift und legte das Buch beiseite.

Wenn Gabriel Oak einen guten Tag hatte, dann konnte er zwei Stunden lang ohne Unterbrechung mit Lily zeichnen, bevor er anfing zu husten. An schlechten Tagen zog er manchmal schon nach einer Stunde sein Taschentuch aus der Tasche und drückte es sich an den Mund. Dann kam Bump und half ihm wieder in die Hütte, in der Lily noch nie gewesen war.

Seitdem Lily bei den Todds wohnte, damit Curiosity besser auf sie aufpassen konnte, kam es Lily so vor, als ob Gabriel mehr schlechte als gute Tage hatte. Heute jedoch ging es ihm offensichtlich gut, denn er leitete Lily mit sicherer Hand durch den Unterricht.

Alles auf der Welt schien aus wenigen einfachen Formen zu bestehen, wenn man nur genau hinsah. Zeichnen bedeutete hauptsächlich die Formen zu erkennen, die das Gerüst von etwas bildeten, und dann brauchte man nur noch mit Licht und Schatten zu arbeiten, um alles miteinander zu verbinden. Lily zeichnete meistens auf irgendwelchen Papierfetzen, die Gabriel ihr gab, und jede Zeichnung, die fertig wurde, weckte in ihr den Wunsch nach einer neuen, um festzustellen, ob sie es nicht noch besser und noch lebensechter darstellen konnte.

Curiosity hatte nichts dagegen. Oft schaute sie Lily zu, zog die Augenbrauen hoch und legte den Kopf schräg. »Jetzt sieh dir das an!«, sagte sie. »Der Bleistift wird in null Komma nichts verbraucht sein, aber das ist wirklich hübsch, was du da machst. Deine Mama wird stolz auf dich sein, wenn sie sieht, wie hart du gearbeitet hast.«

In das kleine Buch hatte Lily jedoch noch nichts gezeichnet, obwohl sie es sich jeden Tag aufs Neue wieder vornahm.

»Daniel möchte wissen, ob ich ihm ein Bild von Lake in the Clouds male. Aber er möchte es in Farbe haben«, sagte Lily.

Gabriel hob nachdenklich den Kopf. »Ach ja?«

Lily musterte die schlafende Katze, das braun-rötliche Fell, das leuchtende Rot eines frischen Kratzers auf ihrer Flanke, die Innenseiten der Ohren, die in der Farbe von eierschalenweiß bis zu rosa changierten.

»Malst du nie Bilder in Farbe?«, fragte sie ihn.

Gabriel blickte zum Wald. Er sah traurig aus, und Lily bekam schon Angst, etwas gesagt zu haben, das ihn verletzt hätte, aber dann lächelte er sie an.

»Deine Großmutter war eine Freundin, aber du weißt noch nicht viel vom Leben und seinen Lehren.«

Lily nickte. »Sie ist in England gestorben. Meine Mutter war damals nicht viel älter als ich jetzt.«

Gabriel griff wieder zu seinem Bleistift und ließ ihn sanft über das Papier gleiten, als könne ihm das helfen, die richtigen Worte zu finden.

»Mein Vater war ein Quäker. Ich höre noch heute seine strengen Worte, als meine Schwester Mary einmal ein blaues Seidenband mitgebracht hat, das sie auf der Straße gefunden hatte. Er glaubte, es sei eine schreckliche Last für die Seele, solche Farben zu tragen.«

»Aber warum denn?« Lily dachte an die Haarbänder, die sie zu Hause aufbewahrte. Sie leuchteten in allen Farben des Regenbogens. Sie trug sie zwar nicht oft, aber es gefiel ihr, dass sie sie besaß.

»Weil sie Eitelkeit und Schwelgerei ermutigen, wie so viele Dinge. Wir hatten nur ein einziges Bild an der Wand, einen Stich des Friedlichen Königreiches. Als ich klein war, bin ich immer auf einen Stuhl geklettert, um das Bild zu betrachten. Ich glaube, ich könnte es jetzt noch aus der Erinnerung wiedergeben. Dann, eines Tages, nahm ich mir ein Stück Holzkohle und malte auf die Steine des Ofens, und mir war, als habe sich ein großes Licht in mir entzündet. Ein Freund betet sein ganzes Leben lang um das

Innere Licht, und ich dachte, ich hätte es in diesem Stück Holzkohle gefunden, als ich in deinem Alter war.«

»Was hast du gezeichnet?« fragte Lily.

»Meine Schwester Jane, die dasaß und strickte. Es war eine ungeschickte Zeichnung, aber sie sah ihr trotzdem ähnlich. So sehr jedenfalls, dass ich ein wenig Angst davor bekam, deshalb ging ich zu meinem Vater, wie ich es immer tat, wenn ich an etwas zweifelte. Er war Drucker und hatte seinen Laden im Haus.«

»Hat er deine Schwester erkannt?«

Gabriel schluckte. »Ja. Ich sehe immer noch sein Gesicht vor mir, das Entsetzen und die Enttäuschung. Er hatte Augen, blau wie Kornblumen, und an jenem Morgen füllten sie sich mit Tränen. Er beschloss, mich von diesen weltlichen Vergnügungen abzuhalten.«

Lily setzte sich aufrecht hin. »Dein Vater hat dich nicht zeichnen lassen? Warum denn nicht?«

»Was ich als Gabe ansah, sah er als Überschreiten des Göttlichen Gesetzes an. Er war ein guter Mann, Freundin Lily, und ich wollte es ihm recht machen, aber ich konnte nicht vergessen, was ich empfunden hatte, als ich diese einfachen Linien zeichnete, in denen dann meine Schwester zu erkennen war. Als ich sechzehn war, verließ ich das Haus meines Vaters, um mir meinen eigenen Weg in der Welt zu suchen. Er starb im Jahr darauf.

»Das ist eine traurige Geschichte«, meinte Lily. Ihre Eltern fielen ihr ein. Vielleicht gab es ja weitere Neuigkeiten, wenn sie nach Hause kam.

»Ja, sie ist traurig, aber ich wollte dich nicht zum Weinen bringen. Du hast gefragt, ob ich niemals Farben verwende, und das ist die Antwort. Ich habe ein ungehorsames und oft eigennütziges Leben geführt, aber in dieser Beziehung habe ich die Hoffnungen, die mein Vater in mich setzte, erfüllt. Ich zeichne die Welt so, wie ich sie sehe, aber nur in Grau, wie es mir seit meiner Geburt zusteht. Ich kann dir also nicht beibringen, in Farbe zu malen. Aber über die Jahre habe ich ein Geheimnis erfahren und das will ich mit dir teilen.«

Geduldig wartete Lily, während Gabriel schwieg.

»Je mehr du wegnimmst, desto klarer wirst du den Wert dessen, was übrig bleibt, erkennen. Das gilt für die schlafende Katze hier ebenso wie für alle weltlichen Besitztümer – und auch für das menschliche Herz.« Gabriel stieß ein trockenes Lachen aus.

»Wenn du den Wert dessen, was übrig bleibt, erkennst, dann wirst du bereit sein, einen anderen Lehrer zu finden, einen, der dir auch etwas über Farbe beibringen kann.«

Lilys Mund war plötzlich ganz trocken. Sie sagte: »Glaubst du denn, ich komme jemals so weit?«

»Daran zweifle ich nicht, Lily. Überhaupt nicht. Und jetzt solltest du dir besser Magnus noch einmal anschauen, du hast die Krümmung seiner Ohren nicht richtig erfasst.«

Lily tat, was er sagte. Zahlreiche Fragen schwirrten ihr durch den Kopf. Sie hätte ihn gerne gefragt, wohin er mit sechzehn gegangen war, wie er sich seinen Lebensunterhalt verdient hatte, wer ihm Zeichnen beigebracht hatte, aber sie wusste, sie würde warten müssen, bis sie über seine Worte gründlich nachgedacht hatte.

»Du siehst sehr müde aus«, sagte sie schließlich. »Sollen wir für heute Schluss machen?«

Er legte ihr die Hand auf die Schulter. »Ich habe noch eine Ewigkeit Zeit zum Schlafen, Lily. Ah, da kommt Freundin Curiosity.«

Curiosity kam behände wie ein junges Mädchen den Hügel heruntergelaufen, und bei jedem Schritt schwangen ihre Röcke um die Beine. Sie hat so gute Laune, weil ihr Sohn einen Sohn bekommen hat, dachte Lily, und auf einmal machte es sie traurig, dass sie Gabriel nichts davon erzählen konnte.

»Essenszeit!«, rief Curiosity. »Komm jetzt, Lily, und lass den Mann in Frieden essen. Bump ist schon auf dem Weg hierher.«

Sie blieb vor ihnen stehen und öffnete den Mund, um etwas zu sagen, aber es kam kein Ton heraus. Ihr Gesichtsausdruck war auf einmal ganz leer und still geworden. Sie blickte Gabriel an, als ob er ihr eine unliebsame Überraschung bereitet habe. Lily folgte ihrem Blick. Gabriel war sehr blass und seine Augen waren rot gerändert.

»Gabriel Oak«, sagte Curiosity mit heiserer Stimme. »Was hast du gemacht?«

Er blinzelte sie an. »Freundin Lily und ich hatten einen schönen Vormittag.« Dabei grinste er sie schief an, sodass er auf einmal wie ein kleiner Junge wirkte. Irgendetwas ging zwischen den beiden vor, das Lily nicht verstand.

Curiosity blickte ihn stirnrunzelnd an.

»Ich bin fertig«, sagte Lily unbehaglich. Sie war sich nicht sicher, ob sie Curiosity vielleicht mit irgendetwas verärgert hatte. »Wir können jetzt gehen.«

»Warte noch«, erwiderte Curiosity. »Wie viel hast du genommen, Gabriel?«

»Genug, glaube ich.« Er lächelte immer noch, aber nicht mehr so verschmitzt.

Curiosity stieß die Luft aus. »Nun, dann bleiben wir noch ein Weilchen.«

Zu Lily gewandt meinte sie: »Wir haben noch etwas zu regeln.«

Schläfrig und zufrieden blinzelte Gabriel sie an. »Ich habe doch etwas versprochen, nicht wahr?«

Curiosity antwortete ihm nicht. Sie sagte: »Lily, hast du schon etwas in das Buch gemalt, das deine Mutter dir gegeben hat?«

Lily schüttelte den Kopf.

»Dann solltest du das jetzt tun. Schlag es auf. Ich bleibe hier, während du zeichnest. Keine Sorge, ich blicke dir nicht über die Schulter. Mal sein Porträt, so gut du kannst.«

»Ich soll Gabriel zeichnen?«, fragte Lily überrascht.

»Ja.«

»Aber ich ...«

»Freundin Lily«, sagte Gabriel sanft. »Ich habe ein Versprechen gegeben, das ich ohne deine Hilfe nicht einlösen kann. Willst du mir helfen?«

»Ja«, flüsterte Lily.

»Konzentriere dich auf deine Aufgabe. Es liegt in deiner Macht.«

439

*Je mehr weg genommen wird, desto deutlicher sieht man die Form und
den Wert dessen, was übrig bleibt.*

Lily musterte Gabriel. Seine Haut schimmerte feucht in der
Sonne, sodass es ihr einen Moment lang vorkam, als ob sie bis auf
seine Knochen sehen könne. Die eingefallenen Wangen und
Schläfen, die Linie seiner Nase, die Einbuchtung über seiner Lippe, auf der Schweißperlen standen.

»Nimmst du bitte deinen Hut ab?«

Er setzte ihn ab, und sie begann zu arbeiten. Er sah sie nicht an,
sondern blickte mit seinen klaren blauen Augen, die fiebrig glänzten, in die Ferne.

Panik stieg in Lily auf. Sie legte den Bleistift beiseite, um ihre
Finger zu strecken, doch die Furcht verging wieder, als Curiosity
ihr beruhigend die Hand auf die Schulter legte.

Je mehr weggenommen wird …

Lily ließ ihren Bleistift zeichnen. Sie vergaß die Welt, während
der Stift wie von selber über das Papier tanzte und Gabriels Gesicht wiedergab. Und dann war die Zeichnung fertig.

»Das Kinn ist mir ein bisschen zu breit geraten«, sagte Lily.
»Und die Ohren sind auch nicht ganz richtig, aber Ohren sind
auch schwer.«

»Schscht.« Curiosity beugte sich über sie und betrachtete das
Bild.

»Nun sieh dir das an«, sagte sie schließlich mit ihrer süßesten,
sanftesten Stimme. Sie roch nach Leinen in der Sonne, nach Zimt
und der Farbe ihrer Haut. »Nun sieh dir das an. Deine Großmutter wäre sehr stolz auf dich.«

Während sie das sagte, sah Curiosity Gabriel Oak an und Lily
sollte sich noch lange an ihren Gesichtsausdruck erinnern.

Am Abend hatten sie immer noch nichts von Drei Krähen oder
Daniel gehört. Lily schlug Gabriels Buch auf. Mühsam entzifferte
sie, was auf der ersten Seite stand:

»Ein minderwertiger Ersatz für die Wahre Christliche Göttlichkeit, wie sie von dem Volk, das Quäker genannt wird, gepredigt wird. Eine Erklärung und Verteidigung ihrer Prinzipien und Lehren.«

Zunächst war Lily enttäuscht, aber dann sah sie den vertrauten Namen, geschrieben in einer schwer zu entziffernden, altmodischen Handschrift.

»Josiah Oak kaufte dieses Gute Buch
am 5. Tag des 2. Monats im Jahre unseres Herrn 1748
für seinen Sohn Gabriel, damit er danach streben möge,
im Göttlichen Licht zu wandeln.«

Unter die verblasste Schrift hatte Gabriel zahlreiche Gesichter gemalt, Männer, Frauen und Kinder, lachend, ernst oder in Gedanken verloren. Unter jedem Gesicht stand etwas: »Schwester Jane, achtzehn Jahre alt«; »Tante Catherine mit ihrer Katze Theobold«; »Bruder Thomas, mit dreiundzwanzig Jahren an einem Fieber verstorben«; »Mutter betend«; »Urgroßmutter Clarke«; »Vater«.

Auf der Zeichnung war Josiah Oak ein alter Mann, mit eingefallenen Wangen und tiefen Falten um den Mund, Schmerzfalten würde Hannah sie nennen, aber er sah nicht böse oder grausam aus. Er war schon vor langer Zeit gestorben und doch hatte Lily das Gefühl, ihn zu kennen. So hatte Gabriel seinen Vater gesehen.

Vorsichtig blätterte Lily die Seiten um. Sie verstand jetzt, warum Gabriel ihr das Buch gegeben hatte. Nicht wegen seines Inhalts – der Text war lang und kompliziert und interessierte sie nicht –, sondern wegen der Welt, die darin verborgen lag. In jeden Zwischenraum hatte Gabriel etwas gezeichnet, Bäume, Hütten, Brennholz, ein Kind mit zernarbtem Gesicht, eine alte Frau mit einem sauren Gesichtsausdruck, die sie an die Witwe erinnerte, zwei Indianerjungen, die ein Würfelspiel spielten, der eine lachend, der andere mit finsterem Gesicht. »Seneca Camp«, hatte er darunter geschrieben.

Unter den meisten Zeichnungen stand etwas, manchmal nur der Name des Ortes, wo die Zeichnung entstanden war, und ein Datum. »Am Delaware, Frühling 1749«. »Meg Brewster aus Philadelphia«, »Mr. Leonard, Barbier, 1750«, »Ein vom Blitz getroffener Baum, Marysville«.

»Ich rede jetzt schon seit fünf Minuten mit dir, Mädchen. Bist du taub geworden?«

Lily blickte Curiosity an, die vor ihr stand und die Fäuste in die Hüften gestemmt hatte. »Gabriel hat mir das gegeben«, sagte sie und fuhr mit der Hand über die Seite, die sie aufgeschlagen hatte. »Ich weiß nicht, warum.«

Curiositys Gesichtsausdruck wurde weicher.

»Weißt du, warum er es mir gegeben hat?«

»Mit der Zeit wirst du es schon erfahren, Kind.«

Während sie Lily in die Küche trug, sagte sie: »Morgen kannst du den Knöchel ein bisschen belasten und im Garten umhergehen.«

Noch vor ein paar Stunden hätte diese Aussicht Lily in einen Freudentaumel versetzt, aber jetzt galt ihre ganze Aufmerksamkeit dem Buch, das schwer in ihrem Schoß lag.

Curiosity schien nicht darauf zu achten. Sie hatte sich Daisy zugewandt, die junge Farntriebe wusch. Lily überlegte, ob sie sie bitten sollte, eine Kerze anzuzünden – in der Küche war es mittlerweile zu dunkel geworden, um zu lesen.

»Die seltsamste Hochzeit, von der ich jemals gehört habe«, sagte Daisy gerade zu ihrer Mutter. »Außer dem Priester und seiner Frau war niemand dabei. Die Witwe hatte eine Erkältung und ist im Bett geblieben. Ihr einziges Kind heiratet und sie ist nicht dabei. Anna hat von nichts anderem geredet.«

Lily setzte sich auf, um zu lauschen.

Curiosity erwiderte: »Ich muss ständig an Martha denken, sie möge in Frieden ruhen. Es würde sie freuen, dass ihre Jemima so gut versorgt ist.«

Daisy gab einen missbilligenden Laut von sich. Sie wollte etwas sagen, aber dann fiel ihr Blick zufällig auf Lily und sie besann sich. »Eines ist auf jeden Fall sicher, ich habe noch nie einen Mann mit einem so ausdruckslosen Gesicht bei seiner Hochzeit gesehen. Kuick sah aus wie ein Schlafwandler.«

»Es ist ja auch alles recht schnell passiert«, erwiderte Curiosity trocken.

»Dolly weiß bestimmt mehr. Kommt sie heute?«

Curiosity zuckte mit den Schultern. »Ich nehme an, Jemima lässt sie bis in den Abend hinein arbeiten, aber sie wird wohl kaum ihren vollen Lohn bekommen.«

Unwillkürlich entfuhr es Lily: »Hört Dolly Smythe bei der Witwe auf?«

Daisy blickte sie lächelnd an. »Ja. Die neue Missus Kuick will nicht, dass Dolly bei ihr arbeitet.«

»Mir ist das nur recht«, warf Curiosity ein. »Ich freue mich über jede Hilfe. Ich möchte nur wissen, wann Becca kündigt, wo sie und Cookie doch jetzt die ganze Hausarbeit allein machen müssen. Jemima liegt den ganzen Tag nur im Bett.«

Damit brachen sie ihr Gespräch ab, damit Lily nicht alles mitbekam.

In der Nacht lag sie manchmal wach und dachte an das, was am Adlerfelsen passiert war, an Jemimas wutverzerrtes Gesicht und ihre bösen Worte. Es schnürte ihr die Kehle zusammen, wenn sie daran dachte. Wenn doch wenigstens Daniel da wäre, damit sie mit ihm darüber reden könnte. Vielleicht könnten sie ja dann auch zusammen zu Falkenauge gehen und ihm alles erzählen. Dann würde schon alles wieder gut werden.

Als sie aufblickte, stand auf einmal ihr Großvater in der Tür, als wenn er gehört hätte, dass sie in Gedanken bei ihm gewesen war. Er begrüßte Curiosity und Daisy und dann hockte er sich neben ihren Stuhl. Lily sog seinen vertrauten Geruch ein, nach Fichten, indianischem Tabak, Schießpulver und harter Arbeit.

»Gibt es Neuigkeiten?«, fragte sie.

»Ja«, erwiderte er. »Drei Krähen hat einen Brief von deiner Mutter mitgebracht.«

»Aber ...«

»Lies zuerst den Brief.« Er legte ihn ihr lächelnd in den Schoß, um ihr zu zeigen, dass es keinen Anlass zur Sorge gebe, und dann beugte er sich so vor, dass die Adlerfeder, die in seinem Zopf steck-

443

te, sie an der Wange kitzelte, ein Trick von ihm, der sie immer zum Lachen brachte. Wenn er sich Sorgen machte oder wütend war, konnte sein Gesicht ganz hart werden, aber jetzt war er erleichtert, das spürte sie.

»Ich begrüße rasch Gabriel, dann können wir uns unterhalten.«

Curiosity zündete eine Kerze an und zog sich dann zurück, um sie mit dem Brief allein zu lassen. Das fiel ihr sicher schwer, weil sie doch genauso gerne wissen wollte wie Lily, was Elizabeth ihnen mitzuteilen hatte, deshalb las Lily den Brief laut vor:

»Meine liebsten Kinder,

unsere Reise hat uns unerwartet nach Mariah am Lake Champlain gebracht, wo wir zu Gast bei einem alten Freund sind. Ihr erinnert euch sicher an Captain Mudge, der die Schuylers besucht hat, als wir dort einmal zu Gast waren. Er hat euch Holzboote geschnitzt und Lily erlaubt, ihm mit seinem Taschenmesser den Bart zu stutzen, weil sie ihn zu lang fand. Captain Mudges Schwester, Mrs. Emory, die viele Jahre in Afrika verbracht hat, hat uns ein paar aus Elfenbein geschnitzte Figuren geschenkt, die wir euch mitbringen werden. Unser alter Freund Drei Krähen übergibt euch diesen Brief. Wir erwarten von euch, dass ihr ihn als geschätzten Gast behandelt und ihm höflich und geduldig zuhört.

Morgen nimmt der Captain uns auf seinem Schoner, der Washington heißt, mit auf den See. Als Säuglinge seid ihr auch schon einmal auf diesem Schiff gefahren. Wenn ihr sie darum bittet, können Mrs. Freeman oder Läuft-vor-Bären-davon euch die Geschichte noch einmal erzählen. Die Reise auf dem See wird wahrscheinlich zehn Tage dauern, und dann kommen wir wieder nach Hause. Euer Vater meint, ihr könnt uns in ungefähr dreizehn bis höchstens zwanzig Tagen zurückerwarten, je nachdem, wie das Wetter wird. Euer Großvater und Läuft-vor-Bären-davon werden wissen, wann ihr anfangen müsst, euch Sorgen zu machen. Ihr könnt euch völlig auf sie verlassen.

Wir bedauern es sehr, dass wir unsere Pläne ändern mussten, aber es ging nicht anders. Ihr seid sicher enttäuscht, aber macht euch keine Sorgen. Wir sind alle bei bester Gesundheit und hoffen auf ein gutes Ende dieses Unternehmens. Wir erwarten von euch, dass ihr weiterhin hilfsbereit, fröh-

lich und gehorsam seid. Und wir vertrauen darauf, dass ihr die Versprechen haltet, die ihr uns gegeben habt.
Seid lieb zueinander. Wir denken voller Zuneigung und mit großem Stolz an euch. Eure euch liebenden Eltern
Elizabeth Middleton Bonner
Nathaniel Bonner.«

Lily las den Brief zwei Mal und dann noch einmal, und am Ende stimmten sie alle überein, dass er mehr Fragen aufwarf als beantwortete.

»Den Rest der Geschichte hat sicher Drei Krähen erzählt«, sagte Lily. »Wenn Falkenauge zurückkommt, kann er uns bestimmt sagen, warum sie auf dem See sind.«

Curiosity gab einen missvergnügten Laut von sich. Dann trat Galileo in die Küche, und Lily musste den Brief noch einmal vorlesen.

Während Daisy hin und her lief, um Onkel Todd das Abendessen zu servieren, saßen sie in der Küche und fragten sich, warum Lilys Eltern wohl ihre Pläne geändert hatten. Sie sprachen leise, als ob man sie im Speisezimmer hören könnte.

Lily hatte nie verstanden, warum Onkel Todd in Tante Todds und Ethans Abwesenheit unbedingt allein essen wollte, wo er doch in der Küche genug Gesellschaft gehabt hätte, aber heute Abend war sie froh darüber, weil Curiosity und Galileo in seiner Gegenwart nie so frei geredet hätten.

»Sie ist nur vorsichtig«, meinte Galileo. »Das bedeutet nicht zwangsläufig schlechte Nachrichten. Es ist einfach nicht klug, in einem Brief zu viel zu schreiben, falls er in falsche Hände gerät. Wir warten jetzt erst einmal ab, was Falkenauge zu berichten hat. Er kommt gerade.«

Alle versammelten sich gespannt um ihn, als Falkenauge sich auf einen Hocker neben Lily setzte. Er war ein guter Erzähler und niemand unterbrach ihn, auch nicht an den schlimmsten Stellen, bei denen Curiosity ein Seufzen nicht unterdrücken konnte.

Als er fertig war, herrschte zunächst einmal Schweigen. Lily versuchte sich vorzustellen, wie zwölf Menschen innerhalb von fünf Tagen gestorben waren. Sie hatte ihren Bruder und Schwindender Tag sterben sehen, aber zwölf war eine unvorstellbar hohe Zahl.

Schließlich räusperte sich Curiosity und sagte mit erstickter Stimme: »Gott sei ihren Seelen gnädig.«

»Sie sind als freie Menschen gestorben«, sagte Daisy. »Dafür müssen wir dankbar sein.«

»Wenn jemand die übrigen heil nach Kanada bringen kann, dann Nathaniel«, warf Galileo ein, aber Lily erwiderte: »Mir gefällt das nicht.« Die ganze Zeit über hatte sie sehnsüchtig auf Nachrichten gewartet, aber jetzt wünschte sie sich, sie hätte sie nie gehört.

»Dein Daddy und deine Ma schaffen zusammen alles«, sagte Curiosity liebevoll. »Zweifle nicht daran.«

Falkenauge beugte sich vor und hob Lily auf seinen Schoß. Zu einer anderen Zeit hätte sie sich dagegen gewehrt, wie ein Kleinkind behandelt zu werden, aber jetzt war es tröstlich, von seinen Armen umschlungen zu sein.

»Ich nehme sie heute Abend mit nach Hause«, sagte er zu Curiosity. »Daniel fühlt sich im Moment mächtig allein.«

»Na gut«, erwiderte Curiosity lächelnd. »Aber pass auf, dass sie morgen den Knöchel nicht länger als eine Stunde belastet.«

Falkenauge ging normalerweise überall hin zu Fuß, aber heute war er auf Toby geritten, dem friedlichen alten Wallach, der sonst den Kindern zur Verfügung stand, da die Männer zu Fuß schneller waren als das Pferd.

Galileo hob Lily in den Sattel, sodass sie, in eine Decke gehüllt, vor ihrem Großvater saß. Ihre Sachen hatte Curiosity in den Packkorb gelegt.

»Es war schön, dich hier zu haben, Kind. Ich komme morgen Nachmittag, um nach dir zu schauen..«

Bump stand am Gartenzaun und hob grüßend die Hand und Lily winkte ihm zu. Dann ritten sie los. Sie lehnte sich an ihren

Großvater, lauschte auf seinen Herzschlag und auf das laute Quaken der Frösche im Sumpf.

Als sie ankamen, war es fast schon völlig dunkel, nur im See spiegelte sich das Funkeln der Sterne. Wenn sie genau hinsah, konnte sie den Umriss des Berges vor ihnen erkennen, der ihr so vertraut war wie die Gesichter ihrer Eltern.

»Ich bin froh, dass du mich geholt hast«, sagte sie.

Falkenauge gab einen summenden Laut von sich, und mehr brauchte sie nicht.

Dritter Teil

Widrige Winde

33 *14. Juni 1802*
Erst wenige Wochen verheiratet und end-
lich im Besitz von Federbetten, Porzellangeschirr, Silberbesteck
und Bienenwachskerzen kam Jemima Southern zu dem Schluss,
dass das Leben nur noch besser sein könnte, wenn ihr Mann ein
Waisenkind wäre. Dieser Gedanke schoss ihr an einem regnerischen Junimorgen durch den Kopf, als sie mit ihrer Schwiegermutter im Salon saß. Sie waren allein, wie meistens tagsüber.

Es hatte sich gezeigt, welchen Preis sie für diese Ehe zahlen
musste, und am überraschendsten war, dass Isaiah Kuick durch
die Ehe davon befreit worden war, seiner Mutter Gesellschaft leisten zu müssen, weil jetzt Jemima seine Stelle eingenommen hatte.

»Privilegien bringen auch Pflichten mit sich, Missy«, sagte die
Witwe zu ihr. »Und du wirst tun, was sich gehört und neben meinem Sohn stehen ...«

»Meinem Ehemann«, unterbrach Jemima sie.

Die Lippen der Witwe zuckten. »Neben meinem Sohn stehen,
wenn sie heute Mittag diesen Jungen unter die Erde bringen. Das
gehört sich so, wenn einer der Sklaven stirbt. Merk dir das. Du
musst dem Dorf mit gutem Beispiel vorangehen.«

Jemima blätterte die Zeitung um, die in ihrem Schoß lag; sie
war schon einen Monat alt, aber immer noch interessanter als die
Belehrungen der Witwe.

»Und wenn ich mir die Füße nicht nass machen möchte?«

»Wenn du bei Reubens Beerdigung nicht dabei bist, wird seine
Mutter dir das übel nehmen«, sagte die Witwe. »Und du möchtest
doch sicher nicht, dass Cookie zornig auf dich ist. Sie wird den

Haferbrei anbrennen lassen, deine Schuhe verlegen und meinen Wollkorb verschwinden lassen, und das monatelang. Die Sklaven sind schlau, wenn es um sie selber geht, Missy. Vergiss das nicht. Als meine Stellvertreterin musst du ein paar anerkennende Worte über den Jungen sagen.«

»Nur damit du dir nicht die Mühe machen musst, dich aus deinem Sessel zu erheben!«

»Ich bitte um etwas mehr Respekt!« Der Witwe stieg die Röte in die Wangen. Gleich würde sie wieder mit Gegenständen werfen. Wenn sie kein Porzellan zur Hand hatte, dann schreckte sie auch nicht davor zurück, ihre Stricknadeln wie Speere zu schleudern. Jemima wusste mit absoluter Sicherheit, dass ihre Schwiegermutter selbst mit Möbelstücken nach ihr werfen würde, wenn sie nur stark genug wäre.

Während sie ihre Zeitung umblätterte, beobachtete sie die Witwe aus den Augenwinkeln. Anfangs hatten sie die Wutausbrüche noch amüsiert, aber mittlerweile flüchtete sie lieber.

»Ich komme mir vor, als wenn ich mit einer Wilden zusammenleben würde«, hatte sie sich bei ihrem Mann beklagt.

Isaiah hatte ihr mit einer Mischung aus Ungeduld und amüsiertem Desinteresse zugehört. Er würde sich wegen ihr nicht gegen seine Mutter stellen, er redete sie ja noch nicht einmal mit ihrem Vornamen an, sondern nannte sie immer nur Missus Kuick.

Jemima musste sich eingestehen, dass sie ihm viel zu viele Freiheiten zugestanden hatte. Isaiah verbrachte viel mehr Zeit außerhalb des Hauses, als ihm gut tat, und bis jetzt war ihr noch nicht eingefallen, wie sie wieder die Oberhand gewinnen könnte.

Allerdings bereitete es ihr großes Vergnügen, sich vorzustellen, dass sie jederzeit in der Lage wäre der Witwe zu erzählen, was ihr Sohn tat, wenn er nicht zu Hause war.

Gerade zog ihre Schwiegermutter sich den Schal fester um die Schultern und kniff die Augen zusammen.

»Du gehst zu der Beerdigung des Jungen und ich sage dir auch, warum. Du kannst dir die Gelegenheit nicht entgehen lassen, diesen Ehering, den du dir erschlichen hast, überall herumzuzeigen.«

Jemima schluckte ihre Wut herunter und lächelte ihre Schwiegermutter süß an.

»Warum sollte ich ihn mir erschlichen haben, Mutter Kuick? Ich habe nichts zu verbergen.«

»Ach nein? Auch nicht vor Missus Elizabeth Bonner und ihrer Stieftochter?«

Lucy Kuick lachte hämisch.

»Du müsstest dein Gesicht jetzt sehen, Missy. Da habe ich wohl ins Schwarze getroffen, was? Das kommt davon, wenn du den ganzen Tag nur faul auf deinem Hinterteil sitzt. Sie sind alle wieder zurück seit gestern Abend.«

»Das hat dir bestimmt Georgia erzählt.« Jemima hätte sich am liebsten die Zunge abgebissen, weil sie Interesse zeigte.

»In der Tat. Das und noch mehr. Sie ist ihr Geld wert. Tut ihre Arbeit und kennt ihren Platz. Ich hätte mir von Anfang an meine Dienstboten aus Johnstown holen sollen. Von Georgia könntest du einiges lernen, Missy.«

Jemima überlegte, was die Witwe wohl tun würde, wenn sie eines der Bücher durch die Glasfensterscheiben werfen würde, auf die sie so stolz war. Und sie hätte es auch getan, wenn nicht im Dorf bereits so viel darüber geklatscht worden wäre, was in diesem Salon wohl vor sich ging. Aber sie hatte auch noch andere Möglichkeiten, mit der Witwe fertig zu werden. Entschlossen ergriff sie ihre halb volle Teetasse und schüttete den Inhalt auf dem guten türkischen Teppich aus, den Mr. Kuick ihr zur Hochzeit geschenkt hatte.

Sie war schnell, wenn es sein musste, und trotzdem polterte das erste Buch gegen die Tür, noch bevor sie sie hinter sich zugezogen hatte.

»Du sollst in der Hölle schmoren!«, kreischte die Witwe.

Jemima rannte in ihr Schlafzimmer und schloss sich ein. Atemlos stand sie mitten im Zimmer und presste sich die Faust auf ihr heftig klopfendes Herz.

Nathaniel Bonner war vor zwei oder drei Tagen aus dem Busch zurückgekommen, und jetzt waren auch Elizabeth und Hannah wieder da, viel früher, als Jemima gehofft hatte. Jetzt waren alle Bonners wieder in Lake in the Clouds. Sie saßen alle um einen Tisch und redeten.

Jemima konnte die Fragen förmlich hören. Erzähl uns doch noch einmal, wie du dir den Knöchel verstaucht hast, Tochter. Erzähl uns noch mal von Liam Kirby, wann ist er weggegangen, und vor allem, warum? Erzähl uns noch einmal, warum du an jenem Tag am Adlerfelsen warst, Daniel.

Sie fuhr sich mit der Hand über ihren Bauch, der immer noch flach und fest schien, obwohl ihre Blutung ausgeblieben war. Liam Kirby war weg, aber er hatte ihr ein Kind gemacht und dieses Kind war ihr einziger echter Schutz gegen die Witwe. Ein altes Sprichwort ging ihr in der letzten Zeit nicht mehr aus dem Kopf: Hilf dir selbst, dann hilft dir Gott.

»Ich habe mir selbst geholfen«, flüsterte Jemima. Sie hatte alles gut geplant, abgesehen von der Tatsache, dass jetzt die Bonners oben saßen und miteinander redeten.

Die Szene auf dem Adlerfelsen verfolgte sie Tag und Nacht. Daniels starres, wütendes Gesicht. Er hatte ausgesehen wie eine jüngere Version seines Vaters. Das Heulen seiner Schwester, als sie den Abhang herunterstürzte. Nicht auszudenken, wenn sie sich dabei Schlimmeres als den Knöchel gebrochen hätte.

Aber es gab noch Hoffnung. Bis jetzt hatten sich die Zwillinge ihre Drohung offenbar zu Herzen genommen und nichts gesagt. Bis jetzt. Aber sie konnten natürlich die ganze Geschichte auch erzählt haben. Das war durchaus möglich.

Immerhin, die Kinder vergaßen schnell und sie brauchten eine feste Hand, jemanden, der ihnen zeigte, was von ihnen erwartet wurde. Jemima überlegte schon die ganze Zeit, wie sie ihnen das klar machen konnte. Das Problem war nur, sie sah sie so selten.

Auf jeden Fall würden sie bei der Beerdigung sein, da hatte die Witwe Recht. Also würde Jemima sich umziehen und in den Regen hinausgehen müssen.

Es klopfte an der Tür.

»Missus Kuick?«

»Was ist, Becca?«

»Mr. Kuick lässt ausrichten, dass er fertig ist. Die Sklaven haben sich alle schon auf dem Friedhof versammelt.« Beccas Tonfall war neutral, aber selbst durch die geschlossene Tür konnte man das höhnische Grinsen auf ihrem Gesicht sehen. Jemima wollte sie sowieso hinauswerfen, sobald ein neues Dienstmädchen aus Johnstown eingestellt worden war, aber ab und zu wurde der Drang, sie auf der Stelle los zu werden, überwältigend groß.

»Sag ihm, ich komme sofort.«

»Ja, Missus Kuick.«

Jemima trug das zweitbeste Kleid ihrer Mutter, das allerdings mittlerweile schon verschlissen und abgetragen war. Sie hatte jedoch keine Zeit verloren und sofort neue Kleider bestellt. Eins davon hing in ihrem Kleiderschrank wie ein Schmetterling unter Motten, schwere rosafarbene Seide mit einem grünen Paisley-Muster.

Eigentlich wären ihre alten, einfachen Kleider viel passender für die Beerdigung gewesen als dieses neue Seidenkleid. Ihre Schwiegermutter würde außer sich vor Wut sein, wenn sie es trüge, und sie würde den ganzen Ort schockieren.

Entschlossen nahm Jemima das Kleid vom Bügel.

Elizabeth war jetzt seit sechs Tagen zu Hause und war immer noch nicht im Dorf gewesen. Sie fürchtete die Fragen, die ihr unweigerlich gestellt würden, und die Tatsache, dass sie lügen musste, was ihr noch nie besonders gelungen war. Nathaniel konnte überall herumspazieren, ihm würde niemand eine Frage stellen.

Jeden Tag erfand Elizabeth neue Entschuldigungen, um auf dem Berg zu bleiben. Sie verbrachte ihre Zeit mit den Kindern, hörte den Geschichten zu, die Daniel und Blue-Jay von ihren Abenteuern erzählten und saß stundenlang bei ihrer Lily und sah sich mit ihr das kleine Buch an, das sie ihr in der Hoffnung gegeben hatte, es würde sie zum Schreiben ermutigen.

Elizabeth war überrascht gewesen, als sie die Zeichnungen in Lilys Buch sah. Manchmal hatte sie nur geometrische Formen gezeichnet, aber ab und zu auch Porträts, die ihr erstaunlich gut gelungen waren. Am meisten berührte Elizabeth die Wiedergabe von Gegenständen – Curiositys Schuh, eine zerbrochene Flasche, ein Knopf, der lose an einem Hemd hing. Und zu jeder Zeichnung gehörte eine Geschichte, die Lily ihr bereitwillig erzählte.

»Meine Mutter konnte gut zeichnen«, sagte Nathaniel zu seiner jüngsten Tochter. »Sie hat stundenlang Bilder für mich gemalt. Offensichtlich hast du ihr Talent geerbt.«

Lily war schon immer ein wildes Kind gewesen, das sich schnell langweilte, und Elizabeth hatte sie noch nie so vertieft in eine Aufgabe erlebt. Mit wachsendem Erstaunen lauschte sie den Geschichten über Gabriel Oak und über die Dinge, die er Lily beigebracht hatte. Viele seiner Äußerungen hatte Lily sogar auf der letzten Seite im Buch aufgeschrieben.

»Ich habe es aufgeschrieben, nachdem wir ihn beerdigt haben«, erklärte sie ernst. »Damit ich ihn nicht vergesse.«

»Er war dir ein guter Freund«, sagte Nathaniel. »Du wirst ihn nie vergessen.«

Elizabeth meinte: »Es tut mir so Leid, dass ich ihm nicht mehr danken kann.«

»Du kannst ja mit Bump reden«, schlug Lily vor. »Er ist schrecklich traurig, seit Freund Gabriel tot ist.«

Mit Bump hätte Elizabeth natürlich unbesorgt reden können, aber sie ging trotzdem nicht ins Dorf. Wenn sie nicht mit den Kindern zusammen war, unterhielt sie sich mit Viele Tauben und Tannenrauschen, jätete Unkraut oder arbeitete im Haus.

Curiosity kam jeden Nachmittag vorbei, wenn sie bei Reuben die Verbände gewechselt hatte. Sie kam, um sich zu vergewissern, dass ihr Enkel gesund war und sich gut entwickelte, und um einfach nur dazusitzen und das Kind im Arm zu halten.

Elizabeth kannte sie so gar nicht. Den Freemans war der Tod nicht fremd, aber Selahs Tod schien Curiosity unerwartet getroffen zu haben. In sich gekehrt und stumm saß sie da, und nur die Kinder konnten sie wirklich erreichen, aber auch das immer nur für kurze Zeit.

Es wäre besser gewesen, den Jungen bei Daisy zu lassen. Schließlich war sie die Schwester seines Vaters und sie hätte ihn auch nur zu gerne bei sich aufgenommen. Aber da sie ihr jüngstes Kind schon vor zwei Jahren abgestillt hatte, hatte sie keine Milch mehr, und deshalb ließ Curiosity, wenn die Dämmerung hereinbrach, ihren Enkel bei Viele Tauben und ritt wieder ins Dorf zurück.

»Wie lange dauert Trauer?«, hatte Daniel Elizabeth gefragt, als Curiosity nach drei Tagen noch immer sehr geistesabwesend wirkte.

Ewig, hätte Elizabeth am liebsten gesagt.

Nathaniel antwortete an ihrer Stelle. »Es ist wie bei jeder tiefen Wunde, mein Sohn. Sie heilt langsam.«

»Ich glaube, sie wartet auf Nachricht von Manny«, warf Lily ein.

»Wenn Manny da wäre, ginge es ihr besser.«

»Hannah kommt bald nach Hause«, fügte Daniel hinzu. »Vielleicht bringt sie ja irgendeine Medizin aus der Stadt mit, die Reuben hilft. Dann würde es Curiosity auch besser gehen und sie wäre nicht mehr so zornig.«

Später dachte Elizabeth ständig über die Worte ihres Sohnes nach. Er hatte recht, Curiosity war so zornig, wie sie noch nie zuvor gewesen war.

Sie machte sich auf die Suche nach Läuft-vor-Bären-davon und fand ihn hinter dem Schuppen, wo er eine Falle reparierte.

»Erzähl mir von Reuben«, sagte sie. »Von seinem Unfall in der Mühle.«

Läuft-vor-Bären-davon legte seinen Hammer beiseite und nahm sich ein Stück Draht. »Ich weiß nicht, ob es ein Unfall war.«

Elizabeth überlief eine Gänsehaut. »Erzähl mir davon.«

»Es gibt nicht viel zu erzählen«, erwiderte Läuft-vor-Bären-davon. »Man sagt, der Junge hat gerade einen Sack mit Ätzkalk getragen, als der Sack geplatzt ist. Bis er in den Mühlenteich springen konnte, war der Schaden schon geschehen. Es hat ihm fast die ganze Haut verbrannt.«

Bei dem Gedanken daran schnürte es Elizabeth die Kehle zu.

Gepresst fragte sie: »Warum glaubst du, dass es kein Unfall war?«

»Als es geschah, war nur der Aufseher in der Nähe. Der Junge kann zwar nicht mehr reden, aber die Männer in der Mühle haben so ihre Vermutungen.«

Als Elizabeth am Abend, als sie zu Bett gingen, Nathaniel die Geschichte erzählte, schwieg er.

»Wusstest du davon?«

Er nickte. »Ja. Mein Vater hat mir davon berichtet. Es erklärt einiges.«

»Ist das alles, was du dazu zu sagen hast?« Elizabeth konnte ihre Wut kaum zügeln. »Es erklärt einiges?«

Er drehte sich zu ihr um, und sein Gesichtsausdruck brachte sie zum Schweigen.

»Ich kann auf der Stelle hin gehen und Dye eine Kugel in den Kopf schießen. Das wäre mir ein Vergnügen. Du brauchst nur ein Wort zu sagen, Elizabeth.«

»Nein.« Ihr Zorn war auf einmal verraucht. »Nicht, dass er es nicht verdienen würde. Aber ... nein. Warum hat Curiosity denn nichts gesagt? Oder Galileo? Es verstößt gegen das Gesetz. Selbst einen Sklaven darf man nicht so behandeln. Er könnte dafür verhaftet und eingesperrt werden, oder nicht?«

Nathaniel strich über ihren Arm und verschränkte seine Finger mit ihren. »Zuerst einmal gibt es keinen Beweis dafür, dass Dye seine Finger im Spiel hatte. Er ist ein harter Mann, aber ich habe noch nie gehört, dass er jemanden einfach nur zum Spaß umgebracht hätte – noch nicht einmal einen Sklaven. Und dann ist ein so starker und gut ausgebildeter Junge wie Reuben viel Geld wert.«

»Dann glaubst du also nicht, dass Dye verantwortlich für den Unfall war?«

»Das habe ich nicht gesagt. Aber wir wissen nicht, was wirklich passiert ist.«

Elizabeth erhob sich vom Bett und ging unruhig hin und her. »Ich verstehe trotzdem nicht, warum Curiosity gar nichts gesagt hat. Glaubst du ... könnte es sein, dass sie ...«

»Spuck es aus, Stiefelchen.«

Sie holte tief Luft. »Glaubst du, sie gibt uns die Schuld an Selahs Tod?«

Am liebsten wäre ihr gewesen, er hätte das rasch verneint, aber den Gefallen tat ihr Nathaniel nicht. Er fuhr sich über seine Bartstoppeln und schüttelte schließlich den Kopf. »Nein«, sagte er dann und beugte sich vor, um sich die Mokassins aufzuschnüren. »Ich habe mich das selber auch schon gefragt, aber ich glaube, es ist ein wenig komplizierter.«

»Erklär es mir«, bat Elizabeth.

Er zuckte mit den Schultern. »Curiosity wirft uns das, was geschehen ist, bestimmt nicht vor. Du kennst sie zu gut, um daran zu zweifeln. Aber beide, sowohl Curiosity als auch Galileo, ziehen sich von uns zurück, wahrscheinlich um uns zu schützen, falls es wegen Reuben echte Probleme gibt.«

»Glaubst du, sie ... sie wollen Rache nehmen?«

»Ich weiß nicht, was sie vorhaben«, unterbrach Nathaniel sie. »Und ich werde sie auch nicht fragen. Das solltest du besser auch nicht tun.«

»Nathaniel, wenn sie das Gesetz selber in die Hand nehmen ...« Sie brach ab. »Ich möchte, dass du mit Galileo redest. Du oder dein Vater. Einer von euch beiden. Sonst rede ich mit Curiosity.«

»Um Galileo oder Curiosity brauchen wir uns keine Gedanken zu machen«, sagte Nathaniel. »Wenn sich jemand in den Kopf gesetzt hat, Dye etwas anzutun, dann jemand aus Reubens Familie.«

Elizabeth war den Sklaven der Witwe kaum je begegnet, weil sie nicht oft ins Dorf durften, aber sie kannte sie vom Sehen und von den Geschichten, die sie gehört hatte. Ezekiel und Levi waren große Männer, ruhig und tüchtig und immer zu einem Scherz aufgelegt. Reuben war seinen älteren Brüdern sehr ähnlich gewesen. Mit ihrer Mutter war es jedoch etwas anderes. Curiosity hatte ab und zu von Cookie gesprochen und gesagt, sie warte wie ein geprügelter Hund nur den richtigen Zeitpunkt ab.

»Das ist alles sehr schlimm, Nathaniel.«

»Lass uns abwarten«, entgegnete er. »Curiosity sagt, der Junge wird nicht mehr lange leben, und dann wird es eine Beerdigung geben.«

Am nächsten Abend kam Hannah nach Hause. Die Hunde schlugen nicht an, und deshalb waren alle überrascht, als sie auf einmal in der Tür stand.

Daniel sah seine große Schwester zuerst und ließ jubelnd alles fallen, was er gerade in Händen hielt. Lily war immer noch ein wenig unsicher auf den Beinen, aber sie sprang ebenfalls sofort auf, wobei der Korb voller Knöpfe, den sie im Schoß hatte, herunterfiel und alle Knöpfe zu Boden kullerten.

Die Zwillinge machten so viel Lärm, stellten Hannah so viele Fragen und überschütteten sie mit Neuigkeiten, dass Falkenauge für Ordnung sorgen musste. Er packte seine beiden jüngsten Enkel an den Hemden und hob sie wie junge Hunde hoch.

»Ihr beiden habt wohl alle eure guten Manieren vergessen. Lasst doch eure Schwester erst einmal zu Atem kommen.«

Elizabeth wäre am liebsten auch gleich zu Hannah gestürzt, aber sie wartete geduldig ab, bis Hannah ihren Großvater begrüßt hatte und zu Nathaniel trat. Sie begrüßte auch ihn in der Sprache ihres Muttervolkes und sagte all die Dinge, die von einer guten Tochter erwartet wurden. Sie sah glücklich aus, wieder zu Hause sein, aber in ihrem Gesicht zeichnete sich auch eine Erschöpfung ab, die nicht nur von den Strapazen der Reise herrühren konnte. Hannah war kein Mädchen mehr, seit sie in der Stadt gewesen war.

»Es ist gut, dass du zu uns nach Hause gekommen bist«, antwortete Nathaniel ihr in der gleichen Sprache. »Es ist richtig, dass wir alle wieder zusammen sind.«

Daniel holte alle aus der anderen Hütte und sie drängten sich auf der Veranda, um Hannahs Geschichten zu lauschen.

Viele Tauben brachte Selahs Sohn mit, damit Hannah ihn sehen konnte. Er war ein großes, gesundes Kind mit Speckröllchen unter dem Kinn und an Armen und Beinen. Hannah hielt ihn im Schoß, während sie die Fragen beantwortete, die man ihr stellte.

Lily liebte es, wenn alle an einem warmen Sommerabend auf der Veranda zusammen saßen. Sie lehnte sich gegen die Beine ihrer Mutter; sie brauchte bloß die Hand auszustrecken, um ihren Bruder oder ihren Vater zu berühren, und sie konnte jederzeit zu ihrem Großvater oder zu Hannah auf den Schoß krabbeln.

Blue-Jay bat Hannah, von Anfang an zu erzählen, und das tat sie auch. An manchen Stellen brachte sie sie zum Lachen und das war gut so, denn wenn sie später hören würden, was auf dem Großen See mit Selah und den Reisenden passiert war, dann gäbe es keinen Grund zum Lachen mehr. Diesem Teil der Geschichte wollte Lily eigentlich nicht mehr lauschen.

Als Hannah berichtet hatte, wie sie in der Stadt angekommen war und wie es der Familie in der Whitehall Street ging, beschlossen die Erwachsenen, die Kinder ins Bett zu schicken. Kateri und Blue-Jay gingen ohne Widerspruch und selbst Daniel zog sich leise murrend zurück. Nur Lily bettelte so lange, bis sie sich einen zusätzlichen Nachmittag Unkrautjäten eingehandelt hatte. Erst dann marschierte sie wütend in ihr Zimmer.

Ihr Bruder lehnte mit aufgestützten Armen am offenen Fenster und hörte den Erwachsenen auf der Veranda zu, als sie herein kam. Sie fragte ihn, ob er den Verstand verloren habe oder ob er den ganzen Sommer mit Unkrautjäten zubringen wolle, aber er warf ihr nur einen ungeduldigen Blick zu und machte ihr ein wenig Platz am Fenster.

»Sei still«, flüsterte er ihr ins Ohr. »Sie kommt gerade zum guten Teil.«

Die Erwachsenen redeten leise, aber die Kinder verstanden doch fast jedes Wort.

»Das hättest du mir früher sagen können«, wisperte Lily. »Dann hätte ich keinen Ärger bekommen.«

Lange blieben sie so stehen, während Hannah Geschichten vom Krankenhaus, den Patienten und den Waisenkindern erzählte, die so traurig waren, dass selbst Daniel leise aufseufzte und Lily ihn

461

anstoßen musste, um ihn daran zu erinnern, dass sie sich nicht verraten durften.

Plötzlich drang die Stimme ihres Vaters laut und scharf zu ihnen herauf. »Daniel. Lily. Ins Bett!«

Lily ging gehorsam zu Bett, konnte aber nicht einschlafen. Sie blickte in die Schatten und wünschte sich, sie wäre mutig genug, um wieder zurück ans Fenster zu schleichen.

»Das hätten wir besser nicht gemacht«, flüsterte Daniel ihr aus seinem Bett zu.

»Er war nicht wirklich böse«, erwiderte Lily. »Wenn er wirklich böse ist, nennt er mich Mathilde.« Aber sie blieb doch im Bett liegen und ihr Bruder auch.

Nach einer Weile sagte sie: »Ich dachte immer, dass ich unbedingt in die Stadt wolle, aber jetzt habe ich meine Meinung geändert.«

Daniel gab einen zustimmenden Laut von sich. Dann hörte sie, wie er sich aufsetzte. »Lily, was sollen wir wegen Jemima machen?«

Er kam zu ihr ins Bett, wie er es immer tat, wenn sie wichtige Dinge zu besprechen hatten oder wenn er sich vor irgendetwas fürchtete.

»Wir können gar nichts tun«, meinte Lily.

»Aber sie war unbefugt auf dem Berg. Das müssen wir erzählen.«

»Liam Kirby war bei ihr, also war auch er unbefugt da. Willst du, dass jetzt alle wieder anfangen, sich Gedanken wegen Liam Kirby zu machen, wo er doch endlich weg ist?«

Daniel schüttelte den Kopf.

»Nein, ich glaube nicht. Mir gefällt es nur nicht, dass Jemima Southern auf dem Berg herumläuft und Drohungen ausstößt. Es ist nicht richtig.«

»Sie hatte sicher Angst, dass wir sie verraten«, erwiderte Lily.

Dieses Gespräch hatten sie schon häufig geführt, und immer endete es an dieser Stelle, weil sie beide instinktiv spürten, dass etwas Wichtiges auf dem Spiel stand, etwas, das sie nicht verstanden und wonach sie auch nicht fragen konnten. Es hatte mit dem zu tun, was zwischen Männern und Frauen vor sich ging, und über dieses Thema redeten sie eigentlich nicht häufig.

»Sie hat so getan, als wollten wir ihr einen Schatz wegnehmen«, sagte Daniel, als ob er ihre Gedanken erraten hätte.

»Wir müssen ihr einfach für den Rest des Sommers aus dem Weg gehen«, meinte Lily. »Vielleicht vergisst sie ja dann die ganze Sache.«

Am nächsten Morgen regnete es, und zum ersten Mal, seit sie aus Kanada zurückgekehrt war, wachte Elizabeth auf und fühlte sich wohl. Bei den Todds wuchs ein neues Kind heran, das Hoffnung für Kitty bedeutete; Hannah war wieder daheim, verändert zwar, aber nicht verletzt durch ihre Zeit in der großen Stadt; in den Briefen aus Schottland, die sie mitgebracht hatte, standen zwar traurige Nachrichten, aber es gab auch Erfreuliches: Luke war zufrieden mit seinem Schicksal, Jennet war verheiratet. Ihre Kinder waren heil und gesund und Liam Kirby war fort und würde nie mehr nach Hidden Wolf zurückkommen.

Sicher gab es weniger Nachrichten von Manny, als ihnen lieb war, aber so schlimm war das, was sie erfahren hatten, nun auch wieder nicht. Sie hatten allen Grund zu der Annahme, dass es ihm gut ging und dass er bald nach Hause kommen würde; zumindest hatte Will das gesagt, und Will konnten sie vertrauen. Der Sommer lag vor ihnen mit all seinen Problemen, aber sie waren wieder zusammen, und gemeinsam würden sie alles bewältigen.

Elizabeth rührte gerade den Haferbrei und plante mit neuer Energie den Tag, als die Hunde anschlugen. Toby, der in der Nähe der Veranda graste, wieherte kurz, und als Reaktion darauf ertönte ein anderes vertrautes Wiehern: Hera, Curiositys Stute.

»Curiosity kommt«, sagte Elizabeth zu Hannah. »Sie kommt jeden Tag hier herauf, um nach dem kleinen Galileo zu sehen.«

Hannah reagierte nervös. »Es überrascht mich, dass Kitty sie gehen lässt. Schließlich hat sie doch den Säugling, und es gibt so viel zu erzählen. Und die Amme, ach, von der habe ich ja noch gar nichts gesagt ...«

»Tochter«, sagte Elizabeth leise, »es ist doch nur Curiosity. Du brauchst nicht so aufgeregt zu sein.«

Hannah nickte gehorsam. Sie wischte sich die Hände an der Schürze ab und ging hinaus, um Curiosity zu begrüßen.

Elizabeth trat an die Tür und blickte auf die beiden schlanken Gestalten, die sich an den Unterarmen gefasst hatten und von der Sonne wie mit Gold eingerahmt wurden. Beide hatten die Köpfe gesenkt.

Elizabeth seufzte tief auf. Als sie ihrer Stimme wieder trauen konnte, rief sie: »Willst du nicht hereinkommen und mit uns essen?«

Curiosity kam zu ihr und Elizabeth sah erschreckt, wie erschöpft und traurig sie aussah.

»Ich kann nicht bleiben«, sagte sie. »Ich wollte nur Hannah abholen, damit sie mir hilft. Reuben ist im Morgengrauen gestorben, und sie muss ihn mit mir aufbahren. Außerdem haben wir zwei uns viel zu erzählen.«

Elizabeth ging nicht mit ihnen. Sie konnte die Vorstellung nicht ertragen, schon wieder ein totes Kind aufzubahren. Und auch an dem Gespräch wollte sie nicht teilhaben. So blieb sie zu Hause, um sich um ihre eigene Familie zu kümmern, in Gedanken jedoch war sie die ganze Zeit bei Curiosity und Hannah. Während sie das Frühstück austeilte, wuchs in ihr die Überzeugung, dass sie besser mitgegangen wäre.

»Ich bin ein Feigling«, murmelte sie halblaut, und Nathaniel blickte sie scharf an.

»Ich hätte mit ihnen gehen und Curiosity helfen sollen«, sagte sie.

Nathaniel musterte sie schweigend. Dann erwiderte er: »Du musst ja nicht jede Last auf dich nehmen, Stiefelchen. Und du bist auch kein Feigling.«

Sie gab einen abweisenden Laut von sich, aber er wandte sich stumm wieder seiner Arbeit zu.

»Nun sag schon, was du zu sagen hast, Nathaniel«, forderte sie ihn auf. »Ich spüre doch, wie es in dir arbeitet.«

Er lachte kurz auf. Sie hatte ihn wieder einmal durchschaut.

»Die Jungen waren zwar befreundet, aber ich möchte nicht, dass die Kinder mit auf die Beerdigung kommen. Nicht, wo so viel Spannung in der Luft liegt.«

Er wappnete sich für den unvermeidlichen Streit, weil er wusste, dass sie darüber unterschiedlicher Meinung waren. Elizabeth wollte die Kinder genau aus dem Grund bei der Beerdigung dabei haben, aus dem heraus er sie fernhalten wollte. Es war ein ständiger Reibungspunkt zwischen ihnen: Elizabeth lebte in der Angst, dass ihre Kinder zu wenig von der Welt erfuhren und zu beschützt aufwuchsen. Nathaniel hingegen lebte nur dafür, seine Kinder zu beschützen und ihnen beizubringen, wie sie sich selber schützen konnten.

Deswegen erwartete er also jetzt eine Auseinandersetzung mit seiner Frau, aber stattdessen gab sie ihm eine Antwort, die ihn weitaus mehr beunruhigte als jedes scharfe Wort.

»Ja«, sagte sie leise. »Ich fürchte, du hast Recht.«

34 *14. Juni*

Jemima zog sich den Schal fester über die Haube und die Schultern und stampfte mit den Füßen in den steifen neuen Lederstiefeln auf, um sie warm zu bekommen. Wieder zählte sie: ein Sarg aus grünem Holz, drei Indianer, sieben Weiße, sechzehn Schwarze – ein paar davon Freie, der Rest Sklaven – und kein einziges Kind. Von ihrem Platz am Fußende des offenen Grabes konnte Jemima in der hintersten Reihe die Bonners sehen, aber die Zwillinge waren nicht dabei.

»Wir übergeben die Leiche dieses Kindes der Erde.« Mr. Gathercole redete mit seiner Priesterstimme, hoch und brüchig und wenig angenehm. »Asche zu Asche, Staub zu Staub ...«

Hinter Jemima und Isaiah stand Ambrose Dye, so dicht bei ihnen, dass Jemima ihn spüren konnte. Bei einer anderen Gelegenheit hätte sie ihn zurechtgewiesen, aber jetzt musste sie es einfach ertragen. Wenn sie näher an ihren Mann herantrat, würde Isaiah wahrscheinlich zurückweichen, und das konnte Jemima nicht riskieren, vor allem nicht unter den Blicken von Hannah Bonner.

Am Kopfende des Grabes standen Cookie und ihre Söhne und dahinter alle anderen Schwarzen. Curiosity und Galileo waren da, ebenso wie Daisy und Joshua Hench. Sogar Jock Hindle hatte seinen beiden Sklaven erlaubt zu kommen. Und alle starrten sie unverwandt an.

Es gab Gerüchte im Dorf, dass Ambrose Dye den Jungen ermordet hatte, obwohl es niemand laut aussprach.

Jemima wusste, dass Ambrose Dye zu einem Mord fähig war, aber sie konnte sich nicht vorstellen, dass er Reuben auf dem Gewissen hatte. Es machte einfach keinen Sinn. Reuben war viel Geld wert gewesen; allein in dieser Hinsicht waren Dye die Hände gebunden und außerdem konnte ein Weißer wegen Mord an einem Sklaven auch vor Gericht gestellt werden. Wenn er an den falschen Richter geriet, wurde er dafür sogar gehängt.

Aber selbst wenn sich der Richter nur mit einer Geldstrafe begnügen würde, dann wäre Dye auf jeden Fall seine Stelle als Aufseher los, denn die Witwe würde ihn ohne Zögern hinauswerfen. Er würde nach Johnstown oder sogar noch weiter gehen müssen, um neue Arbeit zu finden, und dann müsste er Isaiah zurücklassen. So sehr Jemima diese Vorstellung auch gefiel, es erschien ihr unwahrscheinlich, dass Dye dieses Risiko auf sich nahm.

Es sei denn, ihr war etwas entgangen.

Curiositys Gesichtsausdruck nach zu schließen, war der alten Frau klar, worum es ging. Sie hatte den Jungen bis zu seinem Tod gepflegt, und wenn jemand wusste, was an jenem Tag in der Mühle passiert war, dann war es Curiosity. Aber das Wort einer alten Schwarzen galt nicht viel.

Curiosity konnte also genauso wenig gegen Dye aussagen wie es ihr möglich wäre, ihn auf offener Straße zu erschießen. Was sie wusste, würde sie für sich behalten müssen, so schwer das auch sein mochte.

Reubens Mutter dagegen wirkte einfach nur so, als sei ihr jede Lebenskraft geraubt worden. Jemima hatte ganz vergessen, wie klein Cookie war, nicht größer als ein zehnjähriges Kind. Zwischen ihren beiden Söhnen schien sie sogar noch mehr geschrumpft zu sein. Was die Trauer einer Frau doch antun konnte.

Während Mr. Gathercole seine Predigt hielt, trat Cookie unmerklich immer näher an die Grube heran. Ab und zu schwankte sie ein wenig, und Jemima hielt den Atem an. Sie hatte schon davon gehört, dass sich Mütter manchmal über den Sarg ihres Kindes warfen, hatte so etwas allerdings noch nie erlebt.

Levi legte ihr die Hand auf die Schulter und der Moment verging. Mittlerweile war auch die Predigt zu Ende.

»Möchte jemand noch etwas sagen?« Mr. Gathercole blickte sich um. »Wer möchte für dieses Kind sprechen?«

Alle außer Cookie schauten Jemima an. Eigentlich müsste sie an Stelle der Witwe Kuick die üblichen Worte über den unergründlichen Willen des Allmächtigen, Abrahams Opfer und das Jüngste Gericht sagen, aber sie bekam kein Wort heraus. Zu ihrer Überraschung trat Isaiah vor und räusperte sich.

»Reuben war ein guter Junge.« Er sprach ganz deutlich, mit einer tiefen, volltönenden Stimme, die Jemimah noch nie bei ihm gehört hatte. Sogar Cookie hob verwirrt den Kopf.

»Er war freundlich und leicht zu lenken, hatte eine schnelle Auffassungsgabe und war sehr geschickt. Den Älteren brachte er stets Achtung entgegen.« Isaiah schwieg, die Muskeln an seinem Kinn zuckten. Seine Augen waren gerötet, als ob er geweint hätte. Und am erstaunlichsten war, dass nicht der geringste Spott in seinem Tonfall lag, sondern aufrichtige Trauer.

»Er hatte eine besondere Begabung für die Musik«, fuhr Isaiah fort. »Wenn er nicht Fiedel spielen konnte, dann sang er. Es war eine Freude, ihm zuzuhören. Es tut mir Leid ...« Seine Stimme brach und er räusperte sich erneut.

»Er ist in diesem Haushalt geboren und er wäre darin zu einem guten Mann herangewachsen. Es tut mir Leid, dass er gestorben ist. Ich möchte mein Mitgefühl und das meiner Mutter und meiner Frau der Mutter Reubens, Cookie, aussprechen, die uns so viele Jahre treu gedient hat, und seinen Brüdern Ezekiel und Levi, die seit ihrer Geburt bei uns sind. Wir werden Reuben genauso vermissen wie ihr.«

Cookie blinzelte; sie öffnete den Mund und schloss ihn wieder. Ezekiel flüsterte ihr etwas ins Ohr und sie schüttelte heftig den Kopf.

Isaiah fügte hinzu: »Mr. Dye möchte auch ein paar Worte sagen.«

Alle Schwarzen erstarrten. Jemima rann ein Schauer über den Rücken, der Hass lag beinahe spürbar in der Luft.

»Jemima«, sagte Isaiah leise, »bitte tritt zur Seite und lass Mr. Dye vortreten.«

Gehorsam machte Jemima ihm Platz. Etwas Geheimnisvolles lag in der Luft und sie wollte es unbedingt herausfinden.

Dye stand mit hoch erhobenem Kopf, die Hände auf dem Rücken verschränkt, aufrecht da. Mit zusammengekniffenen Lippen blickte er über die Schar der Schwarzen.

»Reuben lernte sehr schnell, wenn er wollte«, sagte er. »Er lehnte nie eine Arbeit ab, gab nie Widerworte. Ein guter Arbeiter aus dem ein guter Schreiner hätte werden können.«

Er machte eine Bewegung, als wolle er vom Grab zurücktreten, aber Isaiah hinderte ihn daran. Jemima sah, wie er Dye die Hand auf die Schulter legte und ihn festhielt, als wolle er sagen: Warte, geh noch nicht.

Dann glitt seine Hand über den Arm seines Geliebten herunter. Dye zuckte zusammen und Jemima spürte ganz deutlich, dass dies nichts mit Liebe oder Fleischeslust zu tun hatte, sondern dass es um etwas viel Tieferes ging: so als ob sie einen Pakt geschlossen hätten und Dye von Isaiah jetzt an seinen Teil des Abkommens erinnert worden wäre.

Der Aufseher räusperte sich und sagte: »Er wird uns in der Mühle fehlen. Uns allen.« Er blickte auf den Sarg. »Wir bedauern den sinnlosen Unfall, der Reuben zu früh um sein Leben brachte.«

Ein Raunen ging durch die Menge. Und auf einmal wusste Jemima, dass die Gerüchte stimmten. Was an jenem Tag in der Mühle passiert war, hatte nichts mit der Geschichte zu tun, wie sie erzählt wurde. Dye hatte offenbar seiner Wut freien Lauf gelassen.

Jemima sah es beinahe vor sich...

Reuben, der an einem Fenster vorbei ging. Oder in einen Lagerraum trat, wo man nicht mit ihm gerechnet hatte. Dye, der wutschnaubend aufsprang. Isaiah, der sich abwandte, um sein Gesicht zu verbergen. Reubens verwirrter Gesichtsausdruck, und dann die Angst, als er begriff, was er gesehen hatte.

Wie es dann genau geschehen war, spielte keine Rolle. Was jedoch eine Rolle spielte, war Cookies Gesichtsausdruck. Sie wusste, dass der Aufseher für den Tod ihres Sohnes verantwortlich war – aber wusste sie auch warum? Hatte Reuben die Geschichte noch erzählen können oder waren seine Verletzungen zu schlimm gewesen?

Alle warteten darauf, dass Cookie etwas sagte. Sie konnte all dem ein Ende setzen und sie konnte Jemima alles nehmen, für das sie so hart gearbeitet hatte.

Aber vielleicht würde sie auch nicht laut aussprechen, was sie wusste.

Cookie war die einzige Sklavin, die sich auch nachts im Haus aufhalten durfte. Jeden Abend schärfte sie die Messer, setzte den Sauerteig für das Brot an, weichte Erbsen oder Linsen ein, bevor sie sich auf ihrer Strohmatte vor dem Ofen zum Schlafen niederlegte. Ihr standen vielfältige Waffen zur Verfügung: Feuer, Stahl, die Blätter bestimmter Pflanzen, die sie fein zerhacken und wie Rosmarin über eine Lammkeule streuen konnte. Die Frage war nur, ob sie auch die Vergeltung bedachte, die unweigerlich folgen würde.

469

Die anderen berührten sie an der Schulter, aber sie hielt Dyes Blick stand und sah ihn einfach nur an.

Als sie schließlich den Mund öffnete, war ihre Stimme völlig ruhig. Sie sagte: »Wir leben in schweren Zeiten, in denen das Jenseits der einzig sichere Ort ist.«

Dann hob sie den Arm und öffnete ihre geballte Faust. Erde fiel über den Sarg, in dem ihr jüngstes Kind, ihr Sohn, lag. Mit einem letzten Blick auf Isaiah und Ambrose Dye drehte sie den Kopf zur Seite, spuckte auf den Boden und ging.

Die Menge teilte sich, um sie durchzulassen, und folgte ihr dann.

Jemima hörte ihren eigenen keuchenden Atem. Was auch immer sie vermuteten, was auch immer sie wussten, sie würden es nicht laut aussprechen. Für heute war sie in Sicherheit.

Es begann heftiger zu regnen, als Hannah, Bump und die Freemans auf das Haus der Todds zugingen, sodass sie sich nicht miteinander unterhalten konnten. Hannah war nicht unglücklich darüber, noch eine Viertelstunde Ruhe zu haben, denn wenn sie erst einmal bei Richard Todd waren, dann würde sie zahllose Fragen beantworten müssen.

Sie ging hinter Curiosity, die sich bei ihrem Mann untergehakt hatte, eine vertrauliche Geste, wie sie nur normal wirkte bei einem Paar, das so lange verheiratet war. Hannah vermutete, dass es wahrscheinlich auch etwas mit Galileos schlechter werdenden Augen zu tun hatte, aber es gefiel ihr trotzdem, die beiden so miteinander zu sehen. Nach dem heutigen Tag tröstete es sie.

Bei der Beerdigung hatte Hannah das Gefühl gehabt, Cookie schwebe wie ein Racheengel über Ambrose Dye. Sie alle hielten Dye für verantwortlich an Reubens Tod, selbst Curiosity, die jedoch keinen Beweis dafür hatte und das auch offen zugab. In den langen Stunden, in denen sie bei ihm gewacht hatte, hatte er nur ein paar Worte gesagt, und auch diese lediglich im Delirium. »Mama, komm tanz mit mir«, und »Reich mir meine Fiedel« und »Gott strafe mich mit Blindheit«.

Die Wahrheit hatte zwei Seiten. Zum einen würden sie nie einen Beweis für Dyes Schuld vorlegen können, und damit war er nach den Gesetzen der Weißen unschuldig. Auf der anderen Seite jedoch konnten sich die Sklaven der Witwe, die ihn am besten kannten, nicht vorstellen, dass er unschuldig war.

Die Indianerin in Hannah verstand die zweite Wahrheit besser als die erste. Cookie und ihre Söhne wollten Rache. Natürlich. Aber sie bekamen sie nicht, ohne die anderen Menschen, die sie liebten, in Gefahr zu bringen.

Curiosity drehte sich zu Hannah um und schenkte ihr ein kleines, sehr müdes Lächeln.

»Ich berufe morgen in der Postkutschenstation eine Versammlung ein.« Richard Todd blickte nicht von den Papieren auf, die vor ihm auf dem Schreibtisch lagen. Er hatte Hannahs Notizen nun schon zum dritten Mal gelesen und mit Anmerkungen versehen und ihr zum wiederholten Mal Fragen gestellt.

Richard hatte einen Plan ausgearbeitet, um das ganze Dorf zu impfen und er war so zufrieden mit sich, dass er Hannahs Einwände nicht gelten ließ.

Hannah kannte die Leute von Paradise. Die meisten waren vorsichtig und misstrauisch. Viele von ihnen würden gar nicht erst erscheinen, um sich impfen zu lassen, aber Richard Todd hatte vor, sie alle dazu zu zwingen. Und er teilte Hannah seine Pläne nicht etwa mit, um ihre Meinung dazu zu hören, sondern nur, um laut denken zu können.

Er würde Bump zur Postkutschenstation schicken, in die Schenke, die Kirche und die Schmiede, damit alle davon erfuhren. Jeder Mann, der mit seiner Familie morgen Abend zur Postkutschenstation kam, um sich anzuhören, was er zu sagen hatte, würde von ihm einen Krug Ale spendiert bekommen.

Hannah trank ihren kalten Tee aus und stellte die Tasse auf das Tablett, auf dem sich bereits die Reste ihres Abendessens befanden. Das Arbeitszimmer stand voller Kisten, die aus der Stadt geschickt worden waren; Bücher, die Dr. Simon seinem Kollegen zum Geschenk machte, Geschenke von Will und Amanda, alles, was Richard bestellt hatte.

Der teuerste Gegenstand war eine neue Linse für sein Mikroskop, das auf einem Tisch am Fenster stand. Hannah hatte sie selber mitgebracht und sie so sorgfältig behandelt wie ein rohes Ei.

»Vielleicht sollte ich dich jetzt nach Philadelphia schicken, damit du Dr. Rushs Behandlungsmethode für Gelbfieber lernst. Du hast deine Sache bei Dr. Simon sehr gut gemacht. Sein Brief ist voller Lob über dich.«

»Ihr braucht gar nicht so überrascht zu klingen.«

Er räusperte sich vorwurfsvoll, aber sie fuhr fort: »Ich habe kein Interesse daran, nach Philadelphia oder sonst wohin zu gehen. Möchtet Ihr nicht über Kitty sprechen?«

Er blickte auf. »Deine Briefe waren sehr ausführlich. Ich habe alle Informationen, die ich brauche. Oder möchtest du dich vielleicht über Dr. Ehrlich beklagen?«

Hannah zuckte mit den Schultern. »Nein, je weniger man über ihn spricht, desto besser. Aber ich möchte gerne über ihre Behandlung mit Euch sprechen.«

Er kniff die Augen zusammen und blickte sie über den Rand seiner Brillengläser an. »Es gibt keine Behandlung, das weißt du selber. Gutes Essen, damit ihr Blut aufgebaut wird, ein wenig spazieren gehen ...«

»... und etwas, womit sie sich beschäftigen kann«, beendete Hannah den Satz für ihn. »Ihr habt noch kein Wort über den Säugling gesagt.«

Er gab ein leises, aber keineswegs abweisendes Grunzen von sich. »Sie kann das Kind gerne behalten, wenn sie will.«

Ärgerlich erwiderte Hannah: »Das ist ein kleines Mädchen, kein Welpe.«

Richard blinzelte erstaunt. »Sie soll haben, was sie braucht«, erwiderte er ungerührt. »Außer einer Adoption. Verstehen wir einander?«

»Von welcher ›sie‹ redet Ihr?«

Er hob ergeben die Hände. »Von beiden. Ich habe jetzt genug von diesem Thema. Was ist mit deinem Impfplan? Wann impfst du deine Familie?«

»Heute Abend«, erwiderte Hannah. »Ich habe so viel Impfstoff mitgebracht, dass ich in Lake in the Clouds alle impfen kann, außer Läuft-vor-Bären-davon und Tannenrauschen selbstverständlich, da sie ja beide schon immun sind. Aber ich muss noch etwas wegen Kitty mit Euch klären.«

»Ach, tatsächlich«, sagte Richard nervös. »Und worum geht es?«

»Es wäre katastrophal für sie, wenn sie ...« Trotz bester Absichten bekam Hannah die Worte, die sie mit Curiosity so sorgfältig eingeübt hatte, nicht heraus. Aber es war egal, denn Richard hatte schon begriffen, was sie ihm sagen wollte. Sein für gewöhnlich ungeduldiger Gesichtsausdruck verschwand und machte einer Verlegenheit und Verletzlichkeit Platz, die er normalerweise vor der Welt verbarg.

»Du brauchst nichts zu fürchten«, sagte er. »Ich habe nicht vor, die Gesundheit meiner Frau zu gefährden. Es überrascht mich, dass du mich eines so irrationalen Verhaltens für fähig hältst.«

Hannah atmete auf. Sie sagte: »Jeder ist jederzeit zu allem fähig. Eine weitere Lektion, die ich in der Stadt gelernt habe, eine der weniger angenehmen.«

Richard erwiderte ihren Blick ein wenig zu lang, dann wandte er sich schweigend ab.

35 *15. Juni, Vollmond*
»Jetzt sagt mir doch mal, ob ich mich irre?«, rief Anna McGarrity. »Aber mir kommt es so vor, als ob ich euch zwei seit mindestens einem Jahr nicht mehr zusammen hier in meiner Station gesehen hätte.« Sie beugte sich über den Tresen und reichte Elizabeth und Nathaniel je ein Doughnut.

»Es überrascht mich, Anna, dass du überhaupt merkst, wer hierher kommt«, erwiderte Nathaniel. »Wo du doch frisch verheiratet bist. Und du errötest auch immer noch wie eine Braut.«

Anna blickte betont auf Nathaniels Hand, die auf Elizabeths unterem Rücken unterhalb der Taille lag. »Manche Leute hören doch nie auf, sich wie Jungverheiratete aufzuführen, finde ich. Ich für meinen Teil danke dem Herrn für einen Ehemann, der weiß, was er mit seinen Händen anfangen soll. Stimmt es nicht, Elizabeth?«

Verlegen biss Elizabeth in ihr Doughnut, um nicht antworten zu müssen. Nathaniel legte ihr den Arm um die Taille.

»Du siehst, Anna, offensichtlich bist du nicht die Einzige, die noch erröten kann«, sagte er lachend.

»Warte nur, bis wir zu Hause sind, Nathaniel Bonner«, grollte Elisabeth.

Anna und Nathaniel lachten und Anna erwiderte: »Es wird noch ein Weilchen dauern, bevor du hier weg kommst, Elizabeth. Sieh dir nur mal diese Menschenmenge an. Der Laden ist nicht oft so voll. Ihr könnt mir ja Gesellschaft leisten, bis ich alle bedient habe.«

»Missus Bonner!«, rief Molly Leblanc quer durch den Laden. »Wie schön, dass Ihr wieder da seid. Ich bin froh, dass mein Willy wieder in die Schule gehen kann!«

»Das glaube ich ihr gerne«, sagte Nathaniel leise. »Sie ist froh, wenn sie den Nichtsnutz für ein paar Stunden los ist.«

Elizabeth ignorierte seine freche Bemerkung und schaute sich im Laden um. Zum ersten Mal sah sie viele ihrer Schüler wieder, die sie alle herzlich begrüßten. Jetzt schämte sie sich geradezu, dass sie so lange gezögert hatte, ins Dorf zu gehen.

In einem hatte Nathaniel sicher Recht: Am meisten freuten sich die Eltern, sie wiederzusehen. Jock Hindle drängte sich an den Tresen durch, um ihr genau das zu sagen.

»Mir kommt es so vor, als ob meine drei Jungen drei Mal so viel Unfug anstellen wie sonst, wenn sie nicht zur Schule gehen. Ich

474

begreife ja nicht, wie Ihr mit ihnen ohne vorgehaltenem Gewehr fertig werdet.« Er nahm sich einen Doughnut.

Anna klopfte ihm auf die Finger. »Halt dich zurück, Hindle; ich möchte erst mal Geld sehen, bevor du dich voll stopfst.«

Der Mann verzog das Gesicht und legte ein paar Münzen auf den Tresen. »Ich hätte ja nicht gedacht, dass so viele Leute auf die Einladung des Doktors hin hierher kommen. Man kann sich ja kaum umdrehen.«

»Ich will mich ja nicht beklagen«, meinte Anna, »aber irgendwie kommt es mir nicht richtig vor, dass ein Arzt die Leute mit Ale besticht. Da drüben steht Mr. Gathercole mit meinem Jed. Ich könnte schwören, er überlegt sich schon, wie er etwas gegen das Trinken sagen soll, ohne Richard zu beleidigen.«

»Der arme Mr. Gathercole«, erwiderte Elizabeth. »Schon zum Scheitern verurteilt, noch bevor er überhaupt angefangen hat.«

Nathaniel flüsterte ihr ins Ohr: »Wenn du nicht aufhörst, dich an mich zu schmiegen, Stiefelchen, dann wird sich Mr. Gathercoles Zorn auch gegen uns richten.«

»Leere Versprechungen«, zischte sie und schob seine Hände weg. Zu Anna sagte sie: »Es überrascht mich, dass die Witwe da ist.«

Anna blickte zum Ofen, wo die Witwe sich in den Schaukelstuhl gesetzt hatte. »Ihre Dienstboten und die Sklaven hat sie zu Hause gelassen. Ihren Sohn sehe ich auch nicht, aber Jemima schleppt sie überall hin mit. Wie ein Schoßhündchen.«

»Ich frage mich, ob die Aussicht auf einen kostenlosen Krug Ale oder darauf, dass der Arzt vor uns allen sein Hemd auszieht, die Witwe bewogen hat, sich unter das Volk zu mischen«, meinte Nathaniel.

Anna lachte so laut, dass sich alle umdrehten, und auch Elizabeth konnte sich ein Lächeln nicht verkneifen.

Es war wirklich seltsam, der Witwe in der Postkutschenstation zu begegnen. Normalerweise sah man sie höchstens beim Gottesdienst, und jetzt thronte sie neben Mrs. Gathercole, die wie eine Kammerzofe auf einem Hocker saß. Mrs. Gathercole wirkte erhitzt und unbehaglich, und Elizabeth fiel ein, dass Curiosity ihr erzählt hatte, sie erwarte Ende des Jahres wieder ein Kind.

Genau wie Jemima Southern – nein, Jemima Kuick, korrigierte Elizabeth sich und blickte zu der jungen Frau, die früher bei ihr in die Schule gegangen war.

Sie stand ganz allein in der Menge in ihrem guten Seidenkleid. Ihre Brüste quollen fast aus dem Mieder heraus. Niemand würde es wagen, sie zu fragen, wo ihr Mann war, denn die Ehe hatte Jemima nicht sanfter gemacht. Ihre Mutter, Martha Southern, war eine gute Frau gewesen, und Elizabeth hätte ihr alleine deswegen schon alles Gute gewünscht, aber offenbar hatte Jemima in der Witwe eine Schwiegermutter gefunden, die eher ihrem mürrischen Naturell entsprach.

Mariah Greber trat an den Tresen, und Nathaniel machte ihr Platz. Sie hatte ihren Säugling im Arm und ihr jüngstes Mädchen, das laut brüllte, auf der Hüfte. »Kannst du diesem Kind mit einem deiner Doughnuts den Mund stopfen?«, bat sie Anna. »Ich muss sie sonst ertränken wie ein Kätzchen. Ich bezahle ihn dir, sobald ich Horace gefunden habe, er steht irgendwo da hinten mit Axel und den Trappern. Ich kann dem Herrn nur danken, dass der Doktor jedem Mann nicht mehr als einen Krug Bier spendiert.«

Anna nahm das kleine Mädchen mit einem mitfühlenden Schnalzen auf den Arm und Mariah verschwand wieder in der Menge.

Auf einmal entdeckte Elizabeth einen großen Mann mit dem Gesichtsausdruck eines verwirrten Kindes.

»Du meine Güte«, sagte sie. »Sieh mal, Nathaniel, Dutch Tom, mit einem sauberen Gesicht.« Sie verrenkte sich den Hals, um sich zu vergewissern, dass sie den Anblick des alten Trappers nicht nur geträumt hatte. »Er war mindestens drei oder vier Jahre nicht mehr im Dorf. Ich vergesse immer, wie groß er ist.«

»Er wäre nicht hier, wenn ich ihn nicht vorher geschrubbt hätte«, sagte Anna. »So einen Gestank habt ihr noch nie erlebt. Ich musste ihn viermal einseifen und Terpentin zu Hilfe nehmen, um all das ranzige Bärenfett aus seinem Gesicht und den Haaren zu

bekommen. ›Tom‹, habe ich zu ihm gesagt, ›bei dir hält nicht das
Bärenfett die Moskitos ab, sondern nur der Gestank‹. Aber er hat
nur gegrinst. Dann habe ich seine Kleider verbrannt und ihm neue
verkauft, und die wird er jetzt vermutlich tragen, bis sie ihm in
Fetzen vom Leib fallen.«

»Ob er sich wohl der Witwe vorgestellt hat?« fragte Nathaniel.
»Sie würde sicher gerne seine Bekanntschaft machen.« Lachend
warf Anna den Kopf zurück.

Alle Fenster und Türen standen offen, und die Kinder rannten
ständig hinaus und herein. Cornelius Bump war auf ein Fass mit
gesalzenem Fisch geklettert, um einen besseren Überblick zu haben, und winkte Elizabeth zu.

Viele Tauben und Läuft-vor-Bären-davon standen neben der
Tür. Bei ihnen waren Joshua und Daisy Hench und Curiosity und
Galileo, als ob sie sich nicht näher an die Witwe heran trauten.
Gerade drängten sich die Zwillinge durch die Menge.

»Es sind fast alle hier, bis auf die Todds und Hannah«, sagte
Daniel und hüpfte aufgeregt hin und her. »Soll ich sie holen?«

»Das brauchst du nicht«, erwiderte Anna und wies mit dem
Kinn zur Tür. »Sie kommen gerade.«

Trotz allem, was sie von Hannah und Curiosity über Kittys Gesundheitszustand gehört hatte, war ihr Anblick ein Schock für
Elizabeth. Ihre Schwägerin war immer schon schmal und blass
gewesen, aber jetzt wirkte sie so zerbrechlich wie eine Achtjährige.
Und doch strahlte sie Zufriedenheit aus. Sie lächelte voll Wärme
und erwiderte jeden Gruß mit aufrichtigem Interesse. Elizabeth
rief sie zu: »Du musst dir morgen unsere Meg anschauen kommen!«

»Vielleicht hilft es«, hatte Curiosity zu Elizabeth gesagt.
»Vielleicht hilft ihr gerade dieses Kind, wieder gesund zu werden.
Jedenfalls solange sie nicht erneut schwanger wird.«

Keiner von ihnen hatte laut ausgesprochen, was sie alle dachten: Wie würde Richard Todd es aufnehmen, dass Kitty ihm keine
eigenen Kinder schenken konnte? Elizabeth musterte ihn, aber es
war ihm nichts anzusehen.

Er stieg auf eine Kiste mitten im Laden, und die Menge wurde sofort ruhig.

Sie haben Angst vor ihm, dachte Elizabeth. Richard Todd war ein eindrucksvoller Mann, das war nicht zu leugnen, aber mit den Jahren hatten seine Trink- und Lebensgewohnheiten ihren Tribut gefordert. Er wird ein zänkischer, verbitterter alter Mann werden, hatte Curiosity gesagt, und daran musste Elizabeth jetzt denken, während er über die Köpfe der Einwohner von Paradise hinweg blickte, als ob sie ungezogene Kinder seien.

Er hob eine Hand, um alle zum Schweigen zu bringen.

»Es freut mich, dass ihr so viel gesunden Menschenverstand besitzt, um hierher zu kommen. Ich war nie ein Mann von vielen Worten, deshalb lasst mich nur das sagen: Die Älteren unter euch haben zahlreiche Pockenepidemien überstanden. Sie haben miterlebt, wie ihre Familien daran gestorben sind. Ich sehe hier Gesichter, die seit fünfzig Jahren Pockennarben aufweisen. Habe ich recht, Goody Cunningham?«

Die alte Frau nickte. »Ja, das stimmt. Die Pocken nahmen mir meine Familie und mir selber das bisschen an Schönheit, das ich vorzuweisen hatte.«

Unterdrücktes Gelächter erklang aus der Ecke des Raumes, in der ein paar ältere Jungen standen. Richard warf einen scharfen Blick in diese Richtung, und das Gelächter verstummte.

Er fuhr fort: »Wir hatten lange keine Pocken mehr in Paradise. Zu lange. Die Jüngeren wissen nicht genug darüber, um Angst davor zu haben, und die Leute im mittleren Alter haben vergessen, wie es war.«

»Ich erinnere mich«, unterbrach ihn Läuft-vor-Bären-davon. »Ich weiß noch sehr gut, wie meine vier Brüder daran starben.«

Richard fuhr fort: »Letzten Sommer grassierten die Pocken in Johnstown und diesen Sommer könnten sie durchaus zu uns kommen. Aber jetzt haben wir kaum noch Grund, uns davor zu fürchten, wenn ihr das tut, was ich euch sage.

Ihr kennt alle Hannah Bonner. Sie ist hier in Paradise aufgewachsen und sie war schon bei euch allen zu Hause und hat eure

Krankheiten behandelt. Die Älteren unter euch werden sich daran erinnern, dass ihre beiden Großmütter Heilerinnen waren. In den letzten fünf Jahren habe ich Hannah ausgebildet und ich schätze ihre Fähigkeiten so hoch ein, dass ich sie in die Stadt geschickt habe, damit sie lernt, wie man die Impfungen gegen Pocken vornimmt.

Lasst mich noch eines sagen, bevor ich sie bitte, euch alles zu erklären. Hört ihr aufmerksam zu und stellt ihr höfliche Fragen, sonst bekommt ihr es mit mir zu tun. Wenn sie mit ihrem Vortrag fertig ist, werde ich meine Hemdsärmel aufrollen und mich hier, vor euren Augen, von ihr impfen lassen. Sie kann heute noch vier weitere Personen impfen, und ich bitte Freiwillige, vorzutreten, vor allem die Kinder.«

Wie ein Prediger blickte er sich im Raum um. »Und lasst euch gesagt sein: Wenn ihr eure Kinder aus Aberglauben nicht impfen lasst, dann wird es euer eigener Schade sein. Ich warne euch!«

Hannah stieg ebenfalls auf eine Kiste. Sie trug eines der Kleider, die Kitty für sie in New York gekauft hatte. Es war züchtig hochgeschlossen, betonte aber dennoch ihre Figur aufs Vorteilhafteste. Neben Richard wirkte sie groß und schlank, und Elizabeth traten beinahe die Tränen in die Augen. Sie spürte, wie Nathaniel hinter ihr erbebte. Auch für ihn war es ein Schock zu sehen, dass seine Tochter sich fast über Nacht aus einem Kind in eine Frau verwandelt hatte.

Hannah lächelte, ein so warmes, aufrichtiges Lächeln, dass alle im Raum es unwillkürlich erwiderten, sogar der alte Isaac Cameron, der eigentlich der verbittertste alte Mann auf der ganzen Welt war. Alle erwiderten ihr Lächeln, bis auf die Witwe Kuick und Jemima.

Hannah sagte: »Ich bin froh, wieder zu Hause zu sein ...«

Von hinten aus dem Laden ertönte Lilys Stimme. »Du hast ja auch lange genug dazu gebraucht!«

Alle lachten.

Hannah fuhr fort: »Ethan, kommst du bitte zu mir?«

Richard stieg von seiner Kiste, und an seiner Stelle sprang Ethan hinauf.

»Bei Gott, der Junge sieht aus wie sein Daddy. Als ob Julian hier vor uns stünde, Gott möge seiner Seele gnädig sein«, murmelte jemand.

Hannah half Ethan, sein Hemd über den Kopf zu ziehen. Sein schmaler Oberkörper war gebräunt und viele dachten, welch schöner Junge.

Hannah drehte Ethan einmal um die eigene Achse, damit alle im Raum ihn betrachten konnten. »Wenn ihr genau hinschaut, dann seht ihr, dass Ethan an jedem Oberarm eine einzelne Pocke hat. Er ist vor acht Tagen geimpft worden, an dem Morgen, als wir aus der Stadt abgereist sind. Es dauert acht Tage, bis die Pocke reif dazu ist, um aufgeschnitten zu werden. Ich werde jetzt die klare Flüssigkeit aus diesen Pocken entnehmen und ein wenig davon in kleine Schnitte auf den Oberarmen des Doktors verreiben. Ethan, sag den Leuten hier, wie es dir in den letzten acht Tagen gesundheitlich gegangen ist.«

Der Junge warf ihr einen Blick zu, als verstünde er die Frage gar nicht. »Mir geht es gut, das weißt du doch, Hannah.«

»Kein Fieber?«, rief Nancy McGarrity.

Er schüttelte den Kopf.

Charlie Leblanc trat vor. »Sag uns doch mal, Junge, hat es weh getan, als sie dich geschnitten und dir diesen Kuhsaft hineingerieben hat?«

Ethan hob das Kinn. »Das ist kein Kuhsaft. Die Flüssigkeit kam von den Pocken eines Mannes in der Stadt, der Mr. Jonas heißt. Und es war nur ein kleiner Kratzer. Nichts, worüber man sich aufregen müsste.«

Die Trapper im Raum lachten. Richard warf ein: »Tom Book, wenn du etwas zu sagen hast, dann sag es.«

»Na gut«, erwiderte der Trapper. Er hatte einen schmutzigen Verband über einem Auge und eine blutige Kruste auf der Nase, und seine Augen waren gerötet, als habe er zu tief in seinen Alekrug gesehen.

480

»Mal sehen, ob ich das richtig verstehe«, begann er. »Ihr behauptet, dass Ihr dem Jungen Kuhpockensaft unter die Haut reibt, und deshalb bekommt er nie die Pocken.« Er schnaubte. »Für mich macht das keinen Sinn. Menschen sind doch keine Kühe.«

»Es mag für Euch im Moment keinen Sinn machen«, entgegnete Hannah, »aber ich kann Euch sagen, dass niemand, der mit Kuhpocken geimpft ist, sich mit Pocken ansteckt. Hunderte sind hier und in England geimpft worden. Es ist so: Euer Blut kommt mit Pocken in Berührung – irgendwelchen Pocken – und mehr braucht es nicht, um die Krankheit bekämpfen zu können. Leute, die vor langer Zeit einmal Pocken hatten, bekommen sie nie wieder, dass wisst Ihr doch, oder?«

Gertrude Dubonnet rief: »Ich habe damals während der Epidemie '69 meine Brüder gepflegt und selber die Pocken bekommen. Danach habe ich sie nie wieder gekriegt!«

»Deshalb brauchen wir auch nur diejenigen zu impfen, die niemals Pocken hatten«, sagte Hannah. »Ich bin in der Stadt sofort geimpft worden, weil ich noch nie Pocken hatte.«

Im Laden entstand Unruhe. »Genug geredet«, sagte Richard. »Lasst uns weitermachen. Wer kommt freiwillig hierher und stellt sich neben mich? Wer ist so tapfer wie dieser Junge?«

»Ich!«, riefen die Zwillinge unisono. Sie drängten sich, dicht gefolgt von Blue-Jay und Kateri, durch die Menge. Hinter ihnen kamen alle vier Kinder der Henchs. Im Raum wurde es still.

Richard verschränkte die Arme und blickte sich mit finsterem Gesicht um. »Horace Greber, warum sehe ich keins von deinen Kindern hier? Glaubst du, die Pocken haben Angst vor ihnen? Was ist mit dir, Charlie? Jock? Jan Kaes, du hast kleine Enkelkinder, die geimpft werden müssen.«

Ein unbehagliches Raunen ging durch die Menge, dann räusperte sich Greber. »Ihr habt gesagt, Ihr macht heute nur drei oder vier Impfungen, und es sind ja schon genug da.«

»Dann wirst du also deine Kinder in acht Tagen impfen lassen? Stimmt das?«

Greber legte den Kopf schräg. »Nun, vielleicht. Wenn keiner

von den Geimpften tot umfällt oder ihm Hörner und ein Schwanz wachsen.«

Ein paar Leute lachten. Nathaniel richtete sich auf, und Elizabeth drückte ihm beruhigend die Hand. Das war Hannahs Aufgabe, und sie durften sich nicht einmischen.

Ethan ergriff das Wort.

»Ich bin nicht tot umgefallen, Mr. Greber. Und Eure Mädchen werden auch nicht sterben. Und ich lasse gern meine Hose herunter, um Euch zu zeigen, dass mir kein Schwanz gewachsen ist.«

In dem allgemeinen Gelächter schnaubte die Witwe empört auf und drängte sich durch die Menge. In ihrem schwarzen Seidenkleid sah sie aus wie eine aufgeregte Krähe.

»Dummer Junge, so mit Erwachsenen zu sprechen! Und unverantwortlich von den Eltern, es zu erlauben.« Sie warf Kitty einen Blick zu, der sie bestimmt in Ohnmacht hätte fallen lassen, wenn sie ihn bemerkt hätte, aber sie blickte gerade ihren Mann an.

»Nun, Witwe ...«, setzte Richard an, aber sie brachte ihn mit einer Handbewegung zum Schweigen.

»Lasst mich ausreden, Sir! Mr. Greber zeigt mehr gesunden Menschenverstand als Ihr, Dr. Todd. Kein denkender Mensch in diesem Dorf wird zulassen, dass diese ... diese Mohawk-Frau mit dem Messer an den Kindern herumschneidet, und es überrascht mich wirklich, dass Ihr so etwas vorschlagt. Menschen mit Kuhdreck zu infizieren! Was ist das nur für ein gottloser Unsinn?«

Ein Trapper, den Elizabeth nicht kannte, schrie: »Haltet die weißen Kinder da heraus! Die Farbigen sollen tun, was sie wollen, denen macht ein bisschen Kuhscheiße sowieso nichts aus.«

Elizabeth warf Hannah einen Blick zu. Sie war bei den Worten der Witwe nicht einmal zusammengezuckt. Ungerührt stand sie auf ihrer Kiste; sie hatte mit einer solchen Szene gerechnet.

»Mrs. Kuick«, sagte Richard, der seinen Zorn kaum zügeln konnte, »tretet beiseite, wenn Ihr nicht geimpft werden wollt, und lasst die anderen das tun, was sie für richtig halten.«

»Das werde ich nicht!« Sie war hochrot im Gesicht. »Ich werde nicht ruhig zusehen, wie eine solche Gotteslästerung direkt unter meinen Augen geschieht. Und ich werde mit niemandem mehr Geschäfte machen, der sich zu dieser Gottlosigkeit überreden lässt.«

Mit funkelnden Blicken sah sie sich im Raum um. Nach und nach entspannten sich ihre Gesichtszüge.

»Ihr beginnt Vernunft anzunehmen«, sagte sie befriedigt und zog sich den Schal enger um die Schultern. »Ihr seht, Doktor, die guten Leute von Paradise erkennen eine Hexe ...« Sie warf Hannah einen Blick zu und erschauerte. »... wenn sie sie sehen.«

Einen Moment lang dachte Elizabeth, dass Nathaniel sich nicht würde beherrschen können und fragte sich, ob wohl er oder Richard als Erster auf die Witwe losgehen würden. Aber plötzlich erhob sich eine Stimme.

»Ich lasse mich impfen. Ich und meine Schwester auch.« Nicolas Wilde hob die Hand und das Gesicht der Witwe rötete sich erneut.

»Ich auch!«, schrie Axel Hauptmann, wobei er in seiner Erregung in seine deutsche Muttersprache verfiel. »Bei Gott und dem Himmel, hört mir zu. Wenn die kleine Hannah Bonner – die immer nur allen Leuten geholfen hat –, wenn Hannah Bonner eine Hexe ist, dann bin ich Tommy Jefferson!«

Jetzt überschlugen sich die Stimmen.

Jed McGarrity sagte: »Meine Jane hat nie die Pocken gehabt. Ich möchte, dass sie auch vortritt, obwohl sie schon vierzehn ist und für sich selber entscheiden kann.«

Jane McGarrity war Elizabeths älteste Schülerin und das schwierigste Mädchen von allen, aber sie war stolz auf ihr Aussehen und sehr um ihre Schönheit besorgt. Sie gehörte auch zu den vielen jungen Frauen, die ein Auge auf Nicholas Wilde geworfen hatten. »Ich trete vor, wenn mein Pa das will«, sagte sie und senkte errötend den Kopf.

Der alte Isaac Cameron klopfte mit seinem Stock auf den Boden, bis sich alle Gesichter ihm zugewandt hatten. Dann drängte er sich durch die Menge und stellte sich zwischen Richard und die

Witwe. »Ich bin seit siebzig Jahren kein Junge mehr. Ich hatte nie die Pocken, aber all die Jahre habe ich Angst davor gehabt. Ich weiß, was sie anrichten können und möchte so etwas nicht mehr sehen. Vor allem möchte ich es bei mir selber nicht im Spiegel sehen. Ich mag ja ein hässliches altes Gesicht haben, aber es ist meins und mir gefällt es so, wie es ist.« Er rieb sich mit der Hand über die Wangen und grinste Hannah an.

»Komm her und verpass mir einen Schnitt, Missy. So ein bisschen Kuhmist werde ich schon überstehen, ohne gleich in Ohnmacht zu fallen.« Er warf den Trappern einen Blick zu. »Ihr seid alle schlimmer als Weiber.«

»Mr. Cameron, Ihr vergesst ...«, warf die Witwe ein.

Der alte Mann hob seinen Stock gegen sie und sie wich zurück, die Hände aufs Herz gepresst.

»Schreit mich nicht an, Lucy Kuick, Ihr alte Schreckschraube. Ihr mögt ja die anderen Leute hier so eingeschüchtert haben, dass sie es nicht wagen, gegen Euch aufzumucken, aber ich bin zu alt, um mich um Eure verdammte Mühle zu scheren. Wenn ich will, dass Hannah Bonner mich impft, dann tue ich das auch. Und wenn Ihr jetzt wieder mit Sachen um Euch werfen wollt, dann findet Ihr da hinten einen Stapel Nachttöpfe. Wir können ja eine kleine Wette abschließen, ob ihr sie alle kaputtkriegt.«

Die Witwe rang mühsam um Fassung. »Mr. Gathercole, wollt Ihr zulassen, dass man so mit mir spricht?«

»Ihr braucht Euch gar nicht an den Priester zu wenden«, erwiderte Cameron kopfschüttelnd. »Wenn Ihr etwas zu beanstanden habt, Frau, dann könnt Ihr mir das direkt ins Gesicht sagen.«

»Nun gut«, entgegnete die Witwe. »Dafür werdet Ihr in der Hölle brennen.« Sie redete zwar mit Cameron, sah aber bei ihren Worten Hannah an.

»Vielleicht«, meinte der alte Mann und grinste breit. »Vielleicht. Aber es gibt viele Gründe, um in der Hölle zu brennen, Lucy. Und jeder von uns sucht sich den besten aus.«

Letztendlich mussten sie auslosen, wer als erster geimpft wurde. Das Los fiel auf Nicholas Wilde, Jane McGarrity und Solange

Hench, die hinter dem Arzt standen, während Hannah und Curiosity sich an die Arbeit machten. Viele hatten mit der Witwe Kuick die Postkutschenstation verlassen, und so war Platz genug, damit jeder Interessierte ihnen zuschauen konnte.

Elizabeth und Nathaniel standen mit Anna, die ihren sorgenvollen Gesichtsausdruck kaum verbergen konnte, am Tresen.

»Was ist mit euch?«, fragte sie schließlich. »Wollt ihr euch nicht auch impfen lassen?«

Elizabeth blickte Nathaniel an und als dieser zustimmend nickte, schob sie den Ärmel ihres Kleides hoch und zeigte Anna ihren Oberarm.

»Hannah hat in einer Glasphiole Serum mitgebracht«, sagte sie. »Weil sie nicht sicher war, ob es noch wirken würde, hat sie uns alle damit geimpft. Wenn es nicht anschlägt, müssen wir noch einmal mit frischem Serum geimpft werden.«

»Aber die Kinder aus Lake in the Clouds sind doch sofort nach vorne marschiert, als wenn sie sich impfen lassen wollten«, erwiderte Anna. »Muss man es denn mehr als ein Mal tun?«

»Nein«, sagte Nathaniel, »ein Mal ist genug, wenn es anschlägt, aber unsere beiden besitzen mehr Familiensinn als gesunden Menschenverstand. Wenn Hannah behaupten würde, sie könne Köpfe annähen, würden sie sich auch freiwillig zur Verfügung stellen.«

»Dann sind also alle auf Hidden Wolf schon geimpft worden«, meinte Anna nachdenklich. »Das erklärt vermutlich, warum sie so schnell verschwunden sind. Direkt nach der Witwe.«

»Anna, was ist los? Was bereitet dir Sorgen?«, fragte Nathaniel. »Dass wir als Erste geimpft wurden oder dass wir überhaupt geimpft worden sind?«

Anna schwieg. Schließlich sagte sie: »Vermutlich werden sich auch die anderen Mohawk impfen lassen. Das ist ja auch nur richtig, schließlich bekommen sie die Pocken wie jeder andere. Ich mache mir nur Sorgen darüber, dass die Witwe Kuick nach irgendeinem Vorwand sucht, um Ärger zu machen, seitdem diese Sklavin verschwunden ist ...« Sie brach ab.

»Was hast du gehört?« Nathaniels Tonfall war ruhig, aber an seinem Mundwinkel zuckte ein Muskel.

»Dye hat so einiges dahergeredet«, erwiderte sie. »Er war in der letzten Zeit häufig in der Schenke, so als ob er abschätzen wollte, wie viel Ärger man machen kann.«

»Anna, bitte, erzähl uns, was du weißt«, bat Elizabeth sie eindringlich.

Anna stieß die Luft aus und flüsterte so leise, dass Elizabeth sie kaum verstehen konnte: »Ich weiß nicht viel, aber ich habe ein paar Dinge gehört. Es gibt ein Gerücht, dass in Lake in the Clouds ein neugeborenes Kind aufgetaucht ist. Ein schwarzes Kind, sozusagen aus dem Nichts.«

Elizabeth holte tief Luft. Sie warf einen Blick in Curiositys Richtung und hoffte, dass ihr wenigstens für den Moment das Wissen erspart blieb, dass Selahs Sohn nicht mehr in Sicherheit war.

Nathaniel warf ein: »Und wenn es ein solches Kind gäbe?«

Anna zuckte mit den Schultern. »Dye will ständig immer nur über die entlaufene Sklavin reden, die keiner fangen konnte. Ihr wisst doch, welche ich meine, der Steckbrief hat eine Zeit lang hier gehangen. Liam Kirby sagte, er habe sie bis Hidden Wolf verfolgt, aber dann haben die Hunde ihre Spur verloren und er hat aufgegeben.«

Sie zögerte und warf einen Blick in Hannahs Richtung. Noch leiser fuhr sie fort: »Ich glaube ja eher, dass Kirby aufgegeben hat, weil Hannah in die Stadt gefahren ist. Schließlich habe ich ja Augen im Kopf und ihr wohl auch.« Sie schwieg und blickte sich um. »Aber auf jeden Fall haben sie die Sklavin nicht gefunden. Ihr habt vielleicht gehört, dass der Mann, dem sie weggelaufen ist, Dyes Schwager war. Sie hat ihn zwar getötet, aber dem Gesetz nach gehört sie immer noch seiner Frau, Dyes Schwester.«

Nathaniel nickte. »Ja, das habe ich gehört.«

Elizabeth staunte über ihren Mann, der sich so verhielt, als würde Selah noch leben.

»Nun, sie war schwanger, als sie weglief«, sagte Anna langsam.

»Und Dye glaubt, sie hat ihr Kind auf Hidden Wolf zurückgelassen?«

»Nein«, erwiderte Anna. »Es geht nur darum, dass das Kind nicht der entlaufenen Sklavin gehört, sondern Dyes Schwester.«

Sie schwiegen. Nathaniel verschränkte seine Finger mit denen Elizabeths, und sie lehnte sich an ihn.

»Das kommt mir alles ziemlich unwahrscheinlich vor«, meinte Nathaniel schließlich.

»Das habe ich ihm auch gesagt«, erwiderte Anna eifrig. »Aber er hat Blut geleckt und nutzt jeden Vorwand, um auf dem Berg herumzuschnüffeln. Deshalb habe ich ja auch gefragt, ob die Indianer nach Hidden Wolf kommen, um sich impfen zu lassen. Ihr wisst ja, welche Einstellung Dye zu Rothäuten hat. Und die Witwe ist sogar noch schlimmer.«

»Wie kommst du denn darauf, dass die Mohawk sich impfen lassen wollen?«, fragte Elizabeth.

Anna runzelte verwirrt die Stirn. »Weil im Moment gerade zwei Indianer, die ich nicht kenne, mit Viele Tauben und Läuft-vor-Bären-davon auf der Veranda stehen. Habt ihr sie denn nicht eben an der Tür gesehen?«

Nathaniel ging schon hinaus, noch bevor sie den Satz zu Ende gesprochen hatte, und Elizabeth folgte ihm.

Die Ärzte im Armenhaus hatten Hannah gut ausgebildet. Geduldig beantwortete sie alle Fragen und konzentrierte sich dabei aber trotzdem auf das Impfen. Besonders Richard Todd wollte jeden einzelnen Schritt von ihr erklärt haben. Er kannte die Prozedur bereits, deshalb wusste Hannah, dass er nur fragte, um den anderen alles zu verdeutlichen. Wenn sie alles verstanden, dann würden auch die übrigen Einwohner des Dorfes kommen, um sich impfen zu lassen.

Als Nicholas Wilde an die Reihe kam, rollte er seine Hemdsärmel hoch und wandte das Gesicht ab, während Hannah ihn impfte. Sein Atem ging rascher und er wurde rot. Hannah war klar, dass er keine Angst hatte, aber sie hatte keine Zeit, sich damit zu

487

befassen, warum Claes Wildes Herz in ihrer Gegenwart schneller schlug.

Als sie fertig war, dankte er ihr höflich, ohne sie dabei anzusehen, und ging. Jane McGarrity blickte ihm voller Sehnsucht, Enttäuschung und Resignation nach. Sie konnte es kaum abwarten, bis Hannah mit ihr fertig war.

Solange war die jüngste und kam als letzte an die Reihe, und sie stellte eine Frage nach der anderen, während sie voller Misstrauen das Impfmesser betrachtete.

»Du schnatterst wie ein Eichhörnchen, Kind«, sagte Curiosity ruhig zu ihrer Enkelin. »Du brauchst keine Angst zu haben. Du siehst doch, dass alles ganz einfach geht.«

»Wenn ich es aushalte, dann kannst du es auch«, erklärte Ethan und Solange blitzte ihn beleidigt an.

»Halt einfach mal einen Moment lang den Mund und atme tief durch«, sagte Hannah, als sie den ersten kleinen Einschnitt machte. Geübt verteilte sie das Serum in dem Schnitt. Sie wollte sich gerade dem anderen Oberarm widmen, als Solange sich auf einmal vorbeugte.

»Wer ist denn das?«

»Versuch uns jetzt nicht abzulenken«, sagte Curiosity scharf. »Lass Hannah ihre Arbeit zu Ende führen, es dauert nur eine Minute.«

»Ich versuche gar nicht, euch abzulenken«, heulte Solange auf. Im gleichen Moment sagte Ethan: »Hannah, kennst du diese Indianer?«

Hannah tröpfelte erst einmal das Serum in den Schnitt, bevor sie aufblickte. Ihr Vater und ihre Stiefmutter standen vor der Tür, und bei ihnen waren zwei Männer, die sie noch nie gesehen hatte.

»Das sind keine Mohawk«, sagte Ethan. »Sie ziehen sich zumindest nicht so an wie Läuft-vor-den-Bären-davon oder Nathaniel.«

In diesem Augenblick drehte sich der größere der beiden um und warf einen Blick durch die Tür.

Ein Fremder – der Kleidung nach zu urteilen ein Seneca- und

das furchterregendste menschliche Wesen, das Hannah je gesehen hatte. Das lag nicht so sehr an seiner Größe – die Männer in ihrer Familie waren genauso groß und kräftig gebaut – oder an seinen Gesichtszügen, die angenehm, aber nicht auffallend waren. Nein, es waren seine Augen, die kalt und scharf und wachsam wirkten. Wie ein jagender Panther, dachte Hannah. Sein Kopf war rasiert, weil er auf dem Kriegspfad war; nur noch eine Skalplocke mitten auf dem Schädel war ihm geblieben. Eine einzelne Falkenfeder steckte in dem Schopf.

Der Fremde sah, dass sie ihn anstarrte, ließ sich aber nichts anmerken.

Solange bekam Schluckauf, das Pieksen des Impfmessers hatte sie ganz vergessen. »Sieh mal, Grandma«, flüsterte sie. »Findest du nicht auch, dass der Mann sehr böse aussieht?«

»Sei still, Kleine«, sagte Curiosity. »Man darf einen Menschen nicht nach seinem Äußeren beurteilen. Ich hoffe, du gehörst nicht zu den Leuten, die vor lauter Dornen die Rosen nicht sehen, Missy«.

»Ich finde, er sieht nicht gerade nach Rosen aus«, erwiderte Solange mürrisch. »Hannah findet das auch, sieh mal, wie sie ihn anschaut«.

Dann lächelte der Fremde. Er lächelte Hannah an und das veränderte alles.

»Siehst du?«, sagte Curiosity.

Ethan und Solange rannten sofort hinaus, um etwas über die Fremden herauszufinden, und einen Moment lang waren Curiosity und Hannah allein in der Postkutschenstation. Von der Schenke her ertönte Annas Stimme, die den letzten Männern, die noch da waren, ihre restlichen Doughnuts anbot. Hannah wischte ihr Impfmesser sorgfältig ab, bevor sie es in den Instrumentenkasten legte. Dabei lauschte sie der Unterhaltung auf der Veranda.

»Worauf wartest du noch?« Curiosity stupste sie liebevoll an. »Geh jetzt, sonst kommen sie dich noch holen.«

»Wer?« fragte Hannah. »Wer ist das denn überhaupt?«

»Den jungen Mann, der an die Tür gekommen ist, kenne ich

nicht«, erwiderte Curiosity. »Aber die andere Stimme solltest du selber erkennen. Ich weiß ja, dass es ein paar Jahre her ist, aber ich hoffe doch, dass dir die Stimme deines Onkel Otters noch vertraut ist.«

Nur zu gerne legte Lily Bonner ihre Zeichnungen beiseite. Sie rannte mit ihrem Bruder und Blue-Jay den ganzen Weg nach Hause, um Tannenrauschen die guten Nachrichten zu überbringen, um Wasser zu holen und das Feuer im Ofen anzuzünden. Auch in der Hütte rannte sie hin und her, um die Suppe für die Gäste zu erhitzen und Brot und kaltes Fleisch vorzubereiten. Die Jungen schichteten Brennholz auf der Lichtung zwischen den beiden Hütten auf; heute Abend würde es ein großes Kahnyen'kehàka-Feuer geben, weil Starke Worte, dessen Jungenname Otter gewesen war, aus dem Westen nach Hause gekommen war und einen Freund mitgebracht hatte.

Viele Tauben hatte sich so gefreut, ihren jüngsten Bruder wiederzusehen, dass sie angefangen hatte zu weinen; allen Frauen, sogar Lilys Mutter und Hannah, hatten die Tränen in den Augen gestanden; die Männer räusperten sich ständig, klopften einander auf den Rücken und redeten viel zu laut.

Heute Morgen erst war Reuben beerdigt worden und Lily dachte daran, wie wütend sie gewesen war, dass sie hatte zu Hause bleiben müssen; jetzt konnte sie gar nicht mehr aufhören zu lächeln, weil es eine Heimkehr zu feiern gab. Man würde am Lagerfeuer Geschichten erzählen. Starke Worte war lange fort gewesen, und er hatte sicher viel zu berichten.

Lily hat so manches über ihren geheimnisvollen Onkel gehört. Ihre Mutter hielt große Stücke auf ihn, weil er ihr einmal aus einer schlimmen Notlage geholfen hatte. Lily wusste von der Zeit, als ihr Großvater nach Kanada gegangen war, um Starke Worte zu holen, und für seine Bemühungen ins Gefängnis gekommen war. Sie wusste auch, dass der Jähzorn von Starke Worte ihn und alle anderen ständig in Schwierigkeiten gebracht hatte; und sie hatte Gespräche belauscht, die nicht für ihre Ohren bestimmt waren,

und denen sie entnommen hatte, dass Starke Worte einmal auf
Onkel Todd geschossen hatte. Das war etwas, was sie überhaupt
nicht verstand; Onkel Todd konnte gemein sein und er nörgelte
an allem herum, aber in der Vergangenheit musste noch etwas
anderes geschehen sein, das ihr niemand erzählen wollte.

Einmal hatte Lily ihren Vater gefragt, wann sie denn alt genug
wäre, um die ganze Geschichte zu erfahren, und er hatte sie
nachdenklich angeblickt und ihr erklärt, dass sie bestimmt noch
zwanzig Jahre warten müsse. Es war nicht die Antwort, die sie
erhofft hatte, aber sie wusste, dass es zwecklos war, ihn zu bedrängen.

Vor allem aber war Starke Worte hier und in Guter Weidegrund als Geschichtenerzähler bekannt. Und er hatte seinen
Schwager, einen Seneca namens Stößt-an-den-Himmel mitgebracht, der mit ihm an den Kämpfen an der Grenze zum Westen
teilgenommen hatte. Vielleicht hatten sie ja dort Skalps genommen, was Lilys Vater und Großvater niemals tun würden und
wonach man sie auch nicht fragen durfte.

Als Lily den vertrauten Eulenruf ihres Vaters hörte, war die
Suppe gerade warm geworden. Zusammen mit den Jungen lief sie
ihnen entgegen, während Tannenrauschen mit den Säuglingen
auf der Veranda wartete.

Im letzten Sonnenlicht kamen sie in das Tal. Am Wasserfall
blieb Starke Worte stehen, schwenkte sein Gewehr in der Luft und
stieß einen schrillen Jubelruf aus, der von den Felsen widerhallte.

Der kleine Galileo verzog das Gesicht und begann zu weinen.

»Es ist alles in Ordnung«, sagte Blue-Jay zu dem Säugling. »Starke Worte sagt dem Geist des Berges nur, dass er wieder zu Hause
ist.«

Sie hatten reichlich zu essen und ein mannshohes Feuer, um das
sie alle saßen und Geschichten erzählten, lachten und sich freund-
schaftlich stritten. Lilly war so glücklich, dass sie nicht still sitzen
bleiben konnte; dauernd stand sie auf und wanderte von einem
Schoß zum nächsten.

Stößt-an-den-Himmel war sehr ruhig und redete nur, wenn ihm jemand eine Frage stellte. Lily beobachtete ihn aufmerksam und nach einer halben Stunde wusste sie schon einiges von ihm, wenn sie sich auch nicht klar darüber war, was sie davon halten sollte.

Eines war sicher: Er war, von ihrem Vater einmal abgesehen, einer der bestaussehenden Männer, die ihr je begegnet waren. Und er hatte zwei Gesichter, ein ernstes, das er wie eine Maske trug, und sein echtes, wenn er lächelte. Beide Gesichter waren schön und angsteinflößend zugleich.

Und noch eins wurde ihr klar: er wollte um ihre Schwester Hannah anhalten – nein, korrigierte sie sich in Gedanken, um ihre Schwester Geht-Voran. Vielleicht war er sogar nur aus diesem Grund zu ihnen gekommen.

Nicht, dass er etwas davon gesagt hätte, aber es war nicht zu übersehen. Ganz gleich, ob er aß, zuhörte oder Fragen beantwortete, die ganze Zeit über beobachtete er Hannah. Er sah sie an wie alle anderen Männer, als ob er unvermutet auf einen Schatz gestoßen wäre. Anders war dieses Mal nur, dass auch Hannah ihn beobachtete.

Und so sehr sie sich bemühte, es zu verbergen, es gelang ihr nicht. Jeder merkte es. Die Frauen zuerst. Sie warfen sich Blicke zu und lächelten ein wenig; dann fiel es Großvater und Starke Worte auf, Läuft-vor-Bären-davon, der Viele Tauben etwas zuflüsterte und dafür von ihr mit dem Ellbogen in die Seite gestoßen wurde, und ganz zuletzt Lilys Vater, der plötzlich ein sehr ernstes Gesicht machte.

»Komm, hilf mir Wasser holen.« Daniel packte Lily grob am Arm.

»Du bist dran«, erwiderte sie.

»Jetzt komm schon«, drängte Daniel, und widerstrebend folgte Lily ihm. Blue-Jay wartete schon auf sie.

»Was ist los?«, fragte Lily und blickte zum Feuer zurück.

»Du weißt schon, was los ist«, sagte Daniel ungeduldig. »Sieh dir doch bloß an, wie er sie anstarrt.«

»Das ist doch seine Sache«, erklärte Lily. »Es ist doch egal, ob er sie ansieht.«

Daniel kniff die Lippen zusammen. Offenbar hatte er sich schon mit Blue-Jay deswegen gestritten. Wenn er sich mit ihm einig gewesen wäre, hätte er sie nicht zu holen brauchen.

»Sie sehen einander an«, sagte Blue-Jay. »Wenn es erst einmal angefangen hat, hört es nicht mehr auf.«

»Und alle anderen beobachten, wie sie sich anschauen«, fügte Lily hinzu. »Das hilft auch nicht weiter.«

»Es ist wie ein Blitzschlag«, meinte Blue-Jay, an Daniel gewandt. »Mein Vater sagt, das passiert manchmal zwischen Mann und Frau. Bei deinen Eltern war es auch so.«

Daniel funkelte Blue-Jay wütend an und stampfte in die Dunkelheit davon.

Lily folgte ihrem Bruder nicht. Sie blieb bei Blue-Jay stehen und blickte zum Feuer, wo Starke Worte und Stößt-an-den-Himmel jetzt von den Kämpfen im Westen erzählten.

»Sie geben keine Ruhe«, hörte Lily Starke Worte sagen. »Sie werden nie Ruhe geben«.

Blue-Jays dunkle Augen glitzerten. Er verhielt sich wie jeder Junge und jeder Mann, den Lily kannte: Kriegsgeschichten faszinierten ihn. Lily verstand es nicht.

Stößt-an-den Himmel stand auf und Lilys Finger zuckten. Am liebsten hätte sie ihn jetzt gemalt. Sie würde gerne wissen, ob sie seine Seele aufs Papier bannen könnte.

»Vielleicht will er ja hier bei uns bleiben«, sagte sie.

Blue-Jay schnaubte. »Er wird Geht-Voran mitnehmen«, erwiderte er leise. »In den Westen, zu seinem Stamm.«

»Vielleicht will sie nicht mit ihm gehen«, meinte Lily. »Sie muss doch nicht, wenn sie nicht will. Meinem Vater wird das nicht gefallen.« Plötzlich schoss ihr ein noch viel beunruhigenderer Gedanke durch den Kopf. Und wenn sie nun gar nicht alleine mitgehen würde? Wenn nun Viele Tauben und Läuft-vor-Bären-davon auch in den Westen ziehen würden?

Sie zupfte Blue-Jay am Ärmel, öffnete den Mund und schloss

ihn wieder. Dann sagte sie: »Es ist, als ob man am Rande des Abgrunds stehen würde.«

Blue-Jay schwieg, weil er sie ohne viele Worte verstand; er wusste genau, was sie dachte. Und sie hatte Recht.

36 *16. Juni*

Noch vor dem Morgengrauen fuhr Hannah aus dem Schlaf hoch, so aufgeregt und wach, als habe sie jemand aus ihren Träumen verjagt. Sie drückte die Hand auf ihr heftig pochendes Herz und versuchte sich an ihren Traum zu erinnern, aber er war bereits verschwunden.

Dann fiel ihr ein, dass Starke Worte nach Hause gekommen war. Er war ihr Onkel, aber als Kind hatte sie in ihm immer mehr einen älteren Bruder gesehen. Damals hatte er Otter geheißen, und er hatte ihr beigebracht, unter den Wasserfällen zu tauchen, hatte ihr geheime Plätze auf dem Berg gezeigt, hatte sie zum Jagen mitgenommen, als sie noch so klein war, dass sie kaum ein Kaninchen häuten konnte, und hatte ihr all die Geschichten der Kahnyen'kehàka erzählt, die sie nun ihrerseits den Kindern erzählte.

Er war nach Hause gekommen, um neue Geschichten zu erzählen, Geschichten von den Seneca und den Shawnee und der Schlacht bei Fallen Timbers, wo er Stößt-an-den-Himmel kennen gelernt hatte. Mit dem Namen Otter war er von zu Hause weggegangen, mit nichts als seinen Waffen, und war als Ehemann, als Vater und als Anführer der Krieger zurückgekehrt.

Und er hatte Stößt-an-den-Himmel mitgebracht, der Hannah ansah und dessen Blicke sie erwiderte.

Sie hatte sich daran gewöhnt, wie die weißen Männer sie anstarrten; in den langen Wochen in der Stadt hatte sie sich mit der Tatsache abgefunden, dass sie lernen musste, mit diesem Starren, das keine weiße Frau je tolerieren würde, zu leben. Sie ignorierte sie alle, und wenn das nicht half, hatte sie gelernt, die Worte zu sagen, die sie mit Sicherheit abschreckten.

Als sie noch beim Stamm ihrer Mutter in Guter Weidegrund gelebt hatte, war es genauso gewesen: die Männer musterten sie. Auch die jungen Männer in Guter Weidegrund begehrten sie. Sie wollten sie wegen ihres Körpers und wegen ihres Gesichtes, wie auch die weißen Männer, aber für die Indianer war sie kein Geheimnis. Sie wussten, dass sie von Heilerinnen abstammte und auch deshalb begehrten sie sie: weil sie eine starke Frau war.

Letztes Jahr auf der Mittwinterzeremonie hatte ein junger Mann aus dem Schildkröten-Langhaus sie gefragt, ob sie mit ihm spazieren gehen wolle. Seine Art und sein Lachen hatten ihr gefallen, und deshalb war sie ein paar Mal mit ihm gegangen.

Nach einer Weile ließ sich Hannah von ihm in die Schatten ziehen und gestattete ihm, ihr Gesicht zu berühren und ihr einen schüchternen Kuss zu geben, aber dann hatte sie sich sofort von ihm zurückgezogen. Als sie wieder nach Lake in the Clouds zurückgekehrt war, hatte sie kaum noch an ihn gedacht.

Im Frühling hatte seine Mutter Viele Tauben einen Maiskuchen geschickt, mit der Frage, wann sie wieder nach Guter Weidegrund kämen? Es gäbe etwas zu besprechen. Das war die alte Methode, mit der Heiratsverhandlungen eingeleitet wurden, und das gefiel Viele Tauben. Hannah fühlte sich zwar geschmeichelt, aber es bedeutete ihr nichts.

Als Viele Tauben sah, dass Hannah diese Geste nicht erwartet hatte und auch nicht willkommen hieß, schickte sie das Angebot mit einem Boten wieder zurück. Zu Hannahs Erleichterung erzählte sie niemandem in Lake in the Clouds davon, noch nicht einmal ihrem Mann oder Elizabeth. Danach hatte Hannah nicht mehr daran gedacht, weil sie noch nicht einmal mehr wusste, wie der junge Mann ausgesehen hatte.

Und jetzt hatte sie Stößt-an-den-Himmel kennen gelernt und sie wusste ganz genau, dass sie sein Gesicht nie mehr vergessen würde.

Sie konnte zu Viele Tauben gehen und sie fragen, was sie tun sollte. Sie konnte auch Elizabeth fragen, die ihr sicher einen guten Rat geben würde. Aber die Vorstellung, ihre Gefühle laut äußern zu müssen, machte Hannah so unruhig, dass sie aufstand.

Sie zog sich rasch an, flocht ihre Zöpfe, packte die Dinge, die sie für Dr. Todd heute früh brauchte, in einen Korb und schlüpfte aus der Hütte.

Otter und Stößt-an-den-Himmel hatten ihr Lager auf der Veranda von Viele Tauben aufgeschlagen, und Hannah sah, dass sie bereits fort waren. Vielleicht waren sie ja zum Schwimmen an die Wasserfälle gegangen. Sie schluckte ihre Neugier hinunter und lief den ganzen Weg in den Ort.

In Todds Küche saß nur Bump, der gerade seinen Haferbrei aß. Er lächelte sie an und hob grüßend die Hand. »Ihr kommt früh heute Morgen, Miss Hannah.«

»Ja, nun ...« Sie lächelte verlegen. Sie hätte Bump nur zu gerne von Stößt-an-den-Himmel erzählt, aber sie traute sich nicht.

Bump merkte ihr an, wie verlegen sie war und sprang auf. »Ich muss jetzt den Ofen im Labor anheizen. Ihr könnt gerne mitkommen. Der Doktor wird auch gleich da sein. Aber vielleicht wollt Ihr ja zuerst Mrs. Freeman die Neuigkeiten aus Lake in the Clouds berichten.«

Das Haus war voller Morgengeräusche: Curiosity sprach im Esszimmer mit dem Arzt; Dolly sang leise, während sie die Diele putzte. Irgendwo oben schrie ein Säugling, wurde aber gleich beruhigt. Bump blickte sie unter seinen buschigen Augenbrauen aufmerksam an.

»Ihr wisst also von unseren Gästen?«, sagte sie.

»Aber ja. Mittlerweile haben wohl alle schon davon gehört. In der Schenke haben sie gesagt, Euer Onkel habe ein Dutzend Krieger mitgebracht, mit Skalps am Gürtel und so. Das übliche Geschwätz von Männern, die gerne zu tief ins Glas schauen.«

»Ich fürchte, da könntet Ihr recht haben«, erwiderte Hannah, die auf einmal froh über die Unterhaltung war.

»Seht es einmal so, Freundin Hannah.« Bump humpelte zur Tür. »Das lenkt die Leute von der Pockenimpfung ab.«

Er trat in den Küchengarten und Hannah folgte ihm. Lavendelduft hing in der Luft und der Himmel war so klar, dass sie selbst die am weitesten entfernten Bäume deutlich sehen konnte. Sie hörte, wie Curiosity in die Küche kam und ein paar Worte mit Dolly wechselte.

Zum ersten Mal, seit sie Stößt-an-den-Himmel gesehen hatte, dachte Hannah an Reubens Beerdigung. Fast war es ihr peinlich, dass sie ihn völlig vergessen hatte.

Sie ließ Bump vorausgehen und trat wieder in die Küche zu Curiosity.

»Hast du überhaupt geschlafen?« Hannah blickte Curiosity an. Sie hatte tiefe Schatten unter den Augen und wirkte völlig erschöpft.

»Nicht besonders viel«, gestand Curiosity. »Ich habe dieser schrecklichen Amme gesagt, sie solle kein Sauerkraut essen, aber sie hat nicht auf mich gehört.«

»Aber Curiosity, sie spricht doch gar kein Englisch«, erwiderte Hannah.

Curiosity ließ diesen Einwand nicht gelten. »Hmmpf... Ich glaube, sie versteht mehr, als sie zugibt. Auf jeden Fall hat sie doch Sauerkraut gegessen, und dann ist ihre Milch sauer geworden und das Kind hatte Bauchweh. Keiner von uns hat besonders viel geschlafen, außer dem Doktor natürlich. Der Mann kann ja sogar schlafen, wenn die Trompeten des Jüngsten Gerichts erschallen.

Und wie geht es unseren Gästen heute früh?«, fuhr sie nach einer Pause fort. »Aber vielleicht weißt du das ja gar nicht. Es sieht so aus, als wärest du ziemlich eilig hierher gekommen.«

Hannah nahm sich einen Keks von einem Teller und brach ihn in der Mitte entzwei. »Heute früh habe ich noch keinen gesehen, aber gestern Abend ging es ihnen noch gut.«

»Ist ja egal«, meinte Curiosity gähnend. »Da ich jetzt Reuben nicht mehr pflegen muss, kann ich gleich hinaufreiten. Ich muss sowieso alles vorbereiten, damit der kleine Galileo heute Nachmittag weg kann.«

Hannah schluckte ihren Keks hinunter und nahm sich noch einen. »Weg? Wohin?«

Curiosity legte gerade Holz im Ofen nach und warf ihr einen ungeduldigen Blick über die Schulter zu.

»Wir müssen den Kleinen ganz schnell fortbringen. Ich hätte es schon letzte Woche gemacht, wenn Reuben nicht gewesen wäre. Wir bringen ihn zu Polly nach Albany. Sie stillt immer noch ihr Jüngstes, und in einer so großen Stadt fällt ein schwarzes Kind mehr oder weniger nicht auf.«

»Du machst das also wegen Ambrose Dye?«

Curiosity zog ein Taschentuch aus ihrem Ärmel und wischte sich damit über die Stirn. »Ja, natürlich. Ich würde den Mann eher mit meinen eigenen Händen umbringen als zuzulassen, dass er sich an dem Kind vergreift. In Lake in the Clouds ist es einfach nicht sicher genug.«

»Curiosity ...«, begann Hannah, brach dann aber ab. Sie war nicht in der Lage, ihr irgendwelche Versprechungen zu machen. »Ich habe nicht richtig nachgedacht.«

Die alte Frau schnaubte leise. »Es sieht so aus, als ob du an gar nichts anderes als den Besucher denken könntest.«

»Das ist nicht fair«, erwiderte Hannah so ruhig wie möglich.

Curiosity holte tief Luft. »Vielleicht. Verzeih mir, Hannah, ich bin im Moment nicht ganz ich selbst.«

Sie ließ sich schwerfällig auf einen Stuhl sinken und Hannah trat zu ihr, um ihr die Hand auf die Stirn zu legen. Ihre Haut war kühl und feucht und das Kopftuch, das sie trug, war völlig durchgeschwitzt.

»Du hast dir viel zugemutet in der letzten Zeit«, sagte Hannah. »Wenn du so weiter machst, wirst du noch krank.«

Curiosity schenkte ihr ein schiefes Lächeln. »Manchmal kommt eben alles auf einmal. Aber wenn der Junge in Sicherheit ist, kann ich wieder ruhiger schlafen.«

Hannah dachte daran, wie der Aufseher vor Reubens Grab gestanden und seine Rede gehalten hatte. »Natürlich musst du ihn wegbringen«, sagte sie.

»Wie lange bleibst du fort?«

»Höchstens eine Woche. Wir haben Polly und die Kinder lange nicht mehr gesehen. Richard und Kitty werden in der Zeit eben alleine zurechtkommen müssen. Kitty braucht zwar noch Pflege, aber es geht ihr besser, als ich erwartet hatte, und außerdem hat auch Richard ein Auge auf sie ...« Sie brach ab. Dieser zögernde Tonfall war für Curiosity ungewöhnlich.

»Du musst mir sagen, was ich tun kann«, meinte Hannah.

Curiosity blinzelte, als habe sie ganz vergessen, dass Hannah vor ihr stand. »Ich mache mir Sorgen um Cookie, aber man kann nichts dagegen machen, wenn sie es sich in den Kopf gesetzt hat, sich an Dye zu rächen. Mein Galileo hat versucht, mit ihr zu reden, aber sie hat ihm nicht einmal zugehört.« Sie schüttelte den Kopf. »Man kann wohl nur die Augen offen halten. Wenn irgendetwas passiert, schickst du am besten deinen Daddy oder deinen Großvater dorthin, dann kann Dye sich nicht vergessen. Und halt dich vom Aufseher fern, Kind. Du verstehst mich doch, oder?«

Hannah nickte. »Ja.«

»Nun ja, mehr kann ich nicht tun.« Curiosity stand auf und strich sich die Schürze glatt.

»Und jetzt erzähl mir von gestern Abend. Ich habe mich gefreut, Otter zu sehen. Hat er eine Familie?«

Hannah erzählte ihr rasch von der Seneca-Frau, mit der er verheiratet war, und von den vier Kindern, die sie miteinander hatten.

»Ich kann mir gar nicht vorstellen, dass aus dem Jungen ein erwachsener Mann mit einer eigenen Familie geworden ist«, sagte Curiosity. »Nach dem, was ich gehört habe, hat er sich nicht so sehr verändert. Diese Frau muss stark sein, wenn sie mit Otter, ich meine mit Starke Worte, und vier Kindern fertig wird. Und drei davon auch noch Jungen.« Sie lachte. »Die Frau würde ich gerne einmal kennen lernen. Und jetzt erzähl mir von dem Freund, den Starke Worte mitgebracht hat, seinen Schwager, glaube ich. Wie heißt er?«

»Stößt-an-den-Himmel«, erwiderte Hannah mit leicht schwankender Stimme.

»Und warum ist er mitgekommen?«

Hannah zuckte mit den Schultern. »Das hat er nicht gesagt.«

»Manche Dinge liegen so klar auf der Hand, dass man nicht darüber sprechen muss«, meinte Curiosity. »Anscheinend will Starke Worte euch verkuppeln. Er hat dir einen Ehemann mitgebracht.«

»Wenn er das vorhat, muss ich ihn enttäuschen. Warum glaubst du das?«, fragte Hannah mit mühsam unterdrückter Panik in der Stimme.

»Na, ist schon gut, Kind«, sagte Curiosity. »Du brauchst dich nicht aufzuregen. Ich sage ja nur, dass mir bestimmte Dinge aufgefallen sind. Ich habe beobachtet, wie der Mann dich ansieht. Und ich habe gesehen, wie du seine Blicke erwiderst.«

Hannah zerbröselte den Keks, den sie in der Hand hielt. Geschäftig wischte sie die Krümel weg. »Du bildest dir etwas ein, Curiosity. Es gibt nichts zu sehen.«

Curiosity legte den Kopf schräg und blickte sie forschend an. Dann trat sie zu Hannah und umarmte sie.

Hannah schmiegte sich an sie. Es tat gut, von Curiosity im Arm gehalten zu werden.

»Es tut mir Leid«, sagte sie. »Ich hätte dich nicht so anfauchen dürfen.«

»Schscht«, erwiderte Curiosity und hielt sie ein wenig von sich ab, um sie anschauen zu können.

»Ich kann dir wirklich nichts von Stößt-an-den-Himmel erzählen«, fügte Hannah hinzu.

Curiosity lächelte. »Auch ein Loch besteht aus Nichts«, sagte sie, »aber man kann sich trotzdem den Hals darin brechen.«

Hannah lachte unsicher.

»Du wirst diesem Mann eine Chance geben«, sagte Curiosity, »hörst du? Wende dich nicht ab, bevor du dir nicht angehört hast, was er dir zu sagen hat.«

»Ja, gut. Ich werde es versuchen.«

Curiosity schüttelte nachdenklich den Kopf. »Du bist schon was Besonderes. Du solltest es nicht versuchen, Kind. Du solltest es tun. Du brauchst mich gar nicht so verlegen anzuschauen. Willst du dich etwa dein ganzes Leben lang um die Kratzer und Beulen anderer Leute kümmern? Es wird langsam Zeit, dass du daran denkst, eine eigene Familie zu gründen. Ein Mann kann manchmal ganz tröstlich sein.« Sie grinste ein wenig.

»Elizabeth hat sich erst dafür entschieden, als sie zehn Jahre älter war als ich jetzt«, erwiderte Hannah eigensinnig.

Curiosity lachte nur. »Das Alter hat damit gar nichts zu tun, das weißt du auch. Wenn Elizabeth und dein Daddy sich kennen gelernt hätten, als sie fünfzehn war, hätte es genauso geendet. Aber vielleicht willst du mir ja erzählen, dass der junge Mann gar nicht der Richtige ist. Dann brauchen wir nicht mehr darüber zu reden und du kannst ihn wegschicken. Willst du das?«

Hannah lehnte sich mit verschränkten Armen an die Tür. Ohne dass sie es wollte, traten ihr die Tränen in die Augen.

»Er ist ein Fremder. Ich kenne ihn doch erst seit ein paar Stunden und es waren immer andere Leute dabei. Gestern Abend hat mich mein kleiner Bruder auf die Seite gezogen und mir erklärt, er erlaube mir, mit Stößt-an-den-Himmel in den Westen zu gehen, wenn ich sie jedes Jahr besuchen käme. Daniel hat mich schon verheiratet, und dabei war ich noch keine Stunde mit dem Mann allein. Ich verstehe einfach nicht, wie so etwas von einer Minute auf die andere passieren kann.«

»Wie... so etwas?«, fragte Curiosity leise.

Unfähig, einen Ton hervorzubringen, schüttelte Hannah den Kopf und schlüpfte hinaus.

Als es an der Tür zum Salon der Witwe klopfte und Jemima Kuick aufmachte, sah sie sich Falkenauge gegenüber. Sofort schossen ihr zwei Gedanken durch den Kopf, und keiner davon war besonders erfreulich. Als Erstes kam ihr in den Sinn, dass die Zwillinge ihm alles erzählt hatten und dass er jetzt wegen ihr hier war. Der zweite Gedanke war weniger furchterregend. Vielleicht war ihm klar geworden, wie Reuben sich verbrannt hatte, und er war gekommen, um Dye des Mordes anzuklagen. Ihr war es egal, ob man Dye hängte, aber dann käme natürlich auch die Wahrheit über sie und Isaiah ans Tageslicht.

»Nun, Mima«, sagte Falkenauge, »willst du mich nicht herein lassen?« Er lächelte zwar nicht, sah aber auch nicht wütend aus, also konnte es nichts mit ihr zu tun haben.

Beim Klang seiner Stimme hatte die Witwe abrupt aufgeblickt.

»Mr. Bonner«, sagte sie in ihrem hochmütigsten Tonfall, »was soll das heißen, dass Ihr ohne Einladung hierher kommt?«

Jemima mochte keinen der Bonners besonders gern, aber sie wusste, dass es nicht ratsam war, in diesem Tonfall mit Falkenauge zu sprechen. Die Witwe unterschätzte ihn, und Jemima freute sich schon darauf, zusehen zu können, wie er sie zurechtwies.

»Mrs. Kuick.« Falkenauge trat ein. Er war zu groß für das Zimmer, eigentlich zu groß für das ganze Haus.

»Was wollt Ihr, Mr. Bonner?«

»Nun, ich bin nicht gekommen, um mit Euch Tee zu trinken. Wir beide haben etwas Geschäftliches zu besprechen.«

Ohne zu fragen oder eine Aufforderung abzuwarten, setzte er sich auf Mr. Kuicks Stuhl, in dem normalerweise niemand sitzen durfte, noch nicht einmal Isaiah. Er setzte sich einfach hin, ohne auf die wütende Miene der Witwe zu achten.

»Was um alles in der Welt ...« begann sie, aber er unterbrach sie einfach.

»Spart Euch Euren Atem«, erklärte er freundlich. »Ich bin genauso ungern hierher gekommen, wie Ihr mich hier haben wollt, deshalb werde ich Euch einfach sagen, was ich zu sagen habe, und dann gehe ich wieder.«

Die Witwe gab einen erstickten Laut von sich. »Dann beeilt Euch.«

»Oh, nur zu gerne. Ich möchte nur wissen, ob Ihr Euren Aufseher Dye veranlasst habt, unbefugt auf Hidden Wolf einzudringen, oder ob er das aus eigenem Antrieb macht. Ich frage aus einem einfachen Grund. Ich muss wissen, welche Namen ich auf dem

Haftbefehl aufführen muss. Jed McGarrity wird ihn für mich ausstellen, damit alles bereit ist, wenn der Richter auf seiner Runde wieder hier vorbeikommt. Wenn ich natürlich Dye vorher dabei erwischen sollte, werde ich ihn einfach erschießen, und das könnt Ihr dann dem Richter erklären.«

Jemima hatte die Witwe noch niemals bleich werden sehen, aber jetzt wurde sie erst totenblass und dann stieg ihr die Röte ins Gesicht.

»Wie könnt Ihr es wagen«, flüsterte die Witwe. »Wie könnt Ihr es wagen, mir mit dem Gesetz zu drohen.«

Andere Leute bekamen es mit der Angst zu tun, wenn die Witwe flüsterte, aber Falkenauge blieb ungerührt. »Natürlich kann ich es wagen. Ihr solltet mich nicht unterschätzen. Wenn jemand gegen mich und die Meinen Anschuldigungen erhebt und mit Waffen in mein Gebiet eindringt, dann fällt mir natürlich zuerst das Gesetz ein.«

»Geht auf der Stelle!« Die Witwe wies mit zitterndem Finger zur Tür. »Bevor ich meinen Sohn rufe und Euch von ihm hinauswerfen lasse.«

»Ich gehe erst, wenn Ihr mir eine Antwort gegeben habt«, erwiderte Falkenauge. »Und danach lasse ich den Haftbefehl von McGarrity ausstellen. Es sei denn, wir können die Angelegenheit hier an Ort und Stelle regeln.«

»Eure Anschuldigungen sind lächerlich«, sagte die Witwe. »Ich habe Mr. Dye niemals angewiesen, das Gesetz zu brechen, und ich glaube auch nicht, dass er so etwas tun würde. Ich werde Euch dafür belangen, Sir, dass Ihr meinen Charakter und meine Moral in Frage stellt.«

Falkenauge stieß die Luft aus. »Bevor Ihr Euch über mein Betragen aufregt, solltet Ihr erst einmal sicherstellen, dass Ihr wisst, wovon Ihr redet. Ruft den Mann herein und fragt ihn, wenn Ihr so sicher seid, dass er die Wahrheit spricht.«

Das war ein kühner Schachzug von Falkenauge, und Jemima bewunderte ihn dafür. Wenn die Witwe sich weigerte, Dye zu rufen, würde es so aussehen, als ob sie ihm nicht vertraute, oder

503

sogar so, als ob sie etwas mit seinem unbefugten Eindringen zu tun hätte.

Bat sie jedoch Dye in den Salon, würde sie ihn in seinen Lügen unterstützen müssen, weil es sonst so aussähe, als habe sie keinen Einfluss auf ihre Angestellten. Wenn Dye die Wahrheit sagte – und Jemima wusste ganz genau, dass er auf dem Berg gewesen war –, dann würde sie ihn sofort entlassen müssen.

Das Problem war nur, dass die Witwe Dye mochte; sie schätzte das Geld, das er ihr einbrachte, und die Art, wie er mit den Sklaven umging. Und er ließ sie in Ruhe.

Offensichtlich begriff die Witwe, dass Falkenauge sie in eine Falle gelockt hatte, aber sie griff dennoch entschlossen zum Glockenstrang und zerrte so heftig daran, dass Jemima nicht überrascht gewesen wäre, wenn sie ihn aus der Wand gerissen hätte.

»Ich schicke jemanden zur Mühle, um meinen Aufseher zu holen«, sagte sie kühl. »Wir werden das Gespräch zu Ende bringen, wenn er hier ist, aber wir werden dies in der Küche tun. Dies ist kein Thema für meinen Salon.«

Falkenauge grinste fröhlich. »Mir ist es gleichgültig, wo wir uns unterhalten«, sagte er und erhob sich aus Mr. Kuicks Sessel. »Aber wir werden die Angelegenheit heute noch klären, das kann ich Euch versprechen.«

Jemima lief hinter Falkenauge aus dem Salon, wobei sie Georgia, die auf das Klingelzeichen gekommen war, zur Seite schubste. Die Witwe rief ihr nach: »Sorg dafür, dass dieser Mann sofort in die Küche geht und nirgendwo anders hin. Hörst du mich, Jemima?«

Falkenauge zwinkerte ihr zu. »Sie glaubt, ich stecke mir das viele Silber ein, wenn sie nicht hinsieht. Vielleicht fesselst du mich am besten und bringst mich mit vorgehaltenem Gewehr in die Küche.«

Jemima antwortete ihm nicht, sondern lief in die andere Richtung, durch die vordere Diele und durch Isaiahs leeres Arbeitszimmer hinunter in den Keller.

Dort blieb sie stehen und lauschte. Als sie sicher sein konnte, dass niemand ihr gefolgt war, schob sie ein Brett an der Wand zur Seite und kroch durch den schmalen Gang, den es verdeckt hatte.

Da die Witwe die Angst vor einem Indianerüberfall nicht los wurde, hatte sie einen Geheimgang anlegen lassen, falls sie unbemerkt das Haus verlassen müsste. Allerdings war der Gang nicht so besonders geheim, schließlich war das Haus von Männern aus dem Ort gebaut worden, und jeder wusste davon.

Der Geheimgang endete hinten im Küchengarten. Von dort aus konnte Jemima gehen, wohin sie wollte: auf den Berg, wo sie nicht willkommen war; ins Dorf, wo sie nicht erwünscht war; in die Mühle, was ihr verboten war. Oder sie konnte einfach dort bleiben. Georgia war in die Mühle gelaufen, um Dye zu holen, und ganz sicher würde auch Isaiah entweder mitkommen oder sich in der Nähe aufhalten.

Und Jemima wollte auf jeden Fall in der Küche dabei sein, um zu hören, was Dye zu sagen hatte.

Unter ihr rauschte der Sacandaga, der den Berg von Paradise trennte. Von hier aus konnte sie einen Großteil des Dorfes überblicken, einschließlich der Hütte, in der sie aufgewachsen war. Damals hatte das Land, auf dem sie stand, Richter Middleton gehört; jetzt gehörte es seinem Enkel Ethan und wurde von Dr. Todd verwaltet. Er hatte die Hütte an den Schmied vermietet, als er Daisy Freeman geheiratet hatte, und seitdem hatten sie ein weiteres Zimmer und eine Veranda angebaut, und der Küchengarten war doppelt so groß geworden.

Dort hockte Daisy jetzt und erntete Butterbohnen, während zwei ihrer Kinder in der Nähe spielten. Trotz des rauschenden Flusses glaubte Jemima, sie lachen hören zu können.

Ihr Vater hätte es nicht geduldet, dass freie Schwarze in einer Hütte lebten, die ein Weißer gebaut hatte.

Georgias Stimme holte Jemima aus ihren Tagträumen und sie kauerte sich hinter die Büsche, damit Dye sie nicht sah. Als er vorbei war, zählte sie bis zwanzig und ging dann zurück zum Haus. Sie drehte sich um, als sie Hufgeklapper auf der Brücke hörte und

505

blieb stehen, bis die Reiter, die vom Berg kamen, in Sichtweite waren. Überrascht erkannte sie Curiosity und Galileo Freeman, beide in Reisekleidung. Die Satteltaschen waren bis zum Bersten gefüllt, aber noch seltsamer war, dass Curiosity eine Ziege mitführte und ein seltsames Bündel im Arm hielt. Ein Bündel, das sich bewegte. Aus den Tüchern ragte der kleine Arm eines Kindes. Eines schwarzen Kindes.

Daisy war in ihrem Garten aufgesprungen. Sie winkte ihren Eltern zu und blickte ihnen nach.

Die Kinder riefen: »Auf Wiedersehen! Auf Wiedersehen!«, und Daisy brachte sie rasch mit einem besorgten Blick zur Mühle zum Schweigen. Jemima war dort, wo sie stand, nicht zu sehen, aber sicherheitshalber trat sie noch einen Schritt zurück.

Schließlich verschwanden die Pferde in Richtung Johnstown. Jemima blickte ihnen nach und rief sich ins Gedächtnis, was sie wusste.

Die Gerüchte über die entlaufene Sklavin und ihr Kind stimmten wohl. Die Bonners halfen Sklaven zu fliehen und die Freemans auch. Das machte sie alle zu Dieben. Zu Dieben, Heuchlern und Lügnern.

Und in diesem Augenblick stand Falkenauge mit Dye in der Küche und stieß Drohungen aus.

Zum Zweiten waren sie gut organisiert. Cookie gehörte bestimmt auch dazu; wahrscheinlich stand sie gerade an der Tür und hielt mit mühsam verborgener Befriedigung Wache. Vielleicht hatte sie ja ein Signal gegeben, dass Dye aus dem Weg war und die Freemans losreiten konnten. Jemima hatte sich Gedanken darüber gemacht, ob sie Dye vielleicht vergiften würde, aber Cookies Rache war viel subtiler und wahrscheinlich viel befriedigender für sie. Sie half den Bonners, die Witwe und Dye zu bestehlen und in der Zwischenzeit brachten die Freemans das Kind in Sicherheit und Falkenauge band der Witwe mit seiner gerechten Empörung die Hände.

Zum Dritten waren sie selbstsicher genug, um am helllichten Tag wegzureiten. Wahrscheinlich waren sie mittlerweile ein wenig unvorsichtig geworden. Und damit hatten sie ihr die entscheidende Waffe in die Hand gegeben, um sich in Zukunft in Sicherheit zu wissen.

Jemima stieß einen tiefen Seufzer der Erleichterung aus. Als sie sich wieder gefasst hatte, ging sie in die Küche, um zuzuhören, was Falkenauge Dye zu sagen hatte.

37 *17. Juni*

Hannah arbeitete so angestrengt, dass sie eigentlich gar keine Zeit gehabt hätte, sich in Gedanken mit Stößt-an-den-Himmel zu beschäftigen, aber genau aus diesem Grund konnte sie an nichts anderes denken. Bei allem, was sie tat, sah sie Stößt-an-den-Himmel vor sich. Sie hörte den Klang seiner Stimme, sah sein Gesicht, hörte ihn lachen und sah, wie er sich bewegte. Er hatte nur wenige Worte zu ihr gesagt, aber sie gingen ihr nicht mehr aus dem Kopf.

Da sich die beiden Männer in der Schlacht von Fallen Timbers kennen gelernt hatten, wollte Falkenauge von ihnen wissen, warum sie so weit im Westen gekämpft hatten und vor allem, wie sie mit heiler Haut davongekommen waren.

Otter und Stößt-an-den-Himmel blickten sich an, dann sagte Stößt-an-den-Himmel: »Damals kämpfte Kleine Schildkröte für die Shawnee in Ohio, und ich schloss mich ihnen an, weil ich glaubte, es sei unsere letzte Chance, die Weißen zurückzudrängen.«

»Und was glaubst du jetzt?«, fragte Läuft-vor-Bären-davon.

»Jetzt werde ich mich Tecumseh anschließen. Er ist jünger und hat noch nicht vergessen, wie man kämpft«, erwiderte Stößt-an-den-Himmel ruhig.

»Und du, willst du auch mit Tecumseh kämpfen?«, fragte Viele Tauben ihren Bruder.

»Natürlich«, erwiderte Otter. Ich habe Rotem Reh versprochen, dafür zu sorgen, dass ihr Schwager seine Skalplocke nicht verliert.«

Seine Schwester warf ihm einen grimmigen Blick zu. »Du solltest besser zu Hause bei deiner Frau bleiben. Ich kann mir gar nicht vorstellen, wie Rotes Reh mit dir zurecht kommt. Und du ...« Sie warf Stößt-an-den-Himmel einen nicht minder bösen Blick zu. »Du bist auch nicht viel besser.«

»Das habe ich auch nie behauptet«, erwiderte Stößt-an-den-Himmel freundlich. »Und bevor du fragst, kann ich dir sagen, dass Rotes Reh es mit mir nur aushält, weil ihre Schwester mich zum Mann gehabt hat und sie sich verpflichtet fühlt.«

Sie hatten schon davon gehört, dass seine Frau vor drei Jahren gestorben war. Große Frau war sie genannt worden, wegen ihrer beachtlichen Körpergröße und ihrer Fähigkeit, Schwierigkeiten die Stirn zu bieten. Als er in der ersten Nacht seines Besuchs davon erzählt hatte, war Hannah so mutig gewesen zu fragen, wie Große Frau gestorben war.

»Sie trug ein Kind und hatte Schmerzen im Bauch. Fieber und große Schmerzen. Keiner der Heiler konnte etwas für sie tun.«

Hannah dachte, dass sie auch nichts hätte tun können, aber sie war sich ziemlich sicher, dass sie zumindest den Grund für die Erkrankung kannte. Sie hatte einmal der Autopsie einer Frau beigewohnt, die auch so gestorben war. Das Kind hatte einen Riss in der Gebärmutter verursacht. Aber das sagte sie nicht, sie wollte seine Trauer nicht noch größer machen.

Immer wieder ließ sich Hannah von ihren Gedanken ablenken, bis schließlich Charlie LeBlanc gegen Abend ins Labor kam und sie bat, zu ihnen zu kommen, da Molly in den Wehen lag und Curiosity ja nicht da war. Erleichtert stimmte Hannah zu.

Molly war gutmütig und immer fröhlich, trotz der Tatsache, dass die LeBlancs bitterarm waren und mehr Söhne hatten, als für eine Frau gut war. Hannah wusste, dass nur die Hoffnung auf eine Tochter sie die Wehen, die dieses Mal länger als sonst dauerten, überstehen ließ.

Die erste Tochter der LeBlancs kam zur Welt, als die Sonne schon wieder hoch am Himmel stand. Staunend betrachteten ihre vier Brüder und Charlie das kleine, rotgesichtige Wesen. Charlie, der bei Gelegenheit alle vier Jungen gleichzeitig auf dem Arm trug, war zu schüchtern, um seine Tochter zu nehmen. Erst als Hannah sie ihm energisch in den Arm drückte, begann er zu strahlen.

»So sieht ein Mann aus, der sich verliebt«, erklärte Molly.

Hannah summte zustimmend, sagte aber nichts. Am liebsten hätte sie sich auf der Stelle hingelegt, um sich ein wenig auszuruhen, wenn es in der Hütte der LeBlancs nicht so voll und laut gewesen wäre. Stattdessen ging sie die zehn Minuten bis zum Haus der Todds und legte sich auf das Lager in dem kleinen Zimmer neben der Küche, wo Curiosity ab und zu Kranke pflegte.

Sie zog sich die Mokassins aus und schickte Ethan nach Lake in the Clouds, damit er Bescheid sagen sollte, dass sie so bald wie möglich nach Hause käme, aber noch nicht genau wisse, ob sie es heute noch schaffen würde.

Als sie erwachte, wusste sie im ersten Moment nicht, wo sie war. Dolly stand mit einem Tablett voller Essen am Fußende des Lagers.

»Ich habe gehört, die LeBlancs haben endlich ein Mädchen bekommen«, sagte sie. »Molly ist überglücklich. Sie werden sie Maddy nennen, nach Charlies Mama. Ein großes Kind, nicht wahr?«

»Ja, ziemlich groß.« Hannah nahm die Schale mit Brühe, die Dolly ihr reichte, und trank sie in drei großen Schlucken aus. »Wie spät ist es?«

»Fast Mittag«, sagte Dolly, und als Hannah sie überrascht ansah, fügte sie hinzu: »Die Welt wird nicht gleich untergehen, wenn du mal ein paar Stunden schläfst, Hannah Bonner.«

Hannah lächelte mühsam. Sie musste noch die vier Personen besuchen, die sie gestern Abend geimpft hatte, und Dr. Todd hatte ihr auch eine Liste mit Patienten gegeben, nach denen sie schauen sollte: Mary Gathercole hatte Halsschmerzen und ihre Mutter Ausschlag; Jed McGarrity hatte wieder einmal Zahnschmerzen; Ben Cameron hatte sich mit der Axt einen Zeh abgeschlagen und der Verband musste gewechselt werden, und Matilda Kaes machte ihr Rheuma zu schaffen. Curiosity blieb einige Tage fort, aber Richard Todd hatte nicht vor, sein Labor im Stich zu lassen, solange Hannah da war und sich um die weniger interessanten Fälle kümmern konnte.

»Ich habe dich auch nur aufgeweckt, weil deine Schwester jetzt schon seit einer Stunde in der Küche auf dich wartet«, erklärte Dolly. »Sie hat alle Ingwerkekse aufgegessen und wenn du dir nicht langsam anhörst, was sie auf dem Herzen hat, dann platzt sie gleich. Es muss irgendwas mit eurem Besuch zu tun haben, aber mehr wollte sie mir nicht sagen.«

»Stößt-an-den-Himmel«, sagte Hannah. »Sein Name ist Stößt-an-den-Himmel.«

»Mama hat mir schon alles erzählt.«

»In diesem Ort wird viel geredet«, erwiderte Hannah.

Dolly hob die Decke auf, die zu Boden gefallen war, und hängte sie über das Fensterbrett. Dann warf sie Hannah einen nachdenklichen Blick zu.

»Gegen dich hat niemand etwas, Hannah. Das weißt du.«

In ihrer Überraschung wusste Hannah nicht, was sie darauf erwidern sollte. Dolly nahm ihr Schweigen als Ermunterung und fuhr fort: »Wenn die ersten geimpft sind, dann beruhigen sich alle wieder, du wirst schon sehen.«

Hannah hatte gedacht, Dolly redete von Stößt-an-den-Himmel, und jetzt war sie froh, dass sie nichts gesagt hatte. Sie bückte sich nach ihren Mokassins, damit Dolly ihr Gesicht nicht sah.

»Ich habe Molly LeBlanc nicht gebeten, ihr Kind letzte Nacht zu bekommen«, sagte Hannah zu Lily. Sie saßen auf der Gartenbank in der Sonne und es war schon wieder so heiß, dass Hannah am liebsten die obersten Knöpfe ihres Mieders geöffnet hätte.

»Ich habe mich trotzdem sehr gewundert«, erwiderte Lily spitz.

»Du tust so, als hätte ich die Geburt arrangiert, um unseren Gästen aus dem Weg zu gehen.«

Lily warf ihr einen Seitenblick zu. »Stößt-an-den-Himmel war sehr enttäuscht, dass du gestern Abend nicht da warst.«

»Vermutlich hat er dir das gesagt. Es sozusagen aller Welt verkündet, oder?«

Lily warf ihr einen verächtlichen Blick zu. »So etwas braucht er mir nicht zu sagen, das kann ich sehen. Was ich allerdings nicht sehen kann und was ich dich deshalb frage, ist, warum du ihm aus dem Weg gehst. Ich finde ihn wundervoll.«

»Lily Bonner«, erwiderte Hannah, hin und her gerissen zwischen Erheiterung und Zorn. »Du kennst den Mann doch kaum.«

»Natürlich kenne ich ihn«, sagte Lily störrisch. »Ich kann ihn gut beurteilen nach seiner Art, Geschichten zu erzählen. Und außerdem sieht er gut aus. Hier.«

Sie zog eine kleine, mit einem Band verschnürte Papierrolle aus der Tasche an ihrem Gürtel und entrollte sie.

»Ich habe drei Mal von Neuem damit angefangen, aber ich glaube, jetzt habe ich ihn ganz gut getroffen.«

»Mein Gott«, keuchte Hannah überrascht auf.

Es war eine einfache Zeichnung, aber Lily hatte tatsächlich seine selbstbewusste Haltung eingefangen und zu Papier gebracht. Und er sah gut aus, das konnte man nicht leugnen.

»Das hast du sehr schön gemacht«, sagte Hannah. »Was hat Elizabeth dazu gesagt?«

Lily schüttelte den Kopf. »Sie hat es noch gar nicht gesehen. Ich habe es für dich gemacht, um es dir zu zeigen.«

Hannah fuhr mit dem Finger über das Papier. »Du brauchst mir nicht zu beweisen, dass du zeichnen kannst, kleine Schwester. Das sehe ich doch jeden Tag.«

»Ich habe es nicht gemacht, um dir zu zeigen, dass ich zeichnen kann«, stieß Lily gereizt hervor. »Ich wollte *ihn* dir zeigen. *Ihn*, Stößt-an-den-Himmel.«

Hannah konnte kaum die Augen von der Zeichnung abwenden. »Und was wolltest du mir an ihm zeigen?«

»Er ist stark und gut und kann hervorragend Geschichten er-

511

zählen. Und er hat keine Angst vor dir, wie die meisten anderen Männer. Er ist wie für dich gemacht.«

Hannah lachte verlegen. »Niemand kann so etwas vorhersagen, das weißt du ganz genau.«

Enttäuscht schüttelte Lily den Kopf, als würde Hannah sich absichtlich dumm stellen. »Er ist wie für dich gemacht. Wenn ich alt genug wäre, würde ich ihn heiraten, aber das wäre nicht richtig. Er gehört dir, genauso wie Blue-Jay mir gehört.«

»Lily«, begann Hannah langsam, »Ich weiß nicht, wie du auf diese Idee kommst, aber du solltest nicht von einem menschlichen Wesen reden, als sei es ein Buch oder ein Taschentuch. Wenn du erwachsen bist, wirst du schon noch herausfinden, ob Blue-Jay der Richtige für dich ist. Und Stößt-an-den-Himmel gehört niemandem.«

Lily warf ihr einen besorgten Blick zu. »Du siehst einfach nicht, was allen anderen schon klar ist, und das nur deswegen, weil du Angst hast. Du bist es nicht gewöhnt, etwas zu wollen, und es macht dir Angst.«

Hannah schwieg einen Augenblick lang, weil Lily den Nagel auf den Kopf getroffen hatte.

»Warum hast du denn solche Eile, mich zu verheiraten?«

»Weil du sonst eine alte Jungfer wirst«, erwiderte Lily freimütig. »Und du hast selber zu mir gesagt, dass dir kein Weißer gefällt. Und jetzt bringt Starke Worte dir den perfekten Ehemann ...«

»Ich bezweifle, dass das seine Absicht war«, unterbrach Hannah sie.

»... und du willst noch nicht mal mit ihm reden. Schlimmer noch, du läufst vor ihm davon, als wenn er ein Ungeheuer wäre.«

»Und was soll ich deiner Meinung nach tun?«, fragte Hannah ärgerlich. »Auf seinem Schoß sitzen?«

Lily schürzte nachdenklich ihre Lippen. »Jetzt machst du Witze.«

»O bitte.« Hannah warf abwehrend die Hände hoch, stand auf und rang sich ein Lächeln ab. »Genug jetzt von diesen Albernheiten. Ich habe zu tun.«

»Versprichst du mir, dass du heute Abend am Feuer dabei bist?«
fragte Lily.

Hannah war schon halb am Haus, als Lily ihr noch hinterher
rief: »Wenn du mir das versprichst, lasse ich dich auch in Ruhe.«

Hannah warf ihrer Schwester einen Blick über die Schulter zu.
»Mach keine Versprechungen, die du nicht halten kannst, kleine
Schwester.«

»Ich habe gesehen, dass du das Bild mitgenommen hast!« rief
Lily. Ihr Lachen folgte Hannah bis ins Haus.

Am späten Nachmittag war es so heiß, dass die Luft zu kochen
schien. Jeder Atemzug fiel schwer.

Die Moskitos und die Hitze löschten auf dem langen Heimweg
jeden anderen Gedanken aus, und jetzt zog auch noch ein Gewitter auf.

Hannah rief sich noch einmal die Vorwände ins Gedächtnis,
unter denen sie sich in ihr Zimmer zurückziehen wollte. Ihr Tagebuch, Medizinen, die sie vorbereiten musste; Briefe, die sie schreiben musste, keiner wirkte besonders glaubwürdig. Ihr Vater würde sie fragend und Elizabeth besorgt anblicken, aber sie würden
ihr natürlich nicht befehlen, sich zu den Gästen zu gesellen, und
sie würden auch nicht zulassen, dass sie sich schuldig fühlte. Das
würde schon Lily besorgen.

Sie waren gerade mit dem Essen fertig, als das Gewitter losbrach. Weil sie nicht draußen am Lagerfeuer sitzen konnten,
hatten die Jungen bestimmt, dass sie sich alle um den Herd versammelten, und so saß Hannah auf einmal Stößt-an-den-Himmel
gegenüber.

Sie unterhielten sich eine Weile über Bagattaway-Spiele, die vor
langer Zeit zwischen den Mohawk und den Seneca stattgefunden
hatten, ein Thema, das vor allem die Jungen begeisterte.

»Ich kann mich noch gut an deinen älteren Bruder erinnern«,
sagte Nathaniel zu Stößt-an-den-Himmel. »Er war ein furchterregender Spieler. Einmal ist er einem Mann sogar über den Rücken
gesprungen, um ans Tor zu gelangen.«

513

»Hast du gehört, Geht-Voran?«, fragte Daniel und stieß Hannah an. »Hast du gehört, dass unser Vater gegen den Bruder von Stößt-an-den-Himmel gespielt hat?«

»Ich auch«, sagte Läuft-vor-Bären-davon. »Ich habe damals auch mitgespielt. Wir waren bestimmt zweihundert Männer auf dem Spielfeld.«

»Letztes Jahr haben wir zwei Mal im Dorf gespielt«, warf Blue-Jay ein. »Aber wir waren nur zwanzig. Nicholas Wilde ist ein guter Spieler und die Camerons auch. Vielleicht könnten wir wieder einmal spielen, solange ihr hier seid.«

Hannah spürte, dass ihr Vater und ihr Großvater einen Blick wechselten, und sie wusste, was sie dachten: ein solches Spiel konnte die Spannungen im Dorf entweder auflösen oder sie zum Ausbruch bringen.

»Du kannst in Guter Weidegrund Bagattaway spielen«, sagte Viele Tauben zu ihrem Sohn. »Wenn der Mais geerntet ist.«

Ihre Bemerkung löste bei allen Kindern das übliche Geschrei aus. Jeden Herbst ging Läuft-vor-Bären-davon mit seinen Kindern für zwei Monate nach Guter Weidegrund und Lily und Daniel wollten unbedingt mitkommen.

»Es gibt doch sicher erfreulichere Themen zu besprechen«, warf Elizabeth ein. »Starke Worte, du hast uns noch nicht viel von diesem Mann berichtet, diesem Schönen See, den du erwähnt hast. Es klingt so, als sei er ein vernünftiger Mann mit guten Ideen.«

Otter erwiderte: »Ja, die meiste Zeit hat er Gutes getan.« So richtig überzeugt klang er jedoch nicht, fiel Hannah auf.

»Wegen ihm gibt es in seinem Dorf kaum noch Trunksucht«, fügte Stößt-an-den-Himmel hinzu.

»In deinem Dorf aber nicht, oder?«, fragte Viele Tauben.

»Nein, wir haben die Trunksucht noch nicht vollständig bekämpft, aber wir machen gute Fortschritte«, erwiderte Starke Worte. »Er-macht-sie-bereit hat uns gesagt, dass wir viele Dinge aufgeben müssen, die uns die Weißen gebracht haben, wenn wir die alten Traditionen pflegen wollen, und dazu gehört auch der Alkohol.«

»Hmm«, sagte Viele Tauben. »Wenn Maispflanzer die Trunksucht bekämpfen kann, dann sollte Er-macht-sie-bereit auch dazu in der Lage sein. Es sei denn, er findet keine Unterstützung bei den Clan-Müttern.«

Otter zögerte, dann meinte er: »Manchen fällt es schwer, die alten Traditionen zu pflegen. Ich sehe, du nähst mit Stahlnadeln, Schwester. Und die Sicheln, mit denen der Mais gemäht wird, sind auch aus Stahl, oder etwa nicht?«

Viele Tauben lächelte nur. Ihr kleiner Bruder versuchte, einen alten Streit neu aufleben zu lassen, es war immer das selbe: Er verkündete, dass es den Indianern besser ginge, wenn die Weißen nie einen Fuß auf den Kontinent gesetzt hätten. Läuft-vor-Bären-davon widersprach ihm und dann debattierten sie stundenlang.

Nach und nach würden alle Erwachsenen für eine der beiden Seiten Partei ergreifen. Falkenauge und Viele Tauben stimmten am Ende immer mit Starke Worte überein und Nathaniel mit Läuft-vor-Bären-davon. Elizabeth weigerte sich, für eine der beiden Seiten Partei zu ergreifen, obwohl sie dafür immer geneckt wurde.

Als ihre Großmütter noch am Leben waren, hatten sie sich meist hinter Nathaniel gestellt, was Starke Worte ärgerte, weil er noch nicht einmal seine eigene Mutter mit seinen Argumenten überzeugen konnte. Schwindender Tag hatte die Diskussion immer mit den Worten beendet: »Wenn ich die ganze Brennnessel wegwerfe, weil sie sticht, dann hätten wir nicht die Medizin, die wir daraus gewinnen. Wir nehmen uns das, was gut und nützlich ist, und den Rest lassen wir weg.«

Für die Kinder war dieser alte Streit ganz neu. Sie lauschten mit weit aufgerissenen Augen.

»Wir glauben, wir können ohne Stahl nicht leben«, sagte Starke Worte, »aber das liegt nur daran, dass unsere Vorstellungskraft genauso schwach geworden ist wie unsere Erinnerung. Pfeil und Bogen nützen dem Jäger in den endlosen Wäldern mehr als Gewehre. Wenn wir nicht so faul wären, dann könnten wir auf die alten Bräuche wieder zurückgreifen.«

»Bearbeite du erst einmal ein Fell mit einem Stein statt mit einem scharfen Messer, bevor du über Faulheit sprichst«, erwiderte Läuft-vor-Bären-davon. »Und wenn du schon mal dabei bist, kannst du ja auch gleich ein paar Bäume mit der alten Methode fällen und mir dann erzählen, dass du Axt und Säge nicht benötigst. Ich möchte nicht ohne Messer im Busch sein«, fügte er hinzu. »Und wenn ich Frauen und Kinder zu verteidigen habe, würde ich mein Gewehr auch nicht gegen Pfeil und Bogen eintauschen.«

Otter schüttelte den Kopf. »Du sagst nur, dass Stahl schnell ist. Schneller als die alten Methoden. Das kann niemand leugnen, genauso wenig, wie man abstreiten kann, dass ein Pferd schneller ist als ein Mensch, der zu Fuß geht. Ich sage ja nur, dass Schnelligkeit nicht unbedingt auch der beste Weg ist, zumindest nicht für uns.«

»Ich ziehe jedenfalls ein Rasiermesser einer Muschelschale vor, wenn es ums Rasieren geht«, warf Nathaniel ein und rieb sich mit der Hand über das Kinn. »Und dabei geht es weniger um Schnelligkeit als darum, meine Haut zu schonen.«

Alle lachten, und sogar Starke Worte fiel ein. Niemand hatte jemals die Tatsache erwähnt, dass Falkenauge und seine Familie gar nicht bei ihnen wären, wenn die Weißen nie einen Fuß auf diesen Kontinent gesetzt hätten.

»Du könntest ja aufhören, dich zu rasieren«, schlug Lily vor.

»Nein, nein«, erklärte Elizabeth. »Bitte nicht. Dann kratzt er ständig und betrachtet sich dauernd im Spiegel und jammert seiner Schönheit hinterher. Was seine glatten Wangen und seine unbehaarte Brust angeht, ist er so eitel wie jeder Kahnyen'kehàka-Krieger.«

»Jetzt hört euch Elizabeth an«, lachte Nathaniel. »Sie schiebt alles auf meine Eitelkeit, dabei ist sie es, die meine Bartstoppeln zu kratzig findet.«

Elizabeth errötete, fuhr aber resolut fort: »Das bringt mich auf eine Frage. Lasst ihr euch die Skalps rupfen oder benutzt ihr ein Rasiermesser?«

Stößt-an-den-Himmel lachte auf. »Ich benutze ein Rasiermesser, aber Starke Worte lässt sich von seiner Frau rupfen, bis er es nicht mehr aushält.«

Otter hob die Hand. »Ich bin auch nur ein schwacher Mann«, sagte er. »Aber wir könnten es lernen, wieder auf die alte Art zu leben.«

»Das wäre überhaupt kein Thema, wenn du nicht so begierig darauf wärest, erneut in den Kampf zu ziehen«, erwiderte Viele Tauben.

Starke Worte ignorierte sie. »Nennt mir ein Ding, ohne das wir nicht leben könnten. Ein Ding, das uns die O'seronni gebracht haben. Schwester, du fängst an.«

Viele Tauben legte nachdenklich den Kopf schräg. »Ich zum Beispiel mag meine Nähnadeln«, sagte sie. »Und die Kochtöpfe. Sie haben unserer Mutter gehört. Jedes Mal, wenn ich sie mit Sand ausscheuere, denke ich an sie.«

»Du könntest Tontöpfe anfertigen. Unsere Großmutter hatte solche Töpfe.«

Sie zuckte mit den Schultern. »Wenn wir bei unserem Stamm lebten, vielleicht. Wenn wir fünfzig Personen im Langhaus wären. Aber nicht so, wie wir jetzt leben.«

Falkenauge räusperte sich. »Ich stimme in dieser Hinsicht größtenteils mit dir überein, Starke Worte«, sagte er, »aber ich wäre nicht bereit, mein Jagdmesser oder meinen Tomahawk aufzugeben. Ich habe allerdings auch noch die Kriegskeule meines Vaters, und ohne sie könnte ich ebenfalls nicht leben.«

»Würdest du dein Gewehr aufgeben?«, fragte Daniel.

Falkenauge zuckte mit den Schultern. »Wenn es Gewehre oder Musketen nicht gäbe, wüsste ich wohl nicht, was mir fehlt.«

Einer nach dem anderen sagte, was ihm fehlen würde und schließlich fragte Starke Worte Hannah. »Und du, Tochter meiner Schwester? Du lebst von uns allen am meisten in der Welt der O'seronni. Was willst du daraus behalten?«

Hannah dachte an die Medizinen, die aus aller Welt kamen, die feinen Skalpelle und Instrumente, die Hakim Ibrahim ihr geschenkt hatte, und an das glatte Papier in ihrem Tagebuch.

»Vielleicht fällt dir ja gar nichts ein?«, meinte Starke Worte hoffnungsvoll.

»Doch«, erwiderte sie, »das Mikroskop.« Sie erklärte Starke Worte und Stößt-an-den-Himmel, was ein Mikroskop war.

»Ich zeige es euch mal«, bot sie schließlich an. »Ein Tropfen Wasser aus dem Teich wird euch davon überzeugen, dass es mehr Leben auf der Welt gibt, als man mit bloßem Auge erkennen kann.«

Viele Tauben blickte von ihrer Näharbeit auf. »Mein Bruder hat mir versprochen, sich vom Doktor und überhaupt allen Todds fernzuhalten«, warf sie ein.

Lily warf ihrem Bruder einen bedeutsamen Blick zu. Die Kinder brannten darauf, mehr über den alten Streit zwischen Starke Worte und Richard Todd zu erfahren.

»Was ist mit dir, Stößt-an-den-Himmel?«, fragte Falkenauge. »Besitzt du auch etwas aus der Welt des weißen Mannes, das du nicht zurückgeben möchtest?«

»Ja, Küssen«, antwortete er, und alle lachten überrascht. Hannah wagte nicht aufzublicken, aber sie nahm an, dass alle sie ansahen.

»Willst du behaupten, der weiße Mann habe das Küssen erfunden?« fragte Läuft-vor-Bären-davon lachend.

»Ja«, erwiderte Stößt-an-den-Himmel. »Meine Mutter sagt, es sei unnatürlich, wie die Weißen ihre Münder aufeinander pressen. Sie sagt, früher habe es das nicht gegeben.«

Elizabeth ließ ihr Strickzeug sinken. »Na, ich hätte gedacht, Küssen ist auf der ganzen Welt bekannt, so wie ...« Sie brach ab.

Dieses Mal dauerte das Gelächter so lange, dass Hannah aufblickte. Stößt-an-den-Himmel lachte nicht, er schaute sie an. Sie warf ihm einen abweisenden Blick zu, erntete aber nur ein Grinsen.

Falkenauge erklärte: »Es stimmt, als ich ein Junge war, wurde nicht viel geküsst.«

»Vielleicht hast du es nur nicht gesehen«, meinte Lily. »Vielleicht ist es ja nur im Geheimen passiert.« Sie blickte ihre

Eltern bedeutungsvoll an, und Nathaniel wuschelte ihr durch die Haare.

»Warte nur, bis du alt genug bist und der richtige Mann kommt«, sagte er. »Dann macht es dir nicht mehr so viel aus, dass es eher im Geheimen geschieht.«

»Nein, Nathaniel, sie hat Recht«, warf Elizabeth ein. »Manche Dinge sollten nur im Geheimen, zwischen zwei Menschen stattfinden.«

»Und warum küsst ihr, du und Onkel, euch dann dauernd vor anderen Leuten?«, piepste Kateri.

»Das ist eine kluge Frage. Wahrscheinlich liegt es an einem gewissen Mangel an ...« Elisabeth brach wieder ab, und Nathaniel fuhr ihr mit der Hand über den Rücken.

»Mach dir nichts draus, Stiefelchen«, sagte er. »Das ist allein meine Schuld, ich gebe es gerne zu. Ich habe dich auf Abwege geführt. Allerdings kann ich nicht behaupten, dass es mir Leid tut.«

Elizabeth warf Starke Worte einen strengen Blick zu. »Ich würde sagen, dieses Gespräch hat uns auf Abwege geführt.«

Starke Worte räusperte sich und bemühte sich, ernst zu bleiben.

»Danke, Bruder«, sagte Stößt-an-den-Himmel zu ihm. »In all den Jahren habe ich mir nie Gedanken darüber gemacht, was ich von dem, was die Weißen uns gebracht haben, behalten möchte, aber ich glaube, das Küssen ist etwas, bei dem wir alle übereinstimmen. Was meinst du, Hannah?«

Alle blickten sie an und Hannah erwiderte: »Ich behalte mir meine Meinung zu diesem speziellen Thema vor.«

Normalerweise wäre Elizabeth nach einem so langen und ereignisreichen Tag auf der Stelle eingeschlafen, aber tief in der Nacht gab sie den Kampf auf und stand leise auf.

Ihre Haut war feucht von Schweiß und sie war froh über die leichte Brise, die durch das offene Fenster wehte. Die Hunde, die neben dem Ofen lagen, blickten kurz auf, schliefen aber sofort wieder ein.

Elizabeth blieb stehen und lauschte auf die Geräusche in der Hütte. Daniel murmelte im Schlaf und wälzte sich unruhig hin und her, er war seit seiner Geburt ein ruheloser Schläfer. Lily war das genaue Gegenteil, sie schlief mit wütender Konzentration, fest zusammengerollt und die Fäuste unter das Kinn gepresst. Elizabeth wusste, ohne nachzuschauen, dass die Zwillinge im selben Bett schliefen, Rücken an Rücken. Den ganzen Tag über mochten sie sich ständig streiten und necken, aber im Schlaf machte es sich bemerkbar, dass sie besonders eng miteinander verbunden waren. Eines Tages würden sie getrennte Leben führen müssen, aber das hatte keine Eile.

Heute Nacht jedoch raubten ihr nicht die Zwillinge den Schlaf, sondern Hannah. Zögernd blieb Elizabeth vor der Tür zu ihrem Zimmer stehen. Schließlich drückte sie die Klinke herunter und trat ein. Hannah saß auf der Kante ihres schmalen Bettes.

»Ich habe dich kommen hören«, sagte sie. »Ich kann auch nicht schlafen.« Sie rutschte zur Seite, um Elizabeth Platz zu machen.

Sie schwiegen eine Zeit lang. Elizabeth betrachtete Hannah, deren dunkle Haut wie Opal im Mondschein glänzte. Die hohe Stirn, die ausgeprägten Wangenknochen, ihr energisches Kinn, der schön gezeichnete Mund. Elizabeth erinnerte sich noch gut an das Kind, das Hannah gewesen war, aber davon war jetzt nichts mehr zu sehen.

Wenn Stößt-an-den-Himmel Hannah anblickte, sah er eine junge, schöne Frau mit geradem Rücken, kräftigen Händen und intelligenten, dunklen Augen vor sich.

»Es wäre vielleicht besser gewesen, wenn mein Onkel alleine gekommen wäre«, sagte Hannah schließlich, aber beide wussten, dass das nicht stimmte.

Elizabeth legte ihre Hände auf die Hannahs und erwiderte: »Ich habe dich noch nie als ungerecht empfunden.«

Hannah erstarrte. Als sie antwortete, war ihre Stimme rau. »Es ist einfach unvernünftig, einem Fremden, der vor ein paar Stunden hierher gekommen ist und in ein paar Tagen schon wieder fortgeht, so viel Bedeutung beizumessen.«

»Wenn du das so siehst, musst du ihn ignorieren.«

»Das ist auch das einzig Vernünftige«, erwiderte Hannah.

Elizabeth tätschelte Hannahs Hand.

»Weißt du, als ich aus England hierher kam, da dachte ich auch, ich tue das einzig Vernünftige. Ich wollte eine Schule in der Wildnis gründen und mein Leben dem Unterricht widmen. Vor allem wollte ich Mädchen unterrichten. Ich war entschlossen, mich von diesem Ziel nicht abbringen zu lassen. Aber dann habe ich deinen Vater kennen gelernt, und zunächst war ich ihm sehr böse, weil er meine Pläne so durcheinander brachte.«

Hannah wandte sich nicht ab, aber ihre ganze Haltung drückte Ablehnung aus.

»Ich hätte mich nicht einmischen sollen«, sagte Elizabeth schließlich. »Verzeih mir.«

Hannahs Gesicht wurde weich. Sie erwiderte: »Es geschieht alles zu schnell.«

»Ob schnell oder langsam, das liegt an dir«, sagte Elizabeth. »Wenn etwas geschieht.«

»Natürlich geschieht etwas«, erwiderte Hannah. »Was hast du denn gedacht?«

Nathaniel war wach, als Elizabeth wieder ins Bett kam. Sie schlüpfte unter die Decke und rieb ihr Gesicht an seinem Rücken.

»Mein Vater hat mir vorausgesagt«, murmelte Nathaniel, »dass es genauso kommen würde, aber ich habe ihm nicht geglaubt. Wahrscheinlich wollte ich ihm nicht glauben.«

»Stößt-an-den-Himmel ist vielleicht nicht der Richtige. Es ist noch viel zu früh, um etwas zu sagen.«

Er drehte sich zu ihr um und Elizabeth sah erleichtert, dass er lächelte. »Wenn es nicht Stößt-an-den-Himmel ist, dann ist es jemand anderer. Und es dauert auf keinen Fall mehr lange. Nicholas Wilde wird ihr noch vor dem Ende des Sommers einen Antrag machen. Sie ist bereit, auch wenn sie es selber noch nicht weiß.«

»Doch, sie weiß es«, erwiderte Elizabeth. »Ich glaube ... ich glaube, Stößt-an-den-Himmel ist doch der Richtige, und das weiß

521

sie auch. Aber sie hat Angst, und ihr fehlen die Worte für das, was sie empfindet. Oder sie ist noch nicht bereit, sie auszusprechen.«

»Ich hasse den Gedanken, dass sie so weit fortgeht.«

Elizabeth legte ihm die Hand auf die Brust. »Das hat deine Mutter bestimmt auch gedacht, als du nach Norden gegangen bist und schließlich in Sarahs Langhaus gelebt hast.«

»Vielleicht. Und, was hast du zu ihr gesagt?«

»Ich habe ihr erzählt, wie es damals für mich war. Wie du meine sorgfältig ausgearbeiteten Pläne durchkreuzt hast und wie wütend mich das gemacht hat.«

Er legte ihr die Hand um die Taille und zog sie enger an sich. »Aber nur am Anfang«, erwiderte er.

»Ja, nur am Anfang«, gab Elizabeth zu.

»Und dann hast du das Licht gesehen«, fuhr er streng fort.

»Dann habe ich ... Nathaniel gesehen.«

Sie versuchte, sich ihm zu entwinden, aber er hielt sie fest und küsste sie leidenschaftlich.

»Dann hast du das Licht gesehen«, drängte er.

»Dann habe ich das Licht gesehen«, flüsterte sie.

»Du konntest mir nicht widerstehen.«

Sie lachte erstickt auf. »Oh, bitte.« Aus ihrem Lachen wurde ein Keuchen, und schließlich ein Seufzen.

Viel später sagte er: »Du kannst dich eigentlich ergeben, Stiefelchen. Bis morgen früh habe ich dir so oder so ein volles Geständnis entlockt.«

»Du kannst es ja jetzt versuchen«, schlug sie vor. »Na los, tu dein Schlimmstes.«

Weil Hannah nach Elizabeths Besuch nicht schlafen konnte, wanderte sie zu den Wasserfällen. Tief in ihrem Herzen wusste sie, dass auch Stößt-an-den-Himmel dort im Mondschein saß und auf sie wartete. Er war schwimmen gewesen; das Wasser perlte über seinen Rücken und seinen Brustkorb.

Sie trat zu ihm und sagte nichts, bis er sich schließlich erhob.

»Sag mir, was du willst«, forderte sie ihn auf.

Wieder schwiegen sie beide, und schließlich erwiderte Stößt-an-den-Himmel: »Ich möchte Frieden für mein Volk. Ich möchte, dass die Weißen aufhören, uns nach Westen zu drängen.«

»Das ist gut«, sagte Hannah. »Und jetzt sag mir, warum du hier bist. Was willst du von mir?«

Er zuckte mit den Schultern. Heiße Verlegenheit und Zorn stiegen in ihr auf. Sie wandte sich zum Gehen, aber Stößt-an-den-Himmel packte sie am Arm und zog sie an sich.

Er lächelte, ein offenes, aufrichtiges Lächeln ohne jede Spur von Spott. Ihr Zorn erlosch.

»Du musst sagen, was du willst, Geht-Voran. Was ich möchte, muss warten, bis der richtige Zeitpunkt gekommen ist.«

»Ich bin müde«, entgegnete sie aufgebracht. »Ich möchte schlafen.«

»Und doch stehst du hier bei mir.«

Er zog sie neben sich auf den Boden. Sie grub ihre Finger in das kühle Moos auf den Felsen und überlegte, ob es gut wäre zu schwimmen. Wenn sie jetzt ins Wasser ginge, würde er ihr folgen. Er war bestimmt ein guter Schwimmer, stark und sicher.

Sie sagte: »Ich will mich nicht zu dir legen.«

»Niemals?«, fragte er.

Unwillkürlich musste sie lachen und schlug sich die Hand vor den Mund. »Jetzt nicht. Heute Nacht nicht. Vielleicht niemals.«

»Ah«, sagte er, »dieses *Vielleicht* ist gut. Warum bist du denn zu mir hierher gekommen? War es deswegen, weil wir dauernd übers Küssen geredet haben?«

Er war so dicht an sie herangerückt, dass sich ihre Arme berührten, ein seltsam tröstliches und zugleich beunruhigendes Gefühl. Schweiß rann über ihren Hals und sie erschauerte.

»Du hast mich geneckt,« sagte sie. »Du hast versucht ... mir eine Reaktion zu entlocken.«

»Du warst so ernst, Geht-Voran. Aber mein Plan hat funktioniert. Jetzt sitzt du hier neben mir.«

»Er hat nicht funktioniert. Nur weil ich hier neben dir sitze, werde ich dich heute Nacht noch lange nicht küssen, Stößt-an-den-Himmel.«

»Ein Mann darf doch hoffen.« Er rückte noch ein bisschen näher an sie heran, und sie konnte ihn riechen: Seewasser, Fichtenharz und Bärenfett; die anderen Gerüche konnte sie nicht identifizieren. »Und außerdem willst du ja vielleicht mit dem Küssen anfangen.«

Auf einmal empfand Hannah in seiner Gegenart eine Ruhe und ein Wissen, das sie nicht benennen konnte. Sie verstand es zwar nicht, war aber froh über die Erleichterung, die sie überkam. *Wie ein Kranker, der erst merkt, wie schlimm die Schmerzen waren, wenn sie weg sind,* dachte sie. *Aber was ist das nur für eine seltsame Medizin?*

»Glaubst du etwa, ich habe noch nie einen Mann geküsst?«

»Auf diese Frage gibt es keine richtige Antwort. Wenn ich sage, du hast noch nie zuvor einen Mann geküsst, dann bist du böse auf mich, weil ich dich für ein Kind halte. Und wenn ich sage, du hast natürlich schon viele Männer geküsst, dann bist du verletzt, weil ich dich für leichtfertig halten könnte.«

»Ich habe schon fünf Männer geküsst«, erwiderte Hannah, zu schnell für ihren Geschmack. »Was hältst du denn davon?«

»Ich glaube, jetzt, wo es erst einmal angefangen hat, wird dieses Gespräch viele Tage in Anspruch nehmen. Du solltest wahrscheinlich besser zu Bett gehen und schlafen.«

»Was hat angefangen?«, unterbrach sie ihn.

Er blinzelte sie an.

»Ich finde, du solltest zu Bett gehen und schlafen. Und bevor du gehst, solltest du mich ein oder zwei Mal küssen. Hast du den Mut dazu?«

»Jetzt stellst du Fragen, die ich nicht beantworten kann. Entweder bezeichne ich mich selbst als Feigling oder ich küsse dich. Für einen Mann, der angeblich ein so guter Jäger ist, trittst du ziemlich laut auf.«

Er lächelte sie an. »Auf mich wirkst du gar nicht wie ein Feigling, Geht-Voran.«

»Da hast du Recht. Ich habe keine Angst« – Hannah beugte sich ganz dicht zu ihm –, »als Feigling bezeichnet zu werden.« Dann sprang sie auf, bevor er sie aufhalten konnte.

Stößt-an-den-Himmel blickte ihr nach. »Schlaf gut, Geht-Voran.«

Hannah erwiderte seinen Blick und musste plötzlich an Lilys Zeichnung denken.

»Meine kleine Schwester hält dich für den perfekten Mann.« *Für mich* hätte sie am liebsten noch hinzugefügt, aber so weit reichte ihr Mut nicht.

Er lächelte überrascht. »Dann habe ich ja wenigstens eine Eroberung gemacht.«

Hannah beugte sich zu ihm herunter und drückte ihre Lippen auf seine. Er grub seine Finger in den dichten schwarzen Schleier ihres Haars und umfasste ihr Gesicht. Sein Mund schmeckte süß und scharf zugleich und sie seufzte zufrieden.

Dann löste sie sich von ihm. »Gute Nacht«, sagte sie und ging, ohne sich noch einmal umzublicken, zur Hütte zurück.

38 In zwei Dingen waren Lily und Daniel sich ohne jedes Zögern einig: Jemima Kuick plante etwas Böses, und sie mussten Hannah vor ihr beschützen. Lily schlug vor, dass sie sie abwechselnd ins Dorf begleiten sollten, aber Daniel meinte: »Ich bin dafür verantwortlich, dass ihr nichts passiert. Du bist nur ein Mädchen, du kannst ja noch nicht einmal mit einem Gewehr schießen.« Das stimmte nicht so ganz, weil Lily durchaus mit einer Muskete umgehen konnte, und wenn sie erst ein wenig größer war, würde sie genauso gut und treffsicher ein Jagdgewehr handhaben können, aber darum ging es natürlich nicht. Er suchte nur Streit, um mit ihr rangeln und ihr seine überlegene Kraft demonstrieren zu können. Lily hatte schon einmal mit ihrem Vater darüber gesprochen, und Nathaniel war der Meinung gewesen: »Mit Kraft kommst du deinem Bruder nie bei, Lily. Du musst deinen Verstand benutzen. Schlag ihn mit Worten, darin ist er dir nicht gewachsen.«

»Ich darf mich nicht mit meinem Bruder streiten«, murrte Lily.

Ihr Vater blickte sie eindringlich an. »Wie kommst du denn darauf?«

»Das hat Mr. Gathercole gesagt. Wir haben uns wegen irgendwas gestritten, und er kam dazu und meinte, wir sollten froh sein, dass wir einander haben, und es sei eine Sünde, wenn wir uns streiten.«

Nachdenklich blickte ihr Vater sie an. »Mr. Gathercole hat es gut gemeint, aber er weiß auch nicht alles. Hör mir zu, Tochter. Du wirst in deinem Leben mit vielen verschiedenen Menschen zurechtkommen müssen. Manche sind aufrichtig und manche nicht. Und wenn du dich jetzt mit deinem Bruder auseinandersetzt, dann lernst du dadurch, dich in der Welt zurecht zu finden. Und zwar auf gefahrlose Weise, denn Daniel würde dir nie wirklichen Schaden zufügen, genauso wenig wie du ihm.«

Lily nickte.

»Und hör nicht auf Mr. Gathercole. Denk daran, dass dein Verstand die beste Waffe ist, die du im Moment gegen deinen Bruder zur Verfügung hast. Eines Tages wird auch er verstehen, dass er besser sein Hirn als seine Muskeln einsetzt, aber bis jetzt bist du noch im Vorteil. Verstehst du mich?«

Komisch an diesem Rat war nur, dass Lily ihn fast immer vergaß, wenn sie sich mit ihrem Bruder stritt.

Jetzt sagte sie: »Hannah schöpft Verdacht, wenn immer nur du um sie herumschleichst. Sie ist eher daran gewöhnt, dass ich ihr überallhin folge.«

Daniel runzelte die Stirn. »Ich könnte ihr ja sagen, dass ich mich für Medizin interessiere.«

»Ist das denn so?«

Daniel zuckte mit den Schultern. »Es könnte ja sein.«

»Ich gehe heute mit ihr«, sagte Lily entschlossen. »Du kannst ja gerne mitkommen, aber dann sieht es komisch aus, wenn du morgen an der Reihe bist. Aber das kannst du selber entscheiden.«

Es stellte sich heraus, dass Lily Hannah gar nicht überreden musste, sie zu den Patienten mitzunehmen, denn schon am dritten Tag begannen die Leute nach ihr zu fragen. Es hatte sich herumgesprochen, dass Lily gut zeichnen konnte, und anscheinend wollte jeder in Paradise ein Porträt von sich haben.

Ihre Mutter machte ihr einen neuen Zeichenblock, und ihr Vater schenkte ihr ein Taschenmesser, damit sie die Bleistifte anspitzen konnte, die Gabriel Oak ihr hinterlassen hatte.

All das und die Tatsache, dass Hannah jeden Tag mehr Zeit mit Stößt-an-den-Himmel verbrachte, versetzte Daniel in immer schlechtere Laune. Schließlich beschloss Läuft-vor-Bären-davon, die beiden Jungen für eine Woche zum Spurensuchen mit in den Busch zu nehmen.

»Was ist mit Jemima?«, wandte sich Lily an Daniel. »Ich dachte, es sei deine Aufgabe, deine Schwester vor Jemima Kuick zu beschützen.«

»Unsere Schwester hat ja Stößt-an-den-Himmel«, erwiderte Daniel wütend. »Sie braucht mich nicht mehr.«

Lily tat es Leid, dass sie überhaupt gefragt hatte, denn in gewisser Weise hatte er ja recht. Hannah war so mit den Impfungen und der Krankenpflege beschäftigt und auch noch mit Stößt-an-den-Himmel, dass sie eigentlich gar nicht richtig da war, selbst wenn sie am Herd stand und in der Suppe rührte.

Eigentlich hatte Lily gar keine Zeit, sich allein zu fühlen, aber sie hatte sich nicht vorgestellt, dass ihr die Jungen und Curiosity und Galileo so sehr fehlen würden. Das sagte sie auch zu ihrem Vater, der sie auf seinen Schoß zog.

»Es war bis jetzt ein mächtig unruhiger Sommer«, meinte er. »Kein Wunder, dass du dir Sorgen machst. Mir geht es genauso.«

Ihr Vater versprach ihr zwar nicht, dass alle bald wieder heil und gesund zu Hause wären, aber Lily fühlte sich dennoch ein bisschen besser.

»Gestern habe ich Mrs. Cunningham gemalt, und sie musste laut lachen, als sie das Bild gesehen hat.«

Ihr Vater zog amüsiert die Augenbrauen hoch und kitzelte sie mit seinem Bartstoppeln, bis sie quietschte. »Hast du sie wie eine Königin mit Rubinen und Diamanten im Haar gezeichnet?«

»Nein.« Lily strampelte, um ihm auszuweichen, aber es gelang ihr nicht. »Ich habe sie genauso gezeichnet, wie sie aussieht.«

»Einschließlich der Warze an ihrem Kinn mit den drei langen Haaren?«

Lily kniff die Augen zusammen. »Na ja, vielleicht habe ich die Haare nicht ganz so lang gezeichnet, wie sie in Wirklichkeit sind ..., aber es hat ihr ganz bestimmt gefallen. Sie hat gesagt, sie habe gar nicht gewusst, wie sehr sie ihrer Mutter ähnlich sieht, und sie hat mir ein großes Stück Ahornzucker geschenkt.«

»Nun«, meinte ihr Vater, »ich schaue mir dieses Bild besser mal an.«

»Warte!«, rief Lily. »Ich wollte dich noch etwas fragen. Warum streitet sich Hannah eigentlich so viel mit Stößt-an-den-Himmel? Ich dachte, sie fängt langsam an, ihn ein bisschen gern zu haben, aber sie streiten fast mehr, als dass sie sich normal unterhalten.«

»Du hast vermutlich nicht gehört, worüber sie sich gestritten haben?«

»Über Kleider.«

»Ah.«

»Weißt du«, erklärte Lily ernsthaft, »Stößt-an-den-Himmel findet, dass Hannah nicht immer O'seronni-Kleider tragen sollte, auch nicht, wenn sie zum Beispiel zu den Gathercoles geht. Er meint, wenn sie ihre Hilfe in Anspruch nähmen, müssten sie sie auch so akzeptieren, wie sie ist.«

»Und was hat deine Schwester gesagt?«

»Sie sagt, es geht ihn nichts an, ob sie Hirschleder oder Baumwolle trägt oder splitternackt herumläuft – das hat sie wirklich gesagt –, und dass sie sich ihre Kleidung nicht vorschreiben lässt. Sie hat behauptet, er würde nur um des Streitens willen streiten, und dann hat sie ein Wort zu ihm gesagt und hat ihm die Tür vor der Nase zugeschlagen.«

»Ach ja? Und was hat sie zu ihm gesagt?«

»Sie hat blöder Esel zu ihm gesagt – auf Englisch!«

»Oha!« Ihr Vater setzte sie lächelnd zu Boden. »Bei deiner Schwester ist so etwas Liebesgeflüster.«

»Das hat Mama auch gesagt, als ich es ihr erzählt habe.«

»Und das weiß niemand besser als sie«, erwiderte ihr Vater. »In der Beziehung kannst du dich auf deine Mutter verlassen.«

»Vielleicht sollte ich mir das für später merken«, meinte Lily. »Glaubst du, Hannah hatte Recht, als sie gesagt hat, er streitet nur, um zu streiten? Um sie wütend zu machen?«

»Ich würde sagen, er streitet, um ihr den Hof zu machen«, erwiderte ihr Vater. »Was ist jetzt mit der Zeichnung, die du mir zeigen wolltest?«

Ein über den anderen Tag ging Hannah bei den Wildes vorbei, um sich Nicholas' Impfnarbe anzuschauen und um den Verband bei seiner Schwester zu wechseln. Eulalia war mit dem Arm an einem Nagel hängen geblieben und die Wunde heilte nicht so, wie sie sollte. Hannah machte sich solche Sorgen deswegen, dass sie mit Richard Todd darüber sprach.

Er warf ihr einen ungeduldigen Blick zu. »Das hört sich so an, als müsse die Wunde ausgebrannt werden. Ich sehe sie mir heute Abend in der Postkutschenstation mal an.«

Es war der achte Tag seit den ersten Impfungen und heute Abend versammelten sich die Dorfbewohner zur nächsten Runde. Nach Hannahs Berechnungen hatte sie Virusmaterial von fünfzehn Personen zur Verfügung, was bedeutete, dass sie heute mit dem Doktor zusammen mindestens sechzig Patienten impfen konnte. Wenn so viele Leute bereit waren, sich impfen zu lassen. Wieder einmal wünschte sich Hannah, Curiosity wäre da. Ihre Hilfe fehlte ihr sehr.

»Dann kann ich mir gleich auch einmal Mrs. Gathercoles entzündeten Hals ansehen«, fügte Richard hinzu.

Sie dachte daran, ihn darauf hinzuweisen, dass es Mrs. Gathercole vielleicht nicht recht wäre, in der Öffentlichkeit untersucht zu werden, aber ein Blick auf Richards Gesicht machte ihr klar, dass ihm Mrs. Gathercoles Empfindlichkeiten herzlich egal waren. Also packte sie nur ihre Sachen zusammen und ging.

Lily wartete auf sie, den Kopf über ihren Zeichenblock gebeugt. Ihr Zopf hatte sich gelöst, und die dunklen Locken fielen ihr ums Gesicht.

»Wohin gehen wir zuerst?«, fragte sie.

»Zu den Wildes.«

»Aber ich habe doch beide schon gemalt«, erwiderte Lily. Dann jedoch fiel ihr etwas ein: »Oh, sie haben ja den alten Hund, den mit dem abgebissenen Schwanz und dem einen Auge. Vielleicht kann ich ja den malen.«

»Glaubst du, du wirst das Zeichnen irgendwann mal Leid?«, fragte Hannah und musste ein Lachen unterdrücken, als Lily sie vorwurfsvoll anblickte.

»Glaubst du, du wirst die Medizin Leid?«,

»Ich hoffe nicht«, erwiderte Hannah.

Lily nickte. »Siehst du. Und mir geht es genauso. Ich werde das Zeichnen nie Leid sein, genauso wenig wie Daniel die endlosen Wälder und das Jagen.«

Bei den Wildes stand die Tür offen, aber auf Hannahs Ruf kam keine Antwort.

»Sie sind dort hinten«, sagte Lily. »Im Obstgarten.«

Mit wenigen Ausnahmen waren die Männer in Paradise Jäger und Trapper und überließen die Arbeit auf dem Feld und die Aufzucht der Kinder und Tiere ihren Frauen. Darin, bemerkte Elizabeth scharf, waren sich Männer aller Hautfarben einig.

Nicholas Wilde allerdings schien anders zu sein. Er jagte und stellte auch Fallen auf, aber nur für den täglichen Bedarf, die meiste Zeit verbrachte er in dem Obstgarten, den er angelegt hatte, als sie vor fünf Jahren nach Paradise gekommen waren. Die Männer von Paradise hatten sich über seinen Wagen, der mit Schösslingen vollbeladen war, ausgeschüttet vor Lachen. Dann bauten die Wildes eine kleine Mühle und produzierten ihren ersten Apfelwein, und nach und nach hörten die Witze auf.

Axel Metzler hatte es auf den Punkt gebracht: Ein Mann, der Äpfel anbaute, aus denen man einen so guten Apfelwein machen konnte, verdiente Respekt.

Hannah und Lily fanden Nicholas und seine Schwester auf der Plantage, wo sie gerade so damit beschäftigt waren, die Bäume zu inspizieren, dass sie kaum aufblickten. Nicholas hatte die Ärmel seines Hemdes aufgerollt und Hannah sah, dass seine Impfpocke reif war. Sie hoffte nur, dass sie jetzt nicht zufällig aufging.

»Wenn ihr uns zehn Minuten Zeit lasst, dann sind wir bereit für euch«, sagte Eulalia.

Ihr Gesicht war gerötet und ihre Oberlippe und ihre Stirn glänzten vor Schweiß. Hannah fürchtete, dass die Erhitzung nicht an der Sonne, sondern am Fieber lag, aber sie nickte. »Wir warten an der Hütte auf euch.«

Sie ging mit Lily zur Hütte und setzte sich dort auf die Veranda. Nach einer Weile sagte Lily: »Sieh mal, jetzt kommt Eulalia. Sie sieht krank aus.«

»Ja, das stimmt«, erwiderte Hannah.

Die Wunde an Eulalia Wildes Unterarm war druckempfindlich und entzündet. Rote Streifen gingen von ihr aus, die sich bis zur Schulter zogen.

»Du hättest nach mir schicken sollen«, sagte Hannah sanft. »Oder du hättest zu Dr. Todd gehen sollen.«

Unter ihrer Bräune war Eulalia sehr blass. Sie erwiderte: »Ich habe sie jeden Tag mit deiner Medizin ausgewaschen«, erwiderte sie, »aber es hat nicht geholfen.« Als Hannah begann, die Wunde zu untersuchen, zog sie scharf die Luft ein. Ihr Bruder legte ihr die Hand auf die Schulter und warf Hannah einen fragenden Blick zu.

Ohne Eulalia anzusehen, erklärte Hannah: »Der Doktor hat mir gesagt, dass er sich deinen Arm heute Abend in der Postkutschenstation anschauen will, aber ich werde ihn bitten, schon heute Nachmittag hier vorbeizukommen. Du musst im Bett bleiben, du hast Fieber. Ich lasse dir Weidenrindentee da. Trink jede Stunde eine Tasse.«

»Es gibt so viel zu tun«, begann Eulalia, aber ihr Bruder drückte ihre Schulter.

»Sie legt sich hin«, sagte er fest, »und wartet auf den Doktor.«

»Kommst du auch?«, fragte Eulalia Hannah. »Mir wäre wohler, wenn du dabei wärst.«

»Ja, ich komme mit«, erwiderte Hannah. »Ich verspreche es dir.«

Als sie aus der Hütte heraus traten, sagte Lily: »Es ist schlimm, nicht wahr? Der Geruch bedeutet, dass die Wunde schlimmer geworden ist.«

»Ja«, erwiderte Hannah. »Es ist sehr schlimm.«

»Muss Onkel Todd ihr den Arm abschneiden?«

Hannah seufzte auf. »Vielleicht«, sagte sie langsam. »Wenn er nur so ihr Leben retten kann. Aber vielleicht brennt er ja die Wunde zuerst auch nur aus.« *Aber das bezweifle ich*, dachte sie bei sich. Wenn sie die Entscheidung alleine hätte treffen müssen, dann hätte sie Eulalia gesagt, dass man den Arm auf jeden Fall abnehmen müsse, weil die Entzündung bereits im Blut war.

Plötzlich war sie froh darüber, dass sie hier nicht alleine war. So schwierig Richard Todd auch sein mochte, er war ein hervorragender Chirurg, und deshalb war Hannah noch nie gezwungen gewesen, selber eine Amputation vorzunehmen.

»Ich würde lieber sterben, als meine Zeichenhand zu verlieren«, sagte Lily heftig.

Hannah lagen schon scharfe Worte auf der Zunge, aber dann sah sie die Angst im Gesicht ihrer Schwester und schluckte sie wieder hinunter.

»Wenn du mit dem Arzt zu ihr gehst, darf ich nicht mitkommen, oder?«, fragte Lily.

»Nein«, sagte Hannah. »Das darfst du nicht.«

Spät am Nachmittag schwamm Hannah unter den Wasserfällen und blieb so lange in dem eiskalten Wasser, bis sie sich endlich wieder sauber fühlte.

Als sie auftauchte, saß Elizabeth auf den Felsen, barfuß, die Arme um die Knie geschlungen. Sie sagte: »Komm, setz dich zu mir, Eichhörnchen.«

Hannah zog sich hoch und legte sich neben sie, damit ihr hirschledernes Oberkleid in der Sonne trocknen konnte.

»Du hast dich umgezogen«, sagte Elizabeth.

Hannah legte den Arm über die Augen. »Heute Nachmittag ... heute Nachmittag habe ich Eulalia Wilde den linken Arm über dem Ellbogen amputiert. Richard hat mir assistiert.«

Sie schwiegen, und Hannah war froh darüber, dass Elizabeth keine Fragen stellte. Schließlich sagte sie: »Es war einfacher, als ich dachte. Aber dann war es vorbei, und es war doch unglaublich schwer.«

»Weil du Eulalia kennst?«

»Ja. Und weil es nicht ausreichen wird«, erwiderte Hannah und setzte sich auf. »Curiosity sagt, man sieht einer Wunde manchmal an, ob sie heilt oder nicht. Richard will davon nichts hören, aber Curiosity hat Recht. Und diese Wunde heilt nicht.«

Elizabeth blickte sie erstaunt an. Wollte Hannah wirklich sagen, dass Eulalia einen einfachen Kratzer nicht überleben würde? Aber noch bevor sie ihr eine Frage stellen konnte, fuhr Hannah schon fort: »Und auf dem Heimweg hat Cookie mich aufgehalten.«

»Cookie?« wiederholte Elizabeth. »Aus der Mühle?«

»Ja. Sie hat unter den Bäumen am Großen Schlammloch auf mich gewartet, um mir zu danken, dass ich geholfen habe, Reuben aufzubahren. Und dann hat sie mich gefragt, ob ich sie und die anderen Sklaven impfen würde. Hinter dem Rücken der Witwe natürlich.«

Elizabeth hielt den Atem an. »Und was hast du gesagt?«

»Ich habe ihr gesagt, dass ich sie selbstverständlich impfen würde. Hätte ich es ablehnen sollen? Ich hatte doch keine andere Wahl.«

»Nein, natürlich nicht«, erwiderte Elizabeth leise. »Wenn sie dich darum bitten, musst du sie impfen.«

Hannah presste sich die Knöchel auf die Augen. Dann sagte sie: »Vergiss, dass ich es dir erzählt habe, Elizabeth. Ich möchte dich nicht da hineinziehen. Ich weiß ja selber nicht, wo das alles noch enden wird.«

»Hannah Bonner«, erwiderte Elizabeth scharf. »Willst du wirklich deine Familie ausschließen, wenn du sie am meisten brauchst?« Sie legte den Arm um ihre Stieftochter und zog sie an sich. »Versuch erst gar nicht, uns los zu werden. So entschlossen du auch vorgehen magst, es wird dir nicht gelingen, uns abzuschütteln. Wir sind und bleiben deine Familie. Wenn ich dich daran erst erinnern muss, dann bist du wohl wirklich sehr durcheinander.«

Hannah schmiegte sich an sie. Dann sagte sie: »Ich weiß nicht, was ich mit Stößt-an-den-Himmel machen soll.«

Dass Hannah sich verliebt hatte, sah Elizabeth ganz deutlich.

»Wenn es nach Starke Worte und Viele Tauben ginge, würde ich mit ihm nach Westen ziehen«, fuhr Hannah fort. »Sie finden beide, dass er der Richtige für mich ist. Selbst Lily ist davon überzeugt.«

»Verzeih mir, Tochter, aber hier geht es nicht darum, was die anderen denken, sondern was du empfindest.«

Hannah löste sich von ihr und erschauerte, trotz der Hitze. »Ich möchte nicht in den Westen gehen.«

Das war nicht die Antwort auf die Frage, die Elizabeth gestellt hatte, aber sie sagte nichts.

»Mein Vater mag ihn auch«, fügte Hannah hinzu.

»Ja«, stimmte Elizabeth zu. »Er mag Stößt-an-den-Himmel. Alle scheinen ihn zu mögen.«

»Was hältst du von ihm?«

Elizabeth zögerte. Jetzt war nicht die Zeit für leere Worte, Hannah brauchte die Wahrheit. »Ich glaube, er hat ein mutiges, freundliches Herz«, erwiderte sie. »Ich glaube, man muss ihm manchmal helfen, sein Temperament zu zügeln, aber er wird seine Wut nie gegen dich richten. Ich sehe ihm an, dass er dich liebt.

534

Das Leben im Westen wird nicht einfach sein, aber wenn du dich dafür entscheidest, mit ihm zu gehen, wird er dir sicher ein guter Ehemann sein.«

Beinahe zornig sagte Hannah:»Das glaube ich auch.«

Lange schwiegen sie, bis schließlich ein langgezogener Ruf aus dem Wald erschallte.

»Otter«, sagte Elizabeth.»Und Stößt-an-den-Himmel ist bei ihm. Ich sollte besser nach Hause gehen und das Essen auf den Tisch bringen, damit wir um sieben in der Postkutschenstation sein können.«

Stößt-an-den-Himmel hatte einen Riss über dem linken Auge, auf den er Blätter gepresst hatte. Jetzt ließ er die Wunde von Hannah untersuchen. Sein Atem ging ruhig.

»Einfach so gegen einen Ast zu rennen«, sagte sie zu ihm.»Du musst geträumt haben.«

Stößt-an-den-Himmel grunzte nur.

»Du hättest das Auge verlieren können.«

»Habe ich aber nicht. Ich kann noch sehr gut sehen, Geht-Voran, und ich sehe, dass du heute schlechte Laune hast. Ärger im Ort?«

Sie erzählte ihm von Eulalia Wilde, wobei sie nichts ausließ. Als sie fertig war, schwieg er eine Weile, dann sagte er:»Ich werde heute Abend etwas Tabak für sie verbrennen, um sie ins Schattenland zu geleiten.«

Es war eine unglaubliche Erleichterung, keine falschen Trostworte zu hören. Hannah hätte ihm gerne gedankt, traute aber ihrer eigenen Stimme nicht. Stattdessen sagte sie:»Die Wunde muss genäht werden. Drei oder vier Stiche. Es wird weh tun.«

»Du hörst dich an, als gefiele dir die Vorstellung«, erwiderte Stößt-an-den-Himmel grinsend.

»Natürlich gefällt mir die Vorstellung nicht. Das wäre ...«

»Gemein? Unpassend? Falsch?«

Sie brachte ihn mit einem ungeduldigen Blick zum Schweigen, aber er grinste sie nur an.

Unpassend. Das war der richtige Ausdruck, weil es sie nervös machte, mit bloßen Beinen in einem feuchten Oberkleid so dicht vor ihm zu stehen. Schließlich hatte er sie die meiste Zeit nur in O'seronni-Kleidung gesehen.

Und jetzt stand sie zum ersten Mal in einem Gewand der Kahnyen'kehàka vor ihm und er sagte nichts. Aber das war ihr natürlich auch lieber.

Sie spürte seinen warmen Atem auf ihrer Haut, während sie seine Wunde versorgte, und Hannah wusste sehr genau, was der Kloß in ihrem Hals bedeutete. Ihr Körper reagierte auf ihn, obwohl sie mit dem Herzen und dem Verstand noch nicht so weit war. Sie blickte sich nach Starke Worte oder ihrem Vater um, aber es war niemand zu sehen, der sie vor ihren Gefühlen bewahrt hätte.

Sie waren alleine auf der Veranda.

Feigling, schalt sie sich.

Entschlossen konzentrierte sie sich auf die Arbeit und holte eine gebogene Nadel und dünnen Faden aus ihrem Instrumentenkoffer.

»Leg den Kopf zurück und beweg dich nicht. Ich wasche die Wunde jetzt aus.«

Er verzog die Mundwinkel, als sie die Wunde sterilisierte, aber ansonsten hielt er still.

»So«, sagte sie, als sie den letzten Stich getan hatte, und wie auf Kommando hob er die Hände und legte sie ihr auf die Hüften. Sie hielt den Atem an.

»Geht-Voran«, sagte er leise, »ich muss dir etwas Wichtiges sagen.«

Sie zitterte und sie wusste, dass er es spürte. Er zog sie neben sich auf den Stuhl. Seine Hände lagen jetzt wieder auf seinen Knien, und Hannah konnte den Blick nicht von ihnen wenden.

Er sagte: »Heute haben wir im Wald einen Freund von dir getroffen. Er kann nicht selber kommen, aber er schickt dir eine Botschaft.«

Hannah blinzelte ihn überrascht an. »Einen Freund?«

»Almanzo Freeman.«

»Manny?«, wiederholte Hannah mit rauer Stimme. »Manny versteckt sich im Wald? Warum denn?«

»Hier ist die Botschaft«, entgegnete Stößt-an-den-Himmel, »Heute Abend werden alle Schwarzen aus dem Dorf, ob Freie oder Sklaven, in der Postkutschenstation sein, um sich impfen zu lassen. Sorg bitte dafür, dass auch deine Familie da ist. Alle. Du musst die Schwarzen zuerst impfen, und dann halte sie so lange zurück, bis du zwei Gewehrschüsse hörst. Sorg bitte dafür, dass vorher niemand die Postkutschenstation verlässt. Jeder, der nicht dort ist, wenn die Schüsse zu hören sind, könnte wegen dem, was passieren wird, angeklagt werden.«

Er sah sie unverwandt an, während er dies sagte.

»Verstehst du mich, Geht-Voran?«

»Ja, ich verstehe. Gibt es eine Möglichkeit, die Ereignisse aufzuhalten?«

»Nein«, erwiderte Stößt-an-den-Himmel. »Und wenn doch, würde ich es dir nicht sagen.«

Schweigend säuberte Hannah ihre Nadel und räumte alles wieder in ihren Instrumentenkoffer.

Wenn Manny in der Nähe war, dann wusste er von Selah und Reuben, und er würde Gerechtigkeit wollen. Da er sie aber auf legalem Wege nicht bekommen konnte, würde er auf Rache sinnen.

Als Hannah aufblickte, sah sie, dass Stößt-an-den-Himmel sie beobachtete. Sie sagte: »Ich werde tun, was ich kann. Du wirst vermutlich heute Abend auch an der Postkutschenstation sein?«

Er neigte den Kopf. »Ja. Ich begleite dich nach Hause, wenn du fertig bist.«

»Ich kann alleine gehen, vielen Dank.«

»Heute nicht«, erwiderte er ernst. »Heute Abend darfst du nicht alleine gehen.«

»Ich muss mit Manny sprechen«, sagte Hannah. »Sag ihm das. Sag ihm, dass ich mit ihm sprechen muss.«

Stößt-an-den-Himmel nickte und wandte sich zum Gehen. Hannah sah, dass leiser Zweifel über sein Gesicht huschte.

39 23. Juni

Weder Otter noch Stößt-an-den-Himmel kamen zum Essen, und so musste Hannah die ganze Geschichte erzählen.

Als sie fertig war, herrschte zunächst Schweigen, und dann stellte Lily die Frage, die allen im Kopf herumging.

»Aber wie in Drei Teufels Namen ...«

»Lily.«

»Entschuldigung, Mama – wie sollst du denn überhaupt alle in die Postkutschenstation bekommen, Hannah? Hat dir das jemand gesagt?«

»Dieses Problem ist wahrscheinlich schon gelöst«, erwiderte Nathaniel. »Manny würde das nie dem Zufall überlassen, dazu ist der Einsatz zu hoch.«

Lily lehnte sich auf ihrem Stuhl zurück. »Glaubst du ... glaubst du, Starke Worte hilft ihm?«

»Vielleicht«, erwiderte Hannah eine Spur zu beiläufig. »Es würde mich nicht wundern.«

Elizabeth blickte ihren Mann und ihren Schwiegervater mit zusammengekniffenen Augen an. »Warum habe ich eigentlich das Gefühl, dass ihr beiden gar nicht überrascht seid?«

Falkenauge grunzte leise. »Manny ist, seinen Spuren nach zu urteilen, schon seit drei oder vier Tagen in der Gegend. Wir haben uns gedacht, dass er sich schon sehen lässt, wenn er dazu bereit ist.«

»Warum versteckt er sich überhaupt?«, fragte Lily. »Warum kommt er nicht einfach nach Hause?«

»Auf seinen Kopf ist eine Belohnung ausgesetzt«, erwiderte Hannah.

»Ist er allein?«

Das war die Frage, die Nathaniel gefürchtet hatte. Er blickte Elizabeth an und log. »So viel ich weiß«, erwiderte er.

Lily warf ein: »Ich hasse es, wenn die Leute nicht sagen, was sie wirklich denken. Dad, was ist denn los?«

Elizabeth warf Nathaniel einen irritierten Blick zu. »Ja, da

muss ich ihr zustimmen. Wir müssen genau wissen, was du vorhast.«

Nathaniel schob seinen leeren Teller weg und lehnte sich zurück. Seine Frau und seine Tochter waren wütend und ängstlich,
aber er konnte ihnen ihre Angst nicht nehmen.

»Nun, Stiefelchen, die Wahrheit ist, ich habe überhaupt nichts
vor, außer dass ich dafür sorgen werde, dass uns allen nichts geschieht. Deshalb hört mir genau zu. Wenn wir zur Postkutschenstation gehen, entfernt sich niemand weiter als drei Schritte von
Falkenauge oder mir. Es wird Ärger geben, aber wenn ihr bei mir
bleibt, passiert euch nichts. Und bevor du mich in Stücke reißt,
Elizabeth, füge ich noch hinzu: Ich weiß nicht, was Manny vorhat,
und ich habe auch keine Lust, mich darüber in Vermutungen zu
ergehen.« Er schwieg. Als er merkte, dass Elizabeth nichts erwiderte, räusperte er sich und fuhr fort.

»Wir gehen wie geplant ins Dorf, und wenn Hannah mit den
Impfungen fertig ist, gehen wir wieder zurück. Mehr können wir
im Moment nicht tun.«

Elizabeth wirkte zwar nicht besonders beruhigt, nickte aber.

Nathaniel stand auf. »Ich rede jetzt mit Viele Tauben und Tannenrauschen. In zehn Minuten machen wir uns auf den Weg.«

Zunächst machte Hannah sich Sorgen, dass niemand zum Impfen
käme, aber diese Sorge wurde zerstreut, als sie sich der Postkutschenstation näherten. Der Laden war vollkommen überfüllt.
Hannah drängte sich durch die Menge, grüßte hier, wechselte
dort ein paar Worte. Spannung lag in der Luft, aber erst als sie in
der Mitte des Ladens angekommen war, erkannte sie den Grund.

Dort standen alle Schwarzen des Dorfes, wie Stößt-an-den-Himmel es versprochen hatte. Alle außer Curiosity und Galileo.

Keiner der Schwarzen redete oder lachte. Cookie nickte Hannah zu, und die anderen folgten ihrem Beispiel.

Auch Richard Todd war bereits da, allerdings waren weder Kitty noch Ethan zu sehen. Als sie näher trat, drehte er sich zu ihr um
und lächelte.

»Wir fangen jetzt an!«, rief er. »Diejenigen von euch, die acht Tage alte Pocken haben, treten bitte vor und rollen die Ärmel hoch. Diejenigen, die heute geimpft werden möchten, warten bitte solange. Auch du, Cookie. Es dauert nur ein paar Minuten.«

Sieben Mitglieder aus Hannahs Familie traten vor, dann noch Jane McGarrity, Solange Hench und Nicholas Wilde. Nicholas war blass und hatte tiefe Schatten unter den Augen, und es überraschte Hannah, dass er überhaupt gekommen war.

Er bemerkte ihren fragenden Blick und sagte: »Mrs. Cunningham ist bei meiner Schwester. Es wäre gut, wenn Ihr mit mir anfangen könntet, Miss Bonner, damit ich wieder zu ihr zurück kann.« Sein Ton war so freundlich und höflich wie immer, aber sein Kummer war deutlich zu spüren. Richard hielt nichts davon, falsche Hoffnungen zu wecken, und er hatte ihm gesagt, wie ernst es um seine Schwester stand.

Hannah tat, um was er sie bat. Sie war froh, in diesem Raum nicht alleine zu sein, und während sie konzentriert arbeitete, lauschte sie mit einem Ohr auf Richards brummige Kommentare. Schließlich sagte Richard:

»So, wir sind jetzt hier fertig. Rollt euch die Ärmel an beiden Armen so hoch auf, wie ihr könnt, und stellt euch in einer Reihe auf. Cookie, wir fangen mit deinen Leuten an, damit sie wieder an die Arbeit gehen können.«

Hinten im Laden ertönte eine wütende Stimme.

»Dr. Todd! Habt Ihr etwa vor, diese Nigger ohne die Erlaubnis der Witwe zu impfen? Und warum zum Teufel ist dieser Dye nicht hier? Irgendwas stimmt doch nicht.«

Nathaniel legte Hannah die Hand auf die Schulter. »Bleib ruhig«, sagte er leise. »Richard wird sich darum kümmern.«

»Bist du das, Tim Courtney?«, sagte Richard erbost.

Ein großer Mann drängte sich durch die Menge. »Ja. Und ich frage noch einmal, mit welchem Recht die Sklaven hier sind, wenn sie ihre rechtmäßige Besitzerin nicht geschickt hat. Und das ist doch ziemlich unwahrscheinlich, wie Ihr zugeben müsst.«

»Willst du dich impfen lassen, Courtney?«

Der Mann verzog das Gesicht. »Vielleicht ja, vielleicht nein. Was hat das mit den Sklaven zu tun?«

»Das kann ich dir sagen. Jeder, der geimpft werden möchte, ist hier willkommen. Jeder. Wenn du nicht deine Ärmel hoch rollen willst, dann halte den Mund und verschwinde. Und wenn du es für deine Pflicht hältst, mit der Witwe zu reden, dann kannst du das gerne tun. Wenn du aber hier bist, um geimpft zu werden, dann sei still und kümmere dich um deine eigenen Angelegenheiten, sonst werfe ich dich eigenhändig hinaus.«

Ein unbehagliches Raunen ging durch die Menge. Tim Courtney war als Streithahn bekannt, aber er war noch nicht allzu betrunken und vielleicht siegte ja sein gesunder Menschenverstand, denn mit dem Doktor war nicht zu spaßen.

Levi räusperte sich nervös. »Dr. Todd?«

Er hielt den Blick auf den Fußboden gerichtet, als er weiter sprach. »Mr. Dye hat uns gesagt, wir sollten hierher kommen und uns impfen lassen. Er hat gesagt, er habe keine Lust, wertvolle Sklaven an die Pocken zu verlieren. Wenn Mr. Courtney ihn fragen will, dann kann er das gerne tun. Mr. Dye ist in seiner Unterkunft an der Mühle, wie jeden Abend nach dem Essen.«

Einen Moment lang herrschte Schweigen. Richard wandte sich wieder an Courtney. »Stellt dich das zufrieden oder willst du zur Mühle hinaufgehen, um ihn zu fragen?«

Courtney zögerte einen Moment lang, dann machte er eine abwehrende Handbewegung und zog sich wieder in den Hintergrund des Ladens zurück.

»Dann wollen wir mal weitermachen«, sagte Richard. »Es sind bestimmt vierzig Leute hier.«

Hannah blickte sich überrascht um. Mit so vielen hatte sie nicht gerechnet.

Hinter ihr flüsterte Elizabeth: »Siehst du, du hast sie alle überzeugt.«

Und ihr Vater fügte hinzu: »Sie sind hier, weil sie dir vertrauen, Tochter. Du fängst jetzt besser an.«

Hannah nickte Cookie zu und griff nach dem Impfmesser.

Die erste Lektion, die Jemima Southern Kuick an jenem Abend lernte, war einfach, aber bitter: Ganz gleich, wie sorgfältig man etwas plante, es konnte immer etwas dazwischen kommen. Oder wie ihre Mutter zu sagen pflegte: Der Mensch denkt und Gott lenkt.

Sie hatte so viel erreicht, und jetzt saß sie an Händen und Füßen gefesselt auf dem türkischen Teppich ihrer Schwiegermutter. Nur ihre Wut verhinderte, dass sie sich von Angst überwältigen ließ. Mutter Kuick mochte ja heulen und schniefen; sie würde keinen Ton von sich geben.

Rechts von Jemima saß ihr Ehemann, blass, mit zerzausten Haaren und einem frischen Schnitt über dem Wangenknochen, der heftig blutete. Links von ihr stöhnte ihre Schwiegermutter.

Und vor ihnen saß im Schaukelstuhl der Witwe ein rabenschwarzer Mann, den Jemima noch nie gesehen hatte, mit einer Muskete in der einen und einem Tomahawk in der anderen Hand. Er war jung, groß, mit breiten Schultern und von den Mokassins bis hin zu seinem rasierten Schädel mit der Skalplocke anzusehen wie ein Mohawk auf dem Kriegspfad. Unter jedem Auge trug er rote Streifen.

»Red Französisch mit ihm«, zischte die Witwe ihrem Sohn zu. »Versuch es auf Französisch. Biete ihm alles, was er haben will.« Sie warf Jemima einen Blick zu. »Sag ihm, du zeigst ihm die Stahlkassette mit dem Geld.« Das letzte flüsterte sie nur heiser, und Jemima wusste auch warum: Jeder Penny, den die Witwe besaß, befand sich in der Stahlkassette, die an einem Ort versteckt war, den bisher noch nicht einmal Jemima herausgefunden hatte.

»Mutter«, erwiderte Isaiah ruhig, »ich habe es schon auf Französisch versucht. Auch auf Englisch und Deutsch. Wenn er eine dieser Sprachen spricht, dann spricht er sie nicht mit mir.«

Die schwarzen Augen musterten sie gleichmütig, aber Jemima glaubte nicht, dass er kein Wort verstand.

»Dann musst du versuchen, ihn zu überwältigen, Isaiah«, sagte die Witwe. »Der Herr wird dich leiten.«

Jemima lief ein Schauer über den Rücken. »Rede kein dummes

Zeug, alte Frau. Siehst du denn nicht, dass er genauso gefesselt ist wie wir? Du machst alles nur noch schlimmer.«

Die Witwe stöhnte auf, und der schwarze Indianer richtete die Muskete direkt auf ihr Gesicht. Nach einer Weile senkte er sie wieder.

»Siehst du?«, sagte Jemima. Ihre Schwiegermutter schluchzte leise.

»Was will er denn?«, fragte Georgia zum wiederholten Mal. »Was will er denn nur? Warum nimmt er sich nicht einfach alles und verschwindet?«

Diese Frage stellten sie sich jetzt seit beinahe zwei Stunden.

Sie waren gerade mit dem Abendessen fertig gewesen, als der schwarze Mohawk ins Esszimmer getreten war. Die Dienstmädchen trieb er mit seiner Muskete vor sich her. Die Witwe war sofort in Ohnmacht gefallen. Als sie wieder zu sich kam, befanden sie sich alle im Salon, und ihr kostbarer Sohn lag gefesselt vor einer Kreatur, die sie bisher nur in ihren Albträumen gesehen hatte.

Während die anderen weinten und beteten, dachte Jemima nach. Es war von Anfang wenig im Zimmer gewesen, womit sie sich hätten zur Wehr setzen können, aber das Wenige, das vorhanden gewesen war, hatte der schwarze Indianer von Becca hinausbringen lassen. Danach hatte er das Zimmer abgeschlossen und den Schlüssel in einen Beutel getan, der ihm um den Hals hing.

Da sie ihn nicht bekämpfen konnte, musterte Jemima ihn genau. Sie betrachtete seine Nase, seine Kopfform, die Linien seiner vollen Lippen; sie zählte die farbigen Streifen auf seinem Gesicht und seinen Oberarmen, studierte die drei Punkte, die unter seinem linken Auge eintätowiert waren, und ließ dann ihre Blicke über seinen ganzen Körper wandern.

»Ich muss zur Toilette«, zischte Georgia verzweifelt. »Verstehst du nicht, du gottloser Wilder? Zur Toilette!«

»Das ist ihm gleichgültig«, fuhr Jemima sie an. »Piss dir in die Hosen und halt den Mund.«

»Warum kommt denn keiner?«, flüsterte Becca. »Warum

kommt denn Mr. Dye nicht? Wo ist Cookie? Glaubst du, er hat sie umgebracht? Glaubst du, alle im Dorf sind tot? Oh, meine Mutter!«

Isaiah, der sich hin und her schaukelte, erstarrte bei ihren Worten. Er machte sich Sorgen um seinen Liebhaber, mehr Sorgen um Ambrose Dye als um seine Mutter oder um seine schwangere Frau oder sogar um sich selbst. Ein bitterer Geschmack füllte Jemimas Mund.

An der Tür klopfte es, und alle erstarrten.

»Hilfe!«, kreischte die Witwe. »Hilfe! Helft mir!«

Der Indianer stand langsam auf und trat zu der Witwe, die wimmernd den Kopf senkte. Sein Gesicht war verzerrt vor Wut und Abscheu.

Na los, dachte Jemima. *Töte sie. Fang mit ihr an, tu mir wenigstens den Gefallen.*

Aber er spuckte nur auf den gesenkten Kopf der Witwe.

Sie schrie auf, als sein Speichel ihren Hals traf, und fiel heftig zuckend in Ohnmacht.

Der schwarze Indianer hängte die Muskete am Riemen über die Schulter und holte den Schlüssel aus dem Beutel um seinen Hals. An der Tür drehte er sich noch einmal zu ihnen um.

»Bleibt hier, bis ihr zwei Schüsse hört«, sagte er. Er sprach Englisch genauso wie jeder Indianer. »Wenn ihr versucht, diesen Raum vorher zu verlassen, bringen euch die Männer um, die draußen Wache halten, und zünden das Haus an. Wenn ihr tut, was ich euch sage, passiert euch nichts.«

Als er die Tür wieder hinter sich verschlossen hatte, stieß Becca einen langen Seufzer aus und fing laut an zu heulen.

»Beruhige dich«, sagte Isaiah. »Beruhige dich.«

Jemima warf ihm einen verächtlichen Blick zu und krabbelte auf den Knien zum Fenster.

»Nicht!«, schrie Georgia auf. »Sie bringen uns alle um!«

»Halt den Mund, du blöde Kuh!«, fuhr Jemima sie an. »Es sollte besser mal jemand die Kerzen ausblasen, damit ich etwas sehen kann.«

Becca hüpfte gehorsam zu den Kerzen und blies sie aus. Jemima drückte ihr Gesicht an die Scheibe und blickte angestrengt hinaus. Die Sonne war erst vor einer halben Stunde untergegangen, aber der Mond schien nicht und man konnte nur sehr wenig erkennen.

Da stand der Schwarze und blickte zum Dorf. Und er war nicht allein, ganz wie sie es sich gedacht hatte. Zwei weitere Männer waren bei ihm, aber sie konnte nur erkennen, dass es Indianer waren. Bonners Mohawks, flüsterte sie. Vielleicht hatte dieser Abend ja doch sein Gutes gehabt, wenn sie dadurch die Mohawks ein für allemal vom Berg vertreiben konnte. Dieser angenehme Gedanke wurde jedoch sofort von einem weit weniger angenehmen abgelöst.

Was war in den zwei Stunden passiert, in denen sie in diesem Zimmer gefangen gewesen waren?

Zwei der Männer hoben die Arme, und zwei Schüsse krachten. Und dann sah Jemima noch drei weitere Männer. Zwei davon waren schwarz, aber der Dritte, ein Weißer, hatte so leuchtend rote Haare, dass es nicht zu übersehen war.

Jemima blinzelte, und dann waren Liam Kirby und die Indianer verschwunden.

Hannah war gerade dabei, mit dem letzten frischen Serum Anna McGarrity zu impfen, als zwei Schüsse krachten.

»Allmächtiger, was war das?«, schrie Axel Metzler.

Das Impfmesser fiel Hannah aus der Hand, und die kostbare Flüssigkeit rann über den Fußboden, aber es spielte keine Rolle: Anna war schon verschwunden und den anderen hinterher gerannt.

Hannah blickte ihren Vater und ihren Großvater an und dann sah sie zu Stößt-an-den-Himmel und Starke Worte, die an der Tür stehen blieben, während die anderen hinausdrängten. Stößt-an-den-Himmel nickte ihr fast unmerklich zu.

Lily schob sich neben sie. Das Kind zitterte, und sie ergriff seine Hand und drückte sie.

»Miss Bonner? Dr. Todd?«, sagte Ezekiel leise. Er war vorgetreten. »Ist es in Ordnung, wenn wir jetzt zurück zur Mühle gehen?«
Richard Todd warf ihm einen misstrauischen Blick zu.

»Ihr könnt gehen, Zeke. Ihr alle.«

»Wir danken Euch sehr für Eure Hilfe, Dr. Todd, Miss Bonner.« Cookie lächelte sie an. Ein triumphierendes Lächeln, dachte Hannah.

»Ich kann mich nicht erinnern«, sagte Cookie, »jemals einen angenehmeren Abend verbracht zu haben.«

»Was machen wir jetzt?« wollte Lily wissen.

»Wir warten, bis wir hören, was passiert ist«, erwiderte Nathaniel. Elizabeth blickte ihn an, und er wies mit dem Kinn auf die Schaukelstühle und Hocker am Ofen. »Wir sollten es uns bequem machen, Stiefelchen.«

Elizabeth begriff sofort, dass er sie von der Tür fern halten wollte, falls draußen irgendetwas passierte, und ihr wurde unbehaglich. Nathaniels Spannung übertrug sich auf alle Anwesenden und selbst Richard Todd erwachte aus seiner Geistesabwesenheit und fragte scharf:

»Was ist hier los, Bonner?«

»Wir wissen es nicht genau,« antwortete Falkenauge. »Offensichtlich ist in der Mühle etwas passiert. Wenn man Euch nicht ruft, ist hoffentlich auch kein Blut vergossen worden.«

Hannah erstarrte.

Elizabeth nahm Lily auf den Schoß und dachte an Daniel, der mit Läuft-vor-Bären-davon und Blue-Jay in den endlosen Wäldern in Sicherheit war.

»Vielleicht ist es ja gut, dass Curiosity und Galileo so lange weg bleiben«, sagte Lily leise zu ihr. »Curiosity sagt immer zu mir, sie ist zu alt für solche Aufregungen.«

Elizabeth blickte ihre Tochter überrascht an. Das Kind strahlte förmlich vor Energie. Lily hatte keine Angst, und warum sollte sie auch? Schließlich war sie in den Armen ihrer Mutter sicher und geborgen. Elizabeth zog sie fester an sich.

In der Ferne ertönten aufgeregte Männerstimmen, raues Ge-

546

lächter. Nach zehn Minuten hörten sie, wie die Tür zur Schenke aufging.

»Axel?«, rief Falkenauge. »Bist du das?«

Charlie LeBlanc steckte seinen Kopf durch die Tür. »Er ist noch in der Mühle. Nathaniel, Falkenauge, warum seid ihr noch hier? Ihr habt den ganzen Spaß verpasst. Ein paar Indianer haben die Witwe Kuick gefesselt. Sie lag wie ein schlachtbereites Ferkel in ihrem Salon.«

Die Männer atmeten erleichtert auf.

»Was für Indianer?«, fragte Falkenauge.

Charlie trank einen Schluck Bier. »Schwarze, jedenfalls haben die Kuicks das behauptet. Jemima sagt, sie hätte sie noch nie zuvor gesehen, und Becca hat sie auch nicht gekannt. Die Witwe erzählt gerade alles Jed McGarrity.«

»Wie viele?«, fragte Richard Todd.

»Drei oder vier, aber das weiß keiner genau. Einer von ihnen war die ganze Zeit im Salon, während die anderen das Haus durchsucht haben. Es sieht so aus, als hätten sie die Geldkassette und ein Schnitzmesser mit Elfenbeingriff mitgenommen.«

»Pech für die Witwe, dass die Sklaven gerade alle hier waren, um sich impfen zu lassen.«

»In der Tat, großes Pech«, sagte Richard Todd grimmig und warf Nathaniel einen scharfen Blick zu. »Und wo war Mr. Dye, als das geschehen ist?«

»Das ist komisch«, erwiderte Charlie und kratzte sich am Kinn. »Nirgendwo eine Spur von ihm. Sie haben alles durchsucht, haben ihn aber bis jetzt noch nicht gefunden. Aber es deutet auch nichts auf einen Kampf hin. Als ob er sich einfach in Luft aufgelöst hätte ...«

Er blickte die Männer an. »Glaubt ihr, er hat mit diesen Indianern gemeinsame Sache gemacht? Vielleicht hat ja Dye die Geldkassette gestohlen.«

Elizabeths Gedanken überschlugen sich. Sie hatte seit Tagen schon nicht mehr an Jode gedacht, aber jetzt stand er ihr auf einmal ganz deutlich vor Augen. Ein schwarzer Mohawk. Das musste Jode sein. Waren die anderen Leute aus Red Rock auch hier bei Manny? Und warum? Sie dachte so angestrengt nach, dass sie erst merkte, dass ihre Tochter ihr eine Frage gestellt hatte, als Lily sie in die Wange kniff.

Lily flüsterte ihr ins Ohr: »Sie haben Dye mitgenommen, Mama, nicht wahr? Wir sehen ihn nie wieder.«

39 Cookie arbeitete am nächsten Morgen in der Küche, als sei nichts geschehen. Jemima beobachtete die alte Frau scharf, aber sie musste zugeben, dass sie sie unterschätzt hatte. Ihr war nichts anzumerken.

Cookie musste die ganze Arbeit allein machen. Georgia hatte bei Tagesanbruch ihr Bündel geschnürt und hatte sich davongemacht. Becca saß bei der Witwe, die mit einer Flasche Laudanum ins Bett gegangen war. Aber Cookie schien die zusätzliche Arbeit nichts auszumachen, und obwohl sie müde aussah, wirkte sie zufrieden. Sie summte sogar leise vor sich hin.

Isaiah war die ganze Nacht mit der Suchmannschaft unterwegs gewesen, angeblich um die Diebe zu verfolgen, aber natürlich in erster Linie um Ambrose Dye wiederzufinden, der wie vom Erdboden verschluckt war.

In der Mühle saßen die Sklaven untätig herum. Sie würden den ganzen Tag so sitzen bleiben, bis Dye zurückkam oder Isaiah ihnen Anweisungen gab. Jemima stellte sich vor, wie süß ihre Rachegedanken waren. Dye war verschwunden, den Kuicks war jeder Penny geraubt worden, und keiner von ihnen würde dafür hängen.

Bei dem Gedanken an die Geldkassette krampfte sich Jemima der Magen zusammen. Die ganze Nacht lang hatte sie wach gelegen und sich gefragt, wie sie das wohl gemacht hatten. Und wie ein Echo kam jedes Mal die Antwort zu ihr zurück: *mit Liam Kirbys*

Hilfe. Wie gerne würde sie ihn hängen sehen, aber das würde wohl nie passieren, wenn ihn die Suchmannschaft nicht einfing. Und was würde er dann sagen, um seine Haut zu retten?

Jetzt stand Jemima in der Küchentür und sagte: »Was willst du denn mit all dem Geld machen, Cookie? Kaufst du dir ein oder zwei neue Kopftücher?«

Cookie würdigte sie keiner Antwort.

»Ich muss schon sagen, es war ein meisterhafter Plan. Ich glaube, am besten gefällt mir daran, dass ihr alle auf Dyes Geheiß hin in die Postkutschenstation gegangen seid. Alle haben euch da gesehen und keiner kann behaupten, dass ihr eure Finger im Spiel gehabt hättet. Und Dye ist nicht hier, um euch der Lüge zu bezichtigen. Vermutlich werden sie ihn nie mehr finden ...«

Cookie warf ihr einen Blick zu.

»Na, du bist doch froh, dass du Dye los bist, oder?«

Jemimas schlug das Herz bis zum Hals, und der Schweiß brach ihr aus. Cookie blickte sie wissend an.

Mit schwacher Stimme sagte Jemima: »Ich habe mich schon gefragt ...«

»Ob ich es wusste?« Cookie richtete sich auf. Sie wischte sich die Hände an der Schürze ab.

»Ich bin bei der Witwe, seit sie sechzehn war, und ich war nur ein paar Jahre jünger. Jeden Tag, seit fast fünfzig Jahren nun koche ich für die Frau und kümmere mich um sie. Als Isaiah zur Welt kam, habe ich ihn gestillt, neben meinem Ezekiel. Ich stand daneben und hörte zu, wie sie um den Preis feilschte, als sie meinen Ehemann woanders hin verkauft hat. Reuben war noch keinen Monat alt. Weißt du, warum sie Samuel verkauft hat? Weil sie nicht wollte, dass ich noch mehr Kinder bekam. Ich sei zu alt, hat sie gesagt. Es sei nicht schicklich. Das hat sie mir ins Gesicht gesagt. Dann habe ich den alten Mr. Kuick gepflegt und habe ihm jeden Tag den knochigen Rücken gewaschen, als er an der französischen Krankheit gestorben ist und Dinge geflüstert hat. Oh, er hat sie sogar noch mehr gehasst als ich, aber er hat es gut verborgen. Das hatten der alte Kuick und ich gemeinsam. Ich sah, wie

Isaiah zu einem Mann heranwuchs, und ich habe ihn gut dabei beobachtet. Ich sage dir was, Mrs. Jemima Kuick. Es gibt nichts, was ich von dieser Familie nicht weiß. Nichts.«

Sie richtete ihren Blick auf Jemimas Bauch.

»Und ich sage dir noch eins, und dann bin ich still. Mr. Dye hat uns Sklaven alle zur Postkutschenstation geschickt, damit wir uns impfen lassen. Wir haben getan, was er uns gesagt hat, weil wir alle gute Nigger sind. Was hier während unserer Abwesenheit passiert ist, wohin der Aufseher gegangen ist, wer diese Indianer waren, wer die Geldkassette gestohlen hat – davon weiß ich nichts.«

Sie wandte Jemima den Rücken zu und ergriff einen Löffel.

Jemima erwiderte mit zitternder Stimme: »Vielleicht sagt das Gesetz, dass man niemanden ohne Beweis hängen darf, und vielleicht können wir dich auch nicht in den Süden verkaufen, wie du es verdient hättest, aber verkaufen können wir dich. Es gibt schlimmere Orte in diesem Staat, und ich garantiere dir, das wirst du am eigenen Leib erfahren.«

Cookies Lächeln war kalt, als sie sich erneut zu Jemima umdrehte. »Du liebe Güte«, sagte sie sanft. »Du musst noch viel lernen. Versuch bloß nicht, die Witwe dazu zu bringen, dass sie zwischen uns beiden wählen muss. Was dabei herauskäme, würde dir nicht gefallen.« Sie warf einen weiteren Blick auf Jemimas Bauch. »Es würde dir überhaupt nicht gefallen.«

Jemimas Kopf pochte, als ob jemand mit einem Stein auf sie eingeschlagen hätte, aber Jemima legte sich nicht hin. Sie ging ins Büro und blieb auf der Schwelle zu dem Raum stehen, der ihr bisher immer verschlossen geblieben war.

An den Wänden standen Regale voller Geschäftsbücher und Aktenordner. Sie holte einen nach dem anderen heraus und schlug sie auf.

Jemima hatte noch nie in diesen Raum gedurft, noch nicht einmal zum Saubermachen. Überall war Staub und Schmutz und es stank nach toten Mäusen.

Sie blätterte die Papiere durch. Briefe, Verträge, eine Zeitungsannonce, die säuberlich aus der Zeitung von Albany ausgeschnitten war.

Zu verkaufen *in Paradise am Westufer des Sacandaga. Auf drei Hektar, einer davon bewaldet, Haus und Mühle mit Nebengebäuden. Die Mühle ist aus Holz mit Steinfundament, zwei eichene Mühlräder im schnell fließenden Strom, drei Paar Mühlsteine. Mühle in gutem Zustand. Hervorragende Geschäftsaussichten in blühendem Ort. $ 400. Anfragen an Mr. Glove, Mühle in Paradise.*

Eine solche Summe konnte Jemima sich kaum vorstellen.

Der Teppich auf dem Boden war zur Seite geschlagen worden. Darunter hatte man zwei Bohlen herausgehoben, die ein Loch freigaben, das gerade groß genug für eine Stahlkassette war. Ein leeres Loch.

Ambrose Dye hatte jeden Tag neben dem Geld einer Frau gesessen, die an Banken nicht glaubte.

Jetzt war das Geld weg. Alles war weg, bis auf das Haus, die Mühle und das Land, auf dem die Gebäude standen.

Und die Sklaven natürlich.

Die Witwe hatte Dye für schuldig erklärt. Eine andere Erklärung würde sie nicht akzeptieren, und niemand widersprach ihr. Wer sonst hatte denn von der Stahlkassette unter den Bodendielen gewusst? Aber Jemima war klar, dass nicht Dye das Geld gestohlen hatte, und Isaiah, der mit leeren Augen und bleichem Gesicht umhertaumelte, wusste es auch. Er suchte nicht nach dem Mann, um ihn zu hängen, sondern um ihn zu beerdigen.

Ambrose Dye hatte keinen Grund, die Witwe zu bestehlen, er besaß bereits ihr Bestes, und den Rest hätte er mit der Zeit auch bekommen. Eines Tages hätte Jemima ihn um Taschengeld bitten müssen.

Sie fragte sich, ob sie ihn wohl gleich getötet oder ihn in den Wald verschleppt hatten, um ihn langsam sterben zu lassen. Die Indianer wussten, wie man so etwas machte, und die Vorstellung gefiel ihr.

Liam ging ihr durch den Kopf. Liam unter dem Fenster. Liam neben dem schwarzen Indianer. Liams Gesicht, das weiß vor

551

Wut war, als er in sie eingedrungen war. Liam und Nathaniel Bonner. Liam und Hannah. *Das Schönste, was Paradise zu bieten hat.*

Jemima strömten die Tränen übers Gesicht. Sie holte tief Luft und setzte sich an den Schreibtisch. Dann nahm sie ein Blatt Papier, öffnete das Tintenfass und begann einen Brief zu schreiben.

Die Männer der Bonners hatten sich der Suchmannschaft angeschlossen, und da sich weder Starke Worte noch Stößt-an-den-Himmel im Dorf zeigen durften, damit sie nicht aus Versehen erschossen wurden, begleitete Elizabeth ihre Stieftochter auf ihren täglichen Runden. Lily blieb wütend zu Hause.

Als Elizabeth jedoch zum Haus zurück blickte, sah sie, dass Kateri und Lily mit Stößt-an-den-Himmel auf den Berg gingen. Dankbarkeit stieg in ihr auf, aber sie behielt ihre Gefühle für sich, um Hannah, die offensichtlich kurz vor einer Entscheidung stand, nicht zu beeinflussen. Die meiste Zeit schwiegen sie auf dem Weg ins Dorf.

Schließlich sagte Elizabeth: »Ich habe Manny schon so lange nicht mehr gesehen. Du kennst ihn viel besser als ich. Hältst du ihn für fähig ...?«, sie schwieg, um ihre Gedanken zu sammeln.

»Du fragst dich«, erwiderte Hannah, »ob er ein Renegat geworden ist. Und du kannst dir zwar nicht vorstellen, dass er unschuldige Menschen tötet, aber dass er die Reichen bestiehlt, kannst du dir schon vorstellen. Glaubst du wirklich, er hat die Kassette der Witwe genommen, um Waffen und Proviant für seine Bande von Gesetzlosen zu kaufen?«

Elizabeth musste unwillkürlich lächeln.

»So wie du es ausdrückst, klingt es lächerlich. Und ich muss zugeben, dass dein Vater mir gestern meine Frage ähnlich beantwortet hat. Aber sie sind ganz bestimmt nicht so ein großes Risiko eingegangen, nur damit die Sklaven geimpft werden können.«

»Nein, das war nur ein Zufall«, sagte Hannah. »Ein glücklicher zwar, aber trotzdem nur ein Zufall. Gestern Abend hat Blutrache stattgefunden, und sie war sorgfältig geplant und vorbereitet. So wie man es von Manny erwartet.«

»Also ist die Geldkassette nur gestohlen worden, um die Leute von der eigentlichen Absicht abzulenken?«

Hannah zuckte mit den Schultern. »Sie werden das Geld schon brauchen können.«

Elizabeth schwieg eine Weile, dann sagte sie: »Sie werden Dyes Leiche niemals finden.«

»Nein«, erwiderte Hannah langsam. »Ganz sicher nicht.«

»Und die ... die anderen bei Manny?« Wieder dachte Elizabeth an Jode, verwarf die Idee aber wieder. Jode war in Kanada in Sicherheit, einen anderen Gedanken wollte sie gar nicht zulassen. Warum hätten sie sonst den weiten Weg machen sollen?

Hannah blieb stehen. »Ich kenne nicht die ganze Geschichte, aber ich kann dir erzählen, was ich von Stößt-an-den-Himmel weiß. Das heißt, wenn du es wirklich hören willst.«

Elizabeth dachte nach. Schließlich schüttelte sie den Kopf. »Nein. Ich brauche nicht alle Einzelheiten zu erfahren. Jedenfalls im Moment nicht.«

Als Hannah in die Küche trat, fand sie dort Richard vor. Er hielt sich so selten in der Küche auf, dass dieser Umstand etwas bedeuten musste.

Er sah so aus, als habe er die ganze Nacht nicht geschlafen. Die Haare standen in alle Himmelsrichtungen ab, und seine Augen waren rot gerändert.

»Ich wollte gerade nach dir schicken lassen.«

Elizabeth blieb überrascht stehen, aber Hannah fragte ruhig: »Wie geht es Miss Wilde?«

»Nicht gut. Ich würde ihr auch noch den Oberarm abnehmen, wenn ich glaubte, dass das helfen könnte.«

»Ich gehe gleich zu ihr.«

»Nein«, erwiderte Richard. Er unterdrückte ein Gähnen. »Ich kümmere mich selbst um sie. Komm gegen Mittag vorbei, das ist früh genug. Du musst andere Besuche machen. Gathercole war

vor einer Stunde hier und hat das ganze Haus wegen der Halsschmerzen seiner Frau aufgeweckt...

Elizabeth!«

Er sah sie an, als habe er sie erst jetzt bemerkt.

»Kitty hat nach dir gefragt. Du kannst sie besuchen, während
ich mit Hannah die Patientenliste durchgehe. Ich kann dich hier
sowieso nicht brauchen.«

Elizabeth blickte ihn finster an. »Dr. Todd, ich bin mir nicht
klar darüber, ob ich dir wegen deines rüden Tons böse sein soll
oder ob ich einfach nur deinen Berufseifer bewundern sollte.«

»Tu, was dir beliebt, Elizabeth«, erwiderte er und wandte sich
ab. Manchmal hatte Hannah das Gefühl, dass die beiden ihren
Schlagabtausch genossen und insgeheim darüber lachten. Heute
jedoch lag etwas anderes in der Luft.

Kitty lag noch im Bett. Ein Frühstückstablett stand neben ihr
und sie hielt Meg im Arm. Bei Elizabeths Anblick leuchtete ihr
Gesicht auf und sie setzte sich hin.

»Ich habe mich schon gefragt, ob du böse auf mich bist. Du hast
dich so lange nicht sehen lassen.«

Elizabeth zog sich einen Stuhl ans Bett und ergriff Kittys Hand.
»Geht es dir nicht gut?«

»Doch, doch. Richard besteht nur darauf, dass ich bis zehn
Uhr, oder zumindest bis ich mein Frühstück beendet habe, im
Bett bleibe. Ich freue mich so, dass du da bist, ich wollte dich
etwas fragen ...«

»Du willst bestimmt wissen, wann Läuft-vor-Bären-davon die
Jungen zurückbringt. Ich erwarte sie am Wochenende.«

Verwirrt blickte Kitty sie an. Dann lachte sie. »Nein, ich mache
mir keine Sorgen um Ethan. Läuft-vor-Bären-davon sorgt sicher
gut für ihn, und nichts macht ihm mehr Freude, als mit den anderen Jungen im Wald herumzulaufen. Ich wollte dich etwas anderes fragen.«

Sie hielt Elizabeth den Säugling entgegen. Aus Spitze und Leinen blickte ein rosiges Gesichtchen mit großen Augen in die Welt.

»Ist sie nicht wunderhübsch?«

»Sie ist wunderschön«, stimmte Elizabeth zu. »Und sie hat Wunder bei dir gewirkt. Du siehst so viel besser aus, Kitty, es tut meinem Herzen richtig wohl.«

Kitty zog die Nase kraus. »Die Leute machen so viel Getue um mich, ich verstehe das gar nicht. Dr. Ehrlich hat mich gesund gemacht. Ich wusste, dass er es kann.«

Elizabeth hatte von Hannah einiges über Dr. Ehrlich gehört, aber sie wollte das Thema mit Kitty nicht erörtern. Schweigend blickte sie Kitty an, als diese im Flüsterton fortfuhr: »Sag das aber bitte nicht Hannah. Sie war so lieb und hilfsbereit und sie hat mir Meg gebracht.« Lächelnd blickte sie auf das Kind in ihren Armen. »Ich bin Hannah dankbar, und du weißt, dass ich um nichts in der Welt ihre Gefühle verletzen würde. Sie ist so ein liebes Geschöpf. Wenn es ihr gut tut, dass man ihr den Verdienst an meiner Heilung zuschreibt, dann soll man das ruhig machen, zumindest hier in Paradise.« Ihre Stimme wurde noch leiser.

»Aber ich muss dir gestehen, Elizabeth, Hannah hat unvernünftige Vorurteile gegen Dr. Ehrlich. Vielleicht ist es ja berufliche Eifersucht.«

»Und wie ist die Amme, die du aus der Stadt mitgebracht hast? Bist du mit ihr zufrieden?«, erwiderte Elisabeth.

Erneut krauste Kitty die Nase. »Sie ist nicht sehr freundlich, aber größtenteils kümmert sie sich sehr gut um Meg. Sie findet nur ständig Grund zum Klagen. Im Moment jammert sie über Halsschmerzen, obwohl Richard sie selber behandelt hat.« Sie schwieg. »Ich wünschte, Curiosity käme wieder nach Hause, sie wird viel besser mit der Amme fertig als ich. Ich frage mich wirklich, was sie so lange in Albany macht.«

Länger als zehn Minuten hielt Elizabeth es selten bei Kitty aus, aber heute hatte sie schon nach fünf genug. Sie sagte begütigend: »Sie hat Polly schon so lange nicht mehr gesehen. Gönn ihr die paar Tage Urlaub.«

Aber Kitty hatte ihre Gedanken schon wieder anderen Dingen zugewandt. »Sieh mal«, sagte sie, »sieh mal, wie fest sie meinen

Finger umklammert. Sie ist so ein starkes, kräftiges kleines Mädchen.«

Es klopfte an der Tür, und Daisy steckte den Kopf herein. »Seid Ihr fertig mit dem Frühstück, Mrs. Todd? Und Hannah wartet unten auf dich, Elizabeth, sie meint, wenn es dir recht ist, fängt sie jetzt mit ihrer Runde an.«

Kitty richtete sich auf. »Aber ich dachte, du würdest den ganzen Vormittag bei mir verbringen, Elizabeth. Es ist so langweilig hier, seit Curiosity weg ist, und Richard ist ständig nur mit seinen Impfungen und der Forschung beschäftigt. Willst du nicht wenigstens noch ein Weilchen bleiben? Du hast noch nicht einmal die neuen Kleider gesehen, die ich aus der Stadt mitgebracht habe, und, oh, den schönen indischen Schal.«

»Ich habe Hannah versprochen, ihr zu helfen«, sagte Elizabeth und stand auf. »Heute Morgen musst du leider auf mich verzichten.«

»Hannah helfen? Warum sollte Hannah denn deine Hilfe brauchen?« Kittys Miene hellte sich auf. »Ach so, das ist bestimmt wegen der Indianer, die die Geldkassette der Witwe Kuick gestohlen haben. Du möchtest dir eventuelle Neuigkeiten nicht entgehen lassen. Neugier ist eine deiner Schwächen.«

»Vielleicht nehme ich mir ja eines Tages ein Beispiel an dir.« Elizabeth drückte Kitty einen Kuss auf die Stirn. »Ich gebe die Hoffnung nicht auf.«

Es stellte sich heraus, dass Mrs. Gathercoles Halsschmerzen weit weniger schlimm waren, als ihr Ehemann dem Arzt versichert hatte. Hannah war erleichtert.

»Mr. Gathercole macht sich immer solche Sorgen, Miss Bonner Mrs.«, sagte Mrs. Gathercole. »Danke für Euren Besuch, das wird ihn beruhigen. Vielleicht könntet Ihr ja bei dieser Gelegenheit auch ihm einmal in den Hals schauen. Ich habe festgestellt, dass er seit zwei Tagen Schluckbeschwerden hat, aber freiwillig würde er das nie zugeben.«

Während Elizabeth und Mrs. Gathercole ein Schwätzchen

machten, untersuchte Hannah Mr. Gathercole in der Küche. Die Haushälterin, Missy Parker, eine Frau unbestimmten Alters, stand dabei und ließ kein Auge von ihrem Herrn, der sich wahrhaftig von einer Rothaut untersuchen ließ.

Hannahs Erleichterung darüber, dass sich Mrs. Gathercole auf dem Wege der Besserung befand, schwand sofort, als sie den Hals ihres Ehemannes sah. Seine Zunge war geschwollen und hellrot und der Hals war deutlich entzündet. Auf ihre Fragen hin gab er zu, dass er Kopfschmerzen und leichtes Fieber habe.

»Sir, es tut mir Leid, aber ich muss Euch noch eine persönliche Frage stellen. Habt Ihr irgendwelchen Ausschlag am Körper?«

Mr. Gathercole blickte sie verlegen an. »Ja«, erwiderte er dann, »am Hals und ... unter den Armen.«

»Vater hat sich gestern nach dem Abendessen übergeben«, sagte Mary, und Mr. Gathercole errötete noch heftiger.

»Was ist es?«, fragte er. »Etwas Gefährliches?« Er warf seiner Tochter einen Blick zu.

»Scharlach«, warf Missy Parker ein. »Meine Mutter hat immer Erdbeerzunge dazu gesagt.«

Auf Mr. Gathercoles entsetzten Blick hin erklärte Hannah: »Es besteht kein Anlass zur Sorge. Mrs. Gathercole geht es bereits wieder besser, und Ihr werdet auch wieder gesund. Mrs. Parker, könnt Ihr noch hierbleiben, wenn Ihr mit Eurer Arbeit fertig seid? Er sollte jede Stunde den Mund mit dem Tee ausspülen, den ich hier lasse.«

Mary, blond und aufrichtig wie ihre Eltern, schnüffelte an dem Glas. »Was ist darin?«

»Hauptsächlich Süßholzwurzel und Ulmenblätter«, erwiderte Hannah und legte beiläufig dem Kind die Hand auf die heiße Stirn. »Ein wenig Ysop und Salbei und Weidenrinde gegen das Fieber.«

»Keine Melasse?«, fragte Mary.

»Ich kann auch noch Melasse hinein tun«, erwiderte Hannah. »Aber du musst mir versprechen, dass auch du jede Stunde von dem Tee trinkst. Und so lange dein Vater im Bett liegt, bleibst du in deinem.«

Mr. Gathercole schlug sich die Hände vors Gesicht und stöhnte auf.

»Ich hoffe, ihr habt genug Tee dabei«, sagte Mrs. Parker mit grimmiger Zufriedenheit. »Wenn der Scharlach erst einmal Beine bekommen hat, dann rennt er durchs halbe Dorf.«

Gegen Mittag musste Hannah die Hoffnung begraben, dass die Gathercoles ein Einzelfall waren. Sie besuchten noch weitere sechs Patienten, zwei davon mit infizierten Wunden und vier mit Fieber und Halsschmerzen. Bei den Leblancs schließlich reichte der Tee nicht mehr aus, und Hannah schickte den ältesten Jungen zu Daisy, damit er Nachschub holte.

Er kam jedoch mit der beunruhigenden Nachricht zurück, Daisy sei nicht bei den Todds, sondern zu Hause bei sich und pflege ihre Kinder, denen es nicht gut ginge. Weder Margit Hindle noch Dolly konnten die Zutaten für den Tee finden, also schickte Hannah den Jungen noch einmal los, dieses Mal in Begleitung von Elizabeth, mit genauen Angaben, wo alles lag.

In der Zwischenzeit untersuchte sie die Söhne der Leblancs. Die beiden jüngsten hatten Ausschlag am Hals und auf den Wangen, unter den Armen und in den Kniekehlen. Ihre Augen glänzten vor Fieber und sie klagten über Kopfschmerzen. Beide Jungen hatten geschwollene Zungen, die von Peter jedoch wies eher die Erdbeer-Symptome auf, während Simons Zunge weiß belegt war. Hannah schabte ein wenig von dem Belag ab, um ihn sich später unter dem Mikroskop anzuschauen.

Am schlimmsten hatte der Scharlach die Jungen getroffen, aber auch bei Molly bestand Anlass zur Sorge. Sie war aus dem Kindbett aufgestanden, um sich um ihre Söhne zu kümmern, und war noch äußerst wackelig auf den Beinen. Als Hannah sie untersuchte, stellte sie fest, dass Mollys Bauch druckempfindlich war, was für sie der an diesem Tag schlimmste Befund war. Einen kurzen Moment lang wünschte Hannah sich glühend, dass Curiosity überraschend zurückkäme.

»Ich schicke Willy zu seiner Großmutter Kaes«, sagte Elizabeth, als Hannah sie beiseite zog, um ihr ihre Befürchtungen anzuvertrauen. »Damit wird Charlie nicht alleine fertig.«

Charlie saß auf der Veranda mit seiner neugeborenen Tochter im Arm. Er sagte: »Matilda regelt das schon alles. Meine Schwiegermutter ist der reinste Drachen, und die Jungen haben Angst vor ihr, aber dann kann sich Molly wenigstens ausruhen.«

Hannah sah ihm an, dass er gerne noch eine Frage gestellt hätte, sich aber nicht traute, weil er Angst vor der Antwort hatte. Auch Elizabeth fürchtete sich vor der Wahrheit, aber sie wollte es wissen. Sie dachte an den Sommerabend, als Robbie gestorben war. *Diphterie,* hatte Richard in sein Berichtbuch geschrieben. *Robert Middleton Bonner, zwei Jahre alt. Schwindender Tag vom Wolf-Langhaus in Guter Weidegrund, zweiundsechzig Jahre alt.*

Hannah blieb stehen, als Charlie sie nicht mehr hören konnte. Sie legte ihrer Stiefmutter die Hände auf die Schultern.

»Es ist keine Halsbräune.«

»Bist du sicher?«, fragte Elizabeth erleichtert.

»Du weißt, dass bei Diphterie der Hals anschwillt, und das war heute bei keinem Patienten der Fall. Sie haben Fieber, Kopfschmerzen, Halsschmerzen, eine hellrote Zunge und Ausschlag. Es ist Scharlach. Keine Halsbräune«, fügte sie fest hinzu.

Elizabeth nickte, und sie gingen weiter.

»Hast du das früher schon einmal gesehen?«, fragte Elizabeth.

»In der Stadt habe ich drei Fälle erlebt.«

Kinder, dachte sie. *Alle tot und wahrscheinlich ihre Geschwister auch.* Dr. Savard hatte sie um Hilfe gebeten, und sie war ihm durch schmale Gassen zu verfallenen Häusern am East River gefolgt, wo viele Einwanderer lebten. Ein feuchter Keller, in dem es nach Schweiß und Urin stank und der so voll war, dass die Menschen nur aufrecht sitzend schlafen konnten. Eine Mutter mit einer Schar von Kindern, die sich eng an sie schmiegten. Die drei kranken Kinder, zwei Mädchen und ein Junge, daneben in einer dunklen Ecke. Dr. Savard redete in einer Mischung aus Französisch, Deutsch und Englisch auf die Frau ein, aber sie verstand ihn nicht.

Hannah hatte lange nicht mehr an die Kinder gedacht, und das betrübte sie beinahe genauso sehr wie die Gewissheit, dass keins von ihnen mehr lebte. Wie hatte sie nur diese Gesichter so vollständig aus ihrer Erinnerung löschen können?

Nach einer Weile fragte Elizabeth: »Keiner der Kranken, die wir heute gesehen haben, war gegen Pocken geimpft, ist dir das auch aufgefallen?«

»Ja«, erwiderte Hannah. »Das ist mir auch aufgefallen.«

Sie sprachen nicht aus, was sie dachten. Wenn einer der Dorfbewohner auf die Idee kam, dass die Pockenimpfung das Scharlachfieber verursacht hatte, dann würde Panik ausbrechen. Es hätte Hannah also beruhigen müssen, dass kein Zusammenhang hergestellt werden konnte, aber sie empfand trotzdem tiefes Unbehagen.

Sie waren mittlerweile an Wildes Obstgarten angelangt. Bienen summten um sie herum, und eine kleine Schafherde graste in sicherer Entfernung. Hannah hätte sich am liebsten auf der Stelle ins Gras gelegt und ein wenig geschlafen.

Nicholas saß auf der Veranda und wartete auf sie. Als sie näherkamen, stellte Hannah fest, dass sein Gesicht vom Fieber gerötet war und Ausschlag den Hals bedeckte.

Er schluckte und stand auf.

»Deine Schwester?«, fragte Elizabeth leise.

Er blinzelte. »Der Arzt hat gesagt, Ihr solltet gleich hereinkommen, Miss Bonner.« Seine Stimme war rau. »Er hat gesagt, ohne Euch kann er mit der Autopsie nicht beginnen.«

Gott sei Dank, wiederholte Elizabeth sich immer wieder. *Gott sei Dank war Lily auf dem Berg geblieben. Gott sei Dank waren die Jungen unterwegs. Ich muss sofort Viele Tauben Bescheid sagen.*

Zu Nicholas Wilde sagte sie andere Dinge. Sie stellte ihm Fragen über Eulalias letzte Stunden und tröstete ihn, als er weinte. Kurz überlegte sie, ob sie ihm Weidenrindentee gegen das Fieber geben sollte, sie wusste, wo er in Hannahs Tasche war, aber dann tat sie es doch nicht, weil er jetzt nur ihre Bereitschaft brauchte, ihm zuzuhören.

Eigentlich wollte Elizabeth nur zu Nathaniel. Am liebsten wäre sie aufgesprungen und zu ihm gelaufen, und es kostete sie Anstrengung, geduldig auf der Veranda sitzen zu bleiben und Nicholas zuzuhören, der erzählte, dass Eulalia erst kürzlich Lavendel am Pfad gepflanzt hatte, dass ihr die Lämmer solche Freude bereitet hätten, dass sie nie an sich selbst gedacht habe.

Als der erste Tränenstrom versiegt war, wischte er sich mit dem Ärmel über das Gesicht und sah sie aus rot geränderten Augen an. »Wie lange wird es dauern?«

Ich habe Kinder, hätte Elizabeth am liebsten gesagt. *Ich kann dich nicht trösten, so wie du es jetzt brauchst. Ich muss nach Hause.*

Stattdessen entgegnete sie: »Eine Stunde ungefähr. Ihr solltet Euch ins Bett legen, Ihr habt Fieber. Ihr müsst Tee für Euren Hals trinken, ich kann ihn Euch zubereiten, während die anderen ...« Sie brach ab. »Kommt, ich kümmere mich um Euch. Wann habt Ihr das letzte Mal etwas gegessen?«

Er fasste sich nachdenklich mit der Hand an die Stirn. »Bump hat mir etwas Brühe gegeben. Er hat gesagt, ich solle mich in den Schuppen legen und auf ihn warten.« Er stand auf und hielt sich am Pfosten fest. »Aber ich muss doch ihr Grab ausheben. Das Grab meiner Schwester.«

Auch Elizabeth erhob sich. Sie sagte: »Ihr habt Nachbarn, die Euch dabei helfen können, Mr. Wilde. Ihr müsst jetzt Dr. Todds Anweisungen befolgen und Euch hinlegen.«

Nicholas Wilde konnte nicht allein gelassen werden, und Hannah wusste, ohne zu fragen, dass sie Elizabeth diese Aufgabe nicht zumuten durfte. Sie brannte darauf, nach Lake in the Clouds zu laufen, um Viele Tauben Bescheid zu sagen, dass sie die Kinder auf dem Berg beschäftigen sollte.

Bump wusste das sicher auch, denn er erbot sich, da zu bleiben und Nicholas zu pflegen. Hannah zögerte zunächst, da sie Bump noch nicht erklärt hatte, wie ansteckend Scharlach war, aber Richard Todd schien sich keine Gedanken darüber zu machen.

»Ich schicke jemanden, der das Grab aushebt«, sagte er zu

Bump. »Und Anna McGarrity wird wahrscheinlich die Leiche aufbahren.« Er wandte sich an Elizabeth.

»Du kannst uns hier nicht mehr helfen, und Hannah und ich haben zu tun. Geh nach Hause zu deiner Familie.«

Sie sahen Elizabeth an, dass sie hin und her gerissen war, aber schließlich siegte die Vernunft.

»Schick nach uns, wenn du nach Hause kommen willst,« sagte sie. »Verstehst du mich?«

Hannah brauchte einen Augenblick, um die Warnung zu begreifen, aber dann fiel ihr alles wieder ein. *Die Mühle. Der Überfall. Manny Freeman. Ambrose Dye.* All das kam ihr im Moment so unwichtig vor, aber sie nickte, damit Elizabeth sich nicht noch mehr Sorgen machte.

Richard warf ungeduldig den Kopf zurück.

»Wir müssen jede einzelne Familie in Paradise besuchen. Der Himmel weiß, wie weit die Krankheit sich schon ausgebreitet hat. Es ist vielleicht schon dunkel, bis wir fertig sind. Hannah kann bei mir im Haus schlafen, dann kann ich sie auch jederzeit rufen, wenn ich sie brauche.«

Elizabeth warf ihm einen empörten Blick zu.

»Hannah kommt nach Hause zu ihrer Familie und schläft in ihrem eigenen Bett«, erwiderte sie in scharfem Tonfall. »Oder sie bleibt im Dorf, wenn sie es will. Sie ist nicht dein Dienstmädchen, das auf jeden Wink von dir zur Stelle ist, und ich wäre dir dankbar, wenn du dich daran erinnerst.«

»Der Herr möge mich vor diesen Bonner-Weibern schützen«, murmelte Richard und wandte sich ab. »Wie Nathaniel es mit mehr als einer von euch aushält, ist mir ein Rätsel.«

Als Elizabeth völlig außer Atem nach Hause kam, saßen die Männer um ein erloschenes Feuer zwischen den beiden Hütten. Alle Männer: Starke Worte, Stößt-an-den-Himmel, Falkenauge, der Lily auf dem Schoß hatte, Läuft-vor-Bären-davon mit seinen beiden Jüngsten, Ethan, Blue-Jay, Daniel und Nathaniel.

Mehr als alles in der Welt wünschte sich Elizabeth in diesem

Moment, ihre Familie in Sicherheit zu wissen. Sie wollte sie vor allen Krankheiten und Gefahren beschützen. Dieses Mal hatte die Krankheit nur einen anderen Namen als letztes Mal, aber sie ließ sich nicht täuschen.

Daniel sah sie als erster und kam freudestrahlend auf sie zugelaufen, warf ihr jedoch einen verletzten Blick zu, als sie ihm auswich. Sie hatte sich den ganzen Tag bei kranken Kindern aufgehalten und wollte ihn nicht umarmen, bevor sie sich nicht gewaschen und umgezogen hatte, um ihn nicht anzustecken. Er jedoch hatte Sehnsucht nach seiner Mutter gehabt und verstand jetzt nicht, dass sie ihn abwies.

Nathaniel sprang auf und nahm ihn in die Arme.

»Deine Mutter muss sich erst waschen«, sagte er. »Und dann setzen wir uns hin und reden.«

Nathaniel folgte seiner Frau in die Hütte, während die Jungen Wasser für ihr Bad holten. Stumm lief sie auf und ab, während sich die Wanne mit kaltem Wasser füllte. Sie wollte nicht warten, bis es heiß gemacht war, und sie wollte auch nicht reden, bis die Tür geschlossen war und sie in der Wanne saß.

Im allgemeinen neigte Elizabeth dazu, ihre Sorgen herunterzuspielen, weil sie sie dann selber nicht so furchterregend fand. Aber jetzt war sie außer sich vor Angst. Die junge Eulalia Wilde war tot, Molly Leblanc hatte Kindbettfieber, und dann all die Kinder, die Scharlach hatten: Joseph, Solange, Emmanuel, Lucy, Peter, Simon, Mary und Faith.

Es war keine Halsbräune, sagte sie sich immer wieder.

Trotz der Julihitze erschauerte sie. Sie bat Nathaniel um die gewöhnliche Seife, aber er gab ihr einen von den feinen Riegeln mit Lavendel, die ihre Kusine aus der Stadt geschickt hatte. Immer wieder glitt sie ihr aus den Händen, bis schließlich Nathaniel danach griff und sie zu waschen begann.

Während er ihr den Rücken einseifte und ihr die Haare wusch, redete sie ununterbrochen, und er hörte ihr zu.

Schließlich hatte sie alles gesagt, und er half ihr aus der Wanne, wickelte sie in eine Decke und trug sie ins Bett.

Vor dem Einschlafen murmelte sie noch: »Wir müssen von hier weggehen. Wir müssen die Kinder von hier wegbringen. Es tut mir so Leid, Nathaniel. Es tut mir so Leid, aber ich kann nicht mehr. Ich kann nicht. Ich kann nicht ...«

All die Jahre, seit Elizabeth seine Frau geworden war, hatte Nathaniel auf den Tag gewartet, an dem sie von dem rauen Leben genug haben würde. Manchmal hatte er diese Befürchtung laut geäußert und sie hatte ihn ausgelacht und seine Ängste mit Küssen zerstreut. Sie vermisste weder England noch das prächtige Haus, in dem sie aufgewachsen war; sie wollte keine erlesene Wäsche oder Kutschen; ihre Bücher waren besser als jedes Theater oder die Oper. Sie hatte ihre Freunde, ihre Familie, ihre Schule, mehr, als sie sich jemals vorgestellt hatte. Welcher Ort würde ihr denn mehr bieten können?, hatte sie ihn gefragt.

Und doch lag manchmal eine Sehnsucht, eine Neugier auf die Welt in ihrem Gesichtsausdruck, die nicht zu leugnen war. Wenn Falkenauge davon sprach, nach Westen zu gehen, lauschte sie gebannt; ihre Augen leuchteten, wenn sie die Zeitung aus der Stadt las. Wies man sie jedoch darauf hin, war sie jedes Mal erstaunt. Ihr waren die endlosen Wälder genug. Sie hatte kein Bedürfnis, mit den Kindern irgendwohin zu gehen. Sie waren alle in Lake in the Clouds geboren worden, und ihr jüngstes Kind war dort begraben; dorthin gehörten sie.

Und jetzt stand Hannah im Begriff, sie zu verlassen, und Falkenauge würde die Gelegenheit nutzen und auch fortgehen. Er würde seiner Enkelin nach Westen folgen, aber wenn sie sich bei den Seneca eingelebt hatte, würde er immer weiter nach Westen ziehen, bis ans Ende der Welt. Geh oder stirb, hatte er in der Sprache seiner Kindheit dazu gesagt, eine Sprache, in der er mittlerweile nur noch die Dinge ausdrückte, die für ihn von höchster Bedeutung waren.

Nathaniel hatte mit Viele Tauben darüber gesprochen, so wie er früher zu ihrer Mutter gegangen war, wenn er einen besonders weisen Rat brauchte. Viele Tauben war einst seine Schwägerin

gewesen, aber sie blieb auch immer die Tochter von Schwindender Tag und die Enkelin von Aus-Knochen-gemacht; wenn sie sich
dafür entschieden hätte, bei den Kahnyen'kehàka zu bleiben, wäre
sie Clanmutter, eine Frau mit dem Zweiten Gesicht, wie seine
Mutter immer gesagt hatte.

Mit dreißig Jahren war sie immer noch schön und sie sah Nathaniels erster Frau so ähnlich, dass sich Nathaniel bei ihrem Anblick manchmal die Kehle zusammenschnürte. Wenn Sarah noch
leben würde. Manchmal ging ihm der Satz unerwartet durch den
Kopf, aber er kam über diese paar Worte selten hinaus. Er konnte
sich nicht vorstellen, anders zu leben als er jetzt lebte. Er wollte
kein anderes Leben.

Viele Tauben hatte sich seine Sorgen angehört, und dann hatte
sie ein paar Tabakblätter aus dem Beutel um ihren Hals genommen und sie ins Feuer geworfen. Während sie zusah, wie sie ver-
brannten, sagte sie: »Sie werden gehen und du wirst sie im Herzen
nicht aufhalten wollen. Die Zeit ist gekommen.«

Eine harte Wahrheit. Und jetzt war auch noch Krankheit im
Dorf und Elizabeth sehnte sich nach einem sicheren Ort für die
Kinder. Ein Ort, den es geben musste, weil sie es so wollte. Und
weil sie an ihn glaubte, erwartete sie, dass er diesen Ort finden
würde.

Elizabeth wachte in der Dämmerung vom Lachen der Kinder auf.

Sie zog sich ein Kleid über und trat auf bloßen Füßen auf die
Veranda, um ihnen zuzusehen, wie sie sich an den Wasserfällen
tummelten. Die Hitze des Tages hatte ein wenig nachgelassen,
und dankbar spürte sie eine leichte Brise auf ihrer bloßen Haut.

Die Männer hatten wieder ein Feuer entzündet und saßen, ins
Gespräch vertieft, darum herum. Ab und zu warfen sie wachsame Blicke auf die Kinder und riefen ihnen ermutigende Worte
zu.

Ethan kletterte gerade auf den Felsen, den die Kinder Hakenna-
se nannten, den höchsten Punkt, von dem aus sie ins Wasser springen durften. Er winkte ihr fröhlich zu. Dann glitt sein nackter,

gebräunter Körper elegant durch die Luft. Blue-Jay folgte ihm mit einem Jubelschrei, und dicht hinter ihm sprang seine kleine Schwester. Dann Lily, mit offenen Haaren, die ihr bis zu den Hüften reichten. Auch Daniel trat auf den Felsen und blickte sich noch einmal in seinem Königreich um, bevor er ins Wasser sprang.

Nathaniel erhob sich von seinem Platz am Feuer und trat zu ihr auf die Veranda. Er schlang seine Arme von hinten um sie und legte das Kinn auf ihre Schulter.

»Ausgeruht, Stiefelchen?«

»Nathaniel, wegen eben ...«

Er schüttelte den Kopf, um sie zum Schweigen zu bringen. »Sieh dir Lily an, sie will den größten Platscher machen.« Ihre kleine Tochter hatte sich zu einer Kugel zusammengerollt, und als das Wasser über ihr aufspritzte, schrieen die Jungen begeistert auf.

Elizabeth schmiegte sich seufzend an ihren Mann. »Warum muss sie eigentlich aus allem einen Kampf machen?«

»Weil sie deine Tochter ist.« Nathaniel wiegte sie in seinen Armen. »Es liegt in ihrer Natur.«

»Ich wollte sagen, wegen eben ...«

Dieses Mal schüttelte er heftiger den Kopf. »Warte, Stiefelchen. Hör zu.« Er rieb sein Gesicht an ihren Haaren.

»Ich weiß, dass du Angst hast. Ich auch. Ich wünschte, ich könnte dir versprechen, dass ihnen nie ein Leid geschieht, aber das kann ich nicht. Wenn es dich jedoch beruhigt, von Hidden Wolf wegzugehen, dann gehe ich mit dir. Wir könnten tiefer in den Wald hinein ziehen oder die Mohawk aufsuchen. Wir könnten auch unser Geld zusammenkratzen und uns eine kleine Farm kaufen. Ganz gleich, was wir tun, Viele Tauben und Läuft-vor-Bären-davon bleiben auf jeden Fall hier in Lake in the Clouds, also könnten wir auch jederzeit zurückkommen, wenn es dir anderswo nicht gefällt.«

Er wirkte angespannt, als ob er Angst hätte, dass sie sich ihm entziehen würde.

»Nathaniel ...«

»Schweig jetzt, Stiefelchen. Denk darüber nach und wenn du

weißt, was du willst, dann teil es mir mit.« Er wollte sich von ihr lösen, aber sie hielt ihn fest.

»Nathaniel, was ist mit Manny? Ist er in Sicherheit?«

»Im Augenblick, ja«, erwiderte Nathaniel, und sie erkannte an seinem Gesichtsausdruck, dass er ihr mehr nicht sagen wollte. Was mit Ambrose Dye geschehen war und was Manny vorhatte, diese Dinge wollte er ihr nicht berichten.

»Du vertraust mir nicht, oder?«

Er zuckte zusammen.

»Ich vertraue niemandem so sehr wie dir, Stiefelchen. Das weißt du doch.«

»Du glaubst, ich halte die Wahrheit über Manny nicht aus.«

Zornig blickte er sie an. »Leg mir keine Worte in den Mund, Stiefelchen.«

»Dann erzähl mir von Jode.«

»Ah... Jesus. Was gibt es denn da zu erzählen? Du weißt doch schon alles.«

»Machst du Witze? Wie kommt es überhaupt, dass er hier ist? Offensichtlich hat er die Gruppe aus Red Rock im Norden geholt. Anders kann ich es mir nicht erklären.«

»Ja, du hast es erraten«, erwiderte Nathaniel gepresst. »Manny ist direkt nach Guter Weidegrund gegangen, um nach seiner Frau zu suchen. Und als er wieder zurückging, ist Jode ihm gefolgt.«

»Du hast also mit ihnen gesprochen?«

»Ja. Sie sind bald im Westen und dann können wir aufhören, uns Sorgen zu machen.« Er löste sich von ihr und rief mit lauter Stimme: »Kinder! Ihr müsst vor der Dunkelheit noch eure Pflichten erledigen!«

Dann trat er wieder zu den anderen Männern ans Lagerfeuer, ohne ihr noch einen Blick zuzuwerfen. Elizabeth lief ein Schauer über den Rücken. Er hatte Angst davor, ihr ins Gesicht zu sehen, weil sie sonst erkennen würde, was er vor ihr verbarg.

Die meisten Männer waren noch mit der Suchmannschaft unterwegs, stellte Hannah fest, als sie von Familie zu Familie gingen.

567

Alle Frauen wollten von ihnen wissen, ob sie irgendetwas Neues erfahren hätten. Und von Besuch zu Besuch wurde Richard ungeduldiger.

»Herrgott noch mal, Frau!«, brüllte er Mrs. Hindle an, als sie ebenfalls eine Frage über die Suchmannschaft stellte. »Wir haben acht Fälle von Scharlach im Dorf, und dieser Junge auf Eurem Schoß, der hohes Fieber hat, ist einer von ihnen!«

Laura Hindle, die normalerweise nicht auf den Mund gefallen war, errötete vor Empörung und brach in Tränen aus. Sie umarmte ihren Sohn so fest, dass Hannah ihn ihr abnehmen musste, damit sie ihn nicht erdrückte.

Auf dem Weg zum nächsten Patienten sagte Hannah: »Verzeiht mir die Bemerkung, Dr. Todd, aber Ihr habt das Zartgefühl eines Ochsen. Mrs. Hindle stirbt vor Angst, dass ihrem Mann draußen im Busch die Kehle durchgeschnitten wird ... unterbrecht mich nicht, Ihr wisst, dass ich Recht habe. In jeder dieser Hütten lauschen Frauen und kleine Jungen auf jedes Geräusch und überlegen sich, ob sie mit dem Gewehr umgehen können, falls sie überfallen werden. Mein Onkel kann zur Zeit den Berg nicht verlassen, weil sonst jemand in Panik vielleicht auf ihn schießen würde.«

»Im Umkreis von fünfhundert Meilen droht hier keine Gefahr, Hannah Bonner, und das weißt du auch.«

»Ja, natürlich. Aber die Frauen hier glauben das erst, wenn ihre Männer heil wieder zu Hause sind. Sie anzuschreien, weil sie Angst haben und an nichts anderes denken, ist dumm und versetzt sie nur noch mehr in Panik.«

Richard blieb stehen. »Dann sollen also kranke Kinder für sich selber sorgen, während ihre Mütter mit Musketen auf Schatten zielen? Mit solchem Unsinn will ich nichts zu tun haben.«

»Dann beschäftige ich mich eben mit den Müttern«, erwiderte Hannah. »Denn Ihr richtet wirklich mehr Schaden an, als dass Ihr Gutes tut.«

»Demnächst schickst du mich noch in den Busch, damit ich mich der Suchmannschaft anschließe«, murrte Richard.

»Das ist eine hervorragende Idee«, entgegnete Hannah. »Genau. Warum macht Ihr das nicht?«

»Vielleicht tue ich es ja«, gab Richard zurück. »Aber unser letzter Besuch für heute gilt der Mühle, und da solltest du ohne mich besser nicht hingehen, sonst wäre es möglich, dass einer der Kuicks auf dich schießt. Und wenn du weiter in diesem Ton mit mir redest, könnte ich versucht sein, es einfach geschehen zu lassen.«

Nach allem, was Hannah bisher über den Haushalt der Witwe Kuick gehört hatte, erwartete sie, dass alle Sklaven und Dienstboten bei der Arbeit waren, als sie in die Küche trat. Stattdessen wirkte das Haus verlassen, seltsam kühl für einen Juliabend. Nur Beccas Stimme war aus der Diele zu hören, weil der Arzt sie gerade nach dem Befinden ihrer Herrin fragte.

Von Cookie war nichts zu sehen. Anna McGarrity hatte ihnen erzählt, dass das neue Dienstmädchen das Haus bei Tagesanbruch fluchtartig verlassen hatte. Auf dem Tisch stapelte sich schmutziges Geschirr, der Ofen war beinahe ausgegangen und eine Katze strich miauend um Hannahs Beine.

»Ich weiß nicht, wo sie alle hingegangen sind«, erklärte sie dem dicken Kater. »Vielleicht sind sie ja in den Sklavenunterkünften. Sollen wir einmal nachsehen gehen?«

Froh darüber, das Haus hinter sich lassen zu können, lief sie mit der Katze an der Seite zur Mühle.

Auf einer kleinen Lichtung zwischen dem Haus des Aufsehers und der Mühle stand ein niedriges Gebäude, in dem die Sklaven wohnten. Es war hell erleuchtet und Hannah hörte Stimmen, als sie näher kam. Es roch unbeschreiblich gut: nach gebratener Forelle, Maisbrot und heißer Milch.

Die Tür öffnete sich, und Cookie stand auf der Schwelle. Sie lächelte ihr zu.

»Miss Bonner«, sagte sie und trat einladend einen Schritt zurück. »Wie schön, Euch zu sehen. Kommt herein und esst mit uns. Wir haben reichlich.«

»Hier gibt es keine Halsschmerzen«, sagte Levi, nachdem Hannah ihnen von den Ereignissen des Tages erzählt hatte.

Ezekiel zwinkerte Hannah zu. »Auch keine Erdbeerzungen, aber Moses hat gestern über Kopfschmerzen geklagt.«

»Weil Malachi ihm auf den Kopf getreten ist, als er aus dem Bett klettern wollte«, warf Shadrach ein, ein riesiger Mann mit einer überaus sanften Stimme.

Die sieben Sklaven der Witwe saßen um einen roh gezimmerten Holztisch und blickten Hannah freundlich und offen an. Falls sie sich wegen des Scharlachfiebers Sorgen machten, dann verbargen sie es geschickt.

»Es wäre das Beste, wenn ihr euch im Moment dem Dorf fern haltet«, sagte Hannah. »Die Krankheit greift um sich. Ich lasse euch auf jeden Fall Halstee da und auch ein wenig Weidenrinde gegen Fieber.«

»Das ist nett von Euch«, erwiderte Cookie, »aber im allgemeinen kommen Curiosity oder Daisy, um uns zu versorgen, falls wir medizinische Hilfe brauchen.«

»Daisy ist in den nächsten Tagen mit der Krankheit im Dorf beschäftigt«, sagte Hannah. »Und Curiosity ist noch nicht zurück. Wenn ihr Anzeichen von Scharlach feststellt, solltet ihr sofort nach mir schicken.«

»Dort kommt Mr. Kuicks Pferd.« Cookie trat ans Fenster. »Aber er hält nicht am Haus.«

Alle Männer standen auf und traten ans Fenster.

»Sieht so aus, als sei die ganze Suchmannschaft wieder da«, murmelte jemand. »Ziemlich viel Unruhe im Dorf.«

»Ist Mr. Kuick alleine?«, fragte Hannah.

Cookie drehte sich um. »Ja, er ist alleine«, erwiderte sie, wobei sie noch nicht einmal versuchte, ihre Erleichterung zu verbergen.

Isaiah Kuicks Pferd stand vor der Mühle. Zum ersten Mal sah Hannah so etwas wie Besorgnis in Cookies Gesicht.

»Mr. Isaiah?«, rief sie von der offenen Tür her. Mr. Isaiah? Kommt Ihr her?«

»Sagt etwas zu ihm«, meinte sie zu Hannah. »Vielleicht hört er ja auf Euch.«

»Mr. Kuick, ich bin es, Hannah Bonner. Seid Ihr verletzt?«

Er kam mit bleichem Gesicht auf sie zu. »Ich suche noch einmal nach ihm«, sagte er mit rauer Stimme. »Noch ein einziges Mal.« Und damit verschwand er wieder in der Dunkelheit.

»Sucht Ihr nach dem Aufseher?«, rief Hannah ihm nach. »Wir haben ihn nirgends gefunden, nicht wahr Cookie?«

Die alte Frau verschränkte die Arme. »Keine Spur von ihm.«

Hannah rief wieder: »Es geht Euch nicht gut, Mr. Kuick! Wollt ihr nicht herkommen, damit Dr. Todd nach Euch schaut? Er ist im Haus bei Eurer Mutter.«

Als Antwort auf ihre Worte ertönte direkt hinter ihr ein heiseres Lachen, so nahe, dass Hannah zusammenzuckte.

Isaiah war um die andere Seite des Gebäudes herumgekommen und stand jetzt hinter ihnen. Sein Umhang war völlig durchweicht und seine Haare hingen in nassen Strähnen um die unrasierten Wangen. Seine Augen waren rot gerändert und glasig. Schwankend stand er da und blickte Cookie an.

Plötzlich trat er auf sie zu, umschlang sie und vergrub sein Gesicht an ihrer Schulter. Sein ganzer Körper bebte. »Er ist fort, Cookie«, flüsterte er. »Er ist für immer fort.«

Cookie tätschelte ihm den Rücken. »Es ist schon gut, Mr. Isaiah«, sagte sie leise. »Es kommt schon alles wieder in Ordnung. Wir besorgen Euch jetzt ein paar trockene Kleider und etwas Heißes zu trinken. Ihr seid ja völlig durchgefroren. Sie werden Mr. Dye schon finden und er kommt wieder nach Hause, wartet es nur ab. Ihr werdet schon sehen.«

Erst nach Mitternacht trat Hannah wieder in die Küche des Mühlenhauses.

Becca Kaes richtete sich von ihrem Strohlager am Ofen auf, und Hannah stieß einen erstickten Schrei aus.

»Becca«, keuchte sie, »mein Gott, hast du mich erschreckt!«

Sie war mit Becca Kaes zur Schule gegangen. Sie war ein gutmütiges Mädchen mit der freundlichen Art ihrer Mutter und dem herzlichen Lachen ihres Vaters. Besorgt blickte sie Hannah an und stand auf. »Stimmt das mit Eulalia Wilde?«

Hannah nickte. »Ja. Sie hatte eine schlimme Infektion, die ihr Blut vergiftet hat.«

Becca seufzte. »Gott schenke ihr Frieden. Sie war eine gute Freundin von mir. Und Nicholas?«

»Er hat Scharlach«, erwiderte Hannah. »Aber er ist kräftig und er wird es wohl überleben.«

Becca ließ sich auf einen Hocker am Tisch sinken. Nach einer Weile sagte sie: »Ich habe Angst, nach meiner Schwester und ihren Jungen zu fragen.«

Hannah setzte sich neben sie. »Molly ist in einer schlechten Verfassung. Die Jungen sind stark und werden es bestimmt überstehen.«

»Ich würde ja zu ihr gehen, wenn die Witwe ...«, setzte Becca an, aber Hannah unterbrach sie.

»Natürlich würdest du das. Aber deine Mutter ist bei ihr.«

Becca zog ein Taschentuch aus dem Ärmel und putzte sich die Nase.

»Ich sollte jetzt wohl mal nach der Witwe sehen«, meinte sie.

»Der Arzt sagt, sie wird bis morgen früh schlafen«, erwiderte Hannah. »Du brauchst dich heute Nacht nicht um sie zu kümmern.«

Becca blickte sie erleichtert an. »Möchtest du einen Tee oder etwas zu essen? Wir haben so lange nicht mehr miteinander geredet. Die Witwe ...« Sie brach ab. »Du weißt ja, wie sie ist.«

»Ja«, erwiderte Hannah, »ich weiß, wie sie ist. Danke für dein Angebot, aber ich muss jetzt wirklich nach Hause. Glaubst du, einer von den Männern aus der Mühle könnte mich dorthin begleiten?«

Becca zuckte zusammen. »Ach je, ich habe ganz vergessen, dir zu sagen, dass jemand schon seit Stunden auf dich wartet. Ein Indianer. Nicht der Indianer, der ...« Sie schwieg verlegen, weil sie an den Überfall gedacht hatte. »Ein Freund deiner Familie. Ich habe ganz vergessen, es dir zu sagen«, schloss sie.

Hannah merkte, dass sie genau darauf gehofft hatte. »Dann sage ich jetzt Gute Nacht.«

»Warte!« Becca sprang auf. »Was ist mit Mr. Kuick?«

»Cookie ist bei ihm«, erwiderte Hannah.

»Hat er Scharlach? Ist er sehr krank?«

»Ja«, erwiderte Hannah. »Scharlach und ein Lungenfieber. Er ist sehr krank.«

Müde warf Hannah Stößt-an-den-Himmel einen Blick zu, als er aus den Schatten hinter dem Stall auf sie zutrat. Sie war froh, dass er gekommen war und ihr Schutz bot, ohne lästige Fragen zu stellen.

Während sie den Berg hinaufstiegen, fiel die Anspannung des Tages mit jedem Schritt von ihr ab. Stößt-an-den-Himmel ging neben ihr, und manchmal, wenn der Pfad zu schmal wurde, ging er vor ihr. Sie betrachtete ihn, groß und stark, mit allen Attributen versehen, die sie an einem Mann bewunderte. Seine Haut war von einem tiefen Kupferton, dunkler und klarer als ihre.

Als ob sie seinen Namen gerufen hätte, blickte er sich nach ihr um, und sie fragte ihn: »Ist in Lake in the Clouds jemand krank?«

»Nein«, erwiderte er. Er hätte sagen können, *noch nicht*, aber das hatte er nicht getan, weil er wusste, dass es ihr nicht gefallen würde. Es irritierte sie, dass er sie nach so kurzer Zeit schon so gut kannte.

»Du solltest von hier weggehen, solange du noch gesund bist«, sagte sie. »Geh zurück zu deinem Stamm.«

Sie bedauerte die Worte schon, kaum dass sie sie ausgesprochen hatte, aber dann lächelte er sie an, und sie wurde zornig.

»Du gingest am besten morgen schon«, fügte sie hinzu. »Heute Nacht.«

Eilig lief sie weiter, aber er blieb ihr dicht auf den Fersen. Als sie an den Wasserfall kamen, schlüpfte Hannah aus ihren Sommermokassins, die sie unter ihrem O'seronni-Kleid trug, und sprang ins Wasser.

Das Volk ihrer Mutter tauchte die Neugeborenen in das Wasser des Großen Flusses, damit sie nie vergaßen, wer sie waren und wo sie her kamen. Als jetzt das kühle Wasser über ihr zusammenschlug, spürte sie es in jeder Faser ihres Körpers. Dies war ihre Heimat, hierhin gehörte sie.

Als sie aus dem Wasser stieg, saß Stößt-an-den-Himmel am Ufer und wartete auf sie. Er hatte sie nicht geküsst, er hatte es noch nicht einmal versucht, und Hannah war froh darüber, weil das alles einfacher machte.

Als sie an ihm vorbei ging, sagte er, »Geht-Voran«, und dann fügte er hinzu: »Hannah.«

Sie blieb stehen und drehte sich um. Er hatte sich ebenfalls erhoben, aber sie konnte sein Gesicht nicht erkennen.

Er sagte: »Ich sehe dich.«

»Ja«, antwortete sie, und alle Gewissheit verließ sie wieder. »Ja, ich weiß.«

40 Hannah träumte von Bäumen voller Pflaumen, Birnen und blutroten Kirschen, von Pfirsichen, die so schwer und weich waren, wie sie sich als Kind den Mond vorgestellt hatte.

Plötzlich ging Eulalia Wilde neben ihr und zeigte auf die Bäume.

»*Unter einem Birnbaum liegt deine Kusine Isabel; unter einer Quitte deine Großmutter Schwindender Tag; für Selah Voyager sind es süße Pflaumen.*«

Eulalia blieb stehen.

»*Hier liege ich*«, sagte sie lächelnd. »*Unter dem Schnee*«.

Dahinter erstreckten sich endlose Reihen mit Apfelbäumen.

»*Was ist mit diesen Bäumen?*« fragte Hannah. »*Wer wird unter diesen Bäumen liegen?*«

Eulalia hob die Hände und sang: »*Grabenstein, Kinder, die in einer Reihe warten, Such-nicht-weiter*«.

Erschreckt wachte Hannah auf.

Eine Epidemie im Dorf. Richard würde ihre Hilfe brauchen, aber zuerst musste sie noch in Elizabeths Garten gehen.

Die Bonners hatten von ihrer Reise nach Schottland Obstbäume aus dem Gewächshaus des Earl of Carryck mitgebracht. Die Vorstellung, Pflaumen, Birnen und Kirschen in Lake in the Clouds anzupflanzen, hatte Elizabeth so sehr gefallen, dass sie sich der neuen Aufgabe mit Hingabe gewidmet hatte. Wenn es auf Carryck sogar Pfirsichbäume gab, würde sie doch in der Lage sein, hier weniger empfindliche Sorten anzubauen.

Aber trotz allen guten Willens überlebten drei der Bäume den ersten Januar nicht. Im Winter darauf waren zwei weitere eingegangen, und nur ein einziger Kirschbaum hatte überlebt. Diesem Baum, der an einem sonnigen Platz zwischen Hütte und Ställen stand, galt Elizabeths ganze Mühe, und jedes Jahr im Hochsommer entschädigte er sie reichlich dafür.

Hannah pflückte einen kleinen Korb voller Kirschen und trat in den Schuppen, um sie durchzusehen.

Es roch nach Heu und Sägemehl und nach dem alten Toby, der leise schnaubend im Stall stand.

Auf einmal stand Stößt-an-den-Himmel in der offenen Tür. Sie wusste es, ohne den Kopf zu heben. Sie erkannte ihn an seiner Größe, seinem Umriss, an der Art, wie er atmete und wie ihr eigenes Herz auf einmal schneller schlug.

Ruhig sortierte sie weiter die Früchte aus, während er ihr zusah. Im Stillen gelobte sich Hannah, nicht als Erste zu sprechen, obwohl ihr das eigentlich kindisch vorkam.

Aber er hatte sie bei ihrem englischen Namen genannt und sie durcheinander gebracht. Es war so, als habe er das Geheimnis gesehen, das ihr auf der Stirn geschrieben stand: sie empfand sich vor allem als *Hannah*. Der Frauenname, den ihre Großmutter ihr gegeben hatte, Geht-Voran, kam in ihren Gedanken nie vor. Es war ein guter Name, den sie sich verdient hatte, aber er bedeutete ihr nicht mehr als die Geschlechtsbezeichnung Mädchen.

Du veränderst dich, wenn Stößt-an-den-Himmel den Raum betritt, hatte Daniel zu ihr gesagt. Sie konnte weder sich noch irgendeinen sonst davon überzeugen, dass sie nur Freundschaft für den Mann empfand, der jetzt in der Tür stand und sie beobachtete.

Hannah blickte auf, erhitzt und außer Atem, als sei sie eine Meile gelaufen.

»Was stehst du da und starrst mich an? Hast du in den letzten Stunden vergessen, wie ich aussehe?«

Ihr scharfer Tonfall schien ihm nichts auszumachen. »Ich mag dein Aussehen, Geht-Voran.«

Er trat in die Scheune. Da er die Sonne im Rücken hatte, konnte sie seinen Gesichtsausdruck nicht deuten, und sie war froh darüber.

»Ich habe zu tun, wie du sehen kannst«, sagte sie. »Und ich muss ins Dorf, der Doktor wartet bestimmt schon auf mich.«

»Deine Hände haben zu tun, dein Mund aber nicht.«

Es juckte ihr in den Fingern, ihm irgendetwas an den Kopf zu werfen, und sie zwang sich, tief durchzuatmen, bis das Bedürfnis vorüber war.

»Hast du keine Arbeit?«

»Keine die so wichtig wäre wie das, was ich jetzt tue.«

Ein Schauer lief ihr über den Rücken. »Hör auf, dich über mich lustig zu machen. Was willst du?«

Sein Blick war so direkt und ehrlich, dass Hannah den Kopf sinken ließ. »Diese Kirschen sind reif«, sagte sie, ohne aufzublicken. »Möchtest du welche?«

Zögernd hob sie den Kopf und hielt ihm eine Handvoll Kirschen hin.

Seine Finger glitten über die Früchte und strichen über ihr Handgelenk.

»Ich bringe dich zum Zittern, Geht-Voran.«

»Du lenkst mich von meiner Arbeit ab, sonst nichts.«

»Das ist nicht die erste Lüge, die ich von dir höre, aber sie tut weh.«

Sie hätte zurückweichen können, aber sie blieb stehen und ließ es zu, dass er ihr Handgelenk streichelte.

Lächelnd sagte er: »Du bist gestern Abend vor mir davon gelaufen.«

»Ich war müde.«

Wie seltsam, dass Dinge wahr und falsch zugleich sein konnten. Hannah dachte, er würde jetzt gehen, aber er drehte nur den Kopf, um hinausschauen zu können, während er die Kirschen aß. Ein wenig Saft tröpfelte aus seinem Mundwinkel und er wischte ihn mit dem Handrücken ab.

Ohne sie anzublicken, sagte er: »Komm mit mir nach Westen, Geht-Voran. Leb mit mir bei meinem Volk. Bei den Seneca kannst du auch arbeiten.«

Ein keuchender Laut entrang sich ihr, und sie stützte sich mit beiden Händen am Tisch ab.

»Hast du nichts darauf zu erwidern?« Jetzt beobachtete er sie wieder, leidenschaftslos, als ob sie über das Wetter geredet hätten und er von ihr eine Antwort auf die Frage erwartete, ob es regnen würde.

»Ich soll mit dir in den Westen kommen, weil die Seneca eine Heilerin brauchen.« Es war mehr eine Feststellung als eine Frage.

Er lächelte und zeigte seine Grübchen, die ihn wie einen Jungen erscheinen ließen. »Früher hätten unsere Mütter das für uns geregelt«, sagte er, »aber jetzt müssen wir selber handeln. Hör zu, Geht-Voran. Wenn du mich nehmen willst, werde ich dir ein guter Ehemann sein. Wir werden Seite an Seite zusammenstehen und beim Wahren Volk leben.«

Eine unerwünschte Erinnerung kam Hannah in den Sinn. Vor langer Zeit hatte sie als Mädchen mitten im Winter genau an der gleichen Stelle gestanden, mit Liam Kirby. Er hatte sie genauso angesehen, wie Stößt-an-den-Himmel sie jetzt ansah, und er hatte ein Versprechen von ihr verlangt, das sie ihm nicht geben konnte.

Sie sah ihn immer noch vor sich, den Schnee auf seinen leuchtend roten Haaren, wo sie unter der Mütze vorlugten, seine blasse Haut, durch die sie das Blut in den Adern an seinen Schläfen pulsieren sah.

Für mich bist du weiß. Das hatte er zu ihr gesagt, und damit hatte er die erste Barriere zwischen ihnen errichtet. Die erste von vielen Barrieren, obwohl ihr das damals noch nicht klar gewesen war. Als sie ein Kind war, hatte Liam zu ihrem Leben gehört wie der Berg. Aber jetzt war er fort, für immer.

An diesem Tag hätte sie ihn am liebsten geschlagen und ihn angeschrieen: *Ich bin nicht weiß!* Aber das konnte sie nicht sagen, weil es nur zur Hälfte stimmte. Sie war weiß und sie war rot, sie war alles und nichts dazwischen. Damals jedoch war sie ein Mädchen gewesen, und jetzt war sie eine Frau und wusste bessere Worte, die auszusprechen sie keine Angst hatte.

»Meine Leute sind das Wahre Volk«, sagte sie zu Stößt-an-den-Himmel. »Meine ganze Familie, die Weißen und die Mohawk sind das Wahre Volk.«

Er blickte sie. »Ja, du hast Recht. Deine Leute sind das Wahre Volk. Es war richtig von dir, mich zu korrigieren.«

Dass er das so einfach zugab, überraschte sie, und im Moment fiel ihr keine Antwort ein.

Stößt-an-den-Himmel fuhr fort: »In meinem Dorf hätten wir Zeit. Wir würden jeden Abend mit den anderen am großen Feuer tanzen. Wir würden tanzen mit deinem Schal in den Händen, und eines Abends, wenn du bereit wärst, würdest du mir den Schal um die Schultern legen. Und dann würde ich das Feuer meiner Mutter verlassen und mit dir in deinem Langhaus leben.«

Er trat nicht näher, aber Hannah spürte ihn, seine Stärke, seine Willenskraft, die genauso stark war wie ihre eigene.

Ein guter Mann, würde ihr Onkel sagen, wenn sie ihn fragte. *Er war der Schwester meiner Frau ein guter Ehemann. Jede Frau kann froh über einen solchen Mann sein.*

»Ist deine erste Ehe mit Großer Frau so arrangiert worden?«

Kurz flackerte Trauer in seinem Blick auf, als sie den Namen der Frau aussprach, die vor drei Jahren gestorben war. Es ist gut, dachte sie, dass sein Herz so aufrichtig ist. Einen Augenblick lang überlegte sie, ob ihr Onkel wohl mit Stößt-an-den-Himmel über sie gesprochen hatte. Ob er seinen Freund beiseite genommen und zu ihm gesagt hatte: *Die Tochter meiner Schwester ist eine gute Frau*, oder: *Es ist an der Zeit, dass du dir wieder eine Frau nimmst.*

»Nein«, erwiderte Stößt-an-den-Himmel. »Die Leute im Dorf waren krank und viele der Ältesten und Jüngsten sind gestorben. Ihre Mutter starb drei Tage nach meiner. Es war nicht die richtige Zeit, um zu tanzen.« Er schwieg, blickte sie aber unverwandt an. »Große Frau kam in der Nacht zu mir, um mir Trost zu schenken und sich trösten zu lassen.«

Eine Weile schwiegen sie.

Schließlich sagte Hannah: »Im Westen ist Krieg.«

»Ja. Aber hier herrscht auch eine Art von Krieg. Du kämpfst jeden Tag, und in ein paar Minuten wirst du schon wieder anfangen zu kämpfen.«

Ein Bild ging ihr durch den Kopf. Das Gesicht der Witwe Kuick, vor Abscheu verzerrt. Ihr Sohn, mit fiebrigen Augen, vom Verlust gezeichnet.

Soll ich Eure Frau rufen?, hatte sie ihn gefragt.

Ich habe keine Frau, hatte er geantwortet.

»Warum hast du Große Frau zu dir kommen lassen?«, fragte sie.

Stößt-an-den-Himmel blickte sie verständnislos an. »Es war ihre Entscheidung, Geht-Voran. Genau so, wie es jetzt deine ist.«

Ganz langsam erwiderte sie: »Wir müssen den alten Weg nicht völlig verlassen. Du könntest mit mir bei meinem Volk leben.«

Er erstarrte, und Hannah hatte auf einmal Angst, dass er sich umdrehen und weggehen würde. Aber sie konnte die Worte nicht mehr zurücknehmen. Sie entsprachen der Wahrheit, und sie schämte sich ihrer nicht.

Stößt-an-den-Himmel erwiderte: »Ich muss zu meinem Volk zurück gehen.«

Hannah wurde es ein wenig schwindlig. Sie schwankte und hielt sich am Tisch fest. »Ich werde nicht versuchen, dich zu etwas anderem zu überreden.«

»Geht-Voran«, drängte er, »mach keinen Fehler. Die Entscheidung liegt zwar bei dir, aber du musst sie auch treffen.«

Hannah blickte ihm in die Augen. »Ich bin noch nicht bereit, mich zu entscheiden.«

Stößt-an-den-Himmel trat auf sie zu und ergriff ihre Hand. Sein Atem kam in raschen Stößen.

»Jetzt bist du noch nicht bereit, dich zu entscheiden, Geht-Voran«, sagte er. »Aber bald.«

Als er seine Hand wegziehen wollte, hielt sie sie fest. Sie erwiderte. »Manchmal wirst du mich Hannah nennen, weil auch das mein Name ist.«

»Manchmal werde ich dich Hannah nennen.« Er lächelte. »Aber die meiste Zeit werde ich dich hoffentlich meine Frau nennen.«

Es war eine große Erleichterung, dass Daniel wieder da war, und doch hatten Lily und er so viele Sorgen, dass sie sie auch zu zweit kaum bewältigen konnten.

Er hatte sofort einen Bericht über Jemima Kuick verlangt, und als sie ihm die Wahrheit sagte – Jemima schien die ganze Angelegenheit am Adlerfelsen vergessen zu haben –, blickte er sie an, als seien ihr plötzlich Hörner gewachsen.

»Du hast wahrscheinlich die ganze Zeit über die Nase nur in deinen Zeichenblock gesteckt und nicht aufgepasst.« Ihm stiegen die Tränen in die Augen und Lily erkannte, dass er sich große Sorgen machte.

Gemeinsam gingen sie zu Hannah. Sie packte gerade alles zusammen, was sie ins Dorf mitnehmen musste.

Hannah warf Daniel einen Blick zu.

»Kannst du mir bitte die Tücher reichen? Seid ihr zwei gekommen, um mich nach Eulalia Wilde zu fragen?«

Lily wollte bestimmt nichts mehr über Eulalia hören, die ihre Freundin gewesen und jetzt so plötzlich ins Schattenland gegangen war. Einen Arm zu verlieren kam ihr jetzt gar nicht mehr so schlimm vor; dann hätte sie trotzdem noch auf der Obstplantage arbeiten und mit Martin Gathercole tanzen können, der jetzt eine andere heiraten musste.

580

»Ihr Bruder hat jetzt niemanden mehr, der für ihn sorgt«, erwiderte Daniel.

Hannah legte das weg, was sie gerade in der Hand hatte, und umarmte Daniel. Er war nicht viel kleiner als sie, aber er legte den Kopf an ihre Schulter und ließ sich von ihr trösten.

Schließlich sagte Hannah: »Du brauchst dir keine Sorgen wegen mir zu machen, Daniel. Ich bin vorsichtig.«

Lily warf ein: »Wie kannst du vorsichtig sein, wenn überall, wo du hingehst, die Leute krank sind?«

»Das ist nicht so eine Krankheit wie letzten Sommer.«

»Nein, es ist keine Halsbräune, das hat Ma uns auch schon gesagt. Aber es könnte genauso schlimm werden.«

Was sie eigentlich sagen wollten, war: *Wie viele werden sterben, werde auch ich sterben? Was ist, wenn wir alle krank werden? Warum kannst du nicht einfach hier bei uns bleiben?*

Hannah verstand sie, wie immer. Sie setzte sich auf ihr Bett und zog ihre Geschwister neben sich.

»Ein paar werden sterben«, erklärte sie. »Wie viele, hängt davon ab, wie schnell sich die Krankheit ausbreitet und wie heftig sie wird.«

»Unsere Mutter hat Angst. Wegen Robbie.« Daniel sprach den Namen ihres kleinen Bruders selten aus, und Lily wusste, wie schwer es ihm fiel.

»Natürlich«, erwiderte Hannah. »Es ist ja auch erst ein knappes Jahr her, seit wir ihn verloren haben. Ich glaube, wir haben alle Angst. Das zeugt nur von gesundem Menschenverstand, solange man sich von seiner Angst nicht überwältigen lässt.«

Hannah hatte die halbe Nacht über ihren Büchern und Aufzeichnungen gesessen und nach irgendeinem Anhaltspunkt gesucht, wie man mit der Krankheit fertig werden oder sie aufhalten konnte. Sie hatte jedoch nichts gefunden, was sie nicht schon wusste, und ihr blieb nur, die anderen zu beruhigen, das Fieber zu senken und Trost zuzusprechen. Sie zweifelte nicht daran, dass einige am Scharlach sterben würden, vor allem Kinder, und sie konnte nicht versprechen, dass in Lake in the Clouds keiner krank werden würde, auch nicht, wenn sie sich vom Dorf fern hielten.

Lily seufzte, als ob Hannah dies alles laut ausgesprochen hätte.

Als Lily und Daniel heraus kamen, stand Stößt-an-den-Himmel auf der Veranda. Er hatte Kirschen gegessen und sein Mund war mit rotem Saft beschmiert.

»Du musst sie davon abbringen, ins Dorf zu gehen«, sagte Daniel zu ihm.

Lily schubste ihren Bruder. »Du weißt, dass das nichts nützt, warum sagst du so etwas?«

Daniel warf ihr einen finsteren Blick zu, antwortete aber nicht. Er sagte zu Stößt-an-den-Himmel: »Wir dürfen nicht mit ihr gehen wegen der Krankheit.«

»Ich passe auf eure Schwester auf, wenn ihr es nicht könnt«, erwiderte Stößt-an-den-Himmel.

»Das wird ihr nicht gefallen«, meinte Lily.

»Wenn ich du wäre, würde ich Abstand von ihr halten«, fügte Daniel hinzu.

Stößt-an-den-Himmel blickte sie lächelnd an und Daniel hatte auf einmal das Gefühl, dass mehr dahinter steckte.

»Seid ihr beiden euch einig?«

»Noch nicht«, erwiderte Stößt-an-den-Himmel. »Aber bald.«

»Sie hat im Moment sicher nicht viel Zeit für dich«, sagte Lily.

»Wir haben noch viele Jahre vor uns, da spielen ein paar Tage mehr oder weniger keine Rolle.«

Da Daniel noch Pflichten zu erledigen hatte, trollte er sich zögernd, vielleicht auch, dachte Lily, weil er genau wusste, dass sie vorhatte, Stößt-an-den-Himmel genauere Fragen über sein weiteres Vorgehen hinsichtlich ihrer Schwester zu stellen. Sie wollte gerade damit beginnen, als Joshua Hench auf die Lichtung geritten kam. Lily sah ihm sofort an, dass irgendetwas nicht in Ordnung war.

Hannah kam vor die Hütte gelaufen.

»Der Doktor schickt mich. Die deutsche Amme hat Scharlach und der Säugling auch. Es hat sie schlimm erwischt, und ob Ihr sofort kommen könntet? Ihr könnt mit mir reiten, dann geht es schneller.«

Ohne zu zögern schwang sich Hannah auf den Pferderücken hinter Joshua Hench. Stößt-an-den-Himmel reichte ihr ihre Tasche und ihren Korb.

Lily hatte das Gefühl, dass sie ihn auf ganz besondere Weise ansah, und auf einmal bekam sie schreckliche Angst.

»Meine Schwester ist nicht sicher, ob sie jemals wieder nach Hause kommt«, sagte sie, als Hannah mit Joshua weggeritten war.

Stößt-an-den-Himmel legte ihr die Hand auf die Schulter. »Dafür sorge ich schon«, erwiderte er. »Das kann ich dir versprechen.«

»Ich habe alles getan, was Dr. Todd mir gesagt hat«, erklärte Dolly Smythe Hannah. »Aber es hat nichts genützt. Ach, ich wünschte, Curiosity käme endlich wieder nach Hause. Wie soll ich es denn Mrs. Todd beibringen?«

Sie standen in der kleinen Kammer neben dem Kinderzimmer, wo die Amme, Esther, geschlafen hatte. Ein launisches Mädchen, nicht besonders freundlich, war Kittys Meinung gewesen. Aber Esther hatte auch keinen Grund dazu gehabt. Sie hatte ihren Mann und ihr Kind auf der Überfahrt verloren.

Hannah setzte sich mit dem Säugling in den Armen hin. Auf dem winzigen, mit Ausschlag bedeckten Gesicht zeigte sich keine Reaktion. Sie musste auf jeden Fall das Fieber senken.

»Mach dir keine Gedanken wegen Kitty. Ich werde mit ihr sprechen. Erzähl mir noch einmal genau, was passiert ist.«

Die Geschichte war rasch erzählt. Esther war in einen fiebrigen, unruhigen Schlaf gefallen, aus dem sie plötzlich mit heftigen Kopfschmerzen erwacht war. Sie fasste sich mit beiden Händen an den Kopf, und dann sank sie auf das Kissen zurück und war tot. Das Ganze war vor einer halben Stunde passiert.

Der Arzt hatte auch noch andere Nachrichten hinterlassen, die

Dolly atemlos berichtete. Währenddessen träufelte Hannah dem Kind Wasser auf die erdbeerrote Zunge und sah befriedigt, dass es schluckte.

Das war ein gutes Zeichen. Eine weitere gute Nachricht war, dass keiner der Scharlachfälle im Dorf – zwölf insgesamt – so schlimm war wie diese beiden im Haus des Arztes, mit Ausnahme von Isaiah Kuick. Dr. Todd war im Moment gerade bei Molly LeBlanc, die an Kindbettfieber litt, und danach wollte er zu Isaac Cameron gehen, der anscheinend eine Blutvergiftung hatte.

»Ist denn Blutvergiftung ansteckend?« fragte Dolly. »Gestern die arme Eulalia und jetzt Mr. Cameron?«

»Nein, das ist ein Zufall«, erwiderte Hannah leise. Der Gedanke war ihr selber schon gekommen, aber sie wollte jetzt nichts dazu sagen. Sie hatten mit dem Scharlach genug zu tun.

»Der Doktor hat gemeint, du solltest direkt zu den Kuicks gehen, wenn du hier fertig bist.« Noch ehe sich Hannah erstaunt darüber äußern konnte – sie war bestimmt die letzte Person, die die Witwe sehen wollte –, hatte Dolly sich bereits abgewandt.

»Wenn du mich für ein Weilchen entschuldigen würdest ...« Zögernd warf sie einen Blick auf das Kind. Offenbar glaubte sie nicht, dass die kleine Meg überleben würde. Das war Hannah schon häufig begegnet: eine Frau, die sich von den Lebenden abwendete, um sich den Schmerz eines weiteren Verlustes zu ersparen.

»Ich muss sie in kaltem Wasser baden, und dann bringe ich sie dir in die Küche, bevor ich gehe. Schläft Mrs. Todd noch?«

»Nein, ich bin hier«, ertönte Kittys ungeduldige Stimme von der Tür her. Sie drängte sich an Dolly vorbei und blieb vor dem Bett stehen. Einen Moment lang betrachtete sie die Leiche der Amme, dann fasste sie sich mit der Hand an den Hals.

»Dolly, sag Anna Hauptmann oder einer der anderen Frauen Bescheid, damit sie sie aufbahren. Und bitte Bump, noch ein weiteres Grab auszuheben. Ich hoffe, Elizabeth kann genug Deutsch, um der Familie des armen Mädchens zu schreiben.« Sie hob den

Kopf und streckte die Arme nach Meg aus. »Ich kann sie auch pflegen, wenn du mir sagst, was sie braucht.«

»Kitty ...«, begann Hannah langsam, und Dolly warf leise ein: »Der Doktor hat gesagt ...«

Hannah hatte Kitty bisher selten so wütend erlebt. »Wenn mein Gatte irgendwelche Einwände hat, so werde ich das selber mit ihm besprechen, wenn er nach Hause kommt. Und jetzt gib mir das Kind, damit ich es pflegen kann. Und sag nichts über meine eigene Gesundheit, Hannah. Ich habe mich nie im Leben besser gefühlt.«

Sie hatte hochrote Flecken auf beiden Wangen, aber der Ausdruck in ihren Augen veranlasste Hannah zu schweigen.

Sie nickte. »Wir gehen in dein Zimmer und ich sage dir, was du tun musst.«

»Nein«, erwiderte Kitty und drückte das Kind an sich. »Überlass alles mir. Du hast noch weitere Besuche zu erledigen. Ich habe gehört, dass Mr. Kuick von dir persönlich gepflegt werden möchte.«

Dieses Mal war Cookie in der Küche. Hannah freute sich, sie zu sehen, zumal sie ihr sagte, dass Jemima gar nicht da war.

»Sie ist entweder im Büro oder in der Mühle«, meinte Cookie trocken. »Sie versucht, die Stelle des Aufsehers einzunehmen.« Dabei verzog sie die Mundwinkel zu einem süßsauren Lächeln.

»Und Mr. Kuick?«

Cookie zögerte. »Becca ist gerade bei ihm. Es geht ihm sehr schlecht, aber das werdet Ihr ja selber sehen.«

»Der Doktor hat gesagt, er hat nach mir gefragt.«

»Ja. Weiß der Himmel, warum.«

»Und seine Mutter?«

Cookie lächelte. »Über die Witwe braucht Ihr Euch keine Gedanken zu machen, sie ist so voll mit Laudanum, dass es ihr noch nicht einmal etwas ausmachen würde, wenn ein Indianer direkt neben ihr im Bett läge.«

Becca war so erleichtert, als Hannah ins Krankenzimmer trat, dass es ihr fast schon Leid tat, sich so lange Zeit gelassen zu haben.

»Es geht ihm ein bisschen besser«, flüsterte sie. »Zumindest kommt es mir so vor, als sei das Fieber etwas gesunken. Er hat schon wieder die Laken durchgeschwitzt, ich muss neue holen.« Rasch verließ sie das Zimmer.

Vom Bett aus sagte Isaiah Kuick: »Miss Bonner, ich danke Euch sehr, dass Ihr gekommen seid.« Seine Stimme war heiser und rau vom Fieber, aber er gab sich Mühe, sie anzulächeln.

Hannah setzte sich auf einen Stuhl neben dem Bett. Jemima Kuicks Mann hatte Schüttelfrost, seine Haare waren nass geschwitzt und seine Stirn glühte.

»Ich wusste gar nicht, dass ein Mensch so hohes Fieber bekommen kann«, krächzte er, wobei er pfeifend ausatmete. Doppelseitige Lungenentzündung hatte Richard Todd diagnostiziert, und Hannah wusste, was sie zu hören bekäme, wenn sie ihm den Brustkorb abhorchte.

»Ihr solltet besser nicht sprechen«, sagte sie und wischte ihm mit einem feuchten Lappen über die Stirn.

»Nicht sprechen?« Er blickte sie an. »Aber ich muss mit Euch sprechen, Miss Bonner. Ich habe Euch hierher gebeten, damit ihr mir die Beichte abnehmt. Ihr seid doch Katholikin, nicht wahr? Die Katholiken glauben doch, dass die Beichte der Seele gut tut.«

Erstaunt sah Hannah ihn an.

»Ich bin von einem katholischen Priester getauft worden«, sagte sie. »Aber ich habe den Glauben nie praktiziert. Was kann ich für Euch tun ...«

»Ihr könnt gar nichts für mich tun«, unterbrach er sie flüsternd. »Heute Abend bin ich tot, oder vielleicht auch schon früher, wenn Gott mir gnädig ist.«

Hannah wischte ihm mit dem feuchten Lappen über den Nacken und musterte sein Gesicht. Die rot geränderten Augen waren von dem Flüssigkeitsverlust schon tief eingesunken. Sie gab ihm einen Schluck Wasser und wandte sich zu ihrer Tasche, um die Dinge herauszuholen, die sie brauchte.

»Was tut Ihr da?«

»Ich koche Euch einen Tee, der Euch etwas Erleichterung verschafft.«

»Ihr braucht Eure Medizinen nicht an mich zu verschwenden, Miss Bonner.«

Hannah setzte sich wieder, schüttelte aber der Kopf: »Ich werde hier nicht müßig herumsitzen und Euch beim Sterben zuschauen, Mr. Kuick. Wenn Ihr Euch nicht von mir behandeln lassen wollt, muss ich woanders hingehen. Im Dorf gibt es viele Kranke, vielleicht habt Ihr das nur nicht gewusst.«

Er blickte sie an, und dann verdrehten sich auf einmal seine Augen, und er begann zu zucken.

Fieberkrämpfe waren nichts Ungewöhnliches, aber Hannah hatte noch nie damit zu tun gehabt. Als der Anfall vorbei war, war auch sie in Schweiß gebadet.

Er fiel in einen so tiefen Schlaf, dass sie sich erst einmal davon überzeugen musste, dass er überhaupt noch lebte. Danach saß sie bei ihm und beobachtete, wie sich seine Brust hob und senkte.

Als Becca schließlich mit der frischen Bettwäsche zurück kam, bezogen die beiden Frauen schweigend das Bett neu.

Ganz unerwartet kam Isaiah Kuick wieder zu sich. Er sagte: »Becca, du gehst jetzt am besten zu meiner Mutter. Ich muss mit Miss Bonner etwas besprechen. – Wie viele sind im Dorf krank?«, erkundigte er sich.

Hannah musterte ihn einen Moment lang. Er war kein robuster Mann, aber doch ziemlich gesund; wenn ihn keine Lungenentzündung heimgesucht hätte, dann wäre ihm durchaus eine Chance geblieben, den Scharlach zu überstehen.

»Zwölf haben Scharlach«, sagte sie. »Aber es gibt auch noch andere Patienten. Hier, trinkt jetzt etwas hiervon.«

Sie hob seinen Kopf, damit er den dünnen Tee trinken konnte. Als er fertig war, wischte er sich den Mund mit dem Handrücken ab und verzog das Gesicht. »Scheußliches Zeug.«

»Aber es wirkt, meistens jedenfalls.«

»Da ich Euren Tee getrunken habe – hört Ihr jetzt meine Beichte an?«

»Ihr solltet Euch nicht überanstrengen«, erwiderte Hannah. »Ihr braucht all Eure Kraft, um das Fieber zu bekämpfen.«

Er griff nach ihrem Handgelenk. »Was ich brauche ist nur, dass Ihr mir zuhört. Es ist in Eurem eigenen Interesse, Miss Bonner. Wollt Ihr mir meinen letzten Wunsch nicht erfüllen?«

Hannah dachte schon, er sei wieder eingeschlafen, als er plötzlich weitersprach. »Ihr wisst, dass meine Frau Euch fürchtet wie niemanden sonst.«

Hannah nickte. »Ich würde sagen, sie hasst mich. Ja, das weiß ich.«

»Hütet Euch vor ihr, Miss Bonner. Wenn ich erst einmal tot bin, kann sie niemand mehr zurückhalten. Ich fürchte, sie hat bereits begonnen.«

»Womit begonnen? Ich verstehe Euch nicht.«

»Heute früh hat sie Becca mit zwei Briefen in den Ort geschickt, die nach Johnstown gebracht werden sollen. Adressiert an den Richter und den Landrat. Wahrscheinlich haben sie die Briefe morgen schon.«

Hannah lehnte sich überrascht zurück.

»Becca war mir eine gute Freundin«, fuhr er fort. »Manchmal hat sie mir Geschichten von ihrer Familie und von einer Großmutter erzählt, deren Namen ich immer vergesse ...«

»Sie haben sie Froma Anje genannt«, warf Hannah ein.

»Ja. Becca konnte sich glücklich schätzen, eine solche Familie zu haben.«

»Das kann sie immer noch«, sagte Hannah.

»Becca ist eine gute Seele.« Sein Atem kam pfeifend und Hannah half ihm, sich aufzurichten.

»Ihr wolltet von den Briefen sprechen ...«

Er nickte. »Ich weiß nicht, was sie geschrieben hat, aber ich befürchte, dass sie Euch Probleme machen will.«

»Aber was ...?«

»Lasst mich ausreden, ich weiß nicht, wie lange ich noch die

Kraft dazu aufbringe. Ihr habt gehört, dass die Geldkassette gestohlen worden ist. Wenn ich tot bin, wird Jemima hier mit meiner Mutter sitzen, ohne eine Möglichkeit zu haben, ihr zu entfliehen.« Auf seinem Gesicht zeichnete sich leise Schadenfreude ab. »Ihr versteht also, wie verzweifelt ihre Lage ist.«

»Sie bekommt ein Kind«, sagte Hannah. »Euer Kind.«

Er wandte sich ab. Als er weitersprach, war seine Stimme ganz leise.

»Ihr wisst nur das Schlimmste von Ambrose Dye«, sagte er, »und habt wohl keinen Grund, mir zu glauben, aber früher einmal war er nicht so hartherzig.«

Wieder schwieg er. Schließlich meinte Hannah: »Er war Euer Freund.«

Isaiah lachte rau auf. »Ja, das war er. Hört mir jetzt zu. Was mit Reuben passiert ist, war meine Schuld und ich muss die Verantwortung dafür übernehmen, bevor ich sterbe.«

Er blickte sie an, als hoffe er, von ihr Verzeihung zu erlangen, aber das konnte sie ihm nicht gewähren.

»Fahrt fort«, sagte sie leise.

Er holte tief Luft. »Ambrose hatte einen Wutanfall. Er warf den Sack nach dem Jungen und ...« Er drückte die Hand auf die Augen.

»Es ist alles so schnell geschehen – das soll keine Entschuldigung sein. Es gibt keine Entschuldigung dafür«, fügte er erschöpft hinzu. »Und ich habe es nur noch schlimmer gemacht. Ich hätte den Wachtmeister rufen sollen, schließlich war es ein Unfall. Aber ich hatte Angst.«

Hannah saß da wie erstarrt, während er weinte wie ein müdes Kind.

Schließlich fuhr er fort: »Ihr glaubt sicher, ich hätte mir Sorgen um Ambrose gemacht, aber ich habe mich nur um mich gesorgt. Immer nur um mich.«

Er setzte sich auf und wies auf eine kleine Elfenbeinschachtel, die auf der Kommode stand. »Darin liegt ein Brief, den ich am Tag von Reubens Beerdigung geschrieben habe.«

»Was steht in diesem Brief?«

»Vieles, aber das Wichtigste ist dies: Welche Strafe auch immer Ambrose zuteil geworden ist, er hat sie verdient. Niemand sollte dafür hängen.«

»Hängen«, wiederholte Hannah. »Ihr glaubt, Jemima würde ...«

»Wahrscheinlich nicht«, erwiderte er und sank in die Kissen zurück. »Sie würde so viel Kapital nicht einfach weg werfen, noch nicht einmal, um sich an Euch zu rächen. Miss Bonner, ich fühle mich sehr schwach, deshalb hört bitte zu. Ich habe Cookie und den anderen großes Unrecht getan, aber so kann ich es vielleicht ein wenig wieder gut machen, zumindest in ihren Augen. Es darf keinem von ihnen etwas geschehen. Sollte es dazu kommen, so werdet Ihr den Brief verwenden, versprecht Ihr mir das?«

»Ja.« Hannah nickte. »Wenn es sein muss, werde ich ihn verwenden.«

Es gab vieles, was sie nicht verstand, aber sie sah auch, dass ihm nicht mehr viel Zeit blieb. Er zog sie am Handgelenk näher zu sich heran.

»Ihr habt mich gar nicht gefragt, warum ich gerade Euch darum bitte«, flüsterte er. »Cookie war nicht die Einzige, der von Ambrose Dye Unrecht getan wurde. Wenn ich mich nicht irre, werdet Ihr es bald genug herausfinden.«

Der Brief bestand aus zwei gefalteten Briefbögen mit einem Wachssiegel, unter das er in seiner sauberen Handschrift geschrieben hatte:

Ich, Isaiah Simple Kuick, gesund an Geist und Körper, schwöre hiermit bei dem Allmächtigen Gott und allem, was heilig ist, dass das hier Geschriebene wahr ist. Zeugin ist Rebecca Kaes aus Paradise am 24. Tag des April 1802.

Neben seinem Namen hatte Becca mit ihrer runden Handschrift unterschrieben.

Als Hannah eine Stunde später Isaiahs Zimmer mit dem ungeöffneten Brief in der Tasche verließ, war ihr Patient in einen so tiefen Schlaf gefallen, dass Hannah Becca beiseite nahm und sie darauf vorbereitete, dass er bald sterben könne.

Beccas Augen füllten sich mit Tränen, und Hannahs Herz flog dem Mädchen zu, das einen Weg gefunden hatte, diesem schwierigen und gequälten Mann Freundin und Trost zu sein.

»Soll ich die Witwe wecken?« Sie zupfte nervös an ihrem Ärmel. »Sie will doch bestimmt Abschied von ihm nehmen, oder nicht?«

»Tu das, was du für richtig hältst«, erwiderte Hannah. »Aber ich wäre überrascht, wenn er noch einmal aufwacht. Wenn du weißt, wo seine Frau ist ...« Sie brach ab.

Becca blinzelte sie verwirrt an, als hätte sie ganz vergessen, dass ihr Herr ja verheiratet war.

»Seine Frau, Jemima«, fuhr Hannah fort. »Jemima sollte bei ihm sein.«

Becca nickte und ging wieder ins Haus zurück.

42 Ein Sommergewitter entlud sich über Paradise. Warmer, sanfter Regen wusch den Staub von den Blättern der Apfelbäume in Nicholas Wildes Obstplantage und ergoss sich über die Trauernden, die um das Grab seiner Schwester versammelt waren. Der Regen verwandelte alle Pfade in Schlammbäche und im ganzen Dorf wurden die Türen, die im Sommer normalerweise offen standen, geschlossen. Selbst nachsichtige Mütter ließen ihre Kinder nicht zum Spielen hinaus.

In den Hütten, in denen es bereits Scharlachfälle gab, machten Hannah und Dr. Todd tägliche Besuche. Als sich am dritten Tag herausstellte, wer überleben würde und wer nicht, teilten sie sich die Besuche auf.

Die LeBlancs hatte es am schlimmsten erwischt. Die neugeborene Tochter war am zweiten Tag gestorben, und Molly war in ein Delirium gefallen, das kein Ende zu nehmen schien. Die Hütte war erfüllt vom Gestank des Kindbettfiebers, und die Jungen – selbst die beiden Jüngsten, die Scharlach hatten – hielt es nicht drinnen, trotz der Drohungen, die ihre Großmutter ausstieß.

Ein feiner Nebel lag über dem Ort, und Elizabeth kam es so vor, als sei ein Zauber ausgesprochen worden, der das Dorf vom Berg trennte. Neuigkeiten erfuhren sie nur, wenn Hannah ab und zu einmal vorbeischaute. Von Hannah hörten sie auch die Namen der Toten: Isaiah Kuick, Esther Greber, Prudence Ratz, Isaac Cameron.

Lily folgte Elizabeth auf Schritt und Tritt, redete, zeichnete und ließ sich klaglos in Rechnen und Geschichte unterrichten. Sie übte sogar Stricken und tat so, als machte es ihr Freude, aber sie konnte ihre Mutter mit nichts erreichen – Elizabeth ging wie eine Schlafwandlerin durch ihre Tage. Viele Tauben tröstete Lily.

»Dein kleiner Bruder liegt ihr im Moment schwer auf der Seele«, sagte sie. »Sie weiß nicht, wohin mit ihrem Kummer und deshalb ist sie so in sich gekehrt.«

»Geht es ihr denn wieder besser, wenn die Epidemie vorbei ist?«, fragte Lily besorgt.

»Nein«, erwiderte Viele Tauben und blickte Lily an. »Das wird nur ein neuer Anfang sein.«

Nathaniel nutzte die regnerischen Tage, um Werkzeuge zu reparieren und einen neuen Strickrahmen für Viele Tauben zu bauen. Dabei beobachtete er voller Sorge seine Frau und seine Tochter.

Nachts hielt er Elizabeth, die nicht schlafen konnte, im Arm. Sie unterhielten sich über belanglose Dinge, und wenn er versuchte, über das Wesentliche mit ihr zu sprechen, wies sie ihn ab.

»Eine Quarantäne ist nichts Ungewöhnliches, Nathaniel«, sagte sie. »Es ist einfach vernünftig.«

»Weißt du, Stiefelchen«, erwiderte er, »es macht es nicht wahrer, dass du es vernünftig nennst.«

Sie setzte sich auf, und als er ihr über den Rücken streichen wollte, wich sie ihm aus.

»Ein für allemal«, entgegnete sie fest. »Nach dem, was Hannah uns erzählt hat, ist die Epidemie nicht besonders schlimm. Noch ein paar Tage, und wir können unser normales Leben wieder führen.«

»Warum schickst du dann die Kinder ins Bett, wenn Hannah nach Hause kommt?«, fragte Nathaniel. »Du weißt doch, dass sie gar nicht erst zu uns kommen würde, wenn sie es für gefährlich hielte.«

»Das ist nur eine Vorsichtsmaßnahme«, erwiderte Elizabeth.

Am Morgen des vierten Tages schien die Sonne wieder, und Jed McGarrity kam auf den Berg. Nathaniel trat ihm entgegen und begrüßte ihn mit dem sicheren Gefühl, der Mann wolle ihnen sagen, dass auch Hannah Scharlach habe. Als er jedoch sein lächelndes Gesicht sah, atmete er erleichtert auf.

»Gibt es Neuigkeiten, Jed, oder machst du nur einen Spaziergang?«

»Es gibt Neuigkeiten«, erwiderte Jed, »aber du holst am besten Falkenauge und Läuft-vor-Bären-davon, damit ich die Geschichte nur einmal erzählen muss.«

»Gestern Abend ist ein Bote aus Johnstown gekommen«, begann Jed, als sich alle um den Tisch versammelt hatten. »Mit einer Nachricht vom Kreisrichter.«

Erstaunt blickten die Männer sich an, dann sagte Falkenauge: »Es ist doch noch gar nicht an der Zeit, dass O'Brien hierher kommt, oder? Was will er, Jed?«

McGarrity hatte ein langes Gesicht, das immer ein wenig besorgt wirkte, selbst wenn er lächelte. Ein echter Schotte eben.

»Das wird euch nicht gefallen«, antwortete er jetzt. »Anscheinend hat die Witwe Kuick Klage gegen eure Hannah eingereicht. Er kommt heute im Laufe des Tages und er will sie erst verhören, bevor Anklage erhoben wird.«

Elizabeth keuchte leise auf. Sie stand in der Tür und hörte zu.

»Anklage wegen was?«, fragte Falkenauge ruhig wie immer. In seinen Augen jedoch blitzte es gefährlich.

»Das hat er nicht genau gesagt. Aber ich glaube, es hat etwas mit dem Überfall auf die Mühle zu tun.«

»Weil es Indianer waren«, warf Läuft-vor-Bären-davon ein.

»Vermutlich werden wir alle vor Gericht gezerrt. Es spielt wohl keine Rolle, dass wir uns zu dem Zeitpunkt des Überfalls alle in der Postkutschenstation aufgehalten haben.«

»Im Moment geht es nur um Hannah«, sagte Jed. »Versteh mich nicht falsch, Bären, aber ich wollte fragen ...«

»Die Männer in der Mühle waren keine Mohawk«, erwiderte Läuft-vor-Bären-davon. »Ich kann dir nicht sagen, zu welchem Stamm sie gehörten. Aber die Frage ist vernünftig, Jed, du beleidigst mich dadurch nicht.«

»Hat O'Brien dich angewiesen, Hannah in Gewahrsam zu nehmen?«, fragte Nathaniel.

Jed nickte.

»Und was willst du jetzt machen?«

»Nichts«, erwiderte Jed und lehnte sich zurück. »Der Bote hat wahrscheinlich einiges falsch verstanden, jedenfalls werde ich das so darstellen. Hannah rennt die ganze Zeit von einem Krankenbett zum anderen. Und wenn das O'Brien nicht passt, dann sollen sie sich einen anderen Wachtmeister suchen. Ich wollte die Stelle sowieso nie haben.«

Alle schwiegen. Schließlich fragte Läuft-vor-Bären-davon: »Was steckt wohl dahinter, Jed? Was glaubst du?«

McGarrity fuhr sich mit der Hand durch die Haare. »Das habe ich mich selbst die ganze Nacht gefragt. Meiner Meinung nach sieht es so aus, als habe Jemima das in ihrer Wut angezettelt. Die Witwe lässt sich zwar nur zu gerne hineinziehen, aber das ist Jemimas Handschrift. Ich habe nie verstanden, was sie eigentlich gegen eure Hannah hat, aber was auch immer – jetzt ist es endlich zutage getreten.«

In ihrem Zimmer begannen die Kinder flüsternd zu streiten.

Elizabeth rief zu ihnen hinauf: »Lily. Daniel. Ethan. Wenn ihr etwas hören wollt, müsst ihr leise sein. Sonst schicke ich euch zu Viele Tauben.«

Daniels Kopf tauchte über dem Geländer auf. »Entschuldigung, Ma, aber wir können nicht mehr leise sein. Wir müssen dir etwas über Jemima Southern erzählen.«

»Jemima Kuick«, berichtigte ihn Lily, die neben ihrem Bruder stand.

Die Männer blickten einander an, dann sagte Nathaniel: »Kommt herunter und sagt es uns.«

Ethan blieb bei Elizabeth, während die Zwillinge den Männern ihre Geschichte erzählten. Mehr als einmal seufzte Elizabeth auf und blickte ihren Mann an. Wie kam es nur, dass sie nichts davon geahnt hatten, welche Last ihre beiden Jüngsten die ganze Zeit mit sich herumgetragen hatten?

»Lasst mich noch einmal zusammenfassen«, sagte Falkenauge schließlich. »Jemima hat euch gedroht, eurer Schwester etwas anzutun, wenn ihr erzählt, was ihr am Adlerfelsen gesehen habt?«

Sie nickten.

»Und habt ihr es irgendjemandem erzählt?«

»Nein«, erwiderte Lily. »Ich weiß, wir hätten etwas über das unbefugte Eindringen sagen müssen ...«

Falkenauge hob die Hand, um sie zu unterbrechen. »Das interessiert mich im Moment nicht. Ich frage mich nur, was Jemima so aufgebracht hat, wenn ihr doch gar nichts gesagt habt. Der Überfall kann nicht der Grund gewesen sein, es sei denn, Hannah hätte etwas damit zu tun, und wir wissen ja, dass das nicht der Fall ist.«

Elizabeth warf ein: »Es ist der Verlust des Geldes. Es geht ihr nur um das Geld, es hat noch nicht einmal etwas mit Isaiah Kuick zu tun.«

»Mit wem dann?«

Elizabeth zuckte mit den Schultern. »Ich habe irgendwie das Gefühl, dass es mit Liam Kirby zusammenhängt.«

Jed warf den Zwillingen einen unbehaglichen Blick zu. »Sie hat

595

doch aber von Kirby bekommen, was sie wollte.« Er hustete verlegen. »Er könnte sich immer noch hier in der Gegend aufhalten. Hat Hannah etwas darüber gesagt, dass sie ihn gesehen hat?«

»Nein«, erwiderte Elizabeth. »Seit eurem Hochzeitsfest hat Hannah Liam nicht mehr gesehen oder gesprochen, das weiß ich genau. Ich muss mich in Liam geirrt haben. Vermutlich werden wir bald herausfinden, was Jemima dazu bewegt hat, die Klage einzureichen.«

Jed McGarrity erhob sich langsam. »Mir gefällt das alles nicht«, sagte er. »Aber O'Brien ist auf dem Weg hierher, und Hannah wird seine Fragen beantworten müssen. Daran führt kein Weg vorbei. Ach, und bevor ich es vergesse, Mrs. Bonner ... Könnte ich noch kurz unter vier Augen mit Euch sprechen?«

Nathaniel erwartete, dass Elizabeth ihm ein paar Fragen zu Liam Kirby stellen würde. Offenbar ahnte sie schon, was Nathaniel und sein Vater ihr nicht gesagt hatten: Liam versteckte sich wieder auf dem Berg, aber er suchte nicht mehr nach entlaufenen Sklaven, sondern hatte sich mit Manny zusammengetan und sie hatten gemeinsam die Angelegenheit mit Ambrose Dye in die Hand genommen.

Die schwerste Frage, die sie ihm stellen würde, war, warum Manny mit einem Mann zusammenarbeitete, der zumindest teilweise für den Tod seiner Frau verantwortlich war. Aber die Antwort darauf lautete natürlich, dass Liam gar nicht die Verantwortung dafür trug. Er hatte Selah zwar nicht retten können, hatte dafür aber die anderen Sklaven vor ihrem Schicksal bewahrt, indem er auf dem Schiff in Cobbs Gegenwart den Mund gehalten hatte.

Wenn er ihr dies alles erklärte, würde sie sich wahrscheinlich trotzdem ein Gewehr nehmen und sich auf die Suche nach Liam machen. Er konnte nur hoffen, dass es ihm gelänge, ihr die Zusammenhänge verständlich zu machen.

Als er sah, dass Ethan mit blassem Gesicht am Fenster stand, vergaß er jedoch Liam Kirby sofort.

Elizabeth sagte gerade zu ihm: »Es ist deine Entscheidung. Du kannst zu ihr gehen, wenn du willst, aber zu deinem eigenen Besten hoffe ich, dass du hier bleibst.«

»Worum geht es?«

»Kitty hat Scharlach bekommen«, erwiderte Elizabeth. »Richard hat es mir von Mr. McGarrity ausrichten lassen.« An ihrem Gesichtsausdruck erkannte er, was sie offensichtlich vor Ethan nicht aussprechen wollte: Richard fürchtete um ihr Leben und wollte, dass ihr Sohn zu ihr kam.

»Ich bringe dich nach Hause«, sagte Nathaniel zu Ethan.

»Aber ...«, begann Elizabeth.

»Hol deine Sachen und warte auf der Veranda auf mich.«

Als Ethan gegangen war, sagte Nathaniel: »Du gehst zu weit, Elizabeth. Du kannst nicht den Jungen von seiner Mutter fernhalten, wenn sie nach ihm verlangt.«

Ihr Gesicht wurde rot vor Zorn. »Das war nur zu seinem Besten«, erwiderte sie. »Und ich hätte auch Erfolg gehabt, wenn du dich nicht eingemischt hättest.«

Nathaniel zwang sich, tief durchzuatmen. Elizabeth zitterte, als fürchtete sie, er würde die Hand gegen sie erheben.

»Lass mich an seiner Stelle gehen«, sagte sie. »Er ist der Sohn meines Bruders, Nathaniel. Ich kann nicht zulassen, dass er sich einer solchen Gefahr aussetzt.«

»Das hast du nicht zu entscheiden, Stiefelchen«, erwiderte Nathaniel und ging aus dem Zimmer, bevor sie ihm antworten konnte.

Sie lief ihm nach und sah von der Veranda aus tränenüberströmt zu, wie er mit Ethan wegging.

Hannah war schon so lange mit so wenig Schlaf ausgekommen, dass sie nicht überrascht war, als sie feststellte, dass sie kaum noch zu schlafen brauchte. Selbst als Richard ihr befahl, sich ein paar Stunden hinzulegen, konnte sie trotz ihrer Erschöpfung kein Auge zutun.

Oben saß Ethan an Kittys Bett. Er hielt sich schon den ganzen

Tag dort auf, trotz ihrer Fieberkrämpfe und des Deliriums, das die meisten Kinder zu Tode erschreckt hätte. Er blieb, weil Kitty ab und zu ein paar klare Momente hatte, in denen sie ihn erkannte und ein paar Worte zu ihm sagte, bevor sie wieder in ihre Fieberträume versank.

Hannah wollte nach Hause, nach Lake in the Clouds. Sie wollte in den Stall gehen, wo Stößt-an-den-Himmel auf sie wartete, und sie wollte ihn bitten, mit ihr nach Hause zu gehen. Das Bedürfnis war so stark, dass Hannah an die Tür trat, bis ihr auf einmal wieder einfiel, dass sie mit einer sterbenden Frau und einem kleinen Jungen allein im Haus war.

Richard war bei den LeBlancs oder bei den Hindles, und Bump war bei ihm und passte auf ihn auf. Dolly Smythe war ebenfalls zu irgendeiner Familie gegangen, die Pflege brauchte.

Hannah stand an der Tür und blickte auf das Bett, auf dem sie eigentlich jetzt liegen sollte. Eine Maus saß mitten auf dem Küchentisch und knabberte an einem Stückchen Speck. Hannahs Magen knurrte. Sie wusste gar nicht mehr, wann sie zuletzt etwas gegessen hatte.

Auf einmal öffnete sich die Küchentür quietschend, und Curiosity stand auf der Schwelle. Sie blickte auf die Maus auf ihrem Küchentisch und dann zu Hannah. Ihr Gesichtsausdruck zeigte Überraschung und so etwas wie Angst. Curiosity Freeman hatte Angst vor einer Maus. Das musste ein Wachtraum sein. Hannah legte sich auf ihr Bett und schlief auf der Stelle ein.

»Hannah«, sagte Ethan, dicht an ihrem Ohr. »Hannah, wach auf, bitte. Mama fragt nach dir.«

Hannah fuhr so ruckartig auf, dass Ethan zurückwich.

»Ich wollte dich nicht erschrecken«, sagte er. »Aber Mama fragt nach dir, und Curiosity hat gesagt, ich solle dich wecken.«

Hannah rieb sich die Augen.

»Curiosity ist da?«

Er nickte. »Sie ist vor ein paar Stunden gekommen. Sie hat gesagt, ich soll dich schlafen lassen, aber jetzt fragt Mama nach dir.«

»Und Galileo?«, fragte Hannah, als sie zur Treppe gingen.

»Er ist auch da, bei Daisy.« Ethan war nicht mehr so blass und er wirkte so hoffnungsvoll, dass Hannah sich kurz fragte, ob es Kitty vielleicht besser ginge, weil Curiosity nun wieder da war.

»Ich dachte, ich hätte dich geträumt«, sagte sie und stürzte sich in Curiositys Arme. Die Tränen traten ihr in die Augen.

Curiosity hielt sie von sich ab und legte Hannah die Hand auf die Stirn. Mit einem Finger tippte sie ihr aufs Kinn. »Mach den Mund auf.«

Sie musterte Hannahs Zunge und verkündete dann: »Gott sei Dank kein Scharlach, aber sag mir, Kind, wie du die Kranken behandeln willst, wenn du deine eigene Gesundheit so ruinierst.«

»So schlimm ist es nun auch wieder nicht. Curiosity, deine Daisy ...«

Curiosity unterbrach sie. »Ich habe Galileo sofort hin geschickt. Die Kinder sind alle krank und machen Daisy noch ganz verrückt mit ihrem Gejammer, dass sie im Bett liegen müssen.«

»Kitty ...«, begann Hannah, aber Curiosity schüttelte den Kopf.

»Du gehst besser gleich zu ihr«, sagte sie. »Es bleibt nicht mehr viel Zeit.«

Die Gestalt im Bett schien so schmal und leicht, dass sie eher wie die Schwester des kleinen Jungen wirkte, der auf ihrer Bettkante saß. Kitty rang keuchend nach Luft, und Ethan legte ihr leicht die Hand auf die Schulter.

»Mama«, sagte er leise. »Mama, Hannah ist da.«

Kitty öffnete die Augen und holte tief Luft. »Curiosity ist nach Hause gekommen«, flüsterte sie.

»Ja, und Galileo auch«, erwiderte Hannah.

Kitty blinzelte und versuchte weiterzusprechen, aber es kam kein Wort aus ihrem Mund.

»Möchtest du einen Schluck Wasser?«, fragte Hannah, aber Kitty schüttelte den Kopf.

»Hannah«, sagte sie, »ich mache mir Sorgen um Richard.«

Hannah nickte überrascht.

»Wenn ich tot bin, wird Elizabeth Ethan zu sich nehmen wollen, und Richard wird ganz alleine sein.«

Unbehaglich rutschte Hannah auf ihrem Stuhl hin und her. Sie warf Curiosity, die am Fußende des Bettes stand, einen Blick zu.

»Bringst du ihr bitte eine Nachricht?«

»Natürlich«, erwiderte Hannah.

»Ich weiß, dass sie im Moment nicht ins Dorf kommen will, weil alle krank sind ...« Sie schwieg und schluckte krampfhaft. »Aber dies ist so wichtig. Bitte, Hannah, du musst mir versprechen, dass du es ihr begreiflich machst.«

»Ich verspreche es«, erwiderte Hannah.

»Sag ihr, ich möchte, dass Ethan hier bleibt, um bei Richard aufzuwachsen. Mit Curiositys Hilfe. Sie darf ihn Richard nicht wegnehmen. Er würde es nicht ertragen, uns beide auf einmal zu verlieren.«

»Ich sage es ihr«, sagte Hannah. Sie überlegte, wie sie Elizabeth etwas beibringen sollte, was sie selber nicht verstand. Kitty wollte, dass Ethan bei seinem Stiefvater blieb, der weder Zeit noch Interesse an ihm hatte.

Kitty schob ihre Hand auf der Bettdecke Hannah entgegen.

»Du glaubst, er ist herzlos und gefühllos«, sagte sie. »Aber du irrst dich, Hannah, und Elizabeth auch. Er braucht Ethan, und Ethan braucht Richard.«

»Ja. Ich verstehe.«

»Curiosity, du bist meine Zeugin«, flüsterte Kitty.

»Ich gehe jetzt nach Lake in the Clouds, Kitty«, erklärte Hannah fest, »und sage es Elizabeth.«

Kitty schlug wieder die Augen auf. »Kommst du zurück? Versprichst du mir, zurückzukommen? Mir fällt das Sterben leichter, wenn ich weiß, dass du in der Nähe bist.«

»Ich komme heute Abend zurück«, erwiderte Hannah. »Ich verspreche es. Kann ich sonst noch etwas für dich tun?«

Kitty lächelte verträumt. »Nein, ich will nur noch Richard. Ich möchte, dass Richard zu mir kommt.«

»Wenn das Mädchen nicht schon im Sterben läge, würde ich mit ihr schimpfen«, knurrte Curiosity und wischte sich ungeduldig die Tränen von den Wangen. »Macht sich Sorgen darüber, dass Richard Todd einsam sein könnte, während der Junge mit seinem ganzen Kummer auf dem Gesicht daneben sitzt und auf ein paar Worte von ihr wartet. Ich schwöre ...« Ihre Stimme brach, und es dauerte ein paar Sekunden, bis sie die Fassung wieder gewann.

»Hannah, du hast ein Versprechen gegeben, und das musst du auch halten, also machst du dich jetzt am besten auf den Weg. Bring Elizabeth diese wertlose Nachricht.«

»Vielleicht kann ich ja Elizabeth überreden, mit mir hierher zu kommen«, meinte Hannah. »Sie ist die einzige, auf die Kitty hört.«

Curiosity holte tief Luft. »Das wird dir wahrscheinlich nicht gelingen. Elizabeth ängstigt sich vermutlich selber zu Tode. Geh nach Hause und ruh dich eine Stunde lang bei deiner Familie aus. Und iss etwas, das nicht von Mäusen angeknabbert worden ist.« Sie warf einen angeekelten Blick auf den Küchentisch. »Wenn du dich ein bisschen erholt hast, dann komm wieder her. Ich brauche in solchen Zeiten wenigstens eine vernünftige Frau um mich.« Sie stieß ein raues Lachen aus. Dann fuhr sie fort: »Ich habe diesen Stößt-an-den-Himmel gesehen, als wir ankamen. Es sieht so aus, als hätten wir beide eine Menge zu besprechen, aber das hat Zeit, bis du zurück bist.«

Stößt-an-den-Himmel und Starke Worte warteten auf sie, und Hannah sah ihnen sofort an, dass der Tag noch weitere Probleme bereithielt.

»Ich muss nach Hause«, sagte sie zu ihnen.

Die beiden wechselten einen Blick. »Ein Mann aus Johnstown ist gekommen«, sagte Stößt-an-den-Himmel. »Sein Name ist O'Brien. Er ist auf dem Weg nach Lake in the Clouds mit einem Haftbefehl. Für dich.«

Im ersten Moment dachte Hannah, sie hätte ihn missverstanden, aber an seinem Gesichtsausdruck sah sie, dass es stimmte. Ihr Stimme zitterte, als sie erwiderte:

»Ihr beiden Krieger könnt ja hier bleiben, wenn ihr Angst vor einem alten Mann mit einem Stück Papier habt.«

Sie warf ihnen einen wütenden Blick zu und lief los. Als sie am Stall vorbei kam, hatten sie sie eingeholt. Starke Worte übernahm die Führung, und Stößt-an-den-Himmel ging hinter ihr. Hannah wusste nicht genau, wie sie sich dabei fühlen sollte. Sie lief, so schnell sie konnte, bis ihre Lungen brannten. Der Haftbefehl ging ihr nicht aus dem Kopf. Wer außer Jemima Kuick konnte gegen sie Anzeige erstattet haben? Es konnte niemand anderer sein. In den Blättern raschelte es, und ein Eichhörnchen keckerte aufgeregt. Hannah blieb abrupt stehen. Sie wusste, wer aus den Bäumen auf sie zutrat, noch bevor sie ihn gesehen hatte.

Manny Freeman stand vor ihr, und hinter ihm ein junger Schwarzer, dem Hannah noch nie begegnet war. Beide trugen Hirschleder und Mokassins und hatten Musketen bei sich. Schon wieder stieg Wut in Hannah auf.

»Manny Freeman«, sagte sie atemlos. »Ich habe mich schon gefragt, wann du dich endlich zeigst. Ich habe dir drei Dinge zu sagen. Es tut mir Leid wegen Selah ...«

Er nickte und wandte den Kopf ab.

»... es freut mich, dass du in Sicherheit bist, und du hast dir den falschen Zeitpunkt ausgesucht. Ich kann nicht hier mit dir stehen bleiben und Neuigkeiten austauschen.«

Manny lachte überrascht auf. Er verbeugte sich und berührte mit zwei Fingern seine Stirn. »Ich freue mich auch, dich zu sehen, Geht-Voran.«

»Wissen Curiosity und Galileo, das du hier bist?«

Er nickte. »Ja.«

Hinter ihr sagte Starke Worte: »Wir hätten es dir gesagt, wenn du uns eine Chance gegeben hättest, Geht-Voran.«

Hannah ignorierte ihn und blickte den Jungen an. »Du bist Jode. Mein Vater und meine Stiefmutter haben mir von dir erzählt. Warum bist du nicht in Kanada?«

»Es gibt Arbeit hier«, erwiderte der Junge in perfektem Kahnyen'kehàka.

»Es gibt Probleme hier«, verbesserte sie ihn. »Und daran bist du nicht unschuldig.« Sie wischte sich den Schweiß von der Stirn. »Wenn ihr mir etwas zu sagen habt, dann sagt es schnell. Ich muss nach Hause.«

Manny erwiderte: »Du kannst nicht nach Hause gehen. Du kannst im Moment nirgendwo hier herumlaufen. Es ist zu gefährlich, weil O'Brien nach dir sucht.«

Sie lachte auf. »Es ist zur Zeit für alle in Paradise gefährlich. Du weißt wahrscheinlich, dass ein Drittel der Leute an Scharlach erkrankt ist.«

Ihr Onkel warf ein: »O'Brien ist hier, um dich zu verhaften.«

»Er hat gar keinen Grund«, erwiderte Hannah.

»Ja, glaubst du denn, er braucht einen Grund?«, fragte Manny. »Du solltest es besser wissen, Hannah. Du hast doch gesehen, was in der Stadt passiert ist.«

Sie trat einen Schritt auf ihn zu. »Die Witwe würde die Anzeige vielleicht zurückziehen, wenn du die Geldkassette, die du gestohlen hast, zurück gäbst«, sagte sie scharf. »Das wäre eine weitaus bessere Lösung, als wenn ich davon liefe und kranke Kinder im Stich ließe.«

Manny hielt ihrem Blick stand. »Wir können die Kassette nicht zurückgeben«, erwiderte er. »Außerdem können wir das Geld besser gebrauchen als sie.«

»Ach ja?« Hannah konnte ihre Wut kaum zügeln. »Und wie?«

Manny griff in den Beutel, der ihm um den Hals hing, und zog eine Münze hervor. »Fast die Hälfte des Geldes hat ihr sowieso von Anfang an nicht gehört. Wir sind gerade dabei, es den rechtmäßigen Besitzern zurückzugeben.«

Hannah blickte auf die Münze und erstarrte. Es war ein Fünf-Guineen-Goldstück, auf dem George II. im Profil abgebildet war. »Das Tory-Gold«, sagte sie erstaunt. »Die Witwe hatte das Tory-Gold?«

»Jedenfalls einen großen Teil davon«, erwiderte Manny. »Ungefähr achthundert Münzen.«

603

»Aber ...« Hannah schüttelte den Kopf. »Wie ... Dye?«

Manny nickte. »Du weißt ja, dass Dye hier war, als ihr '94 aus Schottland zurückgekommen seid, in dem Sommer, als Liam weglief und Lungenfieber im Ort war. Er hat sich auf Hidden Wolf umgesehen und gefunden, wonach er gesucht hat. Und dann hat er einen Pakt mit der Witwe geschlossen. Anscheinend hatte sie ihren letzten Penny für die Mühle ausgegeben und besaß gar kein eigenes Kapital mehr.«

»Mein Gott«, hauchte Hannah. »Hast du das meinem Großvater erzählt?«

»Wir haben vor ein paar Tagen mit ihm geredet. Er wollte wahrscheinlich nur den richtigen Zeitpunkt abwarten, um es dir zu sagen.«

»Ihr habt die Geldkassette genommen, damit es so aussah, als sei Dye damit davongelaufen.«

Jode lächelte, das erste Lächeln, das sie bei ihm sah. Auch die anderen Männer verzogen die Gesichter, erfreut darüber, wie gut ihr Plan funktioniert hatte.

Manny sagte: »Nur so konnten wir die Angelegenheit mit ihm regeln, ohne dass einer von uns dafür gehängt wurde.«

»Und das übrige Geld in der Kassette?«

Manny erwiderte: »Du kannst mir glauben, dass wir nicht vorhaben, es für Frauen und Alkohol zu verschleudern, aber wir werden es auch ganz bestimmt nicht der Witwe zurückgeben. Und damit sind wir wieder bei O'Brien.«

»Glaubst du, er kann mir den Raubüberfall anlasten, obwohl ich in der Zeit in der Postkutschenstation war? Er müsste mich schon zusätzlich der Hexerei anklagen, wenn ich an zwei Orten gleichzeitig gewesen sein soll.«

»Das würde ich gar nicht so weit von mir weisen«, entgegnete Manny. »Er hat schon Schlimmeres fertiggebracht. Deshalb solltest du jetzt auch lieber mit uns verschwinden, bevor er dich in Eisen legt.«

»Du gehst jetzt mit uns, um dein Leben zu retten«, ergänzte Starke Worte.

Hannah ignorierte ihn. Zu Stößt-an-den-Himmel sagte sie: »Glaubst du auch, ich sollte vor einem Mann wie O'Brien ängstlich davonlaufen?«

Er senkte den Kopf. »Ich glaube, du hast deinen eigenen Kopf, Geht-Voran.«

»Du würdest einen guten Diplomaten abgeben«, erwiderte sie trocken. Einen Moment lang blickte sie nachdenklich in die Bäume. Scharlach im Dorf, Kitty auf dem Totenbett, O'Briens Haftbefehl. Sie konnte doch nicht zulassen, dass ein Mann wie O'Brien sie von kranken Kindern wegholte; dass die Witwe Kuick, die selber eine Diebin war, sie von zu Hause vertrieb.

»Ich gehe nach Lake in the Clouds«, sagte sie. »Und dann gehe ich wieder zurück in den Ort. Ihr könnt ja nach Westen ziehen, wenn ihr möchtet. Es sei denn, ihr wolltet mich mit Gewalt mitnehmen, wie ihr es mit Dye gemacht habt.«

Manny warf ihr einen unbehaglichen Blick zu. Als Hannah weiterging, folgten ihr alle vier Männer.

Sie warteten im Schutz der Bäume, bis sie sahen, dass O'Brien eilig weglief, wobei er Drohungen über die Schulter ausstieß.

»Sie wird sich bei mir melden, oder ich setze ein Kopfgeld auf sie aus!«

Sein Geschrei ging in einem Schuss unter, der von den Felsen widerhallte.

»Seht ihr«, sagte Hannah trocken zu den vier Männern. »Mein Großvater weiß, wie er mit O'Brien umgehen muss. Ihr könntet von ihm lernen.«

Während Hannah Elizabeth und den Kindern von Kitty erzählte, lauschte sie mit einem Ohr dem Streit zwischen den Männern, die im Gemeinschaftsraum saßen.

Als Hannah fertig war, schwieg Elizabeth lange Zeit.

»Schickst du eine Nachricht an Tante Kitty?«, fragte Daniel schließlich. Elizabeth blickte ihn an, als habe sie ganz vergessen, dass er überhaupt da war.

»Ja«, erwiderte sie. »Ja, natürlich.«

Lily legte weinend den Kopf in den Schoß ihrer Mutter und Elizabeth strich ihr über die Haare. »Wir werden heute Abend für sie beten.«

»Können wir denn nicht zu ihr gehen?«, jammerte Lily und richtete sich auf. »Wir sollten auch bei ihr sein.«

Elizabeth schloss die Augen und schüttelte den Kopf. »Hannah, sag Kitty bitte, dass ich mich selbstverständlich ihrem Wunsch füge.«

Lily warf sich schluchzend auf Hannahs Schoß und weinte, als ob es ihr das Herz brechen würde. Hannah wiegte sie schweigend und legte Elizabeth die Hand auf die Schulter.

»Ich sage es ihr«, erwiderte sie.

»Was ist mit O'Brien?« fragte Daniel. »Was ist mit dem Haftbefehl? O'Brien wartet im Dorf auf dich. Onkel will, dass du noch heute Abend verschwindest.«

»Ich bin aber nicht bereit, zu gehen«, erwiderte Hannah. »Und über Baldy O'Brien mache ich mir bestimmt keine Sorgen. Er steckt wahrscheinlich schon knietief in Axel Metzlers Ale.« Sie schnipste mit den Fingern. »Ich werde mich um seinen Haftbefehl herumschleichen.«

Daniel musste unwillkürlich grinsen, und selbst Lily hörte auf zu schluchzen. Elizabeth blickte aus dem Fenster. Sie schien nichts gehört zu haben.

»Wir machen uns heute Abend auf den Weg«, sagte Starke Worte. »Wir lassen es nicht zu, dass O'Brien sie verhaftet.«

Hannah trat zu den Männern. »Warum redet ihr über mich, als sei ich ein Kind?«, sagte sie. »Ich kann meine eigenen Entscheidungen treffen, und ich werde nicht vor O'Brien oder sonst irgendjemandem davonlaufen.«

Falkenauge senkte den Kopf, sodass ihm seine Haare über eine Schulter fielen, und Hannah fiel auf, wie weiß sie geworden waren. Er sagte: »Wir wissen, dass du keine Angst hast, Enkeltochter. Deinen Mut stellt niemand hier in Frage.«

Er blickte die anderen Männer an. »Sie ist eine erwachsene Frau, und sie muss für sich selber sprechen.«

Hannah holte tief Luft und wandte sich an ihren Großvater.

»Ich gehe zu Kitty, wie ich es ihr versprochen habe. Ich habe es auch Curiosity versprochen, die mir so nahe steht wie meine Mutter, meine Großmutter oder meine Stiefmutter. Und ich werde bei Kitty bleiben, bis sie mich nicht mehr braucht.«

Bis sie tot ist. Diese Worte konnte sie noch nicht laut aussprechen, aber die Männer verstanden sie. »Niemand hält mich dabei auf, sie zu pflegen, nicht einmal O'Brien.«

Otter machte seinem Zorn Luft. »Du bringst uns alle in Gefahr.«

»Ich werde bei Kitty bleiben, bis sie mich nicht mehr braucht«, wiederholte Hannah ruhig. »So wie meine Großmutter Schwindender Tag es mir beigebracht hat.«

Er hob die Hände. »Stößt-an-den-Himmel, rede du mit ihr. Sag ihr, wie es für eine rote Frau im Gefängnis der Weißen ist ...«

»Onkel!«, unterbrach Hannah ihn zornig. »Du hast dich von deinen Gefühlen hinreißen lassen. Hast du mir etwas zu sagen, Stößt-an-den-Himmel?«

»Nein«, erwiderte er, »ich habe dir nichts zu sagen. Du hast dich klar und deutlich ausgedrückt, Hannah Bonner.«

In diesem Moment wusste sie, welche Wahl sie treffen würde.

Als Hannah auf die Veranda trat, wartete Stößt-an-den-Himmel bereits mit seinem Gewehr in der Hand auf sie. Im Lichtschein, der aus der Tür fiel, sah er aus wie aus Stein gemeißelt.

Weil sie nicht genau wussten, wo O'Brien sich aufhielt, nahmen sie weder eine Laterne noch eine Fackel mit. Aber der Himmel war klar und in ein paar Tagen würde der Mond voll sein.

Stößt-an-den-Himmel bewegte sich leise wie ein Geist, und sie glitt wie sein Schatten hinter ihm her. Ab und zu blieben sie stehen und lauschten auf die Geräusche des Waldes, dann gingen sie weiter.

Am Rand des Erdbeerfelds blieb Stößt-an-den-Himmel wieder

stehen und blickte über die freie Fläche. Der Duft der letzten Beeren hing süß in der Nachtluft. Und noch ein weiterer Geruch, schärfer, salzig, der Geruch nach frischem Blut.

»Ein Panther.« Er wies über das Feld, an dessen anderem Ende die Raubkatze zwischen den Pflanzen lag. Das weiße Bein eines Hirsches ragte auf.

»Ein Zeichen«, sagte Stößt-an-den-Himmel.

Ja, ein Zeichen, aber wie sollte sie es lesen? Hannah rieb sich über die Arme. Sie hatte Gänsehaut bekommen. Sie liefen rasch weiter, und er blieb erst wieder stehen, als sie im Dorf im Schatten der Kirche angelangt waren. Alles war dunkel, bis auf die Schenke, aus der Licht und Lärm drang.

»Das ist gut«, sagte Stößt-an-den-Himmel. »O'Brien wird so lange trinken, wie Axel Metzler ihn lässt.«

»Dann trinkt er die ganze Nacht«, erwiderte Hannah. Sie wandte sich zu ihm und stellte fest, dass er viel näher war, als sie gedacht hatte.

Er gab einen leisen Laut von sich und legte ihr die Hand auf die Schulter, um sie an sich zu ziehen.

Als ob wir tanzten, dachte Hannah. Seine Finger glitten in ihre Haare und über ihre Wange.

»Du zitterst ja«, sagte er. »Ist dir kalt?«

»Nein.« Sie schüttelte den Kopf. »Mir ist nicht kalt.« Nach einer Weile fuhr sie fort: »Ich habe gar keinen Schal dabei, den ich dir um die Schultern legen kann, Stößt-an-den-Himmel.«

»Aber du hast Arme«, erwiderte er lächelnd. »Sie erfüllen den gleichen Zweck.«

Seltsamerweise machte es sie gar nicht verlegen, hier im Dunkeln mit ihm zu stehen und ihm die Arme um den Hals zu schlingen. All ihre Unsicherheit war wie weggeblasen, und sie empfand nur Freude über einen neuen Anfang.

Sein Geruch war ihr bereits vertraut, und seine Stimme drang tief bis in ihr Innerstes. Sie legte ihr Gesicht an seinen Hals und atmete tief ein. Er zog sie fester an sich.

»Letztes Mal hast du mir einen Kuss abgerungen«, flüsterte sie.

Er zog sie hoch und näherte seine Lippen den ihren.

»Ich musste mir viel Mühe geben, um diesen Kuss zu erlangen.«

»Soll das etwa heißen, dass ich deswegen heute an der Reihe bin, mich anzustrengen?«

»Nein«, erwiderte er. »Aber heute werde ich mir so lange Mühe geben, bis du mich bittest, aufzuhören.«

Er küsste sie, bis sie keuchte, und bevor sie Luft holen konnte, küsste er sie wieder. Dabei zog er sie so fest an sich, bis ihre Körper miteinander verschmolzen. Nach einer Weile löste er sich von ihr und sah sie an. »Willst du mit mir nach Westen kommen?«

Noch bevor sie antworten konnte, küsste er sie wieder. »Willst du?«, fragte er dann erneut. »Willst du mit mir kommen und meine Frau werden?«

Ihr Körper schmerzte vor Verlangen nach ihm, und heiser flüsterte sie: »Ja. Ich will mit dir kommen.«

Einen Moment lang stand er ganz still da, und dann drückte er seine Lippen auf ihre Stirn. »Wenn deine Arbeit getan ist, haben wir noch genug Zeit, um Pläne zu machen.«

»Du meinst also nicht, dass ich weglaufen sollte?«, fragte sie.

Er lächelte sie an. »Dann wärst du nicht die Frau, die du bist.«

Als Hannah ins Zimmer trat, schliefen alle. Ethan hatte sich am Fußende des Bettes zu einem Ball zusammengerollt. Richard saß mit zurückgelegtem Kopf in einem viel zu kleinen Damensessel, und Curiosity war der Kopf auf eine Schulter gesunken.

Es war seltsam, Curiosity müßig zu sehen, aber irgendwie war es tröstlich zu wissen, dass auch sie Ruhe brauchte. Ihr Kopftuch war verrutscht und enthüllte ihre Haare, die im Schein der Lampe silbern glänzten. In den letzten Monaten waren die Falten um ihre Augen und ihren Mund tiefer geworden, sodass es Hannah so vorkam, als habe ihr Alter sie endlich eingeholt. Im Schlaf sah sie so alt aus, wie sie wirklich war.

Auch Kitty schlief, so ruhig und tief, dass Hannah bewegungslos stehen blieb, um zu beobachten, wie sich ihre Brust hob und

senkte. Ihre Haut wirkte durchscheinend, und die Adern traten
bläulich hervor.

»*Ubi est morbus*«?, wisperte Hannah.

Kittys Atem stockte, und sofort wachten Richard und Curiosity
auf. Auch Ethan wurde wach und fuhr hoch.

Kittys Lider flatterten und sie schlug die Augen auf.

»Curiosity?«, fragte sie mit bemerkenswert klarer Stimme.

»Ich bin hier, meine Kleine.«

»Richard?«

»Hier, mein Liebling.« Er setzte sich auf die Bettkante und ergriff ihre Hand.

Kitty versuchte den Kopf zu heben, und Curiosity stützte sie
mit einer Hand im Nacken.

»Komm zu mir, Ethan«, sagte Kitty. »Komm.«

Der Junge warf Richard einen fragenden Blick zu und dieser
nickte ermutigend.

Ethan kletterte aufs Bett und legte sich neben seine Mutter. Sie
seufzte zufrieden und legte einen Arm um ihn.

Dann sah sie die anderen wieder an. »Hannah, du bist zurückgekommen.«

»Das habe ich dir doch versprochen.«

»Gibt es Kranke in Lake in the Clouds?«

»Nein«, erwiderte Hannah. »Sie sind alle gesund.«

»Gut. Hast du Elizabeth meine Nachricht ausgerichtet?«

»Ja.«

»Gut«, sagte Kitty noch einmal. Dann fügte sie hinzu: »Ich bin
so müde, Richard.«

»Ja«, erwiderte er liebevoll. »Das weiß ich.«

»Mein lieber, guter Junge«, murmelte Kitty und streichelte
Ethans Gesicht. »Bleib bei mir, wenn ich einschlafe.«

Der Tag graute, als Hannah und Curiosity stumm in der Küche
des stillen Hauses saßen. Richard Todd hielt Wache am Totenbett seiner Frau.

Hannah legte den Kopf auf die Arme und versuchte, ihre Gedanken zu ordnen. Bump musste heute zwei Gräber ausheben, eins für Molly LeBlanc und eins für Kitty. Morgen würde er sicher wieder eins graben müssen, aber es sah so aus, als ob das Scharlachfieber zumindest für dieses Mal gebannt war. Sie jedoch würde nicht mehr da sein. Sie würde mit Stößt-an-den-Himmel nach Westen ziehen und ihre Familie und ihr Zuhause verlassen.

Oder, wenn Jemima Kuick und Richter O'Brien ihren Willen bekamen, würde sie auf dem Weg nach Johnstown sein.

Curiosity legte ihr die Hand auf den Kopf, und Hannah zuckte zusammen. Sie lächelte sie liebevoll an und wischte ihr mit dem Daumen die Tränen von den Wangen. Erst jetzt merkte Hannah, dass sie geweint hatte.

»Ich habe deinen Stößt-an-den-Himmel noch gar nicht richtig kennen gelernt«, sagte sie. »Er wartet schon die ganze Nacht draußen vor der Tür. Willst du ihn nicht herein holen, damit ich ihm etwas zu essen geben kann? Ehrlich gesagt wäre ich dankbar für die Ablenkung.«

»Ich gehe mit ihm«, erwiderte Hannah. »Ich gehe mit Stößt-an-den-Himmel nach Westen und heirate ihn.«

»Ich weiß«, sagte Curiosity und ergriff Hannahs Hände. »Ich weiß, Kind. Ich werde dein strahlendes Gesicht sicher vermissen, aber es ist an der Zeit. Ist er ein guter Mann?«

»Ja«, flüsterte Hannah.

»Nun denn. Eines Tages kommst du hierher zurück und zeigst uns deine Kinder. Na, das wird eine Heimkehr!«

Tränen liefen über Hannahs Wangen. »Ich weiß nicht«, erwiderte sie. »Ich weiß nicht, wie ich euch verlassen kann.«

»Aber natürlich«, sagte Curiosity. »Du machst es genauso wie all die anderen schwierigen Dinge in deinem Leben. Setz einen Fuß vor den anderen und blick nach vorne. Du weißt, dass du es kannst.«

Nach einer Weile nickte Hannah.

»Du darfst mich eine egoistische alte Frau nennen, aber es gibt noch einen Grund, warum ich froh bin, dass du gehst. Ich werde mir um Manny nur noch halb so viel Sorgen machen, wenn ich weiß, dass Hannah Bonner ein Auge auf ihn hat.«

Hannah rang sich ein Lächeln ab. »Ich werde mein Bestes tun, aber er hat seinen eigenen Kopf.«

Curiosity lachte leise und küsste Hannah auf den Scheitel.

Bump kam mit Stößt-an-den-Himmel herein, und sie setzten sich an den Tisch, aßen Curiositys Maisbrot und tranken starken Kaffee mit gutem Kegelzucker. Bump erzählte ihnen, dass es keine neuen Scharlachfälle gab und dass außer Kitty auch niemand gestorben war.

»Gott sei ihrer armen Seele gnädig«, sagte Bump.

»Was ist mit Baldy O'Brien?«, fragte Curiosity und schenkte Bump noch Kaffee ein. »Gibt es irgendwelche Neuigkeiten?«

Stößt-an-den-Himmel schüttelte den Kopf. »Soweit ich weiß, hat er in der Schenke geschlafen.«

Hannah war erstaunt, wie gut Stößt-an-den-Himmel Englisch sprach, wenn er sich Mühe gab. Sie fragte sich, welche anderen Talente er wohl noch vor ihr verborgen gehalten hatte.

Curiosity warf Hannah einen Blick zu.

»Willst du vor diesem kleinen Mann davonlaufen, Mädchen, oder willst du dich ihm stellen und kämpfen?«

»Ich laufe nicht vor ihm davon«, erwiderte Hannah.

»So sieht es aber für mich aus. Du weißt noch nicht einmal, welche Lügen Jemima verbreitet hat und zuckst schon zusammen. Und das wegen Jemima Southern und Baldy O'Brien.« Sie verzog angewidert das Gesicht.

Hannah warf Stößt-an-den-Himmel einen fragenden Blick zu, aber seine Miene war undurchdringlich.

»Ich laufe nicht vor Jemima Southern davon«, erwiderte Hannah. »Und auch nicht vor jemand anderem. Ich habe keinen Grund, wegzulaufen, ich habe nichts getan. Ich habe nie daran gedacht, wegzulaufen. Dein Sohn ist auf die Idee gekommen.«

»Dass Manny mein Sohn ist, heißt nicht, dass er nicht manchmal ziemlich dumm sein kann. Sieh dir doch bloß einmal

an, was er hier alles angerichtet hat. Wenn ich ihn erwische, lege
ich ihn übers Knie. Hör nicht auf diese hitzköpfigen Männer, Mädchen. Stell dich der Geschichte und kämpfe!«

Genau das hatte Hannah auch vorgehabt, aber Curiositys plötzliche Hartnäckigkeit weckte ihren Widerspruchsgeist. »Warum
sollte ich?« gab sie gereizt zurück. »Warum sollte ich O'Brien die
Genugtuung geben? Ich könnte jetzt auch einfach verschwinden.«

»Himmel, manchmal bist du wirklich ein wenig langsam, Kind.
Verstehst du denn nicht? Wenn du jetzt wegläufst, hat Jemima
erreicht, was sie wollte. Du könntest nur noch heimlich hierher
zurückkommen, voller Angst, dass sie dich wieder anzeigt. Willst
du ihr wirklich so viel Macht über dich geben?« Sie ergriff Hannahs Hand und fuhr sanfter fort: »Tu das nicht, Hannah Bonner.
Lauf nicht weg.«

Auf einmal klopfte es laut an der Tür.

»Das wird Baldy O'Brien sein«, meinte Curiosity und sprang so
behände wie eine Sechzehnjährige auf. »Kommt einfach in ein
Trauerhaus, um Jemima Southerns schmutzige Geschäfte zu erledigen.«

Stößt-an-den-Himmel erhob sich ebenfalls, um ihr zu folgen,
aber Hannah hielt ihn zurück. »Mach es nicht noch schlimmer, als
es schon ist«, sagte sie zu ihm. »Gib ihm keinen Vorwand, dich
auch einzusperren. Überlass das Reden Curiosity.«

Er umfasste ihr Gesicht mit den Händen. »Geht-Voran«, sagte
er, »ich weiß, dass man einer Bärin, die ihr Junges verteidigt, nicht
in die Quere kommen darf.«

Aus der Diele ertönte Curiositys Stimme, scharf wie Krallen.

»Wir sollten dem armen Mr. O'Brien zu Hilfe kommen«, meinte Bump. »Bevor sie ernsthaft loslegt.«

Richter O'Brien war ein weichlicher Mann mit einem runden, ro-
safarbenen Gesicht, das vollkommen hinter seinem Bart versteckt
war. Momentan leuchtete sein Gesicht hochrot vor Empörung. Er
schätzte es nicht, wenn er von einer Frau angegriffen wurde.

»Ihr habt hier nichts zu suchen«, sagte sie gerade mit gefährlich

613

leiser Stimme zu ihm. »Wenn Ihr Miss Bonner sprechen wollt, müsst Ihr schon warten, bis sie Zeit hat, zu euch zu kommen.«

»Ich will Hannah Bonner sofort sprechen«, schnaubte O'Brien. Er wich vor Curiosity zurück und presste seinen Hut an die Brust. »Und wenn es nötig sein sollte, werde ich sie auch mit nach Johnstown nehmen, damit sie dort vor Gericht gestellt werden kann. Ihr könnt das Gesetz nicht umgehen, nur weil es Euch nicht gefällt, Missus.«

In diesem Moment fiel sein Blick auf Hannah und Stößt-an-den-Himmel. Wenn die Lage nicht so ernst gewesen wäre, hätte Hannah laut aufgelacht über seinen Gesichtsausdruck.

»Miss Bonner«, sagte er und richtete sich zu voller Größe auf. Er warf Curiosity einen triumphierenden Blick zu. »Als vom Gesetz berufener Kreisrichter ...«

»Sie geht nirgendwo hin, O'Brien«, dröhnte auf einmal Richards Stimme von der Treppe aus. Alle zuckten zusammen.

»Dr. Todd«, sagte der kleine Mann und blickte ihn nervös an. »Ich bin aus offiziellem Anlass hier, aber ich wollte Euch sicherlich nicht stören, Sir.«

»Warum zum Teufel klopft Ihr dann bei Sonnenaufgang an meine Tür?«, donnerte Richard.

O'Briens Wangen wurden so blass, dass seine Nase unnatürlich rot wirkte. »Doktor, diese junge Frau flieht vor dem Gesetz.« Er wies mit dem Kinn auf Hannah. »Es ist Anklage gegen sie erhoben worden, das kann sie nicht einfach ignorieren.«

Richard kam langsam die Treppe herunter. Sein Gesichtsausdruck war so ruhig, dass sich Hannahs Nackenhaare aufrichteten. O'Brien schien das genauso zu empfinden, denn er wich noch einen Schritt weiter zurück.

»Sie flieht vor Euch?«, fragte Richard leise. »Sie flieht?«

O'Brien schluckte und nickte. »Sie weiß, dass ich nach ihr gesucht habe. Schließlich bin ich sogar bei ihr zu Hause erschienen. Aber sie hat sich nicht blicken lassen. Und es wurde sogar auf mich geschossen. Niemand steht über dem Gesetz, Dr. Todd.«

»Elender Wurm«, sagte Richard leise. Bump zog scharf die Luft ein, und Curiosity schlug die Hand vor den Mund, um ihr Lächeln zu verbergen, aber O'Brien merkte nichts, weil er Richard ansah.

»Ihr unbedeutender, kurzsichtiger Narr. Glaubt Ihr, sie war beim Tanzen? Hat Euch niemand gesagt, dass wir eine Epidemie in diesem Ort haben?«

O'Brien wand sich. »Nun, ja...«

»Und seid Ihr Euch der Tatsache bewusst, dass Miss Bonner Ärztin ist?«

Der kleine Mann runzelte die Stirn. »Ich weiß, dass sie diesen Titel für sich in Anspruch nimmt.«

»Wollt Ihr etwa mein Wort und meine Meinung in medizinischen Belangen in Zweifel ziehen, Mr. O'Brien?«

»Wahrscheinlich nicht.«

»Wahrscheinlich nicht?«

»Nein. Ich stelle Eure Meinung nicht in Frage.«

»Dann gibt es ja noch Hoffnung. Und jetzt hört mir gut zu! In den letzten fünf Tagen sind fünf Menschen am Scharlachfieber gestorben. Ohne entsprechende medizinische Versorgung wären noch mehr tot. Und Ihr steht hier und erklärt, dass Eurer Meinung nach ein *Haftbefehl*«, er spie das Wort förmlich aus, »wichtiger ist als das Leben der Menschen in Paradise. Verstehe ich Euch richtig?«

O'Brien wurde noch röter. »Gestern Abend ...« Er brach ab, als Richard einen Schritt auf ihn zutrat.

»Gestern Abend, als Ihr in der Schenke einen Alekrug nach dem anderen geleert habt, hat Miss Bonner oben Wache gehalten ...« Zum ersten Mal brach seine Stimme. »Am Totenbett meiner Frau.«

Er drehte sich um, ein gebrochener Mann. »Hinaus«, sagte er. »Verschwindet.«

O'Brien blinzelte, bewegte sich aber nicht von der Stelle, bis oben eine Tür zuschlug. Nervös blickte er Curiosity und Stößt-an-den-Himmel an.

»Richter O'Brien«, sagte Curiosity, »lasst mich Euch einen Rat geben. Lauft nicht hier herum und redet davon, unsere Hannah nach Johnstown mitzunehmen. Es gibt andere Wege, um die Angelegenheit zu regeln.« Sie warf Hannah einen Blick zu. »Oder nicht?«

Alle blickten Hannah an, und so erklärte sie: »Ich komme heute Abend um sieben in die Kirche, um zu den Anklagen, die gegen mich erhoben werden, Stellung zu nehmen. Ihr habt mein Wort.« »Na also«, meinte Curiosity mit grimmigem Lächeln. »Das ist mein Mädchen.«

Curiosity schickte Bump nach Lake in the Clouds, damit sie von Kittys Tod und Hannahs Verabredung mit dem Richter erfuhren. Dann packte sie etwas zu essen zusammen und drückte das Bündel Stößt-an-den-Himmel in die Hand.

»Sorg dafür, dass sie etwas isst«, sagte sie feierlich, wobei sie seine Hand länger festhielt, als nötig war. »Es ist jetzt deine Aufgabe, dich um sie zu kümmern. Sie denkt nie an sich.«

»Ihr braucht gar nicht so zu grinsen, als hättet ihr ein Geheimnis vor mir«, warf Hannah ein. »Ich stehe direkt daneben und ich sehe sehr wohl, was ihr denkt.«

»Sei still«, erwiderte Curiosity und wedelte mit der Hand. »Das geht nur deinen Mann und mich etwas an. Stößt-an-den-Himmel, ich möchte, dass du mit Hannah an einen ruhigen Ort gehst, wo sie sich ein bisschen ausruhen kann. Geh nicht mit ihr nach Lake in the Clouds, hörst du? Ich will nicht, dass mein Manny oder die anderen sie bedrängen. Und sie hält sich am besten auch eine Zeit lang von Elizabeth fern, sonst macht sie sich doch nur wieder Sorgen.«

Hannah musste unwillkürlich lächeln.

»Heute gibt es schönes Wetter, also such einen hübschen Platz auf dem Berg für euch und pass auf, dass sie dir nicht davonläuft, um irgendjemanden zu pflegen. Verstehst du mich?«

»Ja«, erwiderte Stößt-an-den-Himmel. »Ich verstehe dich.«

»Gut. Das Mädchen muss sich ausruhen, damit sie heute Abend die Angelegenheit mit Jemima Southern ein für allemal regeln kann. Und dann habt ihr beiden eine lange Reise vor euch.«

Hannah trat zu Curiosity und ließ ihren Kopf auf die schmale Schulter der alten Frau sinken. »Aber nicht heute«, murmelte sie. »Noch nicht.«

»Noch nicht«, bestätigte Curiosity und tätschelte ihr den Rücken.

Plötzlich überfiel Hannah der Wunsch, sich in die vertraute Küche zu setzen und niemals irgendwohin gehen zu müssen.

»Was ist mit Richard und Ethan?«

»Sie werden noch eine Weile an ihrem Totenbett sitzen«, erwiderte Curiosity. »Vor morgen können sie sie bestimmt nicht beerdigen.«

»Die LeBlancs«, sagte Hannah mit Tränen in den Augen. »Und die Mädchen der Ratzfamilie. Ich habe gesagt, ich käme vorbei.«

»Im Moment liegt niemand im Sterben.« Curiosity hielt sie ein Stück von sich ab und sah ihr in die Augen. »Ich erledige das schon, Kind. Du musst dich jetzt um dein eigenes Leben kümmern.«

Auf einer Wiese hoch auf dem Berg sank Hannah erschöpft zu Boden. Wie Regen strömten die Tränen über ihr Gesicht.

Stößt-an-den-Himmel setzte sich neben sie. Er sagte nichts, sondern ließ sie einfach nur weinen. Hannah war froh darüber, dass er da war, aber zugleich war sie auch verlegen, dass sie so vollkommen die Fassung verlor.

Als ihre Tränen versiegt waren, holte sie zitternd Luft und setzte sich auf. Stößt-an-den-Himel hockte mit gekreuzten Beinen vor ihr.

»Iss etwas«, sagte er und hielt ihr eine Scheibe von Curiositys Brot hin.

Hannah hatte gar nicht gemerkt, wie hungrig sie war, aber jetzt nahm sie dankbar alles entgegen, was er ihr reichte. Brot, kaltes Fleisch und Radieschen aus dem Garten.

»Was ist das?« Fragend blickte er auf ein Büschel Petersilie.

»Kau es«, sagte Hannah. »Es reinigt deinen Mund und macht deinen Atem süß.« Sie errötete, weil Curiosity ihr die Petersilie mitgegeben hatte, um sie zu necken. »Dort ist ein Bach«, fuhr sie fort und zeigte in die Richtung. »Und Schatten, wo wir schlafen können.« Sie liefen an den Bach und tranken daraus.

»Ein guter Platz«, sagte Stößt-an-den-Himmel, nachdem er sich umgesehen hatte. Einzelne Sonnenstrahlen drangen durch die Fichten und spielten auf dem Wasser. Er legte sein Gewehr beiseite, nahm Pulverhorn und Kugelbeutel ab und zog schließlich auch sein Messer aus der Scheide, bis er unbewaffnet vor ihr stand.

Als er begann, sich das Jagdhemd über den Kopf zu ziehen, fragte Hannah: »Was tust du da?«

»Ich will hier schlafen.« Er wies mit dem Kinn auf den Boden. »Ich habe die ganze Nacht Wache gehalten. Du solltest auch schlafen, wenn du nicht etwas anderes vorhast.«

Sein Grinsen machte sie wütend. Sie wandte ihm den Rücken zu und legte sich hin.

Eines Tages würde sie ihm schon noch beibringen, dass er sich nicht über sie lustig machen durfte. Und mit diesem Gedanken schlief sie ein.

Er weckte sie, als die Sonne bereits hoch am Himmel stand. Selbst hier am Wasser, unter den Bäumen, war es heiß.

»Deine Familie möchte dich bestimmt noch sehen, bevor du zu O'Brien gehst.« Er hockte neben ihr, und seine bloße Brust glänzte vor Schweiß. Sie wandte den Blick ab, aber seinen Geruch, süß und scharf, konnte sie nicht ignorieren, und ein Ziehen breitete sich in ihrem Bauch aus.

Sie setzte sich auf. »Ja ... Gut.«

Er streckte zwei Finger aus und fuhr ihr übers Haar. »Tannennadeln«, sagte er und sie konnte sehen, wie er schluckte.

Mit einem leisen Laut kam er näher, und strich ihr mit der ganzen Handfläche über den Kopf. Sie ließ es geschehen. Am liebsten hätte sie ihr Gesicht in die Biegung seines Halses gepresst, damit sie seinen Geruch einatmen konnte.

»Geht-Voran«, sagte er so dicht an ihrem Ohr, dass sein Atem ihre Haare streifte.

Sie öffnete den Mund, um ihm zu antworten, und er küsste sie. Es war ein sanfter Kuss, und als er seine Arme um sie schlang, schmiegte sie sich an ihn.

Lange hockten sie so auf dem Waldboden, eng umschlungen, und küssten sich. Sie hatte nicht gewusst, dass ein Kuss so etwas Mächtiges war, dass er solches Verlangen in ihr wecken konnte.

Sie fuhr mit den Fingern über seinen Kopf und umfasste ihn mit beiden Händen. »Deine Haare wachsen wieder«, sagte sie zwischen zwei Küssen. »Ich möchte gerne wissen, wie du mit langen Haaren aussiehst. Lässt du sie wieder wachsen?«

»Ja«, erwiderte er lächelnd. »Wenn du es so willst, Frau.«

Sie löste sich von ihm. »Bin ich jetzt deine Frau?«

Er legte den Kopf schräg und blickte sie genau an. »Das ist eine Frage, die nur du beantworten kannst, Geht-Voran. Hannah ... Bist du meine Frau?«

Trotz der Hitze begann sie zu zittern. Er war noch ein Fremder und doch kein Fremder mehr. Nie war sie sich ihres Gefühls sicherer gewesen.

»Ja«, sagte sie. »Ich bin deine Frau.«

Sein Lächeln beruhigte sie. Er zog sie wieder eng an sich, und sie sank mit ihm auf den Waldboden. Als er ihre Brust umfasste, bog sie sich ihm entgegen.

»Haben wir denn noch Zeit?«, fragte sie ihn atemlos.

Sein Mund an ihrem Ohr war weich und warm.

»Wir haben Zeit. Wenn du mich willst, haben wir auch Zeit.«

Seine Zunge glitt über ihr Ohr und ihr Kinn bis zu ihrem Mund. Eine neue Art zu küssen, ein Versprechen dessen, was noch kommen sollte. Seine Finger strichen ihre Schenkel entlang bis zu der pochenden Stelle zwischen ihren Schenkeln. Eine leichte Berührung, eine wortlose Frage.

»Ja«, flüsterte Hannah. »Ja.«

43 Elizabeths erster Gedanke am Morgen galt Kitty, aber zunächst einmal machte sie sich auf die Suche nach Manny und Jode, um mit ihnen über ihre jüngsten Aktivitäten und ihre Pläne für die Zukunft zu reden. Wenn Curiosity nicht die Zeit fand, auf den Berg zu kommen, um ein ernstes Wort mit ihrem Sohn zu reden, würde das eben sie tun müssen.

Aber sie waren nicht da. Sie hatten bei Viele Tauben gegessen, ihr höflich gedankt und waren wieder im Wald untergetaucht.

»Sie wollen warten, bis die anderen nach Westen aufbrechen«, teilte Blue-Jay ihr mit. Er hatte den sehnsüchtigen Blick von kleinen Jungen, die nur zu gerne in ein Abenteuer verwickelt werden würden, aber genau wissen, dass das nicht möglich ist.

Viele Tauben sagte: »Sie haben berechtigte Angst vor deinem Zorn.«

Elizabeth ging wieder in ihre Hütte. Auf der Veranda saß Bump mit Nathaniel. Er war gekommen, um ihnen die traurige Nachricht zu überbringen.

Elizabeth wäre am liebsten davongerannt, während sie seinen Worten lauschte. Aber Bump erzählte so aufrichtig und einfach von Kittys letzten Stunden, dass sie schließlich Trost in seinen Worten fand. Kitty war ein unglückliches Mädchen gewesen, als sie sie kennengelernt hatte, einsam und voller Sehnsucht nach Liebe, und jetzt war sie mit ihrem Sohn in den Armen und ihrem Mann an ihrer Seite friedlich eingeschlafen.

»Sie hatte keine Schmerzen«, schloss Bump. »Curiosity lässt Euch sagen, dass sie ein Lächeln auf den Lippen hatte.«

Nathaniel zog Elizabeth an sich. Sie hörte an seinem Atmen, dass er den Tränen nahe war. Sie selbst konnte nicht weinen.

»Und das Übrige?«, fragte Nathaniel rau.

Diese Geschichte erzählte Bump schneller.

»O'Brien hatte keine Chance mit dem Doktor und Curiosity als Gegnern«, sagte er mit tiefer Befriedigung. Vorsichtiger fügte er hinzu: »Der Doktor ist ein grober Mensch, der sparsam mit Lob umgeht. Ich habe oft beobachtet, wie er Hannah mit seinen For-

derungen zur Verzweiflung getrieben hat. Aber heute früh ist er
für sie eingetreten, als sei sie sein Fleisch und Blut, obwohl er so
um seine Frau trauerte. Das wollte ich Euch noch sagen.«

»Ja«, erwiderte Nathaniel. »Ich bin froh, dass Ihr es uns erzählt
habt.« Er sah Elizabeth ihre widerstreitenden Gefühle an. Wie viel
Ärger sie auch in der Vergangenheit mit ihm gehabt haben mochten, sie mussten jetzt allen Groll begraben. Richard hatte durch
sein Eintreten für ihre Tochter ihren Respekt verdient, und Elizabeth musste ihm zutrauen, dass er ihren Neffen großzog, weil sie
es Kitty versprochen hatte.

»Ich weiß, dass Ihr Euch vom Dorf ferngehalten habt wegen des
Scharlachs ...«, sagte Bump.

»Nathaniel wird um sieben da sein, um O'Briens Anklage gegen
Hannah zu hören«, unterbrach Elizabeth ihn unhöflich. Errötend
presste sie die Lippen zusammen. Ihre Angst überwältigte sie, und
einen winzigen Augenblick lang war Nathaniel wütend auf seine
Frau, weil sie sich immer von ihrer Angst beeinflussen ließ.

»Ich wollte sagen«, fuhr Bump gelassen fort, »was der kleine
Ethan Euch ausrichten lässt; er hofft, dass Ihr morgen zur Beerdigung seiner Mutter kommt. Er hat mich gebeten, Euch zu sagen,
er habe zwar keinen Scharlach, aber er wird sich von Euch fernhalten. Wichtig ist ihm nur, dass ihr kommt, weil Kitty Euch bestimmt dabeihaben möchte.«

Elizabeth wurde kreidebleich und ein Schauer überlief sie. Sie
schlug die Hände vors Gesicht und begann zu schluchzen.

Bump und Nathaniel blickten sich an. In den Augen des Buckli-
gen stand Wissen und Verständnis. Er sagte: »Ich habe auch
Nachrichten für Lily und Daniel.«

Nathaniel nickte und zog Elizabeth hoch. »Ich schicke Sie zu
Euch hinaus.«

Elizabeth weinte, wie sie noch nie geweint hatte. Danach fühlte sie
sich vollkommen leer und erschöpft.

»Ist er noch da?«, fragte sie Nathaniel.

»Draußen auf der Veranda mit Lily.«

Einen Moment lang dachte er, sie würde wieder anfangen zu weinen, aber sie holte tief Luft und stand auf.

»Ich bedauere, dass ich nicht zu Kitty gegangen bin«, sagte sie mit abgewandtem Gesicht. »Und ich schäme mich.«

»Elizabeth ...«

»Lass mich ausreden. Ich schäme mich, dass erst der Kummer eines kleinen Jungen mir klar gemacht hat, was ich getan habe. Und was ich vor allem dir angetan habe, Nathaniel. Es tut mir wirklich Leid.«

In ihre geschwollenen Augen traten schon wieder Tränen, aber sie schob seine Hand weg, als er sie berühren wollte.

»Ich habe es zugelassen, dass die Angst mir meine Entscheidungen diktiert hat. Unsere Entscheidungen. Ich hoffe, ich kann es wieder gutmachen ...«

»Elizabeth.« Er packte sie an den Handgelenken und zog sie aufs Bett. Dann schlang er die Arme um sie und hielt sie fest.

»Hör mir zu«, sagte er. »Ich bin es, Elizabeth. Ich. Du brauchst dich nicht bei mir zu entschuldigen oder mir etwas zu erklären. Alles, was du fühlst, fühle ich auch. Jedes Mal, wenn eines der Kinder um die Ecke biegt und verschwindet, habe ich Angst um sie, bis sie heil wieder zu Hause sind. Wenn eins von ihnen hustet oder niest, zu fest schläft oder zu früh aufwacht, denke ich an Robbie, und ich ersticke beinahe an der Angst.«

Sie klammerte sich an sein Hemd.

»Er war auch mein Sohn. Ich vermisse ihn jeden Tag, aber ich werde deswegen nicht vergessen, was ich den Lebenden schulde, und das solltest du auch nicht.«

»Ich möchte mit Bump reden«, sagte Elizabeth gepresst. »Ich möchte Ethan eine Nachricht schicken.«

Er saß immer noch auf der Veranda, aber jetzt war Lily bei ihm. Das Buch, das Gabriel Oak ihr gegeben hatte, lag aufgeschlagen auf ihrem Schoß. Von der Schwelle aus hörte Elizabeth ihrer Unterhaltung zu.

»Und dieser A. Montgomery? Wer ist das?«

»Ah«, erwiderte Bump grinsend. »Das ist der alte Archie, ein Oberst, wie du an seiner Uniform sehen kannst.«

»Da steht 1760«, las Lily vor.

»Hmm, das muss ungefähr um diese Zeit gewesen sein. Damals haben die Cherokees bei Echoe kurzen Prozess mit der Armee gemacht. Das war kurz bevor Freund Gabriel beschloss, dass er genug vom Krieg hat; und dann hat er es sich in den Kopf gesetzt, unbedingt nach Norden zu wollen.«

»Wann ist er hierher gekommen?«

»Zum ersten Mal im darauf folgenden Frühjahr. Auf den nächsten Seiten müsstest du eigentlich auf ein paar Bilder von Leuten stoßen, die du kennst. Und sieh mal, das ist ja Lake in the Clouds, so wie es damals ausgesehen hat, als dein Großvater und die anderen Siedler direkt am Ufer gelebt haben.«

»Bevor die Kahnyen'kehàka das Dorf niederbrannten«, sagte Lily. »Schau, hier an den Rand hat er *Alfred M.* geschrieben. Das ist bestimmt mein Großvater Middleton.«

»Darf ich mal sehen?« Elizabeths Stimme brach, als die beiden sich lächelnd nach ihr umdrehten.

Sie machten ihr Platz, und Lily legte ihrer Mutter das alte Buch auf den Schoß.

»Ja«, sagte Elizabeth, »das ist dein Großvater. Er sieht sehr jung auf dem Bild aus. Und Axel Metzler... ach, du meine Güte.« Sie unterdrückte ein Lachen. »Ich habe ihn fast nicht erkannt. Seine Frau ist mir nie begegnet, aber das ist sie vermutlich, oder?«

Sie hatte die Frage an Bump gerichtet, und er nickte. »So ist es.«

»Sieh mal«, warf Lily aufgeregt ein. »Onkel Todds Eltern, steht darunter.«

»Das musst du ihm zeigen, Lily, das wird ihn interessieren.«

Das Mädchen hörte ihr vor lauter Aufregung kaum zu. Sie blätterte um und hielt inne. »Oh«, hauchte sie. »Oh, Ma, schau doch.«

»Ja«, sagte Elizabeth. »Ich sehe es. Meine Mutter.«

Die Zeichnung schien auf der Seite zu glühen. Dunkle Haare unter einer Quäkerhaube, ein herzförmiges Gesicht mit weit auseinander stehenden Augen, ein Grübchen im Kinn und ein scheues Lächeln. Dem Datum nach war sie gerade siebzehn Jahre alt, frisch verheiratet und von ihrer Familie getrennt, weil sie ihrem Ehemann in die Wildnis gefolgt war.

»Du siehst ihr so ähnlich«, sagte Lily. »Sieht sie nicht aus wie ihre Mutter, Bump?«

»Ja, in der Tat, und du siehst deiner Mutter ähnlich.«

»Warst du dabei, als Gabriel das Bild gemalt hat?«, fragte Lily. »Kannst du dich an meine Großmutter Middleton erinnern?«

»Natürlich«, erwiderte Bump. »Ich könnte Maddy ebenso wenig vergessen wie meine eigene Mam. Sie war so voller Leben ... Paradise war nicht mehr der gleiche Ort, als sie weg gegangen war.«

»Warum bist du bloß nach England gegangen?«, fragte Lily und fuhr mit dem Finger die Oberlippe ihrer Großmutter nach, als könne das Porträt ihr eine Antwort geben. Bump fragte sie: »Hat sie es dir gesagt?«

Erstaunt blickte er sie an. »Oh nein. Wir kamen im Frühjahr wieder nach Paradise und hörten, sie sei fort. Wir haben sie nie wiedergesehen. Ich habe mich selber ab und zu gefragt, warum sie gegangen ist.«

»Was hat Gabriel denn da unter ihren Namen geschrieben?« Lily las laut vor: »McB 4,2,1,3.«

»Ein Zitat«, erwiderte Elizabeth. »Vermutlich aus MacBeth.«

Lily sprang auf und stürzte ins Haus, wobei sie ihrer Mutter über die Schulter zurief: »Ich weiß schon, wo es ist!« Einen Augenblick später war sie wieder da und drückte ihrer Mutter das Buch in die Hände. Ungeduldig trat sie von einem Fuß auf den anderen, bis Elizabeth die Textstelle gefunden hatte:

Seine Flucht war Wahnsinn: Wenn unsere Handlungen es nicht tun, so machen uns unsere Ängste zu Verrätern.

Grübelnd blickte Lily auf das Zitat. »Verstehst du, was das heißen soll?«, fragte sie ihre Mutter.

»Ich bin mir nicht sicher«, erwiderte Elizabeth, obwohl sie das unbehagliche Gefühl hatte, dass sie es schon verstehen würde, wenn sie nur lange genug das Gesicht ihrer Mutter betrachtete. »Aber ich werde darüber nachdenken.«

Bump lächelte ihr zu. »Das würde Freund Gabriel gefallen«, sagte er. »Das weiß ich genau.«

Den Rest des Tages konnte Elizabeth kaum an etwas anderes denken als an die Zeichnung, die Gabriel Oak von ihrer Mutter gemacht hatte. Ihr war klar, dass das Gespräch auf der Veranda kein Zufall gewesen war. Bump hatte es arrangiert, um sie abzulenken, und jetzt ging ihr das Gesicht ihrer Mutter nicht mehr aus dem Kopf.

Nathaniel, dem sie die Geschichte erzählte, war hingegen nur mäßig interessiert. »Ich würde nicht versuchen, etwas aus einer Zeichnung herauslesen zu wollen, die mehr als dreißig Jahre alt ist«, sagte er und gab ihr einen flüchtigen Kuss. »Aber denk ruhig über das Zitat nach, Stiefelchen, wenn es dich glücklich macht.«

Sie ging zu Viele Tauben, in der Hoffnung, dass eine andere Frau sie besser verstehen könnte. Sie arbeitete im Maisfeld, also nahm Elizabeth eine Hacke und erzählte ihr die Geschichte, während sie Unkraut jätete.

Viele Tauben hörte auf ihre übliche nachdenkliche Art zu und sagte dann: »Gabriel Oak war ein ruhiger Quäker und deine Mutter auch. Sie haben vielleicht ein Gespräch geführt, und er hat es aufgeschrieben, so wie es Lily auch tut. Wenn sie etwas gezeichnet hat, dann schreibt sie seltsame Worte und Sprichwörter darunter.«

Das stimmte. Elizabeth hielt inne.

»Was hast du dir erhofft?«, fragte Viele Tauben.

»Ich weiß nicht genau«, erwiderte Elizabeth. »Vielleicht, dass es mir gelingen würde, meine Mutter besser zu verstehen. Ich war noch so klein, als sie starb, ich habe nie daran gedacht, ihr die Fragen zu stellen, die ich mir selber jetzt stelle.«

Viele Tauben lächelte sie an. Dann richtete sie sich auf und beschirmte ihre Augen mit der Hand. »Geht-Voran bringt uns ihren Mann, sieh nur.«

Elizabeth hatte fast Angst davor, sich umzudrehen, aber dann tat sie es doch. Bewegungslos blickte sie den beiden entgegen.

»So werde ich mich an sie erinnern, wenn sie fort ist«, sagte sie laut, und Viele Tauben nickte zustimmend.

»Er wird ihr ein guter Mann sein«, fuhr Elizabeth fort, wie um es sich selber zu bestätigen.

Viele Tauben schwieg einen Moment lang. »Er ist stark genug für sie«, sagte sie schließlich und fand damit die Worte, die Elizabeth nicht gefunden hatte. Stößt-an-den-Himmel war wirklich stark an Körper und Geist und Willenskraft, stark genug, um der Mann einer starken Frau zu sein.

Hannah erblickte sie und hob grüßend die Hand. Auf ihrem lieben Gesicht strahlte alle Freude der Welt.

»So werden wir es machen«, sagte Nathaniel beim Abendessen. »O'Brien wird die Anklage verlesen. Keine Kommentare oder sonst irgendetwas. Noch nicht einmal ein Rülpsen. Ist das klar? Lily? Daniel?«

Die Zwillinge nickten und starrten auf ihre Teller.

»Dann wird wahrscheinlich Jemima etwas zu sagen haben und die Witwe auch. O'Brien wird ihnen vermutlich Fragen stellen. Dies ist kein Gerichtsprozess, und deshalb muss er nicht jeder Partei das Wort erteilen. So wie Jed es mir erklärt hat, ist es nur eine Befragung, also kann O'Brien so verfahren, wie ihm beliebt.«

Falkenauge wirkte sehr ruhig, dachte Elizabeth. Offensichtlich hatte er einen eigenen Plan. Wenn es Schwierigkeiten gab, würde er sicher O'Brien eher töten als es zuzulassen, dass er Hand an seine Enkelin legte.

Nathaniel fuhr fort: »Wenn du aufgefordert wirst, Stellung zu nehmen, Hannah, dann sagst du so wenig wie möglich. Beantworte nur einfach seine Fragen.« Er schwieg einen Moment und starrte auf seinen Teller. Schließlich hob er wieder den Kopf.

»Wir wissen nicht genau, was Jemima ihm erzählt hat, aber auf jeden Fall wird auch Richard zu deiner Unterstützung da sein.«

Elizabeth hatte Hannah den ganzen Abend beobachtet und

nach Anzeichen von Besorgnis Ausschau gehalten. Aber ihre Stieftochter wirkte ruhig und gesammelt. Die Blicke, die Stößt-an-den-Himmel und sie sich zuwarfen, ließen keinen Zweifel daran, wie die Dinge zwischen ihnen standen.

»Hannah, hast du mir überhaupt zugehört?«, fragte Nathaniel stirnrunzelnd. Sie lächelte ihn an.

»Ich habe jedes Wort gehört«, erwiderte sie.

»Nun, es freut mich, dass du noch deinen Verstand beisammen hast«, meinte Nathaniel trocken. »Wir wollen mal hoffen, dass es uns genauso geht.«

Jed McGarrity hatte nie Wachtmeister sein wollen, aber kurz nachdem Richter Middleton gestorben war, haftete ihm der Titel auf einmal an. Er hasste seine Aufgabe und es war noch schlimmer geworden, seit die Witwe Kuick nach Paradise gekommen und Baldy O'Brien sich das Richteramt gekauft hatte. Das war das Ende dessen gewesen, was Jed McGarrity unter einem ruhigen Leben verstand.

Ständig schrieb die Witwe nach Johnstown und beschwerte sich über Grundstücksgrenzen und unbefugtes Eindringen, lästige Angelegenheiten, die allerdings bis zum heutigen Tag nie so ernst zu nehmen waren.

Was die Anschuldigung gegen Hannah jedoch betraf, hatte Jed ein ungutes Gefühl, so sehr er auch hoffte, dass sich der Fall als genauso harmlos wie alle anderen herausstellen würde. Jetzt hatte sich die Witwe auch noch mit Jemima Southern zusammengetan, und in Jeds Augen bildeten die beiden ein Gespann, das direkt der Hölle entsprungen war. Außerdem war wirklich ein Verbrechen geschehen. Die Geldkassette war fort, und der Aufseher ebenfalls. Warum allerdings die Witwe entschlossen war, diese Dinge Hannah Bonner zur Last zu legen, verstand Jed McGarrity nicht, so sehr er auch grübelte.

Die Kunde von Hannah Bonners Befragung durch den Richter war wie ein Lauffeuer durchs Dorf geeilt, und alle Einwohner von Paradise hatten sich in der Kirche versammelt. Überrascht stellte

Jed fest, dass zwar Charlie LeBlanc nicht gekommen war, dafür aber Mollys ganze Familie. Auch Nicholas Wilde kam, gestützt von Dolly Smythe, in die Kirche. Und sogar der Doktor hatte sein Trauerhaus verlassen und saß in der ersten Reihe.

Baldy O'Brien stand vorne in vollem Ornat, offensichtlich erfreut darüber, einmal in seinem Leben so viel Publikum zu haben. Wie ein Feudalherr, der alle seine Pächter zu sich bestellt hat, marschierte er vor den Leuten auf und ab.

Dann traten die Bonners ein. Elizabeth war blass wie frisch gefallener Schnee, aber die Männer wirkten so gelassen, als besuchten sie eine Tanzveranstaltung.

Als letzte kam Hannah, und es wurde still in der Kirche. Selbst die Kinder gaben keinen Laut mehr von sich, weil sie in den letzten Sonnenstrahlen fast überirdisch schön wirkte. Lächelnd ging sie den Gang entlang, redete hier und da mit den Leuten und schien so unbeschwert und fröhlich wie immer zu sein.

Als die Bonners sich gesetzt hatten, Hannah zwischen ihrem Vater und ihrem Großvater, räusperte sich O'Brien.

»Ich werde die Klage in zwei Teilen verlesen, weil es sich um zwei unterschiedliche Angelegenheiten handelt.« Er bellte so laut, dass selbst die Leute, die in der Kirche keinen Platz mehr gefunden hatten und draußen standen, ihn hören konnten.

»Wenn mich jemand unterbricht oder Ärger macht, lasse ich ihn vom Wachtmeister sofort hinauswerfen. Nach der Verlesung werde ich den Klägern – den beiden Missus Kuick hier – ein paar Fragen stellen. Danach befrage ich die Angeklagte.« Er räusperte sich erneut und hielt ein Blatt Papier auf Armeslänge von sich entfernt.

»Seit einigen Monaten, vielleicht auch länger, ist Hannah Bonner aus diesem Dorf, ein weibliches Halbblut von achtzehn Jahren, in die ungesetzliche Verschiebung von entlaufenen Sklaven verwickelt, wobei Sklaven aus den Städten im Süden ermutigt werden, ihren rechtmäßigen Besitzern wegzulaufen. Hannah Bonners Anteil an dieser Verschwörung ist es, sie in die Wälder zu führen, wo sie von ihren Mohawk-Verwandten in Empfang genommen und nach Kanada gebracht werden, um dort dem Gesetz zu entgehen und als freie Schwarze zu leben. Zeuge dieser Taten ist Liam Kirby aus Manhattan, der eine entlaufene Sklavin bis auf das Land der Bonners verfolgt hat, aber durch Hannah Bonner an der weiteren Suche gehindert wurde. Als weiterhin ein gewisser Ambrose Dye, der in unserer Mühle angestellt ist, Schritte unternahm, um diese Gesetzlosigkeit zu unterbinden, brachte Hannah Bonner mit Lügen und Betrug unsere Sklaven gegen Mr. Dye auf. Die Sklaven haben sich mit Hannah Bonner und anderen Mitgliedern ihrer Mohawk-Familie zusammengetan und Mr. Dye entführen lassen. Wir glauben, wie auch unser Gatte und Sohn, dass unsere Sklaven, gemeinsam mit Hannah Bonner, für den Tod unseres Aufsehers verantwortlich sind. Während der Entführung von Mr. Dye wurden wir selber von den Mohawk gefangen genommen, und unser Haus wurde geplündert. Eine Stahlkassette, die eine große Menge Geld enthielt, wurde von den indianischen Entführern gestohlen, zweifellos, um weitere ungesetzliche Taten zu finanzieren.«

O'Brien blickte auf und sah auf den Gesichtern der fast hundert Zuhörer nur blankes Entsetzen. Auch Jed fragte sich, ob er wohl richtig gehört hatte, dass die beiden Frauen Hannah Bonner tatsächlich beschuldigten, das alles getan zu haben. Am liebsten hätte er Richter O'Brien niedergeschlagen. Warum wohl Nathaniel oder Falkenauge so ruhig dasaßen?

Der Richter sah auch schon nicht mehr ganz so selbstzufrieden aus. Unsicher räusperte er sich. »Die ersten Anklagepunkte sind Mithilfe zur Flucht von Sklaven, Diebstahl, gewalttätiger Überfall und Anstiftung zum Mord. Die weiteren Punkte betreffen ...«

Aus einer dunklen Ecke hinten in der Kirche ertönte eine Stimme: »Bevor Ihr fortfahrt, Richter O'Brien, möchte ich zu diesen ersten Anklagepunkten etwas sagen.«

Alle Köpfe drehten sich nach der Stimme um, und dann trat Liam Kirby in den Mittelgang. Über dem Raunen der Menge erhob sich ein erstickter Schrei: Jemima Southern sprang erschreckt von ihrem Platz auf.

»Wer ist das?«, polterte O'Brien. »Wer seid Ihr, Sir, dass Ihr es wagt, das Verfahren zu unterbrechen?«

»Alle hier Anwesenden können Euch sagen, wer ich bin. Ich bin Liam Kirby, den die Kuicks als Zeuge in der Klageschrift nennen, die Ihr in Händen haltet.«

O'Brien wäre kaum überraschter gewesen, wenn Liam behauptet hätte, er sei Thomas Jefferson. »Mr. Kirby, ich dachte, Ihr seid in der Stadt.«

»Ich weiß nicht, wie Ihr darauf gekommen seid. Es sei denn, die selben Personen, die Euch diese Lügen aufgetischt haben, hätten es Euch gesagt.«

Jemima Southern sank auf die Bank zurück und beugte sich vornüber, als müsse sie sich übergeben.

Liam Kirby. Er war wirklich die letzte Person, die Hannah hier erwartet hätte, und jetzt stand er da, seinen Hut in der Hand, als ob er hierher gehörte. Als ob er nie weg gewesen sei.

O'Briens Gesicht war hochrot und vor lauter Erregung konnte er kaum ruhig sitzen bleiben.

»Erklärt Euch, Sir!«

Liam trat vor und blickte sich um. Hannah spürte die Hand ihres Vaters auf ihrer Schulter und lehnte sich an ihn.

»Falls in Paradise wirklich Sklaven zur Flucht verholfen worden ist«, sagte Liam, »so konnte ich keine Spur davon finden, auf Hidden Wolf nicht und auch nicht anderswo. Ich kann nicht leugnen, dass ich eine entlaufene Sklavin bis hierher verfolgt habe, und es mag sogar sein, dass die Frau durch Paradise gekommen ist. Jedenfalls waren meine Hunde der Meinung. Ich habe allerdings ihre Spur nicht weiter verfolgt, aber nicht Hannah Bonner hat mich davon abgehalten.«

Die Witwe stand bebend auf. Sie war sehr blass und ihre Augen waren blutunterlaufen. Hannah sah deutlich die pochenden Venen an ihrem Kopf.

»Richter O'Brien«, sagte sie, »selbst wenn sich dies als wahr erweisen sollte, so bleibt immer noch die Entführung und der Mord an Ambrose Dye.«

Liam stieß ein bellendes Lachen aus.

»Ich habe Ambrose Dye vor zwei Tagen auf dem Weg nach Kanada getroffen. Da lebte er noch, und das wird wahrscheinlich auch jetzt so sein, da er mit vollen Händen das Geld ausgibt. Wenn Ihr noch weitere Anklagepunkte gegen Miss Bonner habt, dann solltet Ihr sie besser jetzt vorlesen, Richter ...«

Jemima war wieder aufgesprungen und stieß einen schrillen Schrei aus. Sie zeigte mit dem Finger auf Kirby.

»Er war auch dabei!«, schrie sie. »Er stand mit den Mohawks, die uns bestohlen haben, unter dem Fenster. Ich habe ihn ganz deutlich gesehen. Ich habe dich gesehen, Liam Kirby. Ambrose Dye ist tot, und du hast ihn ermordet. Du hast die Geldkassette gestohlen!«

Hannah warf ihrem Vater einen Blick zu und ihr wurde klar, dass Jemima die Wahrheit sprach. Offensichtlich überraschte es ihn nicht. Er drückte ihre Schulter und sagte auf Kahnyen'kehàka zu ihr: »Später. Spar dir deine Fragen für später auf.«

In der Kirche wurde es unruhig und Rufe ertönten. O'Brien nahm die Bibel, die vor ihm auf dem Tisch lag und schlug damit drei Mal so laut auf die Tischplatte, dass wieder Ruhe einkehrte.

»Sir«, sagte Mr. Gathercole zu ihm. »Das ist die Bibel.«

»Sie hat einem guten Zweck gedient!« fuhr O'Brien ihn an.

Jed verbarg sein Lächeln hinter vorgehaltener Hand und senkte den Kopf.

O'Brien brachte die Menge zum Schweigen, indem er drohte, alle hinauswerfen zu lassen, dann wandte er sich an Jemima.

»Mrs. Kuick, Ihr habt Mr. Kirby unter dem Fenster gesehen, nachdem Ihr in Eurem Heim überfallen worden seid?«

Sie nickte und fuhr sich mit den Händen an den Hals. »Ja, er stand dort mit den schwarzen Mohawks.«

»Dann müsst Ihr mir aber erklären«, sagte O'Brien, »warum Ihr Kirby in Eurer Klage als Zeugen gegen Hannah Bonner aufgeführt habt.«

»Und warum habt Ihr nichts davon gesagt, dass er da war, als es passierte?«, rief Axel Metzler dazwischen. »Kein Wort habt Ihr über Liam Kirby gesagt, Missy.«

Die Menge begann wieder zu raunen, und O'Brien bedachte sie mit einem finsteren Blick. »Wenn nicht augenblicklich Ruhe eintritt, lasse ich den Saal räumen!« Er warf Jed einen Blick zu.

»Wachtmeister McGarrity, hat eine der beiden Missus Kuick etwas davon erwähnt, dass Mr. Liam Kirby am Abend der Entführung und des Raubüberfalls in der Nähe der Mühle gesehen worden ist?«

»Keine von beiden hat auch nur ein einziges Wort über Kirby gesagt und auch niemand von den anderen, die zum Zeitpunkt des Überfalls im Haus waren. Dort drüben sitzt Becca Kaes, Ihr könnt sie fragen.«

O'Brien wandte sich an Becca. »Miss Kaes?«

Becca stand auf und warf ihrer Herrin einen bangen Blick zu. »Ja, Sir.«

»Ihr wart im Mühlenhaus, als der Überfall stattfand?«

»Ja, Sir.«

»Ihr habt Euch mit dem Eindringling, mit den Missus Kuick und den übrigen in einem Zimmer aufgehalten?«

»Ja, Sir.«

»Und den Eindringling habt Ihr deutlich gesehen?«

»Oh ja, Sir.«

»Wie würdet Ihr ihn beschreiben?«

»Nun, es war auf jeden Fall nicht Liam Kirby, Euer Ehren, Sir. Er war schwarz wie die Nacht und Liam ist ja so rot wie der Teufel, wie jeder sehen kann.«

In den hinteren Reihen wurde gelacht.

»Und habt Ihr an jenem Abend Mr. Kirby zu irgendeinem anderen Zeitpunkt gesehen?«

»Nein, Sir. Ich habe auch nicht gehört, dass Mrs. Kuick seinen Namen erwähnt hätte.«

O'Brien blickte Jemima und die Witwe Kuick scharf an.

»Miss Bonner.«

Hannah erhob sich. »Ja, Sir.«

»Habt Ihr mit Liam Kirby zusammen geplant, Mr. Ambrose
Dye zu entführen und die Geldkassette der Kuicks zu stehlen?«
»Nein«, erwiderte sie ruhig. »Das habe ich nicht.«

»Fragt sie nach diesen Heiden, die dort hinten an der Tür stehen.« Lucy Kuicks Stimme überschlug sich fast. »Fragt sie, ob sie
sich mit ihnen verschworen hat!«

»Mrs. Kuick«, sagte der Richter scharf, »ich führe das Verhör
auf meine eigene Art.«

»Habt ihr mit Liam Kirby oder irgendjemand anderem zusammen geplant, Ambrose Dye zu entführen und die Geldkassette zu
stehlen?«

»Nein«, erwiderte Hannah.

»Wie ist Eure Beziehung zu Mr. Kirby?«

Hannah blickte auf ihre Hände. »Wir waren als Kinder befreundet«, sagte sie.

»Habt Ihr Euch mit jemand anderem verschworen, der Liam
Kirby ähnlich sieht?«

Sie schüttelte den Kopf. »Nein.«

»Wisst Ihr, wo Mr. Dye jetzt ist?«

»Nein, aber ich möchte es auch gar nicht wissen, Sir. Er war ein
grausamer Mann und ich hoffe, er kehrt nie mehr zurück.«

Jed zuckte zusammen, aber O'Brien war Hannahs Meinung zu
Ambrose Dye gleichgültig. »Da es keine Zeugen gibt, da sich die
Kläger in Widersprüche verwickeln und wir keine Beweise vorlie-
gen haben, erkläre ich die Klage in diesen Punkten für abgewiesen.«

Die Witwe Kuick gab einen erstickten Laut von sich, aber Jed
machte sich mehr Sorgen wegen Jemima. Sie sah so aus, als könne
sie mit bloßen Händen einen Mord begehen, und er war froh, dass
sie erst an Falkenauge und Nathaniel vorbeikommen musste, um
zu Hannah zu gelangen.

»Nun zum zweiten Punkt der Klageschrift.« O'Brien ergriff
wieder das Papier.

»Die selbe Hannah Bonner, ein weibliches Halbblut, die die
Kühnheit besitzt, sich selber als Ärztin zu bezeichnen, hat zahlrei-

che Bürger von Paradise überredet, sich ihrer sogenannten Pocken-Impfung zu unterziehen. Wenige Tage später ist eine Epidemie bei uns ausgebrochen. Die Symptome sind Fieber, Kopfschmerzen und ein Ausschlag am ganzen Körper. Als unser Sohn und Gatte, Isaiah Kuick, von der Suche nach den Eindringlingen, die uns überfallen und beraubt haben, in einem furchtbaren gesundheitlichen Zustand nach Hause kam, verschaffte sich Hannah Bonner ungerechtfertigt und ohne Erlaubnis Zutritt zu unserem Haus. Während sie sich alleine mit ihm in seinem Zimmer aufhielt, verschlechterte sich Isaiah Kuicks Zustand, und er starb wenige Stunden später. Wir beschuldigen Hannah Bonner des Mordes an Isaiah Kuick. Ihr Motiv war die Beseitigung aller Personen, die gegen sie hätten aussagen können.«

O'Brien warf einen nervösen Blick über die Menge, die wieder unruhig geworden war. Er sagte:»Diese Klageschrift beschuldigt Hannah Bonner, ohne richtige Ausbildung oder Erfahrung den medizinischen Beruf ausgeübt zu haben, die ihr anvertrauten Kranken zu ihrem eigenen Nutzen falsch behandelt und durch bisher unbekannte Methoden einen Mord begangen zu haben.« Mit leiserer Stimme fügte er unsicher hinzu:»Dr. Todd, habt Ihr etwas dazu zu sagen?«

Richard Todd stand auf. Sichtlich wütend schritt er nach vorne und baute sich vor den Kuick-Witwen auf. Er warf ihnen einen finsteren Blick zu, dann wandte er sich an die versammelte Gemeinde. Mit lauter Stimme sagte er:»Ich möchte, dass sich alle erheben, in deren Häuser Hannah Bonner gekommen ist, wenn es Kranke zu pflegen gab.«

Alle, einschließlich der Bonners selber, standen auf. Nur die beiden Kuicks blieben sitzen.

Richard warf Jemima einen eindringlichen Blick zu.»Ich glaube, du solltest auch aufstehen, Missus.«

»Ich habe keine Lust aufzustehen«, zischte Jemima.

»Nun«, fuhr er ungerührt fort,»wenn jemand hier jemals Anlass zur Klage über die Pflege von Hannah Bonner gehabt hat, dann soll er sich wieder hinsetzen.«

Alle blieben bewegungslos stehen.

»Mr. Ratz«, sagte er, »Ihr habt gestern ein Mädchen ans Scharlachfieber verloren. Ich glaube, Hannah Bonner hat die ganze Nacht an ihrem Bett gesessen. Stimmt das?«

Horace Ratz räusperte sich. »Ja.«

»Warum steht Ihr dann noch, Mann? Ihr habt doch anscheinend Grund, Euch über Hannah Bonner zu beklagen.«

Der Mann schluckte. »Sie hat auch die anderen fünf Kinder gepflegt«, erwiderte er. »Vier Mädchen und meinen Jungen. Sie sind alle wieder gesund. Es wäre nicht richtig, wenn ich ihr das eine Kind, das sie nicht retten konnte, zum Vorwurf machen würde.«

»Waren Eure Kinder von Hannah Bonner gegen Pocken geimpft worden?«

»Nein, Sir«, erwiderte Ratz und senkte den Kopf. »Ich habe leider ihr Wort angezweifelt. Das war meine Schuld. Ich entschuldige mich hier auf der Stelle bei ihr, wenn der Richter es erlaubt.«

»Möchte sonst noch jemand für Hannah Bonners Fähigkeiten als Ärztin sprechen?«

»Ich!«, rief Nicholas Wilde. Sein Ruf setzte sich durch die ganze Kirche fort, und schließlich schrien alle durcheinander. Richard hob die Hand, um sie zum Schweigen zu bringen.

Er wandte sich an O'Brien. »Ich glaube, damit ist die Frage nach den Qualifikationen von Hannah Bonner als Ärztin beantwortet, Richter O'Brien. Stimmt Ihr mir zu?«

O'Brien hob ergeben die Hände.

»Es bleibt nur noch die Frage zu klären, wie Isaiah Kuick starb. Außer Becca Kaes könnt ihr euch alle wieder hinsetzen.«

Als es wieder still geworden war und nur noch Becca stand, sagte Richard: »Becca, du arbeitest als Dienstmädchen im Mühlenhaus, nicht wahr?«

Sie senkte zustimmend den Kopf. »Seit die Witwe nach Paradise gekommen ist, ja, Sir.«

»Warst du in der Nacht, als Mr. Kuick starb, im Haus?«

Wieder nickte sie.

»Und wer war bei ihm?«

Sie sah ihn verwirrt an. »Meint Ihr, wer bei ihm war, bevor er starb oder als er starb oder danach?«

Richard atmete tief durch. »Die ganze Zeit, Becca. Fang mit dem ersten an.«

»Zuerst war Hannah Bonner da. Sie kam gegen Sonnenuntergang, nachdem ich ihr die Nachricht geschickt hatte, dass Mr. Kuick nach ihr gefragt hätte.«

»Sie ist also auf seine Bitte hin gekommen?«

»Ja, Sir. Er wollte unbedingt mit ihr sprechen, und er sagte, ich dürfe seiner Mutter oder seiner Frau nichts davon sagen.«

»Und warum?«

Becca zuckte mit den Schultern. »Wahrscheinlich weil er wusste, dass es ihnen nicht gefallen würde, wenn sie im Haus wäre. Hannah und Jemima können sich nicht ausstehen, das weiß jeder.«

»Aber du hast getan, was dir aufgetragen wurde?«

»Ja, Sir. Ihr selbst hattet mir am Nachmittag bereits gesagt, dass er sterben würde, und ich dachte, dass man einem Sterbenden keinen Wunsch abschlagen darf.«

»Wie lange war sie bei ihm?«, fragte der Doktor.

»Insgesamt vielleicht eine Stunde, Sir. Sie machte ihm einen Fiebertee. Ich weiß allerdings nicht, was sie geredet haben, da ich die meiste Zeit mit der Witwe beschäftigt war.«

Jemima blickte sich triumphierend um.

»Hat er den Tee getrunken?«

»Ja. Ich habe ihm den Kopf gehalten, damit er schlucken konnte.«

»Nach einer Stunde ist sie also gegangen. Wer kam dann zu ihm?«

»Ich habe öfter nach ihm geschaut, aber die meiste Zeit war er allein. Die Witwe hat dauernd nach mir gerufen. Sie hat sich über Kopfschmerzen beklagt und war sich sicher, dass sie Scharlachfieber bekommt, obwohl sie noch nie krank war. Ich habe Cookie losgeschickt, damit sie Mrs. Kuick sucht und sie hat auch kurze Zeit bei ihm am Bett gesessen, ist dann aber wieder gegangen, weil er sie nicht um sich haben wollte.«

»Dann war Mr. Kuick also allein? Hat seine Mutter nicht nach ihm gesehen?«

»Nein, Sir, sie war in so einer schlechten Verfassung. Ich habe ihr schließlich den Rest des Tees, den Hannah für Mr. Kuick dagelassen hatte, gegeben, und auch ihr Laudanum, und dann ist sie endlich ruhig geworden und hat die ganze Nacht geschlafen.« Beccas Stimme bebte. »Seitdem mache ich mir ständig Vorwürfe. Ich hätte sie besser wecken sollen, damit sie am Totenbett ihres Sohnes hätte sitzen können, aber es ging ja auch alles so schnell.«

»Lass mich noch einmal zusammenfassen, Becca. Du hast der Witwe den Tee gegeben, den Hannah Bonner gekocht hat ...« Er warf der Witwe und Jemima einen bedeutsamen Blick zu. »Und dann hast du bei Mr. Kuick gesessen, bis er gestorben ist?«

»Ja, Sir.«

»Nun, aber die Witwe sitzt doch hier, oder nicht? Heil und gesund.«

»Ja, sie sitzt dort, Sir.«

»Also hat sie der Tee nicht umgebracht.«

»Soweit ich sehen kann, nicht, Sir.«

»Und bevor er starb, hat Mr. Kuick da irgendetwas gesagt?«

»Wie meint Ihr das, Dr. Todd?«

»Hat er jemanden des Mordes beschuldigt? Seine Frau vielleicht oder seine Mutter?«

»Dr. Todd!« donnerte O'Brien, und alle in der Kirche sprangen auf. »Wie könnt Ihr es wagen, Sir?«

Richard warf ihm einen finsteren Blick zu. »Sie hatten dazu genauso viel Gelegenheit wie Hannah Bonner, Richter. Die Unschuldigen brauchen keine Fragen zu fürchten, oder?«

Ohne eine Antwort abzuwarten, wandte er sich wieder an Becca. »Hat er irgendjemanden des Mordes bezichtigt?«

»Nein, Sir«, erwiderte Becca.

»Weder seine Mutter noch seine Frau?«

»Nein, Sir. Auch nicht Hannah oder Euch. Niemanden. Er holte nur tief Luft, und dann war er tot.«

»Wie ging es weiter?«

»Dann schickte ich nach Euch, Doktor, und Ihr kamt.«

»Und was habe ich zu dir gesagt?«

»Ihr sagtet, Mr. Kuick sei an einem Lungenfieber und den Komplikationen durch den Scharlach gestorben. Und meine Schwester sei am Kindbettfieber gestorben.«

»Das mit Molly tut uns allen Leid. Danke für deine Hilfe, Becca.«

Richard wandte sich Hannah zu und verbeugte sich vor ihr. Dann verließ er die Kirche, ohne sich noch einmal umzudrehen. Erst da bemerkte Jed, dass auch Liam Kirby verschwunden war.

Einen Moment lang herrschte Schweigen, dann stand Axel Metzler auf. »Ich habe etwas zu sagen.«

O'Brien forderte ihn mit einer Handbewegung auf, zu sprechen.

Axel blickte sich in der Kirche um. »Zuerst einmal möchte ich sagen, Schande über dich, Jemima Kuick, weil du Hannah Bonner beschuldigt hast. Schande über dich und deine Schwiegermutter. Ich würde den Richter ja bitten, eine Strafe über euch zu verhängen, aber dass ihr zwei zusammen leben müsst, scheint mir schon Strafe genug zu sein.«

Die Witwe Kuick erhob sich langsam. Mit wackelndem Kopf trat sie auf Hannah zu und ihre Lippen bewegten sich, als wolle sie etwas sagen. Dann fiel sie wie ein gefällter Baum um.

Sofort stürzten alle zu ihr, und Jed musste sich durch die Menge drängen, bis er zu der Witwe gelangte.

»Sie lebt noch«, sagte jemand. »Seht doch, sie lebt noch.«

Eine Seite ihres Mundes zuckte, der andere Mundwinkel hing jedoch schlaff herab.

Hannah betrachtete sie, dann sagte sie mit ihrer klaren Stimme: »Jemima, deine Schwiegermutter hat einen Schlaganfall gehabt. Wenn du möchtest, dann versorge ich sie. Wenn nicht, schickst du besser nach Dr. Todd.«

Jemima blickte sie an, und einen Moment lang zeigte sie ihr wahres Gesicht. Es lag so viel Verzweiflung und Hoffnungslosigkeit darin, dass Hannah erschrocken zurückwich. Aber Jemima hatte sich sofort wieder in der Gewalt. Sie drehte sich auf dem Absatz um und verließ die Kirche.

Nathaniel grunzte leise. »Du versorgst sie jetzt besser, Tochter, zumindest bis Richard zurückkommt. Richter O'Brien, Ihr bleibt am besten da und seht zu, sonst behauptet Jemima Southern noch, dass Hannah ihre Schwiegermutter umgebracht habe.«

O'Brien fluchte leise. »Ich würde Jemima Southern kein Wort mehr glauben, und wenn sie auf die Bibel schwören würde, dass der Himmel blau ist. Wachtmeister McGarrity, übernehmt Ihr diese Aufgabe.«

Er strich sich die Jacke glatt und marschierte aus der Kirche.

Hannah kniete sich hin. Elizabeth hatte bereits ihren Umhang gefaltet und ihn der Witwe unter den Kopf geschoben. Sie blickten sich an, und Hannah sagte: »Wusstest du, dass Liam kommt?«

»Nein«, erwiderte Elizabeth und presste die Lippen zusammen.

»Ich wusste es nicht. Ich werde mich aber mit ihm unterhalten müssen. Es gibt einige Fragen zu dieser Nacht, auf die ich gerne Antworten hätte.«

Lily hatte stumm dabei gestanden. Jetzt sagte sie: »Hast du denn nicht gesehen, dass er gegangen ist? Liam Kirby ist fort und mit ihm deine Antworten.«

44 »Stiefelchen«, sagte Nathaniel schläfrig und vergrub seinen Kopf im Kissen. »Wir haben das jetzt mindestens schon zwanzig Mal besprochen. Wenn ich dir sage, dass du Recht hast, dass du immer mit allem Recht hast, lässt du mich dann schlafen?«

Elizabeth, die mit gekreuzten Beinen im Bett saß, kniff ihn. Er zuckte zusammen und warf ihr einen vorwurfsvollen Blick zu. Dann gähnte er.

»Ich nehme an, das soll nein heißen?«

»Kluger Mann«, erwiderte sie. »Wir sollten dieses Thema vor morgen früh klären. Beteilige dich daran, Nathaniel Bonner, oder du musst deine älteste Tochter mit leeren Händen in ihr neues Leben schicken.«

»Herrgott, Stiefelchen, hattest du heute noch nicht genug Aufregung? Eine Beerdigung und eine Hochzeit sollten selbst dir ausreichen. Und morgen müssen wir Abschied nehmen, so ungern ich dich daran erinnere.«

Widerstreitende Gefühle malten sich auf Elizabeths Zügen: Trauer und Resignation, aber auch Freude. Freude für Hannah, die heute Abend in einer einfachen Zeremonie geheiratet hatte. Bei Sonnenuntergang war sie mit ihrem Mann zu den Wasserfällen gegangen, weil sie vorhatten, dort ihre letzte Nacht in Lake in the Clods zu verbringen – etwas, worüber Nathaniel lieber gar nicht nachdenken wollte.

»Es war ein schönes Fest, nicht wahr? Kitty hätte es bestimmt gefallen.«

Das hatte sie schon ein paar Mal gesagt, wie um sich selbst zu überzeugen. Nathaniel erwiderte geduldig: »Ja, es hätte ihr bestimmt gefallen. Sie hat doch nie eine Gelegenheit ausgelassen, um tanzen zu gehen.«

Elizabeth nickte. »Ja. Zumindest darüber werde ich mir jetzt keine Sorgen mehr machen. Aber wir haben uns immer noch nicht darüber geeinigt, was wir Hannah mitgeben.«

Er gähnte wieder. »Sie nehmen doch sowieso schon zu viel mit. Starke Worte muss einen halben Zentner Bücher und medizinische Geräte schleppen.«

»Dann sollten wir ihnen vielleicht Toby schenken.«

»Er würde keine Meile durchhalten«, erwiderte Nathaniel und Elizabeth nickte zögernd.

»Wenn wir ihnen doch wenigstens Geld schenken könnten. Machst du dir denn gar keine Gedanken deswegen?«

Nathaniel lehnte sich an die Kissen und legte einen Arm über die Augen. Er hatte gehofft, das Thema Geld für die nächsten Tage vermeiden zu können, weil er ihr noch nichts von dem Tory-

Gold erzählt hatte, aber jetzt war er zu müde, um es weiter zu verschweigen.

»Komm, küss mich, Stiefelchen, dann erzähle ich es dir.« Er packte sie am Ärmel ihres Nachthemdes, aber sie zog ihren Arm weg.

»Warum musst du immer das Thema wechseln?«

»Weil du mich vielleicht nicht mehr küssen willst, wenn ich dir alles erzählt habe.«

»Machst du jetzt bitte endlich den Mund auf? Es ist viel zu spät für solche Spielchen, Nathaniel. Was immer du auch sagen möchtest ...«

»Stiefelchen.«

»Ja?«

»Wir können.«

»Was soll das heißen, wir können? Wir können ihnen Toby schenken?«

»Wir können ihnen Geld geben«, sagte Nathaniel erschöpft. »Um genau zu sein, wir können ihnen Goldguineen geben, sogar achthundert davon, wenn du besonders großzügig sein möchtest.«

Elizabeth wurde blass. Als sie begriff, was er meinte, stieg ihr die Röte wieder in die Wangen. Sie blinzelte.

»Was?«

»Du hast mich richtig verstanden. Goldguineen. Das Tory-Gold.«

»Das Tory-Gold?« Ihre Stimme überschlug sich. Nathaniel zog sie an sich.

»Stiefelchen«, flüsterte er, »jetzt hör mir zu. Das Gold ist wieder da. Wiedergefunden. Zurückgekommen. Aus heiterem Himmel.«

Sie starrte ihn an. »Zurückgekommen? Auf kleinen goldenen Füßen? Wie der verlorene Sohn wieder nach Hause zurückgekehrt?«

Er lächelte erleichtert. »Ich dachte schon, du würdest mich jetzt bei lebendigem Leib häuten. Du überraschst mich immer wieder.«

»Warum sollte ich denn wütend sein?« Sie entwand sich ihm und setzte sich hin. »Ich bin nur neugierig und mächtig verwirrt.«

Er stöhnte auf. »Deshalb wollte ich ja auch erst morgen mit dir darüber sprechen«, sagte er. »Wenn wir ein paar Stunden geschlafen haben.«

»Vor allem jedoch ...«, fuhr sie fort, als hätte er gar nichts gesagt, »vor allem jedoch bin ich erleichtert. Ich fand die Vorstellung grässlich, die beiden ohne ein Geschenk wegschicken zu müssen.«

Nathaniel lachte. »Gut. Können wir jetzt schlafen?«

»Selbstverständlich«, erwiderte Elizabeth. »Das Problem ist ja jetzt gelöst. Allerdings ist da immer noch die Sache mit Liam Kirby.«

Er zog sie an sich. »Nein«, sagte er fest. »Jetzt nicht. Morgen auch nicht. Vielleicht niemals.«

Sie verkrampfte sich in seinen Armen. Nathaniel wusste, dass sie sich erst zufriedengeben würde, wenn sie das Rätsel gelöst hatte. Aber es gab nichts zu lösen. Liam Kirby hatte Paradise für immer verlassen, und so würde sie nie zufrieden sein.

Nach und nach entspannte sie sich und schmiegte sich an ihn. Sie würde nicht lange so liegen bleiben, seine unabhängige Elizabeth. Sie würde sich im Schlaf drehen und von ihm abwenden, und erst am nächsten Morgen würde sie dann wieder bei ihm sein, den Kopf an seiner Schulter.

Die Geräusche der Nacht drangen zu ihnen herein, und wenn er sich anstrengte, konnte er die Kinder im Schlaf atmen hören. Nur zwei, wo gestern Nacht noch drei gewesen waren. Sein Tochter war jetzt für immer weg, und doch konnte er sie sich jederzeit vor Augen rufen. Hannah als Neugeborenes, als lachende Dreijährige, als ernste Neunjährige – als junge Frau neben einem Mann, der nun ihr Ehemann war.

»Nathaniel«, flüsterte Elizabeth.

»Hmm?«

»Er wird gut für sie sorgen und sie für ihn.«

»Stiefelchen«, erwiderte er und streichelte ihr Gesicht. »Daran habe ich keinen Augenblick lang gezweifelt.«

Epilog

Liebste Tochter Hannah,
vor sechs Wochen hast du deine Reise nach Westen angetreten und wir
vertrauen darauf, dass du heil angekommen bist. Wie vereinbart schi-
cken wir dieses Paket zur Postkutschenstation nach Fort Erie, damit du
es dort abholen kannst. Beiliegend findest du Briefe aus Schottland, von
den Spencers und von deinem Freund Hakim Ibrahim. Wir haben auch
einen Brief vom Sekretär des Präsidenten für dich bekommen, was große
Aufregung im Dorf verursacht hat. Dein Vater hat Bedenken, dir diesen
Brief nach Kanada zu schicken, was in diesen unruhigen Zeiten ja auch
verständlich ist. Dein Bruder und deine Schwester schreiben dir selber,
eine Aufgabe, der sie sich mit großer Ernsthaftigkeit und Sorgfalt wid-
men. Ich weiß dies, weil Daniel mich gefragt hat, ob er dich jetzt, wo du
verheiratet bist, mit Missus anreden muss. Ich habe ihm erklärt, dass du
immer seine geliebte Schwester bleiben wirst, was er mit großer Erleich-
terung aufgenommen hat.
Die Zwillinge vermissen dich schrecklich, wie wir alle, aber wenn wir
abends beisammen sitzen, stellen wir uns immer vor, wie ihr auf eurem
Weg vorankommt, mit Großvater an der Spitze und Jode, der die Nach-
hut bildet. Du beginnst deine Ehe mit vielen Männern, um die du dich
kümmern musst, aber wenn einer diese Aufgabe bewältigen kann, dann
bist du es. Curiosity bittet mich, dir zu sagen, dass du jederzeit zur Peit-
sche greifen darfst, sollte es nötig sein. Dr. Todd schickt dir seine besten
Grüße und lässt dir ausrichten, dass du sorgfältig Buch führen sollst über
die Impfungen, die du auf dem Weg nach Westen durchführst.

Es gibt zahlreiche Neuigkeiten aus dem Dorf. Viele Tauben hat erklärt, dass wir morgen mit der Maisernte beginnen und dass Lily an deiner Stelle singen soll. Deine Schwester bemerkte daraufhin, dass wir jedes Mal, wenn wir etwas tun, es zum ersten Mal ohne dich tun. Viele Tauben hat erwidert, dass auch dies vorübergehen würde, wie alles im Leben.

Ich habe Nicholas Wilde besucht und zwei Baumschösslinge von ihm gekauft, die ich neben meinen Kirschbaum pflanzen werde. Wenn du uns das erste Mal besuchen kommst, dann tragen sie hoffentlich schon Äpfel.

Seit deiner Hochzeit hat es hier zwei weitere Hochzeiten gegeben. Dolly Smythe hat Nicholas Wilde geheiratet, wie du dir denken kannst, und Becca Kaes hat Charlie LeBlanc geheiratet, um ihm zu helfen, die Kinder ihrer armen Schwester Molly großzuziehen. Jetzt haben die Witwen Kuick gar keine Dienstboten mehr, und es ist ihnen bisher auch nicht gelungen, neue einzustellen, was ja auch nicht weiter überraschend ist.

Eine Überraschung war für uns jedoch folgendes: Vor zwei Wochen kam Mr. Gathercole zur Witwe Kuick und hatte eine Tasche voller Geld, fast tausend Dollar, bei sich. Er berichtete, dass er die Tasche auf der Kirchentreppe gefunden habe, mit einer Notiz, in der er angewiesen wurde, für das Geld die Freiheit aller Sklaven in Paradise zu kaufen.

Was die Witwe dazu sagte, weiß ich nicht, da sie ja seit ihrem Schlaganfall immer noch nicht sprechen kann. Jemima hingegen muss so laut geschrien haben, dass Anna behauptet, sie habe sie bis zur Postkutschenstation gehört. Jemima hat erklärt, das Geld sei ihr Eigentum, es stamme mit Sicherheit aus der gestohlenen Geldkassette und sie ließe sich nicht zum Narren halten. Ohne glaubhaften Beweis will Mr. Gathercole sich darauf jedoch nicht einlassen. Jemima ist sofort zu Jed McGarrity gerannt, aber der hat ihr nur ungerührt geraten, doch wieder an Richter O'Brien zu schreiben, der sich bestimmt freuen würde, von ihr zu hören.

Dein Vater, der mir am Tisch gegenüber sitzt, erinnert mich gerade daran, dir zu erzählen, dass nach Curiositys Meinung Jemimas Kind genauso wird wie sie, wenn sie sich weiterhin so aufführt. Ich fürchte, ich werde mit zunehmendem Alter immer bösartiger, weil ich laut lachen muss, während ich diese Zeilen schreibe. Ich frage mich wirklich langsam, was aus Jemima noch werden soll.

Dein Vater glaubt, dass sie letztendlich die Sklaven verkaufen wird, nicht nur, weil sie das Geld braucht, sondern weil auch die Mühle nicht mehr besonders gut läuft. Charlie LeBlanc hat angeboten, die Mühle von dem Geld zu kaufen, das Isaiah Kuick Becca hinterlassen hat – ein weiterer Skandal –, aber Jemima hat darauf nur in aller Öffentlichkeit geantwortet, dass sie lieber den Mühlstein verschlucken würde.

Weil ich weiß, dass du dir darüber Gedanken machst, möchte ich dir noch berichten, dass wir von Liam Kirby seit jenem Abend in der Kirche nichts mehr gehört haben. Wenn ich ehrlich bin, weiß ich immer noch nicht, was ich davon halten soll. Manchmal scheint es mir, als wolle er durch seine Taten in den letzten Wochen Buße tun für die Rolle, die er beim Tod unserer Freundin gespielt hat. Zu anderen Zeiten jedoch denke ich, dass mehr hinter der Geschichte gesteckt hat, als wir je erfahren werden.

Um noch etwas Fröhliches zu schreiben, will ich dir noch erzählen, dass es Ethan mit jedem Tag besser geht. Curiosity hat gesagt, dass Richard viel Zeit mit dem Jungen verbringt und dass sie gut miteinander auskommen. Offensichtlich hat Kitty letztendlich ihre Lieben doch besser verstanden als wir.

Ich habe in diesem langen Brief nichts über deinen Mann geschrieben und es fällt mir auch schwer, Gedanken zu Papier zu bringen, die nicht so sentimental wirken sollten. Und deshalb hat dein Vater, der darauf besteht, dass Briefe schreiben meine Aufgabe ist, das letzte Wort. Er schickt dir seine Liebe, und an Stößt-an-den-Himmel folgende Botschaft: Er möge danach streben, dich zu verdienen.

Mit den zärtlichsten Wünschen und in liebender Zuneigung
Deine Stiefmutter Elizabeth Middleton Bonner.

Anmerkung und Danksagung

Meine Beziehung zu New York (und damit auch zu dieser Geschichte) beginnt mit Theunis und Belitjegen Quick, meinen ältesten bekannten Vorfahren, die um 1640 aus Holland nach New Amsterdam gekommen sind und auf der heutigen Whitehall Street gewohnt haben, wo sich in diesem Roman das (fiktionale) Heim der Spencers befindet. Fast 300 Jahre später kam mein Großvater väterlicherseits aus Italien und heiratete ein braves italienisches Mädchen, eine Waise, die im Mother Cabrini Waisenhaus, das damals noch in Manhattan stand, aufgewachsen war. Aus diesen und anderen Gründen empfinde ich unendliche Neugier und Zuneigung für die Stadt.

Das Hauptanliegen jedes Autors ist es, eine spannende und unterhaltsame Geschichte zu schreiben, und ich hoffe, das habe ich hiermit getan. Mein zweites Ziel ist es jedoch, dem Leser durch die Personen auch etwas von der Geschichte unseres Landes zu vermitteln.

Die Wahrheit ist manchmal seltsamer als die Fiktion, heißt ein altes Sprichwort, und so war es gelegentlich nötig, kleinere Korrekturen vorzunehmen, um die Tatbestände nicht zu unglaubwürdig wirken zu lassen. Es gab zum Beispiel wirklich einen Mr. Cock, der um 1900 das Armenhaus in New York City geleitet hat, und ebenso ist auch Dr. Valentine Seaman eine reale Figur. Um meine Leser nicht allzu sehr verwirren, habe ich diese Namen ein wenig verändert, so dass aus Mr. Cock Mr. Cox und aus Dr. Seaman Dr.

Simon wurde. Ich gehe also grundsätzlich von den verfügbaren Fakten aus und erfinde dann den Rest, denn schließlich handelt es sich um einen Roman.

Viele der hier beschriebenen Ereignisse haben sich tatsächlich ereignet, auch wenn ich mir die Freiheit genommen habe, sie zeitlich (ganz leicht) zu verschieben. Das Kuhpocken-Institut im Armenhaus gab es tatsächlich, ebenso wie den Sklavenaufstand vor dem Haus einer reichen Französin, als sie versuchte, das Freilassungsgesetz zu umgehen. Auch zahlreiche andere Begebenheiten in diesem Roman sind historisch verbürgt.

Die meisten medizinischen Behandlungsmethoden und Annahmen, die in diesem Buch beschrieben werden, basieren auf der zeitgenössischen Dokumentation. Debatten über Ursache und Behandlung von Pocken, Gelbfieber, Tuberkulose und anderen Krankheiten stammen aus verschiedenen historischen Quellen. Zum Beispiel stritten sich damals die Ärzte über die Beziehung zwischen Syphilis und Gonorrhoe, und viele glaubten, das seien nur unterschiedliche Ausprägungen der selben Krankheit. Genau die entgegengesetzte Verwirrung herrschte bei den Krankheiten, die durch Streptokokken verursacht werden.

Was die Geographie von Manhattan um 1802 angeht, so habe ich versucht, mich so genau wie möglich an alte Pläne zu halten. Soweit es Informationen darüber gab, sind alle Institutionen an den Originalschauplätzen aufgeführt. Der Ort Paradise ist fiktional, aber es gibt tatsächlich Überreste einer alten Siedlung am Westufer des Sacandaga.

Besonders dankbar bin ich den Historikern und Bibliothekaren für ihre Hilfe. Dan Prosterman hat stundenlang die Quellen des Stadtarchivs von New York City durchkämmt, und die New York Public Library hat mich mit Informationen und Dokumenten unterstützt. Steven Lopata hat mir Erkenntnisse über Laboratorien und Behandlungsmethoden vermittelt, Adrienne Mayor hat mir von Fossilienfunden und überlieferten Mythen im Hudson Valley berichtet und von Jim und Janet Gilsdorf bekomme ich ständig hervorragende medizinische Informationen.

Meinen klugen, aufmerksamen und stets verlässlichen Lesern und Freunden Suzanne Paola, Patricia Bolton und S., der nicht genannt werden möchte, gilt meine unendliche Dankbarkeit. Ich danke auch der UCross Foundation, die es mir ermöglicht hat, einen Monat lang in der Abgeschiedenheit der Hochwüste von Wyoming zu schreiben, und Harmony und Loren Kellogg für Unterstützung, Freundschaft und das Geschenk eines Hauses mit Aussicht. Tamar Groffman versorgte mich mit einer anderen Art von friedlichem Geborgenheitsgefühl und ruhiger Anleitung, die mir in der schwersten Zeit sehr geholfen haben.

Wie immer danke ich meiner Agentin und Freundin Jill Grinberg, meiner hervorragenden Lektorin Wendy McCurdy und Nita Taublin für ihre Ermutigung und ihren Enthusiasmus.

Und da gibt's natürlich noch Tuck, der auf meinem Schoß sitzt, wenn er nicht mehr laufen kann; Bill, der mich auf seinem Schoß sitzen lässt, und Beth, die vielleicht schon zu alt für so etwas ist. Vielleicht.

Sara Donati

Große Liebesromane vor historischem Hintergrund in der Tradition von Diana Gabaldon

Im Herzen der Wildnis
01/13156

An einer fernen Küste
01/13198

Jenseits der tiefen Wälder
01/13432

01/13198

HEYNE-TASCHENBÜCHER

HEYNE

Zeit für große Gefühle

Ergreifende Romane bedeutender Autoren – romantisch und tragisch, mit viel Gefühl für die Magie des Augenblicks.

Patricia Gaffney
Garten der Frauen
01/13259

Judy Blume
Zauber der Freiheit
01/13183

Nora Roberts
Lilien im Sommerwind
01/13468

Nicholas Sparks
Das Schweigen des Glücks
01/13473

Joanna Trollope
Anderer Leute Kinder
01/13209

Adriana Trigiani
Der beste Sommer unseres Lebens
01/13483

Barbara Bretton
Meeresschimmer
01/13537

01/13183

HEYNE-TASCHENBÜCHER

HEYNE

Patricia Gaffney

Einfühlsame Frauenromane über Freundschaft, Solidarität und Liebe.

»Der Leser gerät in einen Sog, dem er sich nicht mehr entziehen kann.«
Brigitte

Garten der Frauen
01/13259

Fluss des Lebens
01/13435

Sommer der Hoffnung
01/13554

01/13259

HEYNE-TASCHENBÜCHER

Barbara Erskine

Die bewegenden und anrührenden Geschichten der Erfolgsautorin spiegeln die zahlreichen Facetten der Liebe.

»Barbara Erskine ist ein außergewöhnliches Erzähltalent.«

The Times

Die Herrin von Hay
01/7854

Die Tochter des Phoenix
01/9720

Mitternacht ist eine einsame Stunde
01/10357

Der Fluch von Belheddon Hall
01/10589

Das Gesicht im Fenster
01/10985

Am Rande der Dunkelheit
01/13236

Das Lied der alten Steine
01/13551

01/13236

HEYNE-TASCHENBÜCHER

Sarah Harrison

Sie gilt heute als eine der erfolgreichsten und beliebtesten englischen Erzählerinnen.

Ihre mitreißenden Familien- und Gesellschaftsromane sind »spannend, nicht mit groben Pinselstrichen skizziert, sondern in farbigen Nuancen ausgeführt.«
NORDWEST-ZEITUNG

Die Fülle des Lebens
01/10945

Wenn der Tag beginnt
01/13314

Was der Himmel dir so schenkt
01/13565

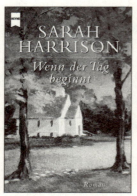

01/13314

HEYNE-TASCHENBÜCHER